JOSÉ LUIS C

Né en 1957 dan
Corral est l'un d
espagnols actuels. Profe
directeur du département d'Histoire de la faculté de Saragosse, il est également un homme de médias : il a présenté de nombreuses émissions historiques à la radio et à la télévision, avant de devenir le conseiller historique de Ridley Scott pour son film *1492 : Christophe Colomb*. Depuis 1996, José Luis Corral a écrit près d'une vingtaine de romans historiques. Après *L'Héritier du Temple* (Éditions Hervé Chopin, 2012) et *Le Nombre de Dieu* (2015), *Le Trône maudit* a paru en 2019 chez le même éditeur. Tous ses ouvrages sont repris chez Pocket.

Antonio Piñero est professeur de philologie grecque à l'université de Madrid, spécialisé dans la langue et la littérature du christianisme primitif. Chercheur de renommée internationale, il est l'auteur de nombreux ouvrages dans le domaine du christianisme et du judaïsme.

LE TRÔNE MAUDIT

DU MÊME AUTEUR
CHEZ POCKET

L'HÉRITIER DU TEMPLE
LE NOMBRE DE DIEU

Avec Antonio PIÑERO

LE TRÔNE MAUDIT

JOSÉ LUIS CORRAL
ANTONIO PIÑERO

LE TRÔNE MAUDIT

Traduit de l'espagnol
par Anne-Carole Grillot

ÉDITIONS HERVÉ CHOPIN

Titre original :
EL TRONO MALDITO

MIXTE
Papier issu de sources responsables
FSC® C003309

Pocket, une marque d'Univers Poche, est un éditeur qui s'engage pour la préservation de l'environnement et qui utilise du papier fabriqué à partir de bois provenant de forêts gérées de manière responsable.

ISBN : 978-2-266-30981-3
Dépôt légal : mars 2020

« On fit comparaître Jésus devant Pilate, le gouverneur,
qui l'interrogea : "Es-tu le roi des Juifs ?"
Jésus déclara : "C'est toi qui le dis." »

Nouveau Testament, Évangile selon saint Matthieu, 27, 11

GÉNÉALOGIE D'AUGUSTE

Dynastie julio-claudienne

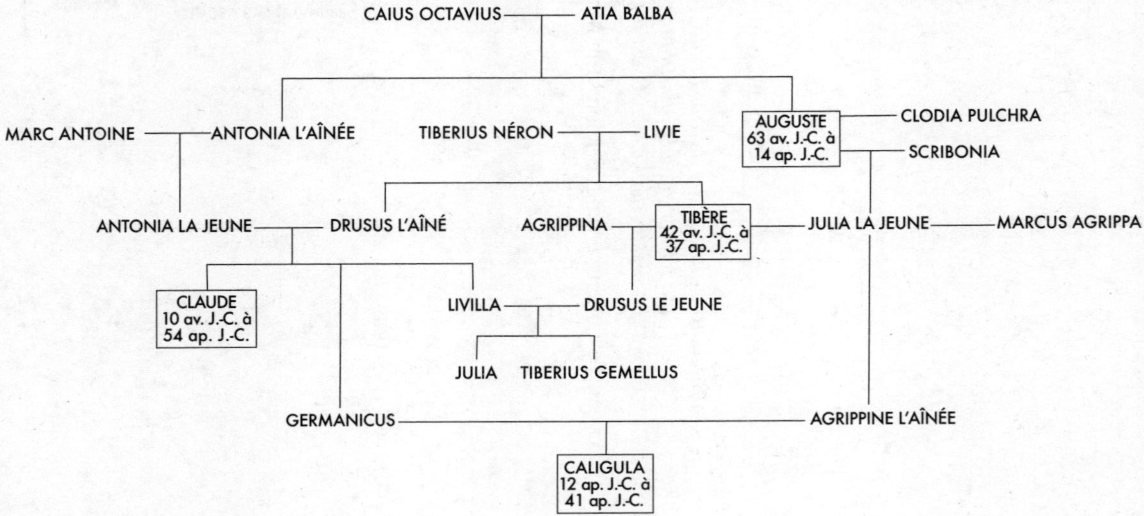

GÉNÉALOGIE D'HÉRODE LE GRAND

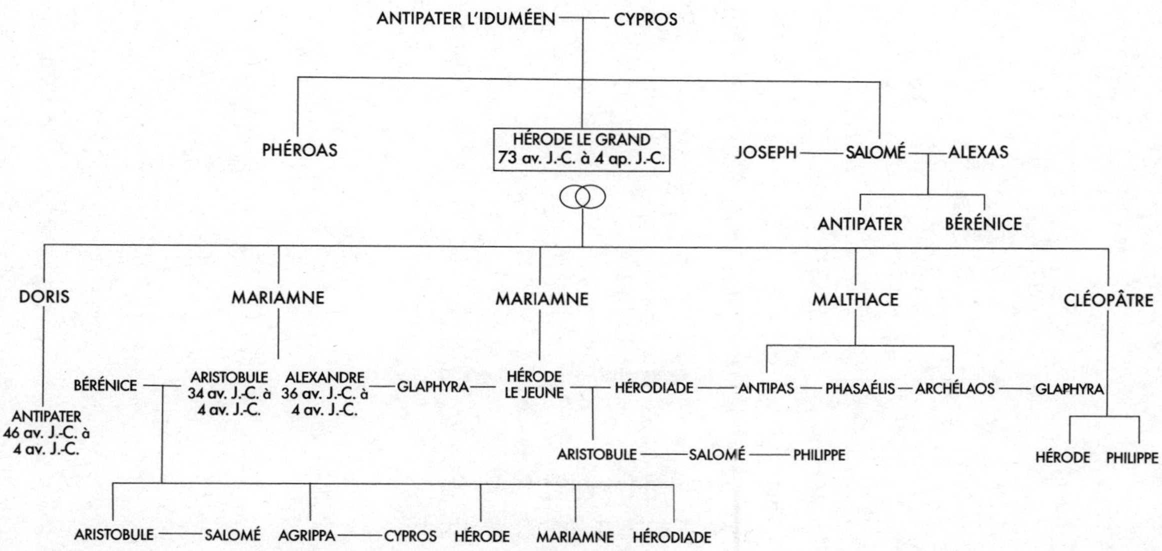

Prologue

— Pour le moment, personne ne doit savoir qu'Hérode est mort. Si l'un d'entre vous parle, je ferai rouler sa tête sur la poussière d'Israël et les vautours s'occuperont du reste.

Salomé parle avec la fermeté de celle qui se sait dépositaire de la dernière volonté du souverain. Elle observe d'un regard menaçant et acéré comme une lame d'acier les hommes qui se bousculent autour du lit mortuaire. Ils acquiescent devant la puissante sœur du roi terrassé par une affreuse maladie.

Hérode est mort à soixante-dix ans entre deux accès de fièvre, le corps lacéré par les démangeaisons, le cou rigidifié par des douleurs lancinantes, les pieds enflés et couverts de pustules suppurantes, le ventre gonflé comme une outre en peau de chèvre, le pénis et les testicules pourris et rongés par les vers.

Malgré l'immense souffrance qui l'a cloué au lit et tourmenté sans relâche ces dernières semaines, le roi des Juifs s'est éteint sans un gémissement, le visage serein, la mine noble et détendue jusqu'à son dernier souffle. Il était conscient de la majesté dont il était revêtu et de la nécessité de conserver la dignité de sa longue lignée. Ce n'était qu'à cette condition que la postérité le surnommerait le Grand.

— Cela fait à peine cinq jours que le roi a ordonné la mise à mort de son fils Antipater, dit à voix basse Nicolas de Damas, le conseiller principal d'Hérode, à un de ses confrères. Antipater a commis l'erreur de se considérer comme le souverain d'Israël avant l'heure. Cela ne m'étonne pas qu'Hérode, bien qu'agonisant, l'ait fait exécuter.

Hérode avait appris par Nicolas qu'Antipater, le fils que lui avait donné Doris, jadis son préféré, conspirait pour le destituer et le remplacer à la tête du royaume. Le traître avait aussi intrigué pour le monter contre ses deux autres fils nés de sa chère Mariamne, sa seconde épouse, qui l'avait tant haï et que lui avait tant aimée. Sur son lit de mort, le roi a terriblement souffert en songeant que trois de ses fils, Alexandre, Aristobule et Antipater, ainsi que son épouse Mariamne avaient été tués sur ses propres ordres. Ces quatre exécutions pèseront sur sa conscience dans l'au-delà, peut-être pour l'éternité. Il a regretté de ne pas s'être rendu compte plus tôt de cette tromperie fatale, mais personne n'y peut plus rien.

Par chance, il a vécu assez longtemps pour modifier son testament. À l'origine, Antipater était désigné comme héritier. Celui-ci étant éliminé, de même que deux de ses frères, les fils survivants attendent patiemment que soit dévoilé le second testament du grand roi.

Salomé, qui a échappé de justesse à la mort, puisque Antipater avait l'intention de la faire tuer dès qu'il serait proclamé roi, s'approche du corps. Donnant à son geste la plus grande solennité, elle ferme d'une main les paupières de son frère, monarque et souverain absolu de la Judée pendant trente-sept ans, entouré des trois fidèles eunuques qui l'ont servi pendant ses dernières années. Puis elle se penche sur son front et y dépose un baiser plein de délicatesse. Le visage du cadavre n'a plus rien de commun avec l'homme puissant et sans pitié qui a conservé le pouvoir jusqu'au dernier jour de sa vie. Et pourtant, les traits creusés, marqués par le temps et la maladie, ont encore un éclat de majesté.

Salomé lève les mains vers le ciel et se retourne vers les courtisans avec la retenue d'une femme au cœur d'un événement extraordinaire.

— Allez immédiatement à l'hippodrome de Jéricho, ordonne-t-elle au chef de la garde, et libérez les trois cents nobles retenus dans l'arène. Dites aux archers thraces d'abandonner leur surveillance et de se retirer dans leurs quartiers.

Le regard froid et distant, figée comme une statue grecque aux yeux vernissés, la princesse décide de désobéir au dernier ordre donné par son frère. Les trois cents nobles qu'il avait fait arrêter, accusés de profiter de sa maladie pour conspirer contre lui, étaient voués à mourir sous les flèches des Thraces. Leur exécution devait servir de leçon à tous ceux qui s'aviseraient ne serait-ce que de douter de son autorité, même après sa mort, et de son pouvoir sur les hommes et les terres d'Israël.

Salomé hésite. Elle aurait aimé voir mourir certains de ces nobles et les envoyer dans les ténèbres du *shéol* afin qu'ils y subissent éternellement, le visage ensanglanté, les châtiments de l'enfer, mais elle souhaite se montrer magnanime et agir en véritable souveraine du royaume, au moins pour quelques instants. Elle seule a entendu son frère lui demander dans un murmure, juste avant sa mort, de faire des arènes de l'hippodrome de Jéricho un bourbier de sang. Mais elle a décidé d'épargner ces nobles juifs et de permettre à toutes les pleureuses du royaume d'exprimer leur douleur feinte, de crier comme des possédées, d'arracher leurs cheveux couverts de cendre et de terre et de se griffer le visage et les bras à la mémoire d'Hérode le Grand. Elle ne veut pas qu'aux honneurs funèbres du roi se mêlent les lamentations pour l'exécution de ces misérables qu'elle hait, bien qu'elle leur laisse la vie sauve.

— Salomé, quels sont tes ordres ? lui demande Ptolémée, le secrétaire du trésor royal.

— Donne une prime aux archers thraces et remets un sicle à chacun de nos soldats déployés à Jérusalem. Mais dis à leurs commandants de redoubler de vigilance, de ne pas baisser la garde.

— Ce sera fait.

Puis Salomé annonce aux courtisans rassemblés devant la dépouille de son frère que le testament royal sera bientôt rendu public et exhorte tous les Juifs à respecter les dernières volontés de celui qui a été leur souverain.

La vie de Salomé a consommé l'énergie de plus de cinquante printemps, mais la princesse est toujours une panthère dans un corps de gazelle. Elle a encore cette grande silhouette mince et élancée, cette démarche sûre et ondulante de félin, accentuée par un port élégant et le galbe de ses hanches.

Ses yeux, à la fois noirs comme une nuit sans lune et étincelants comme les étoiles, peuvent encore inspirer la peur lorsqu'elle est en colère. Sa chevelure lisse blanchit depuis longtemps sur ses tempes, mais la teinture la garde noire comme le bitume des rives de la mer Morte, et les huiles et les onguents appliqués par ses servantes lui donnent un aspect soyeux et brillant. Ses traits fermes, son visage serein et sa mâchoire fine et délicate, accusant une légère proéminence, sont autant de signes de sa grande capacité de décision.

Elle parle peu, très peu. Quand elle le fait, elle s'exprime avec prudence et mesure, uniquement si elle est sûre de son jugement et après avoir bien réfléchi à ce qu'elle a à dire. Son frère étant mort et ses neveux prêts à lutter pour le trône, elle sait que le destin du royaume juif repose en ce moment même sur ses frêles épaules.

Elle devine qu'elle est à l'aube de temps agités, porteurs d'événements extraordinaires, et elle veut être en première ligne.

PREMIÈRE PARTIE

1

L'ambition d'Archélaos

La mort du roi Hérode le Magnifique, *le Grand*, survient à Jéricho la trente-quatrième année du principat d'Octave Auguste, qui gouverne l'Empire d'une main de fer, vingt-sept ans après avoir été consacré seul maître de Rome par la désastreuse défaite de Marc Antoine et Cléopâtre à la bataille d'Actium.

La nouvelle du décès du roi de Judée se répand dans tout l'Orient à la vitesse du vent. Lorsqu'ils l'apprennent, certains tremblent de peur à l'idée d'avoir perdu le chef qui a dirigé avec poigne la terre d'Israël et apaisé les passions enflammées du peuple juif ; mais d'autres sont soulagés de la disparition de ce despote capricieux, lascif et indécent dans sa vie privée, et irrévérencieux à l'égard des croyances les plus solidement ancrées de la religion dictée par Moïse.

Dans les jours qui suivent la mort d'Hérode, rares sont ceux qui s'avisent de sortir de chez eux. Chacun se replie chez soi dans l'attente des événements à venir. Le règne du Magnifique a laissé des sentiments contradictoires. On se souvient de lui comme d'un dirigeant cruel et sans pitié, mais aussi comme d'un monarque glorieux et admirable qui a bâti des villes et les a dotées d'édifices splendides. L'inquiétude ambiante est due à sa décision la plus importante : le choix de l'héritier du trône, qu'il a arrêté seulement cinq jours avant sa mort.

Salomé convoque à l'amphithéâtre de Jéricho les notables du royaume, les généraux de l'armée et les membres de la caste sacerdotale. Beaucoup d'entre eux pressentent que leur vie a été épargnée au dernier moment et qu'ils en sont redevables à la princesse.

Parmi l'assistance se trouve le vieux Nicolas de Damas, le plus loyal conseiller d'Hérode. Il est accompagné de son secrétaire, le fringant Agésilas, un Syrien de grande taille aux traits harmonieux et aux manières raffinées qui partage sa couche chaque nuit.

— Que va-t-il se passer lorsque la volonté de notre roi sera révélée ? songe-t-il à voix haute. Que vont faire les Romains, toujours si avides d'ajouter de nouvelles terres à leur empire et de nouvelles richesses à leur trésor ? Mon cœur saigne, mon bien-aimé Agésilas, devant le trône vide et l'instabilité qui précède un avenir imprévisible.

Même lui, pourtant si proche d'Hérode, ignore ce qu'a laissé par écrit son ancien souverain et craint pour sa vie et celle de son bien-aimé secrétaire. Historien et philosophe, il sait que le destin peut changer et qu'il joue avec la vie des hommes en leur réservant un sort incertain.

La nuit précédente, il a à peine fermé l'œil. Il s'est levé plusieurs fois, errant dans l'espoir de faire taire ses tourments. La présence de son jeune secrétaire n'a pu vaincre sa fébrilité. Même l'agréable saveur d'un verre de vin rouge sucré avec du miel n'est pas parvenue à calmer ses esprits. La longue nuit s'est écoulée dans une multitude de réflexions, qui l'ont plongé dans la plus profonde incertitude.

Désormais, à l'entrée de l'amphithéâtre de Jéricho, il attend patiemment la lecture du testament. Il sait que l'avenir est écrit et qu'il ne pourra pas faire grand-chose pour le changer. Le moment tant attendu approche, et il sera bientôt fixé.

— Qui va hériter du trône ? lui demande Agésilas tandis qu'ils descendent l'escalier des gradins et prennent place parmi les membres les plus illustres du peuple juif.

Le vieux conseiller royal regarde son jeune amant ; il est ému par sa beauté captivante.

— Hérode a laissé une très nombreuse descendance, dit-il, à tel point que n'importe quel Juif de moins de quarante ans pourrait être son fils. Il est impossible de savoir combien de belles jeunes filles notre seigneur a mises enceintes tout au long de sa vie. Il y a trop de prétendants pour que la succession se fasse dans le calme, trop d'épouses légitimes aspirant à ce qu'un de leurs fils soit désigné comme héritier, trop d'intérêts en jeu pour que l'accession au trône se déroule de manière pacifique. (Il marque un temps d'arrêt et pousse un soupir plaintif.) Parmi tous les princes nés de ses épouses, Hérode a sans doute choisi soit Antipas, soit Archélaos, les fils de Malthace, sa quatrième épouse légale. Du moins est-ce ce que je lui ai recommandé quand, il y a cinq jours, sur son lit de mort, il m'a demandé mon opinion. De ses dix épouses et de ses dizaines de maîtresses, la belle Samaritaine est celle qui a eu la plus grande influence sur ses décisions au cours de ces dernières années. Même si ce que je souhaite en vérité, c'est que l'héritier plaise aux Romains.

— Crois-tu qu'il y aura une intervention militaire si le testament prévoit des dispositions contraires à leurs intérêts ?

— C'est probable. Rome ne laissera jamais les tribulations d'une petite nation déstabiliser le flanc extrême-oriental le plus exposé de son empire. Israël va sans doute connaître une grande période de troubles, mais j'espère que le peuple aura la sagesse nécessaire pour les canaliser.

Une fois les grands du pays assis à leurs places respectives dans la tribune royale, Salomé apparaît, vêtue d'une tunique de soie noire ajustée comme une seconde peau à la rondeur de ses seins et de ses hanches. Ses cheveux noirs sont relevés en un chignon haut attaché par un épais fil doré. Elle est accompagnée d'Alexas, son obscur mari.

Un secrétaire demande d'une voix forte l'attention de l'assistance et annonce l'entrée de la princesse, qu'il présente comme « la sœur et exécutrice testamentaire de notre regretté roi Hérode ».

Salomé avance de quelques pas et s'arrête juste en face de la tribune, telle une actrice accomplie. Avec une lenteur calculée, elle balaie du regard les nobles qui y sont réunis et tend le bras pour inviter Alexas, jusqu'alors resté à l'arrière-plan, à la rejoindre.

— Mon époux Alexas et moi-même avons été nommés par mon frère, le roi Hérode, exécuteurs testamentaires de sa volonté royale, déclare-t-elle solennellement. Son souhait est que tous les Juifs respectent son testament et restent unis autour de ses résolutions.

Après cette annonce, Salomé se retourne et fait signe à Ptolémée, administrateur des finances royales et gardien du sceau, de s'approcher.

Il avance à son tour pour se placer aux côtés de Salomé et Alexas. Il incline la tête devant la princesse, ouvre un petit étui en bois sculpté et déroule un parchemin. Il attend un instant et, quand Salomé lui en donne le signal, il commence à lire :

— Moi, Hérode, de la Maison de David, roi de Judée, par la volonté du Seigneur notre Dieu, j'exprime ma reconnaissance à l'armée d'Israël pour sa fidélité et son obéissance pendant chacune des années de mon règne. Et en signe de gratitude, j'ordonne que soient remis quatre sicles d'argent à chaque officier et deux sicles à chaque soldat.

» Je vous demande de jurer loyauté à votre nouveau souverain, car c'est ma volonté, et de lui obéir comme à moi-même.

» Mon successeur sur le trône de Judée et le nouveau roi de tous les Juifs sera mon fils Archélaos, que j'ai engendré dans le ventre de mon épouse Malthace.

Ptolémée interrompt un instant sa lecture. Un murmure parcourt les gradins de l'amphithéâtre et déclenche aussitôt un tonnerre d'applaudissements et une ovation pour le nouveau roi.

Salomé lève la main droite et demande le silence pour que l'on entende la suite du testament royal.

— Poursuis ta lecture, Ptolémée.

— Je désigne, comme second héritier du trône, mon fils Philippe, conçu par mon épouse Cléopâtre, née à Jérusalem, notre ville sacrée, et je lui octroie les régions de la Gaulanitide, de la Batanée et de la Trachonitide avec le titre d'ethnarque. Je nomme mon fils Antipas procurateur et tétrarque de Galilée et de Pérée. Je lègue mille talents de mon trésor au César Octave Auguste, empereur de Rome, et cinq cents à son épouse Livie, en gage d'amitié pour le peuple romain envers qui je fais vœu de paix éternelle.

Ptolémée détaille ensuite la répartition des propriétés que le roi Hérode laisse à ses fils, épouses et neveux. De nombreux palais, exploitations agricoles et joyaux figurent parmi les biens royaux, outre l'argent et les rentes. Salomé reçoit une abondante somme d'argent et le gouvernement de la région de Gaza, sur le littoral méditerranéen du sud d'Israël.

— Telle est la volonté d'Hérode le Grand, atteste Salomé. Tous les Juifs doivent s'y conformer.

— Je dois préciser, intervient Ptolémée, que, selon les termes de notre traité avec Rome, les clauses de ce testament n'entreront en vigueur qu'après l'approbation du César.

— En effet, confirme Salomé.

Et ceux qui la connaissent perçoivent sur son visage une légère contrariété. Une clameur rauque s'élève des gradins. On souhaite longue vie au nouveau roi entre les cris et les vivats.

Archélaos est apprécié des commandants de l'armée, car ils lui prêtent la même force et la même énergie que celles de son père. Il ne fait pas partie des princes les plus connus du peuple juif, mais qu'importe ce que pensent les masses ! Les gens applaudiront le successeur désigné par Hérode et lui obéiront. Sans roi, le peuple n'est rien.

Salomé rejoint le nouveau souverain, assis au premier rang, souriant, et l'étreint affectueusement.

— Cher neveu, lui dit-elle, ma joie est immense d'apprendre que tu as été choisi. Ton père n'aurait pu trouver meilleur héritier que toi. Quand il réfléchissait à sa succession, je l'ai toujours encouragé à se tourner vers toi. Je lui ai affirmé que tu étais le mieux préparé pour assurer l'avenir d'Israël. Par chance, il m'a écoutée et tu es maintenant le roi de tous les Juifs.

Archélaos se contente de sourire à sa tante et de saluer, le bras levé sous les vivats qui retentissent dans le théâtre de Jéricho. Il n'est pas encore tout à fait conscient d'être devenu le nouveau seigneur du trône de David et de Salomon.

Antipas, le frère cadet du successeur, s'est mordu la lèvre inférieure à l'écoute du testament. Il avait l'espoir d'être choisi. Il doit se montrer sous un jour aimable et s'incliner devant son frère en feignant de respecter la volonté paternelle. Mais au fond de son âme, il se dit que c'est lui qui devrait être le nouveau roi d'Israël.

Salomé se tourne vers Ptolémée.

— Les funérailles du roi doivent être à la hauteur du grand dirigeant qu'il a été, ordonne-t-elle.

À la tête d'un cortège solennel de chars, escorté par des cavaliers en habit et des prêtres, le corps embaumé d'Hérode est transféré du palais de Jéricho, où il a été veillé pendant plusieurs jours, à la ville sainte de Jérusalem, où sont célébrées les funérailles. La cérémonie doit être conforme aux coutumes juives. Ainsi chacun pourra constater que le roi a été le meilleur garant de l'identité du peuple et que son successeur le sera également.

À Jérusalem, les honneurs funèbres sont rendus pendant sept jours, période de deuil officiel. On a fait appel à des dizaines de pleureuses, vêtues de tuniques noires, pour que les cris de douleur et les scènes de déchirement et de lamentations soient ininterrompus. De nombreux sacrifices sont offerts sur l'autel du Temple, où des offrandes et des animaux ne cessent d'être apportés aux prêtres. La cérémonie se termine par un banquet funéraire à la mémoire d'Hérode le Grand, auquel sont conviés les membres les plus nobles du peuple juif.

Salomé participe en silence au dîner. Cela fait à peine une semaine qu'elle a montré sa loyauté à l'égard de son neveu Archélaos à Jéricho et qu'elle l'a étreint en présence des nobles, des prêtres et des commandants de l'armée. Mais en réalité, elle considère qu'Antipas, l'autre fils de la Samaritaine Malthace, est bien plus digne du trône de Judée. En outre, Archélaos est dur comme le roc, tandis qu'Antipas, plus malléable, écouterait davantage ses conseils.

Quand le vin commence à délier les langues et que les convives, en particulier Archélaos, se mettent à faire du tapage, Salomé cherche des yeux son neveu Antipas et va le rejoindre. Elle le prend par le bras et l'attire dans un coin isolé du salon pour parler loin des oreilles indiscrètes.

— Chère tante, le testament de mon père me lèse grandement, se lamente Antipas. Contre toute attente, il a morcelé le royaume. Ce n'est pas ce qui était prévu. Tu m'avais dit, tu m'avais promis que mon père me choisirait, que ce serait moi qui deviendrais le nouveau roi d'Israël. Que s'est-il passé ?

— Parle moins fort, chuchote Salomé en scrutant l'ombre de son regard profond. Ton père m'a affirmé, après avoir ordonné l'exécution d'Antipater, que tu serais son successeur et c'est ce qu'il allait faire figurer dans son second testament, mais il a dû changer d'avis au dernier moment. Je ne sais pas à quoi il a pensé, mais je te jure que je vais faire tout ce qu'il faudra pour que tu sois notre nouveau roi.

Les yeux de Salomé brillent malicieusement et apaisent Antipas, en proie à des tourments qu'il peine à dissimuler. Lui qui se voyait roi, lorsqu'il a entendu le testament, a eu l'impression de sentir un poignard froid et acéré pénétrer au plus profond de ses entrailles. Ces derniers jours, il a néanmoins fait bonne figure et essayé de ne pas montrer son immense contrariété.

— Je refuse ce testament. Je dois être roi.

— C'est aussi mon souhait, cher neveu, mais nous devons agir avec une grande prudence. Ton frère Archélaos ne me plaît pas et j'ai peur de ce qu'il va faire dans les mois qui viennent.

— Je suis en proie aux plus grands doutes. Je ne peux supporter l'idée de perdre le trône pour toujours, mais que puis-je faire ? Dis-moi, ma tante, que puis-je faire ?

— Pour l'instant, te calmer et ne pas prendre de décisions hâtives qui risquent de te faire commettre une grave erreur. La précipitation est la pire des conseillères. Israël a un nouveau roi, mais ton frère ne comble pas le vide que laisse Hérode. Israël est un navire au milieu d'une tempête et nous avons perdu le capitaine qui le maintenait à flot. Aujourd'hui, il y a quelqu'un d'autre au gouvernail, mais personne ne le croit capable de ramener le navire à bon port.

— J'ai de fidèles alliés qui m'aideront à obtenir le trône.

— Et bien d'autres se rangeront à tes côtés si tu décides de contester la succession.

— Mon frère s'est fait de nombreux ennemis.

— Je vais t'aider à t'asseoir sur le trône de ton père.

— Nous sommes désormais liés par un pacte. Quel est ton plan ?

— Nous allons envoyer un messager à Jephté, le fils de Menahem, avec des instructions pour qu'il commence à s'organiser, propose Salomé. Il sait soulever les foules, surtout les pharisiens, qui n'attendent qu'une étincelle pour se rebeller.

— Tu ne le regretteras pas, chère tante. Si je triomphe dans mon projet, tu auras beaucoup à y gagner.

Dans la pénombre du recoin où ils se sont retirés, le parfum de Salomé devient plus intense. Antipas prend sa tante par la taille et l'attire contre lui jusqu'à ce que leurs corps soient serrés l'un contre l'autre. Leurs lèvres s'effleurent d'abord, puis leurs langues se mêlent dans un long baiser profond.

Une fois les funérailles terminées au Temple, un cortège coloré, qui réunit les robustes archers thraces, la garde royale de Judée, deux bataillons de mercenaires germains et plus de cinq cents esclaves chargés d'amphores pleines d'onguents et de parfums aux arômes variés, défile vers le sud à destination d'Hérodion, l'extravagant palais situé sur une colline abrupte dans laquelle a été creusée la tombe du roi.

Le corps embaumé d'Hérode, sans cesse imprégné des huiles et des parfums transportés par les esclaves, met presque une journée entière à parcourir la distance qui sépare Jérusalem d'Hérodion, à seulement neuf milles au sud, à la lisière du désert. Des soldats de la garde royale se relaient par groupe de dix à chaque mille pour porter sur leurs épaules le catafalque du cercueil orné de feuilles d'or, de perles, de pierres précieuses et d'étoffes de couleur pourpre. La dépouille royale, également revêtue de soie pourpre, arbore la couronne d'or et le sceptre à la main droite.

Lorsqu'il a vaincu les Parthes et les Maccabées dirigés par Aristobule II, Hérode a consolidé son royaume et fait bâtir sur le lieu même de la bataille le palais-forteresse destiné à commémorer cette victoire et à recevoir sa dépouille, car il craignait qu'à sa mort sa tombe ne soit pillée, comme celle du roi David.

Au pied de la colline, entre jardins et terrasses, des centaines de soldats alignés devant l'escalier monumental de pierre blanche entonnent des chants de triomphe et agitent leurs lances en hommage au souverain qui les a si souvent conduits à la victoire.

Après l'enterrement d'Hérode, Archélaos, pressé d'exercer le pouvoir et de paraître devant ses sujets, décide de le faire de façon très solennelle en rassemblant dans la cour du temple de Jérusalem, sanctuaire national et lieu le plus sacré des Hébreux, tous les notables du peuple pour leur faire part de ses projets. Bien qu'il ne soit pas encore reconnu par Auguste, le nouveau roi revêt pour l'occasion une tunique de lin sacré, d'une blancheur immaculée. Il sort du palais autrefois habité par son père et se dirige à pied, entouré de la garde royale, vers le Temple.

Tandis qu'il avance d'un bon pas en direction de l'enceinte sacrée, les Jérusalémites le saluent à grands cris : « Que la félicité et la bonne fortune soient avec toi ! », « Vive le fils du grand Hérode ! », « Bonheur et sagesse au roi d'Israël ! », « Que le Seigneur notre Dieu guide tes pas et que sa Loi inspire tes desseins ! »

L'expression publique du pouvoir produit généralement chez les gouvernés un effet similaire à celui du vin. Plus personne ne se souvient d'Hérode le Sévère. Désormais, tous espèrent que le fils du tyran, qui marche avec assurance vers le mont Sion, les gouvernera avec discernement et apportera paix et félicité à la terre de leurs ancêtres.

Archélaos a vingt ans. Comme la plupart des descendants d'Hérode le Grand, il est grand et de constitution robuste. Son corps est sculpté par l'exercice physique et la pratique de l'équitation. C'est un homme séduisant, et son sourire longuement travaillé passe pour chaleureux et agréable. Le nez proéminent, le visage fin et anguleux, les pommettes marquées, il dégage grandeur et majesté. Sa chevelure abondante, de couleur châtaine, fait ressortir ses yeux gris, dans lesquels on peut lire le présage d'une cruauté implacable.

Pendant les funérailles, il s'est montré peiné et abattu, rongé par le chagrin, comme si la mort de son père lui avait littéralement fendu le cœur. Mais ça n'était qu'une représentation théâtrale devant un public qu'il imaginait difficile. Amateur de fêtes arrosées de bon vin, homme sensuel et luxurieux, pendant le deuil d'Hérode, il n'a pas cessé de donner dans l'intimité de son palais de joyeux banquets animés par de voluptueuses danseuses. Ses proches l'ont vu s'entourer des plus belles hétaïres et courtisanes, se vanter de la gloire que son règne allait apporter à Israël et célébrer la mort de son père en trinquant avec de délicats consommés de Syrie dans des coupes d'or et d'argent.

Malgré la tristesse qu'il exprime en public, Archélaos est heureux de se savoir roi d'Israël, souverain du peuple élu de Dieu, premier homme, issu d'une lignée de prophètes, de juges et de rois, maître d'une nation établie depuis des siècles sur la Terre promise et destinée à régir toutes les autres nations. Il a le sentiment que toute la gloire du monde est à sa portée.

Lorsqu'il arrive à la porte du magnifique sanctuaire reconstruit par son père, Archélaos s'arrête un instant. Il admire l'immense complexe érigé en vingt ans par des centaines d'esclaves, avec des pierres sacrées taillées par mille prêtres. Il contemple les murs puissants dont les blocs sont longs comme six hommes et hauts comme deux. Il gravit les marches de l'escalier monumental qui, avec ses trois grandes volées, comble la différence de hauteur entre la rue et le portique royal, lui-même haut comme dix hommes.

Il observe ceux qui ont répondu à son appel et écoute les vivats et les louanges. Il aspire une grande bouffée de l'air frais du matin et lève les bras. Il est le maître de tout ce qui l'entoure. D'un pas résolu, il franchit le seuil de la porte de bronze ornée de clous d'or et le superbe portique composé de colonnes de vingt-cinq coudées de haut. Il traverse la première cour pour arriver à un vaste atrium pavé de dalles parfaitement polies, également entouré de portiques à colonnades. On l'appelle la cour des Gentils, car ceux-ci ont le droit d'y entrer mais ne peuvent pas aller plus loin. C'est généralement là que se rassemblent les Juifs les plus importants, les chefs des familles les plus notables du royaume, car c'est la cour la plus vaste.

En face se trouve le Saint des Saints, avec son toit recouvert de feuilles d'or qui resplendissent au soleil comme des étincelles de lumière. Lui, Archélaos, est le maître de tout cela, le souverain de tous ceux qui prient dans le Temple le Dieu des Juifs, le Seigneur de toute la création.

Il traverse également la cour des Gentils, sous laquelle s'étend tout un réseau de chambres et de salles voûtées qui forment un véritable labyrinthe souterrain. Puis il salue l'assistance le bras levé, monte sur une estrade de cèdre de trois coudées de haut et prend place dans un grand fauteuil de bois doré surmonté d'un dais de soie couleur or qui flotte doucement au vent. Il reste assis quelques instants, tandis que les acclamations de la foule faiblissent pour sombrer dans un silence expectatif.

Archélaos se lève et adresse ses premières paroles en tant que roi d'Israël au peuple réuni. Tous les cœurs semblent battre à l'unisson.

— Mon père, le très regretté roi Hérode, a décidé de faire de moi l'héritier de ce trône sacré et son successeur à la tête d'Israël. Mais vous n'êtes pas sans savoir qu'en vertu des traités signés avec Rome, c'est l'empereur qui a le privilège d'entériner cette décision. J'attends la confirmation du César et je n'utiliserai pas le titre de roi tant que je ne l'aurai pas obtenue. Les pactes avec Rome seront respectés.

Le peuple, qui assiste à cette manifestation de subordination du roi des Juifs à l'Empire de Rome, acquiesce en silence. Pour certains, c'est une attitude prudente et Israël doit se conformer aux traités pour éviter la colère de la puissante Rome. Pour d'autres, le fils d'Hérode, héritier de la tradition d'Israël, ne doit pas se soumettre de façon si servile à un empereur étranger. Le peuple juif est l'élu de Dieu, et seul Dieu doit décider de son destin, comme cela a toujours été le cas depuis les temps reculés du père Abraham, du guide Moïse, du prophète Élie ou du roi David.

Les plus pragmatiques vont au-delà de la simple prudence. Ils sont tout à fait conscients du pouvoir de Rome, de l'efficacité de ses légions et de la volonté de ses généraux de dominer le monde : « Personne ne peut vaincre Rome ! », « Dieu est désormais du côté de l'Empire ! », « Peut-être est-ce la volonté du Seigneur que de soumettre le peuple juif à l'Empire pour lui faire payer les péchés commis par Hérode pendant son règne, le punir de ne pas avoir su entendre le message divin et d'avoir accordé le pouvoir à un monarque despotique et irrespectueux de la loi sacrée ». Ils aspirent à la paix et à la tranquillité. Et ils pensent qu'Archélaos peut les leur apporter.

— Tant que je n'aurai pas l'approbation d'Auguste, poursuit Archélaos, je ne porterai pas non plus le diadème royal comme symbole de mon statut. Je sais que l'armée souhaite que je l'arbore car, en tant que roi, je suis aussi le chef suprême de l'armée d'Israël, mais je n'en ceindrai pas mon front et je renonce, pour l'instant, à cet honneur. Cependant, soyez sûrs que je me comporterai en roi et que ma volonté sera ferme afin que vous puissiez être fiers de votre souverain. Je jure par le Dieu d'Israël que je m'efforcerai d'être un meilleur dirigeant que mon éminent père, et vos yeux en jugeront. Et je vous promets que, si des injustices et des torts ont été commis, je les réparerai et j'y mettrai un terme.

Une voix féminine pousse un cri de joie et interrompt le discours d'Archélaos :

— Dieu bénisse l'oint d'Israël, notre roi ! Béni soit le ventre qui t'a conçu et le sein qui t'a nourri !

Une clameur s'élève aussitôt dans la cour des Gentils tandis que la foule agite les bras comme des branches de palmiers dans le vent.

— Rends justice dès à présent, seigneur ! lance une voix.

— Entends nos requêtes, ô bon roi d'Israël ! crie une autre.

— Écoute-nous, roi des Juifs !

— Accorde-nous ta miséricorde !

— Résous les problèmes de ton peuple !

— Maintenant ! Maintenant !

Tout un chœur demande à être entendu par le roi qui a promis d'en finir avec les injustices. La situation se complique brusquement. Le peuple prend cette promesse au pied de la lettre et exige une intervention immédiate. Le monarque n'a pas d'autre choix que d'accepter. Il réclame le silence et consent à écouter les requêtes de certaines personnes présentes.

Les uns après les autres, les notables exposent au roi leurs doléances et réclament son soutien. Certains lui demandent de réduire l'impôt sur les terres, qui étrangle les paysans et plonge leurs familles dans la misère. D'autres l'implorent de libérer les prisonniers, jetés dans diverses prisons du royaume par son père pour avoir émis des réserves sur sa façon de gouverner. Des commerçants veulent moins d'impôts sur l'achat et la vente de marchandises sur les marchés. Personne ne perd l'occasion de plaider sa cause devant le roi.

D'un geste solennel de la main, la tête légèrement inclinée, Archélaos semble accéder à toutes les demandes. Aucun refus ferme et définitif ne sort de sa bouche. Le peuple se montre satisfait.

Une fois son discours terminé, Archélaos s'enfonce au cœur du Temple, où il assiste pieusement au sacrifice vespéral entouré de sa cour d'acolytes. Les prêtres offrent le *tamid*, l'holocauste perpétuel, dont la victime est un agneau immaculé. L'un d'eux l'égorge selon les règles et le dépose sur l'autel, où il est brûlé en signe d'absolue soumission à la divinité. L'holocauste s'accompagne d'une oblation de fleur de farine extrêmement fine, pétrie avec de l'huile pure et quelques grains d'encens, et d'une libation de vin, dont une partie est versée sur la victime et l'autre au pied de l'autel.

Le sacrifice est accompli ; les prêtres se plient à la volonté d'Hérode et acceptent Archélaos comme successeur légitime. Israël, sous réserve de l'approbation de l'empereur de Rome, a de nouveau son propre roi. Apparemment, rien ne s'oppose à l'occupation du trône de Judée.

Le jour même, Archélaos reçoit une lettre de Publius Quinctilius Varus, gouverneur de la province de Syrie. Le légat impérial d'Auguste, qui exerce sa tutelle sur la terre d'Israël, exprime son consentement quant à l'administration de la Judée par le successeur d'Hérode, dans les mêmes conditions que celui-ci, en attendant l'approbation d'Auguste.

Fort de ce soutien, Archélaos convoque ensuite les gouverneurs des douze toparchies – les provinces de la terre d'Israël, divisée par son père en souvenir des douze tribus pour un meilleur gouvernement. Tous attendent de connaître les décisions du nouveau souverain.

— Pour l'instant, rien ne va changer, annonce Archélaos sur un ton autoritaire auquel il s'est exercé avant de les rencontrer. Je me rendrai à Rome pour m'entretenir avec l'empereur Auguste et, en mon absence, le calme, l'ordre et l'autorité devront être maintenus dans chaque juridiction. Nous devons éviter à tout prix le tumulte et les échauffourées susceptibles de compromettre la stabilité du royaume. Si vous voulez rester à la tête de vos provinces respectives, faites en sorte que la paix perdure jusqu'à mon retour de Rome.

Archélaos a des doutes. Il sait qu'il a remporté la première bataille et que personne n'a remis en cause publiquement son droit à accéder au trône. Le testament d'Hérode a été clair et catégorique : il est le roi désigné, le successeur légitime. Mais il connaît ses frères et se méfie d'eux. Ils sont issus de mères différentes et chacune d'elles voudrait voir son fils assis sur le trône. Cela dit, celui qui lui inspire la plus grande méfiance est son frère cadet, Antipas, né de la même mère que lui. Ils ont grandi ensemble, appris à se battre dans l'arène, étudié avec les mêmes maîtres, concouru à des courses équestres et au tir à l'arc ; ils se connaissent très bien et Archélaos sait que le cœur d'Antipas abrite une grande ambition.

Au terme de la séance plénière avec les douze gouverneurs, il prend à part ceux qui, selon lui, lui sont le plus fidèles et insiste auprès d'eux.

— En mon absence, il est probable qu'une conjuration sera fomentée par un de mes frères pour m'éliminer. Le cas échéant, je vous fais confiance pour couper court à toute insurrection. Tant qu'Auguste n'a pas ratifié les clauses du testament de mon père, je ne peux pas encore me considérer roi d'Israël. Légalement et aux yeux de Rome, le trône est toujours vacant. Si vous me soutenez, je saurai m'en souvenir et, quand je reviendrai, je vous associerai à mes décisions en tant que roi d'Israël.

— Ne t'inquiète pas, seigneur, personne ne se soulèvera contre toi en ton absence, assure l'un des gouverneurs.

Archélaos se sent plus serein. Tout se passe bien et il a toutes ses chances à Rome : le légat impérial de Syrie l'a déjà autorisé à diriger le royaume en tant que successeur de son père ; Auguste n'a aucune raison de s'opposer à l'approbation du testament ; le peuple l'a acclamé dans l'atrium du Temple ; les douze gouverneurs semblent être de son côté et aucun de ses frères n'a fait le moindre geste.

Pourtant, ses doutes subsistent. Il est convaincu qu'Antipas va faire tout ce qu'il peut pour s'emparer du royaume. Si l'on raconte que, dans un testament antérieur, l'héritier désigné était Antipas car Hérode l'aimait davantage, ce n'est pas sans raison.

Archélaos sait que la solution à tant d'angoisses est à Rome. L'approbation impériale doit avoir lieu le plus tôt possible. Si l'ambition de son frère déchaîne une lutte pour le pouvoir, Israël sera en situation de soumission absolue à l'Empire et les institutions séculaires du peuple juif risqueront de disparaître.

Pour l'instant, ce petit pays n'est pas une grande source de problèmes pour Rome mais, si une guerre civile éclate, l'empereur n'hésitera pas à supprimer l'autonomie de la Judée. Et dans ce cas, le peuple juif se dissoudra dans la profusion de peuples, tribus, nations et États phagocytés par l'expansion romaine. Antipas ne se résignera pas à jouer un rôle secondaire,

Archélaos doit donc réfléchir et agir avec célérité et efficacité ; c'est le seul moyen pour lui d'éviter une confrontation directe et prévisible avec son frère.

De leur côté, Salomé et Antipas ne perdent pas de temps. Ils ont décidé de destituer Archélaos et convoquent leurs plus fidèles partisans. Des agents d'Antipas se mêlent à la foule rassemblée dans les cours du Temple et conspirent pour que le peuple juif renie son nouveau souverain.

Jephté, fils de Menahem, est le principal agitateur au service d'Antipas. Ce matin, il se dirige vers le Temple et s'entoure de quelques mécontents, en majorité des pharisiens. Les cours du grand sanctuaire de Jérusalem se transforment en forums improvisés pour les débats. Différents cercles se créent et discutent avec ferveur de l'avenir du peuple d'Israël.

— Le futur roi, s'il le devient un jour, doit montrer sa bonne volonté autrement que par de belles paroles sur son aspiration à la paix et au bonheur, déclare Jephté, qui s'est placé dans un coin de la cour des Gentils et harangue tous ceux qui se sont rassemblés autour de lui pour l'écouter.

— Archélaos n'est pas comme son père ! crie une voix.

— Peut-être, mais croyez-vous qu'il fasse le poids face aux Romains ? La première chose qu'il va faire, c'est aller à Rome pour rendre hommage à Auguste. Et je suis sûr que l'aigle impériale va de nouveau figurer au-dessus des portes du Temple. (Jephté fait référence à un événement survenu peu de temps auparavant, qui a bouleversé les Juifs et reste ancré dans les mémoires.) N'oubliez pas que deux de nos rabbins les plus prestigieux, Judas et Matthias, ont été exécutés par Hérode. Et quel avait été leur délit ? Observer notre Loi ! On a raconté qu'ils avaient incité un groupe de jeunes à détruire l'aigle dorée qui avait été placée, sur ordre d'Hérode, au-dessus de la porte d'entrée principale de ce Temple.

Il garde le silence un instant pour que son auditoire se remémore cet acte ignominieux.

— Les Juifs sont gouvernés par des lois ancestrales et nous, les pharisiens, sommes le peuple de la Loi ! s'exclame un homme. Nous avons toujours haï les rois.

— Et nous ne tolérerons plus d'images païennes dans le Temple ! s'écrie un autre.

— L'aigle a été détruite par la volonté de Dieu, poursuit Jephté, conscient d'être sur la bonne voie. Souvenez-vous de ce jour, heureux pour tous les serviteurs du Seigneur notre Dieu. Ces valeureux jeunes gens, guidés par la piété et la foi, se sont faufilés sur les toits et, suspendus à une corde, ils ont fait tomber à coups de hache l'aigle dont la présence offensait tous les Juifs.

— Oui, je m'en souviens très bien ! L'effigie païenne est tombée par terre et ceux qui se trouvaient à ce moment-là dans le Temple l'ont réduite en miettes ! De nombreuses personnes ont acclamé les courageux jeunes hommes qui l'avaient renversée !

— Il y a sans doute parmi vous, mes frères, des hommes qui étaient présents ce jour-là et ont contribué à la destruction de cette idole du mal.

— Oui, moi, j'y étais ! Et je recommencerais si l'occasion se présentait de nouveau.

— C'est ce que feraient tous les Juifs de bonne foi, tous ceux d'entre nous qui sentent dans leurs cœurs l'héritage sacré de nos ancêtres, qui ont erré dans le désert en quête de la Terre promise, assure Jephté à son auditoire de plus en plus dense. Mais Hérode, notre roi, qu'a-t-il fait ? Ce tyran a considéré que la destruction de l'aigle dorée constituait une grave insulte à sa personne et à son autorité. Et il a provoqué un carnage parmi son peuple. Combien des nôtres sont morts ? Dix, peut-être douze ? Pas même les appels des femmes à la pitié et au pardon n'ont pu apaiser la fureur du cruel Hérode, qui a condamné à mort les deux rabbins accusés d'avoir encouragé les jeunes gens. C'étaient des maîtres artisans très aimés du peuple !

— Si Archélaos a compris la leçon, il ne se comportera pas comme son père, intervient un homme.

— En es-tu sûr ? Moi, Jephté, fils de Menahem, je déplore l'assassinat des rabbins et de ceux qui sont morts par la main d'Hérode pour avoir défendu nos coutumes et préservé cette enceinte sacrée des images païennes. J'exige que justice soit faite et que les conseillers du roi à l'origine de ces meurtres soient punis.

— Justice ! justice ! crie un des agents d'Antipas et Salomé, qui s'est mêlé à la foule.

— Oui, mes frères, justice et vengeance. Savez-vous que les rabbins exécutés par Hérode n'ont même pas reçu les honneurs funèbres que tout Juif mérite ? Y a-t-il plus grande offense à Dieu ?

Des voix de protestation s'élèvent dans la cour en une immense clameur. Les uns réclament vengeance, les autres injurient le défunt Hérode en le traitant de chien et de traître. Certains se frappent la poitrine et poussent des lamentations en se rappelant l'ami ou le parent mort sur ordre du vieux tyran lascif.

Devant l'indignation croissante, Jephté sourit. Désormais, ils sont plus d'une centaine à réagir à ses invectives.

— Vengeons les défenseurs du sanctuaire ! crie l'agent d'Antipas.

— L'heure est venue de réclamer justice ! lance Jephté d'une voix de plus en plus tonitruante, tel un patriarche annonçant l'imminence du Jugement dernier. Les membres du conseil d'Hérode qui ont encouragé l'exécution de nos compagnons doivent payer pour leurs crimes et rendre des comptes sur les perfidies qu'ils ont commises. Sang pour sang ! comme l'exige notre Loi. Finissons-en avec les mauvais Juifs. Exigeons la déposition du grand prêtre, qui a permis ces assassinats sans se rebeller contre l'injustice. Cherchons quelqu'un d'autre qui exerce cette fonction avec la dignité requise par une si haute magistrature religieuse.

— Vengeance ! Justice !

La foule n'a plus que ces deux mots à la bouche.

— Avec le changement de souverain, nous avons l'opportunité de faire disparaître de la cour les coutumes grecques impudiques qu'Hérode y a introduites. Nous n'accepterons plus jamais que des représentations païennes aient lieu au théâtre de la ville de David ! Ces spectacles, de même que les jeux dans l'hippodrome en l'honneur du César romain, sont terminés ! Jérusalem, la Jérusalem sacrée, va redevenir la ville sainte du roi David, le siège du sanctuaire du roi Salomon, l'emplacement pur de la cité de Dieu.

Parmi les acclamations, Jephté lève les bras et regarde vers le ciel. La cour des Gentils rassemble maintenant plus de cinq cents personnes. Des agents d'Antipas, postés aux abords du Temple, annoncent ce qui est en train de se passer à l'intérieur, et plusieurs marchands ferment leur boutique pour aller écouter Jephté, qui parle avec la véhémence du plus illuminé des prophètes. Dans toute la ville, on raconte qu'on réclame justice et vengeance dans le sanctuaire pour les rabbins Judas et Matthias, à l'origine de la chute de l'aigle et que beaucoup considèrent comme les défenseurs de la dignité du peuple juif.

La nouvelle finit par arriver au palais royal, où Archélaos discute avec ses conseillers des réformes à entreprendre.

— Seigneur, une émeute gronde au Temple, et ni le prêtre chargé de sa sécurité ni les gardes à ses ordres n'essaient de la juguler, déclare un des officiers de la garde à Archélaos. De nombreux individus, en majorité des pharisiens, sont rassemblés dans la cour des Gentils. Ils réclament vengeance pour l'exécution des deux rabbins de leur secte.

— Que la police du Temple les disperse, se contente d'ordonner Archélaos.

— C'est impossible, seigneur, ils sont plus de cinq cents et leur nombre ne cesse de croître. Si cela continue, une violente sédition risque d'éclater.

— Que veut cette racaille ?

— Outre la réhabilitation des deux pharisiens et des autres personnes exécutées lors de l'affaire de l'aigle, ils exigent la stricte observance de notre religion, le respect scrupuleux de toutes les coutumes du peuple juif et la destitution immédiate du grand prêtre.

— Maudits rebelles ! Si je n'avais que ça à faire, j'irais moi-même jusqu'au Temple à la tête de la garde et je me débarrasserais une fois pour toutes de cette horde de fanatiques.

— Mais on t'attend à Rome, seigneur, dit l'un des conseillers. De plus, tu ne peux pas te permettre un bain de sang en ce moment, surtout à la veille de ta rencontre avec le César pour ton approbation en tant que roi.

— Tu as raison, me présenter à l'*Urbs* avec du sang sur les mains me ferait du tort. Auguste souhaite que la paix règne en Orient. On dit qu'il a déjà assez de problèmes au *limes* de Germanie et ne veut pas voir s'ouvrir un nouveau front à l'est de l'Empire. Mais je ne peux pas me rendre à Rome avec un conflit latent dans mon royaume.

Les conseillers acquiescent aux paroles de leur souverain.

— Seigneur, ne trouves-tu pas étrange cette explosion soudaine de violence, précisément en ce moment ? demande l'un d'eux.

Archélaos, qui connaît bien les Juifs, sait que de nombreux groupes de fidèles très pieux exigent une observance beaucoup plus stricte de la religion et qu'ils n'ont pas approuvé la façon de gouverner de son père. Les pharisiens en font partie. Ils attendent de lui un comportement plus conforme à la Torah, la Loi, et éloigné des vices et des perversions d'Hérode. Aujourd'hui plus que jamais, la paix est indispensable. Les tensions au sein d'Israël doivent s'apaiser afin que s'ouvre une longue période de sérénité et de prospérité. Mais la question de son conseiller réveille les vieux fantômes d'Archélaos. Qui est derrière cette révolte fomentée au Temple ? *Cui prodest ?* À qui profite le chaos dans des moments si délicats pour le royaume ? Il pense à Auguste, à Antipas, à Salomé…

Toutes ces questions semblent avoir une seule et unique réponse : Antipas. Son frère cadet est sans aucun doute celui qui bénéficierait le plus d'une révolte susceptible de le chasser du trône.

En de pareilles circonstances, Archélaos ne peut pas aller à Rome. Il ne peut pas abandonner son royaume. S'il part et qu'une rébellion orchestrée par Antipas éclate en son absence, il ne sera jamais approuvé comme roi par Auguste, car il aura fait preuve de faiblesse et d'inaptitude au commandement. Il réfléchit rapidement et finit par en conclure qu'il n'a pas d'autre choix que de dialoguer avec les rebelles.

— Qui est le meneur de ces émeutes ? demande-t-il au messager.

— Il s'appelle Jephté et il dit être le fils d'un certain Menahem. D'après ce que j'ai vu, les gens l'écoutent avec ferveur et acclament chacune de ses propositions.

— Retourne au Temple et parle à ce Jephté en mon nom. Dis-lui que je vais déposer le grand prêtre et le remplacer par quelqu'un de plus pieux.

En entendant cela, certains membres du conseil ouvrent grand les yeux… mais ils acquiescent. L'officier de la garde royale se rend aussitôt au Temple. Plus déterminés que jamais, les rebelles menacent d'aller imposer dans le royaume, à commencer par la capitale, la Loi de Dieu, qui, à leurs yeux, a été souillée.

L'officier revient une heure plus tard au palais, où Archélaos attend la réponse des insurgés.

— Seigneur, les rebelles disent que le remplacement du grand prêtre ne représente qu'une partie de leurs exigences. Leur principale revendication est…

— Parle ! ordonne Archélaos au messager hésitant.

— Ils veulent que…, bredouille l'officier, nerveux, que soient éliminés les conseillers responsables de l'exécution des rabbins Judas et Matthias et des autres personnes condamnées lors de l'affaire de l'aigle. « Sang pour sang ! » ont-ils dit.

Il baisse la tête et garde les yeux rivés sur le sol. Il sait qu'il est porteur de terribles nouvelles, car certains des conseillers dont on réclame la tête sont présents et assis aux côtés d'Archélaos.

— Que leur as-tu dit ?

— Que je te transmettrais leur message, seigneur. Qu'aurais-je pu leur dire d'autre ?

Archélaos pensait régler le problème en accédant à la demande de déposition du grand prêtre. Mais les nouvelles exigences des insurgés du Temple sont terribles. Évincer un grand prêtre déjà âgé est une chose, offrir la vie de ses principaux conseillers en est une autre.

S'il livre ses conseillers et permet leur exécution en laissant libre cours à la vengeance, son autorité sera gravement ébranlée. Mais s'il ne le fait pas, la révolte peut prendre des proportions insoupçonnées et mettre un terme à son règne avant même qu'il ait commencé.

Il lui faut gagner du temps. Il sait pouvoir compter sur la lassitude des rebelles dans ce genre de conflit. Il décide d'envoyer une nouvelle ambassade. Cette fois, il fait appel à l'officier le plus prestigieux de la garde royale, un soldat chevronné qui a une grande expérience militaire et une habileté politique remarquable.

— Essaie de convaincre cette racaille de renoncer à ses projets, ordonne Archélaos à l'officier.

— Je m'en occupe, seigneur.

— Je dois gagner du temps. Dis-leur que je ne jouis pas encore de la pleine autorité royale. Qu'ils doivent attendre mon retour de Rome. Que lorsque le César m'aura investi des pleins pouvoirs j'agirai dans le sens de la justice promise lors de mon discours au Temple.

L'officier salue son seigneur et se dirige vers le sanctuaire avec seulement deux soldats d'escorte. Dès qu'il entre dans l'enceinte sacrée, des dizaines de personnes se pressent autour de lui pour connaître la décision d'Archélaos. Jephté se fraie un chemin dans la foule et se poste en face du messager royal.

— Apportes-tu une réponse à nos demandes ? s'enquiert-il.

L'officier hésite. Il regarde les visages qui l'entourent et comprend que la foule a été bien cornaquée et ne cédera pas si facilement.

— Écoutez, dit-il en s'efforçant de garder son calme. Archélaos, notre roi, est disposé à étudier toutes vos demandes. Mais il ne peut pas prendre de décision aussi importante dans l'immédiat, pas avant d'avoir reçu l'approbation du César, comme nous y contraint le traité signé avec Rome.

— Nos demandes ne souffrent aucun délai, décrète Jephté, conscient de devoir garder l'initiative.

— Je vous répète que le roi répondra à vos attentes, mais le moment venu. Pour l'heure, il doit faire régner la paix.

— Pas question ! crie un des rebelles. Ce que veut Archélaos, c'est gagner du temps et affaiblir nos positions. Obligeons-le à accéder à nos demandes, maintenant !

— Je vous en prie, restez calmes ! implore le messager dans l'espoir de maîtriser la foule de plus en plus agitée.

— Justice ! Vengeance ! s'exclament des voix dont l'écho résonne sous les portiques du Temple.

Se sentant menacé, l'officier perd son sang-froid.

— Vous encourez le délit de sédition ! crie-t-il.

Les hommes près de lui l'acculent contre un mur et lui lancent des injures en tendant leurs poings fermés. On le pousse, on le secoue. Il tente de se libérer pour échapper à ses agresseurs. Il reçoit des coups de poing dans le dos, chancelle mais reste debout et parvient à grand-peine à se dégager et à se faufiler entre les rebelles, puis se met à courir désespérément vers la sortie de la cour des Gentils.

Ce réflexe surprend tout le monde et, si quelques-uns essaient de réagir et de l'empêcher de prendre la fuite, l'officier, vif et athlétique, réussit à atteindre la porte. Une poignée d'hommes le suit, mais il disparaît rapidement dans les ruelles situées autour du sanctuaire. Les deux soldats d'escorte s'enfuient avec lui, après avoir abandonné lances et boucliers en chemin.

Dans l'atrium, certains Jérusalémites comprennent que la révolte de Jephté est allée trop loin et essaient d'inciter la foule à se retirer, plaidant pour le retour au calme dans le Temple et l'apaisement des esprits. Mais les insurgés sont galvanisés par leurs exigences insatisfaites. Ils croient maîtriser la situation et pouvoir obtenir gain de cause sur tous les fronts. Les plus exaltés font rapidement taire les dissidents qui recommandent de mettre un terme à la révolte.

Haletant, le messager retourne au palais d'Archélaos ; il a l'impression que ses poumons vont éclater. Il s'écroule et s'efforce de reprendre son souffle.

Prévenu de son arrivée, Archélaos rejoint aussitôt l'officier, qui peut à peine parler.

— Que s'est-il passé ? demande-t-il, tendu.

— Pardonnez-moi, seigneur… je… je n'ai pas réussi à les convaincre de changer d'attitude et de rentrer chez eux.

— Ne vont-ils pas se disperser ?

— Je ne crois pas, non, reprend le messager, qui a un peu récupéré. Le mouvement a pris de l'ampleur et ils contrôlent le Temple. Ils sont des centaines, au comble de l'excitation. Ils n'entendent pas raison.

Archélaos ordonne que l'on s'occupe de lui et retourne discuter avec ses plus proches conseillers.

— Mes amis, la situation est grave. Que pouvons-nous faire ?

— Pour l'instant, attendre, répond Nicolas, le vieux conseiller d'Hérode et son plus fidèle compagnon.

— Qu'aurait fait mon père dans une situation comme celle-ci ? demande l'héritier.

— Ton père était un homme sage, qui a su diriger le royaume d'une main ferme mais avec habileté et discernement.

— Le grand Hérode aurait envoyé l'armée mater ces canailles malodorantes et rétablir l'ordre dans le Temple, intervient un jeune conseiller.

— Et provoquer un bain de sang aux conséquences imprévisibles ? lance le vieux Nicolas. Gouverner, c'est savoir agir à chaque instant en fonction de la situation. Ces gens se croient invincibles mais, au fur et à mesure que le temps passera, leur enthousiasme faiblira. Le temps joue pour nous. Laissons-le s'écouler et attendons que la révolte cède du terrain. Alors seulement ce sera le moment d'agir.

Archélaos est rattrapé par la réalité. Les jours précédents, pendant les cérémonies funèbres de son père, il était heureux. Entendre le testament d'Hérode qui faisait de lui l'héritier du trône d'Israël a été une grande satisfaction.

Adolescent, il a sans cesse subi le mépris de ses frères, car sa mère était d'origine samaritaine, la lignée ennemie des Juifs. L'inimitié entre les deux peuples, très ancienne, s'est encore aggravée lorsque, deux ans plus tôt, des Samaritains ont profané le Temple. Plusieurs jeunes hommes sont entrés de nuit dans l'enceinte sacrée et ont pillé des tombes juives avant d'éparpiller des ossements humains sur le sol. Les prêtres ont de nouveau proclamé une haine éternelle à l'égard des Samaritains pour cet affront.

Maintenant qu'il est le roi, Archélaos ne tolérera aucune insolence à son endroit sous prétexte qu'il est le fils d'une Samaritaine. Diriger le peuple juif, lui-même traversé par des sentiments contradictoires, n'est pas une tâche facile. Moins encore avec l'ombre de Rome. Archélaos, rongé par le doute face à une situation si délicate, demande de nouveau conseil à Nicolas.

— Que faire ? Attendre ? Ordonner à l'armée de nous débarrasser de ces traîtres ? Maudits pharisiens !

— Attendre sereinement est la position la plus sage dans ces circonstances, assure Nicolas. Envoie une autre ambassade, gagne du temps, laisse les choses se faire, au moins jusqu'à ce que tu obtiennes l'approbation d'Auguste. L'empereur de Rome a entretenu d'excellentes relations avec ton père, et je suis sûr qu'il acceptera son testament sans objection. Ensuite, tu auras les mains libres pour agir avec toute la fermeté nécessaire. En attendant, montre-toi bienveillant avec les rebelles et ne prends aucune décision qui puisse te faire du tort.

Grâce à son calme, Nicolas finit par convaincre Archélaos.

— Quel peuple indiscipliné et difficile à satisfaire ! s'exclame l'héritier, accablé.

— Nous allons bientôt célébrer la Pâque. Des milliers de pèlerins vont se rendre au Temple et remplir les rues de Jérusalem. Si nous obtenons que rien ne se passe d'ici là, la révolte de ce Jephté se dispersera comme des cendres dans le vent.

— Et si ce n'est pas le cas ? Si, au contraire, la sédition s'étend aux Juifs venus d'autres villes et d'autres régions d'Israël ?

— Les fêtes de la Pâque donnent lieu à une grande effervescence, à des cérémonies, à des sacrifices, à des banquets familiaux et à des retrouvailles entre parents et amis. Pendant toute cette période, le Temple est le centre du monde. Les visiteurs ne laisseront pas quelques agitateurs exaltés l'occuper pour leurs propres intérêts. Ils les délogeront et, s'ils se dispersent, ne serait-ce que quelques jours, les rebelles perdront toute leur force, qui repose sur l'euphorie éphémère.

— Mais apparemment ils sont nombreux à réclamer justice pour la mort des rabbins Judas et Matthias…

— Oui, c'est une erreur que nous avons commise à la fin du règne de ton père, admet Nicolas. Nous n'aurions pas dû éliminer ces deux pharisiens, et encore moins les jeunes qui ont fait tomber l'aigle dorée de la porte du Temple. Ton père, peut-être en raison de ses problèmes de santé, a tenu à réagir avec fermeté pour montrer que son autorité était supérieure à celle des rabbins. Sans doute aurait-il été suffisant de les mettre en prison et de leur donner une bonne correction, mais Rome avait les yeux sur nous et l'aigle est son emblème. Nous avons donc opté pour un châtiment exemplaire.

— Bien, nous allons garder notre calme et nous abstenir, pour l'instant, de toute action contre les rebelles, déclare Archélaos à tous les conseillers présents. Que personne ne bouge le petit doigt sans mon autorisation !

S'il est entouré de notables qui ont été fidèles à son père, il n'est pas sûr de leur loyauté à son endroit. Et puis, il y a ses frères, qui semblent trop tranquilles… Il s'approche de Nicolas et l'entraîne à l'écart pour lui parler seul à seul.

— Que penses-tu de mon frère Antipas ? demande-t-il. Parle sans détour, je te prie.

— C'est un jeune homme très habile et il a le don de plaire à ses interlocuteurs. Jusqu'à présent, il s'est contenté d'observer tes premiers pas en tant que souverain d'Israël, mais il attend de voir si tu vas glisser ou trébucher et tomber.

— Et ma tante Salomé ?

— Elle aimait ton père, mais c'est une femme qui n'accepte pas d'être reléguée au second rang. Méfie-toi d'elle.

En réalité, pour Antipas et Salomé, la partie a déjà commencé. Elle est risquée, mais c'est le pouvoir qui est à la clé. Jephté et les pharisiens ne sont que leurs premières cartes.

2

Une Pâque agitée à Jérusalem

Pendant les jours des pains azymes et la Pâque, la double fête la plus importante de toutes celles que prescrit la loi de Moïse, la ville de Jérusalem, le cœur d'Israël, se transforme en un gigantesque théâtre de ferveur religieuse. Les sacrifices offerts devant l'autel du Temple se succèdent à toute heure et de façon ininterrompue pendant toute la durée de la fête. Les gens pieux viennent des quatre coins du pays, déferlant dans les rues et les cours du sanctuaire.

Cette année, l'agitation est à son comble. La nouvelle de la révolte menée par Jephté au Temple s'est répandue dans tout le royaume, et à la traditionnelle ferveur s'ajoute une certaine curiosité chez les pèlerins. Ils veulent savoir si ce qu'on raconte sur les événements et les changements exigés par les rebelles est vrai. Des pharisiens ayant rejoint le mouvement de protestation engagé par Jephté parlent à ceux qui arrivent à Jérusalem des raisons de leurs revendications et de la nécessité de faire triompher la justice. Ils présentent comme de véritables héros les rabbins Judas et Matthias ainsi que les vaillants jeunes gens qui ont abattu l'aigle dorée à coups de hache et l'ont piétinée à la porte du Temple. Pour eux, ce sont des Juifs pieux aux cœurs purs, qui ont affronté avec courage le tyran Hérode, qualifié de sbire des Romains, et su rendre au Temple sa dignité.

Parmi les étrangers, certains écoutent les explications des pharisiens puis se contentent d'acquiescer pour se débarrasser de ces propagandistes étouffants. D'autres, en revanche, se montrent volontiers solidaires et approuvent leurs exigences. Ainsi, jour après jour, le nombre de Juifs réclamant justice et vengeance ne fait que croître.

Bien qu'Archélaos ne réponde pas, les pharisiens et leurs alliés continuent à protester dans le sanctuaire et à se rassembler quotidiennement dans la cour des Gentils. Ils savent que leur lutte risque de durer très longtemps et se préparent soigneusement à résister.

Salomé a compris que la tactique d'Archélaos peut étouffer la révolte des pharisiens et que, dans ce cas, son neveu Antipas n'accédera jamais au trône. Il faut un changement dans le cours des événements. Quelque chose de terrible, qui remette en question la capacité d'Archélaos à gouverner. Dans la plus grande discrétion, Salomé envoie un de ses fidèles collaborateurs chercher Jephté. Celui-ci répond aussitôt à l'appel. Au fond de son cœur, il est épris de cette femme aussi belle qu'intrigante. Sans oser l'avouer, il brûle du désir de la posséder. Il est prêt à faire tout ce qu'elle lui demandera, sans penser un seul instant aux conséquences.

Le rendez-vous est fixé chez un des chefs des pharisiens, sous la protection de plusieurs rebelles. Jephté est ponctuel. Salomé est déjà là, enveloppée dans une cape marron qui lui a permis d'échapper aux regards des curieux dans les rues de la ville. Lorsque Jephté entre, elle retire sa cape et dévoile sa magnifique silhouette, vêtue d'une tunique de soie verte, ajustée. Une ceinture de cuir sertie de perles fait ressortir les courbes prononcées de ses hanches et la forme arrondie de ses seins. Jephté la contemple, estomaqué. Il vendrait son âme au diable pour une seule nuit aux côtés de cette femme.

— Madame…

— Mon ami…

— Qu'attends-tu de moi ? Tu sais que, quoi que tu veuilles, si c'est à ma portée…

— Ton intervention au Temple a été parfaite et je t'en remercie. Mon neveu aussi veut que tu saches qu'il est très satisfait de ta collaboration.

— Tout ce que tu voudras, Salomé…

— Antipas soutient la cause des pharisiens. Mais il ne peut pas, en tout cas pas pour le moment, montrer sa solidarité ouvertement. Son frère détient encore le pouvoir et pourrait ordonner son exécution, et même la mienne. Si Archélaos apprenait que je suis ici, avec toi, il me ferait couper la tête sur-le-champ. L'assassinat est une habitude dans ma famille. Si mon frère n'a pas hésité à éliminer trois de ses fils dès qu'il a eu le moindre soupçon d'une intrigue à son encontre, tu imagines ce que ferait mon neveu Archélaos avec moi…

— N'as-tu pas pu empêcher ces assassinats ? demande Jephté, impressionné par l'aveu de Salomé.

— Que pouvais-je faire, à part rester en vie jusqu'à aujourd'hui ? Désormais, je suis en mesure de venger toutes ces morts. C'est pourquoi je suis du côté d'Antipas, qui souhaite aussi empêcher que le despotisme de mon frère Hérode survive en la personne d'Archélaos.

— Nous sommes à ta disposition, dit Jephté, sous le charme de la princesse, qui, malgré son âge, éveille encore la passion chez beaucoup d'hommes.

— Autre chose : je suppose que tu vas avoir besoin d'argent.

— Entretenir chaque jour toutes les personnes réunies au Temple entraîne des frais…

— Tiens, dit Salomé. – Elle plonge la main dans sa cape, cherche entre les plis et sort une bourse de cuir, qu'elle tend au meneur de la révolte. – J'espère que ce sera suffisant.

Jephté ouvre la bourse et verse son contenu dans sa main.

— De l'or ! s'exclame-t-il.

— Il y a une cinquantaine de pièces.

— Avec cet argent, nous pouvons même acheter quelques armes. Je crois que nous allons en avoir besoin. Nous avons des bâtons, des gourdins, des dagues et même des arcs et des flèches, mais cet or va nous permettre de nous procurer des épées et des boucliers.

— Retourne auprès des tiens et fais en sorte qu'ils conservent leur esprit de résistance.

— Tes désirs sont des ordres, Salomé.

La révolte du Temple continue à s'amplifier. Les pharisiens ont installé sous les portiques du sanctuaire un campement permanent qui est approvisionné chaque jour en nourriture, boisson, vêtements et couvertures. En l'absence de réponse du souverain, qui garde ses distances dans son palais, les rebelles prennent confiance. Ils sont allés trop loin pour faire marche arrière et renoncer aux revendications dont ils ont informé les messagers d'Archélaos, cet homme indigne de porter la couronne royale d'Israël.

Le refus du monarque de prendre une décision enflamme encore davantage les esprits. La plupart des insurgés veulent passer de la résistance à l'action. Maintenant que, grâce à l'or fourni par Jephté, ils ont pu acheter des épées et des javelots, ils ont envie de sortir de l'enceinte sacrée et d'obtenir par la force la justice et la vengeance qu'ils réclament depuis plusieurs jours. Pour certains, il suffit de prier et d'attendre une intervention de Dieu, qui rendra justice lui-même. Mais pour une petite minorité, Dieu interviendra seulement s'ils amorcent un mouvement qui témoigne de leur confiance en Lui.

Au fur et à mesure que les nouvelles des rebelles arrivent au palais royal, l'inquiétude d'Archélaos augmente. Les yeux de Rome, via le légat impérial de Syrie, sont tournés vers lui et observent sa capacité à résoudre ce grave problème. Et s'il n'y parvenait pas ? Auguste pourrait-il le remplacer par Antipas sur le trône ? Il doit agir efficacement… et vite.

— Jusqu'à présent, je t'ai recommandé de ne pas intervenir, dit le vieux Nicolas à Archélaos, mais le nombre de sympathisants des insurgés ne cesse de croître. Si cela continue, il arrivera un moment où les rebelles, confortés dans leur légitimité, voudront non seulement que tu répondes à leurs exigences, mais que tu abandonnes le trône pour te remplacer par un souverain plus disposé à entendre leurs revendications.

— Que puis-je faire ?

— Ce que ton père aurait fait.

— Mon père ?

— Hérode leur aurait accordé une dernière chance, puis il aurait agi avec la plus grande fermeté.

— Je vais envoyer un tribun à la tête d'une cohorte légère, pas plus de cent cinquante hommes. Ils se présenteront au Temple en formation parfaite et exigeront la fin de la révolte.

— Fais-le, mais ordonne aussi au reste de l'armée de se tenir prêt.

— Tu crois que cette cohorte ne représentera pas une démonstration de force suffisante ?

— Écoute, mon roi, les insurgés sont unis et se sentent en position de force. Par conséquent, il est probable qu'ils s'enhardiront à affronter les soldats. D'après ce que nous savons, ils ont acheté des armes et leur moral est au plus haut. Il faut se préparer au pire.

Archélaos acquiesce et ordonne qu'une cohorte quitte immédiatement le palais-forteresse de Jérusalem pour se diriger vers le Temple. Les soldats portent des boucliers légers, des casques, des plastrons de cuir et sont armés de dagues et de courtes épées. Seuls quelques-uns sont pourvus de longues lances, au cas où il faudrait tenir à distance les plus impulsifs.

— En voyant un détachement comme celui-ci, ils n'opposeront pas beaucoup de résistance, déclare l'un des conseillers. Une cohorte suffira à inciter les rebelles à retourner chez eux, et tout sera réglé.

Les officiers qui dirigent la cohorte ont l'ordre exprès d'intimider les insurgés et de capturer le meneur pour le conduire devant Archélaos. Celui-ci pense qu'un bain de sang ne sera pas nécessaire. Si la situation s'envenime, dès qu'une demi-douzaine de pharisiens tomberont sous les coups d'épée des soldats, les autres se disperseront et la révolte n'ira pas plus loin. Dans le cas contraire, il pourrait y avoir un massacre d'une telle ampleur que le royaume deviendrait ingouvernable et serait au bord du précipice.

Le mouvement des troupes est aussitôt repéré et la nouvelle ne tarde pas à arriver jusqu'au Temple. Jephté est informé qu'une colonne de cent cinquante soldats se dirige vers le sanctuaire. Il ordonne aux responsables des groupes formés pour la défense de prendre leurs positions et de se préparer à une éventuelle attaque. Dans les cours et sous les portiques, l'indignation va grandissant. De nombreux rebelles proposent d'aller à la rencontre des soldats et de les affronter dans les rues de Jérusalem.

— Ces chiens sont en formation de combat, annonce un des guetteurs.

— C'est impossible, rétorque Jephté, les rues de cette ville sont trop étroites.

Il comprend tout à coup que ses hommes manquent de formation militaire et s'inquiète des conséquences d'un d'affrontement ouvert avec des soldats bien entraînés et rompus au combat.

— Les voilà ! crie un autre guetteur posté en haut du portique vers lequel mène le grand perron.

Jephté le rejoint en courant et voit l'avant-garde de la cohorte légère gravir les marches d'un pas décidé. Avant même que les rebelles aient le temps de réagir, les premières lignes de soldats pénètrent dans la cour des Gentils et se déploient devant la foule, qui se contente de vociférer contre les intrus et de les menacer en agitant dans les airs épées, dagues, bâtons et gourdins. Les visages des rebelles, crispés et tremblants, contrastent avec ceux des soldats, déterminés et sereins.

Le grand atrium du sanctuaire se compose de quatre rangées de colonnes. Trois d'entre elles forment un vaste portique, tandis que la quatrième court au-dessus du long mur de pierre qu'Hérode a fait bâtir pour protéger le Temple. Les colonnes sont si grosses qu'il faut trois hommes pour en faire le tour les bras tendus. Derrière elles, les défenseurs les plus solides se tiennent en embuscade et attendent que tous les soldats soient entrés dans le sanctuaire pour les cerner et les soumettre plus facilement.

Le tribun ordonne à ses hommes d'adopter une formation en cercle et de dégainer leurs épées. Les porteurs de lance, situés en deuxième ligne, pointent leurs armes vers l'extérieur du cercle.

Sur l'ordre de Jephté, qui dirige ses hommes depuis un côté de l'atrium, une véritable pluie de pierres et de gravats s'abat sur les soldats. Les boucliers légers et les casques de cuir sont une maigre protection, et plusieurs membres de la cohorte s'effondrent sous les jets de pierre.

Les stratèges d'Archélaos n'ont pas prévu une telle attaque. De plus, le nombre d'insurgés rassemblés dans le Temple est largement supérieur à l'estimation qui en a été faite. La cohorte légère est vite dépassée. Grisés par le succès de leur première attaque, les rebelles s'élancent vers les soldats déconcertés et s'engagent dans une lutte corps à corps. Leur supériorité en nombre triomphe de la discipline militaire.

Le tribun et le centurion comprennent que leur seule chance de s'en sortir est de battre en retraite en se regroupant dans le calme. Ils ordonnent à leurs hommes de reculer vers la porte en formation serrée. Une fois dehors, les soldats se débandent dans l'escalier, poursuivis par les plus acharnés des pharisiens, dont la plupart sont restés dans la cour et poussent des cris de jubilation.

L'écho du triomphe résonne entre les colonnades, avant d'être amorti par les caissons en cèdre du plafond des portiques. Les rebelles dansent et sautent de joie puis, quand le calme revient, leurs commandants leur ordonnent de ramasser les cadavres des soldats tombés – qui pendant tout ce temps se vidaient de leur sang – et de les empiler sur un côté afin de libérer de l'espace pour célébrer les sacrifices matutinaux. Comme si rien ne s'était passé, parmi les taches de sang encore fraîches sur les dalles de pierre, les pharisiens s'unissent dans les rites cérémoniels du jour.

Les survivants de la cohorte parviennent à grand-peine à retourner au palais-forteresse. S'ils ont eu la vie sauve, c'est uniquement parce que la plupart des rebelles ont décidé de rester dans la cour des Gentils pour célébrer leur victoire.

Quand le tribun l'informe de la tournure des événements, Archélaos se met à trembler comme un enfant. Il ne s'y attendait pas. Son autorité est remise en question et sa légitimité est en danger. Maintenant, c'est lui qui rêve de vengeance. Tous ses projets, l'héritage reçu et le trône même d'Israël peuvent s'effondrer s'il n'en finit pas une fois pour toutes avec ces fanatiques.

S'il veut être roi pour de bon, il ne peut pas temporiser davantage et doit imposer sa volonté comme l'aurait fait son père. La prudence et la patience, vertus nécessaires dans d'autres circonstances, se révèlent ici inutiles, et il n'a pas d'autre solution que de recourir à la force la plus brutale qui puisse être déployée.

Dans un accès de colère, Archélaos tape du poing sur la table autour de laquelle le conseil royal s'est réuni en urgence. Le vieux Nicolas garde son sang-froid, mais son visage exprime une immense préoccupation. Le trésorier Ptolémée calcule en silence ce que la révolte va coûter au Trésor. Les généraux font déjà une estimation des effectifs nécessaires pour la réprimer efficacement. Personne ne pense aux morts qu'entraînerait une attaque du sanctuaire par l'armée.

— Ce maudit peuple ne retient les leçons que dans le sang, maugrée Archélaos, qui est passé en quelques heures de la résignation au doute, puis à la plus extrême fermeté.

— Ton père n'a jamais tergiversé, seigneur, fait remarquer un des généraux, toujours prompt à soumettre par la force des armes n'importe quelle insurrection populaire.

— Nous n'avons pas d'autre choix, décrète Nicolas.

— Ton père s'est montré sévère et intransigeant à chaque fois qu'il y a eu des troubles dans le royaume, rappelle le général en serrant fermement la poignée de son épée. C'est de cette façon qu'il a réussi à garder le trône pendant tant d'années. Un roi qui n'a pas recours à la force pour démontrer son pouvoir ne mérite pas son titre.

Archélaos hoche la tête. Il a déjà oublié les engagements qu'il a pris quelques jours plus tôt lors de son discours au Temple, son engagement solennel devant les citoyens de Jérusalem d'être un meilleur dirigeant que son père et d'accéder aux justes demandes du peuple. Ces promesses se sont dissipées comme les nuages après l'orage et, désormais, il ne pense plus qu'à mettre un terme définitif à cette situation.

— Prépare l'armée, dit-il au général. Nous allons donner à ces inconscients une leçon qui va dépasser leurs pires cauchemars.

— Quels sont tes ordres, seigneur ?

— Main de fer, fermeté absolue, répression totale de l'insurrection sans merci, sans la moindre hésitation. Que la mort se répande jusqu'à transformer les cours du Temple en bassins de sang.

Le vieux Nicolas fronce les sourcils. Hérode est mort depuis des semaines mais, l'espace d'un instant, en voyant la détermination d'Archélaos, il a l'impression d'être en présence de son ancien seigneur.

Les ordres sont exécutés avec une rapidité inhabituelle. À peine trois heures plus tard, tous les soldats des garnisons de Jérusalem sont prêts à intervenir. Même la troupe cantonnée dans la tour Antonia, la forteresse la plus sûre de l'enceinte fortifiée, reçoit l'ordre de mobilisation. Toute la cavalerie disponible est concentrée en escadrons fermés autour du palais-forteresse.

Le mouvement des troupes est si intense que les guetteurs déployés par Jephté ne tardent pas à le prévenir que quelque chose de très grave est en train de se passer autour des installations militaires de Jérusalem.

Au milieu de toute cette agitation, la princesse Salomé observe avec attention les préparatifs de l'armée dans la cour de la forteresse. Des centaines de soldats vont et viennent dans les entrepôts de l'armurerie pour se munir de boucliers, d'épées, de lances, d'arcs et de flèches. Le fil des épées projette des étincelles sur les pierres à aiguiser ; les casques en métal scintillent sous le soleil quand les soldats ajustent les courroies sous leur menton ; les carquois des archers se remplissent de flèches fraîchement empennées ; les chevaux piaffent en sentant que leur entrée dans le combat est proche ; les forgerons, après avoir aiguisé aussi bien les pointes de lance que les épées, enroulent des bandes de peau de chamois et de cuir autour des poignées ; les yeux des soldats brillent de l'éclat mortel de ceux qui ont vu de nombreux massacres ; les officiers crient, donnent des ordres et des consignes pour que personne ne perde le rythme ; les lanciers crachent sur la pointe métallique de leur lance, que certains passent à plusieurs reprises sur la pierre à meuler.

Salomé a peur. Pour la première fois de sa vie peut-être, elle redoute le destin qui s'annonce. Elle sait qu'elle devrait envoyer un messager à Jephté pour l'informer de l'attaque qui se prépare, mais elle ne veut pas être découverte. Un à un, les commandants des détachements font savoir à Archélaos que leur unité est prête pour le combat. Et le roi, sans hésiter, donne l'ordre de marcher sur l'enceinte sacrée le plus rapidement possible. Le Temple est un fortin aux murs épais comme trois hommes et hauts comme quinze. Si personne ne pénètre à l'intérieur et que les accès sont contrôlés, il est donc facile à défendre.

Les stratèges envoient l'infanterie se déployer vers chaque porte du sanctuaire, afin que les soldats pénètrent par toutes les entrées à la fois et provoquent la terreur parmi les insurgés. Pendant ce temps, la cavalerie est déployée autour des portes, dans les espaces plus ouverts, avec la mission de bloquer tous les accès et d'empêcher les défenseurs du Temple de recevoir une quelconque aide de l'extérieur.

La fermeté et la promptitude avec laquelle Archélaos a pris la décision d'attaquer le Temple prennent au dépourvu Jephté et ceux qui mènent la révolte avec lui. À peine ont-ils le temps de réagir pour établir un plan de défense qu'ils entendent les premières voix et le fracas des armes.

— Les soldats ! crie un des pharisiens chargé de la défense des portes. Ils arrivent par centaines, peut-être même par milliers !

Jephté et ses conseillers, qui discutent dans un coin de la cour des Gentils, se retournent en entendant les cris et voient avec horreur plusieurs dizaines de soldats de la garde royale se déployer dans la cour en poursuivant un groupe de défenseurs dépassés par les événements.

Les pharisiens ne sont pas en mesure de faire face à la charge en formation serrée des soldats. Certains sont surpris au milieu d'un sacrifice en compagnie de prêtres, et ne sont même pas armés. L'éclat des lames dégainées, les lances vibrant dans la charge, les boucliers alignés comme les écailles de la carapace d'une tortue, tout est du côté des assaillants. Pris à l'improviste, les défenseurs cèdent face à la charge des soldats professionnels et tombent comme les blés coupés par une faux. Les rebelles font ce qu'ils peuvent, mais c'est bien peu face aux cohortes parfaitement organisées qui répondent comme un seul homme aux injonctions de leurs commandants.

Des dizaines de corps s'écroulent sous les coups d'épée et de lance. En quelques minutes, la cour des Gentils se remplit de cadavres, et le sang coule sur les dalles de pierre devenues rouges. La lumière du soleil de midi tombe à pic sur les toits du Temple, tandis que des cris d'horreur et de douleur qui résonnent dans tout le sanctuaire s'élèvent vers le ciel.

Les soldats attaquent avec l'efficacité de professionnels entraînés au combat. Chacun défend son compagnon de gauche avec son bouclier et donne des coups d'épée ou de lance de la main droite. Parmi les pharisiens et leurs sympathisants, les morts sont innombrables. Le sang rend le sol glissant et il devient difficile de garder l'équilibre au milieu de cette boucherie. Le vacarme ne cesse de s'accroître jusqu'à devenir un tourbillon de voix et de cris glaçant le sang de ceux qui en ont encore dans les veines.

Les troupes d'Archélaos sont enragées. Certains hommes comptaient des amis parmi les morts de la cohorte lapidée par les insurgés. À chaque coup, ils vengent leurs compagnons d'armes. L'odeur de la mort sature l'air et les cadavres s'amoncellent sur les hommes mutilés qui perdent tout leur sang en poussant des gémissements effroyables avant d'être achevés par le coup de grâce. Pas à pas, les formations acculent les rebelles et les éliminent un par un, aussi aisément qu'un vent d'automne arrache les feuilles sèches des arbres.

Telle une machine d'acier infernale, le front de soldats poursuit son avancée et anéantit la foule, qui oublie de se défendre et ne cherche qu'à échapper au massacre en piétinant les siens. Les épées transpercent encore et encore dos et poitrines, coupent gorges, bras et jambes, fracassent les crânes et balafrent sans pitié les visages.

Les ventres béants déversent leurs entrailles de tous côtés et à l'odeur douceâtre du sang s'ajoute bientôt celle, nauséabonde, des excréments et des vomissures. La vue des corps ouverts de haut en bas, le goût salé des éclaboussures de sang qui giclent sur les lèvres et la puanteur pénétrante, à la fois acide et écœurante, galvanisent encore plus les soldats et les entraînent dans un tourbillon de rage et de fureur.

Jephté se lance désespérément contre les soldats, une courte épée à la main. Il harangue ses compagnons pour qu'ils restent vaillants et ne faiblissent pas, mais les pharisiens ne sont pas de taille face aux vétérans des premières lignes de l'armée d'Archélaos, qui les terrassent aisément à la première occasion. Un des mercenaires germains, un géant blond aux yeux bleus et au regard féroce, sectionne l'épaule droite de Jephté et un autre lui transperce la gorge d'un coup d'épée. Le meneur de la révolte s'écroule aussitôt et les assaillants écrasent brutalement son cadavre sous leurs sandales cloutées.

Une fois le principal instigateur abattu, les rebelles s'enfuient, c'est la débandade, mais l'enceinte du sanctuaire est un piège mortel. Les sorties sont bloquées par des détachements d'archers thraces. Avec une précision diabolique, ils criblent de flèches les rares insurgés qui parviennent à franchir le seuil des portes du Temple. Et ceux qui réussissent à dépasser la ligne de tir sont traqués comme des lapins par les détachements de cavalerie déployés à l'arrière-garde. Les chevaux, habitués au tumulte de la guerre, ne bougent pas lorsqu'ils s'élancent vers eux avant de tomber, transpercés par les longues épées ou les courtes lances des cavaliers.

Seuls quelques fuyards échappent à cet enfer de destruction. Certains s'enferment chez eux, terrorisés, en attendant une mort certaine. D'autres vont chercher refuge dans les collines qui entourent Jérusalem. D'autres encore, moins nombreux, courent comme des possédés jusqu'à Béthanie, à deux milles de là, les pieds meurtris et ensanglantés, l'âme réduite en lambeaux.

La ville entière est une complainte funèbre. Les citoyens de Jérusalem et les pèlerins passent de la ferveur de la Pâque, avec la joie des retrouvailles annuelles en famille et l'espoir suscité par les sacrifices devant l'autel du Temple, à la terreur absolue et au chagrin infini.

Dès qu'il est informé du succès de l'attaque par son armée, de la reprise du Temple et de l'exécution ou de la dispersion des rebelles, Archélaos envoie aux quatre coins de la ville des hérauts qui proclament sa victoire et annoncent l'annulation des dernières cérémonies des fêtes de la Pâque. Un très court délai est accordé aux pèlerins ne résidant pas à Jérusalem pour quitter la ville, et les habitants reçoivent l'ordre de rester enfermés chez eux tant que la libre circulation dans les rues ne sera pas de nouveau autorisée. Quiconque ne respecte pas ces consignes encourt la peine capitale. Les ailes éthérées et ténébreuses de l'ange de la mort se déploient sur la ville, qui pleure les défunts sans pouvoir les honorer par les cérémonies funèbres que prescrivent leurs croyances.

Dans son palais-forteresse, Archélaos reprend de l'assurance. Il a réussi à soumettre, bien que de façon brutale et sanguinaire, la révolte menée par les pharisiens dans le Temple. Comme son père, il a fait de la terreur sa principale alliée. Si quelqu'un, dans les années à venir, s'aventure à provoquer de nouvelles émeutes ou à discuter les décisions du souverain, il saura à quoi s'en tenir.

Archélaos a triomphé, sans le soutien explicite des Romains, qui ont attendu de voir depuis la Syrie ce qui allait se passer en Judée. Il ne s'est pas écoulé une seule journée sans que le gouverneur de Syrie ait reçu de ses émissaires des nouvelles fraîches du déroulement des événements dans cette région indocile du Sud, pacifiée par Hérode d'une main de fer mais de nouveau secouée par des troubles qui semblaient définitivement derrière elle.

Tous s'attendent à voir le souverain exprimer sa joie après le succès de l'intervention de son armée mais, devant tous les conseillers et membres de sa famille, qui l'applaudissent quand il paraît, il prononce des paroles inattendues :

— Une bonne chose de faite ! Maintenant, à Rome !

— Seigneur..., s'étonne Nicolas, qui ne comprend pas cette décision.

— C'est le moment pour moi de me présenter à Auguste. J'ai réprimé efficacement une révolte qui menaçait de déstabiliser le royaume et maintenu le calme parmi le peuple. Je peux entrer dans Rome en triomphateur et successeur légitime de mon père.

— Le problème de la rébellion des pharisiens n'est pas du tout réglé. La flamme de la sédition peut renaître à tout moment, et même avec plus d'intensité. Dans ce cas, si le roi est loin de la Judée, qui sait ce qui peut se passer...

— Cette plèbe loqueteuse et sale ne méritait rien d'autre que la mort. Le calme arrive toujours après la tempête, aussi violente qu'elle ait pu être. Nous leur avons donné une bonne leçon et il se passera longtemps, très longtemps, avant qu'un inconscient ose protester ou même discuter la parole de son seigneur. La sédition a été noyée dans son propre sang et les âmes des traîtres errent dans les ténèbres du *shéol* pour toujours. Ils savent maintenant que personne ne peut contester mon autorité ni mon jugement sans subir le châtiment qu'il mérite pour son audace.

— Nous ne savons pas comment les Romains vont réagir, insiste Nicolas.

— J'ai appliqué leur devise : « Qu'ils nous haïssent, pourvu qu'ils nous craignent », si c'est le prix à payer pour la paix. Je pars à Rome dès que possible.

— À tes ordres, seigneur, se résigne Nicolas.

— Nous embarquerons à Césarée. Tout devra être prêt d'ici une semaine. Toi, Ptolémée, tu viendras avec moi. Je vais avoir besoin de mon plus grand expert en finances, car je suppose que cette question devra être traitée en profondeur avec les Romains. J'emmènerai aussi ma mère, Malthace. Et toi, bien sûr, Nicolas de Damas, car l'expérience du plus ancien et du plus sage conseiller royal me sera précieuse.

— Cher neveu, intervient Salomé, qui était jusqu'alors restée en retrait aux côtés de son époux Alexas, j'aimerais t'accompagner dans ce voyage avec mon mari et mes enfants.

— Pourquoi ?

— Je souhaite montrer à Auguste et à son épouse Livie que je soutiens ta nomination au trône en tant qu'héritier de mon frère. J'ai été l'exécutrice testamentaire d'Hérode et je peux témoigner mieux que personne que telle a été sa dernière volonté.

— As-tu les moyens de faire ce voyage ? demande Archélaos.

— Tu sais que je n'ai pas beaucoup de ressources personnelles…

Salomé ment, bien qu'elle veuille à tout prix aller à Rome, où va se jouer le destin d'Israël, et s'entretenir avec Livie, l'influente épouse d'Auguste. Archélaos hésite. Il connaît bien les arguties de sa tante et sa maîtrise de l'art de l'intrigue. Jadis, Salomé a exercé un contrôle total sur son neveu Antipater, le successeur déçu, exécuté cinq jours seulement avant la mort d'Hérode.

— Jures-tu de me soutenir à tout moment ?

— Par ce que j'ai de plus sacré. Tu le mérites et, en outre, il est de mon devoir de faire respecter la volonté de mon frère.

Salomé sait moduler sa voix pour obtenir dans chaque situation le ton le plus convaincant. Archélaos réfléchit un instant, puis accepte.

— D'accord. Toi, ma chère tante, et tes enfants viendrez avec nous à Rome et je prendrai vos frais à ma charge. J'espère que tes bonnes relations avec Livie inciteront Auguste à me reconnaître comme roi d'Israël.

— Je t'en remercie, mon neveu, dit Salomé en embrassant Archélaos sur la joue.

Antipas, resté à l'écart, se mord la langue et serre les poings en voyant le comportement de sa tante. Celle qu'il a crue son alliée dans sa tentative de s'imposer à la tête du royaume jure fidélité à son frère aîné et va l'aider à obtenir l'aval de l'empereur de Rome. Il peut à peine contenir sa stupeur. Et si Salomé le dénonçait à Archélaos et anéantissait toutes ses chances ? Peut-être n'est-ce qu'une ruse de sa part pour gagner du temps et cherche-t-elle à gagner la confiance du roi pour agir plus efficacement contre lui. Antipas ne sait plus quoi penser. Mais il ne peut rien faire. Sa vie est désormais entre les mains de sa tante. Il n'a plus qu'à se taire et à se résigner.

— Pendant mon absence, je confie le gouvernement du royaume d'Israël à mon frère Philippe, qui restera à Jérusalem comme procurateur et veillera en mon nom à la bonne administration du peuple juif, ainsi qu'à mon frère Antipas, gouverneur de Galilée.

Archélaos sait ce qu'il fait. Philippe est bienveillant et loyal. C'est sans doute le moins intrigant de toute la fratrie. Fils d'Hérode et de Cléopâtre, une femme native de Jérusalem, il a à la fois le caractère et les qualités nécessaires pour calmer ceux qui appelleront sans aucun doute à la vengeance après le massacre du Temple. Il ressemble à sa mère : ses grands yeux couleur miel, ourlés de longs cils magnifiques, illuminent son visage presque toujours souriant. Il n'aime pas aller au-devant des problèmes et s'efforce de traiter les affaires qui lui incombent avec délicatesse et une certaine habileté politique. Il sait pardonner aux autres leurs erreurs et ne se laisse pas abattre par les difficultés, aussi graves puissent-elles paraître, bien que cela l'oblige souvent à déformer la réalité et à la rendre beaucoup plus attrayante. Il a de l'esprit et il est d'un commerce agréable. Respectueux de la Loi et de ses obligations, il saura tenir le gouvernement d'Israël en attendant la décision d'Auguste.

Une fois seule, Salomé envoie secrètement un messager à Damas pour informer en détail le gouverneur romain de Syrie, Quinctilius Varus, des intentions de son neveu.

À la surprise générale, alors que le cortège est sur le point de partir pour Rome, le rusé Varus apparaît à la tête de deux cohortes de légionnaires au port de Césarée. Il ordonne que le trésor d'Hérode soit gardé au temple de Jérusalem jusqu'à ce qu'Auguste décide de la validité du testament du défunt roi. Puis il remet une lettre au capitaine du navire avec pour mission, dont il répondra de sa vie, de la faire parvenir à l'empereur.

Dans cette lettre, Quinctilius Varus explique à Auguste la situation en Israël et, ayant entendu les prières de Salomé, se prononce en faveur d'Antipas, dont il vante la capacité de commandement et la modération. À l'inverse, il juge durement Archélaos. Il qualifie de douteuse sa fidélité au peuple de Rome et l'accuse de se comporter avec une extrême cruauté. Il affirme que de nombreux Juifs le haïssent et qu'une grande majorité préférerait voir Antipas sur le trône d'Hérode.

Profitant de l'agitation du départ, Salomé indique rapidement à Antipas, présent au port pour prendre congé de son frère, son accord avec Quinctilius Varus. Elle a décidé d'agir de son propre chef et lui dit de s'attendre à une énorme surprise.

Enfin, seulement deux semaines après le massacre du Temple, le cortège hétéroclite de la cour juive embarque pour Rome depuis Césarée à bord d'une trirème de la flotte impériale.

3

Une surprise à Rome

Le taille-mer de la trirème rompt les eaux méditerranéennes en laissant derrière lui un sillage écumant d'argent. Le navire vient de sortir du port, délimité par deux jetées en forme de tenaille d'un demi-mille de long qui le protègent des vents du sud et de l'ouest. Au fur et à mesure qu'il avance vers le couchant, la ville de Césarée, la préférée d'Hérode, s'éloigne à l'horizon. Sur le profil de la côte se dessinent le monumental théâtre, les hauts toits des thermes, les rondes arcades des entrepôts autour de la rade, l'aqueduc qui approvisionne la ville en eau depuis le mont Carmel et l'immense temple bâti par Hérode en l'honneur d'Auguste et à la gloire de Rome, qui se découpe sur une hauteur en face de l'entrée du port.

Le rythme cadencé du tambour, marqué par le *hortator*, indique aux rameurs la vitesse à laquelle doivent se succéder les coups de rame à la surface de la mer. Les pilotes tiennent les deux gouvernails et le capitaine ordonne de lever la voile carrée, l'artimon, dès que le vent souffle dans la bonne direction.

Le navire a été bien approvisionné, car la traversée durera de un à trois mois, et le séjour de la cour juive à Rome peut se prolonger de manière indéfinie. Auguste est toujours occupé. Certes, les guerres en Hispanie sont terminées depuis quelques années, mais l'attention de l'empereur est passée de la soumission des tribus cantabres et asturiennes à d'importants conflits au *limes* du nord.

L'Empire a consolidé sa frontière le long du Rhin et du Danube, dont il a fortifié les rives avec des tours de guet, mais les Germains harcèlent les Romains sur leurs terres, et Auguste a l'intention de leur donner une bonne leçon. Depuis qu'il est rentré d'Hispanie, il ne cesse d'échafauder des plans pour conquérir la Germanie, en finir avec l'hostilité exaspérante de ses tribus et étendre les frontières de l'Empire jusqu'à la lointaine terre des Hyperboréens, dans les régions glacées de la mer froide du nord, aux confins septentrionaux du monde. Archélaos est conscient de cette situation et sait que, si la stabilité de l'Empire en Orient est importante, elle est actuellement secondaire.

Pendant la traversée, l'esprit d'Archélaos a tout le temps de vagabonder. L'héritier a hâte d'arriver à l'*Urbs*. Il connaît la ville, où son père l'a envoyé quand il avait à peine huit ans afin qu'il suive des études et se forme auprès des meilleurs maîtres. Aujourd'hui, il se souvient avec plaisir des années passées à Rome et se réjouit à l'idée de retrouver les rues qu'il a parcourues à l'adolescence. C'était le temps de l'insouciance, des moments heureux soumis à la seule surveillance des sévères pédagogues qui lui enseignaient la grammaire, la philosophie et les sciences.

Il pense aussi à ses frères, en particulier à ce brave Philippe, avec qui il a partagé ses années de jeunesse à Rome, puis à Antipater, le fils de Doris, avec qui il n'a jamais eu de bons rapports. L'aîné d'Hérode a toujours vu en lui son principal rival à l'accession au trône. Il le traitait avec mépris et l'appelait « petit » pour faire remarquer que son droit de primogéniture éclipsait toute autre option de succession.

Et finalement c'est lui, Archélaos le « petit », qui est roi. Il observe la voile carrée, gonflée par le vent du levant, et sourit en songeant que l'âme de son frère Antipater erre probablement dans les ténèbres de l'Hadès, tandis que lui navigue vers Rome pour rencontrer le maître du monde. En cet instant, il ne doute pas que celui-ci l'approuvera comme souverain d'Israël et le traitera comme un frère.

Salomé se montre fuyante au cours de la traversée, et se tient à l'écart du reste du groupe. Elle cherche l'isolement dans un recoin du pont ou dans l'une des étroites cabines de la poupe réservées aux membres de la cour. Elle ne parle presque pas et se contente de contempler l'horizon ou l'écume que produisent les coups de rame sur l'eau au rythme imposé par le tambour du *hortator*. Elle évite, surtout, de croiser le regard d'Archélaos et n'engage la conversation avec personne, excepté son mari et ses enfants.

Nicolas de Damas et Ptolémée, les deux conseillers royaux, s'entretiennent longuement, et Archélaos se joint souvent à leurs discussions. Mais au fur et à mesure que Rome approche, l'héritier devient nerveux. Il est de plus en plus impatient de connaître la décision d'Auguste.

La navigation se déroule sans heurts. Cela fait longtemps que l'armada impériale a débarrassé les eaux de la Méditerranée des pirates. Elles sont désormais absolument sûres. Étant donné la saison, le pilote a choisi l'itinéraire du nord. Le navire est approvisionné en eau à Chypre, puis met le cap sur Rhodes et, toujours en direction du couchant, longe les côtes du Péloponnèse, la terre des dieux, avant de laisser à bâbord Céphalonie pour traverser la mer Ionienne jusqu'à Brindisi, en Italie. Là, les voyageurs sont débarqués et tous leurs bagages sont déchargés et entassés sur des chariots. Puis ils se dirigent vers Rome par la voie Appienne, l'une des plus importantes de l'Empire, qui traverse le sud de la péninsule italique d'un littoral à l'autre dans la campagne fertile.

— Rome ! s'exclame Archélaos, ému à la vue de la capitale de l'Empire.

Après un virage, la ville apparaît. La voie Appienne grouille de gens, de mules et d'attelages qui vont et viennent continuellement. De part et d'autre s'élèvent des monuments funéraires, dont certains abritent les dépouilles de Romains illustres qui ont contribué à faire de leur ville la plus puissante du monde.

Le messager envoyé avec quelques jours d'avance s'est chargé de louer un luxueux palais, où vont s'installer les membres de la cour de Judée. Il s'agit d'un grand bâtiment situé sur le versant nord de la colline du Palatin, près du Forum. Il appartient à un richissime sénateur, qui possède de nombreuses propriétés et à qui il a fallu avancer trente mille sesterces à titre de caution.

— Magnifique palais, commente le vieux Nicolas.

— Un des meilleurs de Rome.

— Mais beaucoup trop cher, juge Ptolémée, qui sait parfaitement, en tant que trésorier, ce que va coûter leur séjour dans cet édifice somptueux.

— C'est une demeure digne d'un roi, déclare Archélaos.

Pendant que les serviteurs déchargent les effets personnels des chariots, Archélaos, Nicolas et Ptolémée se réunissent dans un cabinet pour convenir de la stratégie à suivre devant Auguste. Ils sont en pleine conversation lorsque se présente un émissaire qui demande audience d'urgence. Supposant qu'il s'agit d'un courrier d'Auguste qui vient lui souhaiter la bienvenue à Rome, Archélaos accepte de le recevoir sur-le-champ. Mais ce que le messager apporte, c'est une tablette de cire, qu'Archélaos lit avec stupéfaction.

— Antipas ici ? s'exclame-t-il. Il est à Rome !

— Ton frère, seigneur ? demande Nicolas.

— Oui, mon frère cadet. Il est ici. Il me souhaite la bienvenue et me dit qu'il va venir me saluer aujourd'hui même.

— Comment est-ce possible ? Comment a-t-il pu ? Tu lui as confié les affaires de la Galilée !

— Il a sans doute embarqué peu après notre départ à bord d'une galère de guerre, dit Ptolémée, ou d'une de ces embarcations véloces qu'utilisent les marchands quand ils veulent voyager par mer rapidement bien que sans commodités. Et il est arrivé avant nous.

La colère s'empare d'Archélaos. Son frère Antipas a beaucoup trop de charisme. Il est aussi grand et séduisant que lui. Il a un visage bien proportionné, des yeux magnifiques et un regard lumineux, des cheveux noirs et brillants, une constitution athlétique où se mêlent harmonieusement les sangs juif, samaritain et iduméen, et des manières plus raffinées.

Archélaos se méfie même de leur mère, l'ambitieuse Malthace, et sent bien qu'elle lui préfère son frère. A-t-elle quelque chose à voir avec la présence inattendue d'Antipas à Rome ? Un jour, il l'a entendue dire que son fils cadet était le digne fils de son père Hérode – ce qu'elle n'a jamais dit à son propos – et qu'il savait traiter les autres avec finesse et habileté. En outre, Antipas est tout aussi ambitieux et connaît bien les dessous de la politique romaine, car il a passé toutes ses années de formation dans l'*Urbs*.

— Méfie-toi de ton frère, seigneur, recommande Nicolas sur un ton inquiet.

— Il faut qu'Auguste ratifie le testament dès que possible, maintenant plus que jamais, affirme Archélaos. Israël a besoin d'un monarque fort et unique qui soit soutenu par l'autorité impériale.

Il insiste sur le mot « unique ».

— Mais votre père a laissé par écrit une répartition des pouvoirs…, rappelle Nicolas.

— Mon père est mort et enterré, l'interrompt Archélaos.

— Nous devons éviter tout conflit entre Juifs, dit le conseiller, qui voit se profiler une confrontation fratricide risquant d'anéantir le royaume d'Israël.

— Mais que cherche-t-il à faire, cet intrigant ?

— Ce n'est pas difficile à deviner, intervient Ptolémée.

— Il veut mon trône.

— Quelqu'un l'a forcément aidé, ou conseillé…

— Ma tante Salomé ?

— Qui d'autre, seigneur ? rétorque Nicolas.

— Mais elle m'a juré fidélité…

— À quoi t'attendais-tu de la part d'une femme aussi ambitieuse que ta tante ? renchérit Ptolémée, goguenard.

— Antipas n'a ni l'expérience ni l'esprit d'initiative nécessaires pour préparer seul un tel voyage, insiste Nicolas. Mon flair de vieux limier me dit que Salomé est au courant et que c'est elle qui lui a conseillé de se rendre à Rome.

— Mais elle m'a juré fidélité, elle a juré, juré…

Le vieux conseiller sourit avec ironie. Il a vu bien des trahisons au cours de sa vie.

— Nous devons nous attendre à toutes les éventualités. La présence d'Antipas confirme mes soupçons. Je suppose que ta tante Salomé et ton frère ont conclu un pacte secret pour te chasser du trône. Et il est possible qu'ils bénéficient de soutiens ou qu'ils en cherchent.

— Tu penses à une personne en particulier ? demande Archélaos.

— Il y en a bien une… N'as-tu rien remarqué chez le rhéteur Irénée ? Cet orateur arrogant, originaire de Rhodes, nous regarde de toute sa hauteur comme si nous étions des nains. Ces derniers temps, il était toujours avec Antipas, qui le tient en haute estime. Je l'ai entendu parler à plusieurs reprises. Il a un talent oratoire vraiment remarquable et un arsenal d'arguments redoutables. Si quelqu'un est capable de défendre avec conviction les prétentions d'Antipas au trône d'Israël, c'est bien lui.

Nicolas de Damas est le seul conseiller en qui Archélaos ait confiance. À bord de la trirème, ils ont discuté de la stratégie à appliquer à Rome, du comportement à adopter face aux hauts fonctionnaires de la chancellerie impériale et de la façon dont ils allaient se présenter devant Auguste, mais à aucun moment ils n'ont imaginé qu'Antipas arriverait avant eux.

— Mon père a nommé Antipas tétrarque de Galilée et de Pérée dans le testament même qui fait de moi l'héritier du trône, rappelle Archélaos. N'est-ce pas suffisant pour mon frère ? S'il conspire contre moi pour tout avoir, il va probablement déclencher une guerre civile. Cela entraînera l'intervention de Rome et la fin du royaume d'Israël. Ne se rend-il pas compte qu'il joue avec le feu et que nous risquons tous d'être pris dans ces flammes ?

— Si conjuration il y a, ne crois pas que l'initiative vienne exclusivement de ton frère. Je te l'ai dit, je pense que c'est Salomé qui tire les ficelles de ce complot.

— Je ne sais pas, ma tante…

— Ne sois pas naïf. Je sais que tu as du mal à y croire, mais je t'assure que l'ambition de Salomé n'a pas de limites. Elle sait qu'elle ne pourra jamais te contrôler, mais elle est convaincue que si elle met Antipas sur le trône, ce sera elle qui gouvernera Israël. Et sois sûr qu'elle fera tout ce qu'elle pourra pour y parvenir.

— Nous sommes entourés d'intrigants ! s'exclame Archélaos, les yeux pleins de colère. Même mon frère Philippe, si fidèle et prévenant, éveille désormais mes soupçons. La cour d'Israël est devenue un nid de vipères qui ne cessent de conspirer contre moi. J'ai l'impression que ce sont tous des traîtres prêts à me planter une épée entre les deux omoplates dès que j'aurai le dos tourné. Même toi, mon loyal Nicolas, je finis par te soupçonner.

— Moi, seigneur ?

— Oui, pourquoi pas ? Personne ne connaît mieux que toi les coulisses de la cour. Personne n'a ta ruse ni ton expérience. Tu sais analyser n'importe quelle situation et résoudre efficacement les problèmes les plus complexes.

Archélaos regarde Nicolas avec méfiance. Grand et gros sans toutefois être obèse, le vieux conseiller aux cheveux bouclés encore abondants a de petits yeux souriants et confiants. Il pourrait très bien faire partie des conjurés.

— J'ai été le confident de ton père et son plus fidèle serviteur. Jamais je ne te trahirai.

— Nicolas, Nicolas... Pardonne mes soupçons, mais cette cour regorge de traîtres qui cachent leurs intentions dans l'attente de temps plus propices pour les dévoiler. Comment peut-on gouverner dans l'angoisse permanente ? La Judée est une terre infestée de comploteurs, de fanatiques prêts à suivre le premier fou qui leur promettra d'aller tout droit au paradis, de faux prophètes s'obstinant à annoncer l'imminence de la fin du monde, de messies garantissant la rédemption à ceux qui suivront leurs absurdes péroraisons. Notre pays est un dangereux nid de guêpes où même les frères se battent entre eux comme des loups affamés devant une proie.

— Mais pour l'heure, nous sommes à Rome, rappelle Nicolas.

— Et mon frère Antipas y est aussi. Il n'est évidemment pas venu me soutenir devant l'empereur. Nous devons déjouer ses plans.

— Je vais le faire surveiller à chaque instant, déclare Nicolas. Il ne fera pas un pas sans que nous sachions où il va.

— Crois-tu qu'Antipas puisse dissuader Auguste de ratifier le testament de mon père ?

— Il n'a pas autant d'influence. Mais, au cas où, tu devrais prendre les devants et solliciter une audience d'urgence auprès d'Auguste.

— Très bien, cher Nicolas. Envoie immédiatement un messager au palais impérial. Qu'il fasse savoir au César que je suis arrivé à Rome et que j'attends avec impatience d'être reçu. Ah ! et sollicite aussi un entretien avec Livie. L'influente épouse d'Auguste joue un rôle fondamental dans toutes les décisions qu'il prend.

Malgré la promptitude d'Archélaos, Salomé l'a pris de vitesse. Avant même d'être arrivée à Rome, depuis Brindisi, elle a envoyé secrètement un de ses serviteurs remettre un message à Livie pour solliciter un entretien discret en tête à tête.

Livie accepte, et la rencontre entre les deux femmes a lieu au palais impérial, dans un salon privé, en la seule présence de deux esclaves qui se tiennent à bonne distance.

Les deux amies se saluent en s'embrassant avec effusion et s'offrent des cadeaux. Malgré l'âge et les douleurs qui rendent sa marche difficile, l'épouse d'Auguste n'a rien perdu de sa majesté. Son visage est marqué de rides sculptées par le temps, mais elle a gardé la vivacité et l'éclat de la femme la plus puissante de l'Empire.

— Chère Salomé ! Tu es magnifique. As-tu fait un pacte avec les dieux pour qu'ils te gardent ta beauté ?

— Oh ! Livie, pas du tout.

— Alors donne-moi ton secret pour rester aussi belle.

— L'air de Judée et l'eau de ses sources, je suppose.

— Permets-moi de t'offrir une coupe de mon vin préféré : malvoisie de Rhodes, très doux. Mon époux ne boit que le vin dense et fort de Rhétie, bien qu'avec les années il ait dû le couper d'un peu d'eau.

— Merci, Livie, à ta santé ! lance Salomé en levant sa coupe, avant de boire une grande gorgée de vin.

— Je me réjouis de te savoir parmi nous. Depuis ces lettres que nous avons échangées avant la mort de ton frère, je dois dire que j'avais très envie de te voir. Alors raconte-moi, qu'as-tu fait pendant toutes ces années ?

— J'ai survécu, chère Livie. Ma famille est une meute de bêtes féroces incapables de coexister sans s'entretuer.

— Eh bien ! Je croyais que ton frère Hérode avait bien fait les choses et qu'il avait pacifié le royaume.

— En effet, mais au prix que tu connais : le sang a coulé à flots dans notre famille. Maintenant que mon frère est mort, aucun de ses fils ne respecte son testament et ils veulent tous être le prochain roi.

— Mais d'après ce que nous savons, dans son testament, il a désigné Archélaos.

— Oui, mais conformément au traité signé entre Rome et Israël, cette nomination ne sera valide que lorsque ton époux l'aura approuvée. Et puis, les frères d'Archélaos ne l'accepteront pas, pas plus que les Juifs radicaux, notamment les pharisiens, qu'il a déjà fallu soumettre par la force.

— Et que proposes-tu ? demande Livie.

— Que la royauté d'Israël soit annulée et que la Judée soit gouvernée directement depuis Rome par un préfet apte à diriger notre nid de guêpes.

— D'après ce que je sais, une telle décision infligerait aux Juifs une humiliation insupportable. Mon époux concentre toute son attention sur la frontière germanique. Le pire qui pourrait arriver à l'Empire en ce moment serait l'ouverture d'un second front de guerre en Orient.

— Dans ce cas, conseille au César d'approuver la division du royaume d'Israël en plusieurs territoires. Archélaos pourrait continuer à gouverner la Judée, comme le stipule le testament d'Hérode, et Antipas serait roi de Galilée. Sinon… il faudrait déposer Archélaos et donner tout le pouvoir à Antipas.

— Et toi ?

— Moi ? Ma seule ambition est de vivre sans autres préoccupations les années qui me restent. Mon frère m'a légué le gouvernement de trois villes sur la côte, avec leurs rentes et un magnifique palais à Ascalon, où je souhaite me retirer. Je n'ai besoin de rien d'autre.

— Et tu penses que l'on t'empêchera de le faire ?

— Ascalon fait partie de la Judée et Archélaos voudra gouverner toute la région, y compris cette ville. Par conséquent, ma vie sera entièrement soumise à sa volonté.

— Chère Salomé, sois sûre que je ferai tout ce qui est en mon pouvoir pour assurer ta sécurité. Mais je pense que le mieux serait de parvenir à un accord à l'amiable avec ton neveu. Si vous arrivez ensemble à un consensus, Auguste sera ravi de le ratifier, j'en suis sûre.

— Je ne peux rien garantir en ce qui concerne mes neveux, même s'ils devaient conclure un accord en présence de l'empereur et le signer de leur propre sang.

— Mais toi, quel rôle peux-tu jouer ?

— Moi, je commence à avoir peur. C'est pour cette raison que je te propose de conseiller à Auguste de régler la situation une fois pour toutes et de garantir la stabilité d'Israël.

— Par une intervention militaire, je suppose.

— Oui, pour couper court aux ambitions de mes neveux et assurer la paix.

— Autrement dit, ta solution préférée serait que la Judée devienne une province de l'Empire.

— Je n'en fais pas mystère.

— Chère Salomé, en réalité, j'ai toujours pensé que c'était la meilleure chose à faire, mais mon époux n'aime pas cette idée. Il connaît bien les Hébreux et sait qu'il y aurait des résistances et des émeutes. Il m'a dit plus d'une fois que le peuple juif est orgueilleux et qu'il se rebellerait contre Rome si on lui imposait de devenir romain. Et maintenant, il y a aussi le testament de ton frère. Si mon époux le rectifie, cela reviendra à dire que ce ne sont pas les rois d'Israël qui gouvernent leur pays mais l'empereur de Rome.

» Je connais mon époux. J'ai passé de nombreuses années à ses côtés et je ne crois pas qu'il ira à l'encontre de la volonté testamentaire de ton frère Hérode. Ils étaient amis et il respectera sa mémoire. Vu ses projets actuels d'invasion de la Germanie, il voudra éviter tout autre conflit. Et puis, Auguste a déjà été trop complaisant avec les Juifs, bien plus qu'avec n'importe quel autre peuple. Même les Grecs se sentent discriminés et ne cessent de protester contre le traitement de faveur dont bénéficient les Hébreux, surtout en ce qui concerne la dispense de service militaire dans les légions.

— C'est une prérogative qui a été accordée par Jules César, rappelle Salomé.

— Ah ! sur ce point le divin Jules s'est trompé. Je ne comprends toujours pas pourquoi il vous a accordé un tel privilège. Peut-être parce qu'il savait que les Juifs étaient plus dangereux au sein de l'armée qu'en dehors, ou pour qu'Hérode, fait roi par Marc Antoine et mon époux, puisse s'en prévaloir et s'attirer la sympathie de son peuple. Enfin, le vieux Jules croyait fermement aux présages et peut-être a-t-il considéré ce privilège comme une condition du destin, qui sait ?

— Notre peuple, douce Livie, est, disons… particulier. Et Jules César le savait bien. C'est pourquoi il l'a traité différemment des autres peuples soumis à l'Empire.

— Qu'entends-tu par là ? demande Livie, qui ne semble pas connaître le radicalisme religieux de certains groupes hébreux.

— Presque tous mes compatriotes sont les gardiens jaloux de leurs traditions et de leur religion, la seule vraie à leurs yeux. Ils croient en un dieu unique, Yahvé, le Seigneur du Ciel, et considèrent que le peuple juif est l'élu de ce Dieu. Rome et ton époux doivent tenir compte de cela.

— Mais tu viens de dire que Rome devrait gouverner la Palestine…

— En effet, mais en tenant compte de ces particularités.

— Et tu veux que j'influence Auguste dans ce sens.

— Je te prie de le faire, Livie.

— Dans ce cas, il faut que tu me décrives ces groupes qui coexistent au sein de ton peuple.

— C'est plus simple qu'il n'y paraît. Les plus importants sont au nombre de trois : les pharisiens, les saducéens et les esséniens. Les pharisiens sont de petits commerçants et de modestes paysans qui observent de manière stricte la loi de Moïse. Ils se désignent eux-mêmes comme « les séparés » et « le peuple de la Loi ». Ils attendent l'avènement proche du Messie qui libérera Israël de la domination romaine. Ils s'efforcent d'être très purs rituellement. C'est pourquoi ils vivent selon les préceptes du livre que nous appelons le

Lévitique. Mais les plus radicaux d'entre eux prônent la lutte armée.

— Les saducéens sont les membres des familles les plus puissantes d'Israël, n'est-ce pas ?

— Absolument. Ils forment une caste de riches propriétaires terriens. Dans leurs pratiques religieuses, ils n'admettent que ce qui est écrit dans les cinq livres de la Torah, notre Loi. Ils ne croient ni aux prophètes, ni à une autre vie dans l'au-delà, et autorisent les hommes à prendre plusieurs épouses. Leur but est d'avoir de bonnes relations avec Rome et de gagner de l'argent.

— Et les esséniens ?

— Ce sont des visionnaires qui se croient illuminés par Dieu, interprètent les Écritures à leur manière et attendent aussi l'avènement du Messie. Ils se considèrent comme les seuls élus qui connaîtront le salut et comme les dépositaires de la vérité révélée. Certains d'entre eux sont prêts à se battre contre Rome.

— C'est tout ? s'étonne Livie. Vu ainsi, cela ne semble pas très compliqué. N'oublie pas que cet empire englobe des centaines de peuples différents.

— Eh bien, il y a aussi les scribes, un groupe de spécialistes de la Loi, qui sont généralement pharisiens ou prêtres ; les anciens, qui ne sont pas nécessairement âgés mais sont membres du Sanhédrin et issus de familles riches qui contrôlent la justice ; les prêtres du Temple, un collège de trois cents membres répartis en vingt-quatre classes, assistés de quatre cents lévites, les descendants d'une des douze tribus, dont la mission est de s'occuper du sanctuaire… Et puis il y a les collecteurs d'impôts, les publicains, qui forment une caste à part, haïe et rejetée par les autres…

— N'en dis pas plus. Cela ne m'étonne pas que ce Dieu dont tu parles vous ait élus. Quelle complexité ! En gage de l'amitié profonde que je te porte, je parlerai de cette affaire à mon époux, mais…

— Mais ?

— Tu devras être d'une absolue discrétion.

— Évidemment.

— Bien. Ce sera moi qui t'informerai du déroulement des événements. En attendant, reste vigilante, mais ne prends aucune initiative. D'accord ?

— D'accord.

— Et fais en sorte que tes neveux se tiennent tranquilles.

— Comment sais-tu ? balbutie Salomé, surprise par cette insinuation.

De toute évidence, Livie est informée de la présence d'Antipas à Rome. Sait-elle aussi que, si les deux frères finissent par entrer en conflit ouvert, Salomé prendra le parti d'Antipas, s'opposant ainsi à la dernière volonté d'Hérode ?

— Je sais tout, chère Salomé ! lance Livie en prenant quelques fruits, qu'elle savoure allongée sur son lit couvert de gros coussins moelleux de soie pourpre. Comment crois-tu que je me serais maintenue toutes ces années sur ce trône s'il en était autrement ? Et maintenant, parle-moi de toi. Une femme de mon âge a besoin qu'une vieille amie la tienne au courant de ce qui se passe à l'extérieur.

Salomé regarde Livie, la divine, le seul être humain qui puisse dire non à Auguste, le maître du monde. Elle sourit, satisfaite, car elle a une fois de plus réussi à s'attirer sa sympathie. Elle sait qu'aucun de ses deux neveux n'est à la hauteur de son frère Hérode, et soupçonne l'impératrice de le savoir également, ce qui renforce sa position. Elle n'a pas besoin de davantage de détails pour comprendre que Livie va la soutenir. En effet, l'impératrice est convaincue que c'est elle qui devrait régner sur les Hébreux, même si la coutume rend cette option difficile à envisager.

— La société juive est régie par les hommes, explique Salomé. Nous autres femmes sommes considérées comme des êtres inférieurs. Nous leur devons obéissance, à notre père quand nous sommes célibataires ou à notre époux quand nous nous marions. Même dans le Temple de Jérusalem, il existe une cour extérieure, dite « des Femmes », dans laquelle on nous réunit séparément des hommes comme si nous étions des lépreuses.

— Il y a eu des exceptions, la reine Alexandra, par exemple…

— Oui, il y a environ soixante-dix ans, elle a été désignée comme régente par son époux au détriment de ses propres fils. Mon frère n'en a pas fait autant pour moi. Cette bande de fanatiques ne consentira jamais à être gouvernée par une femme.

— Vos valeurs ne sont pas les mêmes que les nôtres, observe Livie. Pour les Romains, les plus grandes sont l'honneur et la dignité. Vous devriez prendre exemple sur nous à cet égard.

La princesse juive se garde bien de dire que si la Judée ne devient pas une province romaine, elle sera là, dans l'ombre, pour dicter à son neveu Antipas ce qu'il aura à faire. Mais elle aura besoin de l'aval de Rome, sans quoi son plan sera voué à l'échec. Elle sait qu'elle tient une opportunité extraordinaire. Elle n'a pas le droit à l'erreur.

4

Le tribunal d'Auguste

À Rome, les jours s'écoulent lentement et dans le calme. Auguste ne semble pas impatient de recevoir le prétendant au trône de Judée. Il est occupé par des affaires beaucoup plus graves. La Germanie accapare toute son attention et il n'a pas le temps de se plonger dans des détails concernant un petit peuple de la frontière orientale de son Empire. Au cours d'un banquet, Livie lui parle de sa conversation avec Salomé et lui demande d'intervenir pour régler une fois pour toutes l'épineuse question du royaume d'Israël. Le César la regarde et consent à le faire, bien que de mauvaise grâce. Lui aussi regrette les privilèges que son père adoptif, le divin Jules César, a accordé à ce peuple de rabbins et de visionnaires.

— Tout ce qu'ils méritent, c'est de disparaître de la surface de la Terre, s'emporte Auguste. Ces Juifs… toujours avec leur éternelle rengaine, leurs prêtres, leur temple, leurs rites infantiles, leur seul vrai Dieu…

Livie sait qu'Auguste est en colère. Le temps du maître du monde est trop précieux pour qu'il se préoccupe de cette bande de va-nu-pieds, héritiers d'une nation de gardiens de chèvres crasseux, devenus prétentieux après avoir été galvanisés par une poignée de prophètes écervelés et quelques prêtres imbus d'eux-mêmes.

— À ton avis, que dois-je faire avec ces fichus Juifs, chère épouse ? demande Auguste, pressé par Livie d'apporter une réponse au testament d'Hérode.

— Abolir tous leurs privilèges, supprimer ceux que leur a accordés le divin Jules et faire de la Judée une simple province de l'Empire.

— Eh bien ! Et s'ils refusent ? Tu sais comment ils sont, toujours prêts à en découdre.

— Il n'y a pas d'autre issue. Comme je te l'ai dit, le frère cadet, Antipas, aspire également au trône, mais le testament a désigné Archélaos comme héritier. Une guerre risque d'éclater entre leurs partisans si tu n'interviens pas. Sans ton approbation, le testament d'Hérode n'a aucune validité.

— Je suppose que tu as déjà choisi un candidat.

— Non, cher époux.

— Alors ?

— La clé de cet imbroglio, c'est Salomé. Dommage qu'elle ne soit pas un homme car, dans ce cas, je n'aurais pas le moindre doute. Elle compte avant tout sur Rome, qui selon elle devrait gouverner directement la Judée.

— Cela serait contraire aux accords signés avec les Juifs et pourrait déclencher une guerre. Or, j'ai besoin de toutes les légions de réserve sur le front de Germanie.

— Alors tu ne vas rien faire ?

— Laissons les choses telles qu'elles sont pour le moment. Tant que les deux frères seront à Rome, la Judée se tiendra tranquille. Alors qu'ils attendent.

— Comme tu voudras, cher époux.

À cet instant, un éclair lumineux déchire le ciel gris de Rome, puis un terrible coup de tonnerre éclate. Auguste frémit. Le maître du monde a peur du tonnerre et des éclairs depuis qu'il a essuyé un énorme orage dans les montagnes du nord de l'Hispanie. Pendant qu'il guerroyait contre les indomptables Cantabres et Asturiens, il a failli être frappé par la foudre.

Son épouse le réconforte. Quand l'orage menace, le puissant Auguste a l'air d'un enfant démuni.

— Le César ne peut pas te recevoir… pour l'instant.

Archélaos serre les poings lorsqu'il apprend par un messager impérial qu'Auguste ne répondra pas à sa demande d'audience. Contrairement à ce qu'il a cru à son départ de Judée, l'approbation ne va être ni simple ni rapide à obtenir. Les jours passent et l'attente devient pesante, malgré les nombreuses distractions qu'offre Rome. Les nouvelles de Judée sont rares, mais c'est mieux ainsi, car cela signifie que le royaume est en paix et que les Juifs n'ont pas recommencé à se rebeller contre leurs dirigeants. Le massacre du Temple a grandement calmé les esprits. Un jour, cependant, Ptolémée fait savoir à Archélaos qu'une ambassade de Juifs également désireux de s'entretenir avec l'empereur vient de débarquer au port d'Ostie.

— Que s'est-il passé ? demande l'héritier à son économe, qui n'a pas de réponse précise à cette question. Pour quelle raison des Jérusalémites ont-ils décidé de se rendre à titre personnel à la capitale de l'Empire avec l'espoir d'être reçus par Auguste ?

Très contrarié, il suppose que son frère Antipas est derrière tout cela. Pourtant, ce n'est pas le cas. Peu à peu, avec l'arrivée de nouveaux informateurs en provenance d'Israël, la vérité se fait jour...

Juste après le départ d'Archélaos pour Rome, des membres du Sanhédrin, les représentants des sadducéens et certains des pharisiens les plus influents se sont réunis chez le grand prêtre à Jérusalem. Indignés, ils n'ont pas oublié le massacre qui a mené à la tombe des centaines de leurs amis et de leurs parents. Après les premiers jours de deuil, pendant lesquels ils ont été paralysés par la peur et par le souvenir des morts, ils ont commencé à réagir et à tenir des propos très acerbes contre Archélaos et la situation du royaume d'Israël. Les plus exaspérés, profitant de l'absence du roi, se sont mis à le critiquer sévèrement et à proclamer qu'un individu tel que lui ne méritait pas de porter sur son front la tiare du roi David : d'abord les rabbins Judas et Matthias, puis les pharisiens qui se sont soulevés au Temple… bientôt quiconque s'opposera à la tyrannie des fils d'Hérode sera exécuté.

Joazar, qui a senti que son titre de grand prêtre était en danger, n'a pas hésité à sympathiser avec ce groupe. Il n'a pas été nommé à vie. C'est Hérode qui lui a confié cette fonction, mais ce privilège revient maintenant à Auguste – en tout cas tant qu'il n'aura pas décidé de déléguer cette tâche à Archélaos ou à toute autre personne, y compris un obscur gouverneur romain de la province.

Joazar a bien l'intention de rester le principal gardien du Temple et des trésors d'Israël. Il souhaite que tout le peuple le soutienne comme garant de la foi commune. Il sait qu'Archélaos le déposera dès qu'il recevra l'approbation d'Auguste, pour le remplacer par un prêtre gagné à sa cause. C'est pourquoi il n'a pas hésité un instant à se montrer solidaire de ceux qui envisagaient de se présenter devant Auguste pour réclamer la fin de la tyrannie. Lorsqu'il a entendu le discours du vieux Sédécias, un riche commerçant en tissu, il a applaudi avec enthousiasme.

— Je n'insisterai jamais assez, s'est écrié le vieillard, sur le caractère sanguinaire et vindicatif d'Archélaos, qui n'est ni moins tyrannique ni moins cruel que son père ! Tirez-en vos propres conclusions !

Les paroles de Sédécias ont été saluées par tous les rebelles réunis chez Joazar, qui ont fait le serment de se libérer du joug des fils d'Hérode, et ont confirmé la décision d'envoyer une ambassade à Rome. Ils pensent que l'empereur doit instaurer par les armes un nouveau régime qui convienne à l'ensemble du peuple juif sans léser les intérêts de l'Empire ; comme si un tel miracle était possible.

Pendant une semaine, la maison du grand prêtre Joazar a été le théâtre de réunions incessantes, où des dizaines de propositions ont été analysées. Au bout du compte, il a été décidé que la délégation serait très nombreuse afin de montrer que tous les Juifs étaient d'accord sur ce qui constituait la meilleure option : la destitution d'Archélaos et de n'importe lequel de ses frères susceptibles de lui succéder.

Pour obtenir son soutien, Joazar a envoyé au légat romain en Syrie un message l'informant de ses intentions. Le gouverneur ayant une certaine influence sur Auguste, avoir son aval serait déjà une première victoire. Le contenu de sa missive était on ne peut plus explicite :

En tant que grand prêtre du temple de Jérusalem, je viens te faire part, cher légat impérial, du souhait de tous les Juifs de vivre conformément à leurs coutumes ancestrales, enfreintes et méprisées par Hérode et ses fils. Cette lignée cruelle et démoniaque est coupable de la décadence de la Judée. C'est pourquoi je te propose que tous ses descendants soient écartés du chemin du peuple d'Israël. Cette misérable famille se trouvant en ce moment à Rome, je t'implore de faire tout ce qui est en ton pouvoir pour que tous ses membres y restent et ne reviennent jamais sur la terre sainte d'Israël. Je te propose, en outre, que la Judée soit administrée comme une simple province romaine, sous l'autorité directe de l'empereur, dans le respect de nos coutumes, comme le dicte la loi de Moïse, et que le Sanhédrin exerce le pouvoir, bien qu'au nom du César, dans toutes les affaires concernant les Hébreux. J'ai envoyé des ambassadeurs à Rome afin qu'ils obtiennent pour notre peuple le régime le plus charitable et modéré possible pour éviter une intervention violente de tes légions.

En ces temps de conjurations et d'espoirs, les pharisiens font pression pour diriger le nouvel Israël, en tant que parti autoproclamé du peuple. Ils jouissent d'un prestige immense : ils expliquent la Loi à leurs adeptes et l'interprètent selon les besoins du moment ; ils défendent les traditions séculaires de leurs ancêtres ; ils ont versé leur propre sang sur le parvis du Temple pour défendre la dignité de tous les Juifs ; leurs dirigeants sont admirés, voire révérés, par tous ; on se lève même respectueusement sur leur passage. Les saducéens, en revanche, doivent admettre qu'ils sont au second plan : ce sont les plus riches et ils possèdent les affaires les plus florissantes, mais ils n'ont pas l'appui du peuple ; il n'y a pas de scribes ni de docteurs de la Loi parmi eux et ils ne se distinguent pas par leurs connaissances dans la pratique de la doctrine religieuse ; cependant, ils parviennent à maintenir le grand prêtre Joazar, un des leurs, à la présidence du Sanhédrin.

L'euphorie est alors totale. Le prêtre Jéchonias, homme très respecté, a demandé la parole lors d'une des réunions. Il s'est exprimé avec tempérance, conscient que les hommes se laissent emporter par un optimisme démesuré. Il a parlé lentement, avec assurance et sagesse :

— Mes amis, mes frères, il y a de grands risques que notre plan échoue. Nous devons revenir à la réalité et nous rappeler qu'il est probable qu'Auguste, grand ami d'Hérode, comme vous le savez, ratifie son testament. Si Archélaos accède légitimement au trône et bénéficie du soutien des Romains, nos propositions relèveront de la haute trahison et nous serons de nouveau victimes d'une terrible répression. Face à une telle perspective, je vous propose de chercher une alternative au cas où notre idée de soumettre Israël à l'administration directe de Rome, mais conformément aux règles consuétudinaires du peuple juif, serait rejetée par le César. Si Auguste décide de ratifier le testament d'Hérode et de laisser un monarque à la tête d'Israël, je propose que nous soutenions Antipas face à Archélaos. Je connais les deux frères, et je considère qu'Antipas sera un roi plus tolérant et permissif que son aîné.

Les conjurés ont été étonnés, ont acquiescé en partie au discours de Jéchonias, mais sont restés sur leur première idée et ont désigné aussitôt les messagers qui se rendraient à Rome pour exposer leurs revendications à Auguste. Le grand prêtre dispose des fonds nécessaires pour financer le voyage. Il a mis à la disposition de cette entreprise le tribut du Temple, car il a estimé qu'il s'agissait d'une mission sacrée engageant l'avenir du peuple juif. En effet, c'est à Rome que tous les destins se jouent, et pas uniquement celui du peuple d'Israël.

Les représentants des villes dont la population est majoritairement d'origine grecque se sont mobilisés aussi. Les magistrats de la région de la Décapole, ainsi que ceux de Ptolémaïs et Césarée se méfient des intentions du régime qui les attend si Archélaos est reconnu par Auguste. Pendant le règne d'Hérode, ils ont pu vivre selon leurs propres coutumes, mais les fils du défunt souverain ne leur inspirent pas confiance. Après s'être concertés, ils ont pris une décision similaire à celle des Juifs.

Ils ont envoyé leur propre délégation se présenter devant Auguste avec un mémorandum dans lequel ils exposent leurs revendications pour le respect de leurs droits. Ils affirment qu'ils ne veulent en aucun cas se soumettre à la juridiction juive et se plaignent de subir continuellement vexations et mauvais traitements en raison de leur origine grecque. Ils ne veulent plus vivre reclus entre quatre murs, être traités comme des chiens galeux ni être rejetés parce qu'ils sont considérés comme une race impure. Ils défendent l'esprit de la religion des Hellènes et leur sens de la tolérance à l'égard de tous les cultes pratiqués au sein de l'Empire sous la protection du César. Enfin, ils protestent contre la volonté des Juifs d'imposer une religion unique et exclusive.

Archélaos sait désormais à quoi s'en tenir. Deux ambassades, une de Juifs rebelles et une autre de Grecs mécontents, sont arrivées à Rome pour faire part à l'empereur de leurs revendications tout à fait contraires à ses intérêts. Si Auguste se rend compte de ce ballet de protestations, son accession au trône sera réellement en danger. Il a l'impression que tout le monde est contre lui.

— Qu'ils soient tous maudits ! s'exclame-t-il. Que le feu du ciel s'abatte sur eux !

Toujours prudent dans ses conseils, Nicolas s'efforce de le calmer.

— Tu ne peux pas tous les affronter à la fois, seigneur, car tu perdras. Tes ennemis sont trop nombreux et certains d'entre eux ont des intérêts communs. Il ne te reste plus qu'à lutter pour ce que tu peux encore conserver. Renonce aux villes grecques de ton royaume. Qu'elles s'administrent elles-mêmes si elles en sont capables ! Qu'un légat de Rome les gouverne ! Ou qu'elles aillent directement en enfer ! Essaie de parvenir à un accord avec les pharisiens, ton frère et ta tante Salomé. Prends des décisions uniquement pour le peuple juif. Deviens le chef des Juifs, leur guide, leur référent indispensable.

— Ton conseil est sage, comme toujours, songe Archélaos à voix haute. Occupe-toi de rédiger un document dans ce sens. Je le ferai aussitôt parvenir à Auguste.

— C'est le meilleur moyen de désamorcer tout ce qui se prépare. Auguste ne veut pas avoir de problèmes à résoudre en Orient. Il a besoin de quelqu'un qui les résolve à sa place et il faut que ce soit toi, seigneur.

Archélaos décide alors de rencontrer Antipas. Entre eux, la tension est palpable. Après avoir exposé ses intentions à son frère, Antipas refuse tout compromis.

Irénée lui a conseillé de rester fermement sur ses positions. Il pense qu'il dispose d'un plus grand soutien que l'héritier, et qu'Auguste finira par se rendre à l'évidence en le nommant roi.

Malgré le refus d'Antipas de chercher un consensus, Nicolas rédige un document dans lequel Archélaos fait part à Auguste de sa volonté de renoncer à sa souveraineté sur les villes helléniques de la Décapole et de Ptolémaïs, et de son espoir d'être approuvé en tant que roi des Juifs, conformément aux dispositions du testament de son père. Par ailleurs, l'héritier décide de ne pas s'entretenir avec Salomé pour l'instant, car il a l'intuition qu'elle va prendre le parti d'Antipas. Tous semblent se liguer contre lui, mais il n'est pas encore au bout de ses surprises. Aussi incroyable que cela puisse paraître, son frère Philippe, censé diriger Israël en son absence, contrevient à ses ordres et se présente également à Rome. Il prétend vouloir défendre les droits d'Archélaos, alors qu'en réalité le puissant légat de Syrie Quinctilius Varus lui a laissé entendre qu'il serait bon qu'Auguste sache qu'il existe, lui aussi. Et que, quand l'empereur procédera au partage d'Israël, il devrait être présent pour obtenir sa part du gâteau.

Lorsqu'il voit son deuxième frère à Rome, Archélaos s'irrite de nouveau mais ne peut qu'accepter sa présence. Et au fond, même s'il se méfie de lui, il est peut-être le seul soutien qui lui reste dans la famille, au moins pour l'instant.

Ainsi, pendant que toute la descendance d'Hérode est en déplacement à Rome, que les frères se disputent amèrement le trône et que le peuple juif se rebelle, personne ne garde la terre sacrée de Jérusalem.

Auguste finit par apprendre que des dizaines de délégués juifs attendent d'être reçus, disséminés dans les maisons de leurs huit mille compatriotes qui constituent la communauté hébraïque de la ville. Face à tant de requêtes et de réclamations, la moitié d'Israël étant dans les rues de Rome, il décide de ne pas temporiser davantage. La situation est déjà suffisamment compliquée en Germanie. Il préfère donc résoudre le plus tôt possible la fâcheuse affaire des Juifs.

Il demande à ses conseillers de les divertir du mieux qu'ils peuvent, de les accompagner au théâtre, aux jeux du cirque ou aux combats de gladiateurs dans l'arène. Mais les délégués juifs refusent de se rendre à ces spectacles. Ils affirment que leur manquent plutôt leurs visites au Temple, la prière devant l'autel et la présence mystérieuse du Tabernacle. Rien ne semble éveiller l'intérêt de ces gens étranges, qui ne pensent qu'à honorer leur Dieu, à se conformer à leurs lois et à leurs rituels, pas même l'effervescence des rues de Rome, dont le périmètre est chaque jour augmenté par la construction de nouveaux quartiers et la grandeur accrue par de prodigieux monuments.

La délégation pharisienne, lasse d'attendre, remet à Auguste un second mémorandum, plus complet et plus ferme que le précédent. Il indique de manière plus explicite le refus du peuple d'Israël, dont les pharisiens se considèrent comme les seuls représentants légitimes, de voir les fils d'Hérode hériter du trône.

Auguste réfléchit en se promenant dans les jardins de son palais. Il ne sait pas comment se comporter avec ce peuple peu nombreux mais rebelle. Pour lui, ce n'est guère plus qu'un panier de crabes qui ne cesse de lui empoisonner la vie. Il se demande comment résoudre cet imbroglio successoral.

Livie le rejoint. La vieille impératrice sait quand il a besoin de ses conseils avisés.

— Qu'est-ce qui te préoccupe, cher époux ? demande-t-elle.

— Encore ces maudits Juifs ! Comme si je n'avais pas plus important à faire !

— Tu dois régler la situation une fois pour toutes.

— Mais comment ? As-tu une idée de la façon dont je puisse m'y prendre ? Comme je suis naïf ! Évidemment que tu en as une, tu sais toujours quelle décision adopter dans ce genre de situation.

— Oublie le testament. Hérode a été une figure unique et inimitable. Il a été au service de Rome pendant son règne, mais aucun de ses fils n'a ses qualités ni son sens de la loyauté à l'égard de l'Empire. Ce qui a fonctionné jusqu'à maintenant ne fonctionne plus. Fais ce que te demandent les ambassadeurs pharisiens, oublie les dernières volontés d'Hérode et transforme la Judée en une simple province de l'Empire.

— Je suis le César et j'ai engagé ma parole. J'ai juré que je respecterais la volonté de mon vieil ami Hérode et je le lui ai fait savoir. Je dois m'y tenir, c'est une question d'honneur.

Livie fait la moue en veillant à ce qu'Auguste, absorbé par un parterre de fleurs, ne perçoive pas sa contrariété.

— C'est à toi de décider, cher époux, mais je t'implore de ne pas différer ta réponse plus que nécessaire. D'après ce que je sais, en Palestine, tout le monde est mécontent : les pharisiens, les saducéens, les Grecs de la Décapole, les fils d'Hérode… et ce n'est pas bon pour la stabilité de la région.

— Tu es bien informée de ce qui se passe dans ce recoin poussiéreux.

— C'est notre amie Salomé, la sœur d'Hérode, qui m'a mise au courant. Comme tu le sais, elle est également ici. Elle a accompagné son neveu Archélaos.

— C'est une femme très intelligente. Je suis d'accord avec toi sur ce point : si les Juifs étaient sensés, ils la laisseraient les gouverner. Tout irait beaucoup mieux pour eux.

— Mais tu sais, cher époux, que les Juifs sont réticents à laisser une femme se mêler des affaires publiques.

— Bien, je me donne encore deux semaines et je réglerai cette situation compliquée, ne serait-ce que pour me débarrasser une fois pour toutes de ces va-nu-pieds impertinents.

Le jour tant attendu finit par arriver. Toutes les délégations, juives comme grecques, sont convoquées en même temps, le même jour et à la même heure, devant le César.

Au matin, les Juifs arrivent au palais impérial. Ils sont fouillés, au cas où l'un d'eux commettrait l'imprudence de cacher une arme sous ses vêtements, puis conduits par les gardes jusqu'à l'immense salon des ambassadeurs, où trône un fauteuil de marbre recouvert de coussins de soie pourpre. La décoration de la pièce est assez austère, très conforme aux goûts du César. Les murs de pierre nue sont interrompus uniquement par quelques belles tapisseries d'éléphants brodées au fil d'or, offertes par un prince indien, et divers bustes d'illustres citoyens romains de l'époque républicaine, dont un de Caton l'Ancien.

Le sol, pavé de grandes dalles de marbre qui composent un motif géométrique dans une gamme chromatique complexe et délicate, brille comme s'il venait d'être lustré. Dans certaines zones, la décoration se reflète comme dans un bassin aux eaux limpides.

À côté du trône, une fois les Juifs placés selon les indications du maître de cérémonie, s'alignent les soldats de la garde impériale dans leurs uniformes d'apparat, puis les conseillers et les secrétaires. De part et d'autre du trône, deux porte-enseigne tiennent chacun un étendard avec les insignes impériaux.

Pendant qu'ils attendent l'arrivée d'Auguste, les représentants du peuple juif s'observent avec méfiance. À droite du trône se trouvent les trois fils d'Hérode, Archélaos, Antipas, Philippe et, avec eux, Salomé et le reste de la famille, puis un peu plus loin les conseillers Nicolas et Ptolémée, toujours attentifs. À gauche sont rassemblés les délégués des pharisiens et ceux des villes grecques du nord de la Galilée, derrière lesquels sont déployés deux douzaines de gardes.

Enfin, Auguste entre d'un pas sûr, bien qu'il ait déjà plus de soixante ans, et avec la solennité de celui qui se sait le maître du monde. Il est vêtu de la tunique pourpre impériale et chaussé de sandales dorées. Il y a quelque temps, son dos a commencé à se courber sous le poids de l'âge et des responsabilités. Ceux qui ne l'ont jamais rencontré auparavant sont un peu déçus. Ils s'attendaient à un homme colossal, mais l'empereur est un vieillard qui ne se distingue ni par sa taille – il se révèle même assez petit –, ni par sa constitution, ni par ses traits. Il a de petites dents inégales, les yeux trop rapprochés, le nez aquilin, les sourcils broussailleux et ses cheveux jadis blond foncé et légèrement bouclés sont devenus rares et presque blancs. Mais de sa silhouette insignifiante émane une espèce d'aura de pouvoir qui l'enveloppe comme une brume invisible. Est-il vrai qu'il est le fils des dieux ?

À ses côtés marche son épouse Livie, toujours majestueuse et altière, le dos droit, les épaules en arrière, le visage impassible, telle une statue de marbre grecque. Le César avance jusqu'au trône, se tourne vers l'assistance et s'assoit avec une lenteur étudiée, tandis que son épouse prend place sur une chaise, à sa droite. Un secrétaire approche avec révérence et lui murmure quelque chose à l'oreille. L'empereur acquiesce et le secrétaire prend la parole à voix haute :

— Caius Jules Octave César Auguste, *pontifex maximus* et père de la patrie romaine, *imperator* et consul, vous a convoqués, nobles représentants du peuple juif, pour entendre vos doléances. Le peuple et le Sénat de Rome souhaitent que le conflit qui a éclaté en Judée soit résolu en vue de la satisfaction du peuple juif et du bon gouvernement de la République.

S'il se comporte en souverain de l'Empire, Auguste aime encore se présenter comme le dirigeant de la défunte République, à laquelle il a lui-même mis fin des années auparavant.

— Je n'ai pas l'intention d'ajourner plus longtemps cette affaire, déclare Auguste dans un silence expectatif. Je vais donc entendre les plaidoyers des parties et prendre une décision, comme il m'en incombe en vertu du traité conclu entre Rome et le roi Hérode, mon ami.

Puis il se tourne vers le secrétaire, qui annonce chacun des intervenants :

— En premier lieu, la parole est à la délégation de Jérusalem, envoyée par le peuple d'Israël.

Lorsqu'il entend ces mots, Archélaos serre les dents. Il s'agit des survivants de la révolte des pharisiens, de nouveau prêts à contester son autorité.

Un homme mûr au visage décharné, très maigre, grand et un peu dégingandé, vêtu d'une tenue humble mais décente, sort du groupe de gauche et avance jusqu'au milieu de la salle, comme le lui indique le secrétaire. Il s'arrête, incline légèrement la tête devant Auguste et attend, conformément aux explications qu'on lui a données avant le début de l'audience, que le César l'autorise à parler.

— Je te remercie, ô César, de nous avoir accordé cette audience et je me réjouis de la bonté dont tu fais preuve, dirigeant du monde, en acceptant de nous écouter. Mandaté par les sages docteurs et les vénérables prêtres de notre Loi, je suis ici en tant que délégué du peuple juif pour t'exposer nos doléances. Israël est une nation pacifique qui souhaite continuer à vivre dans la sérénité de ses coutumes et en harmonie avec Rome, car nous aspirons comme toi à la paix.

» Mais nous ne voulons pas que la tyrannie domine notre peuple. Pendant le règne d'Hérode, que certains appellent le Grand, les gouvernants se sont comportés de manière despotique avec les Juifs. Leurs décisions ont été très préjudiciables à notre peuple. Hérode lui-même a agi en tyran davantage qu'en roi. Il a plongé ses sujets dans la nécessité, dilapidé les biens confisqués aux notables de la nation, exécuté de nombreuses personnes uniquement par méfiance, et privé d'autres de leur fortune à son profit exclusif. Il semblait vouloir la destruction d'Israël plus que son bien-être et sa félicité, qui constituent pourtant le but recherché par tout bon dirigeant. Il s'est attaché à embellir les villes voisines, habitées par des étrangers grecs et arabes, pendant qu'il négligeait les nôtres et provoquait leur ruine. Son sang n'était même pas purement hébreu mais mêlé à celui des Arabes nabatéens.

» Il n'a pas non plus mené une vie digne d'un roi exemplaire. Dans ses palais, toutes sortes de dépravations et de péchés étaient commis. Non content d'avoir épousé plusieurs femmes, une coutume qui n'est plus en usage, il a possédé toutes celles dont il avait envie, qu'elles soient célibataires ou mariées. Pas même l'honneur de jeunes vierges ne l'a arrêté. Il les a déflorées et violées avec sa luxure pécheresse, parfois en présence de leurs parents et de leurs frères. Des centaines de familles pleurent encore les affronts que leur a fait subir ce souverain lascif et voluptueux.

» Être cruel et malfaisant qui a semé la graine de la haine chez ses propres fils avant de les renier, Hérode a été le dirigeant le plus abominable qu'ait connu notre peuple dans toute son histoire. (Le délégué poursuit son plaidoyer d'une voix ferme et de plus en plus exaltée.) Son règne nous a fait plus de mal que notre captivité à Babylone, et ses effets seront encore plus dévastateurs si tu acceptes que ses fils poursuivent son régime de terreur. Archélaos, son héritier, l'a prouvé à la première occasion en ordonnant l'assassinat de milliers d'innocents juifs dans l'enceinte du Temple. Leur sang, versé sur les dalles sacrées de notre sanctuaire, réclame justice.

L'ambassadeur acquiesce à un signe du secrétaire l'invitant à mettre un terme à son intervention.

— Par conséquent, nous nous prosternons devant toi et te demandons, ô César, de promulguer la dissolution de la royauté de la lignée d'Hérode et de faire de la Judée non plus un royaume mais une province de l'Empire de Rome, où prévaudront les lois et les coutumes ancestrales du peuple d'Israël. Notre peuple sera fidèle à Rome, si Rome nous permet d'appliquer la loi de Moïse et de rendre un culte à Dieu Notre Seigneur.

» Nous te prions, illustre prince, de considérer comme légitime notre volonté de nous libérer d'une telle tyrannie, du joug de cette lignée hérodienne malveillante. Rattache-nous à l'actuelle province de Syrie et nomme pour nous de justes gouverneurs. Notre peuple, à force de déceptions, a appris à être patient, à se comporter avec tempérance et modestie, et à affronter les fléaux du destin avec la sérénité de ses traditions. Je t'assure que nous savons être de bons sujets lorsque celui qui nous gouverne le fait dans la justice et la paix. (Le porte-parole s'interrompt un bref instant, comme pour recevoir les encouragements de ses coreligionnaires, avant de conclure avec solennité.) Le peuple juif est le plus pacifique de la Terre et tu dois lui permettre de régir sa destinée au sein de l'Empire selon les lois ancestrales qui ont inspiré ses rois et ses prophètes. Jules César, ton illustre père de glorieuse mémoire, y a consenti en approuvant le règne d'Hyrcan, qu'il a nommé ethnarque et grand prêtre, et en autorisant la reconstruction des murs de Jérusalem, démolis à l'époque de Pompée. Si tu accèdes à nos justes requêtes, sois sûr que tu ne le regretteras pas, César.

Après ce plaidoyer geignard, l'ambassadeur dégingandé s'incline de nouveau devant Auguste et retourne à sa place, où ses compagnons le reçoivent avec des signes de satisfaction contenue.

Juste en face, visage sévère et sourcils froncés, Archélaos et Antipas observent le chef des rebelles pharisiens, dont l'intervention a été brillante. Auguste semble avoir éprouvé un certain intérêt ; il a même acquiescé à différents moments du discours. Les paroles qui viennent d'être prononcées sont autant de coups de poignard et leur écho résonne encore sous le plafond de la salle d'audience du palais.

Salomé, qui reste discrète, est partagée. Elle veut que Rome gouverne directement la Judée, mais en tant que province indépendante et non comme simple appendice de la Syrie. Et puis, elle se sent offensée par la façon dont l'orateur a dénigré son frère Hérode et le reste de sa famille. Elle voudrait parler, faire part de ce qu'elle pense et dire une fois pour toutes ce qu'elle a sur le cœur, mais elle se tait.

Le silence pèse lourdement dans la curie d'Auguste. L'empereur sait qu'il tient entre ses mains l'avenir de tout un peuple, mais cette responsabilité ne le trouble pas. Il a l'habitude de décider du destin de nations entières. Ce n'est pas sans raison qu'il est le maître absolu et que sa parole est la loi suprême.

Toutes les personnes réunies dans la salle attendent sa réponse, mais il ne réagit pas. Il regarde l'assemblée et songe à la portée de la décision qu'il va prendre, quelle qu'elle soit. Malgré ses promesses au défunt Hérode, ce qu'il veut au fond de lui c'est faire de la Judée une province romaine et la traiter comme toutes les autres, sans accepter les conditions exigées par les pharisiens. Il ne souhaite pas que les Juifs jouissent d'un statut privilégié au sein de l'Empire de Rome. Il en a parlé avec Livie, sa plus proche conseillère, qui se tient à ses côtés, hiératique comme une statue, et ils ont tous deux convenu qu'il ne pouvait y avoir de différences entre les peuples, car cela entraînerait des comparaisons insupportables et romprait l'unité d'application du droit romain. Être romain, c'est être égal à tout autre Romain de toute autre région de l'Empire.

Le silence d'Auguste devient un véritable cauchemar, mais le vieux Nicolas de Damas, conscient de ce qui est en train de se jouer, finit par intervenir. Il fait un pas en avant et lève la main droite.

Auguste le regarde. Il le connaît bien et, d'un geste, l'autorise à parler.

— César, toutes les accusations que je viens d'entendre contre Hérode et ses fils n'ont aucun fondement, et les crimes dont ils sont accusés sont de pures affabulations, déclare Nicolas. Hérode ne peut plus se défendre, mais j'ai été à ses côtés toutes ces dernières années et je sais bien quel a été son comportement en tant que souverain d'Israël. Mais avant de contrer ces fausses accusations et de prouver l'innocence du roi Hérode et de son héritier Archélaos, j'aimerais mettre en évidence les profondes contradictions que je viens d'entendre dans le discours du porte-parole des rebelles.

» Je tiens à faire remarquer ici, ô prince de Rome, la piètre mémoire de ceux qui prétendent parler au nom de tout le peuple juif et dans son intérêt. Ce même peuple, au cours des siècles passés, a prié Dieu de lui donner un roi afin que nous, les Juifs, ne soyons pas en reste vis-à-vis des autres nations de la Terre. C'est ce que Dieu a fait. Israël n'a jamais été aussi grand, puissant et prospère qu'à l'époque des rois David et Salomon. Nous n'avons eu qu'une autre occasion de connaître de nouveau une telle gloire : sous le règne d'Hérode le Grand, digne et magnifique successeur de David. Avec Hérode, notre peuple a été respecté et craint, et il s'est fait une place de choix parmi les nations. Tu en as été le fidèle témoin, César, toi qui as conservé à mon roi et seigneur ton amitié et ton soutien.

» Le règne d'Hérode a été une période de paix et de prospérité sans précédent pour Israël. La justice a triomphé dans toutes les villes et tous les villages du territoire sous son autorité. Il a été un homme juste. Une seule plainte concernant ses actes est-elle parvenue jusqu'à toi, illustre César ? De son vivant, Hérode a-t-il été accusé une seule fois de se comporter comme un tyran sans scrupules, comme un dirigeant cruel et sanguinaire ? Non, parce que cela n'a pas été le cas.

Le vieux Nicolas continue à contrer un par un les arguments des ambassadeurs juifs contre la lignée d'Hérode. Puis il montre que la façon dont Archélaos a agi à l'égard des rebelles du Temple est un modèle de patience, de retenue et de modération, dont seuls quelques fanatiques violents rejetant toute tentative de négociation l'ont obligé à s'éloigner. Naturellement, il ne dit pas un mot de la possible transformation de la Judée en simple province romaine.

— Les délégués des pharisiens ici présents, conclut-il, ne sont que des fomentateurs de révoltes, prompts à encourager le chaos. Ils se présentent comme de pauvres victimes, alors qu'ils sont coupables de compromettre la paix et la bonne entente entre les Juifs. Eux qui ont pris l'initiative de s'engager dans la voie du sang s'efforcent désormais de feindre l'innocence de l'agneau. Mais je sais que toi, en tant que souverain qui domine le monde entier, tu ne te laisseras pas leurrer par leurs bêlements fallacieux.

Pensif, Auguste regarde Livie, puis Salomé. Si elle veut que ses désirs deviennent réalité, c'est le moment pour la sœur d'Hérode de parler. Si elle se prononce en faveur de la soumission d'Israël à la souveraineté de Rome, Auguste accédera probablement à sa demande.

Mais Salomé ne fait même pas mine de s'approcher pour intervenir. Elle renonce à prendre parti en public. Elle observe le visage du César et choisit de s'abstenir. Selon elle, il est plus sage d'attendre de voir le déroulement des événements. Elle est sûre que Livie a rapporté à son époux les propos qu'elle lui a tenus lors de sa visite au palais impérial et suppose que sa proposition n'a pas plu à Auguste. Elle pense que, dans le cas contraire, l'empereur l'aurait cherchée du regard à un moment ou à un autre de l'audience et lui aurait fait un signe de complicité. Elle en conclut donc que le plus prudent, dans ce jeu d'intrigues, est de garder le silence et de ne faire aucune erreur dont elle pourrait se repentir.

Le César fait un geste à son secrétaire, qui s'approche avec prévenance. Il n'est pas disposé à écouter davantage de harangues. Les arguments exposés par les ambassadeurs juifs ne sont que la réitération des mémorandums qu'ils lui ont fait parvenir quelques jours avant l'audience. Avec un rictus d'ennui, il lève la main et prend la parole.

— Délégués du peuple juif, je vous ai écoutés avec beaucoup de patience et je vais donner une réponse claire à l'une de vos requêtes. Après avoir lu le testament de mon ami le roi Hérode, entendu l'opinion des membres illustres du Sénat de Rome et étudié vos arguments, je proclame que la Judée ne sera pas une nouvelle province romaine.

Un murmure d'allégresse se répand parmi les membres de la famille hérodienne. Archélaos, jusqu'alors tendu comme la peau d'un tambour, explose de joie et un immense sourire se dessine sur son visage. Les ambassadeurs pharisiens, à l'inverse, sombrent dans la plus profonde déception ; certains serrent les poings ou cachent derrière leurs mains la désillusion qui se lit dans leurs yeux. Salomé, quant à elle, reste totalement impassible.

— La Judée continuera à être un royaume ami et allié du peuple romain, poursuit Auguste après avoir attendu quelques instants que l'assemblée reprenne ses esprits après cette annonce. De même, la Galilée et la Pérée resteront une tétrarchie. Je déciderai plus tard du sort des villes grecques du nord d'Israël. En ce qui concerne le futur roi d'Israël… je ne vais pas non plus me prononcer aujourd'hui. Je m'accorde un peu de temps pour trancher la question de l'héritier d'Hérode.

Auguste se lève et regarde Livie, toujours aussi imperturbable qu'une statue, bien qu'elle semble accepter la décision de son mari. Tandis qu'il quitte la salle d'audience, les ambassadeurs restent là, désorientés.

Ceux qui croyaient proche la création de la province romaine de Judée et, par conséquent, la fin de la dynastie d'Hérode, sont déçus. Désormais, ils craignent la réaction du nouveau roi à leur égard. Peut-être seront-ils persécutés et exécutés.

Les fils d'Hérode, qui attendaient d'être adoubés par le César, ne voient toujours pas le testament de leur père ratifié. Dès lors, le trône d'Israël reste légalement vacant, et le conflit familial plus ouvert que jamais.

Salomé réfléchit très vite et se dit que les doutes d'Auguste ne peuvent s'expliquer que par une préférence pour Antipas. Par conséquent, comme elle le lui a promis, elle doit continuer à soutenir son neveu en tant que candidat au trône tout en gardant une discrétion absolue.

Antipas, qui voyait déjà son frère confirmé sur le trône, respire avec soulagement. Il est convaincu que ses chances sont plus grandes que jamais.

Archélaos, lui, a la mine sombre. Il s'attendait à être proclamé roi par l'empereur à l'instant même. Or, ce délai le plonge à nouveau dans une grande méfiance.

Auguste a parlé et ses décisions sont sans appel. Le temps jouera peut-être en sa faveur mais, pour le moment, la Judée n'a toujours pas de roi, comme si son trône était maudit.

5

Sabinus en Judée

Attristés par la défaite, les délégués des pharisiens et des amis du grand prêtre entreprennent, tête basse, le voyage de retour en Judée, tandis que les deux frères attendent impatiemment la nouvelle assignation de l'empereur pour défendre leurs causes. La majorité de la délégation grecque rentre aussi au pays, mais ceux qui restent à Rome ont bon espoir.

Pendant ce temps, en Palestine, la soif de vengeance des défenseurs de Judas et Matthias ne s'est pas tarie. Au contraire, elle n'a fait qu'augmenter après le départ de Philippe à Rome, attisant la haine à l'encontre des fils d'Hérode et des Romains eux-mêmes.

Quinctilius Varus, légat de Rome en Syrie, reçoit des bribes d'information sur ce qui se passe en Judée, et pressent qu'une révolte générale peut éclater à tout moment. Les Juifs sont divisés et n'ont pas de roi. D'un côté, ils savent que les héritiers d'Hérode sont en conflit et mendient à Rome leur droit au trône et, de l'autre, ils sont retenus par la peur des représailles par les Romains… pour l'instant.

À Antioche, dans le nord de la Syrie, le légat impérial ne peut cacher sa préoccupation à ses conseillers. Il ne comprend pas ce peuple de bergers et de prêtres, toujours attentifs aux signes que leur Dieu leur envoie par l'intermédiaire de prophètes insensés, si étranges à ses yeux. Inquiet, il fait appeler à ses côtés Marsilius, un des tribuns, et lui annonce qu'il faut éviter à tout prix une détérioration de la situation en Judée et la mise en péril de la stabilité de toute la région. Le César ne pardonnerait jamais un tel échec.

— Le plus prudent serait d'envoyer une légion en Judée et d'établir un campement permanent aux environs de Jérusalem, en vue d'un déploiement en cas de troubles, estime Quinctilius Varus.

— À tes ordres, légat, dit le tribun.

— Que penses-tu de cette décision ?

— Je suis d'accord avec toi, c'est la meilleure chose à faire dans ces circonstances.

— Alors envoie une légion sur place dès que possible.

— Laquelle parmi les quatre dont nous disposons ?

— La IIIe Gallica est déployée sur la frontière de l'Euphrate et doit y rester. Nous enverrons la Xe Fretensis ; elle a été formée par Auguste lui-même en hommage à la légion favorite de son père adoptif Jules César. Cela plaira à l'empereur.

— Et que faisons-nous des deux autres ?

— La moitié des cohortes de la XIIe Fulminata et de la VIe Ferrata restera aux casernes de Mytilène et de Samos ; le reste se tiendra en alerte au cas où une intervention serait nécessaire. Une légion devrait suffire à calmer les esprits de ces Juifs entêtés. Personne n'osera lever le petit doigt en présence de nos légionnaires.

Le tribun obéit aussitôt, et le mécanisme complexe mais bien huilé de la légion se met en marche en moins de trois jours.

Varus ne s'est pas trompé. Dès que la Xe légion arrive à Jérusalem, les rebelles les plus exaltés se font plus discrets. L'étendard de la Fretensis, qui arbore fièrement le taureau de Vénus brodé au fil d'or sur la toile pourpre, suffit à désamorcer toute velléité de révolte. La démonstration de force de Rome, la discipline, la capacité de mobilisation et la préparation des légionnaires impressionnent les Juifs, qui se mettent à douter de leur capacité à se soulever contre une telle puissance.

Cela aurait suffi, sans l'intervention malheureuse de Sabinus, le procurateur financier. En effet, l'administration impériale a décidé d'envoyer de Rome ce personnage, investi des pleins pouvoirs, pour évaluer les biens laissés par Hérode. Le fisc romain se méfie de l'estimation réalisée par les Juifs et mandate ce haut fonctionnaire pour la supervision des documents et l'inspection des propriétés déclarées dans le codicille annexé au testament du monarque. La mission de Sabinus est d'estimer la valeur de chaque palais, forteresse et propriété de la couronne, d'évaluer le montant du trésor royal et, une fois prélevées les sommes légalement dues au trésor impérial, de remettre les biens restants à celui qu'Auguste désignera comme héritier.

L'économe impérial est un petit homme râblé aux manières farfelues. Le désordre de sa tenue ne correspond guère à la dignité de sa fonction. Le visage rond et joufflu, il a de petits yeux vifs et le menton rasé sans soin, ce qui lui donne un aspect encore plus négligé, presque sale. Il parle beaucoup, nerveusement, bien qu'avec une certaine habileté rhétorique, et bouge sans cesse, donnant ici et là des ordres à ses subordonnés.

À son arrivée au port de Césarée, il est reçu par Quinctilius Varus avec tous les honneurs dus à un ministre plénipotentiaire d'Auguste.

— Tu dois agir avec une extrême prudence, affirme le légat de Syrie. Ces Juifs sont d'une grande sensibilité en ce qui concerne leurs lois et leurs coutumes nationales.

— Elles ne peuvent pas prévaloir sur celles de Rome, déclare Sabinus.

— Non, mais essaie de ne pas les contrarier en matière de religion.

— Oui, j'ai entendu dire qu'ils croient en un seul Dieu, alors que l'on peut en avoir plusieurs… Faut-il qu'ils soient idiots !

— C'est ainsi qu'ils voient la vie. Il est donc plus prudent de les laisser prier le Dieu qui leur plaît, qu'ils en aient un ou douze.

— Ils doivent montrer leur soumission à Rome.

— Bien sûr, mais l'Empire l'a toujours obtenue tout en respectant leurs croyances. Et j'espère que cela continuera ainsi car, dans le cas contraire, nous irions au-devant de graves problèmes.

— Quels problèmes ?

— Manifestations, émeutes, soulèvements… Tu connais les risques.

— Nos aigles ont les moyens d'étouffer n'importe laquelle de ces menaces, je suppose.

— En effet, mais le César souhaite que le calme règne dans la région, précise Varus.

— Il en sera ainsi.

Hélas, certain qu'en l'absence de gouvernement, le peuple de Judée est incapable de s'organiser et trop désorienté pour semer le trouble, Sabinus ne tient pas compte des conseils du légat de Syrie. Il veut profiter de cette période d'instabilité et pense que, lorsqu'il fera l'inventaire des biens royaux, s'il détourne quelques pièces, et même une grande quantité du trésor, pour son enrichissement personnel, personne ne s'en rendra compte. Il a récemment fait de mauvaises affaires en Italie. Il a besoin d'argent pour rembourser ses dettes, et, ici, il en a à portée de main. Il s'en est remis à Mercure, toujours disposé à aider les marchands en échange de quelques libations, mais le dieu semble rester sourd à ses prières. Il est donc contraint de recourir à des moyens plus profanes, mais plus sûrs et plus rentables.

Le légat est retourné à Antioche en laissant à Sabinus une cohorte comme escorte. L'économe décide aussitôt de se rendre aux palais du défunt roi Hérode pour réaliser son inventaire sans plus attendre. Six cents soldats, les légionnaires de la cohorte, plus ceux qui sont venus avec lui depuis Rome et quelques mercenaires libyens et cyrénaïques l'accompagnent : une puissance non négligeable. Fort de ses pouvoirs et de cette petite armée, Sabinus décrète que toutes les propriétés royales de Judée seront sous son autorité exclusive tant que l'empereur n'aura pas tranché.

Sa première destination est Jéricho. Dès son arrivée, il somme le commandant de la forteresse de lui remettre les clés immédiatement. Pour prouver l'autorité dont il est investi, il produit les insignes impériaux et sa nomination en tant que ministre plénipotentiaire.

Le commandant, qui ignore le protocole établi par Rome pour ce genre de situation, se méfie et résiste.

— Archélaos puis Philippe m'ont confié la garde de ce lieu et de tous les biens qu'il abrite jusqu'à leur retour ! crie-t-il depuis le sommet de la porte de la ville face aux exigences de Sabinus.

— Remets-moi la ville et le palais sur-le-champ, ou j'ordonne à mes soldats de tout raser sur leur passage, ordonne l'économe.

Finalement, le commandant cède et ouvre les portes de Jéricho aux Romains. Sabinus se rend en toute hâte à la chambre du trésor. Rien n'échappe à son minutieux examen. Il permet aussi à ses soldats de se livrer à des actes de pillage, ce qui provoque un insupportable malaise parmi les habitants de la ville, sans défense face aux abus d'une telle puissance militaire.

À Jérusalem, on ne tarde pas à découvrir ce qui se passe à Jéricho. Selon la rumeur, les soldats de Sabinus violent les femmes. Certains affirment que d'interminables files de mules chargées de toutes sortes de biens saisis avancent en direction du port de Césarée, où des bateaux les attendent avant de mettre le cap sur Rome. Plus la rumeur enfle, plus les esprits s'échauffent. Et plus encore lorsque Sabinus renouvelle ses agissements dans les forteresses d'Alexandreion, près du Jourdain – dont le nom signifie « Celui qui descend » – et d'Hérodion, où est enterré Hérode.

— Les Romains ne respectent même pas la tombe de notre roi ! s'écrient sur les marchés et les places certains Juifs indignés par les récits de voyageurs qui affirment avoir vu sur la route de Césarée des montures et des dizaines de chariots, chargés à craquer et recouverts de bâches.

Le prochain objectif de l'insatiable Sabinus est Jérusalem. La ville compte plusieurs palais royaux protégés par de solides murailles et de grandes tours à meurtrières. Mais surtout, c'est là que se trouve le Temple, qui abrite des trésors légendaires. L'économe impérial se rend au campement où est cantonnée la Xe légion Fretensis. Il présente au tribun le document, scellé par Auguste lui-même, qui le rend dépositaire de ses propres pouvoirs impériaux, et le somme d'abandonner son poste.

— La légion qui bivouaque à l'extérieur de Jérusalem va être transférée au palais d'Hérode, à l'intérieur de la ville, lui commande-t-il sur un ton qui n'admet pas de réplique. En tant que procurateur d'Auguste, c'est là que je vais résider. Les tours les plus proches du Temple seront également occupées par nos troupes.

— À tes ordres, dit le tribun.

Selon lui, la décision de Sabinus est une énorme erreur mais, en tant que militaire, il a l'habitude d'obéir à ses supérieurs. Par conséquent, il exécute les ordres sans broncher.

Quelques heures plus tard, les légionnaires commencent à s'installer à l'intérieur de la ville, à la stupéfaction des citoyens, pour qui il s'agit à la fois d'une humiliation et d'une violation des coutumes juives. Dans la Ville sainte, c'est un véritable sacrilège.

— Nous ne devons pas tolérer cet affront ! s'exclament les Jérusalémites. Ils souillent la ville et la rendent impure.

L'indignation est générale, et les plus combatifs tentent de convaincre les plus timorés d'entreprendre une action commune pour lutter contre cette profanation et cette arrogance des Romains :

— C’est inédit ! Si nous laissons les Romains s’emparer de Jérusalem, nous verrons revenir le temps de la captivité de Babylone et, qui sait, nous cesserons peut-être même d’exister.

— Si nous les laissons nous asservir de cette façon, nous signons notre fin en tant que peuple.

— Dieu nous a abandonnés, se lamentent les plus pessimistes. Nous ne pouvons rien faire face à Sa volonté.

— Organisons-nous. Dieu ne nous aidera pas si nous ne nous aidons pas nous-mêmes. Si nous défendons la Ville sainte et le Temple, Dieu sera de notre côté. Nous sommes le peuple élu ; nous sommes Israël.

La plupart sont effrayés par le déploiement des légionnaires et redoutent que le véritable objectif – si l’on en croit ce qui s’est passé dans les autres palais royaux – ne soit le trésor du Temple. Un groupe de Juifs rassemblés au moulin à foulon de Simon, au sud de Jérusalem, où travaillent vingt ouvriers, observe avec préoccupation les allées et venues de la légion romaine. C’est là que sont foulés les habits des prêtres du Temple, sous le regard attentif du maître, qui oblige ses employés à travailler dur du lever au coucher du soleil. Simon est bien connu dans la ville pour sa voix sonore et son aisance oratoire.

— Les masses sont amorphes, affirme le foulonnier devant l’assemblée venue entendre son opinion sur l’entrée des Romains dans la ville. Et quand elles se mobilisent, elles se comportent comme des moutons. Elles ne vont dans la bonne direction que lorsqu’un meneur dirige leurs pas et canalise leur mécontentement. Cette situation est insupportable. Nous devons réagir. Cessons d'être impassibles face à la spoliation et à la profanation qu'on nous impose.

De plus en plus de curieux se pressent autour du foulonnier, qu'ils écoutent et acclament. Désormais très nombreux, ils oublient la peur, applaudissent et crient des mots d'ordre contre les Romains en ovationnant l'orateur.

— La fête des Tabernacles est proche, reprend Simon. Allons-nous la célébrer en laissant des étrangers fouler notre terre sacrée ? Dans quelques jours, cette ville sacro-sainte sera remplie de pieux pèlerins qui commencent déjà à arriver des quatre coins d'Israël. Allons-nous rester de marbre face à un tel sacrilège ?

— Faisons quelque chose !

— Jetons les Romains dehors !

— Dirige-nous, Simon !

— D'accord, accepte le foulonnier, qui espérait entendre ces mots, avant de désigner les hommes les plus proches de lui. Vous, rendez-vous dans les camps que les pèlerins établissent aux alentours de Jérusalem et expliquez-leur que les Romains ont l'intention de piller le trésor du Temple et que nous devons nous battre pour éviter cela. Les autres, ceux qui peuvent, allez de maison en maison, sans attirer l'attention, et prévenez tous les Juifs du danger.

— Et comment allons-nous convaincre les gens de nous rejoindre ?

— Avec un message simple mais fort, que tout le monde comprendra : nous sommes le peuple élu de Dieu, et cette terre est la Terre sainte d'Israël. Le Temple est la maison de Dieu et personne ne peut le profaner, encore moins les Gentils, étrangers à notre alliance avec le Seigneur. Appelez-en à notre Loi, à nos coutumes, aux enseignements de nos ancêtres. Cela suffira.

Le foulonnier connaît bien le peuple et sait qu'il est facile de le mobiliser en ayant recours à la loi de Moïse et au respect des coutumes ancestrales. Bien qu'elle ait eu lieu plus d'un demi-millénaire auparavant, la captivité de Babylone reste très présente à l'esprit des Juifs. La seule idée de perdre de nouveau la Terre promise, peut-être pour toujours, les pousse à la défendre de toutes leurs forces, y compris face à une machine de guerre aussi redoutable que l'armée romaine.

Tandis que les émissaires de Simon rendent visite aux Jérusalémites et aux pèlerins pour les mettre au courant de la situation et les convaincre de résister, Sabinus, déjà installé à Jérusalem, s'apprête à entrer dans le Temple, prétextant qu'il a besoin de faire l'inventaire de tout ce qui s'y trouve. Mais les Juifs, bien informés, réagissent et s'organisent aussitôt. Ils se déploient en ordre de bataille pour empêcher les Romains d'exécuter les ordres de l'économe impérial, surpris par cette réaction et par sa rapidité.

Simon répartit ses hommes en trois positions stratégiques : la première, à l'hippodrome presque abandonné qu'a fait construire Hérode au sud-ouest du Temple ; la deuxième, près du mur nord du sanctuaire, dans le secteur oriental du palais-forteresse du roi ; et la troisième, à l'ouest de cette résidence. Ils parviennent ainsi à encercler Sabinus, qui se voit contraint de s'enfermer dans la forteresse avec quelques-uns de ses hommes, sans pouvoir ne serait-ce qu'approcher du sanctuaire.

Le palais d'Hérode est protégé par de solides défenses. Entouré d'une imposante muraille de parpaings et de profondes douves, il est gardé par trois tours, à trois des quatre angles de l'enceinte. Ces tours sont si remarquables que chacune d'elles porte un nom : Hippicus, Phasaël et Mariamne. Le quatrième angle est défendu par une barbacane.

Lorsqu'il voit les insurgés approcher pour assiéger la forteresse, Sabinus se retranche dans la tour Phasaël, qui se dresse au-dessus des murs de la ville. Avec ses blocs de pierre cyclopéens, la forteresse de vingt-cinq coudées de large et quarante de haut, massive à la base, paraît imprenable. De plus, elle est couronnée d'une espèce de portique à créneaux d'où l'on peut aisément tirer des flèches et des javelots sur les assaillants. Au centre de la terrasse, une petite tourelle crénelée domine tout le paysage environnant.

Sabinus se contente de se mettre en position de défense en attendant de voir ce qui va se passer. En tant qu'envoyé spécial du César, il a toute autorité sur la légion cantonnée à Jérusalem. Les hommes de la Xe Fretensis, près de six mille, sont des vétérans de guerre, et les soldats et mercenaires qui l'ont escorté depuis Césarée connaissent bien leur travail. Il se sent en sécurité. Et puis les entrepôts de la forteresse sont bien approvisionnés en nourriture et en eau.

Ce que Sabinus ne sait pas, c'est que les Juifs sont animés d'un sentiment d'indignation si profond et d'une si grande soif de vengeance qu'ils sont prêts à mourir pour la défense de leur Temple et l'observance de leurs lois.

Ce qui a commencé comme une harangue du propriétaire exalté du moulin à foulon est en train de devenir un mouvement d'une ampleur gigantesque. Tant d'hommes, dont beaucoup de pèlerins venus célébrer la fête des Tabernacles à Jérusalem, ont répondu à l'appel des messagers de Simon qu'ils sont déjà trente mille à s'entasser autour des trois campements établis par les insurgés.

Ils crient si fort que Sabinus les entend depuis le sommet de la tour, d'où il observe Jérusalem. Ce n'est qu'à ce moment-là qu'il se rappelle les avertissements et les conseils du légat de Syrie au port de Césarée. Et il se rend compte que ces Juifs qui s'insurgent contre ses agissements à Jéricho et dans d'autres lieux de Judée ne sont pas disposés à le laisser faire la même chose à Jérusalem, encore moins dans leur sacro-saint sanctuaire.

— De nombreux Juifs préfèrent mourir que de voir le Temple profané, confirme le tribun de la Xe Fretensis à Sabinus, tandis qu'ils observent les mouvements des insurgés depuis la terrasse de la tour Phasaël.

— Ils ne peuvent pas remettre en cause l'autorité de Rome, déclare l'incorrigible économe d'Auguste.

— Ils sont très en colère, et, dans cet état d'esprit, ils se sentent capables de vaincre n'importe quel ennemi étranger. En outre, c'est pour eux un devoir moral et ils croient bénéficier de l'aide divine.

— Leur fanatisme va les conduire à la catastrophe.

— Ils l'acceptent. D'après un des centurions de la légion, le chef des rebelles les harangue en leur disant que leur immolation sera une belle offrande à leur Dieu.

— Eh bien je t'assure, tribun, que s'ils n'abandonnent pas cette attitude je vais tous les envoyer en enfer.

À cet instant, un messager s'approche de Sabinus. Il apporte une nouvelle fraîchement reçue via le système de drapeaux d'un des campements de la légion :

— On nous indique que des soldats de l'ancienne armée du roi Hérode ont rejoint les rebelles.

— Combien sont-ils ? demande le tribun.

— Trois mille hommes. Tous membres du corps des troupes d'élite. Certains d'entre eux faisaient partie de la garde personnelle d'Hérode, qu'on appelait la cohorte des Sébastéens.

— Des Sébastéens ? s'enquiert Sabinus.

— Il s'agit de mercenaires recrutés dans la région de Samarie, dans la ville de Sébaste, explique le tribun. Ils sont connus pour leur discipline et leur engagement dans la bataille. Ils formeront sans doute l'essentiel de l'avant-garde, s'ils décident de nous attaquer.

— Cela change tout, dit Sabinus. Nous ne sommes plus confrontés à une horde de Juifs en haillons, mais à des troupes de combat bien préparées. Ils sont quatre, peut-être cinq fois plus nombreux que nous. Nous devons demander immédiatement des renforts au légat Quinctilius. Envoie plusieurs messagers, au cas où l'un d'entre eux tomberait entre des mains hostiles, solliciter à Antioche l'aide du gouverneur de Syrie.

— Ils partiront dès ce soir, à la faveur de la nuit.

— Qu'ils soient prêts dès la tombée du jour. Et qu'ils portent le message suivant (Sabinus se tourne vers son secrétaire) : « De Sabinus, ministre plénipotentiaire du divin Auguste, à Quinctilius Varus, légat de Syrie, salut. Je suis à Jérusalem, cerné par cinquante mille Juifs enragés. Ta X^{e} légion et mes hommes sont en grave danger et, si tes renforts tardent à arriver, nous serons éliminés de la surface de la Terre par cette foule en délire. Je te prie de nous venir en aide rapidement, si tu veux conserver tes troupes. »

— Et en attendant les renforts de Varus ? demande le tribun.

— Les rebelles ne s'attendent pas à une contre-attaque. Ils sont persuadés que nous allons rester coincés ici comme des lapins tapis dans leurs terriers, mais ils se trompent. Ordonne à tes meilleurs commandants d'organiser une sortie surprise. Que deux cohortes se préparent à une intervention immédiate. Nous allons leur donner une bonne leçon.

Une fois les deux cohortes réunies dans la cour de la forteresse, Sabinus descend s'adresser à elles. Homme timoré et lâche qui n'oserait jamais prendre la tête d'un groupe de soldats lors d'un combat, il sait néanmoins haranguer les troupes. Il se lance donc, d'une voix discordante et criarde, dans un discours véhément :

— Je vous exhorte, soldats de Rome, à mener une charge puissante et mortelle contre ces rebelles juifs qui défient l'autorité de notre empereur et les lois du Sénat et du peuple romains ! Ne craignez pas leurs cris ni leurs fanfaronnades ; ce n'est qu'un ramassis de fous furieux dirigés par un foulonnier écervelé. Ils sont inexpérimentés et vous, vous êtes les vétérans de cent batailles. Tout près d'ici, dans le sanctuaire des Juifs, une fabuleuse fortune attend d'être inventoriée. Imaginez-vous à quel point notre César pourrait se montrer généreux avec chacun de vous si ce trésor appartenait à Rome ? Armez-vous de courage, allez au combat et montrez à ces importuns la grandeur du pouvoir et de la colère de l'Empire. Obéissez aux ordres de vos officiers et songez que vous rentrerez bientôt chargés d'or dans vos foyers. Je vais diriger les opérations du haut de cette tour, et ne doutez pas un seul instant que mon épée sera à votre côté si vous en avez besoin. (Il s'adresse ensuite au tribun avec un geste solennel.) Que les légionnaires de la Xe entrent glorieusement dans l'Histoire !

Sur l'ordre des commandants et au son de la trompe, les portes de la forteresse s'ouvrent. La première cohorte de légionnaires sort au pas de course et avance avec détermination, tel un tourbillon d'acier, pour se déployer face au groupe de rebelles établi au nord du Temple.

Surpris, les Juifs tentent de contenir l'avancée des légionnaires qui, en formation parfaite, parcourent le chemin qui serpente entre la forteresse et le sanctuaire. Depuis les murs du Temple, où sont juchés quelques Juifs, des pierres pleuvent sur la cohorte mais ne font presque aucun mal, car les soldats sont protégés par leurs boucliers.

Lorsque les légionnaires atteignent l'esplanade qui s'ouvre devant la porte principale du Temple, plusieurs groupes de Juifs viennent défendre l'entrée. La cohorte se déploie davantage et présente un solide front de bataille. Avec la force d'un mur de fer, les soldats écrasent leurs adversaires inexpérimentés et les acculent contre les premiers portiques. Les marches commencent à se couvrir du sang des vaincus, qui s'entassent de part et d'autre du berceau formé par les boucliers et les lances de la première cohorte de la Xe Fretensis.

C'est un véritable carnage, mais les Juifs exaltés ne se découragent pas. Des fanatiques haranguent les défenseurs depuis l'entrée du Temple. La nouvelle se répand dans toute la ville et des renforts arrivent bientôt de toutes parts, munis de n'importe quel ustensile pouvant servir d'arme : bâtons, fourches, tisonniers, barres de fer, pelles de boulanger. Tout ce qui peut frapper, piquer ou blesser est bon dans ce combat inégal.

À l'arrière-garde apparaît la deuxième cohorte. La crainte des Israélites s'accroît, et beaucoup d'entre eux se lancent désespérément vers les portiques qui flanquent l'entrée du sanctuaire, où sont postés plusieurs archers juifs.

En quelques instants, au-dessus des têtes des attaquants romains, le ciel s'assombrit d'une nuée de flèches qui surprend les commandants des deux cohortes. Mais les archers ne font pas preuve d'une grande habileté au tir. À la pluie de flèches succèdent d'abondants jets de pierre depuis les hauteurs.

C'est alors qu'un des centurions ordonne aux soldats d'incendier les portiques pour obliger les archers et les frondeurs à descendre. Les hommes allument aussitôt plusieurs torches et mettent le feu au bois de cèdre des caissons et des portes. Ils ajoutent du bitume pour que les flammes prennent plus facilement.

L'incendie se propage vite, avivé par le vent chaud qui souffle de l'est. Les splendides ornements des plafonds brûlent comme du petit bois sec. Le cèdre est dur et résistant, mais abondamment recouvert de cire, de vernis et de poix pour protéger les caissons des intempéries. Avec ces combustibles, le feu prend aussitôt des proportions gigantesques.

Piégés en haut des portiques, les archers et les frondeurs juifs n'ont aucun moyen de s'échapper et crient désespérément face à l'imminence d'une mort certaine. Les Romains se retirent en formation du brasier, peu avant l'effondrement des portiques, annoncé par un craquement assourdissant. Les rebelles tombent dans le vide au milieu d'une cascade de débris, de feu et de braises. Terrifiés, ceux qui parviennent à se libérer des flammes sont exterminés par les légionnaires.

Obéissant aux ordres précis des centurions et des officiers de commandement, ceux-ci ne cessent de distribuer des coups d'épée à tous les rebelles qui croisent leur chemin.

Dans les colonnes désordonnées des Juifs, c'est le chaos absolu. Ceux qui fuient dans le plus grand affolement sont rattrapés par le fer des Romains, et ceux qui décident de livrer bataille tombent aussitôt en raison de leur manque d'expérience dans le combat au corps à corps. Rares sont ceux qui, dans la confusion, parviennent à se faufiler jusqu'à un des trois campements depuis lesquels Simon organise la défense du Temple.

Constatant la défaite des Juifs, le foulonnier annonce qu'il est préférable de se retirer.

— Nous reviendrons plus tard pour venger nos frères morts au combat, se contente-t-il de maugréer devant le terrible désastre.

Un à un, les portiques du Temple s'écroulent comme des géants abattus par un ouragan de feu, dans le craquement du bois embrasé et le retentissement des pierres qui éclatent au contact des dalles du sol. Après les cris, les gémissements et le crépitement des flammes, un silence de mort s'installe.

Les Romains entrent alors dans les ruines fumantes et occupent la première enceinte du Temple. Ils traversent l'atrium, attentifs à tout, puis la cour des Gentils. Devant eux se dresse un mur peu élevé percé d'une grande porte, la Belle Porte, qui ouvre sur la cour des Femmes. C'est là que se trouvent les onze coffres où sont recueillies les offrandes quotidiennes, et le petit édifice abritant le trésor du peuple hébreu. À l'aide de grandes poutres faisant office de béliers, vingt soldats parmi les plus robustes forcent les portes de bronze et pénètrent à l'intérieur.

Sabinus, qui suit la bataille du haut de la tour Phasaël, se rend aussitôt compte des intentions de ses hommes, descend en toute hâte et court de la forteresse au Temple, escorté de vingt-cinq membres de sa garde personnelle.

Il sait que, s'il arrive trop tard, le pillage du trésor sera incontrôlable. Il sourit avec ironie lorsqu'il voit une grande plaque portant une inscription en grec et en latin qui menace de mort quiconque ira au-delà de cette limite. Haletant, il franchit la Belle Porte, arrive à la cour des Femmes et atteint l'édifice du trésor. Devant les portes en bronze, les trois prêtres chargés de garder le trésor gisent sur le sol, roués de coups. Les légionnaires se précipitent déjà sur les coffres débordants de pièces.

— Dehors, tous ! Sortez d'ici ! crie Sabinus en les voyant s'empresser d'attraper des poignées de pièces avant que leurs soldats ne prennent le contrôle de la situation.

Les gardes devancent l'économe et se précipitent sur les pilleurs avides pour les éloigner de force.

Sabinus ne perd pas de temps. Il entre dans la partie la plus reculée de l'édifice du trésor et, indifférent au sang et à la violence, procède sans attendre à l'inventaire de son contenu : pièces de toutes sortes, surtout d'or, effets personnels et ustensiles en métaux précieux, joyaux. À la hâte, il dicte lui-même à deux secrétaires ce qu'il trouve au cours de son inspection, minutieuse malgré les circonstances. Il saisit quatre cents talents d'or qu'il fait envoyer sur-le-champ dans plusieurs coffres à la tour Phasaël, attribue une part aux légionnaires, et le reste devient la propriété de l'État romain.

À Jérusalem, les Juifs peinent à digérer leur défaite. Toute la ville et tous les pèlerins rassemblés à l'extérieur savent, lorsqu'ils voient la fumée sortir du Temple, que leur sanctuaire a été profané et que le trésor est tombé aux mains des Romains. En outre, ils sont nombreux à pleurer des parents et des amis abattus pendant la bataille perdue. Plusieurs centaines de cadavres, peut-être deux mille, gisent ensanglantés autour du Temple, sur les dalles de ses cours ou sous les décombres de ses portiques.

L'indignation des survivants est immense. La nouvelle circule par bouche à oreille, et certains décident de la répandre au-delà de la ville de Jérusalem, afin que toute la Judée soit informée de la catastrophe survenue dans le centre sacré du peuple élu. Israël tout entier est une clameur. Les larmes jaillissent de milliers d'yeux. Parmi ceux qui, jusqu'à ce moment-là, ont réagi tièdement à une possible perte de l'indépendance juive, beaucoup rejoignent les rebelles et décident de prendre les armes pour combattre l'ennemi romain, jusqu'à la mort s'il le faut.

Une fois son inventaire fait, Sabinus retourne à la forteresse d'Hérode et fait doubler la garde en attendant que les messagers envoyés à Varus arrivent à destination et que le légat de Syrie ordonne à ses légionnaires d'avancer sur Jérusalem et d'anéantir une fois pour toutes ces rebelles acharnés.

Simon le foulonnier a perdu la première bataille, mais il est devenu le chef que le peuple réclamait. Ses partisans se multiplient. Pour chaque homme tombé au combat, cinq nouveaux combattants le rejoignent afin de venger le sacrilège perpétré par les démons étrangers.

Porté à la fois par la rage et l'optimisme, il ordonne d'encercler de nouveau le palais d'Hérode, où sont retranchés les Romains, et de faire dorénavant très attention au moindre mouvement des troupes. On ne les reprendra pas par surprise. En cas de sortie, ils seront prêts à les repousser. Sinon, ils attendront patiemment que les assiégés épuisent leurs provisions et soient contraints de se rendre ou de mourir.

6

Les légions de Syrie

Proclamé chef suprême de la rébellion, Simon le foulonnier dresse un pavillon de commandement près du Temple et y réunit les meneurs, dont il fait lui-même ses lieutenants. Au lieu d'attendre, ils décident finalement d'attaquer la tour Phasaël. Ils savent qu'ils ne peuvent pas différer très longtemps leurs actions : les pèlerins rentreront bientôt chez eux pour les récoltes et ils perdront un contingent d'hommes indispensables pour remporter la bataille qui s'annonce. Chaque jour qui passe joue contre les Juifs et réduit leurs chances de triompher. De plus, les Romains peuvent recevoir à tout moment des renforts de Syrie.

En plein débat sur l'attaque de la forteresse, Mattathias ben Honi, un des dirigeants de la rébellion, intervient avec fermeté :

— Nous ne disposons pas des moyens nécessaires pour nous lancer à l'assaut de cette tour. Ses murs sont trop épais et trop élevés, et ses fondations sont solides comme le roc. Par conséquent, la seule solution est de l'incendier.

— Alors que proposes-tu ? lui demande Simon.

— Cette nuit, nous entasserons devant les portes autant de bois que nous pourrons en transporter. Nous nous protégerons des flèches et des pierres que les Romains risquent de lancer comme nous avons vu les légionnaires le faire : en nous couvrant avec des boucliers et en nous serrant les uns contre les autres pour former une carapace comme une tortue. Quand nous aurons réussi à accumuler suffisamment de bois, nous y mettrons le feu.

— Ils l'éteindront en jetant de l'eau, réplique Simon.

— Ils n'en ont pas assez. Je connais bien cette forteresse, et il y a en ce moment trop d'hommes à l'intérieur. S'ils utilisent l'eau des citernes pour éteindre le feu, il ne leur en restera plus une seule goutte. Alors soit ils mourront de soif, soit ils devront sortir et tomber entre nos mains.

La plupart des lieutenants réunis dans le pavillon adhèrent au plan et lèvent la main en signe d'approbation.

— Écoutez, tonne une voix puissante. – Il s'agit de Théodore, un jeune et robuste bourrelier à la barbe fournie et aux manières un peu frustes. – Je ne rejette pas complètement le plan de Mattathias mais, même si nous arrivons à entasser assez de bois pour provoquer de graves dommages à la forteresse, cela va nous coûter très cher. Combien d'entre nous mourront sous une pluie de projectiles lancés par les Romains ? Ils pourraient même mettre eux-mêmes le feu à nos fagots avant que nous n'en ayons accumulé suffisamment.

— Tu as une autre idée ? demande Simon.

— Je propose de creuser un tunnel sous la forteresse. Si nous travaillons en alternance nuit et jour, il ne nous faudra que quelques jours pour le faire. Quand il sera terminé, nous entrerons en masse et nous les prendrons par surprise.

La proposition du bourrelier entraîne toute une série de commentaires et de nouvelles solutions, dont certaines totalement fantaisistes. La réunion des commandants se poursuit dans un vacarme confus. Simon se voit contraint d'intervenir. Il sait que c'est le moment de mettre de l'ordre et qu'il est le seul à pouvoir le faire.

— Tous les plans que vous proposez peuvent marcher et sont sans aucun doute excellents, mais nous manquons de temps. De plus, aucun d'eux ne nous garantit la victoire. Il est préférable d'agir avec ruse. Je me dis que si nous proposons au commandant romain un accord…

— Non, les Romains ne tiennent jamais parole ! s'écrie un des membres de l'assemblée, avant qu'un seul regard de Simon suffise à le faire taire.

— Dans ce cas, ce sera nous qui les tromperons. Je proposerai à leur chef un pacte, en vertu duquel nous les laisserons sortir de la forteresse et rentrer sains et saufs en Syrie à condition qu'ils nous rendent les trésors qu'ils ont volés au Temple et ailleurs. Nous feindrons de nous replier pour leur libérer le passage, mais nous ne le ferons pas. S'ils acceptent notre accord, la légion devra s'étirer en une longue colonne pour emprunter le chemin. À ce moment-là, nous serons prêts à leur tomber dessus en leur tendant diverses embuscades.

— Et s'ils refusent l'accord que tu proposes ? s'inquiète Mattathias. Ils se méfient peut-être de nous.

— Ils accepteront. Ils n'ont pas le choix.

Soumise au vote, la proposition de Simon l'emporte. Trois membres de la rébellion sont aussitôt envoyés au pied du mur de la forteresse pour exposer l'accord aux Romains. Munis d'un drapeau blanc, ils se présentent à la porte et demandent à s'entretenir avec Sabinus. Du haut du mur, le tribun de la légion leur refuse l'accès et les interroge sur leurs intentions. Les mains en porte-voix, le porte-parole du trio explique l'accord imaginé dans le pavillon de commandement quelques instants plus tôt et dit au tribun qu'il attend une réponse. Peu après, un représentant du procurateur Sabinus leur indique que leur proposition va être étudiée et que la décision prise leur sera communiquée le lendemain.

En attendant, un groupe de Juifs exaltés et impatients prend l'initiative de creuser le tunnel. Équipés de pics, de pelles, de pioches, de paniers et de sacs, ils ne prennent pas une minute de repos. Ils creusent, sortent la terre, la transportent jusqu'à un ravin proche et recommencent à creuser le sous-sol de Jérusalem en direction de la forteresse.

Un autre groupe, n'ayant pas connaissance du projet des lieutenants de la rébellion, rassemble des fagots avec l'intention d'y mettre le feu. Une désorganisation absolue règne parmi les assiégeants. Aveuglé par la profanation, la spoliation et le massacre, chacun veut livrer bataille à sa façon et s'attaquer aux Romains par n'importe quels moyens.

Ces Juifs prêts à tout ne savent presque rien du monde. Dans leur immense majorité, ils sont convaincus qu'en expulsant les Romains de la forteresse, ils régleront une fois pour toutes le problème d'Israël et redeviendront un peuple libre et indépendant. Ils ignorent le pouvoir de l'Empire et la détermination de ses dirigeants. Ils ne se souviennent pas qu'il y a déjà soixante ans que Pompée est entré en Judée, et qu'ils vivent depuis lors dans l'ombre portée de Rome. Ils ne veulent pas entendre que, s'ils gagnent la bataille contre ces soldats, d'autres viendront, puis d'autres encore…

Du haut de la tour Phasaël, Sabinus observe le désordre dans lequel les Juifs menacent leur position.

— Bien qu'il ne s'agisse pas de soldats professionnels, ces Juifs mettent beaucoup d'énergie à tenir le siège, fait-il remarquer au tribun de la Xe légion.

— Qu'as-tu l'intention de faire ? lui demande celui-ci.

— Leur proposition de nous laisser sortir si nous leur rendons leurs trésors me paraît trop aimable. Je ne leur fais pas confiance. Rien ne nous garantit qu'ils tiendront parole une fois que nous serons en dehors de ces murs.

En réalité, Sabinus a peur de la bataille qu'il pressent en cas d'accord avec Simon. Tout ce qu'il veut, c'est sortir de ce nid de vipères qu'est devenue Jérusalem, et être au plus vite en sécurité en Syrie, sous la protection des légions de Quinctilius Varus.

— Dans ce cas, propose le tribun, restons ici. Les messagers que nous avons envoyés pour demander de l'aide doivent être sur le point d'arriver à Antioche, si ce n'est déjà fait. Varus ne va pas tarder à nous rejoindre avec ses renforts pour donner une leçon bien méritée à ces braillards.

— Tu as raison, tribun. Cette proposition est une ruse. (Sabinus se tourne vers Rufus et Gratus, deux commandants sébastéens de la garde royale d'Hérode passés dans le camp romain.) Et vous, qu'en pensez-vous ?

— Les prêtres ne te pardonneront jamais d'avoir réquisitionné le trésor du sanctuaire, répond Rufus. Ils le considèrent comme le bien le plus précieux d'Israël. Pour eux, tu as commis le plus grand des sacrilèges. Des soldats ont été vus dans le Saint des Saints du Temple, là où seul le grand prêtre peut pénétrer, et uniquement une fois par an, lors de la fête du Yom Kippour, le jour du Grand Pardon. Après un tel affront, ils ne nous laisseront pas nous échapper si facilement.

— Je suis d'accord, renchérit Gratus. Fais la sourde oreille à cette proposition et renforce la défense de la forteresse en attendant que le légat de Syrie arrive avec des renforts.

— Varus ne laissera pas quelques milliers de Juifs exaltés pourfendre une légion entière et un ambassadeur plénipotentiaire d'Auguste, dit le tribun. Nous ne tarderons pas à entendre les trompettes de la VIe Ferrata et de la XIIe Fulminata appeler au combat, ni à voir leurs étendards ondoyer au sommet des collines environnantes.

— Très bien, conclut Sabinus. Nous résisterons jusqu'à l'arrivée des renforts.

Jusque dans les moindres recoins du royaume d'Israël, on entend parler de la rébellion de Jérusalem. Privés de dirigeant, les trois fils d'Hérode étant toujours à Rome pour tenter de s'attirer la faveur d'Auguste, les Juifs se sentent abandonnés à leur sort.

En même temps, la passivité des Romains assiégés dans la capitale laisse penser que Rome pourrait enfin être vaincue. Au fur et à mesure que les journées passent, le moral des assiégés s'érode, car rien n'indique que l'armée de Syrie soit en route pour leur venir en aide. Pour les Romains, il est sans doute difficile, peut-être même impossible, de comprendre ce qu'éprouve le peuple juif. Celui-ci vit depuis très longtemps dans l'idée qu'il bénéficie de la protection divine et qu'un sauveur, un Messie, viendra bientôt le libérer de l'opprobre auquel il est voué depuis des siècles. Dès l'enfance, tous les Juifs apprennent qu'une terre prospère et libre a été promise par Dieu à Abraham. Dans les synagogues, les rabbins ne cessent de rappeler cette promesse et l'alliance conclue entre Dieu et le roi David pour un royaume éternel. Les prophètes se chargent aussi de marteler que Dieu soutiendra les Juifs face à n'importe quel ennemi… s'ils sont fidèles à l'Alliance.

Sabinus, le pilleur du Temple, est considéré comme le Mal en personne. Mais si tous les Juifs suivent la parole du Seigneur, Israël sera protégé et il ne pourra rien lui arriver. À ce moment-là, la croyance en l'avènement du Messie s'accroît. De nombreux visionnaires en proclament les signes avant-coureurs, ce qui fait naître dans toute la Judée l'espoir de temps heureux où Israël vaincra, porté par Dieu au-dessus de toutes les autres nations de la Terre.

— La liberté est proche ! crient dans les rues de Jérusalem des groupes d'hommes armés qui se rendent au pied de la forteresse où les Romains se sont réfugiés.

L'action de Jephté et celle de Simon le foulonnier ne sont pas isolées. Depuis la mort d'Hérode le Grand, plusieurs foyers de rébellion sont apparus à l'intérieur et à l'extérieur de la Judée, partout en Israël. Il n'est donc pas surprenant que la révolte se répande à la vitesse de l'éclair. En Galilée, un certain Judas, le plus jeune fils d'un dénommé Ézéchias, bandit et prince des insurgés qu'Hérode a jadis fait exécuter, prend la tête d'un groupe d'hommes et réclame vengeance pour la mort de son père. Il attaque un arsenal royal dans la ville de Sepphoris, s'empare de milliers d'armes et les distribue dans tous les villages de la région, dont il se proclame gouverneur absolu en attendant l'arrivée annoncée du Messie.

Un ancien esclave d'Hérode, appelé Simon, grand, robuste et ayant fière allure, ceint son front d'un diadème et parvient à convaincre un groupe de pieux Juifs de Jéricho que le moment est venu d'imposer la loi du Seigneur et de manifester leur refus d'être gouvernés par un souverain étranger. À la tête d'un grand nombre de partisans, il fait irruption dans le palais royal de Jéricho et l'incendie après avoir raflé les richesses que Sabinus n'avait pas pillées. Il s'en prend aussi aux plus riches, qu'il accuse de collaborer avec les Romains contre le peuple juif, pille et brûle leurs maisons, puis donne une bonne partie du butin aux pauvres et aux nécessiteux, prompts à rejoindre son mouvement avec enthousiasme.

Dans les montagnes de Judée, un individu obscur nommé Athronge se proclame roi et se présente comme le libérateur du peuple. Ceint d'une couronne qu'il a lui-même forgée, il rassemble une petite armée à la tête de laquelle il place ses quatre frères. Elle compte parmi ses rangs des fanatiques, des vagabonds et des voleurs qui ne cessent de crier des mots d'ordre exhortant à ne laisser aucun Romain en vie et à observer la Loi sous peine de mort. Athronge défie ainsi le pouvoir du Sanhédrin, qui exerce la justice ordinaire, et celui de Rome. Il forme même son propre conseil, qui rend des jugements extrêmement sommaires et qu'il préside depuis un trône, transporté au gré de ses déplacements, comme celui des anciens juges du glorieux et lointain Israël, à l'époque où les rois pervers n'existaient pas encore.

Les aspirants messies surgissent de toutes parts, de même que les prophètes annonçant et préparant son arrivée prochaine. Une fièvre messianique favorisée par des prédicateurs illuminés, des rabbins surexcités et des devins sortis de nulle part touche tout le territoire. Personne parmi les Juifs n'est épargné par ce tourbillon de discours, diatribes, exhortations et prédications, qui agite les cœurs et enflamme les consciences comme la plus redoutable des épidémies. Selon les prophètes, Dieu a promis que son Esprit se manifesterait quelques jours avant l'avènement du Messie.

En Syrie, le légat Quinctilius Varus reçoit avec une grande contrariété les messages angoissés de Sabinus. Ce maudit imbécile n'ayant pas suivi ses conseils, le problème est désormais considérable. Varus prend la situation très au sérieux et s'inquiète pour les assiégés de Jérusalem. Il n'est pas naïf. Il connaît suffisamment bien les Juifs pour comprendre que le siège n'est pas une plaisanterie, que la Xe légion et l'économe sont véritablement en danger. Pendant qu'il organise un plan d'aide, il apprend que de nouveaux foyers de rébellion apparaissent dans toute la Judée. C'est comme si, tout à coup, un gigantesque orage provoquait une multitude d'éclairs et un déluge incontrôlable susceptible de démolir toutes les digues.

Sachant qu'il n'a pas une minute à perdre, Varus donne à son armée l'ordre de partir pour Jérusalem. Capables de parcourir trente milles par jour chargés de leurs armes, les légionnaires de la VIe Ferrata et de la XIIe Fulminata sont mobilisés sur-le-champ et se mettent en route pour le sud. À Antioche, il ne reste plus qu'une troupe de réserve pour garantir l'ordre dans la ville.

Les deux légions avancent à une allure remarquable jusqu'à Ptolémaïs, où viennent en renfort quatre escadrons de cavalerie, mille cinq cents soldats fournis par la ville de Berita et trois cohortes envoyées par le roi Arétas, seigneur de la ville nabatéenne de Pétra, qui rêve de se venger d'une défaite subie quelques années auparavant face à Hérode.

Cette véritable machine de guerre progresse implacablement. Une partie de l'armée se dirige vers la Galilée sous le commandement du fils de Varus, qui pacifie la région avec une brutalité dévastatrice. Sepphoris, où se cache Judas, le meneur de la rébellion, est assiégée pendant des semaines et, après avoir succombé à l'attaque des Romains, elle est pillée et incendiée. Les habitants sont poignardés ou envoyés sur les marchés de Tyr et Sidon pour être vendus comme esclaves.

Quinctilius Varus ne perd pas un seul instant et se dirige vers Jérusalem à la tête du gros des troupes, en traversant la Samarie tel l'éclair. Si les légionnaires respectent cette région, car elle ne s'est pas associée à la rébellion, les renforts arabes nabatéens commettent des excès et des pillages en représailles des défaites que les Juifs leur ont infligées.

En chemin, Varus fait brûler la ville d'Emmaüs, abandonnée par ses habitants, qui ont fui en Pérée, de l'autre côté du Jourdain, ou se sont cachés dans les montagnes d'Éphraïm, terrifiés par les légions. Enfin, le légat aperçoit les collines sur lesquelles se dresse la ville de Jérusalem. Ce n'est pas Rome, bien sûr, mais ses remparts et, surtout, son Temple lui donnent une aura de ville sacrée, élue, touchée par les dieux. C'est une journée ensoleillée et la lumière de l'astre roi, réfléchie par la pierre blanchâtre et par la chaux des constructions urbaines, fait jaillir mille étincelles au-dessus des feuilles d'or qui ornent certains toits du sanctuaire.

Du haut de la tour Phasaël, les guetteurs discernent les colonnes de poussière soulevées par les sandales des légionnaires, et préviennent Sabinus de l'arrivée par le nord d'un immense contingent de troupes.

— Ce sont eux, les légionnaires de la VIe et de la XIIe ! s'écrie le tribun de la Xe Fretensis en regardant en direction de l'horizon septentrional.

— En es-tu sûr ? demande Sabinus, nerveux mais plein d'espoir.

— Absolument, ce sont eux ! Je savais qu'ils ne nous abandonneraient pas !

Dès qu'ils apprennent la nouvelle, les assiégés se mettent à crier de joie. Ils montent sur les murs, en haut des tours, et agitent lances, drapeaux, pavillons et étendards pour saluer leurs camarades venus les libérer.

Les assiégeants sont également mis au courant et tentent d'évaluer ce qui les attend. La poussière soulevée par les légionnaires avançant en cohortes ressemble à la fumée d'un gigantesque incendie, à ceci près qu'elle n'est pas noire ni grise comme des cendres, mais ocre, comme la terre des environs de Jérusalem.

Le front approche de la ville à la manière d'une tempête de sable, et les mieux placés voient déjà les étendards aux aigles impériales brandis par les aquilifers de l'avant-garde de l'armée. Peu à peu, les silhouettes des fantassins apparaissent. Ils sont en formation de bataille, avec leurs boucliers et leurs lances menaçantes. Sur les ailes, des escadrons de cavalerie déployés en ordre de combat protègent les flancs de l'infanterie.

Leurs intentions sont claires. Varus agit de façon prompte et efficace : dès qu'il voit les remparts de Jérusalem, il donne à ses généraux l'ordre de se lancer à l'assaut de la ville sans laisser aux assiégeants le temps de se remettre de l'effet de surprise ni d'organiser leur défense.

Un profond découragement se propage dans les trois campements juifs. Les rebelles ne se sont pas préparés à cela. Ils espéraient que Dieu leur accorderait une victoire écrasante, que les Romains se rendraient et qu'ils partiraient, mais non, ils sont là, par milliers, prêts à venir en aide à leurs camarades assiégés.

Au fur et à mesure que le nuage de poussière se rapproche de la ville, voyant la mort planer au-dessus d'eux, les Juifs perdent toute confiance et se mettent à déserter en masse. D'abord, ceux qui se trouvent du côté du front de l'armée romaine abandonnent leur poste et s'enfuient en laissant leurs armes et leur équipement derrière eux. Puis cette débandade provoque un mouvement de panique chez les autres, qui renoncent à surveiller les abords de la forteresse et courent, épouvantés, dans toutes les directions. Personne ne veut rester, tous prennent la fuite, en proie à une terreur insurmontable. Ceux qui chantaient il y a quelques heures encore des psaumes de gloire et de triomphe, sûrs de leur victoire sur les Romains, détalent désormais comme des lapins apeurés pour tenter d'échapper à cette poussière ocre, terrible présage de mort.

Simon le foulonnier lui-même, après avoir essayé de retenir ceux qui passaient en courant à côté lui, perd courage et s'enfuit à son tour. Il comprend que personne ne peut arrêter cette débâcle. Quand les hommes sont emportés par un véritable tourbillon de peur collective, aucune force ne peut contenir une telle marée humaine. Se résignant à une défaite évidente, le foulonnier prend tout ce qu'il peut transporter et décide de fuir avec les autres.

Du haut d'une colline, Varus assiste à la déroute des Juifs, qui ont l'air de lièvres s'enfuyant à la vue d'une meute de loups affamés. Il frappe les flancs de son cheval et, accompagné de plusieurs officiers, avance de quelques centaines de pas jusqu'à la porte des remparts qui donne accès à l'aile orientale du Temple.

Dans la précipitation, les Juifs ont laissé vêtements, chapeaux et autres couvre-chefs, ainsi que leurs armes et toutes sortes d'équipement. Le légat talonne son cheval et se dirige vers la forteresse, où il espère libérer les assiégés et les féliciter pour leur résistance. Il s'arrête devant la porte et demande Sabinus, mais il est reçu par le tribun de la légion Fretensis.

— À tes ordres, légat ! s'exclame celui-ci en le saluant avec la martialité due à un officier de haut rang responsable d'une légion.

— Où est l'ambassadeur Sabinus ? s'enquiert Varus, surpris.

— Il vient de partir, répond le tribun.

— Que dis-tu ? s'écrie Varus avec stupéfaction.

— Dès que les Juifs ont levé le siège après avoir vu ton armée, Sabinus a fichu le camp.

— Mais… où est-il allé ? demande le légat de Syrie, déconcerté.

— Je ne sais pas. Il m'a donné l'ordre de rester à la tête de la forteresse et d'attendre ton arrivée. Il m'a dit de te transmettre mot pour mot le message suivant : « Sabinus, procurateur plénipotentiaire de l'empereur Auguste, présente ses respects au légat Quinctilius Varus et lui fait savoir que, la mission que le César lui a confiée étant accomplie, il rentre de toute urgence à Rome. » Et il s'est empressé de partir.

— Quoi ? s'exclame Varus, qui ne s'attendait pas à de tels agissements de la part de Sabinus.

— Il a précisé que le siège des barbares juifs l'avait retardé dans ses projets. Il te demande de l'excuser, car il ne pouvait pas attendre une minute de plus. Il est parti avec ses hommes et…

— Et ?

— Et avec quatre cents talents du butin saisi au Temple.

— Envoie un contingent de troupes ! ordonne Varus. Qu'on l'arrête et qu'on me le ramène immédiatement !

— Je regrette, légat, je ne peux pas exécuter ton ordre.

— Comment ?

— Sabinus est investi des pleins pouvoirs d'Auguste. C'est comme s'il était le César en personne. Nous n'avons aucune autorité sur lui.

— Tu as raison, tribun, tu as raison. (Varus réfléchit. Il n'a pas d'autre choix que d'accepter les faits et change d'attitude.) Nous avons beaucoup à faire ici, alors ne perdons pas davantage de temps.

Le légat de Syrie fait convoquer tous les Juifs illustres encore présents à Jérusalem. L'assemblée se tient chez le grand prêtre, où sont réunis un nombre important de notables. Tremblants et honteux, debout dans la cour, ils attendent l'arrivée de Varus. Ils savent que le Romain va les interroger sur leur degré de participation à la révolte, et leur demander s'ils sont d'accord avec les revendications des rebelles.

— Peuple de Jérusalem, commence Varus sans même saluer les membres de l'assemblée, le comportement de nombreux Juifs est indigne de l'amitié que Rome souhaite entretenir avec eux. On vient de m'informer de l'étouffement de l'insurrection dans toute la Judée. Les principaux meneurs seront punis comme il convient. Mais cela ne suffit pas. Je vais me charger personnellement de régler certains points. Vous êtes les dirigeants de ce peuple. C'est donc à vous de répondre aux questions que je vais vous poser : quels moyens avez-vous mis en œuvre pour empêcher cette sédition ? Quelles mesures avez-vous prises pour y remédier après qu'elle a commencé ? À quel moment vous êtes-vous affranchis du serment de loyauté envers l'empereur que vous avez juré de respecter ? J'attends vos explications.

Apeuré, le grand prêtre hésite quant à la réponse à apporter à ces questions mais, après quelques instants, il prend la parole :

— Les Romains n'ont pas été les seuls à être pris en otage par les rebelles. Le peuple de Jérusalem l'a été également. Une immense foule s'est rassemblée ici à l'occasion de la fête des Tabernacles. Il y avait une telle cohue qu'il était impossible de la contrôler. Certains exaltés, comme il y a quelque temps Jephté, le fils de Menahem, et maintenant Simon le foulonnier, un homme cruel et violent, sont parvenus à convaincre les plus radicaux, à s'attirer la sympathie de quelques-uns et à prendre la tête de rébellions. C'est vrai, mais rends-toi compte que, nous aussi, nous avons souffert de ces révoltes et que beaucoup des nôtres, dupés par ces intrigants, sont tombés. Je ne cherche pas à nier la faute de certains Juifs, mais permets-moi de te dire que le dénommé Sabinus, cet homme insensé, n'a fait que provoquer la colère du peuple par ses pillages. Qui ne défendrait pas ses biens lorsqu'ils sont saisis injustement ? Qui resterait impassible face à la profanation, à la spoliation et au sacrilège ? Sabinus a volé et profané le Temple d'une manière odieuse.

— Il n'a même pas attendu ton arrivée, intervient un rabbin pour appuyer les propos du grand prêtre. Il est parti dès qu'il a vu que la voie était libre.

— C'est vrai, légat. Il a préféré disparaître pour ne pas avoir à s'expliquer ni à rendre de comptes sur ses actes. Quant à nous, qu'aurions-nous pu faire d'autre ? Si nous nous étions opposés ouvertement aux meneurs de la rébellion, Simon le foulonnier nous aurait fait couper la tête.

Varus se mord les lèvres devant les accusations portées à l'encontre de Sabinus. Il n'accepte pas les excuses présentées, reproche aux notables juifs leur passivité dans la révolte, et leur ordonne de rester chez eux pendant toute la durée du couvre-feu imposé dans la ville. Le légat n'a qu'une idée en tête : trouver les responsables, égorger les meneurs et donner aux Juifs une leçon qu'ils n'oublieront jamais. Il donne donc à ses officiers l'ordre d'organiser rapidement des patrouilles et de parcourir la Judée, la Galilée, l'Idumée et la Pérée pour retrouver tous ceux qui ont participé aux révoltes.

Pendant les semaines qui suivent, le harcèlement des Romains est asphyxiant. Toutes les villes, cités et villages sont inspectés. Pour mettre la main sur les rebelles, l'armée s'appuie sur des listes dressées par les publicains et autres fonctionnaires. À Jérusalem, tous les quartiers et toutes les maisons sont systématiquement passés au peigne fin.

En un peu plus d'un mois, quelque cinq mille prisonniers sont enfermés dans des camps créés par l'armée romaine. Lors d'un jugement des plus sommaires, Varus condamne Simon le foulonnier et deux mille de ses partisans à mourir sur la croix, après les avoir déclarés coupables de crimes de lèse-majesté contre l'empereur, par sédition avec soulèvement armé. Les autres sont renvoyés chez eux après avoir été, pour la plupart, flagellés et torturés.

Une dense forêt de croix se dresse au-dessus de Jérusalem, entre le palais d'Hérode et le Temple, le long des remparts, afin que les Juifs retiennent la leçon.

Avant de retourner à Antioche, Quinctilius Varus glisse à ses officiers :

— Ce peuple n'apprendra jamais.

7

La décision d'Auguste

Tandis qu'Israël se vide de son sang, les fils d'Hérode sont toujours à Rome dans l'attente d'une décision définitive de l'empereur. S'ils avaient assisté aux événements survenus à Jérusalem et dans d'autres villes de Judée, ainsi qu'à l'effervescence provoquée par une demi-douzaine d'individus prêts à se proclamer Messie ou roi d'Israël, sans doute auraient-ils renoncé à leur droit successoral au trône et seraient-ils restés pour toujours à la capitale de l'Empire.

Alors que la Judée se précipite vers une catastrophe inévitable, Auguste continue à jouer avec le temps et à se demander s'il va ratifier ou non le testament d'Hérode. Pour avoir toutes les informations à sa disposition, il se fait lire les documents, lettres et rapports reçus de toutes les parties impliquées, en particulier ceux de Salomé, Archélaos et Antipas. En outre, il demande un rapport détaillé des comptes présentés par Ptolémée et Nicolas.

Parmi la montagne de papyrus et de parchemins qui s'accumulent sur le bureau du César figurent aussi les rapports remis depuis sa légation de Syrie par Quinctilius Varus, dans lesquels celui-ci décrit la personnalité, les goûts, les qualités et les défauts d'Archélaos et d'Antipas. Vient s'ajouter à cela la longue liste des rentes du royaume d'Israël dressée par Sabinus, qui conclut qu'Archélaos, l'héritier désigné, n'est pas un administrateur très efficace.

Le temps passe, les semaines se succèdent et les trois frères sont chaque jour plus nerveux et irrités. Pour Archélaos, l'attente devient insupportable ; il tourne comme un lion en cage dans les pièces du palais qu'il a loué à Rome. Il sort à peine et n'a pas envie de se rendre au forum pour participer à la vie publique de la ville, de fréquenter les théâtres et les bibliothèques, ni de retrouver des amis ou des connaissances dans les quartiers animés. L'amertume s'installe au fond de son cœur et lui inspire haine et rancœur contre tout le monde : contre son frère Antipas et sa tante Salomé, qu'il imagine en train de comploter en secret, et contre ses propres compatriotes, qui ne l'acceptent pas unanimement comme souverain.

Il rumine ses craintes dans la solitude de son palais et, les rares moments où il sort, il erre dans les rues de Rome comme une âme en peine, rongé par l'angoisse qui lui serre la poitrine, se demandant si Auguste ne choisira pas Antipas et si tout ceci n'est pas une vulgaire comédie destinée à gagner du temps et à faire accepter son frère par les Juifs comme roi et seigneur.

Les mois s'écoulent et il n'est plus qu'un triste prétendant à un trône vide, que certains qualifient déjà de maudit. D'aucuns disent même que Dieu ne veut pas que ce trône soit occupé, car il n'existe aucun homme digne de s'asseoir là où ont siégé, mille ans auparavant et avec tant de gloire, David et Salomon.

Certains jours, miné par cette interminable attente, Archélaos est tenté de dissimuler un couteau sous sa toge et d'aller dans la maison où loge son frère Antipas pour le lui planter dans le cœur une, deux, trois… cent fois s'il le faut. Un sourire aux lèvres, il le regarderait se vider de son sang. Et comme il aimerait étrangler cette femme perfide qu'il a jadis tant admirée, sa tante Salomé, si froide, si intrigante, toujours prête à se mettre au service du plus offrant, même si cela va à l'encontre des aspirations de tout un peuple !

Peu lui importe ce que penserait de lui sa mère, Malthace, dont la beauté a ébloui Hérode. Il n'a qu'une obsession : détenir le pouvoir et diriger le vieux royaume sacré. Et il se jure qu'il fera tout ce qui est humainement possible pour y parvenir.

Pendant qu'Archélaos ronge son frein, Antipas conserve un calme prudent. Il sait qu'il est le préféré de sa tante, l'influente Salomé, et qu'elle soutient sa cause auprès de son amie Livie. La patience fait partie de ses qualités. La part de sang arabe qui coule dans ses veines lui conseille de ne pas chercher à précipiter les événements. Il se dit que sa candidature prend de la valeur au fur et à mesure que le temps passe, et qu'Auguste a plus d'affinités avec lui qu'avec son frère aîné.

Comme à son habitude, Salomé fait preuve d'une froideur glaciale, comme si tout ce qui se passait autour d'elle lui était totalement étranger. Elle continue à se comporter avec la sérénité d'un félin à l'affût de sa proie, immobile et camouflé dans les feuillages, apparemment statique mais avec tous les muscles tendus et prêt à s'élancer sur sa victime. Elle n'ouvre son cœur et ne montre sa préférence que dans les rares occasions où elle discute seule à seule avec Livie au palais impérial. Cependant, elle veille toujours à ce qu'aucune oreille indiscrète ne puisse entendre ses véritables intentions.

Enfin, après toute cette attente, on fait savoir aux parties concernées qu'Auguste va proclamer sa volonté et mettre un terme à leur incertitude.

Bien qu'il ait pris sa décision, le César convoque au temple d'Apollon tous les représentants juifs présents à Rome afin qu'ils exposent leurs derniers arguments avant la sentence. Il requiert également la présence de ses plus proches conseillers, ceux qu'il consulte toujours avant toute résolution importante. Le choix du lieu n'est pas innocent. Auguste veut montrer clairement que l'avenir de la Judée se décide sous l'autorité absolue de Rome, dans le temple du dieu gréco-romain de la lumière, de la vérité et de la divination, tout un symbole. Phébus Apollon est aussi la divinité de la mancie qui inspire la pythie de Delphes lorsqu'elle doit répondre aux questions d'État qui lui sont posées. Les Juifs convoqués arrivent au temple. Les murs solides qui l'entourent se rejoignent à la superbe colonnade. Derrière, l'édifice de marbre blanc est immense. Ses pierres soigneusement taillées sont ajustées avec une telle précision qu'un fil ne passerait pas à leur jointure. C'est là que réside le dieu des oracles, à l'intérieur de ce sanctuaire qui surprend par sa taille, sa beauté et l'harmonie parfaite de ses proportions. Et c'est à lui, à Apollon le Brillant, qu'Auguste confie l'avenir des Israélites. Quelle ironie et quelle lumineuse idée de la part du César que de décider de l'avenir du peuple élu par le dieu de Moïse dans le temple d'un dieu romain !

Lorsque tous sont présents, Auguste, toujours accompagné de Livie, s'assoit à une place bien en vue.

À ses côtés se trouve également Tibère, son fils adoptif, qui exerce les fonctions de président du conseil consultatif.

— Aujourd'hui est le jour annoncé, dit l'empereur avec solennité. Lequel d'entre vous souhaite prendre la parole en premier ?

À la surprise générale, c'est Antipater le Jeune, fils de Salomé, qui demande à être entendu. Ennemi déclaré d'Archélaos, il remplace Irénée, qui est tombé malade, et défend les droits d'Antipas. Tout le monde sait qu'il est la voix de Salomé. Par conséquent, tout ce qu'il dira sera considéré comme la volonté de la sœur d'Hérode.

Il avance de quelques pas après avoir obtenu l'autorisation d'Auguste. Vêtu, à la manière des avocats romains, d'une élégante toge masculine coupée dans un riche tissu et de délicate facture, il se place au centre de la salle, à quelques mètres du trône occupé par le César.

— Je te remercie, ô prince, de gouverner avec la bonté qui caractérise ton éminent règne et te sais gré de l'opportunité que ton infinie bienveillance m'offre de défendre en ta présence les intérêts les plus justes à mes yeux, et les plus bénéfiques au peuple juif.

» Pour ce faire, je me vois contraint de dénoncer les pratiques gouvernementales mises en œuvre par Archélaos depuis le peu de temps qu'il exerce le pouvoir en Judée, alors même que tu n'as pas encore approuvé son autorité. Je ne peux que rejeter ses procédés tyranniques, l'ambition démesurée, l'audace insensée et la cruauté avec lesquelles il s'est comporté dans ce bref laps de temps.

Antipater le Jeune montre longuement du doigt Archélaos et poursuit :

— Cet homme ici présent se moque de toi et de ton autorité en tant que prince suprême de l'Empire. Il est passé maître en dissimulation, comme il l'a démontré lorsqu'il a affiché une douleur feinte à l'occasion des funérailles du roi Hérode. Désormais, sans défense devant ta majesté, il fait mine de solliciter humblement l'approbation de son règne, alors qu'en réalité il se comporte comme si tu la lui avais déjà accordée. Il a de fait assumé le pouvoir le lendemain de la mort de son père, sans ton consentement. Tu dois savoir qu'il a soudoyé des officiers de l'armée afin qu'ils le soutiennent dans son ambition de porter la couronne. Qui pourrait dormir tranquille après avoir confié à un individu si irresponsable le destin d'un pays déjà accablé de difficultés ?

» Et s'il s'est comporté ainsi jusqu'à maintenant, je n'ose imaginer ce qu'il fera si tu lui accordes le pouvoir suprême sur notre peuple. Penses-y, ô César, et vois si cet homme est celui qui doit s'asseoir sur le trône vacant des Juifs.

Las d'entendre sans cesse les mêmes critiques sur la façon de gouverner d'Archélaos, Auguste lève la main et demande le silence.

— Trêve de lieux communs ! lance-t-il. As-tu quelque accusation concrète à faire à l'encontre d'Archélaos ?

— Bien sûr, prince, répond l'orateur sans se laisser impressionner. Il convient de rappeler que cet homme est le seul coupable de l'effroyable massacre perpétré dans le Temple. Comme tu le sais sans doute, le sang des victimes assassinées a coulé dans les cours de l'enceinte sacrée des Juifs comme l'eau d'un torrent après un orage. Des centaines d'individus, même des milliers, ont succombé sous l'épée de ce boucher sanguinaire, non seulement ceux qui ont osé défier son autorité tyrannique, mais aussi des pèlerins innocents qui étaient venus à Jérusalem pour célébrer la Pâque. Les exécuteurs envoyés par Archélaos n'ont fait aucune distinction, et ont assassiné tous ceux qui se trouvaient sur leur chemin. Imagines-tu la douleur qu'ils ont causée, ô César ?

» Mon éminent oncle, ton bon ami le roi Hérode, connaissait déjà la cruauté de son fils Archélaos bien avant sa mort, et jamais il n'a eu l'intention d'offrir le trône en héritage à une telle canaille. S'il l'a fait, c'est parce que dans ses derniers jours, sa tête, affaiblie par son âge avancé, agitée par la fièvre et désorientée par la sénilité, ne fonctionnait plus correctement. Lorsqu'il a dicté son testament, il a prononcé des mots qui n'auraient jamais dû être écrits. Dans son agonie, mon oncle a perdu la raison, et Archélaos en a profité pour détourner ses dernières volontés.

Face à cette véritable campagne de dénigrement, Archélaos garde un calme apparent. Pendant ses longues journées d'attente, il s'est préparé au pire pour pouvoir dissimuler le moindre signe de faiblesse à ses ennemis. Il connaît bien l'inimitié de son cousin à son égard, et suppose qu'il a été savamment endoctriné par sa mère, la perfide Salomé.

Auguste se montre froid et distant, comme si son visage avait été sculpté dans la glace. Sans doute souffre-t-il des calculs qui se forment parfois dans ses reins et ne lui laissent de repos que lorsqu'il les expulse douloureusement en urinant. Il parcourt des yeux l'assemblée réunie dans le temple d'Apollon et demande si quelqu'un d'autre souhaite intervenir.

À cet instant s'approche le vieux Nicolas, qui décide d'assurer la défense d'Archélaos par fidélité à Hérode. D'une voix solennelle mais humble, le conseiller royal tente de réfuter une nouvelle fois les accusations portées à l'encontre de son protégé :

— Nous sommes ici, prince de Rome, pour l'approbation du testament librement dressé par ton ami et mon seigneur, le bon roi Hérode. (Nicolas s'efforce de donner à ses paroles la fermeté nécessaire, mais aussi la modération indispensable pour convaincre Auguste.) Dans le mémorandum dont tu as pu prendre connaissance, ô César, Archélaos t'a exposé les raisons qui l'ont poussé à agir avec force lors de la révolte de pharisiens. Ceux-ci s'étaient approprié le Temple et risquaient d'ébranler la paix et la tranquillité d'Israël dans son entier. Ceux qui sont morts là-bas étaient tes adversaires et les véritables ennemis du peuple d'Israël. J'aurais préféré qu'il n'y ait pas de victimes, mais je dois reconnaître que, depuis, la Judée a gagné en paix et en tranquillité.

» Si l'on devait chercher les responsables directs de cette tragédie, il faudrait le faire parmi les membres du conseil royal et non en la personne du prince Archélaos, qui a seulement résolu avec succès la grave crise que d'autres avaient provoquée.

» L'héritier du roi Hérode (Nicolas insiste sur chacun des termes de ce titre) est un homme sage et prudent, qui mérite de poursuivre l'œuvre que lui a léguée son père.

Auguste balaie de nouveau l'assemblée du regard, mais personne d'autre ne semble avoir l'intention de demander la parole. Il attend quelques instants, se tourne vers Livie, qui lui jette un coup d'œil complice, et s'apprête à se prononcer.

Qu'a-t-il décidé ? Quelle va être la résolution du maître du monde ? C'est ce que se demandent toutes les personnes présentes. La tension est si grande que le silence résonne comme un vacarme infernal dans la tête des prétendants au trône de Judée. Tous sont suspendus aux lèvres de l'empereur, qui sait combien son choix va être crucial.

Mais tout à coup, avant qu'Auguste n'ait le temps de parler, Archélaos fait trois pas en avant, lève la main et se présente devant le César, qui acquiesce d'un hochement de tête. Il avance en direction du trône et s'agenouille en signe de soumission. Une rumeur de stupéfaction parcourt le temple d'Apollon. Personne ne s'attendait à un tel geste de la part de l'héritier.

Déconcerté, Antipas serre les dents et songe à l'insolence avec laquelle se comporte son frère, qui ose se prosterner à genoux aux pieds d'Auguste pour quémander le trône.

Archélaos ne bouge pas, il reste humilié devant le seigneur de l'Empire, la tête baissée en témoignage de son obéissance aveugle et de sa servilité totale. Auguste le laisse ainsi pendant un bon moment, faisant taire d'un geste du bras les murmures qui résonnent sous le plafond à caissons du temple. Il se sait maître du destin de ces Juifs qui se sont présentés à Rome pour lui offrir leur loyauté en échange d'un trône.

Après quelques instants qui semblent interminables, Auguste se lève. La tension augmente dans l'assistance. Puis il rejoint Archélaos, toujours agenouillé, le menton sur la poitrine, et lui touche l'épaule. Il lui prend la main et l'encourage à se relever. Le prince de

Judée s'exécute et recule de quelques pas, toujours tête baissée. Antipas comprend que tout est perdu et que cette humiliation de la part de son frère va faire de lui un roi.

Le César parle enfin.

— Je considère que tu es le digne successeur de ton père, dit-il à Archélaos. Je regrette de vous décevoir, messagers du peuple juif, et je comprendrais que vous soyez contrariés par ce que je vais vous annoncer. Je sais que vous attendez depuis longtemps que je me prononce sur le futur dirigeant de la Judée, et je suis au regret de vous dire que vous allez devoir continuer à attendre encore un peu. Il y a trois jours, lorsque je vous ai convoqués à cette audience, j'avais pris ma décision, mais j'ai changé d'avis au cours de ces dernières heures, et je vous fais part de ma volonté de différer mon choix de nouveau. Mais ce délai ne sera pas long. Demain, dans mon palais, je rendrai ma sentence sur cette affaire et ma décision sera sans appel. Je vous attends tous à midi.

Sur ces paroles, le César offre sa main à Livie et se retire, entouré de sa garde personnelle.

Encore une attente insupportable ! Mais Antipas, qui quelques instants auparavant croyait sa cause perdue, reprend espoir et sourit. Archélaos et ses conseillers Ptolémée et Nicolas sont déçus et ruminent leur désillusion. L'héritier d'Hérode s'inquiète de la longue journée qui s'annonce, une de plus, mais il croit avoir entrevu dans les yeux d'Auguste une espèce de reconnaissance à son endroit. Il a donc l'espoir d'obtenir son approbation le lendemain. Salomé, quant à elle, n'a aucune réaction. Elle est aussi impénétrable et imperturbable qu'une sphinge grecque.

Bien sûr, l'attente est longue, très longue. La nuit venue, personne ne trouve le sommeil. Auguste lui-même ne parvient pas à dormir. En proie au doute, il s'interroge sans cesse sur la suite à donner au testament d'Hérode. Il connaît les deux prétendants et sait que, quelle qu'elle soit, sa décision risque de provoquer un conflit.

Le jour se lève déjà lorsque le César arrête enfin sa décision. Il lui reste quelques heures avant l'audience et il va se coucher pour essayer de se reposer. Il veut se présenter frais et serein devant ses alliés juifs.

Le ciel est clair et dégagé. La douce brise de l'est emporte vers la mer la fumée des cheminées des ateliers et des maisons de Rome. L'air devient enfin respirable.

Comme prévu, les Juifs arrivent les uns après les autres au palais d'Auguste et sont invités à entrer dans une petite salle où l'empereur rencontre d'ordinaire ses conseillers les plus proches.

Ils attendent encore un long moment, mais le César finit par apparaître, accompagné d'un secrétaire tenant à la main un rouleau de parchemin. Tous les regards se posent instinctivement sur le document supposé contenir la volonté d'Auguste.

Solennel comme à son habitude, l'empereur lève la main pour saluer l'assemblée, s'assoit sur une petite chaise pliante et, dans un silence attentif, proclame sa décision :

— J'ai déjà fait part de mon souhait de ne pas voir la Judée devenir une province de l'Empire. Et en tant que dépositaire des droits sur cette région, que m'a légués mon ami Hérode, je décide de ratifier le testament du défunt roi… mais avec quelques changements importants que je vais vous expliquer.

Le César demande à un de ses serviteurs de lui remplir une coupe d'eau, qu'il boit d'un trait. Archélaos prend une profonde respiration. S'il a bien entendu, ce sera lui le nouveau roi de Judée, désormais pleinement reconnu par Auguste, mais les changements annoncés risquent d'aller à l'encontre de ses intérêts. Où l'empereur veut-il en venir ?

Antipas se mord les lèvres. Il sait qu'il a perdu, mais il lui reste peut-être une opportunité. Quant à Salomé, elle ne peut empêcher une immense contrariété d'apparaître sur son visage d'ordinaire si impassible. Elle pense que ses conversations avec Livie n'ont servi à rien, et que c'est elle qui va subir le plus grand préjudice.

Auguste perçoit une tension extrême dans la pièce et en éprouve un certain plaisir. Il est habitué à ce que personne ne lui réponde, mais voir les plus illustres membres du peuple juif rassemblés devant lui dans l'attente de sa décision ne manque pas de le remplir d'excitation. On a beau l'exercer depuis longtemps, le pouvoir ne devient jamais une routine ennuyeuse.

— La modification que j'ai apportée est la suivante, reprend le César. Le territoire qu'a gouverné mon bon ami le roi Hérode se divise en trois parties, comme il l'a lui-même voulu : les régions de Judée, Samarie et Idumée restent sous l'autorité d'Archélaos, mais il l'exercera avec le titre d'ethnarque. (Auguste se tourne vers Archélaos pour s'adresser à lui directement.) Tu ne seras pas roi… pour l'instant. Tu n'auras pas d'autorité royale sur les autres parties du territoire. Mais si dans l'exercice du pouvoir tu montres que tu es de la même trempe que ton père, si tes faits et gestes prouvent que tu le mérites, je t'accorderai le titre de roi d'Israël. Tu vas donc devoir le gagner. Tu peux commencer par faire preuve de générosité avec les Samaritains et les exempter durant les cinq années à venir du quart de leurs impôts en signe de reconnaissance pour ne pas avoir pris les armes ni participé aux récentes rébellions.

» Les deux autres parties du territoire sont réparties de la manière suivante : la Pérée et la Galilée restent sous l'autorité d'Antipas, en tant que tétrarque, puisque le roi Hérode les lui a léguées dans son second testament. Quant à toi, Philippe, je te confie, également avec le titre de tétrarque, le gouvernement de la Batanée, de l'Iturée et de la Trachonitide. Et j'espère que, conformément à la volonté de ton père, tu administreras ces régions avec sagesse et habileté.

» Pour éviter tout conflit avec leur peuple, les villes grecques du nord et celles de la Décapole sont séparées du territoire de la Palestine, et je décrète leur intégration à la province de Syrie. À partir de maintenant, elles sont donc sous l'autorité du légat impérial d'Antioche.

» Enfin, princesse Salomé, si chère au cœur de ton frère le roi, tu pourras garder les villes qu'il t'a léguées dans son testament. Je te remets en outre cinq cent mille drachmes d'argent, afin que tu puisses faire face aux frais que tu vas devoir assumer dans les prochains mois.

À sa demande, le secrétaire tend au César le rouleau de parchemin.

— Ce document reprend toutes les informations que je viens de vous communiquer, dit Auguste. Chacun de vous en recevra une copie, marquée du sceau impérial.

Le secrétaire vous précisera les détails. Ceci est mon dernier mot.

L'empereur montre sans détours qu'il ne se fie à aucun des fils d'Hérode. Il cherche à entretenir la faiblesse du royaume d'Israël par sa partition, en le fragmentant définitivement en trois fiefs indépendants. Il ne veut pas d'une Palestine unie et forte, qui pourrait devenir avec le temps un État libre du flanc oriental de l'Empire aspirant à l'indépendance. Satisfait de sa décision, il se lève et quitte l'assemblée sans lui laisser voix au chapitre.

Les représentants juifs restent muets et figés, ne sachant que faire face au départ précipité d'Auguste. Le trône royal reste vacant, ce qui semble confirmer une rumeur tenace : il est maudit ! Archélaos ne sera pas roi et ne pourra donc exercer aucune autorité sur les territoires confiés à ses frères et à son intrigante tante. Il n'y a rien à objecter à la décision de l'empereur. Elle ne peut être qu'acceptée et mise en œuvre. Les yeux rougis, presque sur le point de pleurer, l'héritier présumé regarde le vieux Nicolas. Son fidèle conseiller hoche la tête mais fait un geste de résignation. Il veut se montrer insensible, mais il se sent vaincu parce qu'il n'a pas su convaincre Auguste de maintenir toutes les clauses du testament d'Hérode. La partition du royaume est pour lui, qui a tant lutté pour préserver son unité, un échec retentissant.

Antipas sourit, soulagé. Ces dernières semaines, il est passé par tous les états possibles. Par moments, il s'est vu héritier, ou alors totalement exclu, pour finalement recevoir le gouvernement de provinces depuis lesquelles il va pouvoir échafauder des plans de domination de l'ensemble d'Israël. Cela aurait pu être bien pire. Il aurait pu ne rien avoir et être soumis à la volonté capricieuse de son frère. Il est donc relativement satisfait.

Philippe, qui comptait à peine, se révèle beaucoup plus rusé et ambitieux qu'on n'aurait pu le penser. Il profite grandement de la décision de l'empereur. Son apparente insignifiance est son meilleur atout, et le César l'a utilisé pour affaiblir le pouvoir de ses deux frères.

Salomé ne peut dissimuler un certain contentement. Si elle n'a pas atteint son objectif principal, faire de la Judée une province romaine, elle garde le gouvernement de quelques villes et son neveu préféré est le nouveau seigneur de deux régions importantes. Avec un royaume divisé, ses possibilités d'intriguer en faveur d'Antipas sont de fait renforcées. Elle se sent forte et capable de continuer à influencer les grandes décisions politiques qui concernent le peuple juif.

Le secrétaire d'Auguste remet à chacun une copie de la résolution impériale, signée de la main de l'empereur et revêtue de son sceau.

— Un envoyé spécial du César part aujourd'hui même à Antioche avec une copie destinée au légat de Syrie, précise le haut fonctionnaire. À partir de maintenant, Rome garantit les droits de chacune des parties consignées sur ce document.

Les Juifs ne doutent pas que Rome surveillera de très près tous leurs faits et gestes, et interviendra avec fermeté si quiconque s'avise de contrevenir à la volonté de l'empereur. Les légions de Syrie en constituent le meilleur garant.

8

Les années Archélaos

L'angoisse de ces derniers mois prend fin. Personne n'est tout à fait satisfait, mais tout le monde a de quoi se réjouir.

Antipas et Salomé, de plus en plus heureux de leur sort au fur et à mesure qu'ils comprennent à quel point ils ont été au bord de l'abîme, décident de rester un peu à Rome. L'aval de l'empereur est plus que suffisant pour empêcher quiconque de tenter de s'emparer de leurs territoires, même en leur absence.

Archélaos, en revanche, impatient d'exercer le pouvoir sur ses terres, préfère rentrer immédiatement en Judée. Il a beaucoup à faire et doit ramener l'ordre dans certaines provinces qui ont connu de nombreux troubles ces dernières années. La région qu'il lui revient de gouverner est la plus conflictuelle. Il a appris que Quinctilius Varus avait écrasé le soulèvement de Simon le foulonnier, et qu'aux centaines de morts causées par l'incursion des deux légions de Syrie s'ajoutaient pas moins de deux mille Juifs rebelles crucifiés suffisamment près du palais royal et du Temple pour servir d'exemple et montrer la puissance de Rome.

Deux massacres successifs en si peu de temps ont apaisé les esprits exacerbés des Juifs les plus exaltés, mais Archélaos sait qu'une autre crise peut éclater à tout moment et veut être là pour l'affronter personnellement si elle se produit. En outre, Auguste n'a-t-il pas dit qu'il devait mériter la couronne royale ? Archélaos doit prouver qu'il est capable de gouverner la Judée avec discernement et d'éviter de nouveaux troubles.

Le navire qui les ramène en Judée, lui et ses partisans, est confronté à de terribles conditions maritimes, et la traversée dure plus longtemps que prévu. Le capitaine, que les Grecs désignent sous le nom de « navarque », cherche une route à l'abri de ports sûrs, cabotant le plus possible jusqu'à ce que la fureur de Borée s'apaise et que les orages cessent. Il trouve refuge à Céphalonie et à Héraklion, sur l'île de Crète. Le navire met quatre mois à regagner Césarée. Archélaos et Nicolas profitent de cette longue traversée pour élaborer une stratégie susceptible de calmer les esprits des citoyens angoissés par la répression et indignés par le nombre de personnes exécutées lors des deux révoltes de Jérusalem. Mais surtout, ils cherchent ensemble le meilleur moyen de gouverner des individus aussi rebelles et hargneux que leurs compatriotes.

L'atrabile, la plus sombre et la plus épaisse des quatre principales humeurs du corps, selon Hippocrate, influe sans doute sur les pensées d'Archélaos. Un sang noir et amer coule dans ses veines et empoisonne ses idées. Dans sa tête s'accumulent les âpres disputes familiales, la haine entre ses proches et ses amis, la frustration des objectifs manqués…

Mettant à profit un moment de calme pendant la traversée, Nicolas et lui, assis à tribord, discutent à bâtons rompus.

— Tout est de la faute de Salomé, cette femme malveillante ! se lamente-t-il. Elle a influencé Auguste, par l'intermédiaire de son amie Livie, afin qu'il me dépouille de la moitié de mon royaume. Qu'elle soit maudite !

— C'est le plus probable, oui, admet Nicolas, mais ne laisse pas tes pires pressentiments te dominer. Désormais, si tu ne peux pas revendiquer le titre de roi, tu es néanmoins le maître de la Judée, qui est le cœur d'Israël. Tu dois assumer cette fonction avec l'autorité que t'a léguée ton père et les droits que t'a accordés le César.

— Je ne peux faire taire mon ressentiment ni oublier les machinations que Salomé et Antipas ourdissent contre moi. Je me méfie d'eux, et ma haine à leur encontre grandit de jour en jour dans mon cœur. Je ne ferai plus jamais confiance à personne, pas même à Philippe, ce simplet faussement loyal qui m'a poignardé dans le dos à la première occasion.

— Oublie ta haine, au moins pour un temps. Dans les mois qui viennent, tu vas devoir prendre des décisions importantes, et si tu es guidé par la colère, tu risques de faire de nombreuses erreurs. Souviens-toi de ton père : pendant son règne, il n'a pas obéi à ce que lui dictait son cœur impétueux, mais aux raisonnements de son esprit. Gouverner, c'est faire de la sérénité une règle de conduite au moment de la prise de décision, ne l'oublie pas. La sérénité mène au bon sens, au discernement.

— Tes conseils, ami Nicolas, sont toujours sages et pleins de circonspection, mais je ne peux pas oublier la trahison.

— Dans ce cas, bats-toi pour ton peuple, fais en sorte qu'il t'admire, qu'il te considère comme son vrai et unique seigneur. Gagne sa confiance, et ce même peuple t'offrira le pouvoir absolu.

— Je ne peux pas me montrer bienveillant avec mes sujets. Un monarque qui agit ainsi est vu comme un dirigeant faible et dépourvu d'autorité. Cela a été ma grande erreur après la mort de mon père. J'ai laissé grandir la révolte des pharisiens au Temple. Je les ai laissés s'organiser, donner des mots d'ordre, gagner des partisans, consolider leur mouvement. Non, Nicolas, non. L'expérience prouve qu'il est impossible de convaincre des sujets rebelles avec de belles paroles et d'amadouer avec de généreuses prébendes des parents aveuglés par l'ambition.

— Seigneur, ne cède pas à la soif de vengeance. Sois prudent.

— C'est moi qui tiens les rênes désormais. L'armée me doit obéissance et les légions de Rome soutiennent mon autorité. Quiconque n'en est pas convaincu pourrira dans un cachot obscur ou sera pendu à la plus haute branche d'un arbre sec.

Jérusalem, enfin ! La Ville sainte s'élève dans le ciel avec son magnifique Temple, ceint d'échafaudages pour effacer les traces de la bataille qui a détruit plusieurs portiques, ses solides remparts, l'immense forteresse d'Hérode et ses imposantes tours, puis les collines sauvages parsemées d'oliviers qui l'entourent… Archélaos se dirige aussitôt vers le sanctuaire pour que tout le monde sache qu'il est désormais le seigneur incontestable de la Judée.

Dans la cour des Gentils, une foule informée de l'arrivée imminente d'Archélaos s'est réunie et attend en silence son souverain, mais il n'y a ni joie dans les rues, ni vivats à l'intention du nouveau monarque, ni louanges, ni souhaits de longue vie et de succès, rien de ce qui arrive d'ordinaire dans ce genre d'occasion. Le souvenir des rebelles exécutés dans cette même cour est trop vivace. L'odeur douceâtre du sang des frères, parents ou amis tombés dans la batailles est encore presque perceptible. Les traces du combat sont toujours visibles : portiques effondrés, bois brûlé par l'incendie, décombres…

L'ethnarque Archélaos prend acte de ces signes d'hostilité, si évidents que même un aveugle pourrait les percevoir, et observe les visages anonymes, marqués par l'amertume, comme ceux d'esclaves accablés par le poids de leur condition. Les citoyens d'Israël acceptent avec résignation la décision prise dans la lointaine Rome par le César, dont ils ne connaissent que l'effigie sur la monnaie. Ils n'ont pas d'autre choix. Ils ont déjà vécu dans leur chair la souffrance que peuvent infliger les Romains lorsqu'on ose contrecarrer leurs plans. Alors ils s'inclinent, du moins pour l'instant.

Après s'être rendu au Temple et avoir donné des instructions pour que davantage de fonds soient alloués à sa rapide et urgente restauration, Archélaos se dirige vers la forteresse, ancienne demeure de son père qu'il adopte comme résidence à Jérusalem.

Les Jérusalémites se tiennent tranquilles, en tout cas en apparence. Sous l'œil vigilant des légions, ils gardent toutefois l'espoir qu'un jour, même lointain, des circonstances plus propices permettront à Israël de devenir un royaume à part entière, affranchi de toute tutelle étrangère. Dieu pourvoira le moment venu.

À la première curie d'Archélaos se réunissent les hommes qu'il a lui-même désignés comme conseillers. Ensemble, ils doivent organiser le gouvernement et définir les compétences de chacun.

— Lors de mon premier discours au Temple, rappelle Archélaos, peu avant mon voyage à Rome, j'ai fait plusieurs promesses, notamment celle de baisser les impôts des paysans et des marchands. (Malgré son embarras en raison de la division du royaume, il parle d'une voix ferme.) Mais de nouvelles circonstances m'empêchent de mettre en œuvre ces mesures, excepté pour les Samaritains, car Auguste m'a demandé de les exempter du quart de leurs impôts, et sa volonté sera respectée. Je vous charge de préparer un rapport sur notre situation financière, afin que nous ajustions nos revenus à nos besoins. Pour mener à bien les projets que je souhaite entreprendre, il va nous falloir de l'argent, qui ne peut provenir que des impôts payés par le peuple.

— Pardonne-moi, seigneur, mais pour obtenir davantage de revenus, nous devrons disposer d'un nouveau corps de collecteurs, intervient Nicolas de Damas.

— Évidemment. En outre, mon père avait une police très efficace. Je suivrai la même ligne. L'un d'entre vous sait-il ce qu'est devenu Eurymédon ? En tant que chef de la police du roi Hérode, il a fait un excellent travail, peut-être en raison de son origine grecque.

— Il est très vieux, répond Nicolas, mais il vit toujours près d'ici. Nous pouvons le convoquer si tu le souhaites.

Peu après, le vieux chef de la police hérodienne se présente à la forteresse. C'est un homme d'un âge avancé, qui se déplace avec difficulté et doit s'appuyer sur une canne ou sur le bras de quelqu'un d'autre pour marcher. Il est accompagné par son fils.

— Je me réjouis de te voir, Eurymédon, dit Archélaos. Tu as bien servi le royaume au temps de mon père. Je t'en suis reconnaissant.

— Je n'ai fait que mon devoir, seigneur, répond le vieillard.

À le voir, il est clair que ce vieil homme voûté n'est pas en état de diriger la nouvelle police, mais à ses côtés se trouve son fils, robuste, fringant et énergique. Cela donne une idée à Archélaos.

— Je souhaite réorganiser la police de la même manière que mon père Hérode. J'avais pensé que tu pourrais t'en charger, mais je vois que ton état de santé ne le permet pas.

— J'ai obéi à ton père et je t'obéirai, mais tu as raison, cette mission est une charge trop lourde pour un vieillard perclus de rhumatismes.

— Et pour ton fils ? D'après ce qu'on m'a dit, c'est l'homme qui t'accompagne.

— En effet, confirme Eurymédon en s'accrochant au bras de son fils. Il s'appelle Hippodame.

— Crois-tu qu'il pourrait accomplir ce travail ? En s'appuyant sur tes conseils et ton expérience, bien sûr.

— Ce serait un grand honneur.

— Et toi, Hippodame, qu'en penses-tu ? Crois-tu avoir les compétences nécessaires pour exercer la fonction de chef de la police de Judée ?

— J'ai toujours été aux côtés de mon père, répond

Hippodame. C'est lui qui m'a enseigné tout ce que je sais.

Nicolas, attentif aux moindres détails, comprend les intentions d'Archélaos et s'approche de lui pour murmurer à son oreille :

— Seigneur, ce jeune homme est robuste et semble déterminé. Il est certain qu'il connaît le métier de la police grâce à son père, mais la nouvelle ère qui s'ouvre requiert de nouvelles méthodes pour assurer la surveillance et la sécurité de tes territoires. Il nous faut un homme capable de contrôler n'importe quel mouvement de protestation susceptible de naître parmi tes sujets. Par conséquent, il est indispensable que le chef de la police ait de l'expérience, qu'il sache faire son travail et qu'il offre en la matière les garanties nécessaires. Ne te précipite pas. Nous ne savons pas si ce dénommé Hippodame saura accomplir un devoir d'une telle complexité.

— Regarde-le, murmure Archélaos à son tour. Cet homme est soigné, il paraît intelligent et il a des manières courtoises. Ses origines grecques nous garantissent qu'il n'aura pas de pitié pour le peuple de Judée. Nous pouvons être sûrs de sa fidélité. De plus, il affirme qu'il a tout appris de son père. Je pressens qu'il sera un bon chef de police.

— À tes ordres, seigneur.

Nicolas sait qu'il ne doit pas insister.

— Approchez-vous, ordonne Archélaos, toi aussi, Hippodame.

Assez petit, comme son père, le jeune Grec est de constitution robuste. Il a les épaules larges et les bras solides. Son visage est agréable et il sourit avec naturel. Bien que râblé, il a le geste sûr et fluide.

— J'ai décidé, déclare Archélaos au père et au fils qui se tiennent respectueusement à quelques pas de lui, de remettre en place la police de mon père que toi, Eurymédon, tu as bien connue et dirigée avec beaucoup de discernement et d'efficacité. Après tant d'années à sa tête, je t'accorde un repos bien mérité. Mais je ne t'ai pas convoqué uniquement pour te remercier. J'ai pensé que ton fils pourrait être ton successeur. Il sera responsable du nouveau service.

Le vieux limier s'agite et se sent flatté. S'il avait mal fait son devoir pendant le règne du précédent monarque, il ne serait certainement pas devant Archélaos en ce moment. Il sourit avec discrétion et, comme à son habitude, prononce à peine quelques paroles émues pour exprimer sa gratitude.

Pour sa part, le jeune Hippodame est surpris par cette proposition inattendue. Il réfléchit quelques secondes, regarde Archélaos et Nicolas bien en face et, sur un signe de l'ethnarque, s'empresse de répondre :

— J'accepte, seigneur. Je m'efforcerai d'apprendre, et mon père m'aidera. Il sera à mes côtés à chaque fois que j'aurai besoin de lui. Son expérience est mon meilleur atout.

— Je m'en réjouis, dit Archélaos laconiquement. Tu résideras ici, dans ce palais. Tu commences dès aujourd'hui.

— Je ne te décevrai pas.

— Je l'espère.

Les deux Grecs sont ravis. Le père, fier de son fils, ne doute pas qu'il fera du bon travail. L'expérience qui lui manque, il la lui fournira, et il sera toujours auprès de lui pour lui donner les meilleurs conseils.

— Merci, seigneur, dit Eurymédon.

— Maintenant, vous pouvez vous retirer.

Les deux hommes prennent congé d'Archélaos en inclinant la tête, et celui-ci ordonne à tous les autres de le laisser seul avec Nicolas.

— Je dois revenir sur ma première impression, reconnaît Nicolas. Je crois que tu ne t'es pas trompé.

— Jérusalem doit être bien surveillée. Je veux des informateurs et des espions dans chaque recoin de cette ville. J'augmenterai aussi le nombre de gardes dans le Temple. Enfin, des escouades de soldats, d'origine juive naturellement, patrouilleront sans relâche. Je me méfie de ce peuple si inconstant.

— Tu as raison de ne pas te fier aux Jérusalémites… ni à beaucoup d'autres ! J'ai l'impression que le peuple est toujours sur des charbons ardents, même s'il semble calme pour le moment.

— Le système que je veux mettre en place à Jérusalem sera extensible sur l'ensemble de mes territoires. Dans chaque ville importante de mon ethnarchie, nous déploierons un détachement de soldats chargés de maintenir l'ordre et de protéger les fonctionnaires de notre administration et les collecteurs d'impôts.

— Il va falloir consolider les vieilles forteresses, et même en construire de nouvelles…

— Nous le ferons. Mon père a couvert son royaume de châteaux et de fortifications. Je ferai de même en Judée, en Samarie et en Idumée.

— Et si le peuple considère ces constructions comme une menace ?

— Nous dirons qu'il s'agit de forteresses pour nous défendre contre les possibles incursions des Arabes nabatéens ou des bandits de la Trachonitide. Nous lui ferons croire qu'elles sont destinées à sa protection et à sa sécurité. Nous renforcerons l'idée que mes frères Antipas et Philippe encouragent les bandits à voler sur nos territoires. En voyant ces nouvelles forteresses, tout le monde saura que je serai inflexible avec quiconque ne respectera pas mes ordres.

— Tout cela va coûter beaucoup d'argent, songe Nicolas à voix haute.

— L'augmentation des impôts le financera.

— Elle risque de susciter des protestations très violentes.

— Je ne crois pas. Quinctilius Varus m'a indiqué que la plupart des hommes de la Xe légion allaient rester cantonnés dans les environs de Jérusalem. Jusqu'à présent, la présence des troupes romaines a été sporadique, mais elles sont en train de construire un établissement permanent et bien fortifié. Elles sont donc là pour rester et pour nous protéger si nécessaire.

— Les gens pourraient en conclure que c'est Rome le véritable maître d'Israël…

— Peu importe ce qu'ils croient, tant que je peux conserver mon trône !

— J'espère que ce système fonctionnera.

— N'en doute pas, Nicolas. Il a fonctionné à l'époque de mon père, je ne vois pas pourquoi il échouerait aujourd'hui.

9

Le charme de Glaphyra

Les années passent, plusieurs années. Archélaos gouverne dans la sérénité. S'il aspire toujours à recevoir d'Auguste le titre de roi, il est assez satisfait, tout en sachant que la paix dont jouit Jérusalem est due à la crainte de ses habitants et au souvenir impérissable de la sanglante répression des légions romaines.

— La Judée est devenue une des régions les plus pacifiques du monde, plus encore que lorsqu'elle était dirigée par ton père, le grand Hérode, dit le vieux Nicolas de Damas, beaucoup moins alerte mais toujours aussi fidèle aux côtés de l'ethnarque.

— J'ai eu raison de confier la direction de la police à Hippodame, tu ne crois pas ? lui demande Archélaos.

— C'est vrai, seigneur, acquiesce Nicolas d'un ton flatteur, c'est moi qui me suis trompé. Hippodame s'est révélé être un organisateur efficace et un homme de bon sens. Sous son autorité, la police de l'ethnarchie est devenue un corps très compétent et bien préparé.

— Je me réjouis que la population se sente en sécurité et que les contrôles fonctionnent. Cela fait des années qu'aucun trouble n'a éclaté et que personne n'a protesté contre la présence romaine.

— Cet homme sait ce qu'il fait, dit Nicolas en parlant d'Hippodame.

Ce que le vieux conseiller préfère ne pas commenter, c'est que la police a des informateurs partout et que la moindre dissidence détectée est aussitôt étouffée, son instigateur arrêté, soumis à la torture, emprisonné, voire discrètement exécuté s'il le faut.

— Nous avons bien fait d'interdire les réunions de plus de cinq personnes, déclare Archélaos. Cette mesure empêche toute possibilité d'organiser une révolte. Mais nous devons rester vigilants. Malgré le calme ambiant, des agents ont entendu des hommes se plaindre au cours de ces derniers mois. D'après Hippodame, certains citoyens de Judée commencent à parler ouvertement d'oppression, et éprouvent un malaise grandissant en raison de la surveillance constante à laquelle ils s'estiment soumis.

— Et… concernant les impôts ? s'enquiert Nicolas, qui se dit que c'est le moment d'aborder avec l'ethnarque les sujets qui posent problème.

— Sur ce point, je suis intraitable. Ceux qui ne paient pas leurs impôts seront dénoncés par les publicains, et, s'ils sont redevables au fisc, ils seront vendus comme esclaves et expulsés d'Israël.

— La loi de Moïse interdit à un Juif de soumettre à l'esclavage un membre de sa propre race…

— C'est une vieille règle. Mon autorité d'ethnarque prime sur ce principe très ancien. J'ai ordonné au chef de la police de faire arrêter de nuit ceux qui ne paient pas leurs impôts, chez eux, avec le maximum de discrétion, et de les expédier aux marchés aux esclaves de Phénicie. Seuls quelques-uns auront le privilège de passer en jugement et seront presque toujours condamnés à la vente.

— Mais, seigneur, cette pratique va finir par nous causer de gros problèmes. Souviens-toi, par exemple, de Mnasemo, cet individu exalté qui a osé te reprocher en public de ne pas tenir tes promesses, de ne pas obéir à la loi de Dieu, et qui refusait, par conséquent, de payer l'impôt… Si d'autres comme lui se manifestent, une grande révolte peut de nouveau éclater.

— Il est vrai que lors de mon discours au Temple, il y a des années, j'ai promis de baisser les impôts. De nombreuses personnes s'en souviennent certainement, mais un dirigeant ne doit pas être esclave de ses promesses. Il doit, au contraire, être maître de ses décisions. En ce qui me concerne, je prends celles qui se révèlent être les meilleures, le moment venu, pour le bon gouvernement d'Israël. Je ne laisserai jamais les désirs de la populace guider mes choix politiques.

— La destitution du grand prêtre Joazar n'a pas plu non plus, poursuit Nicolas.

— J'ai pris cette mesure parce que je ne pouvais tolérer la clémence avec laquelle Joazar s'est comporté pendant la rébellion des pharisiens. Il les a laissés occuper à leur aise les cours du Temple. Les prêtres ne sont pas là pour encourager la sédition, mais pour s'acquitter de leurs obligations cultuelles.

— De plus…

— Il semble que ce soit le jour des récriminations aujourd'hui, mais ça suffit, Nicolas ! s'écrie tout à coup Archélaos. Les Romains ne disent-ils pas : « Qu'ils nous haïssent, pourvu qu'ils nous craignent » ? Nous aussi, nous avons besoin de cette politique.

— Je suis peut-être l'homme le plus vieux d'Israël, et un des plus vieux du monde. En outre, j'ai été toute ma vie à ton service et, avant cela, au service de ton père. La fidélité que je te dois et le nombre de mes années m'investissent de l'autorité nécessaire pour te dire ce genre de choses. Laisse-moi continuer ou fais-moi taire… pour toujours.

— D'accord, parle, vieil impertinent ! lance Archélaos, acceptant à contrecœur de continuer à écouter les critiques de son principal conseiller, la seule personne qu'il autorise à lui parler ainsi.

— Il y a longtemps que tu n'as plus de relations avec ton frère Antipas, et celles que tu entretiens avec Auguste se sont détériorées ces derniers temps. (Nicolas n'ose pas dire directement à son seigneur qu'il est un piètre diplomate et préfère édulcorer ses reproches.) En tant qu'ethnarque de Judée, tu devrais envoyer régulièrement à Rome, puisque tu gouvernes de fait au nom de l'empereur, des rapports détaillés sur ta gestion de ces territoires. Or, tu te contentes de faire parvenir des missives si succinctes qu'elles deviennent une simple formalité. Il n'y a là aucun contenu qui puisse inciter Auguste à t'accorder le titre royal.

— Je maintiens un calme absolu dans cette région ! N'est-ce pas suffisant ?

— Les grands dirigeants aspirent à une reconnaissance qui va au-delà de leur aptitude à maintenir le calme dans leur coin du monde. Auguste adore être traité comme le plus grand monarque de tous les temps. Il aime que ses loyaux sujets fondent des villes à son nom ou lui dédient des temples, des autels et des monuments. Mais toi, tu ne le fais pas. Tu ne fais même pas frapper son effigie ni son nom sur la monnaie émise chez nous.

— Cela ne me paraît pas nécessaire…

— Tu as donné ton nom à Archélaïde, l'unique ville fondée sous ton gouvernement. Si tu l'avais appelée Caesaraugusta de Judée, ou Livie de Judée, ou désignée par n'importe quel nom d'un membre de la famille impériale, tu aurais gagné l'affection de l'empereur et tu serais peut-être roi.

Nicolas parle sans la moindre inhibition. Il sait qu'il n'a rien à perdre et qu'à son âge une condamnation à mort de la part d'Archélaos ne ferait que hâter sa fin qu'il sent déjà proche.

— Oui, j'aurais peut-être dû dédier cette ville à Livie…

— Si tu l'avais fait, elle t'en aurait remercié en influençant son époux en ta faveur. Et le trône d'Israël ne serait pas resté vacant.

Archélaos garde le silence. Nicolas a raison. Le titre de roi n'arrive pas, et le trône semble encore sous le coup de cette fameuse malédiction, comme s'il n'allait plus jamais être occupé. À Rome, Auguste paraît avoir oublié la Palestine, peut-être parce qu'il croit qu'elle ne représente plus aucune menace. En réalité, il méprise Archélaos, car il n'a pas le sentiment que lui-même l'apprécie. Lorsqu'il reçoit des rapports de ses agents en Judée, il éprouve encore davantage de répulsion pour l'ethnarque, qu'il trouve de plus en plus désagréable et offensant. La simple mention de son nom suffit à provoquer chez lui un sentiment de rejet. S'il le pouvait, il l'oublierait pour toujours.

Or, pour Archélaos, l'attente devient insupportable. Nul messager de Rome n'apparaît avec la nomination royale tant désirée.

Quelques années s'écoulent encore, et Archélaos déverse son amertume sur les territoires qu'il gouverne en se montrant encore plus dur. Le peuple juif se soumet, mais il n'a pas oublié. Certaines voix dissidentes commencent à se faire entendre, encore étouffées par la pression que beaucoup ne peuvent plus tolérer.

Cependant, attentifs à tout ce qui pourrait mettre en danger la stabilité de la souveraineté d'Archélaos, les agents dirigés par Hippodame remplissent efficacement leur rôle de chiens de garde. Dès qu'ils entendent certaines conversations, ils s'infiltrent parmi les groupes de mécontents et prennent bonne note de tout ce qui se dit pour le transmettre à leur chef.

— Les réunions clandestines des mécontents sont de plus en plus fréquentes et nombreuses, révèle un informateur d'Hippodame.

— Avons-nous des raisons de nous inquiéter ? demande le chef de la police.

— Je pense que oui. Rien qu'ici, à Jérusalem, trois groupes de dissidents sont prêts à déclencher une révolte contre l'ethnarque dès qu'ils seront en nombre suffisant.

— Disposent-ils d'une aide extérieure ?

— Je n'ai pas pu le vérifier, mais d'après les rumeurs, ils ont envoyé un messager à Antipas, le tétrarque de Galilée, pour solliciter son soutien et lui demander conseil.

À ces mots, Hippodame prend un air préoccupé. Il est au courant depuis longtemps de l'existence d'individus indignés réunis en groupes, et de leur colère croissante, mais il croyait les tenir sous contrôle.

L'irruption d'Antipas change les choses et accroît le risque de voir triompher une nouvelle insurrection.

— J'ai également des informations en provenance de Sébaste et de Marissa, villes de Samarie et d'Idumée, à propos d'un mécontentement palpable parmi leurs habitants, poursuit l'agent. Je sais qu'une réunion secrète s'est tenue il y a quelques jours. Un rabbin exalté est allé jusqu'à demander à l'assemblée d'en finir avec « l'odieuse lignée du vieil Hérode », réclamant de nouveau l'administration directe de Rome sur tout le territoire de la Judée et de l'Idumée. Et maintenant, la même chose se produit à Jérusalem.

Hippodame est parcouru d'un frisson.

— Si les protestations se propagent et que les rebelles obtiennent l'aide d'Antipas, nous allons avoir un sérieux problème, songe-t-il à voix haute. Mais qui sont ceux qui participent à ces réunions clandestines ? Les plus pauvres, je suppose.

— Pas uniquement. La dernière réunion à laquelle j'ai pu assister comptait des membres de certaines riches familles de Jérusalem. Les potentats estiment que l'ethnarchie actuelle leur est plus préjudiciable qu'un gouvernement de la caste sacerdotale. Ils se disent accablés par tant de répression. Un des plus riches commerçants de la ville a déclaré que, la théocratie sacerdotale étant également impossible, il n'existe qu'une alternative au gouvernement d'Archélaos : l'annexion à l'Empire romain. Pour l'instant, c'est pour eux la meilleure option.

— Aucun de ces traîtres n'est partisan d'un État d'Israël restauré, totalement indépendant, dirigé par un monarque fort ? s'indigne Hippodame malgré son origine grecque.

— Si, certains l'envisagent, mais l'immense majorité rejette cette idée, la considérant comme une utopie, voire une folie.

— Une folie ? Une utopie ? Bien que je ne sois pas d'origine hébraïque, je connais bien les Juifs et je sais que la plupart d'entre eux souhaitent vivre dans un État d'Israël indépendant, dans le royaume qu'ont construit et dans lequel ont vécu leurs ancêtres. Selon eux, Dieu a promis à David que ce royaume serait éternel. Et il commencerait à l'être si Archélaos était roi !

— Je crains, seigneur, que cela ne soit un rêve impossible. Les commerçants sont les plus réticents. Dès que quelqu'un parle du royaume d'Israël indépendant et souverain, il y en a toujours un pour expliquer les terribles conséquences que cela entraînerait. Et ils ne cessent de proclamer que l'indépendance est une chimère ; oui, un rêve impossible.

— Tu fais du bon travail, mais tu dois continuer à être attentif à ce qui se passe parmi ces dissidents. Sois discret, et tâche de ne pas être découvert. Maintenant, renseigne-toi sur le degré de participation d'Antipas dans le complot qui semble se préparer. Je te paierai bien si tu obtiens des informations précises à ce sujet.

» Je compte sur ta discrétion absolue. Pas même l'ethnarque Archélaos ne doit se rendre compte de tes recherches. S'il avait le moindre doute sur les intentions de son frère et craignait d'être destitué, nous serions acculés à une guerre avec la Galilée. Ce serait la pire chose qui puisse arriver, car elle impliquerait l'intervention immédiate des légions romaines et anéantirait tout espoir de voir renaître un jour un royaume indépendant pour tous les Juifs.

» Si Archélaos a des soupçons contre son frère Antipas, il lui enverra son armée, sois-en sûr. Et bien que les lois la condamnent, car les Juifs ne tuent pas d'autres Juifs, la guerre civile sera inévitable. Ce sera terrible pour nous tous. C'est un Grec qui te le dit.

— Sois tranquille, seigneur, je serai très discret, dit l'espion en espérant une bonne récompense.

Tout acte qui contrarie le peuple réconforte Archélaos, comme s'il se vengeait ainsi de l'humiliation que lui fait subir l'empereur. Il aime être vu entouré de Grecs et autres Gentils, pour lesquels il affiche son amitié à la cour de Jérusalem, à la grande indignation des observateurs de la Loi. Il adore présider les courses de chevaux et de quadriges à l'hippodrome ou aller voir au théâtre des tragédies grecques jouées par des troupes d'acteurs venues d'Antioche et de Damas.

Chaque représentation théâtrale à laquelle il assiste est un acte d'impiété de plus pour les religieux juifs. Ceux-ci abhorrent ces œuvres qui mettent en scène la luxure des hommes et des femmes, le déchaînement des faux dieux, l'éloge direct ou indirect de ces abominables divinités et les passions humaines les plus viles. Les prêtres ruminent leur colère face aux dérives auxquelles se livre une partie de la population de Jérusalem, qui abandonne ses devoirs religieux pour aller se divertir au théâtre ou à l'hippodrome, transgressant ainsi de manière flagrante la loi de Moïse et les coutumes ancestrales. Et ce n'est pas tout. Pour oublier son échec politique, Archélaos fait de son palais une maison de perdition où règnent le péché et l'immoralité.

L'ethnarque est un homme luxurieux, lascif, dominé par les immondes plaisirs condamnés par la Loi.

Chaque fois qu'il paraît en public, il offre un spectacle lamentable. D'abjects scandales l'entourent. Lors des agapes officielles, il se targue de boire plus que n'importe qui et de tenir encore debout quand ses camarades de beuverie s'effondrent et gisent sur le sol dans la plus indécente ivrognerie.

Quand une caravane extravagante arrive à Jérusalem, les citoyens savent qu'il s'agit d'une troupe de mimes, d'acteurs, de danseurs et de musiciens qu'Archélaos a fait venir à son palais pour divertir ses invités. La résidence royale est toujours remplie de courtisanes et de danseuses. Archélaos les courtise sans la moindre pudeur et s'enorgueillit de coucher avec des centaines d'entre elles, mettant en avant celles qui lui procurent les plus grands plaisirs. Il ne prend même pas la peine de dissimuler qu'il vit en permanence dans le péché. Au contraire, à chaque fois qu'il en a l'occasion, il se vante des orgies auxquelles il participe, sans se soucier de l'indignation qui se répand parmi le peuple comme une tache d'huile sur une dalle de marbre poli.

Même son père, le grand Hérode, n'a pas montré autant d'audace. Le vieux roi a eu beaucoup d'épouses, des dizaines de concubines, de multiples maîtresses et toutes les femmes qu'il a voulues, mais il a fait preuve de la plus grande discrétion. Archélaos, lui, ne perd pas son temps à faire la cour. Ses agents se chargent de lui fournir toute une armée de belles jeunes femmes sélectionnées pour son plaisir charnel. Tout le monde le voit ou le sait. L'une après l'autre, des dizaines de femmes passent dans son lit et, après les avoir saillies comme un étalon en rut, il les oublie aussitôt. Pour le peuple, un tel comportement n'est pas sans rappeler les dernières et pires années de Salomon, la déchéance totale du monarque, dont les péchés ont fini par provoquer le courroux de Dieu, qui a puni les Juifs avec la division d'Israël en deux parties. Digne successeur de la lascivité impudique d'Hérode, dépuceleur de toutes les vierges qui réchauffaient son lit !

La débauche se poursuit dans les chambres du palais, jusqu'à ce qu'un jour Archélaos partage son lit avec une femme différente de toutes celles qu'il a connues jusqu'alors. Cette rencontre, qui l'enchante, a des conséquences inattendues.

— Glaphyra, Glaphyra, murmure Archélaos à la femme qui lui fait perdre la raison et le rend amoureux comme un adolescent. Ma belle Cappadocienne… Tu es la femme la plus belle du monde.

— Seigneur, doux seigneur, lui chuchote Glaphyra à l'oreille tout en lui mordillant le lobe et en l'embrassant dans le cou.

— Mon demi-frère a été très chanceux. Je l'envie. Mais maintenant tu es à moi, rien qu'à moi…

Glaphyra a été mariée à un des frères d'Archélaos, Alexandre, qu'Hérode a fait exécuter après l'avoir soupçonné d'avoir participé à un complot. À la mort de son premier époux, la veuve s'est retirée en Cappadoce, sa région natale, où sa noble famille possède un luxueux palais. Lors d'un voyage à Rome, elle a fait la connaissance de Juba, le roi noir de Maurétanie, avec qui elle s'est remariée. Le monarque africain était un homme mûr, mais encore doté d'une puissante virilité, et il lui a enseigné de nouveaux arts amoureux. Épuisé par tant d'efforts pour satisfaire sa fougueuse épouse, Juba n'a pas résisté très longtemps et son cœur s'est arrêté peu après. Veuve pour la seconde fois, Glaphyra a repris le chemin de la Cappadoce, mais elle s'est arrêtée à Alexandrie, puis à Jérusalem, peut-être pour se remémorer d'anciennes passions vécues aux côtés de son premier époux.

— Et me voici ici avec toi, dit-elle à Archélaos, qui aime écouter les aventures de sa maîtresse.

— J'envie aussi ce maudit roi noir…

— N'en fais rien, seigneur. Il est mort désormais. Et tu es ici à mes côtés.

Glaphyra fait partie de ces femmes qui ont toujours besoin d'un homme, ou plusieurs, dans leur lit. Elle ne conçoit pas de passer une nuit seule. Peut-être est-ce pour apaiser une étrange sensation de peur qu'elle n'ose pas reconnaître, à moins qu'elle n'ait été touchée par la main d'Aphrodite et n'ait besoin d'un amant qui la comble de plaisir sans relâche. Dans son veuvage, elle ne manque jamais d'esclaves jeunes et vigoureux, bien dotés de préférence, prêts à assouvir sa soif lubrique de sexe.

— Quand je t'ai vue arriver dans mon palais, j'ai su que cela finirait ainsi, dit Archélaos en la prenant dans ses bras et en caressant ses seins encore fermes et doux. « La femme de mon demi-frère à Jérusalem ! Qu'est-elle venue faire ici ? » me suis-je demandé. Mais ce qui compte, c'est que tu sois là et que ça me plaise. Aucune femme ne me donne autant de plaisir que toi.

— Pendant le superbe banquet que tu as offert pour célébrer mon arrivée, tu n'as pas cessé de poser les yeux sur moi.

— Tu étais très belle. Ce jour-là, j'avais été très occupé. Cette maudite cour est toujours pleine de quémandeurs : des soldats qui demandent de l'avancement, des commerçants qui sollicitent des privilèges, des conseillers qui proposent leurs services sans en avoir été priés, des prêtres en quête de prébendes pour le Temple, des rabbins qui réclament plus d'attention sur les questions religieuses… et tu es arrivée. Tu étais là, au milieu de tous ces malappris et de toutes ces traînées, élégante, belle, étincelante comme l'étoile du matin…

— Et tu t'es dit : « Il faut que j'aie cette femme. »

— En effet. Éros est intervenu comme il le fait toujours…

— Éros ? Je croyais que vous, les Juifs, vous n'adoriez qu'un seul Dieu, le vôtre.

— Éros, Apollon, Zeus, Yahvé, qu'est-ce que ça peut faire ? Désormais tu es mon unique déesse. Tu l'as été dès ce soir-là. Je me souviens de toi, allongée à mes côtés. La lumière dorée des lustres se reflétait sur ta peau et lui donnait une couleur de miel. Tes cheveux longs, ondulés et blonds, tes yeux clairs, ce décolleté qui laissait entrevoir des seins pleins de délicieuses promesses…

— Tu parles comme un poète.

— J'en entends des dizaines déclamer leurs vers au théâtre.

— Et tu n'as pas pu résister. Tu m'as réclamée dans ton lit le soir même de notre rencontre.

— J'ai dû renvoyer mon épouse. Mariamne s'est rendu compte immédiatement que je n'avais d'yeux que pour toi.

— Elle et tous ceux qui participaient à ce banquet. Tu n'as même pas pris soin de dissimuler à quel point tu me désirais. À un moment, j'ai fini par croire que tu allais te jeter sur moi et me posséder devant tout le monde, y compris ton épouse.

— Cela aurait été très excitant, tu ne trouves pas ? Je ne sais pas comment j'ai pu attendre la fin du repas pour te faire mienne.

— L'attente accroît le désir des amants.

Glaphyra laisse glisser sa main et caresse le membre d'Archélaos, qui semble prêt à récupérer son volume perdu après leur première étreinte amoureuse.

— Nous ne sommes plus tout jeunes. Tu es toujours dans la plénitude de ta beauté, mais je ne sais pas si je vais pouvoir donner un nouvel assaut…

— Bien sûr que tu peux, murmure Glaphyra en embrassant Archélaos sur les lèvres, avant de descendre le long de son corps, jusqu'à ce que sa tête se trouve entre ses jambes.

L'ethnarque contemple les longs cheveux étalés sur son ventre, tandis qu'il sent son membre croître dans la bouche de la belle Cappadocienne. Entre deux spasmes, il déverse sa semence et caresse sa maîtresse.

— Si les Juifs pieux savaient ce que nous venons de faire…, susurre Glaphyra. Je sais très bien que la plupart des docteurs de la Loi ont notre comportement en horreur.

— Je n'ai que faire de l'opinion de ces vieux fossiles acariâtres. Depuis cette première nuit avec toi, je ne désire aucune autre femme.

Glaphyra n'est plus une jeune fille, mais son visage harmonieux n'a pas une ride. Sa peau est lisse et douce. Ses seins sont aussi fermes et durs que ceux d'une adolescente.

— Des rumeurs circulent à propos de notre relation, dit-elle en caressant la poitrine d'Archélaos. On raconte que tes sujets sont très en colère. Ils estiment scandaleux que la veuve de ton frère partage ton lit. Votre Loi condamne fermement ce type de relations.

— La Loi autorise, et considère même juste et nécessaire que, lorsqu'une femme se retrouve veuve et sans enfants, le frère du défunt l'épouse pour perpétuer en elle le nom du lignage de feu son époux.

— Mais notre relation n'entre pas dans ce cas de figure. J'ai eu plusieurs enfants avec ton frère Alexandre. Tu ne peux donc pas m'épouser, ni avoir de relations avec moi. Et puis il y a ta femme, Mariamne…

— Ma femme, oui. Depuis que tu es arrivée, je ne cesse de me disputer avec elle. J'essaie de l'éviter, mais parfois elle m'aborde et… enfin, je crois que le mieux, c'est que je la répudie et que je me marie avec toi.

En entendant ces mots, Glaphyra se serre contre Archélaos et sourit.

Le lendemain, Mariamne reçoit la lettre de répudiation. Folle de rage, elle tente de parler à son époux, mais les gardes d'Archélaos l'en empêchent. Peu après, plusieurs serviteurs emportent sa garde-robe et ses effets personnels hors du palais, dans une maison que l'ethnarque lui destine comme résidence.

Seulement une semaine plus tard, Glaphyra et Archélaos célèbrent leurs épousailles en grande pompe au Temple. Le grand prêtre officie et préside à la signature du contrat des époux, qu'il archive précieusement. Après la cérémonie, il prononce à son corps défendant les bénédictions que prescrivent les traditions sacrées pour le rituel des noces. Bien que la polygamie ne soit pas interdite en Israël, encore moins s'agissant du roi, il sait que cette alliance est illégitime et que les Juifs ont une véritable aversion pour ce genre de pratiques. Mais il n'a pas le choix s'il veut conserver son poste, et peut-être même sa vie.

Au cours des semaines qui suivent, les époux coulent des jours heureux et sortent à peine de leurs appartements. Ils donnent des banquets, mangent les mets les plus savoureux, boivent les vins les plus délicats, et passent leurs nuits à s'aimer jusqu'au lever du jour. Tout ce qui se passe en Judée semble étranger à leur vie, qu'ils mènent dans une sorte de paradis éthéré. Quant aux citoyens de Jérusalem, d'habitude si prompts à critiquer leurs dirigeants, ils semblent avoir oublié les frasques de leur souverain.

Mais le destin capricieux prépare une douloureuse surprise aux amants.

10

Alexandre le revenant

Dans un hameau rattaché à la ville de Sidon vit un homme de race juive dont la ressemblance avec Alexandre, le fils d'Hérode et de la première Mariamne, celui qui a été exécuté par son propre père et fut le premier mari de Glaphyra, est frappante. Ceux qui ont connu le défunt assurent qu'il en est le portrait craché.

Un marchand juif dénommé Jasub, qui vend toutes sortes de chaussures et d'accessoires en cuir, apprend par un de ses clients l'histoire du sosie du défunt prince Alexandre. Il n'a pas besoin de réfléchir longtemps pour flairer la bonne affaire. Habitué à prendre des risques dans le monde complexe du commerce, il se présente à la maison indiquée par son client. Et n'étant pas du genre à tergiverser, il s'adresse sans circonlocutions au Juif qui y vit.

— Personne ne pourrait te distinguer du prince Alexandre, pas même sa propre mère ! lance Jasub, qui, ayant connu le fils d'Hérode, est sidéré par la ressemblance. As-tu songé que tu pourrais faire fortune en exploitant cette situation ?

— De quel Alexandre parles-tu ? lui demande le Juif, bien qu'il sache parfaitement de qui il est question.

— De ce prince d'Israël que son propre père a condamné à Berita et fait exécuter avec son frère Aristobule. Sa veuve, Glaphyra, vient d'épouser l'ethnarque Archélaos. Imagine que son premier mari soit encore en vie, et que ce soit toi…

— Qu'est-ce que cela m'apporterait ?

— Je te propose une très bonne affaire, avec partage des gains.

Jasub parle sur un ton mystérieux, comme s'il détenait un grand secret qui mène au plus fabuleux des trésors.

— C'est-à-dire ? s'enquiert le sosie d'Alexandre. Dis-m'en un peu plus.

— C'est très simple. Nous allons exploiter ta ressemblance avec le fils d'Hérode. Tu seras le prince Alexandre, qui vient reprendre son épouse et sauver son peuple.

Le sosie reste muet et son visage pâlit à l'extrême. Jasub continue à exposer son curieux plan.

— Il ne s'agit pas uniquement de gagner de l'argent, précise-t-il. Tu sais très bien que le peuple est plus que las des caprices d'Archélaos. Des rumeurs circulent. Beaucoup de Juifs pieux ou dénonçant la tyrannie de l'ethnarque sont prêts à se débarrasser de lui. La célébration de ses noces avec Glaphyra a été la goutte d'eau qui fait déborder le vase. Si mon plan réussit, tu pourrais mener la rébellion. Et peut-être devenir roi d'Israël. Tu imagines ?

La démesure de cette proposition fait vaciller l'esprit du sosie.

— Mais même si je ressemble à Alexandre, je ne sais rien de cette famille. Quiconque l'a connu saura immédiatement que je suis un imposteur.

— Détrompe-toi, je suis souvent allé au palais de Jérusalem. Du vivant du vieil Hérode, j'étais le chausseur de la maison royale et je connaissais tous ses membres. Je fournissais même de la teinture au roi pour qu'il dissimule ses cheveux blancs et paraisse ainsi plus jeune. Je peux t'enseigner tant de choses que tu pourras parler du palais et de la famille royale comme si tu les avais toujours connus.

— Mais…

— Ne sois pas réticent. Alexandre était le prince le plus aimé du peuple d'Israël. Certains pleurent encore sa mort. Nous leur ferons croire qu'il n'est pas mort, qu'il a échappé à l'exécution d'une façon ou d'une autre, et qu'il est resté caché pendant tout ce temps. Le peuple est désenchanté, il rêve d'un chef qui le libère de son désespoir et lui donne la force d'aller de nouveau de l'avant. Il déteste Archélaos et sa nouvelle épouse Glaphyra. Ce chef, ce sera toi : Alexandre le revenant.

— Je ne sais pas, c'est dangereux…

— Et qu'est-ce qui n'est pas dangereux dans la vie ? Songe à ce que tu peux obtenir, à l'avenir qui t'attend, à la renommée que tu peux atteindre. Toi, nouveau roi des Juifs, monarque qui rend sa gloire au peuple élu de Dieu. Tout le monde attend quelqu'un comme ça. Et ce quelqu'un, c'est toi.

Le sosie hésite. Au départ, c'était une folie à ses yeux, mais plus il écoute Jasub, plus il est séduit par cette idée. Lui, un moins que rien, devenu tout à coup le chef du peuple juif, et peut-être même son roi…

— D'accord. Que dois-je faire ?

— Je m'occupe de tout. En attendant, apprends tout ce que je vais te raconter sur Hérode et ses palais, puis mémorise-le, car ta vie en dépend et la mienne aussi.

Une fois le sosie d'Alexandre formé, l'habile marchand se rend avec lui en Crète, où une grande communauté juive est établie dans la ville de Phaistos. Il convoque à la synagogue tous les chefs des familles les plus notables pour leur faire part de la grande nouvelle. Après avoir longuement suscité la curiosité, il annonce :

— Le prince Alexandre est encore en vie ! Et il est ici, en Crète ! Il est prêt à prendre la tête d'un mouvement qui rende à Israël sa grandeur perdue. Mais pour le moment, gardez pour vous cette information inattendue, car la vie d'Alexandre serait en danger si on l'apprenait.

Comme Jasub s'y attendait, les Juifs de Phaistos ne perdent pas une minute pour divulguer la surprenante nouvelle, qui se propage à la vitesse de l'éclair parmi toute la communauté juive de Crète et traverse la mer avec les commerçants, avant d'être diffusée dans l'ensemble de la Phénicie et de la Palestine.

Le sosie d'Alexandre s'intègre à Phaistos et fréquente chaque jour la synagogue, où la communauté est enchantée d'accueillir un prince de la famille royale.

Partout, on proclame « Alexandre est vie ! », « Le prince Alexandre est revenu ! », « Alexandre est l'espoir d'Israël ! », sous l'influence des agents que Jasub envoie sur les marchés des villes de Judée et de Galilée. L'histoire inventée par le marchand de cuir pour faire réapparaître le prince Alexandre se révèle vraisemblable. Lors de nombreuses réunions, il donne toujours la même version :

— Alexandre et son frère Aristobule, condamnés à mort par leur père Hérode, n'ont pas été exécutés ! Au dernier moment, leurs bourreaux ont eu pitié d'eux et l'officier chargé de leur mise à mort les a libérés. Ils sont restés cachés jusqu'à aujourd'hui pour éviter une nouvelle exécution, mais, désormais, face à la situation préoccupante d'Israël, Archélaos s'étant révélé impudique, cruel et incompétent, Alexandre souhaite sortir de l'ombre pour prendre la tête de ceux qui veulent voir notre royaume retrouver sa grandeur et son prestige perdus. Les jours du tyran Archélaos sont comptés !

Glaphyra fait toujours le même rêve troublant, peut-être prémonitoire, qui annonce un malheur imminent. Dans ce rêve, elle voit son premier mari, Alexandre, debout devant elle comme une ombre vaporeuse. Plongée dans une espèce de torpeur évanescente, elle est prise d'une pulsion irrépressible et s'approche de la silhouette éthérée d'Alexandre pour l'embrasser. Mais le spectre la repousse et la réprimande avec mépris.

— Glaphyra, dit-il d'une voix lugubre qui sonne creux, lorsque tu m'as épousé, tu étais vierge. Nous avons eu des enfants, te souviens-tu ? Mais quand mon père m'a fait assassiner, tu n'as pas tardé à oublier ce que nous avions été l'un pour l'autre et tu as cherché un autre homme, puis un autre et un autre encore… Rien ni personne ne suffisait à apaiser le feu de ta luxure. Et non contente de déshonorer ma mémoire et ma lignée, tu couches désormais chaque nuit avec mon propre frère.

Alors Glaphyra tente de répondre à l'esprit d'Alexandre, mais elle est incapable d'articuler un seul mot. Une force intérieure l'en empêche. Le spectre, lui, continue à parler :

— Ici, dans l'au-delà, dans le monde des ténèbres, je ne t'oublie pas. Dans ton monde, tu es esclave des désirs qui te poussent à livrer ton corps aux plaisirs charnels, mais, quand la mort t'appellera, je serai là pour te montrer ce nouveau monde.

Glaphyra se réveille en sursaut et se redresse, angoissée. Son rêve paraît si tangible que, pendant un instant, elle se demande si cette apparition est réelle. Troublée, elle court le raconter à sa plus fidèle servante, à qui elle prête certains dons prophétiques.

— À ton avis, que signifie ce rêve ?

— S'il se répète dans les prochains jours, cela veut dire que c'est un signe divin, répond la servante, à qui sa maîtresse a ordonné d'être sincère. Dans ce cas, prépare-toi pour ton voyage vers l'au-delà.

Une semaine plus tard, après avoir fait encore deux fois le même rêve, Glaphyra meurt dans de terribles souffrances. Plongé dans la plus amère affliction, Archélaos l'enterre à Jérusalem selon le rite funéraire des Juifs. Il n'est pas encore conscient que ce moment inaugure une longue série d'événements tragiques.

Lorsqu'il avait l'amour de Glaphyra, Archélaos rajeunissait, mais la mort de sa maîtresse et épouse le plonge désormais dans un état d'anxiété qu'il n'avait jamais connu auparavant. Pendant des semaines, submergé par un chagrin abyssal, il fuit les mondanités, les banquets et la boisson, et s'éloigne de toute femme qui fait mine de s'approcher de lui. En proie à une profonde mélancolie, il erre chaque nuit seul entre les murs de son palais, comme une âme en peine.

Un jour, touchée par la solitude de son seigneur, la servante à laquelle Glaphyra avait confié son rêve décide de le lui raconter. La nuit suivante, Archélaos rêve de son demi-frère Alexandre et se réveille en sursaut, le cœur battant comme un cheval au galop. Il ne sait rien de l'interprétation des présages et, bien que de nombreux Juifs considèrent cette pratique comme une tromperie propre aux païens, il décide de consulter un voyant. Il choisit Simon, un onirocrite essénien, qui connaît bien la Loi et sait interpréter les songes. Il lui raconte le rêve de son épouse et les siens. Après l'avoir écouté avec beaucoup d'attention, Simon lui livre sa conclusion, catégorique :

— En ce moment, quelque part, quelqu'un est en train d'ourdir un complot pour te disputer le trône de Judée.

Tandis qu'Archélaos tourne et retourne dans sa tête les paroles du devin, la nouvelle de la subite réapparition d'Alexandre provoque une grande agitation à Jérusalem. Lorsqu'il l'apprend, l'ethnarque est profondément bouleversé. Il perçoit un danger imminent et décide de faire appel à Hippodame, certain que le chef de la police pourra concevoir un plan pour éliminer cette menace.

— Je suppose que tu es au courant de la nouvelle…

— Oui, seigneur, tout le monde est au courant. J'ai attendu que mes agents la confirment.

— Alors, est-ce vrai qu'il y a en Crète un homme qui prétend être mon frère Alexandre ?

— Oui, seigneur. Les Juifs de Phaistos sont convaincus que c'est le prince Alexandre qui vit parmi eux.

Ils jurent et proclament que cet homme arrivé de Phénicie est le fils préféré d'Hérode, celui que tous croyaient mort.

— Et as-tu réfléchi à un plan pour mettre fin à ce canular ?

— Bien sûr, répond le Grec avec fermeté, tu n'as pas à t'inquiéter, seigneur. Trois de mes meilleurs hommes vont partir pour la Crète par le premier navire qui quittera le port de Césarée. Ils vont localiser cet individu et, dans trois jours, tu auras sa tête sur ta table. Qu'il s'agisse de ton frère ou pas…

— Ce n'est pas lui !

— Bien, dans ce cas, ce ne sera pas le sang de ta famille qui sera versé, mais celui d'un imposteur.

— Tu me rassures. Je m'en remets à toi.

Mais les choses se compliquent. Les Juifs de Phaistos organisent une généreuse collecte en faveur de la cause du faux Alexandre. Ennemis d'Archélaos qu'ils haïssent, ils voient là l'opportunité de se débarrasser de lui et du fourbe Antipas, toujours tapi dans l'ombre depuis sa tétrarchie de Galilée. Avec l'argent collecté, ils envisagent d'envoyer deux délégués à Rome pour solliciter un entretien avec Auguste et lui faire part des droits de « leur » Alexandre au trône d'Israël.

Au fur et à mesure que la nouvelle se propage, d'autres communautés juives établies sur diverses îles de la mer Égée et en Asie Mineure contribuent généreusement à la cause d'Alexandre le revenant.

La chance sourit à Jasub. Le plan qu'il a mis sur pied fonctionne à merveille, même mieux et plus vite qu'il ne l'espérait. Si cela continue, il n'est pas exclu qu'il se voie bientôt à la tête du gouvernement d'Israël. En réalité, c'est ce dont il rêve lorsqu'il tire les ficelles du faux Alexandre comme celles d'une vulgaire marionnette.

Mais il lui faut agir vite et bien. Aussi décide-t-il d'abandonner la Crète avec son protégé. Il sait que, s'il reste trop longtemps quelque part, il deviendra une proie facile pour les agents d'Archélaos ou d'Antipas, qui cherchent sans doute un moyen de neutraliser ce concurrent inattendu. Et en effet, c'est peu avant l'arrivée en Crète des sicaires d'Hippodame chargés de supprimer le faux Alexandre que les deux escrocs quittent l'île et se rendent dans d'autres communautés juives pour continuer à collecter de l'argent.

Puisant dans ses années d'expérience en tant que marchand, Jasub fait preuve d'une habileté extraordinaire pour obtenir des fonds. Dans chaque communauté, il présente son compagnon comme « le prince Alexandre tant attendu, fils préféré d'Hérode le Grand », et promet que, lorsqu'il sera roi, celui-ci rendra au centuple les sommes fournies et récompensera généreusement l'aide apportée.

Ce qui était au départ une idée folle et un projet irresponsable finit par devenir une affaire très juteuse, que Jasub décide d'étendre à toutes les communautés juives établies en dehors de la Terre promise. Si les communautés de Grèce, d'Asie Mineure et d'Italie financent la cause dans les mêmes proportions que celles de la mer Égée, il va accumuler une richesse considérable… peut-être même suffisante pour se lancer directement à l'assaut du pouvoir sur l'ensemble du territoire d'Israël.

Le faux Alexandre commence à avoir peur et hésite à poursuivre cette mascarade. Dans les synagogues des îles de l'Égée, il a collecté plus d'argent qu'il ne pouvait en rêver et pense qu'il ferait mieux de s'arrêter là, de retourner à l'anonymat et de se cacher dans une région reculée de l'Empire, où personne ne le soupçonnera de profiter des dons des communautés juives escroquées.

Mais Jasub est insatiable et en veut toujours plus.

— En Italie, il existe des communautés beaucoup plus riches que celles de ces misérables îles, affirme-t-il. Si nous avons recueilli des dons importants ici, imagine ce que nous pouvons collecter à Naples ou à Rome ! Et en courant encore moins de risques, car là-bas le vrai Alexandre était beaucoup moins connu. En outre, plus on vit loin de sa terre, plus elle nous manque et plus on est disposé à donner pour une cause en sa faveur.

— Je ne sais pas, soupire le faux Alexandre. Avec ce que nous avons accumulé jusqu'à présent, nous pourrions vivre dans un certain confort jusqu'à la fin de nos jours, dans une ville d'Hispanie ou du sud de la Gaule.

— Écoute, dit Jasub en détachant de sa ceinture une bourse remplie de pièces qu'il fait sonner sous les yeux de l'imposteur. Ce que tu entends là, mon ami, c'est de l'or et de l'argent. (Il sourit en écoutant le tintement du métal.) Vas-tu te contenter des miettes alors que tu peux avoir tout le pain ?

— Si nous sommes découverts, nous sommes des hommes morts. Et cet argent ne nous servira à rien.

— Des opportunités comme celle-ci ne se présentent pas à tout le monde. Voici ce que nous allons faire : nous allons nous rendre dans les communautés juives des îles Ioniennes, puis nous voyagerons jusqu'en Italie. Nous nous ferons escorter et protéger par des volontaires et des gardes que nous paierons avec cet argent.

Un aspirant roi ne peut voyager sans être entouré de sa cour. Nous collecterons autant d'argent que possible et nous nous le partagerons. Ensuite, tu pourras faire ce que tu voudras de ta part, d'accord ?

— D'accord.

Le marchand de cuir ment. Ses projets sont bien plus ambitieux qu'une simple escroquerie au sein de communautés juives trop naïves. S'il veut vraiment devenir le véritable maître d'Israël grâce à son protégé, il va avoir besoin d'un sérieux coup de pouce : qu'Auguste reconnaisse le faux Alexandre comme étant le fils légitime et l'héritier d'Hérode le Grand.

Depuis le petit port de Milos, la cour improvisée du faux Alexandre embarque pour Rome. Jasub et son complice effectuent le voyage sans escale, à bord d'un splendide navire bien mâté et doté de trois voiles : à la largeur maximale, la voile d'artimon, majestueuse et immense ; au-dessus, une plus petite en guise de flèche ; et la troisième à la proue, amurée à une vergue qui dépasse de l'étrave. Un vaisseau digne d'un roi.

Avec une telle surface de voilure, le navire est très rapide et d'une grande maniabilité au virement. Les vents étant favorables, tous arrivent au port italien de Dicéarchie au bout d'à peine trois semaines. L'embarcation fastueuse, le faux Alexandre vêtu comme un monarque oriental et le cortège de Juifs des îles grecques qui accompagne l'imposteur font leur effet. Les Juifs de la ville croient être en présence d'un vrai prince.

Par son habileté rhétorique, Jasub convainc les membres de la communauté juive de l'identité qu'il prête à son protégé. Il obtient ainsi une grande quantité de dons destinés à financer ce qu'il appelle « le retour de l'héritier légitime du trône d'Israël ».

L'euphorie provoquée à Dicéarchie par l'arrivée du fils d'Hérode est telle que de nombreux Juifs établis dans la ville décident d'accompagner l'imposteur dans son voyage jusqu'à Rome. Tous sont très enthousiastes et lui offrent leur aide en cas de nécessité. La plupart l'acclament comme le futur roi d'Israël et lui font allégeance, le considérant comme le dépositaire légitime du trône d'Hérode.

Comme s'il était véritablement roi, le faux Alexandre est transporté sur une chaise à porteurs par une douzaine d'hommes. Au fur et à mesure que le cortège approche de Rome, les courriers impériaux informent Auguste de ce qui se passe.

L'empereur est sur le point de perdre la patience dont il a fait preuve jusqu'à maintenant envers les Juifs. Comme s'il n'était pas déjà assez extravagant de voir un cortège marcher vers Rome sans s'être préalablement annoncé, avec à sa tête un prétendu prince revenu à la vie et porté à l'épaule par un groupe de fanatiques qui l'acclament comme leur véritable roi, il y a deux jours, des sicaires envoyés par Archélaos depuis Jérusalem, de toute évidence dans le but de tuer ce nouvel Alexandre, sont arrivés à la capitale. Les agents de l'empereur, les *curiosi*, qui contrôlent toute l'*Urbs*, tiennent le César au courant des mouvements des deux parties. Si elles se rencontraient, un grave affrontement pourrait avoir lieu dans la ville et déclencher parmi les communautés juives une sédition qui risquerait de s'étendre à la Judée.

Jasub, le sosie d'Alexandre et le grotesque cortège finissent par arriver à Rome, où ils sont reçus avec enthousiasme par les Juifs qui y résident. Aucun d'entre eux n'a jamais vu le véritable Alexandre de son vivant, mais peu importe, personne ne doute de l'authenticité du titre de l'imposteur. Tous ceux qui le suivent depuis les îles grecques ou Dicéarchie voient en lui le fils préféré d'Hérode le Grand et l'authentique héritier du trône d'Israël. L'euphorie étant contagieuse, les Juifs de la capitale se laissent duper comme les autres.

De plus, la personnalité du faux Alexandre a évolué et celui-ci finit par se prendre pour le vrai fils d'Hérode. À chaque fois qu'il en a l'occasion, il s'efforce de se comporter comme un prince. Ses apparitions à la grande synagogue de Rome, où il reçoit chaque jour des dizaines de Juifs, donnent lieu à de tumultueuses manifestations de ferveur et d'exaltation du nationalisme hébreu. Pour ceux qui l'acclament, il est déjà le nouveau roi.

Auguste se dit qu'il est temps d'intervenir avec fermeté, avant que le baise-main quotidien du prince autoproclamé ne dégénère en une grave altercation compromettant la sécurité publique. Ses agents lui décrivent en détail l'ardeur des habitants du quartier juif, établi au bord du Tibre, et le tumulte qui fait rage autour du prétendu fils d'Hérode.

Malgré son âge, l'empereur a gardé une mémoire extraordinaire ; il se souvient très bien qu'il y a des années, Hérode lui a écrit pour lui demander l'autorisation de condamner à la peine capitale deux de ses fils, Alexandre et Aristobule, à qui il reprochait d'avoir participé à un complot pour s'emparer du trône. Quand il a appris que le père et ses fils étaient en proie à des conflits répétés, Auguste a essayé de les réconcilier, mais il n'y est pas parvenu. Aussi a-t-il fini par autoriser Hérode à faire de ses fils ce qu'il voulait. Le roi n'a pas hésité à les faire exécuter, à la grande surprise de l'empereur, qui n'imaginait pas son ami capable d'infliger un tel châtiment à ses propres descendants.

Auguste a rencontré le véritable Alexandre dans sa jeunesse, lorsqu'il a passé plusieurs années à Rome, lors de réceptions et de banquets célébrés au palais. Bien que de nombreuses années se soient écoulées depuis, il est certain que si l'homme présenté comme le fils d'Hérode est un imposteur, il s'en apercevra aussitôt.

Faisant un effort de mémoire, il cherche dans ses souvenirs les traits de l'Alexandre qu'il a connu. Ce n'est pas facile. Au cours de sa longue existence, il a vu des milliers de visages, anonymes pour la plupart, ou ceux de rois, de chefs, de princes, de généraux, de hauts fonctionnaires… Et pourtant, il pourrait les reconnaître les uns après les autres. Il n'est pas le maître du monde sans raison et doit en donner la preuve lorsqu'il exerce son pouvoir sur ceux qui l'entourent. Parmi tous les visages qui s'accumulent dans sa tête, il réussit enfin à revoir Alexandre et se remémore les événements auxquels ils ont assisté ensemble. Il retrouve ses manières et l'entend prononcer devant lui d'habiles discours pour défendre avec ardeur son innocence.

— Trouve cet homme et amène-le-moi, ordonne Auguste à Céladon, un affranchi qu'il considère comme un de ses plus fidèles serviteurs. Je vais vérifier personnellement son identité.

À peine quelques heures plus tard, Céladon et ses gardes se présentent devant Auguste avec les deux Juifs : le faux Alexandre et le marchand Jasub.

— Les voici, seigneur, annonce-t-il. Ils ont résisté et nous avons dû employer la force pour les faire comparaître devant toi. Ils disaient qu'ils voulaient effectivement voir l'empereur, mais qu'ils étaient en train de rédiger un mémorandum qu'ils n'avaient pas terminé. (Quelques hématomes sur le visage de Jasub confirment les dires de l'affranchi.) Il y a là-dehors une bande de Juifs vociférants qui nous ont suivis jusqu'au palais.

L'empereur s'approche du sosie d'Alexandre. Arrivé à un pas de lui, il l'observe avec attention et le regarde fixement dans les yeux. L'imposteur ne peut soutenir son regard et baisse les yeux au sol.

— Alors comme ça, tu es le fils d'Hérode, le prince Alexandre, commence Auguste non sans une certaine ironie.

Lors de son inspection rapide mais intense, il s'est immédiatement rendu compte de la supercherie. Certes, la ressemblance est grande, surprenante, mais ce faux Alexandre a le corps plus robuste, les manières plus rustiques et les mains d'un homme qui a travaillé dur, pas celles d'un prince vivant à la cour.

Auguste lui pose quelques questions et constate, en outre, que le latin de l'imposteur est très différent du langage raffiné du vrai prince, instruit par les meilleurs pédagogues de Rome. Une fois de plus, il fait preuve d'une perspicacité hors du commun.

— Qu'est-il arrivé à ton frère Aristobule ? demande-t-il, intrigué.

— Il a été sauvé, lui aussi, répond le sosie d'Alexandre d'une voix tremblante. Il est resté à Chypre ; il a peur de la mer. Et puis, s'il m'arrive quelque chose, il sera encore là pour revendiquer les droits de la famille. La descendance de Mariamne, l'épouse d'Hérode et notre mère, ne sera ainsi pas totalement éteinte.

L'empereur continue à l'interroger sur de petits détails et, à chaque question, la réponse est plus vague et le ton moins sûr.

— Que s'est-t-il passé après ton séjour à Rome ? Je me demande comment ton père s'est comporté quand il a décidé de vous condamner à mort, ton frère et toi.

Le sosie répond de façon maladroite et évasive. L'empereur fronce les sourcils, le prend par le bras et l'entraîne à part, dans un coin de la pièce.

— Si tu parles avec franchise, dit-il, et que tu me révèles toute la vérité, je te promets que tu auras la vie sauve. Sinon, je te fais égorger ici même. Le vrai Alexandre est mort il y a très longtemps. Qui es-tu en réalité ? De toute façon, peu importe qui tu es…

À la vitesse de l'éclair, l'imposteur se rend compte que sa vie d'affabulateur est arrivée à son terme. Il n'a pas affaire à un Juif naïf qui attend l'arrivée d'un messie rédempteur, mais au maître de l'empire qui contrôle presque tout le monde connu, à l'homme le plus puissant qui ait jamais existé. Il sait qu'il n'a pas d'autre choix que de passer aux aveux, alors il cède.

— Je ne suis pas Alexandre, dit-il à voix basse d'un air contrit.

Et il raconte tout d'une traite, depuis le moment où Jasub est venu le trouver dans son village de Phénicie et l'a convaincu de participer à cette mascarade.

— Maintenant, tu vas raconter cela aux autres.

Auguste retourne au centre de la salle, ordonne à Céladon de faire entrer les Juifs qui attendent à l'extérieur du palais et, lorsqu'ils sont devant lui, oblige le mystificateur à avouer de nouveau ses mensonges en face de ses coreligionnaires et de quelques-uns des membres de la cour impériale présents à ce moment-là.

— … et voilà, dit le faux Alexandre pour conclure son récit.

Tout le monde est stupéfait et une rumeur emplit la salle, jusqu'à ce qu'Auguste exige le silence.

— Après avoir entendu ces aveux, j'ordonne que le dénommé Jasub soit exécuté sur-le-champ, déclare l'empereur. Quant à toi, quel que soit ton nom et qui que tu sois, tu auras la vie sauve, car je tiens parole. Mais je vois que tu es un homme fort et je souhaite que tu continues à te servir de tes muscles. Aussi, tu passeras le reste de ta vie à ramer comme galérien dans un navire de la flotte impériale.

Les Juifs qui ont été autorisés à entrer au palais, parmi lesquels se trouvent les membres les plus riches et les plus influents de la communauté hébraïque de Rome, ont honte d'être tombés dans un piège aussi grossier. L'empereur, lui, a déjoué très vite et avec une grande efficacité la tromperie par laquelle ils se sont laissé abuser si naïvement.

Quand les gardes l'emmènent, Jasub essaie de parler, mais un coup de poing dans la mâchoire l'en empêche aussitôt. Il est égorgé peu après dans les cachots du palais, et son cadavre est jeté aux fauves du cirque.

Les communautés juives victimes de cette mascarade ne tardent pas à découvrir l'imposture du faux Alexandre, orchestrée par Jasub, et la réaction expéditive de l'empereur. Les hommes envoyés par Hippodame à Rome pour exécuter l'imposteur apprennent également la nouvelle et se réjouissent de savoir qu'Auguste en personne s'est acquitté de leur tâche. Ils rentrent immédiatement en Judée pour en informer Archélaos.

Dans son palais de Jérusalem, Archélaos respire avec soulagement lorsqu'on lui fait part de la mort de Jasub et de la condamnation à vie aux galères de son complice. Dès lors, il considère que le trône d'Israël est à l'abri des menaces. La vie est pleine de surprises, car celui qui s'est opposé à ce que le trône vacant soit pleinement occupé vient de le sauver. Oui, l'intervention du César avantage Archélaos et lui donne l'occasion d'asseoir son autorité au moment où il en a le plus besoin.

11

Ruth, la fille du prêtre

Archélaos est beaucoup plus sûr de lui. Dans son esprit, il s'imagine que, par l'acte de justice rendu contre l'imposteur, Auguste l'a approuvé et ne va pas tarder à le reconnaître comme roi d'Israël.

Conforté à son poste, il se réjouit de son sort en reprenant les habitudes qu'il avait perdues à la mort de Glaphyra, et invite de nouveau ses amis à des banquets et à des orgies qui se terminent en infâmes beuveries. Remplissant avec un grand professionnalisme sa fonction de chef de la police de l'ethnarchie, Hippodame est le seul haut dignitaire à ne pas participer à ces bacchanales. S'il lui arrive de devoir y assister, il ne boit jamais et garde toujours la tête froide et l'esprit aux aguets.

— Le banquet d'aujourd'hui est très spécial, annonce Archélaos à son chef de police. J'ai invité Jéchonias, un prêtre de l'influente famille des Boethos, qui va venir avec sa fille. C'est une jeune beauté. Elle s'appelle Ruth. On m'assure que c'est une des plus belles donzelles de Judée. Je l'inviterai peut-être cette nuit à partager... mais je dois d'abord en savoir plus sur elle. C'est la raison pour laquelle je t'ai demandé de venir à ce banquet. Je t'ai fait réserver une place à ses côtés. Discute avec elle et vois si elle est digne de confiance.

— À tes ordres, seigneur, répond Hippodame.

Dès le début des agapes, le chef de la police échange quelques mots avec Ruth, qui se montre pudibonde et va même jusqu'à rougir. C'est en effet une magnifique jeune fille, d'une beauté hors du commun : grands yeux d'un ton vert très rare en Israël, longs cils recourbés, traits fins et élégants, cheveux longs et noirs comme le jais attachés en une grosse tresse, et lèvres pulpeuses. Passé le premier trouble, elle se révèle être d'une conversation amène et charmante.

Il y a longtemps qu'Hippodame a perdu sa jeunesse, mais il est toujours célibataire. Absorbé par son travail, il n'a jamais été suffisamment attiré par une femme pour en faire son épouse. Mais à cet instant, aux côtés de Ruth, il sent dans son cœur un feu que rien ne semblait plus pouvoir allumer.

Au cours du banquet, pendant que se succèdent les délicieux mets, le bon vin, les rires, la représentation théâtrale d'un mime qui reproduit avec des gestes exagérés la vie quotidienne au rythme de la musique des flûtistes, Hippodame ne cesse de contempler le visage lumineux de Ruth et de chercher ses yeux verts du regard. Malgré la présence de son père, la jeune fille ne le repousse pas. Bien au contraire, elle semble l'apprécier. Pendant toute la soirée, ils se fixent mutuellement, ne pouvant détacher leurs yeux l'un de l'autre.

Lorsque Archélaos décide de mettre fin au banquet, Hippodame a l'impression que ces dernières heures n'ont duré qu'un instant. Et il finit par se souvenir de la mission que son maître lui a confiée.

Il a passé très peu de temps avec Ruth, mais il est déjà épris de sa bouche, de ses lèvres aux contours si parfaits, de ses douces pommettes légèrement rougies par le vin, de ses mains blanches et délicates aux longs doigts fins, faits pour les plus pures caresses, et du son de sa voix sereine et chantante. Il meurt d'envie de la revoir.

Quand Archélaos l'appelle, il réfléchit rapidement à ce qu'il va lui dire.

— Eh bien, comment as-tu trouvé la fille du prêtre ? lui demande l'ethnarque. Je t'ai observé à plusieurs reprises au cours du repas et il m'a semblé que tu appréciais beaucoup sa compagnie.

— Hem, toussote Hippodame, je ne crois pas que cette jeune fille te convienne, seigneur.

— Elle est très belle. Il y a longtemps qu'une demoiselle comme elle n'a pas réchauffé mon lit.

— Elle paraît très candide. Je ne crois pas que ce soit le genre de femme qui puisse te satisfaire.

— Les plus sages en public sont les plus ardentes dans l'alcôve, crois-moi.

— Mais c'est la fille d'un prestigieux membre de la classe sacerdotale, je ne crois pas que…

— Très bien, très bien… Si le chef de ma police me dit que quelque chose n'est pas pour moi, je dois l'écouter. Qui est mieux placé que toi pour veiller à ma sécurité ?

Hippodame respire avec soulagement. Si Archélaos avait décidé de mettre Ruth dans son lit, il aurait souffert plus qu'il n'aurait pu l'imaginer encore quelques heures auparavant.

La nuit s'écoule entre insomnies et pensées confuses. Il peut à peine dormir. Dans son demi-sommeil, les yeux éblouissants de Ruth clignent sans cesse dans sa tête. Il ne croit pas avoir jamais vu un regard plus beau ni un sourire plus doux.

Il faut qu'il la revoie, mais cette entreprise ne s'annonce pas aisée, car une femme célibataire ne sort pas seule de chez elle. En outre, il est grec et Ruth est juive, qui plus est fille d'un éminent prêtre. Or, les Juifs, en particulier ceux de la diaspora qui vivent en dehors d'Israël, côtoient les étrangers, commercent avec les gens d'autres nations et participent même à des banquets avec les Gentils, mais jamais ils ne consentiraient à leur donner leurs filles… encore moins s'agissant de la fille d'un prêtre de la maison de Lévi. Un lévite ne peut autoriser sa fille à épouser un étranger. Ni la Loi, ni les coutumes, ni la tradition n'envisagent une telle aberration. Hippodame le sait, mais il ne renonce pas à revoir la demoiselle qui a conquis son cœur. Il s'efforce donc de chercher une solution à un problème apparemment insoluble.

Se servant de ses fonctions, il parvient à découvrir qu'une esclave phénicienne vit dans la maison de Ruth et pourrait être la clé. Il charge donc un de ses plus fidèles gardes d'aborder la servante lorsqu'elle ira au marché et de lui demander de faire part à sa maîtresse de son intention de la revoir.

L'esclave, bien qu'intimidée par le garde d'Hippodame, l'écoute avec attention et transmet le message à Ruth dès son retour à la maison.

— Maîtresse, un messager du chef de la police m'a

abordée sur le chemin du marché et m'a dit de t'informer que cet homme souhaite te revoir.

Ruth se réjouit de cette nouvelle. Elle aussi, elle pense souvent au beau Grec qui dirige la police du « royaume de Judée », nom donné par le peuple aux territoires d'Archélaos alors qu'il s'agit seulement d'une ethnarchie. Elle se sent à la fois attirée par lui et flattée. Et elle aussi, elle a envie de le revoir.

— T'a-t-il dit autre chose ? demande-t-elle.

— Oui, qu'il attend ta réponse. Je la lui ferai parvenir au marché.

Ruth laisse passer deux jours. Elle est déconcertée et sait qu'une relation avec un Grec est impossible, pour le moins aux yeux de son père, un prêtre qui respecte scrupuleusement la loi de Moïse. Mais elle ne cesse de penser à Hippodame, cet homme séduisant, fort, de conversation agréable et aux manières attentives. Elle finit par céder.

— Dis au garde de demander à son maître de venir me voir cette nuit. Je l'attendrai dans la cour de la maison. Fais-lui savoir comment arriver jusqu'ici.

Lorsqu'il reçoit le message, Hippodame sent son cœur s'accélérer. Il dirige des centaines d'hommes d'une main de fer et ne laisse jamais les sentiments interférer dans son travail, mais devant cette jeune fille, il a l'impression d'être un autre homme, plus fragile, plus humain.

La nuit venue, le visage dissimulé derrière sa cape, il traverse les rues de Jérusalem. Il est escorté par deux de ses gardes et porte son épée, au cas où un inconscient oserait se mettre en travers de son chemin. En suivant les indications qui lui ont été fournies, il arrive à la maison de Ruth, située dans le quartier nord de la ville, et se dirige vers une ruelle menant à l'arrière-cour. Dans l'obscurité, il distingue la cime d'un citronnier qui dépasse de la clôture. Sans hésiter, avec l'agilité d'un homme habitué à l'exercice et le soutien de ses deux collègues, il parvient à grimper facilement et se laisse tomber de l'autre côté.

Elle est là, comme dans son souvenir, les yeux étincelants dans la lumière ténue des étoiles. Ils ne disent rien, s'approchent seulement l'un de l'autre et se serrent fort, très fort…

À partir de cette nuit-là, les escapades à la cour au citronnier se renouvellent, de plus en plus fréquentes. Ruth doit attendre que son père, dont la chambre se trouve loin de la cour, s'endorme avant d'aller rejoindre son galant. L'esclave phénicienne guette, au cas où Jéchonias se réveillerait, et les deux gardes font de même de l'autre côté de la clôture. Dans un coin de la cour, les deux amoureux se murmurent des mots d'amour à l'oreille et se perdent en caresses et cajoleries. Certaines nuits, ils prolongent leur rencontre jusqu'à ce que l'aube déploie ses premières lueurs douces et rosées.

À la passion amoureuse s'ajoute l'attrait d'une aventure interdite. Ils attendent tous deux chaque rencontre avec la sensation de vivre une situation extraordinaire, riche en émotions, furtive et remplie de moments de bonheur.

Cela fait maintenant deux mois que ces visites nocturnes ont lieu, mais Hippodame et Ruth ne s'unissent pas. Ils n'échangent que baisers et caresses. Ruth ne permet pas à son galant d'aller plus loin, mais celui-ci ne renoncerait pour rien au monde à ces instants qui lui permettent toutefois de deviner sous la tunique de la jeune fille ses formes arrondies, ses seins généreux, ses hanches fortes, ses cuisses fermes…

Une nuit, les mains avides d'Hippodame se glissent sous la tunique de Ruth. La jeune fille l'arrête. Il lui demande de lui permettre de consommer son désir. Il est sûr qu'elle en a envie, elle aussi, bien que ses scrupules religieux l'en empêchent.

— Je te désire tant…, murmure Hippodame. Nos rencontres me paraissent chaque jour plus courtes.

— Je voudrais qu'elles durent éternellement, souffle Ruth.

— Je veux t'aimer de tout mon être. Jusqu'à présent j'ai été prudent, malgré mon désir de te posséder, mais j'ai besoin de te faire mienne, ici, sur le sol de cette cour, sous les étoiles.

Mais la jeune fille se montre ferme :

— Je ne t'offrirai ma virginité que lorsque tu m'auras promis le mariage et que tu auras tenu ta promesse. C'est la loi de mes aînés et je dois la respecter.

— Le mariage, dis-tu ? Je suis grec et tu es juive, comment pourrions-nous nous marier ? Cette religion dont tu parles nous l'interdit.

— Je sais, mais ça m'est égal. Dieu ne peut avoir la cruauté d'empêcher une femme et un homme qui s'aiment d'être ensemble.

— C'est à ton père et aux prêtres qui, comme lui, obéissent à ces lois absurdes que tu devrais le dire.

— Ce ne sont pas les hommes qui dictent ces lois, mais Dieu lui-même. Il les a transmises à Moïse sur le mont Sinaï, et mon peuple s'y conforme depuis lors.

— Je ne te comprends pas. Tu dis que tu veux respecter la Loi qui nous interdit d'être ensemble, mais tu considères que Dieu ne doit pas nous empêcher de nous aimer.

— Je ne sais plus quoi penser. Ton amour a ébranlé tout ce en quoi je croyais avec tant de conviction. Parler avec toi, lors de ces rendez-vous clandestins, c'est déjà désobéir à la Loi et aller à l'encontre des traditions de mon peuple. Si mon père savait ce que sa fille fait derrière son dos dans sa propre maison…

Hippodame prend sa bien-aimée dans ses bras et la tient délicatement par les hanches. Il l'attire vers lui et l'embrasse avec toute la douceur dont il est capable. Il se consume de passion et un désir fou de la posséder ici même l'assaille, mais il se retient. Il sait que son cœur est prisonnier de cette femme et qu'Éros, le dieu grec de l'amour, a décoché sa flèche avec une grande habileté. Une toile invisible se tisse autour de lui et son sang bout comme de l'eau dans une marmite sur le feu.

Ruth s'efforce de se montrer froide comme les neiges du mont Hermon, mais le tremblement de ses lèvres, le rougissement de ses joues et le battement de ses paupières semblent indiquer tout le contraire. Elle se délecte des mots d'amour que lui dédie Hippodame, sent sa poitrine se soulever, brûlante d'une passion qu'elle tente de contrôler. Un tourbillon de désir l'agite, ses pensées se bousculent et s'accumulent dans sa tête.

« Une femme juive, fille de prêtre, ne peut pas se laisser embrasser par un étranger », se répète-t-elle sans cesse, mais elle le permet pourtant, bien qu'Hippodame attende désormais davantage que des baisers et des caresses. Peu à peu, elle s'abandonne à son amant et laisse ses mains avancer sous sa tunique. L'une d'elles atteint un de ses seins, lisse et juvénile, et le caresse lentement. Le bout des doigts glisse sur sa peau douce, puis cherche son mamelon et le stimule jusqu'à ce qu'il devienne dur et tendu comme un petit bouton de fleur.

Ruth frémit. C'est la première fois qu'elle ressent cela. Une vague de plaisir l'envahit et fait naître à l'intérieur de son corps une flamme qui l'embrase mais ne la brûle pas. Elle se serre contre Hippodame et l'embrasse avec plus d'intensité. Les caresses sur son sein lui plaisent et elle remarque une troublante humidité à son entrejambe.

L'autre main d'Hippodame passe sur sa hanche et commence à chercher ses cuisses. Ruth halète, hésite, le laisse faire. Elle tremble et, au moment où les doigts frôlent l'humidité chaude, elle s'écarte brusquement.

— Je ne peux pas, pas encore, je suis désolée, se lamente-t-elle sur un ton qui semble demander pardon.

— Ne t'inquiète pas, nous avons le temps, tout le temps.

Jéchonias se rend compte d'un certain changement chez sa fille, alors que, croit-il, rien de nouveau n'est survenu dans sa vie. Elle semble beaucoup plus heureuse. Elle traverse les pièces de la maison comme en lévitation, le visage illuminé par un étrange bonheur, les yeux à la fois rieurs et absents, le pas léger. Cela n'était jamais arrivé auparavant.

Le prêtre a des soupçons, mais ne parvient pas à deviner quel mystérieux événement provoque ce nouveau comportement chez sa fille. Il décide d'aller lui parler.

— Ma fille, il y a quelque temps que je t'observe et je remarque que tu ne te conduis plus comme avant. Je suppose que cela est dû aux changements liés à ton jeune âge, mais je suis ton père et je veux savoir quelle en est la cause.

Ruth est prise au dépourvu. Elle ne s'attendait pas à cette question et répond sans réfléchir.

— Un homme me fait la cour.

— Quoi ! s'écrie Jéchonias, dont le visage change aussitôt d'expression.

C'est un homme sûr de lui et très serein. Son état d'esprit ne se reflète quasiment jamais dans sa façon de se comporter. Il s'efforce toujours de garder son calme dans n'importe quelle situation, sans donner le moindre signe de nervosité. Mais la réponse de Ruth le laisse pantois.

— Il a l'intention de m'épouser et souhaite te demander ton consentement, ajoute Ruth.

Les yeux du prêtre tiennent à peine dans leurs orbites.

— Qui est-ce ? Comment t'a-t-il rencontrée ? De qui s'agit-il ? Je le connais ? Sa famille est-elle respectueuse de la Loi ? À quelle tribu appartient-il ? Est-ce un homme honnête ?

Jéchonias déverse un torrent de questions, certaines fondées, d'autres totalement hors de propos, concernant le prétendant de Ruth. Il est désorienté. Jamais il n'aurait imaginé une telle révélation.

— Je t'ai dit qu'il voulait te parler. Il va solliciter un entretien avec toi.

— Et toi ? Tu veux te marier avec cet homme ?

— Oui.

— Tu as… ? Il t'a… ?

— Si tu essaies de me demander si j'ai eu des relations intimes avec lui, la réponse est non. Je suis encore vierge.

— Loué soit le Seigneur ! s'exclame le prêtre.

Cette nuit-là, Ruth raconte à Hippodame la conversation qu'elle a eue avec son père. Elle lui dit qu'elle sera à lui seulement s'il consent à l'épouser et ne revient que pour la demander en mariage.

Ainsi se terminent les nuits passées à s'embrasser sous le citronnier. Ruth pense à son bien-aimé et, chaque soir, dans la solitude du silence obscur, elle passe plusieurs heures dans ce recoin où, auparavant, tout n'était que caresses enveloppées de mots d'amour. Et elle attend. Patiemment, elle attend qu'Hippodame se décide à faire le pas.

La maison paternelle devient pour Ruth une prison dont les barreaux sont ses propres souvenirs. Le temps s'écoule avec une lenteur désespérante. Les moments heureux, lorsqu'elle attendait avec impatience la tombée de la nuit, font désormais partie du passé. Pourquoi Hippodame met-il si longtemps à prendre sa décision ?

Enfin, un jour, le prêtre réclame la présence immédiate de sa fille. Le visage grave et les manières mesurées, il s'efforce d'avoir l'air serein, mais il est évident qu'il est très perturbé.

— Un serviteur, peut-être un esclave à en croire sa tenue et son comportement, vient de m'apporter un message. Il s'agit de ton… prétendant. Il veut me voir.

Ruth sent son cœur bondir dans sa poitrine et battre à tout rompre.

— Comment es-tu entrée en contact avec lui ? demande Jéchonias.

— Il m'a vue au marché et, depuis, il ne cesse de me suivre, ment Ruth.

— Il me donne rendez-vous à Béthanie. Il veut que j'aille jusqu'à ce village pour entendre sa demande.

— Vas-tu y aller ?

— Tu es ma fille, et un homme que je ne connais même pas, d'une famille qui n'est même pas venue me parler… veut me demander ta main. La coutume voudrait qu'il vienne chez moi, mais…

— Vas-tu y aller ?

— Bien sûr que je vais y aller.

La rencontre a lieu dans une maison qu'un ami d'Hippodame possède à Béthanie, à un peu moins d'une heure de marche de Jérusalem. Jéchonias l'ignore encore, mais, si le chef de la police ne veut pas lui rendre visite chez lui, c'est parce qu'il est prêtre et que sa demeure serait souillée par l'impureté si elle accueillait un Gentil. En réalité, elle a déjà été souillée, puisque le Grec a foulé de nombreuses nuits le sol de la cour du prêtre.

Quoi qu'il en soit, le jardin de l'ami d'Hippodame est un endroit tranquille, éloigné des regards indiscrets et des oreilles qui traînent. Et c'est la maison d'un Juif qui respecte fidèlement la loi de Moïse.

Il est midi lorsque le prêtre arrive à la porte, accompagné d'un esclave qui a fait le chemin avec lui depuis Jérusalem. Il frappe. Un individu d'allure noble lui souhaite la bienvenue et le salue avec la révérence due à un homme âgé, qui jouit d'un certain prestige en raison de sa fonction de prêtre et de sa connaissance approfondie de la Loi.

— Entre, vénérable Jéchonias, dit le propriétaire de la maison. Sois le bienvenu dans mon humble demeure.

— Est-ce toi qui… ?

— Non, non, s'empresse de répondre le propriétaire. Celui qui t'a donné rendez-vous, un de mes bons amis, t'attend dans le jardin. Là, vous serez seuls et vous pourrez parler en toute discrétion. Personne ne vous dérangera. Fais comme chez toi.

Il guide le prêtre de plus en plus intrigué jusqu'au jardin, et prend congé en se retirant discrètement à l'intérieur de la maison. Dans un vaste espace entouré d'une clôture haute comme deux hommes se succèdent de nombreux oliviers et parterres d'herbes aromatiques. Jéchonias sent le parfum de l'origan et aperçoit, à une vingtaine de pas, la silhouette d'un homme assis de dos sur un tabouret, à l'ombre des frondaisons d'un saule, la tête couverte d'une capuche.

C'est une journée ensoleillée et lumineuse. Jéchonias avance de quelques pas ; l'homme se lève lentement, se retourne et retire sa capuche. Le prêtre écarquille les yeux, la bouche grande ouverte.

— Toi ! s'exclame-t-il, reconnaissant immédiatement le chef de la police de Judée.

— Surpris ? demande Hippodame.

— Un Gentil, un Grec ! Comment oses-tu ?

— J'aime ta fille. Il y a longtemps que je souhaite en faire mon épouse.

— Je suis venu jusqu'ici avec une certaine contrariété, mais le bonheur de ma fille m'y a incité. J'espérais rencontrer un Juif honorable et j'étais prêt à lui donner Ruth, car c'est ce qu'elle souhaite, mais toi...

Hippodame serre les poings. Il est écœuré par ce qu'il considère comme une discrimination en raison de son origine grecque. Il devrait être habitué, puisqu'il a passé presque toute sa vie en Israël. Il sait bien que les Juifs, d'une façon générale, considèrent tous ceux qui ne sont pas de leur race comme des lépreux. Dans la diaspora, le contact entre Gentils et Juifs est plus aisé. Les lois de la pureté sont moins strictes en raison de la simple nécessité d'habiter, de commercer et de vivre ensemble en territoire étranger. Mais en Israël, et surtout à Jérusalem, les règles relatives aux coutumes s'appliquent à la lettre.

Malgré son pouvoir en tant que chef de la police de l'ethnarque Archélaos et son rang élevé à la cour, Hippodame n'est qu'un Grec, un Gentil indigne d'épouser une femme juive, *a fortiori* la fille d'un illustre prêtre du Temple.

— Je te demande la main de ta fille, insiste Hippodame. Je veux l'épouser.

— Tu ne la connais pas, dit Jéchonias en essayant de retrouver le calme et la solennité dont un homme de Dieu ne doit pas se départir. Tu ne l'as vue, d'après ce que je sais, qu'une fois, lors de ce banquet au palais de l'ethnarque. C'est une jeune fille innocente, sans doute séduite par ta prestance et ton charisme, mais rien de plus.

— S'il te plaît, assieds-toi, propose Hippodame en lui montrant un tabouret.

Jéchonias s'assoit. Il en a besoin après sa longue marche depuis Jérusalem et l'énorme surprise qu'il vient d'avoir. Le Grec lui offre un verre d'eau et lui tend un plateau rempli d'amandes, de noix, de dattes et de petits gâteaux au miel. Le prêtre n'accepte que l'eau, qu'il se sert lui-même.

— Ma longue conversation avec ta fille pendant le banquet m'a suffi pour savoir qu'elle est la femme que j'aime. Je ne suis pas un jeune écervelé emporté par une passion d'adolescent. Je suis un homme mûr, amoureux d'une jeune fille merveilleuse dont je souhaite faire mon épouse.

— Tu as couché avec elle ?

— Non. Je respecte Ruth et je continuerai à le faire jusqu'à ce que tu consentes à ce que je l'épouse.

Le visage de Jéchonias semble pétrifié. Après la surprise initiale, il est d'une sérénité imperturbable.

— Tu es un Gentil et moi un lévite, un prêtre du Temple…

— Ruth est une femme et moi un homme amoureux d'elle. Je te jure par ce qui est le plus sacré que je saurai la rendre heureuse. Je crois que, en tant que père, c'est ce qui devrait t'importer le plus.

— Avant d'être père, je suis prêtre, et je ne peux aller à l'encontre de la loi divine. Mon obligation est de la respecter, même si j'en éprouve une grande douleur. Personne ne peut contrevenir à la parole de Dieu. Abraham lui-même, le père de tous les Juifs, a renoncé à son propre fils lorsque Dieu lui a demandé de le sacrifier. Il l'aurait fait si le Seigneur n'avait pas arrêté sa main au dernier moment. Tu n'es pas sans savoir, en outre, que de nombreuses personnes parmi notre peuple croient en l'existence d'une loi orale, d'une tradition transmise dès les événements du mont Sinaï par l'intermédiaire d'ancêtres et de prophètes. J'en fais partie ; un prêtre ne peut souiller son lignage. Je ne peux même pas donner ma fille à un prosélyte, même s'il est désormais juif au regard du droit.

— Selon vos coutumes, c'est à toi de chercher un époux pour ta fille. Eh bien, tu l'as trouvé. Le voici.

Jéchonias est déconcerté par la constance d'Hippodame, qui ne se laisse pas décourager par ses propos durs et méprisants. En tant que chef de la police, le prétendant de sa fille est habitué à donner des ordres et à ce qu'ils soient exécutés sur-le-champ. Il est déterminé et prêt à faire tout ce qu'il faudra pour obtenir la main de Ruth.

— Tu me demandes l'impossible. Tu as raison, c'est à moi de chercher un époux pour ma fille, mais je dois le faire parmi les fils d'Israël. Celui qui épousera Ruth sera un Juif, et non un Gentil croyant en de faux dieux qui répugnent à l'unique vrai Dieu, le Seigneur d'Israël.

— Et si je devenais juif ?

— On naît juif.

— Pas toujours. Je connais des Gentils qui pratiquent ta religion et ont été accueillis dans ce que vous appelez le sein d'Abraham.

— Il faudrait que tu te convertisses de façon totalement sincère, selon ce que te dicte ton cœur, et non en raison du feu qui consume ton entrejambe. Une fois convaincu, il faudrait que tu sois circoncis. Or, à ton âge, la circoncision est très douloureuse et comporte des risques. Et je le redis plus clairement : même si tu finissais par faire partie de mon peuple, il y aurait toujours un obstacle. La première génération de prosélytes ne peut épouser la fille d'un prêtre.

— Je ferai tout ce que tu me demanderas si c'est le seul moyen d'obtenir ton consentement. Quant au dernier obstacle, c'est une simple tradition, qui pour moi est insensée.

Ferme dans ses croyances et ses convictions, Jéchonias ignore la remarque d'Hippodame.

— Jamais je ne laisserai ma fille boire dans la coupe dorée de Babylone que tu lui tends ; elle est pleine d'immondices. Je ne peux accepter que Ruth voie son âme condamnée au feu éternel de la Géhenne pour avoir cohabité avec toi.

— Les Grecs et les Juifs vivent en paix depuis longtemps en Galilée. Tes Écritures sacrées ne disent-elles pas que nous sommes tous les fils du même Dieu ?

— Mais Dieu a élu le peuple d'Abraham pour en faire son unique troupeau et sa vigne préférée. Il est de mon devoir en tant que père, prêtre et homme de la Loi de marier ma fille à un membre du peuple élu.

— Je te dis que je me ferai juif si tu l'exiges, insiste Hippodame.

— Si tu le fais, ce sera par intérêt et non par foi. Je ne reviendrai pas sur ma décision.

— Je craignais que nous n'en arrivions là. Est-ce ton dernier mot ?

— Je n'ai rien d'autre à dire sur ce sujet.

Hippodame sait qu'il ne pourra pas convaincre Jéchonias. Il se lève, prend un peu d'eau et s'éloigne de quelques pas. Le prêtre se lève à son tour et, sans ajouter un mot, se dirige vers la sortie avec l'intention de retourner sans délai à Jérusalem.

Hippodame sent la tristesse s'emparer de son cœur. Il fait grand jour, mais le chemin du retour lui semble obscur et jalonné de mauvais présages. Tandis qu'il marche machinalement, il ne cesse de tourner et retourner la situation dans sa tête. Il maudit la rigidité des coutumes juives, peste contre les obstacles qu'impose cette loi si stricte et si stupide à ses yeux, et se demande comment sortir de l'impasse dans laquelle il se trouve.

La nuit venue, il retrouve Ruth sous le citronnier. Il lui confirme la conversation que Jéchonias lui a déjà rapportée quelques heures plus tôt. La jeune fille, qui s'attendait au refus de son père, est néanmoins effondrée. Celui-ci ne leur laisse pas la moindre chance d'enfin vivre ensemble librement. Hippodame propose à sa bien-aimée de continuer à venir lui rendre visite pendant la nuit, malgré les dangers que cela implique, et elle accepte. Il va devoir prévoir davantage d'argent pour acheter le silence des serviteurs de la maison de Jéchonias, qui sont désormais tous au courant des rencontres secrètes dans la cour.

Mais ce n'est pas le seul souci d'Hippodame. Des affaires extrêmement graves dans le gouvernement de l'ethnarchie commencent à assombrir, tels des nuages de plomb, le ciel de Judée.

12

Les ennuis d'Archélaos

Les problèmes s'accroissent pour Archélaos. Chaque jour, des nouvelles alarmantes arrivent des bureaux d'Hippodame, situés au premier sous-sol du palais, où sont également conservées, sur de grands rayonnages de bois sculpté, les archives de l'ethnarchie. Les complots se multiplient, et des rebelles prêts à destituer celui qu'ils considèrent comme un tyran cruel surgissent de toutes parts. Le chef de la police est submergé par les informations transmises en masse par ses nombreux espions répartis dans toute la Judée. Tous ses informateurs s'accordent sur le fait qu'il existe un immense mécontentement à propos de la façon de gouverner d'Archélaos, et que le malaise s'intensifie de semaine en semaine.

Il sait qu'il doit agir avec rapidité et efficacité, mais son esprit, encore entièrement monopolisé par la sécurité de son seigneur il y a peu, est désormais partagé entre ses obligations de chef de la police et ses sentiments pour Ruth. Il n'ignore pas que tant de nuits blanches passées à embrasser sa bien-aimée le fatiguent et réduisent sa lucidité et ses facultés à donner les ordres adéquats pour lutter contre les conspirations. Il se sent faible et manque de confiance en lui. Deux mois plus tôt, rien n'échappait à son réseau d'informateurs, mais, depuis, il a relâché sa vigilance et sa pression sur ses collaborateurs.

L'histoire semble se répéter avec de légères variantes, car la situation n'a pas changé, elle a, au contraire, gravement empiré. Des notables juifs de Jérusalem parviennent à se réunir en secret sans se faire repérer par les espions d'Hippodame. Ils en ont assez de subir les décisions capricieuses et les impôts abusifs d'Archélaos. Tremblants de peur mais déterminés à en finir avec cette dictature qui les opprime et les appauvrit, ils décident, comme d'autres avant eux, d'envoyer une ambassade secrète à Rome, afin d'informer Auguste de ce qui se passe en Judée.

Une nuit, ils rédigent la lettre que leurs émissaires porteront à la capitale de l'Empire. Après d'innombrables débats et corrections, ils se mettent d'accord sur le texte suivant :

Des citoyens de Judée à César Auguste, maître de Rome et de l'Empire, salut. Connaissant ta bienveillance, ton discernement et ton désir de voir régner la paix en tous lieux, nous souhaitons t'informer de la terrible situation dans laquelle se trouve l'ethnarchie de Judée, gouvernée par l'incompétent et velléitaire Archélaos. L'administration du fils d'Hérode est de plus en plus tyrannique et insupportable. L'excès d'impôts, les restrictions dans la vie publique et privée des Juifs et l'angoisse provoquée par un autoritarisme cruel sont démesurés, et font du régime d'Israël une dictature criminelle prétendument approuvée et soutenue par ta personne éclairée. C'est pourquoi, ô puissant Auguste, nous te prions d'intervenir, de destituer cet ethnarque et de modifier le système de gouvernement. Et nous demandons, comme l'ont fait nos délégués il y a quelque temps, que les provinces de Judée, Samarie et Idumée soient administrées directement par Rome, sous l'autorité d'un gouverneur ou d'un procurateur désigné par toi dans ta grande sagesse. Nous sommes une majorité de citoyens à défendre cette proposition et disposons de puissants soutiens.

De même, comme d'autres l'avaient fait quelques années auparavant, les conspirateurs de Jérusalem entrent en relation avec Antipas, dont ils savent qu'il n'a pas renoncé à gouverner toute la Palestine, et avec Salomé qui, malgré son âge, n'a pas perdu l'espoir de voir son neveu préféré s'asseoir sur le trône d'Hérode. Ils affirment qu'aucun gouvernement à venir ne pourra être pire que celui d'Archélaos, et qu'ils suivront quiconque contribuera à renverser le tyran.

Une fois avertis de la conspiration secrète de Jérusalem, Antipas et Salomé décident de soutenir les rebelles et de rendre leurs protestations légitimes. Ils envoient chacun une missive à Auguste, dans laquelle ils lui font part de leurs craintes de voir éclater un vaste conflit susceptible de précipiter toute la Palestine dans une guerre aux conséquences imprévisibles et de nuire aux intérêts de l'Empire en créant sur son flanc oriental des difficultés inutiles.

En réalité, Antipas n'a pas la moindre intention d'aider les conspirateurs de Jérusalem. Il n'aspire qu'à une chose : s'asseoir sur le trône de David. Dans sa lettre, il rappelle donc à Auguste une histoire presque oubliée : son père Hérode avait reçu de l'empereur des terres ayant appartenu à un certain Zénodore, chef de la dynastie qui dirigeait la Trachonitide. Hérode avait accusé cet individu d'indolence dans le gouvernement de son territoire. Il affirmait qu'il ne prenait pas ses responsabilités face aux incursions permanentes sur la terre d'Israël de bandits nabatéens qui, après s'être livrés impunément au pillage, lui donnaient une part de leur butin et partaient se réfugier dans le désert.

Antipas compare la situation actuelle avec la décision prise à l'époque par Auguste, dans l'espoir que l'empereur destituera Archélaos et lui confiera ses territoires, comme il l'a fait des années auparavant avec Zénodore.

Pour sa part, depuis son palais d'Ascalon, Salomé entrevoit aussi l'opportunité de se débarrasser de son neveu abhorré. Confiante et sûre de pouvoir enfin obtenir la destitution d'Archélaos, elle écrit à Auguste, dans une lettre également adressée à son amie Livie, que le gouvernement de l'ethnarque mène la Judée et la Samarie à la ruine. Elle joint à sa missive un rapport détaillé sur les protestations de la population de ces territoires et exprime sa crainte d'un conflit immédiat suivi d'une insurrection générale si on laisse le tyran continuer à agir avec une telle cruauté. Elle conclut en demandant à l'empereur de réfléchir une fois de plus à la possibilité de faire de la Judée une province sous administration directe de Rome.

Auguste est inquiet. Il a entre les mains les rapports d'Antipas et de Salomé, ainsi qu'une demande d'audience de la part d'une nouvelle délégation de Juifs de Jérusalem tout juste arrivée à Rome pour le rencontrer. Toujours solennelle et digne, Livie est à ses côtés pour l'écouter.

— Cet ethnarque juif ne m'a jamais été sympathique, songe l'empereur à voix haute. Ces rapports démontrent sans l'ombre d'un doute ses mauvaises pratiques en tant que dirigeant. À quoi ce vieux renard d'Hérode pensait-il lorsqu'il l'a désigné comme héritier principal ? Je le croyais plus sensé et lucide que cela.

— Nous finissons tous par atteindre un âge auquel notre esprit ne raisonne plus assez clairement pour nous inspirer les meilleures décisions, dit Livie. C'est ce qui a dû arriver à notre regretté ami, roi d'Israël.

— Tout indique que cet idiot d'Archélaos se comporte avec une arrogance inappropriée pour un homme qui exerce son autorité en vertu d'une délégation. Et c'est cette attitude qui pousse son peuple à se rebeller et à appeler à une révolte générale. En outre, il a le culot de ne jamais nous rendre compte de son gouvernement avec la précision et le respect qu'il nous doit. Pour qui se prend-il ? C'est moi qui l'ai nommé ethnarque ; c'est à moi qu'il doit ses fonctions.

Livie, qui a lu la lettre de son amie Salomé et comprend très bien ses intentions, profite de l'état d'esprit de son époux pour s'en prendre à Archélaos et souffler sur les braises.

— Tu sais que, depuis le début, j'ai toujours été contre l'idée de nommer Archélaos à quelque fonction que ce soit et, *a fortiori*, de lui accorder le pouvoir absolu sur un territoire et un peuple aussi difficiles. Le temps m'a donné raison. Regarde à quel point il peut être de mauvaise volonté. (Livie se lève, s'approche d'une petite table et revient avec de l'argent entre les mains.) Sur la monnaie qu'il a fait frapper, il n'a même pas mentionné ton autorité comme le veut l'usage dans les royaumes soumis à l'Empire. Une telle suffisance me met hors de moi. Vas-tu continuer à tolérer tant de désobligeance et d'indiscipline ?

— D'accord, d'accord, je vais ordonner que mon nom soit inscrit sur les prochaines monnaies émises.

— Et c'est tout ? Hérode te considérait comme un dieu. Il est allé, contre l'opinion de son peuple et de ses prêtres, jusqu'à bâtir un temple en ton honneur à Césarée et à placer ton aigle impériale au-dessus des portes du sanctuaire le plus sacré d'Israël. Mais ce bon à rien suffisant ne daigne même pas te dédier un misérable autel dans un temple oublié. À toi, qui es adoré comme dieu dans tout le monde civilisé.

— J'ai déjà trop d'autels érigés en l'honneur de ma divinité. Un de plus… quelle importance ?

— Cela a beaucoup d'importance, au contraire. Surtout chez un peuple qui a la réputation d'être rebelle, gouverné par un tyran que presque plus personne ne supporte. Combien de temps encore ta divine patience va-t-elle supporter cet écervelé ?

Livie prononce ces paroles véhémentes sans se départir de son ton froid habituel. Ses propos parviennent ainsi à atteindre leur cible. En écoutant son épouse, Auguste se sent réconforté et soutenu.

— Je vais recevoir cette ambassade de Juifs qui réclament mon intervention dans cette affaire, accepte le maître du monde à la grande satisfaction de Livie. Nous verrons ce qu'ils proposent.

Auguste se réjouit de la paix qui règne dans toutes les provinces de son empire. Il a même élevé un autel à la déesse de la Paix à Rome, au bord du Tibre. Il veut se montrer équanime et passer à la postérité pour avoir été le meilleur dirigeant de l'Histoire. Il rêve de rester dans les chroniques et les annales comme l'homme le plus grand qui ait jamais existé. La situation en Judée doit donc être réglée définitivement. Il se félicite de ne jamais avoir nommé Archélaos roi d'Israël car, s'il l'avait fait, le problème serait encore plus compliqué.

La rencontre avec les dix délégués de Judée, cinq Jérusalémites et cinq Samaritains, ne laisse pas le moindre doute à Auguste. Tous s'accordent sur le despotisme d'Archélaos et confirment les rapports d'Antipas et de Salomé, qui justifient leurs plaintes. Ils affirment en outre que l'image de l'empereur est considérablement ternie par ce qui se passe dans la région.

Le César leur promet de résoudre cette affaire de toute urgence mais, avant de prendre sa décision, il veut l'avis de Théodore, un de ses plus fidèles conseillers, qu'il va envoyer en tant que représentant spécial à l'ethnarchie.

Quelques mois plus tard, Auguste reçoit un rapport détaillé de la bouche de Théodore, qu'il a convoqué à Rome. Il demande également conseil à certains sénateurs, ceux en qui il a le plus confiance et qui sont les mieux informés sur les affaires d'Orient. Depuis des années, le Sénat de Rome exerce un rôle purement protocolaire, mais le César aime donner l'impression que l'institution incarnée par les pères de la patrie continue de compter dans le gouvernement de l'Empire.

Après avoir entendu toutes les personnes impliquées, Auguste semble être séduit par l'idée de faire de toute la Palestine un territoire sous administration romaine, soit en tant que province, soit en la rattachant à la province de Syrie. Mais l'incapacité d'Archélaos à exercer le pouvoir sans déclencher une rébellion n'étant plus à prouver, il est aussi tenté par la solution proposée par Antipas. Le tétrarque de Galilée n'a pas provoqué le moindre scandale depuis qu'il a pris ses fonctions. Tout semble indiquer qu'il gouverne sa région d'une main ferme, mais avec le sens de la justice. Il se montre sage et habile, fidèle à chaque instant à l'Empire et loyal envers le peuple romain. Peut-il être le monarque qui succédera à Hérode ?

Auguste réfléchit pendant des jours. Mais l'ambition démesurée qu'il devine dans la lettre d'Antipas le fait encore hésiter. Les véritables intentions du tétrarque sont tout à fait transparentes.

L'empereur finit par prendre une décision et fait de nouveau appeler Théodore, qui attend patiemment les ordres de son seigneur. Il le somme de retourner à Jérusalem avec une missive destinée à Archélaos. L'ethnarque devra se présenter à Rome dès qu'il recevra ce message. Ni délai ni excuses ne seront tolérés. Le César est catégorique.

Lorsqu'il reçoit le parchemin et découvre l'injonction impérative d'Auguste, Archélaos se sent très anxieux. Il lit et relit la lettre. Ses relations avec Auguste ne vont jamais au-delà du strict protocole, et il soupçonne que rien de bon ne ressortira de ce voyage. Aussi ordonne-t-il à ses serviteurs de préparer son départ, mais ne se hâte-t-il guère.

Il songe à la prophétie de Simon, après les rêves de Glaphyra et les siens. Simon a présagé une conspiration contre son gouvernement et la fin de celui-ci.

Or, tout le monde sait que les esséniens sont de bons prophètes et ne se trompent pas dans leurs prévisions.

Archélaos se souvient alors d'un autre rêve qu'il a fait il y a quelques mois et auquel il n'a pas vraiment prêté attention sur le moment : dans un champ désert se dressent, solitaires, neuf épis de blé. Ils sont beaux et remplis de grains, mais soudain arrivent des bœufs qui les mangent. Et juste avant de recevoir le message d'Auguste, ce rêve lui est revenu encore deux fois. Effrayé, il a recours à des interprètes que ses courtisans considèrent comme les meilleurs du royaume. N'ayant pas été autorisés à s'écouter mutuellement, tous apportent des explications différentes, parfois même contradictoires. Mais c'est précisément l'interprétation de l'essénien Simon qui convainc le plus l'ethnarque.

— C'est un rêve prémonitoire indiquant qu'un changement radical va se produire, dit le prophète en craignant que ses paroles n'irritent son seigneur. Le champ que tu vois, c'est Israël, et les neuf épis représentent la durée de ton gouvernement en années complètes.

— Cela va bientôt faire neuf ans que je gouverne ! s'exclame Archélaos, épouvanté.

— Tu ne continueras pas une année de plus, affirme l'onirocrite, homme sec à longue barbe, qui s'appuie sur un bâton tordu. La terre fertile qui devient une friche représente un changement, voire pire.

— Et les bœufs ?

— C'est un signe de souffrance immédiate, comme leur dur labeur au champ.

Dans d'autres circonstances, Archélaos aurait fait décapiter l'interprète sur-le-champ, mais il reste songeur et le laisse partir. Puis il décide d'affronter son destin et de se rendre à Rome comme Auguste le lui a ordonné. Inquiet, il se considère tout de même prêt à tout affronter. Il se dit qu'il s'en sortira, comme il l'a toujours fait.

Pendant la traversée, Archélaos ne cesse de penser à son rêve et à l'interprétation de Simon. Peu à peu, l'idée qu'Auguste le fasse venir pour se débarrasser de lui fait son chemin dans sa tête. C'est peut-être une folie de répondre à l'appel du César, mais que peut-il faire d'autre ?

Lorsqu'il débarque en Italie, des agents de Judée lui indiquent que, quelques mois auparavant, Auguste a reçu des ambassadeurs d'Antipas et de Salomé, et des messagers envoyés par un groupe de citoyens de Jérusalem et de Samarie. À partir de cet instant, Archélaos se sent définitivement perdu. Mais il ne peut plus faire marche arrière. Les soldats de l'empereur l'escortent depuis qu'il a posé le pied en Italie, et ils ne le laisseront en aucun cas s'en aller.

Il comprend maintenant qu'il ne sera jamais roi, qu'Auguste ne le place pas à la même hauteur qu'Hérode, et que beaucoup de ses sujets sont ouvertement contre lui. Il se dit qu'il a été stupide de relâcher son attention et d'avoir été si confiant. Et il songe brusquement à Hippodame, son chef de police, qui a toujours eu toute sa confiance. Peut-être est-ce lui le principal intrigant… Quoi qu'il en soit, c'est lui qui est responsable de ce manque de vigilance.

Archélaos crache sur le sol et maudit son propre peuple. Comment peut-on préférer être gouverné par une puissance étrangère plutôt que de se soumettre à l'autorité d'un membre de sa race ? Les Juifs ont perdu la tête ! « Libre à eux, maudits fils d'Israël, si c'est ce qu'ils veulent ! marmonne-t-il entre ses dents. Qu'ils se tordent de douleur, aplatis sous le cuir des sandales romaines ! »

Une fois à Rome, Archélaos est aussitôt conduit jusqu'à l'empereur. Lorsqu'on le fait entrer dans la salle du palais impérial avec un des conseillers de son frère Antipas, il ne doute plus un seul instant d'être la cible d'une conspiration.

— Nous avons constaté, après avoir reçu de nombreuses plaintes et vérifié leur bien-fondé, que tu ne te conduis pas comme un bon dirigeant doit le faire, se contente de dire Auguste.

Déterminé à ne pas passer trop de temps sur une décision déjà résolue, il ne prend même pas la peine de saluer l'ethnarque.

— Mais, César, se défend Archélaos, je remplis les fonctions dont tu m'as investi. Je suis fidèle à Rome et la Judée est en paix…

— Silence ! tonne l'empereur avec la puissance d'un homme de trente ans de moins. Je considère que les accusations portées à ton encontre dans plusieurs rapports présentés à la cour sont fondées. Je n'ai que faire de tes arguments. Pendant toutes ces années, tu as agi sans la moindre considération pour Rome, à laquelle tu dois tes fonctions. Ton gouvernement nuit aux intérêts de l'Empire et porte préjudice à tes propres sujets. Par conséquent, je te condamne à l'exil.

— Ô César ! je t'en supplie…

— Rends grâce aux dieux de ne pas perdre la vie ici même ! Tu seras confiné dans un village proche de la ville de Vienne, capitale des Gaules, parmi les barbares allobroges. Tous tes biens sont confisqués et font désormais partie du trésor impérial.

Les paroles d'Auguste résonnent de façon menaçante sous le plafond doré de la salle d'audience du palais impérial. Il fait une courte pause pour voir comment est accueillie sa décision, et prononce la sentence définitive :

— À partir de cet instant, les régions de Judée, Samarie et Idumée constituent une province sous administration directe de l'Empire. L'autorité sera représentée par un préfet qui dépendra du légat impérial de Syrie.

Les Juifs présents dans l'assemblée se mettent à applaudir, ravis de la décision d'Auguste. Ils sont enfin libérés de la tyrannie des fils d'Hérode. Ils vont pouvoir mener une existence bien meilleure, car Rome va à la fois les protéger et leur permettre de vivre selon leurs lois et leurs coutumes ancestrales. L'ambassadeur d'Antipas, en revanche, est déçu. Son seigneur s'attendait à ce que le gouvernement de ces trois régions lui soit confié avec, de surcroît, le titre de roi. Le trône va encore rester vacant !

De toute évidence, l'empereur ne souhaite pas voir un nouvel Hérode à la tête d'Israël. De plus, Archélaos n'a pas de descendants. Il n'y aura donc à l'avenir aucun successeur direct susceptible de revendiquer l'héritage paternel.

Lorsqu'il découvre la sentence impériale, Antipas se sent sous-estimé par Auguste. Il pense être un dirigeant efficace et un politicien expérimenté, capable de régner sur l'ensemble d'Israël comme son père en son temps. Il est déconcerté par le manque de confiance de l'empereur. Puis il pense à Salomé et tout s'éclaire.

Bien sûr ! C'est à cause d'elle, cette vieille femme hiératique et parcheminée, toujours dans l'ombre à tramer des intrigues, à manipuler les consciences, à influencer les décisions. Elle a certainement insisté auprès de son amie Livie pour arriver à ses fins. Elle a toujours brigué le pouvoir. Attend-elle naïvement un revirement de situation en pensant que, si tout va de mal en pis, Auguste finira par remettre le pouvoir entre ses mains ? Se prend-elle pour la nouvelle Salomé Alexandra, qui a régné sur la Judée il y a des décennies ? Le trône de Judée est marqué par un funeste maléfice : il est maudit. Il n'y aura plus jamais de roi… Mais Antipas réagit. Il doit forcément y avoir une autre opportunité. Il faut qu'il y en ait une. Il va encore devoir être patient, attendre, résister, ne pas renoncer. Les procurateurs nommés depuis Rome échoueront peut-être. Alors Auguste pensera à lui, et non à cette vieille femme crédule, pour diriger l'ensemble d'Israël et maintenir la paix et l'unité en Palestine.

Archélaos part en exil. Il n'a plus besoin de réfléchir aux erreurs qu'il a commises. Il ne reviendra jamais en Judée. Plus jamais il ne contemplera les collines émaillées d'oliviers qui entourent la Jérusalem sacrée.

Assis sur une souche rugueuse, devant une hutte circulaire aux murs d'argile et de mousse surmontés d'un toit de bruyère et de paille, il vit pauvrement au bord du Rhône. Lui qui aurait pu un jour devenir roi, le fils d'Hérode le Grand ! Il pense à ce qui s'est passé, mais il n'y a plus de place dans sa tête que pour la haine. Il hait son père Hérode pour ne pas avoir été plus explicite dans son testament, sa tante Salomé pour avoir ourdi un complot visant à le destituer, son frère Antipas pour sa trahison manifeste, Philippe pour avoir reçu des terres qui lui revenaient, Auguste pour l'avoir déposé en tant qu'ethnarque de Judée et condamné à l'exil dans ce coin du monde humide et inhospitalier. Même lui, il se hait…

Blotti sous une couverture de laine sale pour se protéger du froid et de l'humidité, il a la nostalgie du soleil d'Israël et maudit ses ennemis, qu'il imagine en train de se moquer de lui et de profiter de ses palais et de ses richesses.

Perdu dans ses souvenirs, il est rongé par la souffrance, torturé par les réminiscences de sa gloire passée. Puis sa mémoire s'efface petit à petit, comme le paysage boisé de la région où il vit désormais est voilé par la brume. Et il sombre lui-même dans l'oubli, sachant que, lorsqu'il mourra, il n'y aura pas de pleureuses à ses funérailles, ni de poètes récitant des complaintes funèbres en son honneur, ni même une modeste pierre tombale pour garder une trace de son nom.

13
Rome gouverne

Si les Romains ou les Juifs pensent que la destitution d'Archélaos et le rattachement de ses terres à l'Empire constituent la solution à tous leurs problèmes, ils se trompent. D'autres convulsions, plus graves encore, vont bientôt secouer la Terre promise.

Depuis sa résidence de Sepphoris, Antipas observe ce qui se passe en Judée. Il reçoit un émissaire romain qui lui apporte un message du César indiquant que la Judée fait désormais partie de l'Empire en tant que circonscription autonome de Syrie. Elle devient une province de troisième ordre, gouvernée par un certain Coponius, préfet de l'ordre équestre subordonné pour les affaires de première importance au légat impérial de Syrie.

Salomé, l'intrigante, la princesse au corps de gazelle et à l'âme de panthère, meurt en paix dans son palais d'Ascalon, telle une douce mère de famille, entourée de ses enfants et de ses petits-enfants. Les rêves de pouvoir qu'elle a un jour nourris disparaissent avec elle dans sa tombe. Son testament est une immense surprise pour tous. Elle lègue tout son héritage à Livie, l'épouse d'Auguste, sa fidèle amie qui l'a tant soutenue au cours de sa vie.

Lorsqu'il apprend la décision de sa tante, Antipas est pris d'une grande colère. Bien qu'il ait bénéficié de son appui à de nombreuses reprises, sa fin confirme ses doutes. Si elle l'avait vraiment aimé, comme elle le lui a dit de son vivant, c'est à lui qu'elle aurait légué ses biens. Est-ce un mauvais présage ? Antipas écarte immédiatement cette idée.

Les ennemis de la dynastie d'Hérode ont obtenu ce qu'ils voulaient, mais tous les citoyens de Judée ne sont pas satisfaits de cette nouvelle situation. Il y en a au moins un qui se sent humilié et n'a pas l'intention de laisser son peuple devenir un laquais de Rome.

Il s'appelle Judas. Né à Gamala, en Galilée, sur la rive orientale du Jourdain, c'est un homme rude et belliqueux. À la fois rustre et brave, il parle d'une voix forte qui retentit comme un coup de tonnerre lorsqu'il se met en colère – ce qui arrive généralement plusieurs fois par jour. Il travaille comme forgeron dans une échoppe dont il est propriétaire à Megiddo, dans la plaine fertile de Jezreel, non loin de la Samarie. Doté d'une force hors du commun après des années passées à marteler le fer incandescent sur l'enclume, il ne recule devant rien.

C'est en outre un homme très pieux, dont la foi en Dieu est ardente et sincère. Il ne manque jamais les cérémonies du sabbat à la synagogue, et il est le premier à réciter des passages de la Torah et des livres des prophètes d'Israël. Quand l'homilète, chargé de lire les Écritures, achève son commentaire de la Loi, des psaumes ou des écrits des prophètes, il intervient souvent devant l'assemblée, exprimant son amour des traditions et des coutumes de la patrie israélite, qu'il appelle toujours le « peuple élu de Dieu ». S'il vit en Galilée, il considère qu'Israël est encore le royaume unique et indivisible de David, dont la descendance régnera pour toujours, comme Dieu l'a promis par l'intermédiaire du prophète Nathan.

Depuis que le sud d'Israël est un territoire romain, il est plus radical dans ses discours, dont chacun devient un pamphlet enflammé contre la domination romaine sur la terre sacrée de Yahvé.

— Peu m'importe comment nous sommes arrivés à cette situation, commente le véhément forgeron. Dieu a conclu une alliance avec les Juifs. La présence d'étrangers incirconcis est un affront insupportable pour tout Israélite bien né. Nous ne pouvons tolérer que la justice et le droit divins soient transgressés par des Gentils qui ne cherchent qu'à exploiter notre terre à leur propre profit. Nous ne pouvons rester les bras croisés à regarder la terre de la Promesse tomber impunément entre des mains sacrilèges.

Il s'adresse à Sadoc, qui se sent attiré par ses paroles et avec qui il discute souvent de sujets religieux. Ce pharisien très rigoureux est devenu un de ses plus fidèles partisans.

— Mes aînés m'ont appris que nous devons observer et respecter la Loi de façon stricte, poursuit Judas. Les temps sont durs pour notre peuple, mais nous savons, de par notre propre histoire, que c'est précisément dans ces moments-là que nous devons imposer la loi de Moïse, par la force s'il le faut ! Je pense à Esdras, le scribe sacré, et à Néhémie. Tous deux, grâce à leur détermination et avec l'aide de Dieu, ont soulevé notre peuple après l'exil à Babylone. Suivons leur exemple ! Dieu est de notre côté ! Accomplissons Sa sainte volonté !

Le jour même, à Megiddo, on apprend que les Romains, usant de leur droit sur la nouvelle province, vont se livrer à une nouvelle vilenie : le recensement de tous les habitants dans le but de contrôler le recouvrement des impôts. Cette nouvelle accablante met Judas et Sadoc dans une immense colère.

Après s'être assurés du bien-fondé de ces rumeurs auprès du scribe du peuple, Judas et Sadoc rejoignent un petit groupe d'individus qui rejettent l'ingérence étrangère et se nomment eux-mêmes « les Résistants ». Puis ils annoncent qu'ils quittent Megiddo pour aller appeler à l'insurrection contre le recensement, dans toute la Galilée et sur les monts du Golan.

— Non contents de soumettre la Judée à leur autorité directe, ces impies, ces étrangers sans dieu, ont maintenant l'intention de nous compter comme des bêtes ! s'écrie Judas.

— Le recensement prévu par les Romains condamne nos frères à la plus cruelle des servitudes, ajoute Sadoc. Nous ne pouvons pas le tolérer !

— Songez à notre histoire, à nos années de domination perse et grecque, à la souffrance que notre peuple a déjà subie. Ou à David dont l'idée d'effectuer un recensement du peuple a gravement offensé Dieu. Le Seigneur a puni David lui-même pour avoir fait l'inventaire des êtres qui n'appartenaient qu'à Lui ! Luttons pour notre liberté, comme nous l'avons toujours fait !

Les promesses de liberté et de rédemption divine faites constamment lors des nombreux oracles prophétiques rendus dans les synagogues, puis la lecture du verbe enflammé du livre du prophète Isaïe contre la tyrannie des Assyriens touchent profondément les Israélites.

— Les Romains sont très puissants ! lance une voix. Que pouvons-nous faire face à leurs légions ? Et puis le recensement va avoir lieu en Judée, pas en Galilée.

— C'est vrai, mais tu es naïf. Après, ce sera notre tour. Nous luttons pour le peuple élu de Dieu et, de ce point de vue, il n'existe aucune différence. Ayez confiance en Dieu. Si nous réussissons, notre liberté enthousiasmera les habitants de Jérusalem et ils nous suivront. Par notre action, nous défendrons aussi le Temple. Nous protégerons nos propriétés et nos biens, et empêcherons les Romains de nous les prendre pour les utiliser à des fins impies.

— Mais as-tu oublié ce qu'a fait Rome aux autres résistants ? demande une voix tremblante parmi l'assemblée.

— Si nous périssons, nous serons couverts de gloire et nous atteindrons le paradis pour avoir lutté dans notre grandeur en faveur de Dieu. Israël a déjà son Seigneur, le Dieu unique. Allons-nous nous laisser asservir par des hommes mortels ? Sommes-nous prêts à payer un tribut au César ?

Judas s'exprime avec une telle véhémence qu'il attire l'attention de toutes les personnes qui l'entourent.

— Jamais ! répond Sadoc pour soutenir son ami. Nous sommes le peuple élu et nous ne rendons de comptes qu'à Dieu.

Les harangues de Judas sont accueillies avec une ferveur particulière par les jeunes qui participent à la réunion dans la synagogue de Megiddo. Beaucoup d'entre eux s'approchent de lui pour lui demander quoi faire et comment, face à l'envahisseur romain et à ses exigences impies.

— Israël n'appartient qu'à Dieu ! s'exclament-ils.

En quelques semaines, le mouvement dirigé par Judas se répand dans toute la région de Galilée et nombreux sont ceux qui soutiennent la rébellion en fournissant de l'argent et des armes. Judas et Sadoc envoient des messagers à Jérusalem pour que les habitants de la capitale rejoignent leur mouvement.

Un front uni se forme face aux légions romaines. Mais certains ont la mémoire courte. Les plus sensés se tiennent la tête entre les mains. Après le spectacle macabre de deux mille crucifiés le long de l'enceinte du Temple, les rebelles ont-ils oublié comment se comportent les Romains quand on défie leur autorité ?

Avant même que la rébellion ne s'étende, Auguste prend la décision de ne pas établir la chancellerie romaine à Jérusalem. Livie, qui se souvient des admonitions de Salomé, lui a affirmé que ce serait une humiliation pour les Juifs les plus radicaux, aux yeux desquels le sol de la capitale est sacré. Par conséquent, la résidence du préfet impérial de Judée se trouvera à Césarée. Le pourcentage de Gentils y est très élevé, et la population juive se montre toujours beaucoup plus tolérante que les habitants obstinés de la capitale. L'ancien palais-forteresse de cette ville, autrefois propriété d'Hérode, passera sous contrôle romain au cas où il se révélerait utile.

Dans l'*Urbs*, l'atmosphère est plutôt rassurante. On ne sait pas encore ce que préparent Judas et Sadoc depuis Megiddo. En apparence, la population de Judée accepte sereinement sa nouvelle situation et ne rejette pas le nouveau régime. Du reste, c'est précisément ce que les principaux dirigeants de l'opposition à la dynastie d'Hérode réclamaient. Seuls quelques nostalgiques regrettent la perte d'une tradition de royauté de plus de cent cinquante ans.

Pour sa part, Auguste souhaite que cette région du flanc oriental de son empire, si étrangère à la culture de la Grèce et de Rome, et si pleine d'insensés qui passent leur vie à attendre l'arrivée d'un Messie capable de leur offrir un extravagant salut éternel, évite de provoquer des conflits permanents. Il fait donc quelques concessions pour satisfaire la population.

Un ordre direct de l'empereur accorde au Grand Sanhédrin de Jérusalem, sous la présidence du grand prêtre du Temple, une compétence totale en matière civile, et presque totale en matière criminelle, ainsi que la gestion directe des affaires concernant exclusivement les coutumes et les lois ancestrales du peuple d'Israël. Le préfet romain ne sera compétent qu'en matière de politique impériale commune et pour les grandes affaires économiques, en particulier les impôts. Il aura en outre le dernier mot sur les délits entraînant une condamnation à la peine de mort.

Au fur et à mesure qu'elles sont rendues publiques, les décisions d'Auguste, qui, dans ce domaine, ne s'est pas rangé à l'opinion de Livie, déclenchent l'euphorie dans certaines catégories du peuple juif. Les vieillards, les commerçants les plus riches, les prêtres, les chefs des pharisiens et les docteurs de la Loi débordent de joie. La rumeur d'un éventuel recensement de la population n'est pas encore parvenue en Judée. Pourtant, les Juifs devraient savoir que c'est une coutume romaine dans toute nouvelle province. À ce moment-là, ils pensent que leur vieux rêve de former un gouvernement d'aristocrates régi par la loi de Moïse, bénéficiant d'une autonomie non négligeable bien que sous la tutelle vigilante de Rome, est sur le point de se réaliser.

L'émotion des partisans de cette nouvelle situation est à son comble lorsque les principales unités de la Xe légion, cantonnées en périphérie de Jérusalem, retournent dans leurs casernes de Syrie. Des centaines de Juifs sortent dans les rues pour voir s'éloigner les légionnaires par le chemin du nord. On discerne encore sur le lointain horizon septentrional la poussière soulevée par les sandales des soldats lorsque Jérusalem en liesse célèbre le départ de la légion, comme s'il s'agissait du plus grand de tous les triomphes.

Mais tout le monde ne se réjouit pas. Les légionnaires consommaient de la farine, de l'huile, du vin et bien d'autres aliments. Certains des commerçants qui les fournissaient voient également disparaître une bonne partie de leurs bénéfices. Rome ne laisse qu'une poignée de troupes auxiliaires à la forteresse Antonia de Jérusalem, deux cohortes à Césarée, le siège de la préfecture impériale, et de rares garnisons dans quelques-uns des palais-forteresses ayant jadis appartenu au roi Hérode, comme l'Alexandreion ou l'Hérodion.

La présence romaine en Judée étant considérablement réduite, de nombreux Israélites considèrent que les traces les plus évidentes de la domination étrangère ont presque totalement disparu. Les prêtres et les Juifs les plus stricts dans le respect des règles de la Loi sont les plus satisfaits, car moins nombreux sont les Gentils autour de Jérusalem, moindre est le risque de sombrer dans l'impureté.

Cela pourrait être l'avènement de temps heureux, mais… on ne connaît pas encore la toute dernière décision de l'empereur, soutenue par Livie. Après avoir été nommé nouveau légat impérial de Syrie, Publius Sulpicius Quirinus reçoit aussitôt l'ordre de procéder au recensement de la population de la nouvelle province de Judée, Samarie et Idumée, en vue de réorganiser le recouvrement des impôts et de nouvelles taxes. Pour le moment, les Juifs n'ont encore aucune idée de la façon dont se comporte l'administration romaine, mais ils ne vont pas tarder à l'apprendre dans leur chair.

La nouvelle du recensement met fin à l'allégresse des premiers temps, qui se transforme en incrédulité, puis en chagrin. Rome ordonne que tous les Juifs soient recensés conformément à la législation de l'Empire, et tout le monde sait que cette mesure a pour but de recouvrer davantage d'impôts. Les espoirs que certains nourrissaient de voir Rome laisser le peuple se régir selon ses lois et coutumes s'évanouissent. Dans la Galilée d'Antipas, Judas de Gamala et Sadoc ont été plus clairvoyants.

Le préfet Coponius, à Césarée, et surtout Quirinus, le légat de Syrie, analysent avec soin les informations transmises par leurs espions. Selon eux, il est extrêmement curieux que ce soit en Galilée que les protestations contre ce recensement effectué sur ordre impérial soient les plus vives, car la zone nord d'Israël est sous l'autorité de l'ethnarque Antipas et ses habitants ne vont pas être recensés. Pourtant, Judas et Sadoc parviennent à rallier à leur cause des centaines d'hommes, bien armés et bien endoctrinés. Les partisans du forgeron sont appelés « zélotes », c'est-à-dire « ceux qui sentent au fond d'eux le feu de la Loi », les authentiques défenseurs et vengeurs d'Israël contre Rome. Leur mouvement s'accroît sans cesse en Galilée, et commence à s'étendre dans le nord de la Judée, où le nombre d'adeptes de cette faction violente des pharisiens est de plus en plus important.

Dans ses discours pour attirer de nouveaux partisans, Judas utilise des arguments doctrinaux propres aux pharisiens, mais il ajoute que tous les Israélites, sans distinction, doivent manifester leur amour pour la patrie commune et leur liberté par la violence physique et la lutte armée contre les étrangers. Ceux qui n'acceptent pas la loi de Moïse, la seule qui dicte les comportements publics et privés sur l'ensemble de la Terre promise, doivent être éliminés ou expulsés du territoire.

— Nous sommes la graine qui fera croître la force capable de sauver Israël ! crie Judas parmi ceux qui s'agglutinent autour de lui pour entendre ses paroles enfiévrées.

— La liberté de notre peuple a besoin de votre aide, affirme Sadoc, toujours aux côtés de son chef. Employez la force si nécessaire. Vous devez convaincre tous les Juifs de Judée de refuser d'être recensés par les Romains !

Pendant que les deux meneurs exhortent leurs fidèles toujours plus nombreux à Megiddo, les troupes romaines avancent sur la plaine de Galilée. Le préfet Coponius, bien informé de l'étendue de la révolte des zélotes, prend rapidement une décision et quitte aussitôt Césarée pour intervenir avec la plus grande fermeté, bien que le territoire ne relève pas de sa compétence. Antipas approuvera sans doute. Fraîchement nommé par Auguste, le préfet ne peut tolérer qu'une bande de

Galiléens puants remette en question l'autorité de Rome et menace les plans impériaux conçus pour la paix après la destitution d'Archélaos.

Les Romains se concentrent à Scythopolis, à deux jours de marche de Megiddo, où arrivent également deux escadrons de cavalerie envoyés par Antipas.

Par ce geste, le tétrarque de Galilée veut montrer qu'il est contre cette rébellion, bien que les zélotes soient parvenus à étendre leur mouvement dans toute la Galilée et même en Pérée, la tétrarchie qu'il dirige. Se pliant aux ordres d'Auguste, il déclare qu'il n'a rien à voir avec ces visionnaires insensés. Il sait bien que tout ce qui se passe sur le territoire de sa juridiction l'éclabousse et que le soulèvement mené par Judas à l'intérieur de ses frontières risque de compromettre sa position.

L'arrivée de l'armée romaine devant les faibles remparts de Megiddo provoque l'effroi parmi les habitants. Beaucoup d'entre eux ont applaudi aux harangues de Judas mais s'en repentissent lorsqu'ils voient la formation de cohortes d'infanterie et d'escadrons de cavalerie déployée sur leur plaine fertile.

Les plus radicaux ne parviennent pas à empêcher des dizaines de familles de sortir de la ville en proclamant leur fidélité à Rome. Seuls les fanatiques décident de rester et de résister fermement face à ce qui semble une attaque imminente. C'est une folie, car la petite ville de Megiddo ne dispose pas de puissantes fortifications. Les enthousiastes zélotes réussissent à peine à renforcer quelques murs d'adobe et de bois, ce qui est bien peu pour arrêter les troupes dirigées par le préfet Coponius, très expérimentées et équipées d'engins de siège d'une redoutable efficacité.

Lorsqu'ils voient s'approcher les légionnaires en parfaite formation d'attaque, les défenseurs des premières barricades s'interrogent et certains, conscients de ne pouvoir repousser l'assaut d'une telle force militaire, demandent même à Judas s'il ne vaudrait pas mieux se rendre. Mais le zélote ne tolère pas la moindre hésitation, et le pharisien Sadoc le suit.

Ils ont de l'eau et de la nourriture en quantité suffisante pour pouvoir supporter un long siège, mais pas assez d'hommes pour résister à une attaque continue. Malgré tout, Judas fait circuler un mot d'ordre pour soutenir le moral de ses partisans : « Dieu est avec nous ! » Il sent au fond de lui que le moment de la liberté est venu et que Dieu ne manquera pas de leur montrer son soutien sans faille. Même les anges, assure-t-il, interviendront pour venir en aide aux fidèles.

Dans le pavillon de commandement, les officiers de l'armée romaine se réunissent en conseil.

— J'admire la détermination de ce Judas, dit Coponius. Mais il est fou à lier. Et nous devons agir en conséquence.

— Préfet, intervient le tribun des troupes de cavalerie envoyées par Antipas, avec tout le respect que je te dois, il me faut t'avertir que tu n'as aucun intérêt à commencer ton mandat avec un bain de sang. Je crois qu'il suffit de les intimider. Ceux qui ont fui ont démontré notre pouvoir. Pour ma part, à moins qu'un de tes commandants n'ait une meilleure idée, je propose d'envoyer un messager exhortant les défenseurs de Megiddo à se rendre et, s'ils acceptent, de les laisser rentrer chez eux. Si tu parviens à les convaincre, je suis sûr que le calme reviendra dans toute la Galilée et que tous les Juifs salueront la bienveillance de Rome.

— Je comprends que le tétrarque Antipas souhaite voir régner la paix sur son territoire, répond Coponius. Quelqu'un voit-il un inconvénient à ce que nous envoyions un messager avec cette proposition ? – Tout le monde garde le silence. – Très bien, nous allons faire parvenir ce message à Judas. Espérons qu'il acceptera, sinon…

Le messager avance à cheval vers les défenses de Megiddo, un drapeau blanc attaché à la pointe de sa lance. Il est confiant, mais, dès qu'il se trouve à portée de tir, il est accueilli par une cascade de pierres lancées par les assiégés et se voit contraint de faire marche arrière.

— Il est clair qu'ils ne veulent pas entendre parler d'un accord, déclare Coponius en constatant que le messager a été rejeté par les rebelles. Ils viennent de signer leur arrêt de mort et, par tous les dieux, ils vont l'obtenir.

Le chef des zélotes n'a même pas laissé l'envoyé des Romains s'approcher, mais il consent à laisser sortir de la ville les femmes et les enfants encore présents, qui courent vers la plaine pour échapper à une mort certaine, tandis que les hommes restés à l'intérieur se préparent à une défense suicide.

Finalement, Coponius décide de donner aux zélotes une autre chance et fait monter une palissade de piquets de bois et d'aubépine autour de Megiddo pour que les assiégés ne puissent ni s'échapper ni recevoir d'aide de l'extérieur. Il prolonge ainsi le siège de deux semaines, pendant lesquelles les soldats romains attendent patiemment que les assiégés changent d'avis et acceptent de se rendre sans effusion de sang. La chaleur, l'ennui et l'attente rendent nerveux certains commandants, qui font pression sur le préfet afin qu'il ordonne l'assaut une fois pour toutes.

Coponius comprend qu'il ne peut pas laisser la situation à Megiddo s'enliser, ni prendre le risque de voir d'autres villes de Galilée suivre l'exemple de Judas. Il opte donc pour une attaque immédiate.

Les ingénieurs de la Xe légion, grands experts en poliorcétique, l'art d'assiéger les villes et de détruire leurs fortifications, examinent le mur d'enceinte de Megiddo et déterminent la zone à frapper en premier lors de l'assaut. Il s'agit d'un mur de petites pierres jointoyées avec de l'argile et de la paille, construit à la hâte sur la base de fortifications qui avaient dû être solides en leur temps.

— Deux béliers, protégés par un abri recouvert de peaux durcies au soleil et humidifiées, suffiront à démolir ce mur, affirme un des ingénieurs.

Une baliste est placée à une distance précise, à l'abri des flèches des défenseurs. Elle arrosera les murs de projectiles de pierre, sur lesquels est gravé le « X » de la Xe légion, afin de couvrir les légionnaires qui actionneront les deux béliers.

Sous les abris, eux-mêmes protégés par des dizaines de légionnaires tenant leurs grands boucliers rectangulaires de façon à imiter la carapace d'une tortue, les deux béliers avancent, poussés par les soldats, jusqu'à atteindre la base du mur, tandis que la baliste ne cesse de lancer des projectiles sur la zone supérieure.

Dès qu'ils se rendent compte de la stratégie d'attaque, les zélotes se précipitent vers le mur que les béliers de bois dur, renforcés par des têtes métalliques, percutent sans relâche. Là, ils lancent des pierres et des flèches sur les attaquants, mais sans grand succès.

Les coups répétés des deux béliers résonnent parmi les cris des combattants comme les battements d'un gigantesque cœur ou les sons secs d'un tambour. À chaque impact, le mur fragile tremble et se fissure. Soudain, il cède et s'effondre dans un vacarme précédant un vaste nuage de poussière grise.

Au cri de « Rome a triomphé ! », des dizaines de légionnaires pénètrent dans la ville par la brèche ouverte et se déploient dans les rues étroites et sinueuses où les défenseurs cherchent refuge. À chaque recoin, ils se trouvent nez à nez avec un Israélite zélé qui essaie en vain d'arrêter leur progression. Ils avancent en formation, protégés par leurs boucliers, épaule contre épaule, blessant d'un coup de lance ou égorgeant tous ceux qui se mettent en travers de leur chemin.

Une fois les plus téméraires des zélotes éliminés, le combat se poursuit dans la ville, maison après maison, et même sur les toits, où se hissent certains Juifs pour jeter des pierres, des tuiles et tout ce qui peut leur servir de projectile contre les Romains. Les rebelles se lancent dans une lutte acharnée, mais la plupart tombent très vite, car il faut plus que de la ferveur religieuse pour s'opposer avec succès à la tactique de combat, à l'entraînement efficace et à l'armement supérieur des vétérans de la Xe légion Fretensis.

Judas et Sadoc résistent avec les plus braves, bien qu'ils soient obligés de reculer jusqu'à la synagogue, où ils se laissent encercler. La ville tombe aux mains des Romains, mais quelques zélotes décident de continuer la lutte. Harangués par les deux meneurs qui tentent de leur donner du courage, l'épée à la main, ils poursuivent le combat sachant qu'une mort certaine les attend. Le Dieu des Juifs semble regarder, somnolent ou impassible, le sacrifice de ses fidèles. Et ses anges restent passifs.

Enfin, après un intense combat pendant lequel Judas et Sadoc font preuve d'une grande bravoure, le dernier des défenseurs de la synagogue tombe sous les coups d'épée des Romains. Un centurion tranche la tête de Judas et celle de Sadoc, puis les apporte empalées à Coponius, qui les exhibe devant ses troupes victorieuses comme le plus précieux des trophées.

Très peu de rebelles survivent. Les blessés sont achevés sur place et les prisonniers indemnes sont conduits, enchaînés, jusqu'au campement romain. De là, les vaincus, qui seront vendus comme esclaves sur les marchés de Tyr et Sidon, regardent brûler Megiddo avec accablement. Le soir, une légère brise de l'ouest se lève et attise le feu sur la ville, devenue un gigantesque bûcher.

Une fois de plus, comme si souvent déjà, le sol de la liberté se dérobe. Le Dieu d'Israël paraît sourd, aveugle et muet face à toutes les prières qui s'élèvent jusqu'à son trône, et ne fait pas le moindre geste pour aider son peuple, contrairement à ce qu'il a réalisé jadis lorsqu'il l'a libéré de la captivité en Égypte par l'intermédiaire de Moïse, ou encore lorsque Esdras et Néhémie ont reconstruit Israël. Comment Dieu peut-il oublier son peuple ? Pourquoi Michel et ses anges gardent-ils les yeux fermés ? L'Alliance est-elle caduque ?

La victoire des Romains sur Megiddo, avec la participation des troupes d'Antipas, et la mort des meneurs Judas et Sadoc ébranlent toute la Palestine. Ceux qui croyaient encore que l'on pouvait se confronter aux légions et les mettre en déroute savent désormais que c'est une chimère, et se résignent à leur sort. Les Juifs de Galilée, accablés par la mort de leurs parents et amis tombés au combat, se résignent et acceptent l'inévitable.

À peine deux semaines après la destruction de Megiddo, les fonctionnaires romains et les scribes locaux entreprennent le recensement ordonné par Auguste. Les ordres du légat Quirinus, qui s'attribue tout le mérite d'avoir étouffé la révolte, sont clairs et concis : pas un seul homme israélite de la nouvelle province ne doit échapper au contrôle fiscal. Les Juifs seront recensés jusqu'au dernier et apporteront leur obole à l'Empire. Ironie du sort : c'est avec cet argent que Rome entretient les légions qui les soumettent. Ils financent leur propre domination.

À Jérusalem, des plaintes concernant le recensement s'étaient également fait entendre. Mais la réaction violente de l'armée romaine contre Megiddo et le souvenir de l'intervention des légions de Varus des années auparavant les ont fait taire. Le Grand Sanhédrin est contrôlé par les saducéens, qui savent très bien qu'il est inutile de s'opposer aux décisions impériales. Faire partie de l'Empire pour se libérer de la tyrannie d'Archélaos implique d'accepter les conséquences et de contribuer par l'impôt au fisc de Rome.

Le grand prêtre lui-même, dans ses sermons au Temple, appelle au calme et explique que la rébellion n'a aucune raison d'être. Les saducéens, par l'intermédiaire de leurs sicaires, se chargent de diffuser cette idée dans les synagogues de Jérusalem ainsi que celles des villes et villages environnants. Les pharisiens, dont les zélotes sont issus, parlent à présent d'un moindre mal. Ils affirment que les Juifs n'ont pas d'autre choix que de payer l'impôt et ne doivent pas perdre de vue les avantages de faire partie de l'Empire romain : une meilleure défense contre les incursions des Nabatéens, contre les pillages des bandits de la Trachonitide, contre la menace permanente que représentent les Parthes… et une certaine autonomie religieuse et civile. De bonnes excuses face à l'inévitable.

14

La proposition de Livie

Tandis que la Judée, la Samarie et l'Idumée se soumettent totalement au nouveau joug impérial, les Juifs de Galilée et de Pérée peuvent se vanter d'être gouvernés par un Israélite. Antipas, leur tétrarque, fait preuve en public d'une certaine piété religieuse, sans aucun doute feinte, qui les satisfait. Beaucoup d'entre eux se consolent en se disant qu'il est le seul fils d'Hérode digne de s'asseoir sur son trône. Ceux qui ont connu le vieux roi savent qu'Antipas est moins rusé et, surtout, beaucoup moins déterminé. Mais contrairement à son frère Archélaos, il est parvenu à maintenir sous son autorité, sans problèmes particuliers, les terres qui lui ont été attribuées par Auguste lors du partage de la Palestine.

Or, Auguste va bientôt diriger son regard vers ce petit coin de l'Empire.

L'humiliante défaite subie par les XVIIe, XVIIIe et XIXe légions face à Arminius et à ses tribus barbares dans la forêt de Teutobourg, sous le commandement de Varus que les Juifs connaissent bien, finit par convaincre le César que la conquête de la Germania

Magna n'est plus possible. Il y renonce avec tristesse. Lorsqu'il apprend le véritable massacre de son armée, il passe des nuits à errer dans les couloirs de son palais de Rome et à crier, inconsolable : « Varus ! rends-moi mes légions ! » Le puissant et redouté Publius Quinctilius Varus, ancien légat de Syrie qui s'était considérablement enrichi en gouvernant cette province, se suicide. Dorénavant, aucune légion ne portera sur son étendard le numéro XVII, XVIII ou XIX. La nouvelle finit par arriver, bien que beaucoup plus tard, jusqu'en Israël, où les familles des deux mille personnes crucifiées par le légat s'en réjouissent. Enfin, Dieu se réveille et rend justice !

De toute façon, la Germanie est très éloignée de Rome et, après plusieurs décennies de guerres incessantes, Auguste veut apparaître aux yeux du monde comme le prince de la paix. Les pirates qui dévastaient les côtes de la Méditerranée orientale il y a peu ont totalement disparu. C'est Pompée le Grand qui s'est attelé à cette tâche, mais Auguste en est l'ultime vainqueur.

Le vieux César est de nouveau préoccupé par la situation en Palestine, d'où lui proviennent régulièrement des rapports sur l'instabilité de la région.

— Le flanc oriental de l'Empire doit être renforcé, dit-il à son épouse Livie tandis qu'ils se promènent dans un des jardins plantés d'arbres fruitiers du palais. Nous ne pouvons pas laisser les provinces d'Orient dans une situation d'insécurité permanente. Les Parthes représentent désormais la seule grande menace pour Rome, et, s'ils perçoivent la moindre faiblesse dans cette zone, ils n'hésiteront pas à tenter de la reprendre.

— Tu veux parler de la Palestine ? demande Livie, bien qu'elle connaisse déjà la réponse.

— Oui, bien sûr. Les habitants de cette province sont toujours prêts à se rebeller. Ils n'apprennent pas.

— Je me dis parfois qu'il nous faudrait un nouvel Hérode. Lui, il a su dompter ces fanatiques. Ils n'en finissent plus de causer des problèmes.

— Si seulement un de ses fils lui arrivait à la cheville ! soupire Auguste. Il a été le seul à tenir les Arabes nabatéens à distance. Il s'est comporté comme un tyran dans sa façon d'exercer le pouvoir, mais il a toujours été déterminé et loyal.

Il cueille une figue sur une branche et l'examine attentivement, avant de la nettoyer et de la manger avec délectation.

— As-tu de nouveaux projets pour la Palestine ? Envisages-tu encore la possibilité de nommer Antipas roi ? De tous les fils d'Hérode, c'est le plus habile et sans aucun doute le plus compétent comme dirigeant.

— J'ai besoin de réfléchir à tête reposée sur l'avenir de cette région. Il ne faut en aucun cas qu'une nouvelle rébellion éclate. Nos informateurs de la frontière de l'Euphrate ne cessent de nous alerter sur les mouvements de troupes des Parthes. S'ils décident de nous attaquer, il faut que nous maîtrisions parfaitement les provinces orientales, en particulier la Palestine.

— Peut-être devrais-tu mettre une fois pour toutes les Juifs sur un pied d'égalité avec les citoyens romains, afin qu'ils oublient définitivement leurs velléités nationales et s'intègrent pour de bon au sein de l'Empire.

— Et que fais-tu d'Antipas ? D'après les rapports de notre légat, de nombreux Juifs considèrent qu'il devrait être leur roi. Ceux-là au moins n'accepteront jamais d'être romains.

— Alors disqualifie Antipas.

Auguste regarde fixement le visage imperturbable de Livie.

— Et comment puis-je le faire sans déclencher une nouvelle révolte ?

— Par la ruse. Propose-lui d'épouser une femme arabe. Il ne pourra pas refuser. Et le peuple juif le rejettera.

— Je suppose que tu sais déjà qui il va épouser…

— Oui, répond Livie avec un sourire discret.

Au cours des mois suivants, à la demande de Livie, Auguste envoie plusieurs missives à Arétas, le roi des Arabes nabatéens, pour lui faire savoir qu'il souhaite conclure un accord avec lui et que ce pacte serait renforcé s'il acceptait d'offrir la main d'une de ses filles au tétrarque Antipas.

Le Nabatéen accepte. Personne n'aspire davantage que lui à une paix stable et durable avec Rome. Tout son royaume repose sur le commerce. Pétra, la capitale, est enclavée dans la route des caravanes qui parcourent l'Arabie, du Yémen à la Méditerranée, et sa prospérité repose sur les bénéfices de ses marchands lors de ces échanges.

Un jour, un messager impérial se présente à Sepphoris avec une missive d'Auguste adressée à Antipas. Constatant qu'elle porte le sceau impérial, le tétrarque l'ouvre et en découvre le contenu avec stupéfaction :

D'Octave César Auguste à son fidèle ami Antipas, tétrarque de Galilée, salut. Je souhaite que tu épouses la princesse Phasaélis, fille de notre voisin le roi Arétas de Pétra, monarque du peuple nabatéen. On peut raisonnablement penser que cette alliance contribuera de façon efficace à sceller une paix stable dans la région. Arétas accepte de te donner sa fille comme épouse.

La missive est accompagnée d'une tablette sur laquelle le visage de la princesse Phasaélis a été peint par un remarquable artiste.

Antipas regarde le portrait. Bien que le travail du peintre soit satisfaisant, cette femme ne lui plaît pas. Elle a le visage rond comme la pleine lune, et la peau noircie par le soleil violent du désert. Elle n'a pas du tout l'air d'une princesse. Elle paraît vulgaire, peu raffinée, et ressemble plutôt à une rustre paysanne.

Le tétrarque n'aime pas du tout cette idée, mais il sait qu'il ne peut pas refuser. S'il veut devenir un jour le roi de tous les Juifs, il ne peut offenser Auguste ; il n'a pas d'autre choix que de se plier à sa volonté. À contrecœur, mais conformément aux instructions de l'empereur, il demande donc la main de Phasaélis à Arétas, qui accepte avec plaisir.

Le souverain nabatéen est convaincu que ce mariage est le meilleur moyen de conclure un accord avec le puissant Empire romain. Il sait que cette alliance impliquera la fin des incursions des bandits nabatéens, qui pillent les régions limitrophes en débarquant à cheval par surprise avant de retourner aussitôt se réfugier dans le désert avec leur butin. Mais ces pertes de revenus seront largement compensées par les bénéfices commerciaux qui ne manqueront pas de se multiplier grâce à cet accord.

Les noces seront célébrées à Sepphoris, où se trouve toujours la cour d'Antipas. Le tétrarque a retenu la leçon du naufrage final de son frère Archélaos, qui après avoir été ethnarque de Judée et prétendant au trône d'Israël pourrit désormais dans un recoin nauséabond de l'Empire.

Il sait qu'une simple insinuation d'Auguste doit être considérée comme un ordre formel et que, dans leur grand âge, l'empereur et son épouse apprécient non seulement d'être exaucés avec une obéissance aveugle, mais aussi de faire l'objet d'un véritable culte.

Il décide donc de renommer Livias la ville fortifiée de Beth Haran, en Pérée, en l'honneur de l'impératrice, ce dont il informe Rome en même temps que de la consommation de son mariage. Puis il fait frapper des pièces portant le nom d'Auguste – sans toutefois faire apparaître l'effigie de l'empereur afin de ne pas aller à l'encontre de la loi juive, qui interdit la représentation de figures humaines.

Son épouse ne lui plaît pas mais, malgré tout, il est satisfait : ce mariage fait de lui une pièce essentielle dans la défense du *limes* oriental de l'Empire ; Arétas, jusque-là ennemi acharné des Juifs, oublie son désir inassouvi d'annexion de la Palestine ; et Auguste est content de lui, ce qui pourra lui être très profitable à l'avenir.

De plus, depuis que la révolte de Judas et de Sadoc a été réduite à néant, la Galilée et la Pérée sont en paix. Les deux régions de sa tétrarchie prospèrent, l'agriculture se développe dans la plaine fertile, la pêche dans la mer de Galilée est abondante. Ce sont des temps heureux, et il fait croire à son peuple que c'est à lui qu'est due cette prospérité. Il se rend même à Jérusalem lors des fêtes les plus importantes, à la grande joie de ses partisans, qui voient en lui un Juif pieux et respectueux de la Loi et des coutumes.

Pendant ce temps, à Jérusalem, la vie devient monotone et ennuyeuse. Avec la destitution et l'exil d'Archélaos, Hippodame, le chef de la police, se retrouve sans travail. Il n'a pas besoin de revenus pour se nourrir, car il a accumulé suffisamment de richesses pour vivre de ses rentes jusqu'à la fin de ses jours, mais il est nostalgique du temps où il déployait une activité frénétique et contrôlait tout ce qui bougeait en Judée.

Jérusalem est sans doute une ville attrayante pour un Juif qui observe strictement la Loi, s'occupant toute la journée à penser à son Dieu, à le prier et à suivre les préceptes quotidiens de la religion de Moïse. Mais pour un Grec comme Hippodame, cette ville ne présente plus le moindre intérêt. Le Temple, excepté son imposante structure, ne signifie rien pour lui. Le préfet romain est à Césarée et les effectifs des légionnaires ont été réduits. Il n'y a plus de fêtes, de représentations dramatiques et comiques au théâtre, de courses à l'hippodrome, de luttes de gladiateurs ni de combats de fauves au cirque, autant de divertissements fréquents dans les autres villes de l'Empire. Le Sanhédrin, devenu le véritable gouvernement de la ville, ne tolère pas les activités ludiques, jugées impures, et interdit les manifestations contraires à la Loi, c'est-à-dire presque toutes.

Ruth est l'unique raison pour laquelle Hippodame continue à vivre à Jérusalem. Il passe ses journées à attendre que la nuit tombe pour aller la rejoindre dans l'arrière-cour de sa maison. Sa tentative de l'épouser ayant échoué, il ne lui reste plus que les visites clandestines pour pouvoir être auprès d'elle, même s'ils risquent à chaque instant d'être découverts.

Hippodame doit soudoyer tous les serviteurs de la maison pour éviter d'être surpris. Jéchonias ne soupçonne aucunement les rencontres nocturnes qui ont lieu derrière son dos. Au moins une fois par semaine, profitant du dîner, les serviteurs ajoutent un somnifère à son vin. Et il part se coucher sans savoir que c'est la nuit qu'ont choisie les amoureux pour se retrouver.

Une nuit, las d'attendre, Hippodame décide de faire un pas décisif.

— Chère Ruth, je te désire ardemment, dit-il à sa bien-aimée qu'il tient dans ses bras. C'est pourquoi aujourd'hui, je te demande de t'unir à moi comme une épouse se donne à son mari.

— Il n'y a rien que je désire plus que d'être ton épouse, mais j'insiste, je ne peux pas t'offrir ma virginité tant que tu ne seras pas mon mari. J'accepte de t'embrasser, de me blottir dans tes bras et même de te laisser faire certains gestes que n'importe quelle vierge juive considérerait comme un péché, mais je ne peux pas aller au-delà de cette limite. La pudeur, l'honnêteté et ma religion m'en empêchent. Je te demande de faire preuve de compréhension, cher Hippodame. Je ne te laisserai pas me posséder avant que tu ne m'épouses.

Élevé dans une autre culture et avec d'autres croyances, Hippodame perd espoir et ne comprend pas le refus répété de Ruth. Lui, il a grandi en écoutant les récits des amours tumultueuses des dieux de l'Olympe, toujours si audacieux en matière de sexe. Si Zeus, le père des dieux, partage sa couche avec Maïa, Sémélé, Alcmène, Danaé et tant d'autres, l'union charnelle d'un homme et d'une femme ne peut pas être si extravagante. Tous les dieux la pratiquent avec énormément de plaisir. Et puis, en tant que Grec, Hippodame n'est pas doté de ce sentiment de culpabilité intérieure, de transgression et de péché, si fréquent chez les monothéistes juifs. Ses divinités ont des faiblesses semblables à celles des humains. Adorer un dieu unique est une responsabilité écrasante. Cela entraîne des contraintes qui, lorsqu'on rend un culte à plusieurs dieux, se diluent et finissent par disparaître.

— Je ne te comprends pas, ma bien-aimée, murmure Hippodame après avoir réfléchi quelques instants à sa réponse. Tu dis que tu m'aimes et que tu me désires, alors regarde la nature, l'œuvre merveilleuse de ton Dieu, et dis-moi si c'est un péché que deux êtres qui s'aiment comme nous s'unissent au plus profond de leur esprit et de leur chair. Si tu es vraiment amoureuse de moi, prouve-le-moi en t'offrant corps et âme.

— Mon Hellène adoré, mon cher amour, je meurs d'envie de te donner mon corps, de te sentir en moi et d'être à toi, avoue Ruth, mais je ne peux pas. Mes raisons sont plus fortes que mon désir. Je suis désolée, mon amour, je suis désolée, mais je ne dois pas le faire.

Ruth est sans cesse tiraillée. Son corps juvénile l'exhorte à s'unir avec l'homme qu'elle aime et qu'elle désire, à se fondre avec lui en une seule chair, comme la Loi le prescrit aux époux. Mais si elle le fait et qu'elle tombe enceinte, alors même qu'elle est encore célibataire, elle et sa famille seront éclaboussées par un affreux scandale. Qui sait ce qui pourrait arriver à son père ? Jéchonias est un homme saint, un prêtre qui observe fidèlement la Loi. S'il apprenait que sa fille… Non, cela le tuerait.

— Que puis-je faire ? se désespère Hippodame. Que puis-je faire ?

— Cherche une solution qui mette fin à ces rencontres clandestines et nous permette de nous unir au grand jour, sans nous cacher comme des voleurs.

Hippodame est prisonnier de ce dilemme lorsqu'il reçoit une proposition inattendue. Sa renommée en tant que coordinateur de la sécurité en Judée est connue dans toute la Palestine. Or, Antipas apprend qu'il est sans travail depuis la destitution de son maître. Il lui vient alors une idée.

Par une après-midi ensoleillée et venteuse, Hippodame fait la sieste chez lui et, dans un demi-sommeil, s'imagine en train d'aimer Ruth dans le lit nuptial. Un serviteur le réveille et lui annonce une visite. Il s'agit d'un messager qui dit être envoyé par le tétrarque de Galilée.

Hippodame se lève, se lave le visage et reçoit l'émissaire.

— Noble Hippodame, salut, je t'apporte un message d'Antipas, seigneur de Galilée, annonce l'envoyé sans ambages.

Et il lui tend un petit rouleau scellé à la cire, portant le cachet officiel de la maison du fils d'Hérode.

Hippodame l'ouvre et le lit sans délai. Son expression change subitement. Il sourit et toute trace de sommeil disparaît face à l'excitation que lui procure le contenu du message : le tétrarque l'invite à lui rendre visite dans son palais de Sepphoris et lui annonce qu'il aimerait discuter avec lui d'affaires très importantes pour eux deux.

Ce n'est guère explicite, mais il est convaincu que cette rencontre est liée à ses anciennes fonctions de chef de police.

— Quand ton seigneur veut-il me voir ? demande-il au messager.

— Dès que cela te sera possible.

— Dis-lui que je serai là dans quatre ou cinq jours.

Le messager prend congé en inclinant légèrement la tête. Hippodame serre le papyrus dans son poing. Il pense aussitôt que c'est peut-être sa chance d'être enfin aux côtés de sa chère Ruth. Il appelle son serviteur le plus fidèle, lui disant d'aller au marché et de se mettre en relation avec une des servantes de la maison de Jéchonias, afin qu'elle transmette à Ruth le message suivant : il va s'absenter de Jérusalem pendant quelques jours et ne pourra donc pas lui rendre visite ; qu'elle lui fasse confiance, attende de ses nouvelles et sache qu'il l'aime.

Le voyage jusqu'en Galilée est agréable. Les terres sèches et caillouteuses qui entourent la Ville sainte cèdent la place, après quelques jours de marche, à de douces collines recouvertes d'arbres surplombant la vallée fertile de la Galilée, où la vie semble plus facile et plus douce que dans l'aride Judée.

La terre est riche et la végétation plus abondante. Le lac de Galilée regorge de poissons, il y a suffisamment de cultures pour nourrir la population et on ne voit presque pas de pauvres ni de mendiants. Rien à voir avec la pléthore de gueux en haillons qui pullulent à Jérusalem autour du Temple et demandent une pièce aux pèlerins venus prier ou offrir un sacrifice.

En trois jours, sans se hâter, Hippodame parcourt à cheval le chemin qui va de Jérusalem à Jaffa, puis poursuit son périple vers le nord en longeant la plaine côtière jusqu'à Césarée, où il fait étape chez un ami de son père. Presque toutes les terres qu'il traverse sont cultivées en parcelles régulières de vigne et d'arbres fruitiers, et les villages sont moins éloignés les uns des autres qu'en Judée. Le lendemain, tandis que le soleil tombe sur l'horizon, il discerne les maisons de Sepphoris et repère parmi elles la silhouette imposante du palais d'Antipas.

Le tétrarque l'accueille immédiatement. Prévenu de sa présence quelques heures avant qu'il n'arrive au palais, il lui souhaite la bienvenue avec cordialité. Il ne le reçoit pas dans la salle d'audience, mais dans une pièce qui fait office de sanctuaire privé, éclairée par deux chandeliers de Corinthe et où se dressent, sur des socles de jaspe, deux bustes de marbre. Hippodame reconnaît aussitôt Auguste et Livie.

— Sois le bienvenu à Sepphoris ! lance Antipas. Assieds-toi, je t'en prie.

— C'est un plaisir et un honneur de te rencontrer, dit Hippodame.

— Je te remercie d'avoir accepté mon invitation, qui, comme tu l'as sans doute compris, comporte implicitement une proposition. Je vais aller droit au but : je connais bien le travail que tu as effectué avec mon frère, et je te propose de faire la même chose dans ma tétrarchie. Si tu acceptes, je te demande de venir vivre en Galilée et de te mettre à mon service comme chef de ma police.

Antipas parle sur un ton persuasif ; il a longuement

réfléchi à ce qu'il allait annoncer et à la façon dont il allait le dire.

— Je me réjouis de cette proposition…

— Je n'ai pas choisi ce moment par hasard. Comme tu le sais, cette région a traversé une période difficile en raison de la rébellion menée par ce forgeron insensé nommé Judas, mais tout est rentré dans l'ordre. Et j'ai bien l'intention de faire en sorte que le calme perdure. Cependant, ces derniers mois, j'ai remarqué un certain malaise parmi le peuple, qui n'accepte pas bien une des décisions que j'ai prises.

— De quoi s'agit-il ?

— Je souhaite faire bâtir une nouvelle ville au bord du lac de Génésareth, et y transférer la capitale de ma tétrarchie. Mes architectes ont choisi un endroit précis, sur la rive orientale du lac, près des sources thermales d'Emmaüs. Les travaux sont déjà en cours. (Antipas s'interrompt un instant, songeur, se lève de son siège, fait quelques pas dans la pièce, autour des deux bustes, qu'il caresse doucement, prend deux verres de vin sur un plateau et offre l'un d'eux à Hippodame.) C'est un endroit merveilleux, mais ce choix ne s'est pas révélé judicieux.

— Je ne comprends pas…

— À cet emplacement, il existe un vieux cimetière, que nous avons découvert lors des travaux de terrassement et de déblaiement, juste sur le terrain où l'agora allait être bâtie, en plein centre de la future ville. Comme tu le sais, les Juifs n'ont pas le droit de construire leurs demeures sur une terre abritant un cimetière. Or, nous avons trouvé des tombes et des ossements partout. Tout contact avec une sépulture nous rend impurs pendant sept jours, alors je te laisse imaginer les conséquences si nous bâtissons nos maisons sur des centaines de tombeaux.

— Tu dis que les travaux ont déjà commencé ?

— Oui, j'y ai investi beaucoup d'argent avant que nous ne soyons confrontés à ce contretemps. – Antipas regarde fixement Hippodame et boit une gorgée de vin. – Je sais que, étant grec, tu y vois sans doute une simple superstition dépourvue de sens, mais, pour un Juif, c'est une situation insupportable. La population, depuis qu'elle a entendu parler de ces tombes, est inquiète et contrariée. Elle considère déjà que je profane la mémoire de ses ancêtres et que je transgresse la Loi.

— Et tu vas renoncer à ce projet à cause d'un cimetière ? Ton père, le grand Hérode, ne l'aurait pas fait.

— C'est certain. Je souhaite suivre les traces de mon père et devenir, comme lui, le promoteur de grandes constructions. Je veux que la nouvelle ville qui va être édifiée là-bas rivalise de beauté et de magnificence avec les grandes villes de l'Empire en Syrie, comme Damas ou Antioche, et avec celles que mon père a fondées, comme Sébaste ou Césarée. Et je la bâtirai dans le style romain, avec un réseau d'égouts qui draineront les eaux usées, et un autre de conduites et de citernes qui véhiculeront l'eau propre jusqu'aux fontaines et aux bains. Mais un amas immonde et répugnant de tombes et d'ossements menace de paralyser mon grand projet. Et je ne peux l'accepter.

— Qu'attends-tu de moi ? demande Hippodame. En quoi puis-je t'aider ?

— Ton père a servi avec fidélité et efficacité le mien et, comme je te l'ai dit, je sais que tu as fait de même avec mon malheureux frère Archélaos. Je veux que, pendant les travaux de construction de ma nouvelle ville, les Juifs de Galilée continuent à vivre dans le calme. Il me faut donc une police bien entraînée qui saura à chaque instant quoi faire pour empêcher et réprimer toute protestation. Personne n'est plus indiqué que toi pour la diriger. C'est pour cela que j'ai besoin de toi.

— C'est un honneur, dit Hippodame en acquiesçant.

— Cette proposition s'accompagne d'un salaire de vingt mille pièces d'argent par an et, en outre, d'une maison où tu pourras établir ta résidence, ou d'appartements dans mon palais, si tu préfères.

— Je suis un homme actif et ma situation actuelle me pèse, alors j'accepte.

— Dans ce cas, considère-toi d'ores et déjà comme le chef de la police de Galilée. Dans cette province, les gens sont plus ouverts que dans la ville ankylosée et aigrie de Jérusalem, où chaque citoyen se prend pour un prophète de Dieu. Et puis, ici, nous sommes tout près de la région de la Décapole, où habitent de nombreux Grecs comme toi.

— Ce sera un plaisir de te servir, seigneur.

Hippodame ne le dit pas à Antipas, mais la décision qu'il prend est largement influencée par Ruth. Tout en écoutant le tétrarque, il pense à elle. Loin de la Ville sainte, sa relation avec la fille du prêtre Jéchonias ne sera pas aussi mal vue qu'au sein de la société jérusalémite, à la fois fermée et sévère. En Galilée, le mariage d'un Grec et d'une Juive ne fera pas scandale. Ce n'est pas sans raison que les mariages mixtes sont très nombreux dans cette région, malgré l'interdiction expresse de la Loi. Dans le nord de la Palestine, on ne tient pas toujours compte des prescriptions religieuses.

Une fois l'accord conclu, Hippodame demande à Antipas l'autorisation de retourner à Jérusalem sous prétexte de régler quelques affaires personnelles avant de commencer à travailler en Galilée. En réalité, son intention est de convaincre sa bien-aimée de partir avec lui.

De retour à Jérusalem, Hippodame est certain qu'il parviendra à persuader Ruth. Il se dit que même le vieux Jéchonias sera bien obligé d'accepter car, loin de Jérusalem, les questions de ségrégation religieuse sont envisagées sous un angle très différent.

Par la voie habituelle, il organise un rendez-vous nocturne avec la jeune fille. Puis il compte avec impatience chaque heure qui le sépare de ses retrouvailles avec elle, se réjouissant de la nouvelle qu'il va lui annoncer. Ils vont enfin pouvoir mettre un terme à cette attente angoissante, se marier et partager la même couche.

De son côté, Ruth se demandait quand elle allait enfin revoir Hippodame. Sans nouvelles de lui depuis plusieurs jours, elle en arrivait même à croire qu'il l'avait oubliée. Cette nuit, elle l'attend et ne peut contenir sa hâte de le retrouver.

Comme à son habitude, Hippodame se laisse glisser le long de la clôture, près du citronnier, où Ruth se tient en le regardant nerveusement. Ils s'enlacent avec tant de force que leurs os craquent. Dans le silence de la nuit, leurs soupirs résonnent comme des murmures. Cette fois, c'est Ruth qui cherche avec avidité la bouche d'Hippodame. Elle l'embrasse avec passion, laissant leurs langues s'entrelacer et leurs salives se mêler.

— Une Israélite ne doit jamais embrasser un incirconcis de cette façon, dit la jeune fille.

— Alors fais-le encore, mon amour, car le temps du plaisir va bientôt commencer pour nous.

Ruth donne à son bien-aimé un autre baiser, plus profond, plus humide. Ses lèvres sont pulpeuses et elle a une haleine de menthe fraîche et de miel. Hippodame ne peut cesser de l'embrasser, de caresser ses hanches, son ventre, son dos. Ils restent ainsi longtemps, debout sous les branches du citronnier, car aucun d'eux n'a envie de se séparer du corps de l'autre. Ils n'ont jamais été aussi près l'un de l'autre. Hippodame sent sur sa peau les formes arrondies et lisses de Ruth, et il est si excité que sa virilité est sur le point d'exploser.

— J'ai quelque chose de très important à te dire, annonce-t-il en s'écartant doucement de la jeune fille, dont il essaie de deviner les traits délicats dans l'obscurité. Ces derniers jours, j'étais en Galilée. Le tétrarque Antipas a besoin de mes services et m'a proposé d'être le chef de sa police. J'ai accepté et je vais aller vivre dans cette région.

Ruth est perplexe.

— Tu quittes Jérusalem ? Alors, je… nous…

— Tu vas venir avec moi. Loin de Jérusalem, il n'est pas si difficile pour une Juive et un Gentil de se marier. Il est temps de mettre un terme à ces rendez-vous secrets qui nous rongent tous les deux. Va voir ton père, et dis-lui que ma demande en mariage tient toujours. Annonce-lui que nous allons partir en Galilée, où nous nous marierons, et que j'occuperai un poste important à la cour du fils d'Hérode. La fille de Jéchonias va vivre dans un palais.

— Je suis un peu surprise… je ne m'y attendais pas, dit Ruth, qui semble stupéfaite et déconcertée. J'ai besoin de temps pour réfléchir. (Elle ne s'imagine pas vivre dans une autre ville que Jérusalem et encore moins loin de son père, qui est extrêmement attaché à la Ville sainte et à son Temple.) Je dois expliquer la situation à mon père. Il n'a jamais vécu loin de moi et je suis habituée à la vie à Jérusalem.

Elle pèse chacun de ses mots avant de les prononcer.

— Nous serons ensemble, pour toujours, murmure Hippodame.

— C'est ce que je veux, moi aussi, mon amour, mais il faut que je trouve un moyen de le dire à mon père et d'obtenir sa bénédiction. Accorde-moi quelques jours, s'il te plaît.

— Bien sûr.

Hippodame comprend le dilemme auquel la jeune fille est confrontée. Cela fait déjà longtemps qu'il attend, et il n'est plus à quelques jours près. Les deux amoureux s'enlacent de nouveau et recommencent à s'embrasser et à se caresser, cette fois avec beaucoup de délicatesse, comme s'ils voulaient arrêter le temps. Avant de se séparer, ils décident de se revoir une semaine plus tard. Ruth suppose qu'à ce moment-là elle aura trouvé le moment opportun pour parler à son père. Elle s'engage à lui exposer les faits tels qu'ils sont, et pense qu'elle y verra plus clair quant à son avenir.

Cette nuit-là, elle ne parvient pas à dormir. Avant de mettre son père au courant, elle doit d'abord prendre une décision. Elle se rappelle les baisers d'Hippodame, le sentiment d'être protégée entre ses bras puissants. Elle pense aux nombreuses nuits qu'ils passeront enfin ensemble, en tant qu'époux, à sa vie future, qu'elle imagine douce aux côtés de son mari et de ses enfants… et elle décide de faire le pas.

Elle passe toute la matinée à chercher la meilleure façon d'aborder le sujet avec son père, puis elle finit par en conclure que le seul moyen de se libérer d'une incertitude angoissante, c'est de parler sans détours le plus tôt possible.

Après le repas, le prêtre Jéchonias va habituellement se reposer, mais ce jour-là Ruth sollicite son attention.

— Père, je voudrais te faire part d'une décision importante. Je veux me marier avec Hippodame, le Grec. Je vais le faire de toute façon, mais j'aimerais avoir ta bénédiction.

Le vieux prêtre se montre serein et fait mine de ne pas être décontenancé par les paroles de sa fille, mais son visage trahit sa stupéfaction et son émotion.

— Non, se contente-t-il de répondre.

— Les noces ne seront pas célébrées ici, à Jérusalem, où ce serait trop difficile à vivre pour toi, mais en Galilée, où je pars vivre avec lui.

À ce stade, Ruth ne lui révèle pas encore qu'Antipas a offert à Hippodame un poste élevé à sa cour.

— Tu me demandes l'impossible, dit Jéchonias en s'efforçant de contenir son indignation. Je ne peux enfreindre la Loi en connaissance de cause, d'autant plus que je suis prêtre. Nous en avons déjà parlé et je ne reviendrai pas sur ma décision. Ce n'est pas possible ! De plus, je suis en train de te chercher un mari. Je suis en pourparlers avec Zacharie, le prêtre de la classe d'Abia. Je pense que son fils Samuel sera un bon époux pour toi.

Ruth met quelques instants à réagir. Elle n'était pas informée des plans que son père était en train d'échafauder pour elle.

— Cher père, je te supplie de reconsidérer ta réponse. Je ne connais ni ne souhaite connaître ce Samuel. J'aime ce Grec et je souhaite être heureuse à ses côtés ; je t'implore de m'accorder ta bénédiction.

— Non.

D'un geste impérieux, Jéchonias fait comprendre que la discussion est terminée et se met à fixer le plafond blanchi à la chaux pour éviter le regard suppliant de sa fille. Ruth sait que sa décision est sans appel. Poursuivre cette dispute stérile ne ferait qu'inciter son père à s'enfermer encore davantage dans son refus. Elle le connaît bien. Lorsqu'il a adopté une position, il n'en change jamais et se montre inflexible. Jéchonias est un prêtre prestigieux, que tous les Jérusalémites considèrent comme un homme sévère mais juste, respectueux de la Loi. Son comportement est un exemple pour ceux qui s'efforcent de vivre conformément aux prescriptions des livres sacrés.

Non, jamais il ne changera d'avis. Ruth est donc acculée à une décision radicale : désobéir à son père autoritaire et agir de sa propre initiative. Elle doit trouver sa propre voie.

Elle aussi reste obstinément sur sa position mais, pour éviter d'éveiller les soupçons, elle doit faire preuve de ruse. Elle se montre soumise et feint d'obéir à la volonté de Jéchonias. Voyant qu'elle ne lui répond pas, celui-ci s'imagine qu'elle a accepté son autorité. Il l'a élevée dans la religion et les règles consuétudinaires de son peuple. Il est convaincu qu'elle respectera ses obligations et se pliera à la volonté paternelle. Elle est jeune et, bien sûr, elle a des velléités, mais cela lui passera quand elle épousera Samuel et vivra comme doit vivre une fidèle épouse juive. Cet homme lui fera oublier le Grec. Il faut qu'elle comprenne que la Loi doit être respectée en toute circonstance, et qu'elle renonce à cette folie d'épouser un Gentil. Le temps se chargera de guérir cette blessure de jeunesse.

Ruth ne s'imagine pas un seul instant vivre avec quelqu'un d'autre qu'Hippodame et ne change pas d'avis non plus. Elle ne veut sous aucun prétexte passer le reste de sa vie liée à ce Samuel. Elle doit donc agir rapidement. Le soir venu, elle envoie un message à son bien-aimé par l'intermédiaire d'un de ses esclaves pour lui faire savoir que, cette nuit, elle l'attendra dans la cour.

C'est une nuit fraîche et humide, mais cela ne dérange pas les amants. Ils s'enlacent sous le citronnier, dont les fleurs exhalent un parfum délicat.

— Mon père refuse, annonce Ruth.

— Je m'en doutais, dit Hippodame. Et… ? La seule solution est de s'enfuir.

Épouvantée à cette idée, qu'elle-même envisage sans pour autant la souhaiter, Ruth cache son visage dans ses mains et se met à pleurer. Elle sait qu'elle n'obtiendra jamais de son père l'autorisation d'épouser un Gentil, et encore moins sa bénédiction. Elle prend donc une grande bouffée d'air et dit simplement :

— Je te suivrai partout où tu iras. Ta vie est ma vie. Où que tu habites, je serai à tes côtés. Que Yahvé m'accable de tous les maux, si ce n'est pas la mort seule qui nous sépare !

Plusieurs larmes, brillantes comme des perles à la lumière de la pleine lune, coulent sur les joues de la jeune fille. Elle a le cœur brisé, Hippodame le sait bien. Il essaie de la détendre en lui parlant de leur avenir, de la vie qu'ils mèneront ensemble dans la douce et fertile Galilée.

— Nous partirons dès demain, dit-il. Prépare tes affaires pour la nuit prochaine. Je viendrai te chercher. Emporte juste le minimum. Avec mon salaire, je pourrai t'acheter de beaux vêtements et un splendide trousseau quand nous serons en Galilée.

— J'espère que Yahvé me pardonnera ce que je suis sur le point de faire.

— Si ton Dieu est juste, sois sûre qu'Il le fera.

Hippodame prend Ruth dans ses bras, essuie ses joues et l'embrasse avec douceur avant de sauter par-dessus la clôture.

Le lendemain, Ruth agit avec la plus grande discrétion pendant toute la journée, et se contente de rassembler dans un baluchon ses biens les plus précieux. Sans éveiller le moindre soupçon, elle attend patiemment la tombée de la nuit.

Après le dîner, toujours frugal, Jéchonias se retire dans sa chambre pour faire ses prières avant de s'endormir. Ce soir-là, son verre de vin est fort en somnifère.

Il fait nuit noire ; des nuages sombres couvrent le ciel de Jérusalem. La lune et les étoiles se sont cachées pour ne pas perturber les amants. Près d'une des portes de la ville, une caravane composée d'une douzaine de chevaux et de chameaux chargés de bagages attend en silence. Les gardes ont été soudoyés afin que les verrous ne soient pas tirés ni les chaînes attachées.

Trois silhouettes portant deux échelles se faufilent subrepticement dans les rues désertes et arrivent à la ruelle qui mène à l'arrière-cour de la maison de Jéchonias. L'une d'elles se hisse jusqu'en haut de la clôture et place une échelle de l'autre côté, près du citronnier. Ruth, aidée par une de ses servantes, à laquelle Hippodame a glissé une bourse bien rebondie, gravit l'échelle pour rejoindre son bien-aimé, qui lui tend les bras et l'embrasse rapidement. Avant de descendre de l'autre côté, elle jette un regard en arrière. Malgré l'épaisseur de la nuit, elle s'efforce de mémoriser chaque recoin de ce qui a été sa maison tout au long de sa vie. Deux grosses larmes viennent troubler ses beaux yeux et un soupir s'échappe de sa poitrine. Son cœur bat à tout rompre.

Quelques instants plus tard, les quatre ombres rejoignent la caravane, qui se met en route en direction du nord.

À son réveil, Jéchonias a l'intuition que quelque chose ne va pas. Il perçoit un silence inhabituel dans sa maison. Il s'empresse de s'habiller et parcourt toutes les pièces, la cour et la petite cave. Il monte même sur le toit, au-dessus duquel s'accumulent de gros nuages menaçants.

La porte principale est fermée, comme il l'a lui-même laissée la veille au soir, mais Ruth n'est pas là. Effrayé, il interroge les serviteurs, mais il n'obtient que le silence pour toute réponse. Finalement, une des servantes trouve le courage de balbutier en tremblant que la jeune fille est partie.

Alors Jéchonias comprend tout. Il crie de douleur, s'arrache les cheveux et pousse de terribles hurlements qui terrorisent les serviteurs de la maison. Il maudit le Grec de toutes ses forces :

— Que le Seigneur fasse crépiter le feu dans ses entrailles ! Que sa poitrine et son ventre enflent jusqu'à exploser ! Qu'il brûle éternellement dans la Géhenne !

Il est persuadé que c'est le Grec qui a enlevé sa fille. Il ne lui reste plus qu'à s'en remettre à Dieu et à Lui demander qu'Il la lui rende. Désespéré, il prie et, à trois reprises, remercie le Seigneur de ne pas être né femme.

À ce moment-là, la caravane d'Hippodame est loin de Jérusalem. Grâce aux chevaux rapides et aux chameaux résistants, les fugitifs ont déjà mis une grande distance entre eux et le vieux prêtre.

Les deux amoureux arrivent à Sepphoris sans aucun contretemps. Antipas reçoit son nouveau chef de police avec enthousiasme et, en voyant Ruth, comprend pourquoi il était pressé de retourner à Jérusalem avant de prendre ses nouvelles fonctions. Hippodame présente la jeune fille comme son épouse.

— Ton épouse et toi, lui dit le tétrarque, allez vivre, au moins pour l'instant, dans une des dépendances de mon palais. Et ne t'inquiète pas, vous bénéficierez de l'intimité dont les jeunes mariés ont besoin.

Lorsqu'ils se retrouvent seuls, Ruth demande à son bien-aimé de tenir sa promesse de mariage et de l'épouser selon la tradition du peuple juif.

— Tu me dois bien cela, dit-elle. Je veux que nos noces soient célébrées par consentement mutuel devant un rabbin, que les bénédictions prescrites par la Loi soient dites et que nous buvions dans la même coupe de vin.

— Nous ferons comme tu voudras, accepte Hippodame.

— Ensuite, nous nous inscrirons au registre de Sepphoris comme époux, après avoir signé le contrat de mariage.

— Ce sera fait.

— Et il faut encore que tu paies le *mohar*, c'est-à-dire la dot, à mon père.

— Quoi ? Je dois payer pour une fille qui s'enfuit de chez son père contre sa volonté ?

— C'est ce que notre coutume exige.

— Mais étant donné les circonstances, je crois qu'il vaudra mieux esquiver cette partie.

La cérémonie nuptiale se déroule en privé, à la synagogue de Sepphoris. Une fois le rite achevé, Ruth se sent enfin réconfortée. Elle n'a pas respecté la volonté paternelle, comme l'aurait exigé la tradition, mais elle arrive vierge à la nuit de noces et, en cela, elle a le sentiment de s'être conformée à la religion de ses aînés. Elle est satisfaite et estime que cela valait la peine d'attendre.

Hippodame est nerveux. Il ne peut ni ne veut dissimuler l'émotion qu'il éprouve lorsque, enfin seul avec elle dans la chambre, il prend Ruth dans ses bras et l'embrasse en sachant que, cette nuit, elle va enfin être à lui pour de bon.

Pour lui, ce n'est pas la première fois. Il y a déjà eu d'autres femmes dans son lit, mais toujours de façon sporadique. Avant de connaître Ruth, aucune n'a rempli son cœur d'assez de passion et d'amour pour qu'il en fasse son épouse.

Pour un Grec, l'amour est un sentiment dans lequel plusieurs dieux interviennent. Éros et Aphrodite s'immiscent parmi les êtres humains et les entraînent, parfois malgré eux, dans un tourbillon de passion incontrôlable. Mais pour les Juifs, le véritable amour se concrétise par le mariage. Ils ne conçoivent pas qu'un homme reste célibataire toute sa vie. De même, ils considèrent que l'on ne devient une femme à part entière qu'à partir du moment où l'on est mariée. Pour un Grec, le corps humain est une source de plaisir dont on peut jouir sans limite. Pour un Juif, la divinité crée la beauté du corps afin que les époux s'en délectent. La femme doit donc se donner pleinement et avec bonheur au mari. Et c'est exactement ce que fait Ruth lors de sa nuit de noces.

Hippodame défait sa chemise. Il peut enfin la voir nue, dans toute la splendeur étincelante de sa jeunesse. Il contemple ses seins doux et lisses, qu'il n'a caressés qu'à travers le tissu, et embrasse ses tétons fermes en les savourant comme s'il s'agissait de la plus pure ambroisie. Sa main parcourt ses cuisses et s'arrête sur son pubis, saillant et épais. Puis il recule pour mieux la regarder.

Ruth n'éprouve pas la honte qu'elle aurait cru ressentir en pareille occasion. Être nue dans les bras de son époux lui semble naturel, beau, d'une exquise simplicité. Maintenant, c'est elle qui déshabille son mari. Et elle est stupéfaite lorsqu'elle découvre sa virilité droite et dure. Elle n'a jamais vu d'homme nu. Le corps d'Hippodame, robuste et sculpté par l'exercice physique, lui plaît. Caressant ses muscles, elle se sent en sécurité et protégée.

Ils se fondent dans un baiser long, profond et humide. Leurs mains se cherchent avidement. Elle sent les doigts de son bien-aimé toucher son sexe, et s'abandonne au plaisir. Sans rougir, elle descend la main le long du ventre de son époux et arrive au membre viril, qu'elle caresse avec une certaine nervosité.

Un frisson discret et agréable remonte le long de son dos quand Hippodame fait tourner le bout de ses doigts autour de son sexe, désormais humide et chaud.

Ils passent quelques minutes ainsi, debout, tout près l'un de l'autre, à se caresser mutuellement. Puis Ruth, à la fois troublée et sereine, s'allonge sur le lit et sent le poids de l'homme sur elle, et cela lui plaît. Elle remercie le Dieu d'Israël d'avoir créé une telle merveille.

Elle ouvre les jambes et attend qu'Hippodame entre en elle. Il le fait lentement, avec douceur, en s'efforçant de ralentir la fougue qui l'habite. Cet instant est pour Ruth une entrée glorieuse dans un univers de sensations jamais expérimentées jusqu'alors. Jamais elle n'a parlé avec ses rares amies de ce moment naguère si inquiétant et désormais si délectable. Un court instant de douleur suave, la virginité qui se rompt, l'union intime et charnelle des deux corps, le va-et-vient lent et très délicat de son amant, une vague de plaisir qui arrive doucement, comme les couchers de soleil dorés sur Jérusalem, la chaleur et la jouissance, la sublimation de l'amour parfait... Ils sont maintenant, enfin, une seule chair. Pour Ruth, cette sensation est le don le plus précieux de la divinité. L'accomplissement du texte sacré.

Elle se rend compte avec étonnement qu'elle bouge en même temps que son mari. Personne ne lui a enseigné l'art d'aimer, personne ne l'a préparée à cela. Elle découvre que c'est quelque chose de naturel, d'instinctif, que l'on a en soi et qui s'exprime lorsqu'on rencontre l'être aimé.

Tout à coup, le corps de son époux se contracte ; il est secoué par des spasmes à intervalles réguliers, et elle sent la semence chaude et liquide se déverser en elle. Elle est envahie par une étrange quiétude et, pour la première fois de sa vie, elle songe que l'existence de son mari va se prolonger en elle : la réalisation du rêve de toute femme juive.

Puis son époux se détend, halète et s'effondre sur elle comme le vainqueur d'un grand triomphe.

Les premières semaines du jeune couple sont ponctuées de nuits passionnées. Ruth est heureuse. Elle aimerait avoir sa propre maison, plutôt que de vivre au palais, mais elle comprend que les obligations de son mari lui imposent certaines contraintes.

Tous les jours, lorsqu'elle se retrouve seule après le petit déjeuner, elle pense à Jérusalem, à l'immense douleur qu'elle a causée à son père. Elle voudrait qu'il la sache heureuse aux côtés de son mari, qu'il la comprenne et lui accorde son pardon.

Mais une triste nouvelle assombrit ces jours heureux : à Rome, après plus de quarante ans au pouvoir, Auguste meurt. Il succombe brusquement, pris de douleurs après avoir mangé des figues de son propre jardin. L'ensemble du monde romain est plongé dans l'affliction. Une période de deuil officiel est décrétée et, dans chaque recoin de l'Empire, on salue la grandeur de celui qu'on appelle le plus noble de tous les Romains. On fait graver dans la pierre et le métal des inscriptions qui rendent compte des faits les plus marquants de son règne, qu'on affiche dans les lieux les plus prestigieux des agoras et des temples. On fait chanter partout sa gloire et ses triomphes. Les prêtres annoncent l'ascension de son âme au ciel ; désormais, il fait partie des immortels.

— Que va-t-il se passer maintenant ? demande Ruth à son époux le soir où Sepphoris apprend la terrible nouvelle.

— Auguste a gouverné le monde en lui apportant la paix et la prospérité, répond Hippodame. Après de nombreuses conquêtes et guerres civiles, il a rétabli le calme dans ses immenses territoires. On raconte que son successeur, Tibère, le fils que son épouse Livie a eu d'un précédent mariage, n'a pas son intelligence ni son aptitude au commandement. On le dit tout de même prudent et disposé à mener la même politique que son père adoptif. Mais rien ne sera plus comme avant. Sans doute ne verrons-nous plus jamais naître un homme comme Auguste.

— Et nous, qu'allons-nous devenir ? s'inquiète Ruth.

— Ici, la situation ne va sans doute pas beaucoup changer. Je suppose qu'Antipas va être confirmé dans ses fonctions de tétrarque de Galilée et que les choses vont rester telles qu'elles sont, au moins pour le moment. D'après ce que je sais, Antipas et Tibère sont bons amis. Ils ont passé du temps ensemble sur l'île de Rhodes et, à Rome, ils ont eu les mêmes précepteurs. Ils se sont formés auprès des mêmes philosophes et ont fréquenté les mêmes fêtes et banquets.

— Si Antipas et le nouvel empereur sont aussi amis que tu le dis, je suppose que nous gagnerons au change.

— Vraisemblablement. Du reste, Antipas a déjà réagi à l'annonce du règne de Tibère. Cette après-midi, il m'a dit qu'il allait modifier le nom de la nouvelle ville qu'il fait bâtir au bord du lac de Génésareth. Il pensait l'appeler Autocratoris, « Impératrice » en grec, en hommage à Livie, la veuve d'Auguste, mais il va finalement la nommer Tibériade, en l'honneur du nouveau César.

— Si cette ville est destinée à devenir la nouvelle capitale, j'en déduis que nous allons devoir y habiter. Pourrons-nous avoir notre propre maison ? Nous ne sommes pas mal au palais, mais je préférerais être chez moi.

— J'en parlerai au tétrarque. Les travaux avancent à un bon rythme, car les ouvriers s'activent du matin au soir à la construction de cette nouvelle ville, mais certains Juifs posent problème.

— Pourquoi ?

— Un cimetière a été découvert sur les terres de la future Tibériade, et les Juifs n'acceptent pas l'idée d'habiter au-dessus d'une nécropole.

— Oui, c'est un des préceptes de notre Loi.

— En réalité, les premières maisons sont déjà habitées, mais pas par des Juifs. Ceux-ci ne veulent en aucun cas s'installer à cet endroit. Pour peupler la ville, Antipas fait appel à des étrangers, à des aventuriers et à des gens qui n'ont pas autant de scrupules religieux.

— La majorité des Juifs respectent la Loi. Antipas est juif et il aurait dû en tenir compte avant de commencer à faire bâtir une ville sur un emplacement impur.

— Il est trop tard maintenant. Et puis le cimetière, qui occupe une petite zone, n'est pas le seul problème. Il se trouve que Tibériade est construite selon le modèle des villes gréco-romaines. Elle compte un stade, un gymnase, un édifice pour une espèce de sénat citoyen et un palais. Ensuite, il y aura le théâtre…

— Rien de tout cela ne plaît à mon peuple.

— Tibériade a été pensée pour être une belle ville. Elle a donc été conçue dans le style grec. Elle s'élève sur un petit promontoire qui offre une jolie vue sur la plaine de Galilée. Les maisons sont en pierres recouvertes de stuc d'une blancheur immaculée. On y déploie un luxe très éloigné du goût des Juifs. Antipas s'investit tant dans la construction que, de nombreux habitants n'étant pas suffisamment riches pour faire face aux exigences d'une telle ville, il subventionne directement certaines installations.

— J'imagine qu'il y aura aussi des statues, dont les Grecs et les Romains sont si friands.

— De personnes et d'animaux, dans toutes les rues principales.

— C'est une offense pour les Juifs, car la Loi l'interdit catégoriquement.

— À quatre stades de la future Tibériade, Hérode le Grand s'est fait bâtir un palais qu'il a orné de peintures d'animaux, ce qui a scandalisé les rabbins, mais aucun d'entre eux n'a osé s'en plaindre. J'espère que rien de grave n'arrivera à cause de cette ville.

Hélas, ce ne sera pas le cas. Après les jours consacrés à célébrer la mémoire du divin Auguste, avec l'érection d'autels éphémères voués à sa vénération, l'activité reprend son cours et le mécontentement causé par les travaux à Tibériade augmente parmi les Juifs de Galilée. Certains fanatiques parviennent même à s'organiser en bandes, armées de massues et de bâtons, pour détruire les statues et les images qui apparaissent peu à peu dans les rues de la nouvelle ville.

Hippodame se voit contraint d'intervenir avec ses hommes pour ramener le calme. Un jour, une vingtaine de Juifs fait irruption aux portes du palais en criant : « À mort les païens impurs ! » Il doit faire appel à ses meilleures recrues pour soumettre les rebelles, qui sont réprimés avec fermeté. Certains finissent même en prison.

Malgré tout, Antipas se maintient au sommet de la tétarchie. Il ne se laisse pas intimider par les attaques des Juifs radicaux qui l'accusent de paganisme, ni troubler par ceux qui le taxent de perversité et de lascivité.

Toujours préoccupée par ce qui pourrait arriver à son mari, Ruth mène cependant une vie assez sereine. Les époux vivent dans une zone discrète du palais, loin de l'effervescence de la cour. Ils ont tout ce dont ils ont besoin, et sont bien considérés. Certes, les journées sont parfois longues et monotones, mais les nuits regorgent de passion et de plaisir.

Seul le souvenir de son père attriste Ruth. Au cours des deux premières années qui suivent sa fuite de Jérusalem, elle ne cesse de lui envoyer des messages dans lesquels elle lui témoigne son amour filial. Mais Jéchonias ne prend pas la peine de répondre à ces missives. Il a renié sa fille dès sa fugue nocturne, et considère qu'elle ne fait plus partie de son monde. Il a annoncé à ses proches qu'elle n'existait plus pour lui, et célébré des funérailles, en quelque sorte, comme si elle était morte. Il lui a interdit l'accès à son monde. Elle n'en fait plus partie, comme si elle s'était perdue dans les ténèbres du *shéol*. Veuf depuis très longtemps, il avait reporté tout son amour sur sa fille, mais elle l'a trahi. Il s'est donc juré de ne jamais lui pardonner ce qu'elle a fait.

Un jour, un des courriers auxquels Ruth a recours pour envoyer des missives à son père à Jérusalem l'informe que Jéchonias est mort. Il a quitté ce monde plongé dans une profonde et inconsolable tristesse, aigri par la solitude, convaincu d'avoir été trahi par celle qu'il aimait par-dessus tout. Son cœur a souffert au-delà du supportable, mais sa rigueur dogmatique a eu raison de son amour pour sa fille.

Ruth n'assiste pas aux funérailles qui sont organisées à Jérusalem en l'honneur de l'éminent prêtre. Elle sait qu'elle ne peut pas s'y rendre, que les compagnons de Jéchonias, membres du haut clergé, ne l'autoriseraient pas à se joindre à eux. Elle reste donc en Galilée et prie pour que son père lui ait pardonné avant son dernier souffle.

Pendant des mois, Ruth ne peut se défaire de l'amertume que lui a causée la mort de son père. Malgré le réconfort qu'il lui apporte, son époux ne l'apaise guère et se sent coupable du chagrin qu'elle éprouve. Elle ne trouve pas même de consolation dans les paroles d'un rabbin de Sepphoris avec qui elle a sympathisé et qui lui rappelle que, selon la loi divine, « la femme quittera son père et sa mère, et s'attachera à son époux, et les deux deviendront une seule chair ».

Elle ne pense qu'au livre d'Esdras, que son père lui a lu si souvent, dans lequel le scribe sacré relate le retour du peuple d'Israël à Jérusalem à la fin de la captivité à Babylone. L'espoir des exilés résonne sans cesse en elle : « L'an prochain, à Jérusalem ! »

Hippodame fait bien son travail. Antipas, qui jouit d'une certaine stabilité à la tête de sa tétrarchie, le tient en haute estime et le respecte. Au fil des ans, Ruth met au monde trois enfants.

— Je suis heureuse avec toi, dit la jeune mère à son époux.

Ils viennent de s'unir amoureusement. Ils n'ont plus la fougue des premières années, mais ils continuent à se désirer et à se donner l'un à l'autre avec une tendresse chaque jour renouvelée.

— Jamais je n'aurais pu imaginer meilleure épouse que toi. Je crois que ton père est heureux lorsqu'il te voit depuis l'autre côté.

— Je l'espère. Si seulement cela compensait la souffrance que je lui ai causée dans les dernières années de sa vie !

La Galilée vit des temps heureux, calmes et prospères. Grâce à sa politique efficace de recouvrement d'impôts, lesquels sont très élevés mais bien redistribués, Antipas perçoit dix millions de deniers par an, destinés au Trésor de la tétrarchie, et n'hésite pas à enrichir son patrimoine en confisquant les biens de certains de ses ennemis ou de délinquants jugés et condamnés par ses tribunaux. On raconte qu'il va même jusqu'à ordonner des homicides pour s'emparer des propriétés des victimes. Et il s'attribue tout le mérite de cette prospérité.

Bien qu'il n'ait toujours pas été nommé roi du pays réunifié, Antipas est persuadé que, si la conjoncture se maintient, le nouveau César, son ami Tibère, le couronnera bientôt.

Les tumultes qui ont eu lieu à la suite des protestations contre la construction de la ville de Tibériade ont été neutralisés de manière efficace par Hippodame, et plus personne ne critique ouvertement les statues, ni les figures sculptées sur les bas-reliefs, ni même l'organisation de spectacles de cirque et de théâtre. « C'est l'affaire des Gentils ; tant pis pour eux s'ils sont condamnés au feu éternel », se justifient les rabbins les plus orthodoxes.

Depuis son palais, Antipas exerce son pouvoir sur une région en paix, mais un événement inattendu va modifier ses projets.

15

L'enlèvement d'Hérodiade

Une fois Tibère installé sur le trône impérial, Antipas décide d'aller à Rome sous prétexte de rendre hommage à l'empereur, son ancien camarade d'études, et de lui faire part de ses actions en tant que tétrarque de Galilée. Il pense que Dieu le destine à régner sur le Grand Israël.

— La vacance du trône de la patrie israélite est un affront à la mémoire de nos ancêtres, affirme Antipas à son épouse, la Nabatéenne Phasaélis, bien avant que les préparatifs pour le voyage à Rome ne soient terminés.

— Crois-tu vraiment que l'empereur Tibère te l'accordera ? demande Phasaélis.

— Je l'espère. Quand nous étions jeunes, nous partagions bien plus que des banquets. Je suis le dernier héritier de la lignée de David et Salomon, et j'ai le droit de porter la couronne.

La destitution de Valerius Gratus après onze ans de bons et loyaux services en tant que préfet de Judée, et la perspective de la nomination d'un autre gouverneur romain dans la région, avec le nouveau titre de procurateur, renforcent les espoirs d'Antipas, qui veut demander à Tibère de ne pas nommer de procurateur pour la Judée, la Samarie et l'Idumée. Son intention est de se faire proclamer roi de l'ensemble d'Israël et d'incarner la restauration de la monarchie juive, qui conservera bien sûr une alliance ferme et loyale avec Rome.

Le seul écueil qui pourrait faire échouer son plan, c'est Livie. Bien qu'elle ait plus de quatre-vingts ans, elle continue à exercer une influence importante sur le gouvernement de l'Empire.

Avant d'embarquer pour Rome, Antipas décide de rendre visite à son frère Hérode le Jeune, un des trois fils d'Hérode qui portent le même nom que leur père. Fils de la deuxième Mariamne, elle-même fille du grand prêtre Simon, apparenté à l'illustre famille des Boethos, il est parfois appelé par le peuple Hérode Boethos pour être distingué de ses frères. Malheureusement pour lui, il a reçu très peu de l'héritage paternel et vit difficilement, dans des conditions austères, des quelques rentes issues du loyer de petites propriétés situées dans une ville du nord de la Galilée.

Contrairement à la majorité de ses frères, Hérode le Jeune n'a pas d'ambition ; il a accepté depuis longtemps son destin et sa mauvaise fortune. Mais ce n'est pas le cas d'Hérodiade, sa séduisante épouse, à la fois la nièce et la belle-sœur d'Antipas, puisqu'il s'agit de la fille d'Aristobule, demi-frère du tétrarque et fils d'Hérode le Grand. Son mariage avec son oncle Hérode le Jeune est un simple calcul pour se rapprocher du trône, mais l'indolence et l'abattement de son époux la condamnent à rester au second plan et la privent de toute possibilité d'accéder au statut royal auquel elle aspire tant.

La belle Hérodiade est une mer d'ambitions, une femme que les rabbins considèrent comme une malédiction pour un mari, une fille du démon. Elle a hérité du caractère de sa grand-mère, la belle Maccabéenne Mariamne, qu'Hérode le Grand a fait exécuter par jalousie. Petite-fille d'un roi, fille d'un prince et époux d'un autre, elle croit que personne n'a plus de légitimité qu'elle pour occuper le trône d'Israël. Outre ce lignage royal, Hérodiade descend directement par sa mère des souverains maccabées, ou hasmonéens, comme on les appelle parfois parmi le peuple.

Quand Antipas et Phasaélis annoncent leur visite à Hérode le Jeune, celui-ci fait préparer un grand banquet, dans la mesure de ses moyens. Sa maison est modeste comparée aux luxueux palais des autres princes hébreux, mais il dispose d'une grande salle rectangulaire. Les deux frères et leurs épouses, ainsi que quelques amis de l'amphitryon, prennent place dans le triclinium.

Il y a longtemps qu'Antipas n'a pas vu sa nièce et belle-sœur ; il se souvient à peine d'elle. Hérodiade est désormais âgée de trente-cinq ans. Elle a une fille, Salomé, qui vient d'avoir douze ans et participe également au dîner.

Pendant les agapes, Antipas ne cesse de regarder Hérodiade, en la comparant à son épouse Phasaélis. D'une beauté exotique, cette nièce et belle-sœur est extrêmement excitante à ses yeux. Elle lui rappelle beaucoup sa tante, l'intrigante Salomé.

Phasaélis a une conversation limitée et rudimentaire, tandis qu'Hérodiade fait preuve d'une intelligence et d'une subtilité extraordinaires. La Nabatéenne parle volontiers de chevaux et de chameaux, de la vie dans le désert, des tentes des Bédouins et des coutumes de sa tribu, mais même Pétra, ville prodigieuse construite au fond d'un défilé rocheux et entourée de parois escarpées, n'a pas éveillé son intérêt pour la vie urbaine. Hérodiade, en revanche, est capable d'échanger avec le plus grand des experts de la politique de l'Empire, ou de donner un avis sur la littérature et le théâtre grecs. Elle est à l'aise sur les sujets philosophiques ou religieux et peut tenir des discussions de haut vol.

Plus il la regarde et l'écoute, plus Antipas se sent attiré par cette femme, dont les gestes ont un charme irrésistible. Il a l'intuition que, derrière l'épouse de son demi-frère, se cache une personne ambitieuse et pleine d'énergie, peut-être la compagne qu'il lui faut pour arriver à ses fins. On n'imagine pas une Nabatéenne bourrue reine d'Israël. Hérodiade, elle, dégage une force féminine, un charisme et un sens du contact qui font d'elle la candidate idéale.

Le banquet terminé, Phasaélis et Antipas se retirent pour aller se coucher. L'épouse du tétrarque est très contrariée.

— Pendant tout le dîner, et ne le nie pas parce que je l'ai vu de mes yeux, tu n'as cessé d'échanger des regards avec l'épouse de ton frère, dit Phasaélis avec colère.

— C'est une femme agréable et aimable, qui a une conversation intelligente, se justifie Antipas. Et puis, c'est ma nièce, ne l'oublie pas.

— C'est une chienne prétentieuse et séductrice qui essayait de te faire du charme avec ses œillades lascives.

— Je crois que tu exagères. Cela fait des années que je ne l'avais pas vue. Nous avons simplement parlé comme deux parents qui se retrouvent après des années d'éloignement.

— Ne me mens pas. Elle se pavanait devant toi comme une jument en chaleur, avec ses grands airs de princesse dépitée. Tu as vu, puisque tu ne l'as pas quittée des yeux, les manières fausses et ridicules avec lesquelles elle se comporte, l'importance qu'elle se donne comme si les autres femmes n'étaient pas d'un lignage aussi noble qu'elle.

— Ce que tu dis n'a aucun sens. Tu sembles ignorer que nous avons, en tant qu'invités, des obligations envers notre amphitryonne. Et maintenant, laisse-moi dormir. Demain, une longue route nous attend.

Phasaélis fait mine de s'approcher de son mari, mais il lui tourne le dos et tente de trouver le sommeil, bien qu'il ne pense qu'à mettre Hérodiade dans son lit.

Le lendemain matin, Antipas annonce à son épouse qu'ils vont rester un certain temps chez son frère.

— Je ne comprends pourquoi tu modifies tes projets, s'étonne-t-elle. Le voyage à Rome n'est-il plus une priorité pour toi ? (Antipas garde le silence.) Je vois… tout ce que tu veux, c'est passer plus de temps auprès d'Hérodiade.

— Tu te trompes. Ma seule obsession est de rencontrer Tibère le plus tôt possible et de le prier, au nom de notre amitié, de m'accorder le titre royal d'Israël. Mais je me rends compte que l'effervescence de Tibériade ne me permet pas de réfléchir convenablement. Dans le calme de cette maison, en conversant avec mon frère et sa femme, j'élaborerai un plan plus solide.

Phasaélis se tait, mais elle sent que cette femme a ensorcelé son époux, qui n'a plus qu'une idée en tête : trouver le moyen de la posséder.

Dans les jours qui suivent, Antipas et Hérodiade se montrent très proches. Ils ont de longues conversations et s'efforcent de s'éloigner des oreilles indiscrètes. Phasaélis est de plus en plus jalouse. Hérode le Jeune essaie de rassurer sa belle-sœur, mais elle sait qu'elle ne se trompe pas : Antipas a les yeux rivés sur Hérodiade et n'abandonnera pas tant qu'il n'aura pas eu ce qu'il veut.

Au bout d'une semaine, Hérode le Jeune organise une partie de chasse en l'honneur de son frère.

— Pardonne-moi, mais je préfère rester à la maison, dit Phasaélis à voix haute. Je ne me sens pas très bien.

Elle pense qu'Hérodiade va l'imiter et qu'elle va pouvoir en profiter pour lui parler franchement, seule à seule, et même la menacer avec toute la brutalité dont une fille du désert est capable.

Mais à sa grande stupéfaction, Hérodiade annonce qu'elle se joindra avec plaisir à la fête. Au cours de cette journée de chasse, Antipas et elle disparaissent pendant un long moment.

Deux semaines après son arrivée avec son épouse, Antipas rejoint Hérodiade dans son lit à quatre reprises. Bien qu'il s'efforce d'être discret, des serviteurs le voient se glisser dans l'obscurité et, amusés, commentent l'affaire sans retenue.

L'ambitieuse Hérodiade, qui trouve Antipas beaucoup plus intéressant que son époux, sait qu'il va s'entretenir avec l'empereur, et probablement rentrer de Rome avec le titre de roi d'Israël. Son ambition et son désir charnel se mêlent en une attirance irrésistible. Voyant s'ouvrir devant elle d'immenses perspectives, elle a recours à tous ses charmes et à tout son art de l'amour pour séduire son beau-frère, qui se laisse volontiers prendre dans ses filets.

Elle le tient. Chaque fois qu'il couche avec elle, Antipas retrouve son ardeur et sa fougue juvéniles. Jour après jour, il la désire follement. Il y a longtemps qu'il n'a pas éprouvé avec une femme le plaisir que lui procure Hérodiade. Elle n'a pourtant pas un corps voluptueux, mais elle bouge avec la souplesse d'une lionne et la délicatesse d'une biche. Ils s'entendent à la perfection. Il n'a pas besoin de lui dire à chaque instant ce qu'elle a à faire. Elle sait comment s'y prendre pour le satisfaire pleinement.

Les doigts d'Hérodiade, doux comme des pétales de rose, parcourent les points les plus sensibles du corps d'Antipas et éveillent en lui une passion irrépressible. Alors il la compare à Phasaélis, si vulgaire, froide et distante. Il ne désire plus rien d'autre que d'avoir Hérodiade chaque nuit dans son lit. La seule idée de continuer à vivre avec Phasaélis devient pour lui un véritable cauchemar.

Un soir, dans une oliveraie proche de la maison où les deux amants se retirent pour s'adonner au plaisir, Antipas fait une proposition à la belle Hérodiade :

— Divorce de ton mari. Je ferai de toi mon épouse et tu viendras avec moi à Tibériade.

Hérodiade a déjà préparé sa réponse.

— Je le ferai, mais je ne consentirai pas à être ta seconde épouse. Répudie Phasaélis. Quand tu l'auras fait, je te rejoindrai et tu m'auras à tes côtés pour toujours.

Antipas songe à une autre solution, mais il n'en dit rien.

— Tout ce que tu voudras.

— J'ai une fille de ton demi-frère Hérode. Je veux que Salomé vienne avec moi.

— Je n'y vois aucun inconvénient. Je vais demander le divorce en prétextant n'importe quelle cause prévue par la Loi : que mes yeux ne lui trouvent plus aucune grâce, qu'elle sort dans la rue sans se couvrir la tête ou qu'elle laisse régulièrement brûler le repas quand elle fait la cuisine… De toute façon, il sera inutile d'avoir recours à ces motifs. Phasaélis ne m'a pas donné d'enfants. C'est une raison suffisante pour pouvoir la répudier. Mes sujets savent bien que le trône de Galilée a besoin d'un héritier : toi, tu es une femme fertile. Qui serait mieux placée que la petite-fille du grand Hérode pour me donner un successeur ? Notre fils, le futur roi des Juifs, sera du sang de notre ancien roi. Mais ton époux, mon demi-frère, acceptera-t-il de te laisser partir avec votre fille ?

— C'est un être pusillanime, dépourvu de caractère. Il n'émettra pas d'objections, même s'il en a. Mais ce serait plus facile si tu lui donnais quelque chose, une bourse ou des terres, par exemple.

— Tu n'auras peut-être pas de problèmes pour divorcer, mais moi, je dois réfléchir à un moyen de me débarrasser de Phasaélis, songe Antipas à voix haute. La Loi m'autorise à avoir deux épouses ou plus. Ce serait beaucoup plus simple si tu acceptais que Phasaélis…

— C'est hors de question ! Je ne te partagerai avec aucune femme. Rappelle-toi, ton père, mon grand-père le roi Hérode, a eu… combien ? huit, neuf, dix épouses ? et des dizaines de concubines. Et qui peut dire combien d'enfants il a eu, peut-être même sans le savoir !

Qu'est-ce qui s'est passé ensuite ? Les conflits pour la succession au trône d'Israël ont pratiquement provoqué la disparition du peuple juif.

— Mon père a pris soin d'entretenir toutes ses épouses, comme l'enseignent les rabbins. Un homme peut prendre plusieurs femmes à condition de pouvoir s'en occuper, d'autant plus lorsqu'il est roi.

— N'oublie pas que Mariamne, la mère de tes demi-frères Aristobule et Alexandre, a été exécutée, de même que ses deux fils, sur ordre de mon grand-père Hérode.

— Mon père les a fait exécuter parce qu'ils conspiraient contre lui… et cela n'arrivera pas. Comme je te l'ai dit, Phasaélis ne m'a pas donné d'enfants et je pense qu'elle ne m'en donnera jamais.

— Jamais ? Sarah aussi semblait stérile et elle a donné un fils à notre père Abraham. Qui te dit qu'il n'arrivera pas la même chose à Phasaélis à l'avenir ?

— Elle ne partagera pas mon lit ; tu seras la seule, assure Antipas.

S'il essaie d'éviter de répudier son épouse nabatéenne, c'est parce qu'une telle décision serait considérée par son peuple comme un terrible affront. Cela risquerait de déclencher une guerre entre les Arabes et les Galiléens, et mettrait fin à ses ambitions politiques.

Pendant qu'Antipas réfléchit, hésitant, Phasaélis voit passer les jours sans que le départ pour Rome se précise. Il est désormais clair que son mari et Hérodiade sont amants. Quant à Hérode Le Jeune, cela ne semble pas le déranger.

Pendant un moment, Phasaélis songe à rendre à Antipas la monnaie de sa pièce. Elle est sûre que, si elle le voulait, elle pourrait séduire Hérode. Seulement, bien que cette idée lui plaise, son beau-frère ne l'attire pas du tout, et son exaspération est plus forte que son désir de vengeance. De plus, sa mère, la reine des Nabatéens, lui a appris que les femmes arabes, en particulier de sang royal, doivent se comporter en toutes circonstances avec la dignité de leur rang. Elle ne peut s'empêcher de penser aux plaisanteries que les serviteurs et les esclaves feraient entre eux s'ils voyaient leurs maîtres échanger chaque nuit leurs épouses. Non, ce genre de petit jeu n'est pas pour elle. N'étant pas informée de la proposition de mariage qu'Antipas a faite à Hérodiade, elle ne souhaite qu'une chose : partir au plus vite et oublier à tout jamais le visage moqueur et lascif de sa belle-sœur.

Elle décide d'avoir une conversation avec son mari.

— Cher époux, nous avons passé trop de temps chez ton frère. Rome et Tibère ne t'attendront pas éternellement. Nous devrions partir le plus tôt possible. Nous perdons un temps précieux dans cette ville perdue de Galilée.

— Rome ne va pas s'envoler, se contente de déclarer Antipas.

— Tu as envoyé des messagers annoncer ta visite à Tibère. Que va-t-il penser s'il apprend, et tu sais qu'il en a largement les moyens, que pendant qu'il t'attend à Rome tu restes ici, à regarder les jours et les semaines passer avec insouciance ?

Les paroles de Phasaélis font leur chemin. S'il le pouvait, Antipas reporterait ce voyage à Rome, oublierait Tibère et la gloire de l'Empire, renverrait Phasaélis dans le désert arabe avec son père et s'abandonnerait aux bras d'Hérodiade sans se soucier de rien ni de personne d'autre.

Mais Phasaélis a raison. La patience d'un empereur a des limites que le tétrarque de Galilée ne peut pas outrepasser.

— Je dois poursuivre ma route, dit Antipas à Hérodiade. Je n'ai pas le choix.

— Et ta promesse ? demande Hérodiade.

— Dès que je serai de retour de Rome, je réglerai la situation. Je renverrai mon épouse nabatéenne et je la rendrai à sa terre en lui donnant le libelle de répudiation.

— Et ensuite ? Je serai à toi ? Je serai ton épouse ?

— Sois-en sûre. Concernant mon demi-frère Hérode, j'ai une idée qui pourrait être intéressante. Tu auras ainsi le champ libre et tu pourras devenir la dame du palais de Tibériade… et l'épouse du futur roi d'Israël, ma reine.

À contrecœur, Antipas quitte la maison de son frère. La traversée de la Méditerranée se déroule paisiblement et sans encombre.

Tibère reçoit sans tarder son illustre visiteur et lui réserve un excellent accueil. Homme corpulent aux larges épaules, aux mains solides et aux cheveux longs jusqu'à la nuque, il lui ouvre son palais et le salue chaleureusement en souvenir du temps heureux de leur jeunesse.

— Je me réjouis de te revoir, mon ami, dit-il en donnant une longue accolade à Antipas. Dès que j'ai su que tu allais me rendre visite, j'en ai été très heureux.

— Tout le plaisir est pour moi, César. J'ai beaucoup regretté la mort de ton père, le divin Auguste, mais ma tristesse s'est transformée en joie quand j'ai appris que c'était toi qui allais lui succéder à la tête de l'Empire.

— Nous l'avons tous pleuré, cher Antipas. Mon père adoptif (Tibère insiste sur ce mot) était un homme extraordinaire. Je ne crois pas qu'on revoie un jour un individu d'une telle grandeur.

— Tu le surpasseras, assure Antipas pour le flatter.

— Tu me disais dans ta missive que tu venais me rendre compte de ta gestion de la tétrarchie de Galilée et de Pérée, et me demander quelque chose dont tu me parlerais à Rome. Eh bien, maintenant que tu es là, j'ai hâte de savoir de quoi il s'agit.

— Au nom de l'amitié qui nous unit, je te demande solennellement de m'accorder le royaume de Judée et toutes les autres provinces de Palestine, et de m'octroyer le titre de roi d'Israël.

Antipas s'exprime avec confiance, convaincu que Tibère va accéder à sa demande. Mais il se trompe.

— Pour le moment, répond le César, et c'est provisoire, j'insiste, je souhaite que la situation en Orient soit maintenue en l'état. La Judée, la Samarie et l'Idumée vont rester des provinces impériales sous administration directe de Rome, et tu vas conserver ton titre de tétrarque de Galilée et de Pérée.

Tibère est si catégorique qu'Antipas s'en trouve totalement déconcerté. L'empereur est bien plus intelligent que certains ne le croient.

— Mais je pensais… Nous sommes amis, tu me connais… Nous avons étudié ensemble, je croyais que…

— C'est ce qu'a décidé Auguste peu de temps avant sa mort. Si moi, son héritier, je revenais sur cette décision pour séparer la Palestine de l'Empire et te confier ce territoire avec le titre de roi d'Israël, le Sénat prendrait cela comme un désaveu à l'encontre de mon prédécesseur, et avec raison. Certains sénateurs y verraient même un outrage à sa mémoire, ou pour le moins une insulte envers celui qui est devenu rien moins que le dieu le plus vénéré des Romains, avant Jupiter lui-même.

— Mais je…, commence Antipas.

— De plus, l'interrompt Tibère en le dévisageant de ses grands yeux, une décision en ta faveur me vaudrait de sévères critiques de la part de mes ennemis, et je t'avoue qu'ils sont nombreux. Ils diraient que le César gouverne l'Empire en fonction des intérêts individuels d'un ami et non pour le bien de Rome.

— J'espérais…

— Pour l'instant, je te le répète, ce que tu me demandes est impossible, tranche Tibère, sans hésiter à interrompre de nouveau le tétrarque. Peut-être plus tard.

D'un geste leste de la main, il montre clairement qu'il n'admettra aucune réplique.

« Plus tard… » Antipas comprend très bien ce que cela signifie dans la bouche de Tibère : jamais. Jamais tant qu'il sera le maître de Rome.

— J'accepte ta décision, César, dit le tétrarque en esquissant, au prix de grands efforts, un sourire feint. Je sais que tu le fais pour le bien de la République.

Il emploie le terme habituel pour définir le système politique qui régit Rome. Bien qu'il s'agisse depuis des années d'un empire, de nombreuses personnes continuent à utiliser les mots *res publica* pour faire référence à l'administration politique des affaires publiques.

Le rêve d'Antipas de devenir roi est brisé une fois de plus. Encore cette malédiction ? Cette fois, son désir était plus fort qu'auparavant, car il voulait faire d'Hérodiade sa reine comme il le lui avait promis.

Mais c'est impossible, « pour le moment ». Il va devoir trouver un autre cadeau de noce.

Deux jours plus tard, Antipas décide de retourner en Galilée. Au dernier moment, peu avant de partir, il s'entretient de nouveau avec Tibère et l'assure de sa totale loyauté. Puis il critique avec subtilité mais détermination son frère Hérode Boethos, arguant qu'il est toujours passif et ne participe jamais aux événements publics en l'honneur de l'empereur. Il espère ainsi semer le doute dans l'esprit du César.

Une fois rentré en Galilée, le tétrarque réunit ses conseillers. L'un d'eux lui indique que son frère Hérode le Jeune vient de recevoir une lettre de Tibère en personne, dans laquelle celui-ci l'exhorte à montrer sa fidélité à l'Empire et à collaborer étroitement avec le préfet de Césarée.

Antipas s'efforce d'écouter avec patience les divers rapports. Puis, d'une voix saccadée, frustré de ne pas avoir atteint son principal objectif, il fait part solennellement aux membres du conseil de sa décision.

— Je souhaite épouser ma nièce Hérodiade, annonce-t-il à la stupéfaction générale.

— N'en fais rien, seigneur, intervient sereinement un vieux saducéen, peut-être le plus sagace et avisé de l'assemblée.

— Tu t'y opposes ? demande le tétrarque, courroucé.

— Que cherches-tu à faire par ce nouveau mariage ? Ta position politique n'est pas suffisamment stable pour que tu prennes une telle décision.

— Le peuple me soutient, affirme Antipas.

— Je crois, seigneur, que si tu épouses Hérodiade, la majeure partie de ton peuple se dressera contre toi.

Tu sais bien que la Loi n'autorise pas le mariage avec la femme d'un frère si celle-ci a déjà des enfants. As-tu déjà oublié le malheureux précédent que ton frère Archélaos a créé avec Glaphyra ? C'est pour cette raison, et aucune autre, qu'il est tombé en disgrâce aux yeux du peuple. Le mariage que tu appelles de tes vœux est interdit. Si tu épouses Hérodiade, tous les habitants d'Israël considéreront que tu commets le plus grave adultère, et te jugeront avec la sévérité habituelle dans ce genre de cas.

— Hérodiade sera mon épouse, décrète Antipas sans réfléchir aux conséquences, obnubilé par la passion qu'il éprouve pour sa nièce.

— Tu vas devoir répudier Phasaélis. Comment son père va-t-il réagir, y as-tu songé ? Le roi Arétas est un chef puissant qui, s'il voit sa fille rejetée et humiliée, entraînera les Nabatéens dans une guerre contre la Galilée. Tu sais que c'est un homme vif, belliqueux et atrabilaire. Il n'hésitera pas à nous attaquer pour venger une telle offense à son honneur. Songe aux conséquences que pourrait avoir un conflit avec les Nabatéens…

— Mon cas est différent de celui de mon frère Archélaos. Ma façon de gouverner est bien acceptée par le peuple de Galilée.

— Le peuple est versatile. Il peut changer d'avis aussi facilement que le vent change de direction.

— Sans doute y aura-t-il quelques protestations dans les premiers jours qui suivront le mariage, concède le tétrarque. Mais elles se dissiperont quand les gens comprendront que j'agis dans leur intérêt, pour la paix et la prospérité. De plus, si l'Empire me nommait roi en l'honneur de mon père, il serait préférable que la reine soit juive… et hasmonéenne.

Cet argument pèse lourd.

— Et ton beau-père Arétas, comment le calmeras-tu ? insiste le vieux saducéen. Il est très irascible.

— Je lui apporterai des preuves irréfutables de l'infidélité conjugale de Phasaélis. Je lui ferai savoir que mon épouse, sa fille, a des relations avec mon frère Hérode.

— Comment feras-tu ? demande le saducéen, stupéfié par les paroles de son seigneur.

— Je présenterai des dizaines de témoignages d'esclaves et de serviteurs qui affirmeront que Phasaélis et Hérode sont amants ou, pour le moins, l'ont été pendant notre séjour chez lui avant notre départ pour Rome.

— Ton épouse niera.

— Cela ne lui servira à rien. Je démontrerai à Arétas que sa fille me trahit et ce sera à lui de me présenter des excuses pour m'avoir envoyé comme épouse une femme infidèle. Comme vous le savez, pour les Arabes, ce défaut est le pire que l'on puisse trouver chez une femme. Le roi des Nabatéens n'aura pas d'autre choix que de se taire et de supporter le déshonneur de sa fille.

— Seigneur, intervient un autre conseiller, as-tu pensé à la façon dont Hérodiade elle-même va réagir ?

— Elle va divorcer de mon demi-frère Hérode lorsque j'aurai répudié Phasaélis.

— Ce n'est pas la coutume en Israël. Si elle le fait, elle va déclencher un autre scandale. Si celle qui est destinée à être ta nouvelle épouse se comporte comme les femmes romaines, le peuple de Galilée va la rejeter. De plus, elle a une fille de son premier mariage, la petite…

— Elle s'appelle Salomé.

— Salomé… Vas-tu l'adopter pour en faire ta fille ?

Antipas garde le silence. Il ne reviendra pas sur sa décision, et rien ne le fera changer d'avis. Pendant de longues minutes qui paraissent une éternité, personne ne parle. Finalement, Antipas reprend la parole et annonce clairement ses intentions :

— Je vais me marier avec Hérodiade, le plus tôt possible, et rien ni personne ne m'en empêchera.

La décision d'Antipas n'échappe pas à Phasaélis, qui a des amis au sein du conseil. Elle est furieuse. Il ne s'agit pas d'une simple liaison, comme son mari en a déjà eu beaucoup, mais d'une répudiation et d'une accusation d'infidélité qui la placent dans une situation déshonorante. Aussi dure et colérique que son père, elle décide de se venger.

Elle doit réfléchir, chercher rapidement une solution et elle ne tarde pas à la trouver. Elle part s'entretenir avec Antipas qui ignore qu'elle est au courant des plans qu'il échafaude à son encontre.

— Cher époux, je te demande l'autorisation de partir en voyage, dit Phasaélis.

— Où veux-tu aller ? demande Antipas qui, étonné par cette requête, reste sur ses gardes.

— Dans notre forteresse de Machéronte. Eudème, l'architecte chargé de la remise en état des pièces, va commencer les travaux et j'aimerais être là pour être sûre qu'il les réalise selon notre goût.

Le tétrarque est surpris par cet intérêt subit pour des travaux, mais le ton innocent de son épouse l'incite à lui faire confiance. Il décide donc d'accepter. L'éloignement de Phasaélis lui laissera les coudées franches pour organiser sa répudiation.

— D'accord. Une femme a toujours des observations pertinentes à faire sur la décoration d'une maison.

Je vais ordonner au gouverneur de la forteresse de tout préparer pour ton séjour là-bas, et dire au chambellan de se charger d'organiser ton voyage.

Antipas ne sait pas que Phasaélis va abandonner secrètement la Galilée et aller trouver refuge chez son père avant qu'aient lieu la répudiation et la fausse accusation dont elle va faire l'objet. Pour anticiper sa fuite, elle envoie en toute discrétion à son père un message dans lequel elle l'informe de ce qui s'est passé et de son plan pour retourner à Pétra.

Quelques jours plus tard, le cortège de Phasaélis part en direction de Machéronte, comme prévu. Mais peu avant son arrivée, il est encerclé par une troupe de cavaliers arabes. Ils s'approchent avec une attitude amicale, annonçant qu'ils souhaitent rendre hommage à la fille de leur roi. Dès qu'ils se trouvent au milieu des Galiléens, ils cernent les soldats de l'escorte de Phasaélis et les désarment.

Ils ont pour ordre de supprimer tout membre de la suite qui s'opposerait à la fuite de Phasaélis. Mais c'est inutile, car ils ne rencontrent aucune résistance. Ils s'emparent rapidement du trésor transporté jusqu'à Machéronte, enlèvent Phasaélis et repartent au galop vers le sud, laissant les soldats d'Antipas déconcertés.

Tandis que les Nabatéens se précipitent vers le désert avec leur butin et la fille de leur roi, les gardes dupés de l'escorte marchent vers Machéronte, abattus, privés de leurs armes et de leurs montures. Informé de l'incident, le gouverneur de la forteresse envoie un courrier urgent à Antipas.

Entre-temps, les cavaliers arabes ont atteint les frontières méridionales d'Israël, puis la Nabatée. Tout se déroule comme prévu. Phasaélis foule le sol nabatéen sans contretemps et se présente au palais de son père.

Entre pleurs et soupirs, l'inconsolable Phasaélis raconte à Arétas le plan d'Antipas pour la répudier, et les mensonges qu'il a l'intention de présenter pour justifier leur séparation.

— Voilà, père, dit-elle enfin.

— Une trahison typique de ces chiens de Juifs ! s'égosille le roi nabatéen après avoir écouté attentivement le récit de sa fille. Que peut-on attendre d'autre du fils d'une hyène, du rejeton d'un homme comme le père de ton époux ? Mais console-toi, ma fille, car tu viens de te libérer d'un vaurien doublé d'un imbécile. Repose-toi ; remets-toi de la fatigue du voyage et du chagrin que tu éprouves. Le moment venu, nous exercerons la vengeance que cette injure mérite. Et je te jure par Dusarès, le père de nos dieux, qu'elle sera terrible.

Tandis que Phasaélis s'installe au palais de son père, Antipas explose de fureur en apprenant sa fugue. Rongé par l'humiliation, il ne pense plus qu'aux représailles dont il va être victime quand l'ensemble du peuple saura qu'elle s'est enfuie.

En Israël, la Loi et la tradition veulent que ce soit le mari qui répudie son épouse. Or, dans ce cas, c'est la femme qui est à l'origine de l'abandon.

Antipas sait qu'il sera la risée du peuple, qu'il va faire l'objet de plaisanteries, de refrains satiriques et de chansons burlesques. Les poètes les plus mal intentionnés écriront des épigrammes pour se moquer de lui, le mari trompé. Et de nombreuses personnes se demanderont comment il peut gouverner tout un peuple, alors qu'il n'est même pas le maître dans sa propre maison.

Le chagrin étreint Antipas, qui ne trouve du réconfort que lorsque Hérodiade lui fait savoir qu'elle vient de demander le divorce à son mari. Adoptant la coutume romaine, comme il le lui a conseillé, elle est prête à partir immédiatement pour Tibériade afin de vivre au grand jour auprès de son amant bien-aimé.

Mais tout n'est pas si simple. Dans son palais de Pétra, Arétas tourne comme un lion en cage.

— Je ne supporte pas que tu aies été méprisée de cette façon par ce sale chacal, gronde-t-il devant sa fille Phasaélis. Je te promets de ne pas laisser passer un tel affront. Je te vengerai et ce voyou paiera pour son insolence, sois-en sûre.

— Tes paroles soulagent ma douleur, père, dit Phasaélis.

— Les terres du sud de la Palestine nous appartiennent. Elles devraient avoir réintégré notre territoire depuis longtemps ; aujourd'hui, le moment est venu.

De nombreuses années de jalousie et de frustration contenues se libèrent brusquement. Le mépris dont Phasaélis a fait l'objet devient le prétexte idéal pour réclamer ces terres et attaquer les Juifs s'ils refusent de les rendre aux Nabatéens. Sans plus attendre, le seigneur du désert arabe envoie à Antipas un messager porteur d'une lettre dans laquelle il sollicite d'importantes cessions.

— Notre roi, en compensation de la rupture de ton mariage avec sa fille, demande que lui soit transférée la propriété de la région de la Gabalitide, de la frontière de la Nabatée aux rives du Jourdain.

Les mots du porte-parole du roi nabatéen résonnent dans la salle du conseil, où Antipas écoute la requête sans qu'un muscle de son visage frémisse. Comme il fallait s'y attendre, le tétrarque rejette la demande des Nabatéens à propos de ces terres, revendiquées par le peuple arabe depuis leur conquête par le roi Hérode.

— Mon père a gagné ces terres, déclare Antipas en s'efforçant de faire preuve d'une grande sérénité, afin que ses conseillers ne voient pas la moindre faiblesse en lui. Elles ne font donc l'objet d'aucun litige.

— Au contraire, elles ont toujours appartenu au royaume de Nabatée et doivent lui être restituées. Il est temps qu'elles reviennent à leurs propriétaires légitimes.

— Et si je ne le permets pas ?

Antipas se lève, pose les mains sur ses hanches et regarde le chef de la délégation arabe bien en face.

— Dans ce cas, nos épées parleront pour nous et nous les manierons avec force.

Face aux menaces de l'ambassadeur nabatéen, les conseillers d'Antipas s'agitent, murmurent entre eux et montrent ostensiblement leur indignation et leur colère. Le tétrarque, qui pressentait la réponse du porte-parole, se contente de sourire avec ironie.

— Arétas demande l'impossible.

— En répudiant une de nos princesses, tu t'es comporté de façon indigne et tu as rompu le pacte d'amitié qui unissait nos peuples. C'est pourquoi notre roi réclame le territoire qui nous appartient.

— Je vois que tout cela est très sérieux, dit Antipas en souhaitant se montrer ferme et sûr de lui.

— N'en doute pas. Notre roi est un homme de parole, tu le sais, et ce n'est pas en vain qu'il brandit la menace d'une guerre.

— Je sais parfaitement qu'il ne plaisante pas, mais sachez que, moi non plus, je n'irai pas par quatre chemins. Alors rentrez dans votre désert caillouteux, et dites ceci à mon ancien beau-père : s'il veut la Gabalitide, qu'il vienne la chercher par la force. Je l'attends. Qu'il se prépare le mieux possible, parce qu'il va avoir une surprise dont il n'a même pas idée. Et maintenant hors d'ici, avant que ma patience s'épuise et que je vous fasse tous fouetter comme vous le méritez.

Les ambassadeurs nabatéens font demi-tour et s'en vont excédés. La menace d'une guerre est palpable dans l'atmosphère tendue de la salle du conseil.

— Qu'on prépare l'armée, ordonne Antipas à ses conseillers. Dès qu'Arétas sera informé par ses ambassadeurs, il donnera à ses généraux l'ordre d'organiser une campagne contre nous.

— Quand crois-tu qu'ils nous attaqueront ? demande un des conseillers.

— Je ne sais pas, mais il faut que nous soyons prêts, car cela peut arriver à tout moment. Mobilisez tous les espions et agents disponibles. Nous devons savoir ce qui se passe dans chaque empan de terre frontalière.

— Allons-nous solliciter l'aide de Rome ?

— Oui, je vais envoyer un courrier urgent à Tibère pour le tenir au courant des mauvaises intentions de notre belliqueux voisin du sud, et un autre au légat de Syrie, ce blanc-bec arrogant, pour qu'il sache ce qu'il risque d'arriver et prépare d'ores et déjà ses légions, dont nous aurons bien besoin.

Antipas décide de faire porter lui-même son message à Rome. Comme messager et ambassadeur, il pense à son neveu Aristobule, frère d'Hérodiade, qui réside à Antioche. Ils n'ont pas de relations très étroites, mais c'est un membre de sa famille.

Le texte est bref et explicite :

D'Antipas, tétrarque, à Tibère, César. Arétas, roi de Nabatée, oublie ses obligations en tant que sujet de l'Empire et s'apprête à m'attaquer sur mes terres. Il a l'intention d'occuper la Gabalitide, qui en fait partie. Je pense, divin César, que s'il avait l'audace de le faire un châtiment sévère devrait lui être infligé.

À ce moment-là, Jules Agrippa, un autre frère d'Hérodiade, se trouve à Rome. Et il a de très bonnes relations avec l'empereur. En rédigeant son message, Antipas songe un instant à faire appel à lui, mais il écarte aussitôt cette idée, car il sait que son beau-frère est un chien fou : il risquerait de prendre des décisions insensées qui compliqueraient encore davantage la situation.

À peine trois mois ont passé quand Antipas reçoit la réponse de Tibère. L'ambassadeur rentre à Tibériade avec le message suivant : l'empereur a pris note de ce qui se passe entre la Palestine et la Nabatée, il prendra les mesures nécessaires si Arétas s'avise de se faire justice lui-même sans son autorisation.

Antipas a également envoyé un appel au secours urgent au légat de Syrie, Lucius Vitellius, pour lui décrire la situation avec Arétas et le prier de préparer ses légions.

Mais Antipas et le légat de Syrie ne s'entendent pas. Le Romain a toutes les raisons de se méfier du tétrarque. Il se souvient d'une perfidie qu'il lui reproche encore.

C'était pendant un des nombreux conflits entre Parthes et Romains. L'empereur Tibère en avait assez des heurts qui, déjà à l'époque d'Auguste, se produisaient sans cesse à la frontière de l'Orient, et des plaintes incessantes qui arrivaient des provinces de cette région, mise à mal par les innombrables incursions et le pillage des barbares. Après plusieurs escarmouches stériles à la frontière, Tibère avait ordonné à son légat de Syrie de faire la paix avec Artaban, roi des Parthes, et demandé à Antipas d'intervenir dans les négociations.

Le légat et Artaban s'étaient rejoints au milieu d'un pont de pierre enjambant l'Euphrate, sur la ligne de séparation des deux empires, afin qu'aucun des deux n'ait à céder du terrain à l'adversaire. Un luxueux pavillon de laine et de soie financé par Antipas avait été dressé au sommet d'une structure ingénieuse, installée sous la partie la plus large de l'arc central du pont. Le tétrarque avait voulu montrer que ses ingénieurs étaient à la hauteur des Romains et capables de construire une œuvre admirable.

Au cours de la rencontre, Antipas s'était comporté comme un excellent médiateur. Mais dès l'accord conclu, et avant que le légat ait pu transmettre son rapport à Rome, il s'était empressé d'envoyer un messager à Tibère pour lui faire part de ce qui s'était passé sur l'Euphrate.

Lorsqu'il l'avait découvert, le légat de Syrie s'était mis en colère, considérant qu'il s'agissait d'une injure à sa fonction et à sa personne. En réalité, il était vexé car il voulait annoncer lui-même le succès de sa rencontre avec le roi de Parthie. Il avait ravalé sa bile, mais il n'avait pas oublié cet affront et gardait sa rancœur pour le jour où il aurait l'opportunité de se venger.

Et voilà que le moment de laver cette humiliation semble arrivé. Le légat de Syrie est sûr que, si le roi de Nabatée l'attaque, Antipas ne pourra pas faire face à la magnifique cavalerie arabe avec sa seule armée. Il devra soit se retrancher dans une de ses forteresses, soit subir une amère défaite. S'il veut triompher, il aura besoin de l'aide des légions romaines. Et pour l'instant, cette décision dépend du légat.

Lucius Vitellius accueille le message d'Antipas avec froideur. Il décide de ne pas intervenir tant qu'il n'y sera pas obligé, afin de maintenir l'influence et le prestige de Rome dans la région tout en laissant Arétas affaiblir la Galilée autant que possible. Il attendra donc le dernier moment pour se manifester.

DEUXIÈME PARTIE

16

L’annonce du Baptiste

C’est déjà la quinzième année du règne de l’empereur Tibère César. La Galilée vit dans le calme, car le peuple ne sait encore rien de ce que pourrait provoquer la colère de l’irascible Arétas. L’unique source de préoccupation provient de quelques heurts qui continuent de se déclencher en protestation contre la construction de la ville de Tibériade, mais sont vite réglés par l’intervention efficace d’Hippodame. Depuis son palais, Antipas semble gouverner dans la sérénité, mais une autre grave question pèse sur ses projets.

On lui a parlé d’un prédicateur nommé Jean, un va-nu-pieds crasseux qui marche sur les chemins de Galilée pour annoncer d’étranges événements. Le tétrarque songe au grand nombre d’insensés fanatiques dans son genre qui ont agité Israël après la mort de son père.

Ceux qui l’ont entendu prêcher disent que l’homme parle avec emportement et démesure, avec la ferveur de celui qui est convaincu de détenir la vérité, et qu’il manipule les foules amassées autour de lui avec une capacité de persuasion stupéfiante.

Certains affirment qu'il est admirable, que de sa bouche jaillit la parole de Dieu, venue avec lui du désert. Pour beaucoup, c'est un prophète comme il n'y en a pas eu en Israël depuis Élie, sans nul doute un envoyé de Dieu, qui seul peut pousser un homme à s'exprimer de cette façon. On raconte que même les pharisiens vont le voir… même les saducéens !

Le nouveau prophète prêche autour d'En-Guédi, sur la rive du Jourdain. Il s'est installé dans cette région depuis quelques semaines. En général, il surgit tout à coup, comme une furie étincelante sortie des steppes désolées, brûlées par le soleil et balayées par le vent. Ses paroles sont vraiment terribles. Elles annoncent la fin des temps, la condamnation éternelle dans la Géhenne si les hommes ne changent pas leur façon de se comporter, l'avènement proche d'un mystérieux rédempteur… Jean terrorise les plus humbles qui l'écoutent, paralysés par son verbe puissant et captivant.

Dans le village d'Aïnon, près de la ville de Salim, il annonce l'imminence du Jugement dernier. Sa voix est tonitruante, menaçante et il n'y a pas une âme qui ne tremble de peur en entendant ses arguments.

— Race de vipères ! Qui vous enseigne à fuir ce qui vous arrive ? De leur hache, les bûcherons frappent le tronc au plus près du sol. Ils donnent des coups précis et furieux jusqu'à parvenir à abattre les arbres les plus élevés. C'est ce qui vous arrivera si vous ne renoncez pas au péché et que vous ne vous convertissez pas face au jugement imminent de Dieu. La cognée coupe beaucoup d'arbres à la racine, alors tout ce qui ne donne pas de bons fruits sera abattu et jeté au feu. (Le prophète parle d'une voix profonde, qui s'impose par-dessus le vent et le murmure de l'eau en faisant taire les commentaires de l'assistance.) L'ange exterminateur sera bientôt là. De son fouet, il infligera aux condamnés des coups douloureux, qui feront jaillir des étincelles incandescentes. Vous aurez le visage et la chair brûlés. Il n'y aura aucun moyen d'échapper au feu purificateur, ni au levant, ni au couchant, ni au nord, ni au sud. Où que vous alliez, une flamme inextinguible vous embrasera sans pitié.

— Qui sont ces arbres ? demande un homme dans l'assemblée.

— Stupides ignorants ! Vous êtes les arbres condamnés à périr par la hache et le feu, vous, le peuple d'Israël, devenu infidèle à l'Alliance divine. Repentissez-vous et convertissez-vous immédiatement, car le Jugement dernier approche. Je vous baptise par l'eau mais, après moi, viendra un homme qui vous baignera dans le vent, le sang et le feu ; il purifiera ce monde corrompu. Ceux qui sont coupables d'iniquité et les ennemis de la Loi brûleront éternellement en enfer. Après le Jugement, un nouvel Israël sera instauré, un peuple sanctifié et pur, aimé de Dieu, car tous les survivants seront justes et saints.

— Quand cela arrivera-t-il ? demande un autre.

— Le jour du Seigneur approche ! Le juge vengeur va venir bientôt, et avec lui toute sa colère. Il portera à la main son sceptre, avec lequel il vous frappera jusqu'à ce que la purification s'étende sur l'ensemble de la terre d'Israël.

Jean est un personnage étrange. Il vit seul dans le désert, où il prêche à tous ceux qui viennent l'écouter, car selon lui c'est là, sur cette terre isolée et vide, que l'on sent le mieux la présence de Dieu. Il descend souvent jusqu'au Jourdain, où il administre à ses adeptes un baptême unique, une cérémonie par laquelle leur corps est lavé et leur âme purifiée par la repentance.

Au fur et à mesure que le message de Jean se propage, de plus en plus de personnes viennent recevoir de ses mains les eaux vivifiantes et écouter ses paroles, à la fois terrifiantes et consolatrices. Jusqu'en Judée, les Juifs entendent parler du prédicateur et vont le rencontrer.

Ce jour-là, Jean baptise et plusieurs centaines de personnes s'agglutinent au bord du Jourdain, près du gué où le prophète a l'habitude de pratiquer son rite. Une longue queue se forme, car chaque cérémonie est individuelle. Toute personne souhaitant être baptisée, homme ou femme, entre dans le fleuve jusqu'à la taille. Puis Jean, que l'on appelle désormais le Baptiste, se place derrière elle, prend de l'eau dans ses mains et la verse sur sa tête. Parfois, il tient le néophyte par les épaules et l'immerge complètement pendant un bref instant.

— Cette eau, bien qu'elle provienne du fleuve sacré du Jourdain, ne lave pas à elle seule les péchés et les affronts commis par chacun de nous à l'encontre du Seigneur notre Dieu. Cette cérémonie n'est qu'un symbole de la purification intérieure. C'est la pénitence qui permet d'obtenir le pardon pour ses péchés et elle ne sera effective que lorsque vous serez prêts à changer vos habitudes et à conformer votre mode de vie à la Loi de Dieu.

— Nous voulons être baptisés ! crient des voix dans la file où se pressent les voyageurs venus recevoir l'eau rédemptrice. Nous voulons obtenir le pardon !

Jean est grand et maigre. Il est sec, décharné ; tout en os, fibres, peau et tendons. Malgré sa maigreur, son visage émacié et anguleux, ses traits sont agréables et empreints de sérénité. Mais ses yeux de loup, parfois féroces, brillent d'un éclat particulier et s'embrasent de passion lorsqu'il parle en se disant inspiré par Dieu. Quand il prêche avec véhémence, ils luisent de colère. En revanche, quand il impose les mains sur la tête de la personne qu'il va baptiser, il en émane quelquefois de la douceur et de la tendresse. Sa longue barbe mal entretenue lui donne un air bourru. Son allure impressionne les enfants, qui ont peur quand ils le voient de près.

Il est vêtu d'une sorte de tunique grossièrement taillée dans une peau de chameau, sans manches ni coutures. Retenue par une ceinture de basane, elle le couvre de la poitrine aux genoux, été comme hiver. À ses pieds, de simples sandales de cuir attachées à ses chevilles par des lanières, sans boucles de métal, comme celles que portent les habitants du désert. Il se nourrit avec une extrême frugalité de ce que lui apportent ceux qui viennent écouter ses prêches, ou d'herbes et de racines qu'il trouve dans le désert. Parfois, il mange du miel sauvage ; il n'hésite pas, quand il n'a pas d'autre viande, à avaler fourmis et sauterelles qu'il a fait griller dans une petite poêle en fer rouillé, ou cuire dans de l'eau salée.

Il a l'air d'un vagabond fou, d'un berger miséreux à la tête d'un troupeau réduit de chèvres rachitiques. Mais il s'est formé dans les synagogues, il connaît bien les lectures et les commentaires des Saintes Écritures. Il est capable de réciter de mémoire de longs passages des livres prophétiques d'Israël sans oublier un seul mot.

— Que personne ne s'imagine pouvoir échapper à la colère de Dieu Tout-Puissant ! tonne Jean le Baptiste. L'épée affamée de chair surgira très bientôt et éliminera les malveillants. Le courroux divin est guidé par la sagesse. Le Seigneur a bien des raisons d'être en colère, car nous avons péché contre Lui.

— Pardonne-nous, Seigneur ! crie une voix dans la foule.

— Même les fils d'Abraham ne sont pas à l'abri des fléaux à venir. Être juif ne garantit en aucun cas le salut. Seuls ceux qui changeront sincèrement bénéficieront des bienfaits de la Promesse. Qui pourra répliquer face à la colère de Dieu ? Le van est entre ses mains ; il nettoiera son aire et récoltera son blé. Mais il brûlera la paille, ce qui ne vaut rien, dans un bûcher inextinguible. Repentez-vous !

À chaque sermon du Baptiste succèdent des scènes de folie collective comme on n'en a jamais vues en Israël. Les foules proclament à grands cris leur repentance, hurlent leurs péchés, prennent de bonnes résolutions et jurent qu'elles ne retomberont pas dans leurs fautes passées, renoncent à tous leurs vices, assurent qu'à partir de cet instant précis elles se comporteront conformément à la volonté divine manifestée à travers la révélation des vrais prophètes et déclarent qu'elles vont se préparer à affronter le jour du Seigneur, le grand Jugement, juste, terrible et imminent. Elles regagnent leurs villages en proie à une terreur insurmontable.

Hippodame méprise Jean. Dans un premier temps, il ne lui prête pas la moindre attention, le considérant proche de la folie. Pour lui, c'est un dément de plus parmi tous ceux qui pullulent dans les villes, sur les chemins et dans les zones semi-désertiques de la Palestine.

Après avoir entendu un discours enflammé de Jean le Baptiste, un des agents du chef de la police présente des signes évidents de trouble et semble agité par une excitation indomptable.

— Il parle avec la conviction d'un homme qui croit détenir la vérité unique et absolue, raconte-t-il.

Hippodame écoute son rapport avec une certaine distraction. Élevé dans la culture des Hellènes, totalement étrangère aux idées prophétiques, il considère ces visionnaires juifs comme des fous à lier dont le soleil du désert et le froid des montagnes ont ramolli le cerveau, provoquant chez eux un tourbillon d'hallucinations plus insensées les unes que les autres.

— Donc, un individu pire que lui va arriver, et un monde nouveau insufflé par Dieu va commencer, c'est ça ? demande ironiquement Hippodame. Comme ça, sans prévenir ? C'est ce que prêche ce Jean qu'on appelle le Baptiste ?

— En effet, seigneur, il dit partout qu'un autre, plus important que lui, va venir.

— Maudits juifs ! Quelle race d'irréfléchis et de fanatiques ! Cette histoire d'« autre » me paraît bien naïve. Il fait sans doute référence à son Dieu, et sa venue est impossible. Peut-être croit-il que les divinités se soucient de ce qui nous arrive à nous, simples mortels… Si son Dieu ou n'importe quel autre se souciait des hommes, il perdrait sa félicité et sombrerait dans la peine. Dans ce cas, ce ne serait plus un dieu. Les dieux sont bienheureux et insensibles. Ils ne ressemblent en rien à ce que pensent les Juifs. Quel dieu pourrait supporter d'être éternellement la cause de l'angoisse et de la peur qui habitent le cœur des humains ?

— Mais…, balbutie l'espion face aux arguments d'Hippodame. (Il ne comprend pas son maître, qui ne semble pas se rendre compte de la gravité des affirmations du Baptiste.) Ce prophète annonce qu'il n'y a pas de temps à perdre, que l'Autre arrive… un personnage important, que le Jugement va commencer.

— Si l'on se fie à la logique des sages de Grèce, la providence, Dieu, la divinité… appelle cela comme tu veux, n'existe pas. Chacun de nous doit s'occuper de ses propres affaires, parce que aucun être supérieur ne le fera à notre place.

— Ce n'est pas ce que dit le Baptiste…

— Cet individu n'est que le produit d'un état d'esprit fanatique digne d'un dément, affirme Hippodame.

— Même si c'est le cas, seigneur, de nombreuses personnes croient en ce qu'il dit et le suivent aveuglément, insiste l'espion, qui commence à désespérer en voyant que son supérieur ne prend pas son rapport au sérieux. J'ai été témoin de son comportement, je l'ai vu convaincre la majorité des personnes qui l'écoutaient.

Enfin, Hippodame semble lui accorder son attention.

— D'accord, il va falloir le surveiller de plus près, même si, pour l'instant, je pense qu'il est inoffensif. Nous verrons, s'il se manifeste prochainement, qui est cet Autre. Tout ce que je sais, c'est que, s'il parvient à convaincre de nombreux naïfs, le Baptiste pourrait devenir un sérieux problème.

Des mouvements de population inhabituels finissent par avoir raison du scepticisme d'Hippodame. De plus en plus de personnes sont attirées par le discours du

Baptiste. Elles se pressent par centaines sur le gué du Jourdain à chaque fois que Jean baptise.

— Ce prêcheur solitaire ne correspond à aucun des groupes religieux de ce pays, annonce Hippodame à Antipas après avoir écouté un de ses espions chargés de surveiller le Baptiste. Bien entendu, l'immense majorité des saducéens ne lui prête aucune attention. Il n'est pas pharisien, ni zélote, ni essénien, et, s'il attire toutes sortes de personnes, il n'a derrière lui aucune secte qui le soutienne. Mais d'après un de mes hommes, on n'a jamais vu un tel pouvoir d'attraction par le simple usage de la parole.

— Si j'en crois ton rapport, nous devons prendre cet individu au sérieux, déclare Antipas.

— Sa renommée s'étend dans toute la Galilée. On entend même parler de lui à Jérusalem. Il a de nombreux adeptes, notamment ceux qui sont déjà baptisés et croient en ses paroles dur comme fer. Si nous n'agissons pas, nous aurons un grave problème d'ordre public.

— Dans ce pays si obsédé par la religion, je ne suis pas étonné de voir proliférer les exaltés qui s'entêtent à suivre le premier aliéné porteur d'un message novateur. Plus les prédictions sont terribles, mieux c'est !

— Jusqu'à présent, nous avons maîtrisé tous les mouvements de foule, mais si nous le laissons prendre de l'importance, ce prêcheur peut déclencher un conflit majeur.

— Tu es le chef de ma police : que me conseilles-tu de faire ?

— Seigneur, Jean le Baptiste ne fait rien d'autre en réalité que d'annoncer l'avènement d'un royaume nouveau en Israël, ce qui implique la disparition de ceux qui existent actuellement. Le pire, c'est que de nombreuses personnes le croient et le suivent aveuglément. Ses derniers sermons l'expriment de façon plus claire encore : le nouveau régime d'Israël ne tolérera que le gouvernement de Dieu.

— Je comprends très bien, inutile d'insister. Autrement dit, un ami des Romains, et c'est ainsi que l'on me voit, n'aura aucune place dans ce royaume.

— Apparemment pas. Le Baptiste affirme être un élu du Seigneur. Sa mission est de préparer le terrain pour quelqu'un qui viendra après lui et instaurera en Israël un ordre divin, totalement nouveau. Cet individu ne parle pas à tort et à travers. Il est tout à fait conscient de la portée de ses paroles. Il persuade les gens de la venue de Dieu en vue de rendre un terrible jugement et d'instaurer un nouveau gouvernement. Au début, je n'ai pas fait attention à lui… « Encore un pauvre fou ! » me suis-je dit. Mais je vois maintenant qu'il ne plaisante pas. Si nous le laissons continuer, nous courons peut-être un vrai danger. (Hippodame regarde fixement son maître dans l'espoir de lui transmettre sa préoccupation grandissante.) Nous devons éliminer le danger que représente ce dénommé Jean avant qu'il ne soit trop tard. Si nous agissons maintenant, son mouvement baptismal, ou quel que soit le nom qu'on lui donne, se dissoudra comme une pincée de sel dans l'eau bouillante. Mais si nous le laissons prospérer, nous allons au-devant de graves émeutes, car un de ses messages consiste à dire que tous les Juifs doivent être contraints à la pénitence.

— Tu crains une révolte ? demande Antipas.

— Cet homme fait le lit d'un conflit entre les Juifs, mais aussi entre les Juifs et les étrangers. Bien que son message s'adresse aux Juifs, les adeptes pensent qu'il vaut aussi pour les autres peuples.

— Alors agis rapidement. En Galilée et en Pérée, il y a beaucoup de Syriens et de Grecs. Jusqu'à présent, nous avons cohabité pacifiquement, mais ce bonimenteur pourrait pervertir et compromettre la paix.

— Je vais envoyer des patrouilles sur-le-champ afin qu'elles évaluent la situation dans toute la tétrarchie et recueillent des informations sur les adeptes réunis par le Baptiste. Dès que nous en saurons plus, nous agirons avec fermeté.

Antipas approuve le plan de son chef de police puis lui ordonne d'informer les membres de son gouvernement qu'une réunion du conseil aura lieu le jour même.

À peine deux heures plus tard, les conseillers s'alignent, respectant strictement l'ordre protocolaire, dans la salle d'audience du palais de Tibériade. Antipas parle avec une certaine véhémence. Cela faisait longtemps qu'un problème interne aussi grave n'avait pas surgi en Galilée.

— Je suppose que vous avez entendu parler de ce fou qu'on appelle Jean le Baptiste, dit-il. Il annonce l'avènement d'un royaume nouveau, dans lequel ni vous ni moi n'avons la moindre place. Par conséquent, s'il parvient à triompher, vous savez ce qui nous attend. D'après nos informations, il a réussi à convaincre un grand nombre de personnes, si aveuglées qu'elles n'hésiteront pas à exécuter ses ordres, aussi insensés soient-ils. Or, nous représentons un obstacle à ses projets.

Antipas est méfiant. Il est évident que l'apparition du Baptiste le préoccupe grandement. Les membres du conseil s'en rendent compte, prennent conscience du problème et murmurent entre eux.

— Le péril est imminent, intervient Hippodame, qui jouit de la considération de tous.

— Nous devons anticiper les intentions de ce dénommé Jean et agir avant qu'il n'arrive quelque chose, déclare Antipas. Débarrassons-nous de cet individu avant de regretter de ne pas l'avoir fait.

Tous les membres du conseil frémissent, bien conscients de la menace qui pèserait sur leurs fonctions et leur fortune si le message du Baptiste triomphait. Les délibérations sont enflammées, mais unanimes pour conclure que Jean doit être éliminé.

— Nous avons quelques hommes infiltrés, indique le chef de la police, et plusieurs de mes gardes en civil surveillent Jean de très près. Ils suivent chacun de ses gestes. Soyez sûrs, messieurs les conseillers, qu'il ne fera pas un seul pas sans que nous en soyons immédiatement informés.

— En es-tu certain ? demande un conseiller.

— Absolument. Je vous promets que Jean ne sera pas un nouveau prophète Élie, celui qui, selon votre tradition, est parvenu à inciter le peuple à se rebeller contre la reine Jézabel. De nombreuses personnes affirment à qui veut l'entendre que le Baptiste est la réincarnation d'Élie, qu'il vient pour préparer le royaume divin annoncé. On dit qu'en lui s'accompliront les prédictions de votre prophète Malachie. Mais non, cela n'arrivera pas. J'y veillerai.

— Chers amis, dit Antipas, personne dans ce pays n'est capable de distinguer la religion de la politique. Comme vous le savez, ce n'est pas sans raison qu'elles vont toujours de pair. Les pharisiens et les esséniens clament haut et fort que les lois humaines doivent se conformer strictement au commandement divin, qu'ils veulent être les seuls à interpréter. Il ne fait aucun doute que l'apparition soudaine de Jean représente un très grand danger, d'autant plus que beaucoup de mes sujets me considèrent, à tort, comme un dirigeant impie.

— Alors que faisons-nous ? demande un des conseillers.

— Ne vous inquiétez pas. Hippodame est en train de concevoir un plan pour arrêter le Baptiste.

— Quand cela arrivera-t-il ?

— Au moment opportun.

Antipas est prudent, mais, en réalité, il est un peu plus sceptique qu'il ne le laisse entendre à ses conseillers et à Hippodame. Il se réjouit que tous se montrent prêts à agir, mais il ne considère pas encore Jean le Baptiste comme un individu aussi dangereux qu'Hippodame le croit. Il y en a eu d'autres avant lui et il ne s'est rien passé. Ils finissent tous fous à lier, morts de faim ou oubliés dans un coin sordide. Il arrive même à Antipas de rire lorsqu'on lui rapporte les discours grandiloquents de Jean, toujours chargés d'un catastrophisme exagéré.

Sans doute faudra-t-il, tôt ou tard, se débarrasser de lui parce qu'il agite et déplace les foules. Mais son mouvement n'a rien à voir avec la révolte des pharisiens à Jérusalem, qui a déclenché le massacre perpétré dans le Temple par les légions romaines, ni avec la rébellion menée quelques années plus tôt en Galilée par Judas et Sadoc, encore très présents dans les mémoires et considérés par le peuple comme des « martyrs de la liberté ». Eux, c'étaient des guerriers, capables de tenir un royaume en échec.

Mais Jean, ce visionnaire puant en haillons, que peut-il contre un État et toute son armée ?

17

Le prix de la sincérité

Tandis que le tétrarque galiléen supervise les préparatifs pour la guerre contre les Arabes nabatéens, Hippodame ne cesse de surveiller, par l'intermédiaire de ses informateurs dispersés sur tout le territoire, les faits et gestes de Jean le Baptiste. Chaque rapport qu'il reçoit est soigneusement archivé à la chancellerie du palais.

Ignorant ce qui se trame contre lui, le Baptiste, persévérant et infatigable, continue à prêcher la fin de l'histoire actuelle et l'approche du terrible jugement.

— Il y a autre chose dans les discours du Baptiste, avance un des espions.

— Parle ! lui ordonne Hippodame.

— Il s'agit de notre seigneur, le tétrarque Antipas.

— Parle te dis-je !

L'espion du chef de la police avale sa salive. Il sait que ce qu'il va lui raconter ne va pas lui plaire, et encore moins au tétrarque.

— Le Baptiste critique avec virulence le mode de vie de notre seigneur Antipas.

— Continue, dit Hippodame, de plus en plus tendu.

— Dans un sermon prononcé devant près d'un millier d'adeptes, le prophète barbu a désapprouvé l'union d'Antipas avec Hérodiade, la qualifiant d'exécrable, immorale et adultère. Il a affirmé que la colère divine se nourrissait particulièrement de ce genre d'abominations. Selon lui… (l'informateur hésite, craintif, avant de poursuivre son récit), le tétrarque a enfreint la Loi de Dieu en prenant pour épouse la femme de son frère. Il l'a comparé à ces porcs de Gentils qui se vautrent avec délectation dans la fange du péché.

— A-t-il employé ces termes-là ?

— Précisément, et devant des centaines de personnes qui l'écoutaient avec attention. Il a ajouté qu'il brûlait dans le feu impudique et vivait dans les ténèbres.

— Est-ce tout ?

— Il a terminé en disant que les dirigeants de Galilée étaient, sans exception, en proie à la folie et qu'ils devaient être condamnés au feu purificateur.

— Bien. Tu peux te retirer, mais garde les yeux ouverts et sois attentif à tout ce qui se dit. Dès que tu apprendras quelque chose d'autre, viens immédiatement me faire ton rapport.

Une fois seul, Hippodame se détend un peu et réfléchit à ce qu'il doit faire avec cet individu que tout le monde appelle Jean le Baptiste. Les révélations de son agent l'ont définitivement convaincu que c'est un homme dangereux et un problème réel.

La nouvelle du mariage scandaleux d'Antipas avec sa nièce Hérodiade s'est répandue dans toute la Galilée, et les prophètes dérangés comme le Baptiste ne sont pas les seuls à le critiquer et à l'estimer contraire à la Loi. Tout le clergé et la majorité des Juifs le considèrent comme un affront public à Dieu et à l'Alliance.

Selon certaines rumeurs, une commission de rabbins et de docteurs de la Loi est même en train de débattre de l'opportunité d'aller voir le tétrarque pour lui demander de faire marche arrière et de rompre ce funeste mariage.

Dans ses quartiers du palais de Tibériade, Hippodame est de plus en plus accablé. Tous les rapports qui lui parviennent confirment le témoignage de son précédent informateur. Le Baptiste continue d'annoncer la venue d'un autre homme, sans rater une seule occasion d'injurier Antipas ou de qualifier son mode de vie d'abominable. À chacun de ses discours, il réussit à s'attirer de nouveaux adeptes. Ses paroles et ses dénonciations trouvent écho parmi le peuple de Galilée, et de nombreuses personnes se demandent si le tétrarque n'est pas en réalité un envoyé du diable venu corrompre Israël par son mauvais exemple.

D'autres, tout aussi fanatiques, restent aux côtés de Jean le Baptiste pour bénéficier de ses enseignements, ils le considèrent comme leur véritable maître. Ils sont même prêts à être ses porte-parole et à transmettre son message là où il ne peut pas aller.

L'agent d'Hippodame revient quelques jours plus tard avec de nouvelles informations. Il est de nouveau excité, comme s'il était en proie à une puissante hallucination.

— Quelles sont les nouvelles ? lui demande le chef de la police, remarquant son étrange regard.

— Il y a un nouveau prophète parmi les adeptes de Jean le Baptiste.

— Et est-ce important au point que tu te déplaces jusqu'ici ?

— Oui, seigneur, car il ne s'agit pas de n'importe quel homme. Il pourrait s'agir de l'Autre.

— Qui est cet individu si spécial ?

— Il s'appelle Jésus. Certains disent, à tort, qu'il est né à Bethléem. En réalité, c'est un sujet du tétrarque : il est galiléen, originaire de Nazareth, un petit village insignifiant situé près de la ville de Sepphoris. D'après ce que je sais, il travaillait comme artisan dans son village il y a encore quelques mois, mais il a décidé d'abandonner son atelier pour rejoindre le Baptiste avec quelques compagnons.

— A-t-il des antécédents ?

— Aucun. J'ai vérifié dans les archives, sans trouver aucune information sur ce dénommé Jésus.

— Alors pourquoi tant d'agitation pour un homme *a priori* sans importance ?

— Ce Jésus a quelque chose de spécial.

— Qu'as-tu vu de si particulier en lui ?

— Il a quitté son travail pour rejoindre les adeptes du Baptiste, et il a attendu, comme les autres, de recevoir le bain purificateur qu'ils désignent sous le nom de baptême.

— Et en quoi est-ce extraordinaire, à part qu'il est stupide d'abandonner son gagne-pain ? Le Baptiste accomplit ce rite avec des dizaines de personnes par jour.

— Mais il s'est comporté avec Jésus comme avec personne d'autre. Je le sais, j'y étais. (L'espion retrouve son calme et raconte ce qui s'est passé.) Au moment où il s'est trouvé en face de lui, dans le fleuve, pour recevoir le baptême, Jésus a dit à Jean qu'il le considérait comme son maître, qu'il souhaitait être son disciple et qu'il le suivrait partout où il irait. Et il est arrivé quelque chose d'inouï : Jean a regardé Jésus dans les yeux, s'est prosterné devant lui puis lui a répondu respectueusement qu'il le connaissait et que c'était lui le véritable maître. À partir de ce moment-là, Jésus s'est installé dans une tente à côté de celle du Baptiste, au bord du Jourdain, et ils sont devenus inséparables. Ils passent leurs journées et leurs nuits ensemble à parler de l'avènement du royaume de Dieu.

— Ils ourdissent une conspiration, je le crains, songe Hippodame à voix haute.

— C'est aussi mon avis, seigneur. Et c'est très dangereux, car Jésus est plus brillant que le Baptiste lui-même, et sa capacité de séduction est encore plus grande.

— Comment est-il, cet homme de Nazareth ? demande Hippodame, intrigué par l'apparition soudaine d'un personnage si mystérieux et charismatique.

— Il a une trentaine d'années. Il est un peu plus grand que la moyenne. Ses yeux sont clairs et très brillants, comme s'ils émettaient leur propre lumière. Il a les cheveux longs, d'un châtain irisé, et ne les couvre jamais d'un foulard ou d'un chapeau, mais sa barbe est presque rousse.

— Eh bien ! Ne s'agirait-il pas, par hasard, du bâtard d'un de ces mercenaires originaires de la pluvieuse Germanie qui servent dans les légions romaines ou qui appartenaient à la garde personnelle du grand Hérode ?

— Je l'ignore, seigneur, mais c'est bien possible. De nombreuses rumeurs circulent sur ses origines. D'après certains de ses acolytes, sa mère est tombée enceinte alors qu'elle n'était encore qu'une jeune fille célibataire, et il est lui-même un descendant de la maison royale de David.

— Ha ha ha ! s'exclame Hippodame dans un éclat de rire sonore. Nous allons peut-être découvrir que ce

Jésus est un autre fils naturel du vieil Hérode. Cet étalon a laissé bon nombre de femmes enceintes dans son sillage. Et il a passé beaucoup de temps en Galilée.

— Il est vrai que Jésus en impose. Avec des épaules et des bras très solides, il est à la fois agile et résistant, sans doute en raison des années qu'il a passées à manier ses outils de charpentier. On dit qu'il est capable de marcher toute une journée sans se fatiguer. Les femmes le trouvent très séduisant et perdent la tête quand elles le voient. Mais ce ne sont pas les plus grandes de ses qualités.

— Continue.

— C'est un prêcheur extraordinaire. Sa voix, ses gestes et la clarté de son message captivent tous ceux qui l'écoutent, plus encore que le Baptiste. Il a plus de charisme que Jean, qu'il surpasse également en ingéniosité, en éloquence, en capacité rhétorique et en ressources dialectiques. C'est un artisan habitué à vivre au milieu des planches, des copeaux de bois, des marteaux et des scies, mais il s'exprime comme s'il avait été éduqué dans la meilleure école d'Athènes.

— Tu parais impressionné par cet homme.

— Non, pas du tout, mais il a une présence… je ne sais pas, il semble transmettre quelque chose de très spécial. L'écouter apaise l'esprit. Beaucoup restent béats lorsqu'ils entendent ses paroles.

— Et qu'est-ce qu'il raconte ?

— Des histoires merveilleuses qui plaisent aux gens. Il a l'air de parler du fond du cœur. Je n'ai jamais entendu aucun autre prêcheur s'exprimer de cette façon. Il commente la Loi et les Écritures des prophètes d'Israël comme le plus grand des experts, mais il emploie des images simples, des comparaisons et des paraboles qu'il invente lui-même. Il sait atteindre ceux qui l'écoutent et les réconforter en leur parlant de la solitude, mais aussi de l'amour. Il aime être au centre de l'attention ; il est très à l'aise devant une foule. Et il ne cesse de répéter qu'il faut se préparer car l'heure finale approche.

— C'est peut-être vrai que ce Jésus est plus dangereux que le Baptiste ! s'exclame Hippodame. Jean est un pauvre diable qui débite des âneries au fur et à mesure qu'elles lui viennent à l'esprit. D'après ce que tu racontes, Jésus est plus sensé dans son discours et attire davantage de gens. C'est peut-être un charpentier, mais, s'il connaît la Loi et les textes des prophètes comme tu le dis, il a certainement été éduqué dans une synagogue, à Nazareth ou à Sepphoris, par un de ces rabbins visionnaires.

Peu après avoir reçu ces nouvelles informations sur Jean le Baptiste et Jésus de Nazareth, Hippodame estime avoir un aperçu suffisamment complet de cette affaire pour retourner faire un rapport à Antipas.

Sa décision est également motivée par le fait que Jésus a quitté la Galilée, accompagné de quelques disciples triés sur le volet, qui vivaient jusqu'alors dans le campement installé par le Baptiste, non loin du village d'Aïnon. Ils se dirigent vers le sud en suivant le cours du Jourdain. Désormais, Jésus baptise lui-même les néophytes avec les eaux du fleuve et commence à prêcher dans le nord de la Judée. « Une bande de fanatiques de plus à surveiller ! » songe Hippodame.

Comme le Baptiste, Jésus critique durement le comportement immoral d'Antipas et son mariage scandaleux avec sa nièce. Il va même au-delà. Affirmant, comme son maître, que la fin du monde est proche, il conseille à ses disciples de ne pas s'unir avec des femmes ni d'engendrer d'enfants. Il leur dit de se faire eunuques pour l'amour du royaume des cieux, dont l'avènement est imminent. Il s'en prend régulièrement au tétrarque car, pour lui, son union avec Hérodiade est non seulement choquante mais délictueuse.

Hippodame demande une audience à Antipas pour l'informer de l'évolution de la situation concernant les deux extravagants prophètes.

— Seigneur, dit-il, ce visionnaire fou qu'on appelle Jean le Baptiste ne cesse de prêcher contre toi. Et le pire, c'est qu'il a contaminé un de ses adeptes, qui fait la même chose que lui en se dirigeant vers la Judée.

— Le Baptiste est un pauvre aliéné. Quel mal ses paroles peuvent-elles faire ?

Le tétrarque déguste une coupe de vin doux et des gâteaux aux amandes. La terrasse de son palais de Tibériade offre une vue sur toute la plaine de Galilée, émaillée de champs fertiles, derrière laquelle on devine le grand lac.

— La situation n'était peut-être pas grave... jusqu'à présent, dit Hippodame en acceptant la coupe d'ambroisie que lui tend son seigneur.

— Qu'est-ce qui a changé ?

— Deux choses. Premièrement, le Baptiste multiplie ses attaques personnelles contre toi. Il affirme maintenant ouvertement que tu es impudique, lascif, un agent du diable qui va mener le pays à la perdition et attirer sur lui le châtiment divin à force de transgresser la Loi en public. (Hippodame se rend compte que ses paroles affectent Antipas, qui commence à s'irriter.) Et il y a trois jours, le Baptiste a prononcé un sermon inquiétant. Il affirme qu'il faut se préparer pour l'arrivée imminente du Seigneur, qui viendra du désert.

— Et alors ?

— À mon avis, c'est un message destiné à ses adeptes pour qu'ils préparent une attaque contre toi, seigneur.

— Une attaque ? Les adeptes de ce Baptiste sont des fanatiques en haillons incapables d'affronter mes soldats.

— Il parle d'une attaque divine, en châtiment des péchés qu'il t'attribue. Ses hommes ne sont pas en état de livrer une bataille. Mais je pense qu'en réalité il fait référence à une vraie armée qui viendra du désert, dirigée par la main de Dieu. Tu es bien placé pour savoir que le Nabatéen Arétas continue à se préparer pour venir jusqu'ici en traversant le désert. S'ils y voient un châtiment divin pour tes péchés, les adeptes du Baptiste le soutiendront. Je ne sais pas comment, mais ils le feront. Je suppose que c'est ainsi qu'il faut interpréter les propos du prophète.

Antipas frémit et se met à réfléchir à voix haute.

— Le désert, toujours le désert… Ton interprétation n'est peut-être pas si étrange après tout. L'histoire d'Israël regorge d'épisodes où des hommes armés viennent du désert menés par un chef. Le roi David lui-même s'est réfugié dans le désert lorsqu'il a combattu contre Saül. Mattathias, le fondateur de la lignée des Maccabées, a fait de même quand il a affronté le roi syrien Antioche Épiphane. Et de là, ils ont attaqué avec une ardeur renouvelée.

Ces paroles du Baptiste sur la menace en provenance du désert sont peut-être la clé d'un message adressé à ses adeptes. Cette idée obsède Hippodame, qui ne cesse d'y penser depuis plusieurs jours. Tout ce qui se passe autour de lui semble à ses yeux faire partie d'une gigantesque conspiration contre le tétrarque.

— Cet Arabe orgueilleux et son arrogante fille… Je n'aurais jamais dû épouser Phasaélis ! Si Auguste n'avait pas insisté…

— Il faut employer contre le Baptiste et ses adeptes les moyens les plus persuasifs dont nous disposions avant qu'il ne soit trop tard. Nous ne pouvons pas nous permettre d'attendre un jour de plus. Débarrassons-nous de lui avant qu'il ne se débarrasse de nous.

Le chef de la police se montre plus inquiet que jamais. Aussi son seigneur finit-il par le prendre très au sérieux.

— As-tu pensé aux conséquences qu'entraînera l'arrestation du Baptiste ? demande Antipas.

— Je crois que ses adeptes vont devenir nerveux et qu'il y aura de nombreuses protestations. Des groupes vont se former, des manifestations auront lieu, mais nous sommes en mesure de les réprimer. Au bout du compte, ses partisans, y compris Jésus de Nazareth, se disperseront. Bien sûr, pour éviter une réaction encore plus hostile, il faudra agir avec fermeté et rapidité.

— D'accord. Arrête le Baptiste immédiatement et amène-le-moi.

Antipas termine sa coupe de vin, s'approche de la rambarde de la terrasse et regarde les champs avec la sérénité dont les fanatiques prétendent le priver.

Après avoir prononcé trois sermons, tous plus enflammés les uns que les autres, rencontré plusieurs groupes d'adeptes et baptisé une centaine de nouveaux acolytes dans les eaux du Jourdain, Jean le Baptiste se repose pour récupérer de l'agitation de la journée. La nuit s'écoule tranquillement, dans le calme.

Avant le lever du jour, on n'entend que la rumeur chantante du fleuve, le gazouillement solitaire d'un oiseau et les bâillements d'un des disciples du Baptiste qui sort de la tente pour aller se soulager.

Aucun de ceux qui accompagnent Jean dans sa retraite près d'Aïnon ne se rend compte que, entre les ténèbres et les premières lueurs de l'aube, plusieurs hommes approchent discrètement. Ils sont vêtus comme les paysans de la région, mais cachent sous leurs vêtements des armes de guerre. C'est Hippodame lui-même qui dirige le groupe.

Le campement du Baptiste, situé sur le versant rocheux d'une colline au bord du Jourdain, à l'abri du vent du nord, n'est pas protégé. Ni sentinelles ni armes : il n'offre aucune résistance à la progression des soldats d'Hippodame.

Avançant rapidement vers la tente où ils savent que le Baptiste passe ses nuits, ils entrent, identifient la silhouette reconnaissable entre toutes du prophète qui dort sur une natte en osier, et se jettent sur lui. Deux hommes le bâillonnent afin qu'il ne puisse pas crier, pendant que deux autres le tiennent par les bras et les jambes puis l'attachent avec des cordes.

Par des gestes énergiques, Hippodame donne l'ordre de s'éloigner rapidement. Le plus robuste des soldats, un géant phénicien capable de faire tomber un bœuf d'un seul coup, porte le Baptiste sur ses épaules.

L'opération est trop facile. C'est presque un jeu. Le Baptiste dort toujours seul, si bien que personne dans le campement ne se rend compte de ce qui s'est passé.

Un des disciples, dans le demi-sommeil du petit matin, croit entendre des bruits, mais il pense qu'il s'agit d'un chien reniflant dans le campement et continue à dormir. Quand le soleil monte au-dessus de l'horizon, les plus matinaux commencent à se réveiller et quelqu'un a le pressentiment que quelque chose ne va pas. Il observe la tente du prophète, s'approche de l'entrée. Il appelle, insiste et, sans réponse, soulève le rideau de feutre et découvre la natte vide. Inquiet, il cherche son maître, s'agite, prévient ses camarades. La peur se propage aussitôt dans tout le campement : le Baptiste n'est nulle part.

À ce moment-là, les ravisseurs et leur proie se trouvent à plus d'une heure de distance, en direction de la forteresse de Machéronte, en Pérée, où Antipas a décidé de faire emprisonner le prophète agitateur.

— Que va-t-on faire de lui ? demande Hippodame, satisfait du succès de son opération.

— Cet homme a cessé d'être un danger pour nous, répond le tétrarque, venu à la forteresse de Machéronte pour faire la connaissance de son ennemi. Mais il reste un problème : le peuple ne va pas tarder à savoir que nous l'avons emprisonné. Certains vont manifester à grand bruit leur tristesse de voir privé de liberté celui qu'ils considèrent comme leur maître. Mais je pense que la plupart seront indifférents à son sort. Ils ont l'habitude. En réalité, c'est encore une fois la même histoire si souvent répétée en Israël : un homme, en qui certains voient un prophète, est poursuivi par l'État parce qu'il trouble l'ordre public. C'est arrivé à Isaïe, à Achaz ou à Élie avec Jézabel.

— Insinues-tu, seigneur, que le Baptiste est un des grands prophètes du peuple juif ?

— Non, et je ne veux pas qu'on se souvienne de lui en tant que tel. Bien, montre-moi où il est. Tu sais que je suis curieux de voir cet homme et de lui parler.

Hippodame guide Antipas jusqu'aux cachots de la forteresse. Dans une cellule sale et humide, dont personne ne prend la peine de retirer les immondices, Jean le Baptiste est attaché à un mur par de grosses chaînes. Lorsqu'il entre dans la pièce sans fenêtre, le tétrarque ne peut s'empêcher d'avoir des haut-le-cœur. Le voyant près de vomir, un des geôliers lui tend une botte de menthe, qu'il met sous son nez pour masquer l'insupportable pestilence. Une lanterne éclaire la cellule où des rats vont et viennent à leur aise sur le sol collant et crasseux.

Antipas observe son prisonnier. Le Baptiste, couvert de sa vieille tunique en peau de chameau, peut à peine ouvrir les yeux. Enfermé depuis plusieurs jours déjà, il a mangé un peu de pain rassis et bu quelques gorgées d'eau sale, rien d'autre.

— Alors comme ça, tu es l'homme qui critique ma légitimité de dirigeant de Galilée, dit le tétrarque. On m'a beaucoup parlé de toi et de ta véhémence à mon encontre. On me dit même que tu es le pire des dangers pour mon gouvernement. Mais ici, enchaîné à ce mur, tu ne ressembles guère au terrible vengeur que tu affirmes être.

— Si je suis ici, dans cette situation, c'est par la volonté de Dieu et non par la tienne, réplique Jean. Si c'est le sort que me réserve Dieu, je l'accepte. Le Dieu d'Israël est juste dans tout ce qu'il fait et dispose.

— C'est ce que tu crois ?

— Dieu se sert de moi pour transmettre les paroles qui régénéreront Israël. Je ne suis qu'une voix qui crie dans le désert. Dieu m'utilise et j'obéis à Son appel. Son long et puissant bras rendra justice quand arrivera le moment de Son règne.

— Dans le désert ? demande Antipas en se rappelant l'interprétation d'Hippodame. On dit que tu as du cran et, apparemment, c'est la vérité.

— C'est Dieu qui me donne la force de prêcher en Son nom.

— Et c'est également Lui qui t'ordonne de te lancer dans de furieuses diatribes contre moi ?

— Je suis la voix qui dénonce le péché, qu'il soit commis par les humbles ou par les puissants, par les riches ou par les pauvres.

— Tu es peut-être la voix de Dieu, mais, pour moi, tu n'es qu'un fou extravagant qui représente une grave menace pour la tranquillité et la paix en Galilée.

— La véritable paix est celle que Dieu instaurera à son avènement.

— Je suis descendu dans cette immonde prison pour te convaincre de l'inopportunité de tes sermons dans le bon gouvernement de notre nation, dit Antipas sur un ton amical. Tes discours ne font que perturber les innocents et encourager des troubles qui attireront de nouveau sur nous le regard malveillant de Rome. Or, les Romains n'attendent que ça pour intervenir dans nos affaires. La Galilée n'est pas encore tombée entre leurs mains. Ne vois-tu pas que tes prêches ont un effet mineur sur la religion et majeur sur mon action politique ?

— Je ne fais qu'accomplir la volonté de Dieu, insiste Jean.

— Continuer à supporter tes critiques sans réagir me discrédite aux yeux de mon peuple. Il n'est pas bon qu'un souverain soit considéré par ses sujets comme un dirigeant dépourvu d'autorité. Je suis le tétrarque de Galilée, et je le suis par la volonté de Dieu, ce Dieu qui a toujours pris soin d'Israël. Ne comprends-tu pas que, par ton comportement, tu fais le jeu de nos adversaires ? Ne vois-tu pas qu'en annonçant la colère de Dieu sur Israël tu laisses entendre à mes sujets que toute attaque de nos ennemis bénéficie de l'aval de Dieu ?

— Ta fonction ne te donne pas le droit de transgresser la Loi. Tu ne peux pas posséder la femme de ton frère !

— Stupide tête de mule !

Antipas constate que Jean ne faiblit pas, malgré les jours d'enfermement et le manque de nourriture. Il tente une nouvelle fois de lui faire entendre raison, mais ne parvient qu'à lui faire répéter sans cesse le même refrain :

— Tu ne peux pas posséder la femme de ton frère !

Las d'insister, sur le point de vomir, le tétrarque renonce à le faire changer d'attitude, à lui faire abandonner ses idées et, surtout, à obtenir de lui qu'il cesse de critiquer son union avec Hérodiade.

— Comme tu voudras. Que la volonté de Dieu s'accomplisse et nous verrons de quel côté Il est.

Antipas sort du lugubre cachot suivi d'Hippodame, qui a assisté en silence à la vaine tentative de son seigneur.

Antipas et Hérodiade passent quelques jours à Machéronte, dans les appartements royaux aménagés par Hérode le Grand et dont la rénovation est encore en cours. Le tétrarque a décidé d'y célébrer l'anniversaire de son règne en Galilée.

Le peuple vit dans le calme. L'emprisonnement de Jean le Baptiste contrarie ses partisans mais ne provoque pas d'insurrections ni d'émeutes. Cependant, Antipas semble inquiet et descend à deux reprises dans la cellule du prophète pour le convaincre de ses erreurs et l'exhorter à revenir publiquement sur ses critiques, en échange de sa liberté. Les deux fois, le détenu refuse et rejette sa proposition. Il préfère rester en prison que de renoncer à transmettre le message de Dieu.

Pour célébrer l'anniversaire d'Antipas, un riche festin est prévu auquel sont conviés les personnages les plus importants de Galilée et de Pérée, arrivés à la forteresse de Machéronte au cours des trois derniers jours.

Hérodiade supervise minutieusement la préparation de la fête. Antipas lui a parlé de ses conversations avec le Baptiste. Elle est donc tout à fait au courant de la position du prisonnier.

— Tout le monde me reproche de m'être mariée avec toi, se lamente Hérodiade en se dirigeant, au bras de son époux, vers la salle où va être servi le banquet d'anniversaire. C'est à cause des sermons de ce prophète borné que tu gardes enfermé dans la forteresse. Par sa faute, toutes les femmes de la tétrarchie m'estiment coupable du plus horrible des péchés.

— J'essaie de le convaincre de cesser ses attaques en lui promettant même de le libérer, mais rien ne le fait plier, dit Antipas. Ce prétentieux impertinent est persuadé que Dieu parle par sa bouche.

Les époux entrent dans la salle de banquets de la forteresse, accueillis par le tonnerre d'applaudissements des invités. Parmi eux se trouvent plusieurs princes des régions limitrophes de la Galilée, les sadducéens les plus fortunés, les chefs de l'armée, les hauts dignitaires de la cour et les commerçants les plus riches. Il ne manque, bien sûr, que le roi de Nabatée.

Antipas et Hérodiade s'apprêtent à présider le banquet, escortés par Hippodame, qui a déployé deux douzaines de ses soldats à travers la salle en leur donnant l'ordre de se montrer très attentifs à la sécurité de leur seigneur. La garde extérieure de la forteresse a également été renforcée. Le Baptiste dépérit dans son cachot puant, mais ses partisans pourraient bien tenter de le libérer. Cette possibilité semble très improbable, car ils se comportent généralement de manière très pacifique et Machéronte est une forteresse presque imprenable, cependant le chef de la police galiléenne n'exclut aucun risque.

— Magnifique banquet ! s'exclame un des illustres invités lorsque les serviteurs commencent à apporter les plats raffinés.

Les meilleurs morceaux des plus tendres agneaux de la région agrémentés de sauces exquises, les poissons les plus fins de la mer de Galilée et de la Méditerranée, les plus délicats sorbets réalisés avec de la neige des montagnes du Liban, les plus savoureuses compotes de fruits, les dattes de Damas les plus parfumées, des gâteaux et confitures préparés par les meilleurs pâtissiers sont servis accompagnés d'excellents vins de Phénicie et de Syrie et du très doux malvoisie de Rhodes.

Les convives dégustent les mets avec délectation, tandis qu'un groupe de joueurs de cithare et de flûte interprète d'harmonieuses mélodies.

— Du vin ! réclament des invités en levant leurs verres en l'honneur d'Antipas.

— Que Dieu t'accorde de nombreuses années et te comble de bonheur ! proclament d'autres.

— Longue vie au tétrarque de Galilée ! entend-on crier au fond de la salle.

Mû par l'ambiance de la fête et l'euphorie provoquée par une consommation abondante de malvoisie, Antipas se lève, la main en l'air, et sollicite l'attention des joyeux convives.

— Chers amis, dit-il, je vous sais gré de votre présence à cette fête et des présents que vous m'avez offerts. Je veux vous faire à mon tour un cadeau très spécial. Je suis sûr que vous n'avez jamais rien vu de tel.

Le tétrarque fait un signe à son maître de cérémonie, et une musique sensuelle et enveloppante se fait entendre. La porte principale de la salle s'ouvre sur une belle jeune fille qui entre en dansant avec un déhanchement suggestif.

C'est Salomé, la fille d'Hérodiade. Elle vient d'avoir quatorze ans et son corps est splendide, à la fois juvénile et éminemment féminin. Le visage parfait, de grands yeux noirs et lumineux, des lèvres pulpeuses et pleines de sensualité, une chevelure noire aux reflets bleutés, longue et très abondante, les épaules délicates, le torse ferme et les seins droits comme ceux d'une statue de marbre, le ventre lisse, les hanches arrondies, les jambes longues, les cuisses et les mollets galbés, elle est splendide.

Au fur et à mesure que la jeune fille avance vers le centre de la salle, la musique augmente en tonalité et en volume. Abasourdis par la volupté des postures qu'elle prend, les spectateurs gardent les yeux rivés sur ses mouvements affriolants.

Salomé s'arrête juste au milieu de la pièce et la musique s'arrête. Elle commence alors à agiter les hanches en tournoiements impossibles, faisant vibrer chaque muscle de son corps magnifique, tandis que démarre une mélodie rythmique et endiablée.

— La danse de la déesse Astarté ! s'exclame Antipas, radieux, les bras tendus devant lui.

La jeune fille se déhanche comme seules savent le faire les danseuses phéniciennes, les Tyriennes éduquées dès l'enfance pour provoquer le plaisir avec leurs jeux suggestifs de pieds, de hanches et de ventre.

Dès les premiers mouvements de Salomé, les convives s'enthousiasment. Certains la regardent avec ravissement, sans perdre aucun détail de ses gestes ; d'autres bavent de désir ; la plupart poussent des cris d'admiration. Quant aux femmes, elles envient la jeunesse et la beauté de la fille d'Hérodiade.

Pendant que Salomé émerveille avec sa danse les invités de la fête d'anniversaire d'Antipas, Jean le Baptiste pourrit dans son cachot humide et obscur, plusieurs pieds au-dessous de la salle de banquets. Ignorant ce qui se passe au-dessus de sa tête, il ne peut pas savoir que cette danse va sceller son destin.

Salomé est somptueuse et éblouissante à chaque pas, à chaque coup de hanche. Sensuelle et voluptueuse, elle se sent admirée et s'abandonne corps et âme à la danse.

La plupart des invités sont juifs et pratiquent la religion de Moïse, mais cette danse et cette jeune fille les entraînent dans un univers de sensations païennes qu'ils n'envisagent même pas de contester. Salomé n'est pas une danseuse comme les autres, c'est Astarté elle-même, la déesse phénicienne de l'Amour, incarnée dans une jeune et belle Israélite.

Au son de la musique orgiaque, pleine de notes et d'accords caractéristiques des cérémonies d'initiation aux plus profonds mystères sexuels, les spectateurs, de plus en plus excités, se balancent au rythme des crotales, des cithares, des timbales et des flûtes en acclamant la jeune fille.

Ils entrent dans une véritable transe lorsque Salomé, après quelques pas voluptueux et lascifs, ouvre les jambes dans un saut prodigieux et se met à tourner sur elle-même en se dépouillant à chaque tour d'un des voiles de fine gaze qui couvrent son corps splendide.

Un à un, tandis que la musique s'accélère et que les notes se succèdent dans un tourbillon d'harmonie et de rythme, les voiles tombent sur le sol jusqu'à ce que, sur le corps de la jeune fille, il n'en reste plus qu'un, extrêmement fin, presque transparent, ajusté à sa silhouette comme une seconde peau de sorte qu'il laisse entrevoir ses formes arrondies, comme taillées par le meilleur des sculpteurs grecs.

Puis les instruments se taisent et Salomé s'arrête devant son beau-père et sa mère, dans une position si suggestive et provocante qu'elle déchaîne les applaudissements et les ovations des hommes et plonge dans l'embarras les femmes les plus pudiques.

Certains des convives les plus exaltés demandent à Salomé de se dépouiller du dernier voile et de se montrer devant eux totalement nue, comme le font les danseuses phéniciennes qui animent les orgies en l'honneur d'Astarté, mais la jeune fille sait bien que l'effet produit sur son corps par ce voile aussi léger que transparent est largement supérieur au nu intégral dans lequel les danseuses tyriennes terminent leur danse. De plus, elle ne veut pas enfreindre la règle juive qui interdit la nudité totale.

L'euphorie est à son comble. Des cris de joie, des exclamations enthousiastes, des compliments et même des demandes perverses jaillissent des lèvres des spectateurs, qui applaudissent Salomé à tout rompre.

Ravi du succès de sa belle-fille, le tétrarque se lève, va la rejoindre et la serre entre ses bras dans l'enthousiasme général.

— Magnifique ! s'écrie-t-il. Personne n'a jamais dansé ainsi. Ta splendide démonstration mérite bien une récompense hors du commun. Devant tous ces témoins d'exception, je t'accorde ce que tu voudras, si c'est à ma portée. Que veux-tu en rétribution de ce prodigieux spectacle que tu viens de nous offrir ? Je te promets solennellement, devant tous mes amis ici présents, que je te l'accorderai, quoi qu'il m'en coûte et quel qu'en soit le prix. Parle, que veux-tu pour paiement de cette danse ?

Salomé sourit. Ses yeux et ses lèvres esquissent une expression de luxurieuse innocence. Elle regarde sa mère et s'approche d'elle. Hérodiade sourit, elle aussi. Elle serre sa fille contre elle et lui murmure quelque chose à l'oreille. Le visage de Salomé change brusquement d'expression. Ses yeux s'ouvrent comme deux lunes et ses lèvres expriment l'hésitation.

Hérodiade la regarde et lui fait signe de retourner aux côtés d'Antipas, qui attend de connaître le désir de la danseuse.

— Je veux la tête de Jean le Baptiste, annonce Salomé avec une froideur qui glace le sang des invités.

Un silence de plomb tombe dans la salle de banquet.

Antipas semble perturbé. Si le Baptiste est un souci permanent, il n'est pas encore déterminé à le supprimer, car il craint que son exécution n'en fasse un martyr et ne déclenche une vraie révolte en Galilée.

Déconcerté, il ne sait que faire. Assailli par le doute, il cherche des yeux Hippodame, qui est resté attentif pendant tout le banquet, et, d'un signe de tête énergique, lui ordonne d'approcher.

— Que puis-je faire ? murmure Antipas à l'oreille de son chef de police.

— Si tu ordonnes l'exécution du Baptiste pour satisfaire le caprice d'une adolescente, ton gouvernement sera en grave danger, prévient Hippodame.

— Mais je viens de faire une promesse solennelle devant les personnes les plus influentes de toute la Galilée. Si je ne la tiens pas, tous croiront que je n'ai pas de parole.

Hippodame a compris que l'idée de Salomé vient de sa mère, qui hait le Baptiste à cause de ses diatribes contre son mariage avec Antipas. Mais il ne dit rien, car il sait que le tétrarque ne tolère pas la moindre critique.

— Peut-être, mais maintenant tu dois régler cette situation et le faire de telle sorte que ton autorité n'en souffre pas, recommande-t-il.

Tandis qu'Antipas et Hippodame se parlent à l'oreille, une rumeur s'élève dans la salle. Les convives observent la conversation, dans l'expectative, mais ne peuvent entendre ce que trament les deux hommes.

La fête se transforme en funérailles. Les invités comprennent que quelque chose de terrible va arriver et gardent le silence, impatients de connaître la décision d'Antipas. Ils ont tous été témoins de sa promesse… mais il hésite. Soudain, il lui vient à l'esprit une pensée qui le libère du doute et l'incite à tenir parole : quand les Juifs se réunissent autour de Jean pour l'écouter, leur excitation se transforme en fièvre révolutionnaire et ils sont prêts à faire tout ce qu'il leur demande. S'il ne respecte pas sa promesse et finit par libérer le prédicateur, il risque tout autant de déclencher une révolte, peut-être encore plus importante. Il prend donc sa décision : Jean sera éliminé avant qu'une rébellion n'éclate. Cela vaut mieux que d'attendre que la situation dégénère et de regretter ensuite d'avoir réagi trop tard. La demande de Salomé va régler tous les problèmes d'un coup.

Enfin, après quelques instants de tension, Antipas murmure une dernière fois à l'oreille d'Hippodame. Celui-ci écoute avec attention, hoche ostensiblement la tête en signe d'affirmation, salue son seigneur et retourne avec discrétion à son poste de surveillance. Le tétrarque fait quelques pas en avant pour faire face à Salomé, qui attend sa réponse.

— Qu'il en soit ainsi ! s'exclame-t-il. Tu auras la tête du Baptiste sur un plateau d'argent. À l'instant même. Le fils d'Hérode le Grand tient toujours ses promesses.

Puis il se tourne vers Hippodame et lui fait signe de sortir de la salle. Le chef de la police obéit et ordonne à deux de ses hommes de l'accompagner dans les sous-sols de la forteresse.

Dans sa cellule, presque inconscient et épuisé par la faim, la soif, la solitude, l'abattement et l'obscurité, Jean le Baptiste agonise. Il bouge à peine de son grabat immonde de paille sale, posé sur le sol crasseux, lorsqu'il entend le grincement de la porte qui s'ouvre. Ses yeux, accoutumés à l'obscurité presque totale, distinguent avec difficulté les trois hommes qui s'approchent de lui en empoignant leur épée, tandis qu'un quatrième se tient près de la porte, une torche à la main.

Des mains puissantes le soulèvent et l'obligent à s'agenouiller au milieu de cris autoritaires. On lui pousse la tête vers l'avant et vers le bas, on tire sur ses longs cheveux emmêlés en exposant sa nuque au coup mortel. Désorienté, il ne résiste pas. L'espace d'un instant, il comprend qu'il va mourir et éprouve une espèce de libération. Il a même une seconde de jouissance, car il est convaincu que son âme immortelle puis son corps transfiguré seront bientôt et pour toujours au paradis avec Dieu. Il ne sent même pas la douleur ; juste un coup sec et coupant sur la partie postérieure de son cou. Puis plus rien.

L'entaille est propre. Hippodame manie l'épée avec maestria et n'a pas besoin de plus de deux coups précis et puissants pour décapiter le Baptiste. Il prend la tête par les cheveux et la tient en l'air jusqu'à ce que les dernières gouttes tombent sur le reste du corps, allongé sur le sol dans une mare de sang.

— Le plateau ! crie-t-il à un de ses gardes, qui le lui tend aussitôt.

Il pose la tête, puis il essuie son épée dans la tunique en peau de chameau du Baptiste, avant de la rengainer. Enfin, il prend le plateau et sort de la cellule pour retourner à la salle de banquets.

Quelques instants plus tard, des cris d'horreur et de surprise retentissent dans la salle. Hippodame arrive avec la tête du Baptiste, qui a les yeux entrouverts, la mâchoire déboîtée et des lambeaux de chair ensanglantés à la base du cou.

— Voici ton cadeau ! lance Antipas à Salomé tout en prenant le plateau des mains de son chef de police pour l'offrir à la jeune fille.

Un des convives vomit bruyamment tout ce qu'il a avalé, tandis qu'un autre se tourne vers sa compagne pour lui murmurer à l'oreille :

— Ce pauvre diable était un adversaire gênant pour Antipas. Tout ce qui vient de se passer ici est une simple mise en scène. Antipas avait décidé de tuer le prêcheur et il s'est servi du vœu de cette jeune danseuse comme prétexte. Il a monté toute cette mascarade pour éliminer ce pauvre fou en public. C'est une démonstration de son pouvoir et un avertissement pour nous tous. Il croit avoir réglé le problème, mais je pense qu'il a mal évalué les conséquences de son geste. Le peuple de Galilée est très pieux et je suis certain qu'il ne laissera pas ce crime horrible tomber dans l'oubli.

La nouvelle de la terrible exécution de Jean le Baptiste balaie toute la Galilée à la vitesse du vent et de nombreuses voix s'élèvent pour qu'une telle vilenie ne reste pas impunie. « Cette mort va lui attirer le châtiment de Dieu ! » s'exclament les Juifs, choqués. Et ils prient pour que la vengeance divine se déchaîne au plus vite.

18

La vengeance d'Arétas

Une menace tapie dans l'ombre, mais toujours bien présente, vient assombrir encore davantage la vie d'Antipas. Des messages des guetteurs déployés à la frontière sud de la tétrarchie ne cessent d'arriver au palais de Tibériade depuis que le Nabatéen Arétas a promis de venger la répudiation de sa fille Phasaélis. Les informateurs annoncent que des forces de la cavalerie arabe prennent position à proximité de la Gabalitide.

Les observateurs envoient des rapports de plus en plus précis sur les mouvements de l'armée nabatéenne, dont les colonnes de cavalerie sont renforcées par plusieurs régiments d'archers et de fantassins ainsi que de nombreuses machines d'assaut avançant sans relâche vers la Galilée. Le doute n'est plus permis : pour venger l'honneur de sa fille Phasaélis, Arétas prépare une invasion. La tourmente annoncée va s'abattre sur la Palestine et éclater sans pitié.

Informé de l'avancée de l'armée de son ancien beau-père, le tétrarque met ses soldats, déjà en partie mobilisés, en état d'alerte maximale.

— Le Nabatéen n'a que faire de l'honneur de sa fille, déclare-t-il devant le conseil des généraux de Galilée. S'il nous attaque, c'est parce qu'il convoite les ressources du lac Asphaltite, que les Romains appellent la mer Morte ou la mer de Sel. Ils ont besoin de poisson, mais aussi d'asphalte pour calfater leurs navires ou le vendre aux armateurs phéniciens. Et ils tireront de grands bénéfices de la vente du sel en Arabie. Nous devons défendre ces territoires de toutes nos forces.

— Les Arabes ont toujours convoité ces ressources sans jamais réussir à s'en emparer, intervient un des plus anciens généraux. Cette fois non plus, ils n'y parviendront pas.

— Nous concentrerons nos troupes aux frontières orientales, dans le sud de la Gabalitide, car c'est le territoire qu'ils convoitent. Je crois que c'est là qu'ils vont attaquer.

Après plusieurs semaines d'escarmouches, les deux armées, juive et arabe, s'affrontent dans la plaine émaillée de douces collines et irriguée par l'Arnon. Au lever du jour, les généraux constatent que les forces et le nombre de contingents de chaque camp sont équivalents. L'issue de la bataille reste donc incertaine. Pendant la nuit, le haut commandement de chaque armée a disposé ses troupes dans des positions très similaires, suivant l'ordre habituel des batailles : l'infanterie au centre, organisée en escadrons et en centuries, et sur les flancs, déployée en deux ailes, la cavalerie. Les Israélites ont un léger avantage, car trois cohortes d'infanterie sont arrivées la veille de la Trachonitide, envoyées par Philippe pour soutenir son frère Antipas.

Cela dit, les Romains, qui ne sont pas venus prêter main-forte au tétrarque, brillent par leur absence.

Depuis le poste de commandement de l'armée nabatéenne, situé sur une hauteur, Arétas ordonne au corps central d'infanterie de charger. Curieusement, le centre des Galiléens résiste très peu de temps avant de se rompre. Puis la formidable cavalerie arabe attaque depuis les flancs, met les cavaliers israélites en déroute et enserre l'infanterie désordonnée d'Antipas, abandonnée par les soldats de Philippe qui fuient dans l'affolement. Les rangs juifs sont totalement dispersés dans un sauve-qui-peut généralisé. Les soldats vont se cacher dans la pinède ou quittent le champ de bataille en courant dans toutes les directions.

Depuis sa tour de guet, Antipas observe le désastre. La défaite étant évidente, il ordonne la retraite, mais il est trop tard. Les cadavres de deux mille Galiléens jonchent le champ de bataille, parmi des centaines de blessés qui crient de douleur et de peur avant d'être achevés par les Arabes.

Ce qui reste de l'armée de Galilée parvient à se regrouper et à traverser un ruisseau presque asséché pour courir se réfugier derrière les hauts murs de la forteresse de Machéronte, abandonnant dans la fuite épées, boucliers et équipement.

À la grande déception des troupes victorieuses, qui ont flairé un butin substantiel, Arétas ordonne à ses hommes d'arrêter de poursuivre les Juifs en déroute. Certains de ses généraux lui ont suggéré de continuer à avancer, de piller toute la Pérée puis la Galilée, mais il se montre ferme et inflexible. Il sait bien que l'empereur Tibère est un ami d'Antipas et qu'il ne laissera pas les troupes arabes entrer dans un territoire sous sa protection.

Les Nabatéens se retirent, mais laissent un détachement dans la forteresse de Bet Gaboul, qui a donné son nom à la région de la Gabalitide, où sont concentrés les puits d'asphalte et les marais salants. Après avoir élevé en souvenir de leur victoire un trophée, tumulus de pierres où ils ont déposé des offrandes provenant des trésors de guerre arrachés à l'ennemi, ils réclament à grands cris la possession du territoire conquis.

La Galilée et la Pérée sont sous le choc, mais à l'abri d'une invasion encore plus sanglante. À l'annonce de l'infamante défaite des centaines de personnes descendent dans les rues des villages en se lamentant des pertes de l'armée abandonnée par la Providence. Dans les synagogues, les mères, les sœurs et les veuves qui ont perdu leurs enfants, frères et époux pleurent de chagrin.

À Tibériade, la capitale, les funérailles durent deux semaines, et les témoignages de douleur se multiplient. Les femmes s'habillent de noir, pleurent dans les rues et sur les places, se couvrent les cheveux de cendre de branches d'olivier. Les hommes portent de la toile de jute et se plaignent amèrement. Antipas, qui ne se remet pas de cette défaite, cède le territoire revendiqué par Arétas et reconnaît son échec.

Pendant un temps, ce revers fait oublier tout autre problème. Mais passé l'émotion des premiers jours, les Galiléens commencent à émettre des hypothèses sur les véritables causes du désastre. Certains affirment que le comportement immoral d'Antipas a été puni par Dieu, qui a manifesté sa colère après le mariage du tétrarque avec Hérodiade et l'assassinat ignominieux du Baptiste. « Le châtiment arrive du désert, comme le disent les Écritures, pour frapper le pécheur impénitent et lascif ! » proclament les rabbins dans leurs prêches du sabbat.

Les problèmes s'accumulent et Antipas sait qu'il dispose d'une faible marge de manœuvre. Il doit agir sans commettre d'erreur, ou Tibère le renversera aussi facilement qu'une tornade emporte les feuilles mortes.

19

L'essor de Jésus

Après la mort de leur maître, la plupart des disciples du Baptiste, découragés et horrifiés, se dispersent dans toute la Galilée, renonçant à annoncer l'avènement de la colère divine de peur de connaître le même sort que lui. Seuls quelques hommes, rassemblés autour de Jésus de Nazareth, décident de rester soudés et fermes sur leurs idées. Jésus n'hésite pas à récupérer le message de Jean et à se présenter comme son héritier spirituel, montrant qu'il ne craint pas la mort, qu'il est prêt à continuer à diffuser sa parole prophétique et même à la radicaliser.

Jésus et ses disciples se trouvent alors dans les terres de Judée, mais les mauvaises nouvelles vont vite et les messagers ne tardent pas à les retrouver le long du Jourdain, dans un coude isolé du fleuve, où la pratique de l'immersion baptismale est aisée. C'est là qu'ils se sont installés pour poursuivre la cérémonie du baptême telle qu'ils l'ont apprise de leur mentor.

— L'ensemble d'Israël est désormais au courant de l'exécution du Baptiste, dit Hippodame à Antipas, resté pendant plusieurs semaines à l'abri dans la forteresse de Machéronte en attendant de voir ce qui allait se passer.

— Y a-t-il eu des altercations ? demande le tétrarque.

— Pas pour le moment, juste des commentaires de rabbins pieux qui croient voir dans l'exécution du Baptiste un parallèle avec d'autres événements de l'histoire d'Israël. Certains le considèrent comme le nouvel Isaïe, qui, comme tu le sais, a été scié vivant par le roi Manassé.

— Et ses disciples ?

— Ils se sont presque tous dispersés. Ils se sont réfugiés dans leurs villages et sont rentrés chez eux. À ma connaissance, il ne reste plus que le petit groupe d'exaltés qui s'est installé en aval du Jourdain, en Judée. Je t'ai déjà parlé de Jésus, leur chef, un jeune rabbin de Nazareth adepte de Jean et ancien charpentier. Il continue à prêcher l'avènement imminent de la fin des temps et à baptiser ceux qui viennent le voir comme le faisait le Baptiste. Je te rappelle que lui non plus ne se montre pas respectueux à ton égard.

— Sont-ils dangereux ? Nous avons déjà eu un fou et je ne veux pas me retrouver avec une nouvelle affaire de ce genre.

— D'après ce que je sais, une quinzaine d'hommes et trois ou quatre femmes suivent ce dénommé Jésus, pas plus. La mort du Baptiste les a beaucoup attristés et désorientés. Ils se sont contentés de garder le deuil pendant une semaine et de prier pour l'âme de leur chef. Ils ne sont pas dangereux… pour l'instant.

Malgré les mises en garde de certains de ses informateurs, Hippodame commet avec Jésus la même erreur d'appréciation qu'avec Jean le Baptiste et sous-estime la détermination du rabbin galiléen. En réalité, loin de se laisser décourager par l'exécution de son mentor, Jésus prend cet acte comme un nouvel argument en faveur de sa propre cause. Convaincu que le royaume de Dieu a besoin d'un messager sur Terre, il se considère comme le nouvel élu chargé de proclamer son avènement.

Avec le temps, Jésus se démarque de son maître, estimant que certaines de ses idées sur le Royaume, sur Dieu lui-même et son intervention sur Terre ne sont pas tout à fait justes. À certains égards, il est plus radical que Jean. C'est pour cette raison qu'il a décidé d'aller plus loin sur le Jourdain, de mettre de la distance entre eux deux. Il veut éviter que leurs divergences sur l'interprétation de l'avènement du royaume de Dieu ne soient un obstacle. Il n'y a pas eu de rupture formelle entre les deux prophètes, mais un éloignement spirituel, car Jésus prêche ses propres idées, qui ne coïncident pas toujours avec celles du maître.

Depuis la mort du Baptiste, Jésus est le seul meneur du mouvement qui pratique la conversion au royaume de Dieu par le baptême. Mais il tire de l'avènement imminent de ce royaume des conséquences pour ses propres disciples, notamment des exigences morales que le Baptiste n'avait pas eu l'audace de formuler.

— Tu dis qu'ils ne sont pas dangereux pour l'instant, mais le seront-ils plus tard ? insiste Antipas. Sois précis.

Ce ne sont pas les questions doctrinales ni les différences théologiques entre les disciples du Baptiste et ceux de Jésus qui l'intéressent, mais les troubles que ce mouvement pourrait provoquer sur le territoire qu'il gouverne.

— Ils peuvent le devenir, si nous les laissons prospérer, déclare Hippodame en essayant d'ajuster son propre jugement à celui de son seigneur.

— Dans ce cas, élimine-les.

— Cela ne va pas être facile.

— Fais-le immédiatement.

— Seigneur, avant d'entreprendre de dissoudre ce mouvement de fanatiques, je dois recueillir davantage de renseignements sur leurs intentions, leur nombre, leurs contacts, leurs déplacements, leurs éventuels agents dans les villes… Avec ta permission, je vais envoyer Élisée, le fils de Zéphanias, s'informer sur toutes ces questions en Judée. Ensuite, nous agirons avec fermeté si nécessaire.

— D'accord, mais fais-le sans tarder. Je ne veux plus voir de dissidents sur mon territoire. Rome ne me pardonnerait pas un tel manque d'autorité.

Quelques jours plus tard, Élisée, l'agent de confiance d'Hippodame, rentre de Judée avec des informations sur les allées et venues ainsi que les intentions du groupe accompagnant Jésus de Nazareth.

— Que sais-tu de ces traîtres ? lui demande Hippodame sans même lui laisser le temps de se remettre de son voyage, lorsqu'il arrive à Tibériade, où Antipas est retourné.

— Nous avons un problème, dit Élisée, à qui une jeune fille sert une coupe de vin blanc rafraîchi par la neige des montagnes du Liban. Les disciples de Jésus sont encore plus fanatiques que ceux du Baptiste.

— L'as-tu constaté par toi-même ?

— Oui. Je viens de passer quelques jours avec eux dans leur campement de Judée, au bord du Jourdain, car ils accueillent les gens qu'ils endoctrinent. Je peux affirmer que celui qui les dirige, ce Jésus de Nazareth, exerce sur eux un pouvoir encore plus important que le Baptiste. Il parle avec plus de conviction et moins d'histrionisme. Je crois qu'il est très dangereux, car il parvient à donner davantage de force au groupe.

— Que dit Jésus à propos du tétrarque Antipas ? demande Hippodame, très préoccupé.

— Il profère les mêmes critiques que le défunt Jean, en des termes partiellement identiques. Il affirme que Dieu punira bientôt Antipas pour son mariage impur.

— Il est toujours en Judée ?

— Non. Quand je suis parti pour revenir t'informer, Jésus a ordonné à ses disciples de lever le camp. Je crois qu'il commence à avoir peur des Romains de Judée, qui agissent sans tergiverser. Il retourne en Galilée. D'après ce que je sais, il a l'intention d'aller sur la rive nord du lac de Génésareth, près d'ici, et de recommencer à diffuser son message à partir de là. Il est convaincu qu'il parviendra à attirer de nouveaux défenseurs de sa cause dans cette région.

Hippodame garde le silence pendant un moment, songeur.

— Dans ce cas, finit-il par dire, rends-toi là-bas, suis Jésus de près et informe-moi régulièrement de tous ses faits et gestes. Ne le perds pas de vue un seul instant et, si nécessaire, fais-toi passer pour un de ses plus fervents disciples. Tiens, tu l'as bien mérité. (Hippodame donne à Élisée quelques pièces d'argent.) Tu en auras beaucoup d'autres, si tes renseignements sont bons. Tu peux t'en aller.

Une fois seul dans son bureau du palais de Tibériade, le chef de la police, qui éprouve une grande rage intérieure, tente de la surmonter et tâche de réfléchir. Le départ de Jésus en Judée l'avait soulagé d'un problème, mais le retour du prophète en Galilée est un contretemps inattendu. Les fantômes qui l'ont accompagné lors des mouvements de masse provoqués par le Baptiste reviennent le hanter.

Au cours des mois suivants, les agents informent leur supérieur de la présence de Jésus et de ses disciples en Galilée, en Judée, en Pérée, en Batanée et en Gaulanitide, territoires de Philippe, y compris dans les montagnes. Apparemment, Jésus fait preuve d'une grande ruse et de beaucoup de rapidité dans ses déplacements. Il ne reste jamais plus de deux ou trois jours au même endroit, repartant aussitôt en suivant un itinéraire qu'il est le seul à connaître. Hippodame pense que Jésus a peur de connaître le même sort que Jean le Baptiste, et se déplace constamment, évitant ainsi d'être localisé et arrêté par la police de Judée ou de Galilée.

Un soir, tandis qu'Hippodame dîne avec son épouse, un messager lui apporte un rapport écrit d'Élisée. L'informateur indique que Jésus de Nazareth a laissé de côté l'avènement imminent du Jugement dernier et la fin des temps pour prêcher la nécessité de la repentance personnelle et l'instauration prochaine du royaume de Dieu sur la terre d'Israël... à commencer par la Galilée !

Le chef de police considère que Jésus incite ceux qui l'écoutent à se révolter contre Antipas, comme le Baptiste a déjà tenté de le faire par le passé. Il abandonne son dîner et se dirige vers les appartements du tétrarque, qui est également en train de prendre son repas aux côtés de son épouse Hérodiade et de sa belle-fille Salomé.

— Excuse-moi de te déranger, seigneur, mais je viens de recevoir un message d'Élisée. C'est important et je pense que tu dois en prendre connaissance de toute urgence.

Antipas lui fait signe d'attendre un instant, termine sa part de gazelle rôtie, s'essuie la bouche et les mains, puis se lève de son lit de banquet.

— De quoi s'agit-il ? J'espère que c'est assez grave pour justifier une interruption au milieu de mon dîner.

À l'évocation par son chef de police du message remis par Élisée, Antipas entre dans une grande colère. Jésus ne parle pas de façon nébuleuse et abstraite comme Jean à ses disciples. Son message est clair et direct. Si le Baptiste insistait sur l'imminence du Jugement dernier sans expliquer comment il allait advenir, Jésus annonce catégoriquement l'avènement proche du royaume de Dieu sur la terre d'Israël, qui inclut naturellement la Galilée, et exhorte les Juifs à se préparer dans cette perspective.

— Ce Galiléen s'avère pire que le Baptiste, analyse Hippodame.

— C'est un vrai cauchemar ! rugit Antipas. Il aurait pu rester en Judée ! Cela aurait été le problème de Pilate ! D'après ton informateur…

— Élisée, seigneur, et il est digne de confiance.

— D'après Élisée, Jésus affirme que mon gouvernement est injuste et que je me détourne de Dieu. Il dit qu'un autre règne sera bientôt instauré… et nous savons qu'il entend également par là la fin de mon autorité sur la Galilée, n'est-ce pas ?

— Apparemment, oui.

— Apparemment ? Regarde ce qui est écrit. – Antipas montre du doigt un passage du rapport d'Élisée. – Jésus annonce l'avènement d'un jugement terrible, lors duquel Dieu va régler ses comptes avec tous les mortels. Et qui sera le juge ? Le messager divin de forme humaine que le prophète Daniel a déjà annoncé, un être qui descendra du ciel entouré de nuages pour rendre une justice sans appel. Et que se passera-t-il ensuite ? Dieu lui-même va instaurer un nouveau royaume régi par la loi de Moïse… Mais cette prophétie est ancienne. Jésus veut juste la remettre au goût du jour. Rien de neuf, en somme, rien qui ne nous ait déjà été annoncé par le Baptiste. C'est à la portée de n'importe quel bonimenteur qui connaît nos Saintes Écritures.

Tandis que la nuit commence à tomber sur Tibériade, Antipas comprend que Jésus n'est pas un illuminé de plus parmi tout ce ramassis de détraqués qui prêchent dans les villes et les villages la repentance des péchés. Au contraire, le charpentier de Nazareth est convaincu d'être, parmi tous les prophètes autoproclamés, le seul élu de Dieu qui mènera le peuple d'Israël à son destin. Il doit avoir une haute idée de lui-même et cette conviction lui donne un certain charisme.

— Quels sont tes ordres, seigneur ? demande Hippodame en voyant le tétrarque s'immerger dans un long silence.

— Le Baptiste a allumé le feu avec sa torche, mais c'est Jésus qui alimente le bûcher. Depuis des années, nous n'avions pas eu de problème de ce genre en Galilée. Et maintenant, voilà que ces deux individus font renaître de vieux conflits que nous croyions résolus. L'un est éliminé, mais il reste l'autre, sans aucun doute le plus dangereux. Sa seule parole compromet la paix.

— Jésus sait canaliser les sentiments populaires les plus profonds. Ses sermons parlent de religion, mais il s'adresse aussi aux Juifs en tant que nation, et il leur dit ce qu'ils veulent et aiment entendre.

— Tu es grec, Hippodame, comment peux-tu comprendre ce que ressent le peuple d'Israël ?

— Je suis grec, oui, mais je vis avec ton peuple depuis ma naissance et je crois que je le connais bien : ma femme est juive.

— Et d'après toi, comment sommes-nous, nous les Juifs ?

— Vous êtes profondément nationalistes mais désunis, toujours pleins de vitalité mais insatisfaits, pétris d'aspirations mais dépourvus de sens pratique, fiers de votre situation mais dans l'expectative d'un avenir promis qui n'arrive jamais…

— C'est ainsi que tu nous vois ?

— Et j'en déduis que c'est ainsi que Jésus vous voit. Israélite, il prêche pour le peuple israélite. C'est pourquoi il s'attache à annoncer de manière obsessionnelle l'avènement d'un royaume qui fera d'Israël le paradis définitif dans une éternité idyllique. Avec une telle promesse, comment le charpentier ne séduirait-il pas des masses toujours plus stupides et crédules ?

— Tu dénigres mon peuple, dit Antipas. Je devrais te faire couper la tête juste pour ça.

— Je réponds sincèrement à la question que tu me poses, seigneur.

— Et le pire, c'est que tu as raison. Quelle malédiction !

— Tes ordres, seigneur ?

— Pour le moment, restons sur nos gardes. Que cet Élisée, en qui tu as une si grande confiance, continue à nous informer. Je verrai plus tard comment régler le problème.

Chaque semaine arrive un nouveau rapport d'Élisée. Petit à petit, le chef de la police galiléenne finit par se faire une idée précise de Jésus. À chaque message de son informateur, il connaît et comprend mieux le prophète de Nazareth.

Dans un de ses sermons, qu'Élisée retranscrit presque intégralement à Hippodame, Jésus annonce de nouveau une société parfaite, merveilleuse, qui sera instaurée après un terrible cataclysme et le jugement des pécheurs. Israël sera lavé de ses péchés et la bénédiction descendra sur la Terre. Le monde sera exempt de pécheurs, juifs comme étrangers. Dieu lui-même gouvernera par l'intermédiaire de ses délégués. Ceux qui pleurent seront consolés, les affamés seront rassasiés et les pauvres vivront dans la richesse. Les champs donneront de grandes récoltes, le bétail produira du lait en abondance, sur les arbres pousseront les fruits les plus sucrés et les plus savoureux, des sources jaillira le miel le plus doux et les banquets deviendront chose courante. La paix, la justice et l'ordre se répandront dans chaque recoin du monde, partout la Loi sera observée et tous loueront le Seigneur. Israël sera débarrassé de toute menace et du joug des infidèles, puis respecté et craint par les autres nations. Peu à peu, tous les peuples finiront par reconnaître la Loi de l'unique et vrai Dieu, qui sera établie sur toute la Terre et par toutes les nations.

« Pauvre fou ! songe Hippodame après avoir lu la retranscription du sermon de Jésus. La seule réalité qui compte est l'Empire de Rome et, en Galilée, le pouvoir de son représentant Antipas. »

Il serre le message entre ses mains et froisse la feuille de papyrus sur laquelle il est écrit. Il fait mine de le jeter dans la cheminée qui chauffe la pièce, mais il se ravise. Il est grec et les Grecs croient à la maîtrise de la raison plutôt qu'aux prophéties fantaisistes. « Ce Jésus n'est qu'un visionnaire de plus parmi tous ceux qui prophétisent le triomphe d'Israël après des siècles de chaos intérieur et de soumission à d'autres empires, pense-t-il. Rien de nouveau ! Tous ces détraqués finissent toujours par échouer magistralement ou par tomber dans l'oubli d'une tombe froide. Jésus ne vaut pas mieux qu'eux. On l'oubliera dès qu'il sera mort et que quelques années auront passé… et tout redeviendra comme avant. »

Il lit de nouveau le message, se disant qu'il a bien fait de faire surveiller Jésus. Son flair de policier expérimenté lui souffle que le message du Nazaréen cache quelque chose de plus qu'un endoctrinement religieux. Antipas, son seigneur, a déclaré lors d'une réunion du conseil qu'il était impossible de séparer la religion de la politique en Israël. Les paroles de Jésus semblent pieuses en apparence, mais elles peuvent déclencher un soulèvement populaire. Son discours enflammé parle d'une société nouvelle avec un véritable programme de gouvernement, une alternative à celui d'Antipas. Hippodame finit par se convaincre que, comme celui du Baptiste, le message de Jésus a d'incontestables implications politiques. « Auront-ils recours à la violence ? », s'interroge-t-il sans trouver de réponse à sa question.

Son destin est lié à celui du tétrarque. Que leur arrivera-t-il, à lui, à sa bien-aimée Ruth et à leurs enfants, si l'alternative de Jésus triomphe ? Quel rôle son seigneur Antipas pourra-t-il avoir dans le nouveau système proclamé par le Nazaréen ? Aura-t-il une place en tant que chef de police dans ce nouveau régime ? Et les Romains, accepteront-ils qu'un État régi uniquement par les anciennes lois de Moïse soit instauré en Galilée et en Judée ? Hippodame voit déjà Tibère, sarcastique mais furieux, remettre Israël dans le rang en envoyant plusieurs légions.

Ruth s'approche de son époux, tourné vers le feu, perdu dans des pensées qui le préoccupent depuis des mois.

— Tu sembles inquiet, cher époux, depuis longtemps déjà, lui fait-elle remarquer. Que t'arrive-t-il ?

— C'est à cause d'un des disciples de Jean le Baptiste, répond-il, le dénommé Jésus. Il vient de Nazareth, près d'ici, si bien que ses actions ont des répercussions sur nous. Il prêche dans toute la région l'avènement imminent de je ne sais quel nouveau royaume des cieux. Ce n'est peut-être qu'un de ces faux prophètes qui profitent des crédules pour vivre sans travailler, mais son message semble beaucoup plus solide que ceux que nous avons connus jusqu'à présent.

— Que prêche-t-il qui t'inquiète à ce point ?

— Il dit que le règne de Dieu va être instauré en Israël, mais que nous devons d'abord ouvrir nos cœurs pour l'y laisser croître.

— Si c'est vrai, ce royaume n'existera qu'à l'intérieur de chacun de nous. Il n'y a pas de quoi t'inquiéter. Tiens, c'est un plat de légumes et de viande, ça va te faire du bien.

Ruth tend à son époux une assiette qu'elle vient de lui préparer.

— Je n'ai pas faim.

— Bien sûr que si, tu as faim. Voilà des jours que tu ne manges presque rien. Si tu continues comme ça, tu vas tomber malade. Mange, s'il te plaît.

Hippodame accepte l'assiette et porte une cuillérée à sa bouche. Le plat, qui sent les herbes aromatiques et la cardamome, est délicieux. Ruth regarde son mari faire honneur à son repas et se rappelle les nuits passées dans le jardin de son père, à Jérusalem, et l'émotion qu'elle éprouvait à chacune des visites clandestines de son bien-aimé.

— Excellent, dit Hippodame après avoir avalé la dernière cuillérée, sans cesser de penser à ce qui le préoccupe. Les rapports de mes informateurs sont formels et coïncident tous : Jésus s'obstine à annoncer l'avènement immédiat du royaume de Dieu ici, en Galilée, et affirme que le pays d'Israël sera ainsi totalement rénové.

— Est-ce si inquiétant ?

— Très, chère épouse, très inquiétant. Et tu te trompes. Jésus ne prêche pas un royaume uniquement intérieur, mais le triomphe sur cette Terre, ici et maintenant, d'une société harmonieuse composée d'hommes et de femmes heureux vivant dans la paix et la justice. Qui peut lutter contre cette idée ?

— Le Baptiste est mort et il n'y a eu aucune révolte…

— Ce sont des cas un peu différents. Jean insistait beaucoup sur le jeûne et la sobriété la plus absolue. Et quand il parlait d'un royaume céleste dans un Israël purifié, je crois que les gens pensaient davantage à une vie simple et à la frugalité. Lui-même, avec sa tenue si particulière, incarnait ces valeurs. Jésus est très différent. Le royaume qu'il annonce est placé sous le signe de la prospérité et de la fortune. Son symbole est un festin. On raconte qu'il lui arrive de jeûner, mais dans la joie, et qu'il célèbre tout par des banquets. Il paraît qu'une fois par semaine, il organise avec ses disciples un grand repas qui se déroule dans l'allégresse. Il dit que, dans son nouveau royaume, Dieu donnera à boire et à manger à tous en abondance.

— En effet, c'est très différent, commente Ruth.

— Les propositions de Jésus sont bien plus attrayantes que celles de Jean. C'est pourquoi il attire chaque jour de plus en plus d'adeptes. Or, ces propositions sont contraires au modèle de gouvernement que représente Antipas. De nombreuses personnes sont pauvres et désespérées sur cette Terre. Et elles attendent un Messie, comme disent les Juifs, qui les sorte de la misère pour les conduire à ce paradis d'abondance qu'on leur promet.

— Jésus a-t-il tant d'adeptes ?

— Et il va en attirer d'autres s'il continue à promettre le bonheur.

— Dans ce cas, le pouvoir d'Antipas est en péril, et nous…

Hippodame finit par révéler à Ruth le cœur de ses préoccupations.

— Je suis son chef de police et tu es mon épouse. Si les adeptes du charpentier de Nazareth s'emparent du pouvoir, nous aurons de graves problèmes. C'est un fanatique et, à mon avis, il éliminera tous ceux qui n'accepteront pas les normes religieuses qu'il a l'intention d'imposer. Il traite ses ennemis de race de vipères, comme son maître, et les condamne ouvertement au feu éternel. Ne crois pas qu'il soit pacifique.

Il menace tous ses ennemis du châtiment divin. Cela dit, je pense que son mouvement est voué à l'échec et, même s'il triomphe, les Romains ne laisseront jamais un tel royaume s'instaurer en Israël. Leurs légions l'empêcheront d'exister en Judée, où ils gouvernent sans intermédiaire, de même qu'en Galilée, où Antipas dirige en leur nom.

— En as-tu discuté avec le tétrarque ? demande Ruth, qui commence à s'inquiéter, elle aussi.

— Dans les grandes lignes, mais je ne lui ai pratiquement pas parlé des dernières informations que j'ai reçues. Si je lui en fais part, il se mettra en colère et prendra des décisions irréfléchies, comme il l'a fait avec Hérodiade lorsqu'il n'a pas réussi à maîtriser le problème. J'attends donc d'en savoir encore plus sur Jésus et ses disciples avant de lui suggérer un moyen de neutraliser définitivement ce groupe de fous furieux.

— Mais si tu le laisses se développer, le problème risque de devenir insoluble.

— J'ai besoin de connaître plus de détails. Pour l'instant, je pense surtout aux troubles à l'ordre public qu'il pourrait provoquer. Je dois savoir si ce groupe envisage des actions concrètes et subversives, combien de personnes seront impliquées dans ces actions, jusqu'où les plus extrémistes sont capables d'aller, si Jésus ou ses disciples ont des contacts réguliers avec d'autres groupes rebelles ou zélotes, s'ils sont armés et de quoi… Comme tu le vois, j'ai encore beaucoup à apprendre avant de proposer devant le conseil de Galilée et le tétrarque une solution définitive au problème qu'engendre Jésus.

Hippodame caresse les cheveux de son épouse et l'embrasse avec tendresse. Ruth n'est plus cette jeune fille très belle dont il est tombé amoureux à Jérusalem. Les années ont laissé des traces sur son visage et quelques fils argentés dans sa chevelure noire, mais elle a gardé sa beauté sereine, et le regard franc qui l'a séduit dès l'instant où il l'a vue lors de ce banquet déjà si lointain.

20

Ponce Pilate

Dans le palais de Tibériade, Antipas et Hippodame discutent des mesures à prendre à l'encontre de Jésus, si celui-ci s'obstine à poursuivre l'œuvre de son maître le Baptiste de façon encore plus radicale et déterminée. À cet instant, un fonctionnaire se présente et demande l'autorisation de parler. Antipas accède à sa requête de mauvaise grâce, contrarié d'avoir été interrompu.

— J'ai ordonné qu'on ne nous dérange pas.

— C'est urgent, seigneur. Un courrier de la Ville sainte vient d'arriver.

— C'est un de mes hommes, dit Hippodame. Après les prêches de Jésus en Judée, je lui ai donné l'ordre de venir m'informer dès qu'il y aurait du nouveau à Jérusalem.

— Fais-le entrer, ordonne Antipas.

L'agent d'Hippodame entre et salue respectueusement ses deux seigneurs en s'inclinant.

— Parle ! lance Antipas, impatient d'entendre les nouvelles.

— Le nouveau gouverneur romain de Judée a de graves problèmes à Jérusalem.

— Qu'a encore fait cet idiot de Ponce Pilate ?

— Dans cette ville, il y a toujours pénurie d'eau. Les trente citernes ne suffisent pas à approvisionner les milliers de pèlerins qui se rendent à Jérusalem lors des fêtes de la Pâque. Même la source principale, celle de Siloé, ne peut satisfaire une telle demande. Pilate a décidé de régler le problème en améliorant l'approvisionnement grâce à la construction d'un aqueduc. Mais il n'a rien trouvé de mieux pour financer les travaux que de saisir une bonne partie du trésor du Temple. Des centaines de citoyens ont manifesté devant le prétoire pour protester contre l'emploi de cet argent sacré à des fins profanes.

— Les travaux en soi sont une bonne idée, intervient Hippodame, mais ce Romain agit de façon imprudente, sans chercher à connaître les coutumes des Juifs.

— Que savons-nous de Ponce Pilate ? lui demande Antipas.

Le chef de la police ne connaît pas personnellement le nouveau gouverneur romain de Judée et de Samarie nommé par Tibère, mais ses agents lui ont fourni un rapport complet.

— Il est né dans la région de Campanie, en Italie, dans une famille relativement noble puisqu'elle appartient à l'ordre équestre. On le dit ambitieux, énergique, dur et violent ; on raconte qu'il agit sans scrupules et préfère user de la force que de la diplomatie. Apparemment, c'est un bon administrateur, voilà pourquoi Tibère l'a envoyé dans cette région de l'Empire où il y a toujours des conflits, mais il ne sait qu'appliquer la loi de Rome. Il ne respecte pas les Juifs. Il a l'habitude de dire qu'il faut entretenir avec les peuples conquis des rapports de domination et non d'amitié, et qu'ils doivent être soumis à Rome sans égards particuliers.

— Décris-le, ordonne Hippodame au messager.

— Il est petit et rondelet, répond l'agent, avec de petits yeux cruels et une tête de crapaud. Il a de petites mains moites, si bien qu'il a toujours sur lui un mouchoir dans lequel il les essuie constamment.

— Il est laid, dit Antipas, qui a vu Ponce Pilate lors d'une Pâque à Jérusalem mais a toujours évité d'être en contact direct avec lui.

— Mais il sait veiller à ses propres intérêts, précise Hippodame en se rappelant un rapport révélant la façon dont le gouverneur rafle de l'argent pour sa fortune personnelle. On dit que, depuis qu'il est procurateur de Judée, il se taille la part du lion et met de belles sommes de côté pour ses vieux jours.

— S'il l'apprend, l'empereur le fera exécuter.

— Je ne crois pas. Ponce Pilate est prêt à maintenir à n'importe quel prix l'ordre et le pouvoir de Rome dans la province dont il a la charge. Et c'est ce que veut Tibère.

— Dans les autres provinces peut-être, insiste le tétrarque, mais à Jérusalem la situation est bien plus délicate.

Il n'a aucune envie d'aider Pilate. Au fond, il préfère que les Romains aient des difficultés en Judée. Malgré les années, il n'a pas oublié qu'Auguste puis Tibère ne l'ont jamais nommé roi d'Israël. Il a cependant toujours l'ambition de s'asseoir sur ce trône maudit. Aussi, chaque problème que rencontre Rome, surtout s'il n'en subit pas directement les conséquences, est pour lui une joie et une petite vengeance. Il veut que l'empereur se rende compte qu'il est la solution à tous les problèmes de la région.

— Maudits prêtres… ils n'accepteront jamais que l'on touche à leur trésor, songe Hippodame à voix haute.

— C'est la Loi.

— Je ne vois pas pourquoi, dit Hippodame de bonne foi. Je vis parmi vous depuis longtemps mais je ne comprends toujours pas les Juifs. Quel est l'intérêt d'amasser un tas d'or et d'argent dans un Temple, alors qu'ils n'ont même pas l'eau dont ils ont besoin ? N'est-il pas préférable de dépenser ces fonds dans la construction d'un aqueduc qui vienne à bout de la pénurie d'eau ? Comment peuvent-ils s'opposer à cela ?

— Tu es grec. Pour comprendre les Juifs, il faut naître juif. Mon père le disait souvent. Aux yeux des étrangers, cette proposition de Ponce Pilate semble juste et pertinente. Elle plaît peut-être même à certains Juifs. Mais les prêtres et les docteurs de la Loi qui gouvernent le Temple refuseront toujours qu'un étranger gère leur argent sacré et décide de l'usage qu'il faut en faire. Et je vois d'ici Pilate entrer dans la chambre du Trésor avec ses secrétaires et ses légionnaires, puis s'emparer de l'or et de l'argent sous prétexte de les utiliser au bénéfice de la ville, alors qu'une partie de cette fortune va atterrir directement dans ses coffres… S'il entre en personne, il commettra un sacrilège, car seuls les Juifs peuvent entrer dans la cour des Femmes, où le trésor est gardé.

— Si tu permets, seigneur…, commence le messager pour demander l'autorisation de fournir le reste de ses informations.

— Qu'as-tu d'autre à dire ?

— Il y a eu plusieurs morts. Bien sûr, le procurateur Ponce Pilate dépend hiérarchiquement du légat de Syrie, mais en Judée comme en Samarie, il représente le commandement militaire suprême et l'exerce avec une extrême sévérité. Il n'hésite pas à envoyer ses soldats réprimer durement les civils qui protestent contre le projet de construction de l'aqueduc avec l'argent sacré. Sur son ordre, plusieurs membres de sa garde en civil se sont mêlés aux rebelles en cachant leur arme sous leurs vêtements. Au signal de l'officier qui les commandait, ils ont sorti leurs épées et tué au moins une centaine de personnes.

— Encore un massacre…, soupire Hippodame. Si cela continue, il y aura d'autres morts.

— Pour l'instant, Pilate a cédé, ajoute l'agent. Peut-être préoccupé par l'escalade de la violence, il a mis un coup d'arrêt au projet de construction de l'aqueduc, mais je ne crois pas qu'il se résigne à l'abandonner complètement.

En entendant ces nouvelles en provenance de Jérusalem, Antipas sourit : Ponce Pilate, comme son prédécesseur Valerius Gratus, déposé par Tibère à son arrivée au pouvoir, commet de graves erreurs. Il se dit que l'empereur va finir par comprendre que la seule façon de contrôler les Juifs de Judée et de Samarie, c'est de lui confier le gouvernement de ces régions, en plus de la Galilée et de la Pérée. Quand cela arrivera, il sera en position de réclamer de nouveau le titre de roi d'Israël et de réunir les territoires juifs sous un même régime, le sien, bien que sous l'autorité de Rome.

— Tu peux te retirer, indique Antipas au messager, qui obéit en inclinant la tête.

Une fois seul avec Hippodame, qui a toute sa confiance, Antipas livre le fond de sa pensée. Il prend une pomme, essuie la peau avec la manche de sa tunique et mord dans la chair. Un sourire froid se lit dans ses yeux.

— Seigneur, espères-tu un signe de l'empereur Tibère ? lui demande le chef de la police.

— Tibère est têtu, à tel point qu'il a failli être écarté en tant qu'héritier du trône. Seule l'insistance de sa mère, l'astucieuse Livie, l'a maintenu dans la course à la succession. C'est ainsi qu'il a fini par obtenir la couronne impériale à la mort d'Auguste. Certains sont très critiques à l'égard de Livie sur ce point… Est-ce que tu crois à cette histoire d'indigestion de figues ? Cela ne va pas être facile de convaincre Tibère de changer d'avis sur l'opportunité de me confier la Judée et la Samarie, mais ce n'est pas impossible. Si Ponce Pilate tombe, il enverra sans doute un autre gouverneur à Jérusalem, mais je n'écarte pas totalement l'idée qu'il m'en confie le gouvernement.

— Mais d'après ce que nous avons pu constater, la tactique de Tibère diffère de celle d'Auguste. Celui-ci changeait de gouverneurs tous les deux ans, alors que lui les maintient en fonctions pendant très longtemps. Pilate occupe ce poste depuis presque quatre ans. Je ne suis pas sûr qu'il le révoque si rapidement.

— L'empereur pense que tous les hauts fonctionnaires et magistrats de l'administration romaine sont mus par la cupidité : dès qu'ils arrivent quelque part, ils s'empressent de s'enrichir en volant tout ce qu'ils peuvent dans les caisses de l'État. Il se dit donc que, s'il les maintient en poste pendant longtemps, il arrivera un moment où ils seront rassasiés et se livreront moins souvent à la rapine. Ils feront ainsi moins de mal dans les provinces qu'ils dirigent. Pour expliquer sa politique sur les hauts fonctionnaires, l'empereur a souvent recours à cette histoire : de nombreuses mouches recouvrent la plaie d'un homme gisant sur le sol. Un voyageur passe, a pitié du moribond et s'approche de lui pour chasser les mouches. Mais le blessé le prie de ne rien en faire, et, quand le passant lui demande pourquoi, il répond : « Si vous chassez les mouches, ma situation s'aggravera, car quand ces bestioles repues, qui ne me gênent presque plus, seront parties, d'autres plus affamées viendront me sucer le sang. » C'est aussi ce que pense Tibère. Il considère que si Pilate saigne les Juifs à blanc, arrivera un moment où il sera rassasié et les laissera respirer… à moins qu'il ne commette une grave erreur et ne soit destitué. Le légat de Syrie a le pouvoir de révoquer le gouverneur, mais il n'osera pas le faire sans l'autorisation expresse de l'empereur.

— Tibère a tort de mettre toutes les provinces de l'Empire sur le même plan. Il n'aurait jamais dû interdire la célébration publique des rites judaïques en dehors de la Palestine. La Judée, la Samarie, la Galilée… toutes les provinces habitées par des Juifs sont des cas particuliers.

— Qu'entends-tu par là ?

— Il n'y a que chez les Juifs qu'apparaissent des prophètes comme le Baptiste.

— Cette affaire est réglée, déclare Antipas avant de mordre de nouveau dans sa pomme.

— Pas tout à fait. Jésus de Nazareth est considéré comme un prophète.

— Tu m'as déjà parlé de cet individu, marmonne le tétrarque, la bouche pleine. Est-ce qu'il continue à intriguer ? C'est à croire que cette bande de fous en redemande, après ce qui est arrivé au Baptiste ! N'apprendront-ils jamais ?

— D'après ce que je sais, le groupe de fanatiques qui entoure Jésus a augmenté et ils sont encore plus entichés de leur maître que les adeptes de Jean. Ce Jésus est donc devenu un meneur important.

Comme beaucoup de Juifs, Antipas est très superstitieux. Les paroles d'Hippodame l'affectent et il garde le silence pendant un moment. Il frissonne parfois à l'idée d'avoir fait exécuter, et de façon aussi cruelle, celui que beaucoup considéraient comme un prophète d'Israël. Son père Hérode le Grand lui a donné une éducation similaire à celle des Gentils, mais il n'en reste pas moins juif et, en tant que tel, il partage les sentiments de son peuple.

Sa vie est marquée par une profonde contradiction. Il vit dans son luxueux palais de Tibériade entouré de symboles et d'images caractéristiques des Gentils, apprécie les conversations philosophiques des sophistes païens, adore le théâtre et la littérature des Hellènes. Mais il a aussi fait construire à ses frais une magnifique synagogue à Tibériade, loin des terres contaminées par les anciennes sépultures ; il se rend régulièrement à Jérusalem pour commémorer les fêtes religieuses juives, dépense des sommes considérables pour financer des sacrifices au Temple et ne cesse d'invoquer en public le Dieu d'Israël afin qu'il l'aide à gouverner son territoire.

— Seigneur, quelque chose ne va pas ? demande Hippodame, préoccupé par le long silence d'Antipas.

— Cela n'est peut-être pas notre affaire, mais crois-tu que le moment soit venu d'agir contre Jésus, avec autant de fermeté que dans l'affaire du Baptiste ? demande le tétrarque, qui n'est pas sûr que ce soit une bonne idée.

— C'est bel et bien notre affaire, seigneur. Étant originaire de Nazareth, près de Sepphoris, Jésus en sait long sur toi. Une grande part de ses sermons est dirigée contre toi et ta façon de gouverner. Si Jean a préparé le terrain, c'est Jésus qui l'ensemence.

— Alors que faire, à la fin ?

— Je pense que nous ne devons pas laisser ce Nazaréen accroître davantage son influence. Rappelle-toi ce que disent les Romains : « Résiste à ce qui ne fait encore que commencer. » Certains considèrent Jésus comme la réincarnation d'un des grands prophètes du passé. Pour les uns, il s'agit du prophète Élie ressuscité. Pour d'autres, de Jérémie ou même du Baptiste, revenu d'entre les morts pour exercer sa terrible vengeance contre nous.

— Est-ce vrai ? demande Antipas, de nouveau dominé par ses superstitions.

— Ce ne sont que des absurdités, assène Hippodame, dont l'aplomb et l'assurance contrastent avec l'anxiété de son seigneur. Jésus est un individu très différent, inclassable. Je suis bien informé : ses doctrines ressemblent un peu à celles des pharisiens, mais pas tout à fait. C'est pourquoi il se dispute continuellement avec eux. Quoi qu'il en soit, il faut le prendre très au sérieux. En général, les pharisiens sont pacifiques, mais souviens-toi de l'affaire de l'aigle arrachée à la porte du Temple. C'étaient eux qui étaient à l'origine de cet acte. Et Sadoc, celui qui a soutenu sans réserve

Judas de Gamala, était pharisien, lui aussi. Un homme qui pense comme un pharisien peut facilement tomber dans la violence.

— Et pour toi, qui est Jésus ? demande Antipas, qui semble accablé par les révélations d'Hippodame.

— Je n'entends rien aux prophètes. Mais bien que beaucoup de ses adeptes l'aient investi d'une aura de messager divin, ce n'est qu'un homme. Très intelligent, d'une grande perspicacité et doté d'un immense pouvoir de persuasion, mais juste un homme. Alors nous en viendrons à bout.

Le tétrarque pâlit. Avec l'exécution du Baptiste, il croyait avoir résolu les problèmes religieux en Galilée, mais l'apparition de Jésus les complique encore davantage.

— Mon unique espoir de voir Tibère me confier le gouvernement de la Judée et de la Samarie est d'étouffer toute tentative de révolte sur mon propre territoire. Il me considère déjà fautif de la défaite face à Arétas ; un conflit interne compromettrait définitivement mes chances de réaliser mon rêve de régner sur l'ensemble d'Israël. De plus, Hérodiade ne tolérera pas qu'un autre prêcheur critique encore notre mariage. Si elle apprend ce que Jésus raconte, elle me demandera sa tête, comme elle l'a fait pour le Baptiste.

— Anticipe les événements, et mets fin aux prédications de Jésus avant qu'elles ne prennent davantage d'ampleur.

Antipas mord dans sa pomme. Malgré sa peur superstitieuse, il a envie d'en savoir plus sur Jésus. Et s'il était bien la réincarnation de Jean le Baptiste ? Il n'a rien obtenu de cet aliéné lors de son entretien avec lui dans le cachot de Machéronte. Il est intrigué par ce qui se passe réellement dans la tête de ces individus qui se croient touchés par la grâce divine et élus pour accomplir la volonté de Dieu sur la Terre.

— Peux-tu m'amener ce Nazaréen, comme tu l'as fait avec le Baptiste ? J'aimerais le voir en tête à tête.

— Je peux essayer, mais je ne dispose pas encore de toutes les informations dont j'ai besoin. Et surtout, je ne parviens pas à déterminer la logique de ses déplacements. Pour l'instant, je ne peux pas te dire précisément combien de personnes le soutiennent, ni si des notables partagent ses idées. Il m'est aussi difficile d'analyser le type de relation qu'il entretient avec les pharisiens, mais je ne veux pas que l'affaire de Judas et Matthias se répète, ni voir éclater les révoltes qui, après leur mort, ont assombri les derniers jours de ton père et le début du mandat de ton frère Archélaos.

— Et s'il s'avère qu'il bénéficie du soutien des pharisiens ?

— Bien que certains d'entre eux le haïssent à mort en raison de ses critiques extrêmement sévères, Jésus défend, comme je te l'ai dit, des doctrines très similaires et s'oppose fermement aux saducéens, leurs ennemis mortels. Il fait peut-être partie de ces pharisiens extrémistes en désaccord avec les opinons de la majorité de ces fanatiques concentrés à Jérusalem. Galiléen, il voit peut-être les choses différemment. Il ne respire pas l'air oppressant de Jérusalem, cette ville renfermée sur elle-même. Il est loin du Temple, et les histoires d'impuretés rituelles le concernent peu. De plus, certaines de ses positions ressemblent beaucoup à celles des esséniens, ce qui le rend encore plus inclassable. Par exemple, il dit partout que le divorce est contraire à la loi de Dieu, ce qui te touche directement et correspond aux idées des esséniens. Ceux-ci font sûrement partie de ses sympathisants.

— Alors pourquoi penses-tu qu'il est avant tout un pharisien et qu'il faut éviter de répéter l'erreur commise avec Judas et Matthias lors de l'affaire de l'aigle ?

— Parce que ce sont les pharisiens qui se soucient le plus de ce qu'il dit et de ce qu'il fait. Et que, s'il n'était pas des leurs, ils ne le regarderaient même pas et ne lui prêteraient pas la moindre attention, d'autant plus qu'il vient de Galilée.

— Mais est-ce vraiment important de savoir d'où vient cet homme et à quelle faction il appartient ? demande Antipas, nerveux.

— Bien sûr que c'est important ! S'il fait vraiment partie des pharisiens, nous pouvons essayer de les retourner contre lui, tous et pas uniquement quelques-uns, en racontant qu'il trahit les siens. Ils se rapprocheraient alors des saducéens, qu'ils détestent pourtant, pour s'unir contre lui. Ils feraient eux-mêmes notre travail et lui régleraient son compte. Je sais de source sûre, par l'intermédiaire de mes informateurs, qu'il s'est attiré l'inimitié d'une partie des pharisiens et que les docteurs de la Loi lui reprochent beaucoup de ses idées, qu'ils considèrent comme hérétiques.

— Par exemple ?

— Jésus rejette de nombreuses prescriptions de la tradition de vos ancêtres. Outre son opposition au divorce, il ne considère pas que les femmes soient impures pendant le flux menstruel ou après l'accouchement. Par conséquent, il les laisse servir les repas et participer aux banquets même dans ces circonstances. Il n'hésite pas à se servir d'ustensiles qui n'ont pas été dûment purifiés, ou à manger des aliments qui étaient avec d'autres considérés impurs. Il ne rejette pas les lépreux. Et il a de bonnes relations avec les collecteurs d'impôts, les bergers, les médecins, les Gentils, ou même avec les femmes adultères et les prostituées. Il peut débattre de n'importe quel sujet et l'emporte toujours en raison de son grand talent pour la rhétorique et l'argumentation. Certaines discussions l'ont vu triompher des idées des pharisiens et des docteurs de la Loi, ce qui a réjoui les humbles Galiléens. Ils sont ravis qu'un des leurs, qui n'a même pas étudié avec les maîtres le plus prestigieux, soit capable de faire taire avec de solides arguments ces prétentieux prétendant être de savants docteurs.

— Je vois que tu as de bons informateurs, mais que comptes-tu faire de tous ces renseignements ? demande Antipas, que tout ce charabia théologique autour de Jésus commence à impatienter.

— En réalité, ce Galiléen m'importe peu, seigneur, répond Hippodame, imperturbable. Ce qui m'importe, ce ne sont pas ses querelles avec d'autres déments comme lui, mais ce qu'il est capable d'obtenir de ses adeptes et ce que ceux-ci sont prêts à faire pour lui. Je veux aussi savoir quels ennemis nous pouvons mobiliser contre lui. Depuis que Jean le Baptiste a commencé à émettre des critiques à l'encontre de ton gouvernement et de ta personne, de nombreux Juifs te remettent en cause et voient d'un mauvais œil tes bonnes relations avec Rome. Ceux qui disent que tu as vendu Israël aux Romains sont aussi ceux qui pensent que Jésus peut être le Messie qui libérera Israël du joug étranger, ou le roi qui viendra faire régner l'ordre et la paix en Israël et dans le monde.

— Je suppose que Jésus entre dans leur jeu, dit Antipas, plus intéressé par ces propos.

— Pour le moment, il n'a rien fait qui aille dans ce sens, du moins publiquement. Que je sache, il ne s'est jamais proclamé roi ni Messie, ni rien de ce genre.

— Mais il peut le faire à tout moment.

— Effectivement, acquiesce Hippodame. Je l'observe depuis longtemps, et des signes montrent qu'il n'est pas opposé à une certaine violence. De fait, ses plus proches disciples portent une épée et se déclarent zélotes. Ils affirment que le feu va descendre du ciel pour éliminer tous ceux qui ne sont pas d'accord avec eux. À ma connaissance, Jésus ne le leur a jamais reproché. D'après un de mes informateurs, il est entouré de trois disciples zélotes, extrêmement fanatiques et très violents. Mais beaucoup de naïfs ne s'en rendent pas compte et le considèrent comme un homme de paix.

Les paroles d'Hippodame font prendre conscience à Antipas que le charpentier galiléen a le pouvoir de rassembler les rebelles et les mécontents. Aussi se demande-t-il très sérieusement s'il doit répéter avec lui ce qu'il a fait avec le Baptiste.

21

Dispute à propos de Jésus

Le chef de la police pense que la situation est sous contrôle, estimant que rien de ce qui se passe en Galilée n'échappe aux yeux et aux oreilles de ses agents. Mais il se trompe. Il ignore que sa propre épouse est une fervente admiratrice de Jésus de Nazareth.

Sans que son mari s'en doute, Ruth assiste parfois incognito aux prédications publiques du charpentier. Camouflée parmi ses servantes et profitant des déplacements d'Hippodame, elle va écouter « la voix qui crie dans le désert », comme Jésus se définit lui-même, à l'image de son maître. Lorsqu'elle entend le Nazaréen, elle est non seulement captivée mais sous le charme de ses paroles, de la douceur de ses gestes, de l'éclat de ses yeux…

À ses amies les plus intimes, Ruth confie le plaisir qu'elle éprouve chaque fois qu'elle est en présence de Jésus. Elle l'admire pour sa façon de traiter les malades et les infirmes, de s'adresser aux foules et à ses disciples, d'expliquer les Saintes Écritures et le sens profond de la volonté de Dieu grâce à des paraboles appropriées à chaque situation. Elle se délecte de chacune de ses belles paroles.

Une de ses amies intimes finit par penser qu'en réalité Ruth est amoureuse de Jésus. Mais face à ses insinuations, l'intéressée répond que Jésus lui rappelle son père bien-aimé, dont elle a dû fuir la maison pour l'amour d'Hippodame. Elle était également émerveillée par les paroles de son père et pouvait passer des heures à l'écouter sans se lasser. Elle justifie ainsi son intérêt pour le prêcheur nazaréen.

Le fait est qu'une des caractéristiques relevées par tous les agents d'Hippodame à propos de Jésus est précisément sa capacité à éblouir les femmes. L'un des derniers rapports remis au chef de la police mentionne les nombreuses femmes surexcitées en sa présence. Il n'a pas d'épouse et elles le croient veuf ou célibataire, ce qui est très inhabituel pour un Juif de son âge, car la tradition prescrit le mariage à tous les hommes. Certains hommes, à l'inverse, supposent que l'ancien charpentier métamorphosé en prophète pourrait bien être un eunuque volontaire. Il est bien connu que le grand prophète Jérémie a renoncé à se marier. De plus, Jésus proclame que des hommes se convertissent en eunuques par amour pour ce royaume des cieux qu'il prêche. Et pourtant, il ne condamne jamais le mariage. Pour lui comme pour tous les Juifs, fonder une famille est un acte sacré.

Un soir, peu avant le dîner, Hippodame et Ruth sont tous deux allongés dans le lit conjugal. Cela fait plusieurs jours qu'ils ne se sont pas aimés et, tous deux frissonnants, ils se déshabillent mutuellement presque sans se parler et consomment leur mariage.

Ruth pose sa tête et sa longue chevelure noire parsemée de fils argentés sur la poitrine d'Hippodame, que les années rendent moins vigoureux même si l'exercice le maintient en forme.

— On dit que ce Jésus dont tu m'as parlé fait des miracles, murmure Ruth, qu'il accomplit des prodiges inexplicables, qu'il expulse les démons des possédés et que ses prêches s'accompagnent de signes prodigieux.

— Qui t'a raconté de pareilles fables ?

— J'en ai entendu parler au marché, ment Ruth.

Elle se garde bien de dire à son mari que chaque fois que Jésus se trouve près de Tibériade, au hasard de ses continuelles pérégrinations, elle trouve n'importe quelle excuse pour aller l'écouter.

— Et qu'as-tu entendu d'autre à propos de cet homme ?

— Que de nombreuses personnes le suivent…

— Pour moi, c'est un profiteur. Je sais qu'à une époque il était charpentier, mais il a dû se lasser de travailler. Et maintenant il vit en ne faisant rien d'autre que de parler. Il se nourrit de ce que lui offrent ses crédules adeptes et s'en sort très bien, car il a toujours de quoi manger à sa table.

— On dit aussi qu'il s'entoure de femmes, mais qu'il n'est pas marié.

Lorsque Ruth prononce ces paroles, Hippodame éprouve une inexplicable jalousie. Son flair de policier lui souffle que son épouse en sait beaucoup plus qu'elle ne veut bien le dire. Il décide aussitôt de la suivre dans son jeu.

— C'est vrai, mais c'est un peu étrange, car c'est un maître de la Loi et, à son âge, il devrait déjà avoir une épouse. Ses plus proches disciples, dont certains sont beaucoup plus jeunes que lui, sont mariés. Mais lui, il adore être entouré de femmes, ce qui scandalise une partie des pharisiens.

— Peut-être a-t-il une épouse qu'il cache. Dans ses sermons, il affirme que l'épouse et l'époux sont unis pour toujours. Dieu destine un homme à chaque femme, un seul, et une femme à chaque homme, une seule. Mais d'après ceux qui l'ont écouté, il dit que ce n'est pas le moment de fonder une famille, car la fin du monde est si proche qu'elle aura lieu pour cette génération.

— Si c'est le cas, il n'hésite pourtant pas à s'entourer de femmes qui le servent et se comportent avec lui comme ses esclaves.

— Ou alors, comme le font les esséniens, qui se retirent pour vivre en dehors des villes, il préfère éviter de s'unir à une femme et de fonder une famille, afin de ne pas avoir d'attaches qui rendraient sa tâche difficile. À moins qu'il n'ait pas encore rencontré de femme qui lui plaise.

— Ce ne sont pourtant pas les occasions qui lui manquent. D'après ce que je sais, parmi celles qui l'accompagnent, une certaine Marie de Béthanie est éperdument amoureuse de lui. Un jour, elle est allée jusqu'à lui laver les pieds devant ses amis, avant de les parfumer avec de l'essence de nard, un des parfums les plus chers. Et le comble, c'est qu'elle les lui a séchés avec ses cheveux. Y a-t-il plus grand témoignage d'amour, ou de soumission ?

» Et il y a une autre femme, qui s'appelle également Marie. Elle est de Magdala. Elle n'est pas mariée. D'après mes informations, elle est d'une beauté extraordinaire : des yeux verts bridés, des cheveux doux presque dorés, une taille ondulante, des hanches bien galbées et une poitrine ferme… Certains disent qu'elle était folle et possédée, et que Jésus a expulsé sept démons de son corps. D'autres affirment que sa vie de célibataire n'était guère recommandable, raison pour laquelle elle était possédée par des démons.

» Marie vivait avec sa mère, Noémie. Veuve depuis des années, celle-ci était préoccupée par les caprices amoureux de sa fille, qui ne parvenait pas à rencontrer l'homme de sa vie. Mais un jour, elle a vu qu'elle s'intéressait à un certain Jésus, dont elle parlait souvent. Lors d'une conversation intime, sa fille lui a avoué qu'elle n'avait jamais rencontré d'homme comme lui, qu'elle adorait l'entendre parler, qu'il avait quelque chose de différent… et qu'elle était tombée amoureuse de lui. Noémie a vu le ciel s'ouvrir. Enfin, sa fille allait se ranger, et avec un rabbin de surcroît ! Accablée, Marie lui a alors raconté que, s'il semblait l'apprécier, Jésus ne s'intéressait pas aux femmes, était toujours avec ses amis et ne lui laissait pas espérer qu'il puisse y avoir quelque chose de plus profond entre eux. On raconte qu'avant de connaître Jésus, elle a même été prostituée. Mais quand elle a entendu sa parole, elle a renoncé à sa vie de péchés et, depuis lors, elle le suit partout, entièrement dévouée à lui.

— Tu es très renseigné sur Jésus, observe Ruth, impressionnée. A-t-il tant d'importance pour toi ?

— Je sais presque tout. Mon devoir est d'enquêter sur toute personne pouvant représenter un danger pour le gouvernement de Galilée, et c'est le cas de Jésus.

— Tu n'as aucune raison d'avoir peur de lui, assure Ruth sans réfléchir.

— Qu'est-ce que tu dis ? s'écrie Hippodame, qui caressait ses cheveux et lui relève brusquement la tête en la tournant vers lui pour l'obliger à le regarder droit dans les yeux.

Il a un regard rageur et glacé. Ruth ne l'a jamais vu ainsi.

— Excuse-moi, dit-elle, je ne voulais pas te contrarier.

— Tu connais cet homme ? demande Hippodame en la tenant par les épaules, les yeux rivés sur les siens.

— Non, bien sûr que non.

— Tu parles de lui avec respect, et même avec admiration.

— Il ne fait de mal à personne.

— Son message est subversif.

Ruth se tait et plonge dans ses pensées. Comme Jésus est différent des autres hommes ! Si seulement elle l'avait connu des années plus tôt, avant de se marier avec Hippodame… Tout aurait peut-être été différent.

Quelques jours plus tard, Hippodame reçoit de nouveaux rapports sur Jésus. Ses agents à Jérusalem lui font savoir que des pharisiens, des docteurs de la Loi et même de nombreux saducéens de la capitale de Judée sont de plus en plus indignés par les sermons du Nazaréen. Ils l'accusent de tromper le peuple et de l'écarter du droit chemin, d'avoir une interprétation laxiste des règles du repos sabbatique et d'enfreindre beaucoup d'autres prescriptions de la Loi. Hippodame se réjouit : plus les fanatiques sont divisés, mieux c'est pour lui et son seigneur Antipas.

Mais trop occupé à assurer la sécurité dans la tétrarchie de Galilée et de Pérée, Hippodame ne se rend pas compte des absences répétées de son épouse. Jusqu'à ce qu'un de ses plus proches collaborateurs l'informe de la présence de Ruth aux sermons de Jésus quand il se trouve près de la ville de Tibériade.

Hippodame est furieux. La femme du chef de police en personne, écoutant ce perturbateur ! Si Antipas l'apprend… Il décide pourtant de ne rien dire tout de suite et fait surveiller Ruth par un de ses hommes. Car si Jésus n'a pas de relations intimes avec les femmes, Ruth fréquente-t-elle quelqu'un parmi les disciples ? Ou bien assiste-t-elle à ces sermons parce que la parole du charpentier de Nazareth l'a convaincue du bien-fondé de sa doctrine ? Hippodame ne veut pas croire que son épouse puisse avoir une liaison avec un autre homme…

Ruth, toujours fascinée par la figure et la parole de Jésus, s'efforce de ne pas dévoiler son admiration. Elle a conscience de mal agir, mais elle n'ose pas l'avouer car elle connaît l'aversion d'Hippodame pour le Nazaréen et sait qu'il le considère comme un danger menaçant ses propres intérêts. Elle est tiraillée entre la loyauté envers son époux et l'amour pur que Jésus éveille en elle. Elle sait aussi qu'à tout moment Antipas peut faire emprisonner et même exécuter Jésus, comme il l'a fait avec Jean le Baptiste. Si cela devait arriver…

Surveiller Ruth finit par donner des résultats. L'agent chargé de la suivre confirme qu'elle assiste aux prêches de Jésus et aux réunions de ses disciples. Mais il rassure Hippodame en lui apprenant qu'elle n'entretient aucune relation charnelle avec Jésus ni avec aucun de ses disciples.

Hippodame s'aperçoit alors que son travail à la tête de la police de Galilée l'absorbe tant qu'il délaisse son épouse et néglige ses obligations conjugales. Le temps a émoussé l'ardeur des premières années. Sa vie est devenue une routine ennuyeuse, et Ruth doit se sentir insatisfaite. Malgré tout, elle reste son épouse ; il n'hésiterait pas à faire exécuter l'homme qui oserait toucher à un seul de ses cheveux.

Mais le problème n'est a priori pas là. Ruth va toujours voir Jésus accompagnée d'autres femmes, ce qui, d'un certain côté, le rassure. Il s'agit d'une affaire religieuse. Le Nazaréen est un curieux personnage, utilisant son charme et son pouvoir d'attraction sur les femmes pour les convaincre de son message et les rendre parties prenantes de ses idées.

Un jour, pendant le dîner, Hippodame, se dit que le moment est venu de révéler à son épouse qu'il connaît ses secrets. Ruth comprend qu'il manigance quelque chose car il ne cesse de la regarder fixement, comme s'il voulait lire dans ses pensées. Après la dernière bouchée d'un bon morceau de patte de gazelle rôtie, il se décide à parler :

— J'ai entendu dire qu'il t'arrive de sortir du palais accompagnée de quelques femmes, et que ces sorties coïncident généralement avec les jours où rôde par ici un individu peu recommandable dont nous avons déjà parlé.

Ruth ne semble pas surprise. Elle sait que son mari dispose d'un réseau d'agents qui l'informent de tout ce qui se passe en Galilée. Elle n'ignorait pas que, tôt ou tard, il serait au courant de ses visites au Nazaréen. N'ayant pas l'intention de se disputer avec lui, elle a bien préparé sa réponse.

— Tout ce que tu m'as dit sur Jésus a éveillé ma curiosité et j'ai simplement voulu voir si c'était vrai.

— C’est étrange, cet homme n’ose jamais venir prêcher à Tibériade, ni dans aucune autre grande ville. Il pressent peut-être qu’il ne serait pas bien reçu ici. Il se cache de moi comme un lapin d’un renard, et se contente de fréquenter des ignorants, les gens crédules de la campagne et des villages.

— Ce n’est pas pour ça, réplique Ruth avec assurance tout en veillant à garder un ton doux. Jésus a sans doute peur d’Antipas et de toi. Ce n’est pas sans raison que de nombreuses personnes, notamment plusieurs pharisiens, lui ont conseillé de faire attention après ce qui est arrivé à Jean… Ce nouveau prophète est prudent comme une colombe. Mais sache que les grandes villes ne l’intéressent pas, car elles sont remplies de Gentils, de gens si occupés par leurs affaires qu’ils n’ont jamais de temps pour réfléchir à ce qu’il prêche sur le royaume des cieux. C’est pourquoi il s’adresse aux gens simples de la campagne, à ceux qui ouvrent leur cœur à Dieu et sont disposés à accepter son message.

— Un message incroyablement stupide ! lance Hippodame, agacé par la réaction admirative de sa femme. Qui peut s’intéresser à ces inepties sur un prétendu royaume de Dieu ? Tu ne vois pas que cet individu peut nous causer tout un tas de problèmes ?

Hippodame ne voulait pas perdre son calme, mais il se rend compte qu’une vague de colère lui chauffe les joues. Il est jaloux, mais il n’éprouve pas cette jalousie ordinaire des amoureux qui voient leur bien-aimée attirée par un autre homme, ou de ceux qui se fâchent dès que leur femme regarde d’autres qu’eux. Non, il est jaloux de voir sa femme spirituellement liée à quelqu'un en qui elle voit un homme bien meilleur que son propre époux.

— Jésus est loin d'être stupide. C'est un homme bon…

— Comment peux-tu être ignorante à ce point ? Toi, une femme éduquée par un des rabbins les plus réputés de Jérusalem, la fille d'un prêtre reconnu, d'un homme qui respectait scrupuleusement la Loi ! Tu ne vois pas que le Nazaréen est un bonimenteur qui parvient à fanatiser les hommes et les femmes les plus naïfs pour les gagner à sa cause ? Il a deux visages : d'un côté, il s'entoure de gens fanatiques et violents, de l'autre, il cherche à feindre la bonté et à convaincre les crédules que c'est Dieu qui instaurera le Royaume, et non les hommes. Il se moque de ceux qui l'écoutent ! Tu ne te rends pas compte de sa fourberie ?

Ruth sait que son époux ne comprendra jamais ses idées sur les enseignements traditionnels d'Israël. Elle est juive, alors qu'il est grec et adhère pleinement aux doctrines d'Épicure, dont beaucoup disent que ce n'était pas un véritable philosophe mais plutôt un bon vivant sensuel et matérialiste à la philosophie détestable. Les deux époux évitent de parler de leurs croyances religieuses respectives, car ils savent qu'ils finiraient par se disputer âprement. Comme son père le lui a appris, Ruth a toujours considéré la vie du point de vue de l'appartenance au peuple élu, jusqu'à ce qu'elle rencontre Jésus et soit éblouie par son message. Pour Hippodame, bien qu'il soit au service d'un dirigeant juif comme Antipas, les pratiques de la religion d'Israël ne sont que des supercheries qui restreignent la liberté de penser et inhibent la logique de la raison.

— Jésus dit des choses merveilleuses, insiste Ruth sans se décourager. Il parle avec une conviction et une rigueur extraordinaires. Il ne cesse de proclamer qu'il faut semer l'amour entre tous les êtres humains, y compris entre adversaires. Il s'intéresse aux plus pauvres, il est du côté des invalides et des infirmes. Il affirme que les derniers servis dans ce monde, les défavorisés, seront les premiers dans le royaume de Dieu. Il guérit les malades uniquement en leur imposant les mains. Il chasse les esprits impurs du corps des possédés…

— Supercheries d'un baratineur invétéré, mensonges de faux mage et de fieffé escroc, arguties d'un imposteur ridicule… Voici ce que fait Jésus : il vous trompe pour que vous suiviez ses diatribes insensées. Ses doctrines si pacifiques et remplies d'amour ne représentent qu'une partie de sa pensée. Il vous embobine. Tu sais ce qu'il dit ? « Je ne suis pas venu apporter la paix, mais l'épée », « C'est un feu que je suis venu allumer sur la Terre, et comme je voudrais qu'il soit déjà allumé ! », « La foi divisera les familles ». Mes informateurs me l'ont écrit. Je sais que ses sermons provoquent parfois de grandes émeutes, qui frisent l'insurrection.

— Tu te trompes. On t'a mal informé. Ta haine pour cet homme t'empêche de voir la réalité. On raconte qu'un jour, dans la ville de Capharnaüm, on lui a amené un paralytique. Il était dans une maison dont l'accès était bloqué par une foule de gens rassemblés devant la porte et déterminés à interdire le passage à toute personne extérieure. Quatre hommes ont alors décidé de se hisser sur le toit en portant leur ami paralytique, d'ouvrir un trou dans la toiture et de descendre dans la pièce où se trouvait Jésus. Le maître a imposé les mains à l'infirme, lui a ordonné de se lever et de marcher et, à la grande surprise de toutes les personnes présentes, celui-ci l'a fait, totalement guéri.

Hippodame écoute avec stupéfaction ce que lui raconte son épouse, sans parvenir à comprendre comment elle a pu se laisser prendre dans les filets de Jésus.

— Ce sont des tours de bonimenteur perfide...

— Ce ne sont pas des tours. Tu devrais voir ça de tes propres yeux. Quand Jésus parle, les gens se pressent autour de lui, les malades s'alignent sur son passage dans l'espoir qu'il les touche, qu'il leur adresse une parole de réconfort ou, tout simplement, qu'il les regarde. Il a un tel pouvoir d'attraction que ses disciples doivent maintenir l'ordre, car tout le monde veut toucher le bord de sa tunique.

— Cet homme est un faux prophète.

— Qui conseille à tous de respecter la Loi.

— Mais telle qu'il l'interprète, lui, c'est-à-dire comme bon lui semble. Il fait partie de ces maîtres dogmatiques et dangereux qui se drapent dans une aura de prophète. C'est un fabulateur qui intimide les gens humbles et ignorants avec des menaces d'un côté et de faux espoirs de l'autre. Certains veulent le proclamer roi, bien qu'il refuse encore. C'est très habile, car il manque encore de gens bien préparés. Il parle de paix, mais ses adeptes cachent une épée sous leur cape. Il proclame que les hommes sont frères, mais il méprise tous ceux qui ne sont pas juifs et traite parfois les étrangers de chiens.

— Ce n'est pas vrai du tout. Jésus est très tolérant à l'égard de la faiblesse humaine, beaucoup plus que la majorité des pharisiens et des docteurs. Il aime tout le monde et admet que les gens puissent se repentir.

Il accepte même que les Gentils se convertissent et suivent son message.

Le ton de la discussion commence à monter sensiblement.

— Je te répète que tous ces bavardages ne sont qu'une logorrhée solennelle de stupidités et de tromperies. Ceux qui suivent cet homme n'arriveront nulle part. Aimer ses ennemis… quelle absurdité ! Ce qu'il faut faire, c'est les éliminer. Quant au royaume de Dieu… Tout cela n'est qu'un ramassis de chimères ! Des histoires inventées par un escroc pour rouler les idiots dans la farine !

— Tu te trompes, insiste Ruth, qui ose de nouveau contredire son mari pour défendre Jésus.

— Un royaume de Dieu, un monde idéal… Celui que nous avons est le seul qui existe ! Et tu sais ce que nous devons faire ? Tu le sais ? (Hippodame tient Ruth fermement par les épaules.) En profiter, jouir de tout ce qui nous entoure et vivre. Le royaume de Dieu, le monde parfait ! Je ne connais pas d'idée plus ridicule. S'il te plaît, Ruth, ne me fais pas rire avec ces histoires fantaisistes pour pauvres naïfs !

— Tu es un homme bon, tu devrais…

— Je suis le chef de la police de Galilée et de Pérée, et mon devoir est de maintenir l'ordre dans ces territoires. J'ai sous ma responsabilité des centaines d'hommes qui attendent de moi que je leur donne la force et le courage dont ils ont besoin pour rester à leur poste et accomplir leur mission. Et j'ai des obligations envers Antipas, mon seigneur, qui est très préoccupé par tout ce qu'on raconte sur la mort de Jean le Baptiste et la croyance selon laquelle Jésus serait sa réincarnation venue se venger.

— Non, non…, balbutie Ruth face à la détermination d'Hippodame.

— Ma chère épouse, ne vois-tu pas que tout ce qu'affirme ce faux prophète a pour but de saper l'autorité du tétrarque Antipas devant son peuple ? Es-tu assez aveugle pour ne pas t'en rendre compte ? Quelle fonction remplirait Antipas dans ce prétendu royaume qu'il prêche ? Ton cher Jésus que tu admires tant n'affirme-t-il pas que ses douze disciples favoris s'assoiront sur des trônes pour gouverner les douze tribus d'Israël ? Tibère pourra-t-il continuer à être empereur si ses prédictions s'accomplissent ?

— Jésus ne cherche pas à destituer qui que ce soit.

— Ah non ? Alors pourquoi s'en prend-il à Antipas ? Tu sais ce qui m'arriverait si le tétrarque apprenait que l'épouse de son chef de police va écouter les sermons de ce prédicateur et adhère à ses idées ?

— Vous vous trompez. Jésus ne prétend jouer aucun rôle politique. Il essaie seulement de donner un sens à notre religion.

— Bien sûr que si, il intervient dans la politique ! s'exclame Hippodame avec une colère encore contenue. C'est juste que le discours de cet homme est pervers et trompeur. Que veut-il dire, à ton avis, quand il annonce que les derniers seront les premiers et les premiers, les derniers ? Qu'est-ce que cela implique concrètement, si ce n'est une véritable révolution, la volonté de renverser ceux qui sont actuellement en haut de l'échelle et dont nous faisons partie ? N'est-ce pas se mêler de politique ? Il est devenu l'ennemi d'Antipas et de tout l'Empire. Mes informateurs l'ont entendu dire que celui qui le suit court le risque de mourir sur la croix. Il sait donc très bien qu'il est notre ennemi.

» Un jour, un de mes espions s'est infiltré dans un groupe d'adeptes qui récitaient des prières et chantaient des hymnes. Sais-tu ce qu'ils proclamaient ? Que Dieu allait renverser les puissants de leur trône, que les riches seraient dépouillés de leurs richesses. D'autres criaient : « Délivre-nous, ô Dieu, de nos ennemis et du pouvoir de tous ceux qui nous haïssent pour que sans crainte nous Te servions dans la sainteté et dans la justice ! » N'est-ce pas une révolution dans les règles ? Jésus pense que si trop d'étrangers, comme moi, habitent en Israël, il sera impossible de servir Dieu conformément aux règles de l'Alliance. Les Juifs, peuple élu ! Quelle énormité ! Le vrai peuple élu, c'est le peuple romain !

— Toutes ces paroles sur l'avènement du royaume de Dieu correspondent à ce qui a été annoncé par d'autres prophètes avant lui. Tu es grec, tu ne peux pas le comprendre. Les dispositions divines ne peuvent être changées par les hommes.

— Tu ne vois pas que tu es en train de dire que, lorsqu'il viendra, Dieu ou le Dieu annoncé par le Nazaréen réglera ses comptes à ton mari ? D'après mes renseignements, Jésus considère que je fais partie de l'ivraie qui contamine le monde !

— Je refuse de continuer à parler de cet homme avec toi, car tu ne me comprends pas ! s'écrie Ruth, indignée de voir le Maître dénigré de la sorte. D'ailleurs, Jésus dit qu'il faut laisser l'ivraie croître avec le blé. Le royaume de Dieu croît lentement, comme un grain de moutarde. Pour l'instant, il garde le silence. Il agit comme la petite portion de levain qui fait lever tout le pain. Il prêche la patience car ce sera à la fin, et pas avant, qu'il faudra rendre des comptes.

— Pense ce que tu veux, Ruth, mais pour moi il est très clair que cet individu est extrêmement dangereux. Sais-tu que les zélotes dont il s'entoure considèrent ceux qui servent les fils d'Hérode comme des gens encore plus abominables que les Romains ? Ils nous méprisent parce que, selon eux, nous collaborons avec Rome à l'occupation de leur sol sacré. S'ils le pouvaient, ils nous égorgeraient tous, Antipas le premier et moi immédiatement après. Et ils affirmeraient que nos morts représentent un sacrifice agréable à leur Dieu. Ce Jésus ne cesse de nous qualifier de tyrans vulgaires et méprisables.

— Non, les zélateurs de la Loi qui accompagnent Jésus sont pacifiques. Le royaume de Dieu sera implanté par des légions d'anges, qui sont à ses côtés dans ce but.

— Tu es naïve. Ces gens sont armés. Je le sais car mes agents les ont vus avec des armes entre les mains, et disent qu'ils savent s'en servir. Le moment n'est peut-être pas encore venu mais, tôt ou tard, ils utiliseront leurs épées et leurs couteaux contre nous.

Hippodame perd son sang-froid. Il se déplace nerveusement d'un côté à l'autre de la chambre, s'approche de Ruth, la tient par les épaules et la secoue en la regardant avec des yeux pleins de fureur.

— Tu me fais peur…, murmure Ruth.

— Ce royaume ne va pas s'implanter tout seul ! Ne crois pas à cette fable sur les anges ! Je t'interdis de sortir du palais et je t'ordonne d'oublier le Nazaréen. Je ne tolérerai pas que ce détraqué trompe mon épouse et la conduise à la folie. Et encore moins qu'il nous donne des leçons sur la façon de gouverner la Galilée. J'ai beaucoup à perdre dans cette histoire. Si les idées de Jésus s'imposent, si Tibère ne gouverne plus dans le monde ni Antipas en Galilée, j'irai pourrir dans une prison humide avant d'être exécuté. Tu ne le comprends pas ? Tu n'auras plus de mari !

Ruth se tait, terrorisée par les cris de son époux, qui agite les mains, s'assoit, se relève, fait deux pas dans un sens et revient vers elle. Que lui arrive-t-il ? Jamais Hippodame ne s'est conduit de cette façon avec elle. Jamais il ne s'est montré si excédé ni violent. Que se passe-t-il ? Jésus l'effraie-t-il à ce point ?

— Tu me fais peur, répète Ruth.

— Mais qu'espères-tu de ce Jésus ? Même s'il est pacifique, les foules qui le suivent réclament un monarque juif qui règne sur Israël et sur toutes les nations. Mais nous nous débarrasserons de lui avant qu'il ne se débarrasse de nous.

Hippodame garde le silence un instant. Il avale sa salive et essuie les gouttes de sueur qui perlent à son front. Ruth est terrifiée et ose à peine reprendre la parole.

— Peut-être qu'en Judée…

— En Judée, ton prophète est perçu comme en Galilée, peut-être encore plus mal. Crois-tu que le procurateur Ponce Pilate tolérera que ses sermons lui causent le moindre problème ? S'il doit lui couper la tête, cette brute n'hésitera pas une seconde. Tu sais ce qu'il vient de faire ? Il a ordonné l'exécution de plusieurs Juifs pour se venger de l'attaque d'une caravane romaine dans laquelle voyageait un haut fonctionnaire impérial. Imagine ce qu'il ferait à Jésus s'il le considérait comme une menace.

» Maintenant, assez discuté ! Tu ne reverras jamais Jésus. Tu ne sortiras pas de ce palais sans mon autorisation expresse. Et si je t'autorise à le faire, ce sera escortée et sous surveillance. Si jamais un de mes ennemis apprenait ce que tu as fait, il pourrait même t'accuser d'adultère, et tu sais que la Loi de ton peuple condamne les femmes adultères à la mort par lapidation.

Ruth comprend que son mari parle très sérieusement. Elle baisse la tête, les yeux rivés au sol, gardant le silence. Hippodame la regarde, la prend par le menton et lui relève la tête.

— Tu me fais mal…

— Écoute-moi bien, femme. Nous faisons partie de l'Empire ; nous l'acceptons et nous tirons le maximum de profit de cette situation. Ma mission, celle pour laquelle Antipas me paie, est de l'aider à récupérer tous les territoires du vieil Hérode, son père, afin qu'Israël soit réunifié sous la même couronne, autour d'un trône unique. C'est aussi ce que mon père Eurymédon a fait et je dois respecter sa mémoire. Le trône d'Israël est vacant depuis plus de trente ans ; Antipas est le seul qui puisse l'occuper et réunifier tous les territoires aujourd'hui dispersés. Or, sans le consentement de Rome, cela n'arrivera pas. Comprends-le bien ! Je crois que ton prophète ne souhaite pas le bien-être de ce peuple. Ce qu'il veut, en réalité, c'est que les Juifs le reconnaissent comme leur nouveau roi. Et je suppose que ses plus proches collaborateurs racontent partout qu'il est le mystérieux Messie qu'Israël attend depuis des siècles.

Ruth ne répond rien. Des larmes dans les yeux, elle retourne se coucher en silence. Elle sait qu'elle ne doit pas prendre les menaces de son mari à la légère. Dans sa tête ne cessent de résonner les terribles paroles qu'il a prononcées : « Nous nous débarrasserons de lui avant qu'il ne se débarrasse de nous. »

Jésus est en danger de mort. Elle doit trouver un moyen de le prévenir pour qu'il s'enfuie dans les montagnes ou dans le désert, qu'il s'éloigne le plus possible de Tibériade et de Jérusalem.

22

Rapport à Pilate

Partout où il passe, Jésus provoque des conflits. De nombreuses personnes se convertissent à ses idées, convaincues par ses paroles et son éloquence, mais beaucoup d'autres les tournent en dérision. Par conséquent, les familles sont divisées entre ceux qui admirent Jésus et ceux qui le méprisent.

Les convaincus portent son message aux nues et le suivent aveuglément. « Je pars avec lui », « J'ai entendu sa voix et je le suivrai partout où il ira », « Ses paroles ont enflammé mon cœur » sont autant de phrases que l'on entend sur son passage.

Des familles entières sont brisées. En général, les parents rejettent Jésus, mais les plus jeunes, éblouis par sa parole, quittent le foyer pour marcher à ses côtés et entendre ses sermons. « Ce rabbin affabulateur a eu raison de notre famille », « Mon fils est parti avec lui et nous a abandonnés », « Que va devenir mon enfant, maintenant qu'il a tout quitté pour suivre le Nazaréen ? », « De quoi va-t-il vivre ? » Cependant, il y a aussi des familles qui partent de chez elles trois ou quatre jours pour aller écouter Jésus et reviennent ensuite, unies et convaincues qu'il est le véritable Messie.

Depuis quelques semaines, il prêche dans le sud de la Galilée, sans oser entrer dans les terres de Judée, sous administration romaine, bien que sa parole soit entendue jusqu'à Jérusalem, où elle commence à éveiller les soupçons et les craintes. Les plus inquiets sont les membres des seize familles de l'aristocratie sacerdotale qui monopolisent le contrôle du Temple et de son trésor, le tribunal du Sanhédrin, les plus hauts magistrats ainsi que les potentats du commerce et des finances. Ce sont eux qui se sentent le plus menacés par le message du Galiléen, car ils risquent de perdre leur pouvoir et leurs privilèges.

Jusqu'à présent, Jésus n'a guère attiré l'attention. Après tout, il n'est qu'un modeste charpentier, un de ces prédicateurs qui s'attribuent le don de la prophétie, un contact direct avec Dieu, comme il y en a tant dans tout Israël. Mais depuis quelques mois, il touche de nombreuses personnes, qui le suivent et croient en son message.

Un jour, tandis que Jésus partage son repas avec plusieurs de ses disciples, arrive un pharisien qui participe à certains de ses enseignements. Comme il lui demande l'autorisation de venir lui faire part d'une information, Jésus lui dit de s'approcher et de parler.

— Tu dois chercher refuge loin de Tibériade, lui conseille-t-il. Je sais de source sûre qu'Antipas est sur tes traces, et je ne serais pas surpris qu'il te fasse prisonnier dans les jours qui viennent. Il a les mêmes intentions à ton égard qu'envers ton parent le Baptiste. Ta vie est en danger.

Toujours serein et patient, Jésus pose le pain et le morceau de fromage qu'il était en train de manger, se lève du lit de banquet et, debout sur le sol recouvert d'un tapis, il dit :

— Fais savoir à ce vieux renard que je n'ai pas peur de lui. Je me contente d'expulser les démons des corps des possédés et de soigner les malades au nom de Dieu. Ma consomption ne dépend pas du tétrarque Antipas, fils de l'impie Hérode, mais de la volonté de Dieu. Ma mort surviendra quand Dieu l'aura décidé ; ma vie est entre ses mains.

Jésus veut se montrer fort et s'efforce de rester calme, mais il sait que la menace d'Antipas est bien présente. Il prend donc l'avertissement du pharisien très au sérieux. Une fois les convives du banquet partis, il reste seul avec ses disciples les plus proches et leur fait part de ses craintes.

— Nombreux sont ceux qui me préviennent des intentions d'Antipas. Ses menaces ne sont pas des fanfaronnades mais la preuve que le tétrarque veut m'éliminer, comme il l'a fait avec Jean. Rester ici, dans le sud de la Galilée, devient dangereux. Nous allons donc quitter ces terres pendant un temps.

— Et où irons-nous, Maître ? demande un des disciples.

— À Jérusalem.

À Jérusalem ? Dans la gueule du loup ? Les commentaires fusent de toutes parts, car certains disciples sont très étonnés par la décision inattendue du Maître. Mais la plupart d'entre eux sont las de prêcher dans les zones rurales de la Galilée, de transmettre le message de Dieu à des paysans et à des bergers ignorants.

Pour eux, il est temps d'aller dans les grandes villes, surtout à la capitale, et d'y porter la parole de Jésus.

— Oui, il faut aller dans la ville du Temple, affirme un des disciples. C'est au centre du monde, dans la capitale d'Israël, que ta présence est indispensable et que l'on doit entendre ta parole. Si tu réussis à Jérusalem, le reste de la Judée sera attentif à ton message et se joindra à nous.

À l'inverse, un autre disciple s'oppose catégoriquement à l'idée de quitter la Galilée :

— Nous ne sommes pas encore prêts à nous jeter dans la gueule du loup. La moisson n'est pas encore prête pour la récolte. Nous devons attendre que ton message pénètre les esprits des habitants de Jérusalem avant de prendre le risque d'être rejetés. Réfugions-nous plutôt dans les montagnes d'Éphraïm pendant un certain temps.

Les mois passent et les nouvelles contrariantes à propos de Jésus cessent de préoccuper Hippodame. Le Nazaréen a soudainement disparu, comme englouti par la terre. Mais un jour, un courrier spécial, porteur d'une demande surprenante, se présente devant Antipas. Le message venu de Judée est signé Ponce Pilate. Au détour de phrases courtoises et de flatteries diplomatiques, celui-ci réclame des informations concrètes sur Jésus de Nazareth. Apparemment, après s'être caché on ne sait où pendant un temps, l'inquiétant rabbin a réapparu en Samarie, où il a prononcé plusieurs sermons, et s'est même aventuré sur les terres de Judée.

Il a disparu depuis presque un an. Malgré tout, il parvient de nouveau à rassembler autour de lui de nombreux adeptes et des centaines de malades, qui viennent se faire soigner par l'imposition de ses mains.

Le procurateur romain de Césarée n'avait guère prêté attention à ce prédicateur, considérant qu'il s'agissait d'un phénomène passager, d'une affaire ne concernant que les Juifs, en particulier les Galiléens, toujours empêtrés dans d'absurdes discussions théologiques. Il avait trop à faire pour s'occuper d'un de ces fanatiques qui passent leur temps à prêcher au peuple des idées grotesques et incompréhensibles. Romain cultivé, il portait son intérêt sur des sujets plus importants selon lui.

Mais la situation a évolué. À partir du moment où Jésus a décidé de diffuser son message en Judée, l'affaire a pris une autre tournure. Le prédicateur est désormais sur son terrain, le territoire où il a été chargé de maintenir l'ordre. Et des nouvelles très alarmantes sont arrivées au prétoire. Les fêtes de la Pâque approchent. Elles seront célébrées dans quelques semaines et il n'est pas rassurant de savoir que, outre les nombreux pèlerins affluant à Jérusalem pour l'occasion, un prophète va attirer encore plus de monde dans la capitale. Cela ne peut pas plus mal tomber ! Il faut prévenir tout risque d'émeute. C'est pourquoi le procurateur a décidé de demander au légat de Syrie d'envoyer une cohorte de soldats d'Antioche afin de renforcer les garnisons romaines en Judée, et de solliciter des informations sur le Galiléen auprès d'Antipas.

— Que faire ? demande Hippodame avec une pointe d'ironie, un peu amusé par la requête du procurateur romain. Nous lui envoyons tout ce que nous savons sur Jésus ?

— Non ! répond Antipas. Qu'il se renseigne par lui-même !

Hippodame réfléchit un instant.

— Seigneur, ajoute-t-il, il me semble qu'il est préférable d'accéder à la demande de Pilate. Nos recherches seront ainsi plus utiles. Heureusement pour nous, Jésus de Nazareth est désormais en Judée. Les problèmes que cet homme cause partout où il va ne nous concernent plus. Nous avons déjà eu suffisamment de soucis avec l'affaire du Baptiste. Si cet adepte de Jean provoque de nouveaux troubles, que ce soit dans la juridiction de Pilate ! Cependant, nous allons l'aider à mettre la main sur lui. Nous avons tout intérêt à le faire. Et puis, ce geste améliorera tes relations avec lui.

Hippodame se garde bien de dire, pour l'instant, qu'il est également motivé par des raisons personnelles. Comment révéler à Antipas que même sa femme est contaminée par cette superstition ?

— Tu as raison, dit Antipas. Si nous faisons preuve de bonne volonté envers Pilate, nous aurons de meilleures relations avec lui et cela ne pourra être que bénéfique à la Galilée. Je sais qu'il ne m'aime pas beaucoup et je suppose qu'il envoie des rapports secrets à Rome sur la situation dans nos régions.

Les soupçons d'Antipas sont fondés. Conscient de la difficulté à gouverner une province aussi complexe que la Judée, Tibère a vu en Pilate, connu pour sa détermination, la meilleure solution. C'est pour cette raison qu'il l'a nommé procurateur et, aujourd'hui, c'est principalement auprès de lui qu'il s'informe sur les affaires de l'Orient.

— De toute évidence, le procurateur de Judée connaît bien toute cette zone, affirme Hippodame, lui-même très informé. Il vaut mieux faire partie de ses amis que de ses ennemis.

— D'accord, nous lui enverrons tous les renseignements qu'il sollicitera, sur Jésus ou sur n'importe quoi d'autre.

Antipas se soumet donc à la volonté de Pilate, et un messager part aussitôt pour Césarée avec les rapports sur Jésus dont l'administration impériale a besoin pour anticiper ses faits et gestes.

Grâce à un fidèle serviteur qui a entendu une partie de la conversation, Ruth ne tarde pas à découvrir les intentions de son époux. Elle frémit, cherchant comment envoyer d'urgence un autre message à Jésus pour lui dire de se méfier également de Pilate. Elle ordonne à un vieil esclave de la famille, originaire d'Antioche et en qui elle a une totale confiance, de partir pour le sud en toute discrétion. Des temps très difficiles s'annoncent pour ceux qui suivent le Nazaréen, car à Césarée et à Jérusalem, les deux grandes villes de la région, ses ennemis se préparent à le recevoir à leur façon.

23

En route pour Jérusalem

Tandis qu'Antipas et Ponce Pilate échangent leurs informations sur Jésus, celui-ci continue à prêcher en Samarie et dans le nord de la Judée, conscient que sa prédication déplaît à de nombreuses personnes, d'autant plus qu'il se rapproche de Jérusalem. Au départ, sa tactique, comme en Galilée, consiste à éviter les grandes villes et à préférer la campagne et les villages. De temps à autre, il s'aventure dans une grande synagogue le jour du sabbat et y commente les textes sacrés dans son style particulier. Ceux qui l'entendent pour la première fois sont stupéfiés par la clarté avec laquelle il explique les lectures des prophètes, et par sa véhémence lorsqu'il annonce que le temps de l'accomplissement de la promesse divine est proche.

Finalement, après en avoir discuté avec des sympathisants de la région, Jésus révèle, lors d'un dîner avec ses disciples les plus proches, son intention de prêcher l'avènement imminent du Royaume dans le lieu le plus important du monde aux yeux des Juifs.

— Il est temps de mettre un terme à nos pérégrinations dans les villages et de nous rapprocher de Jérusalem, annonce Jésus, jetant le trouble parmi ses disciples.

Il sait parfaitement que cette décision va à l'encontre de toute prudence. Il a bien reçu le message de Ruth et connaît les mauvaises intentions de Pilate à son égard. Jérusalem est un nid de vipères, mais la Pâque approche et il pense que c'est le moment d'aller prêcher devant les milliers de pèlerins qui cherchent un espoir auquel s'accrocher.

— Maître, finit par dire Thomas, le premier à oser remettre en question la décision de Jésus, je ne crois pas qu'il soit judicieux d'abandonner cette zone peu habitée de Samarie et de Judée, où nous sommes tranquilles. Je ne pense pas que l'heure soit venue pour toi de te rendre à Jérusalem. C'est encore trop tôt ; même le plus simple d'entre nous peut le comprendre. Comment les sadducéens et les prêtres du Temple vont-ils réagir lorsqu'ils découvriront ce que tu prêches sous leur nez ? Pour ma part, je considère qu'il est plus prudent d'attendre une atmosphère plus propice à ta venue.

— C'est décidé. Aller à Jérusalem n'est pas un caprice mais une obligation, Thomas. Si je prêche dans cette ville lors de la prochaine Pâque, je serai entendu par des milliers de personnes. Ce ne seront pas seulement les habitants de petits villages perdus dans les collines du nord de la Judée, mais des pèlerins provenant de l'ensemble d'Israël qui, lorsqu'ils rentreront chez eux, emporteront dans leur cœur le vrai message de Dieu.

— Mais le Sanhédrin et les autorités romaines vont prendre tes sermons pour une provocation.

— La parole de Dieu doit être portée là où elle a besoin d'être entendue, insiste Jésus.

— Les Romains sont bien préparés pour réprimer tous ceux qui ne se comportent pas conformément à leur volonté, rappelle Thomas pour convaincre le Maître de l'inopportunité de ce voyage à Jérusalem. Ils ne tolèrent pas le moindre trouble à l'ordre public et ne laisseront personne remettre en cause leur domination et leur présence en Judée.

— Crois-tu que je ne voie pas les agents envoyés par les docteurs de la Loi et les prêtres du Temple pour écouter mes sermons et ma doctrine ? Je sais qu'à leurs yeux ma prédication est une provocation envers ceux qu'ils considèrent comme des hommes et des femmes sages. Certes, le danger existe, je le pressens même, mais je me réjouis que mes sermons les inquiètent, car cela signifie qu'ils doutent de leurs idées et de leur foi. N'en parlons plus, nous irons à Jérusalem.

Peu à peu, le Nazaréen et son cercle intime de disciples se rapprochent de la capitale. La terre, au nord de la Ville sainte, est différente de ce qu'ils connaissent. Les douces collines galiléennes, vertes et luxuriantes, font place à des monts escarpés et émaillés de rares oliviers, acacias ou chênes verts, tandis que les champs de céréales fertiles sont remplacés par de longues étendues arides. De loin, Jérusalem ne semble pas une destination attrayante pour le voyageur, qui ne voit que d'impressionnantes murailles ocre sur un terrain rocailleux et desséché. Le mont du Temple, l'incroyable richesse des édifices et l'éclat doré de l'ensemble en imposent, laissant deviner la puissance considérable de ceux qui contrôlent le sanctuaire.

Telle est la ville vers laquelle se dirige Jésus pour tenter de convaincre de l'authenticité de son message ses habitants arrogants, notamment les saducéens prétentieux, les pharisiens hautains et les docteurs de la Loi, savants et érudits, qui se vantent de connaître mieux que personne toutes les subtilités des Écritures sacrées.

Le cortège de Jésus est encore loin de Jérusalem, mais la nouvelle de son arrivée prochaine le précède. Alerté par le rapport d'Hippodame selon lequel le Nazaréen provoque des troubles partout où il passe, Ponce Pilate s'inquiète. Il doit anticiper la venue de celui que beaucoup considèrent déjà comme un nouveau prophète.

La dernière chose dont il ait besoin, c'est que les Juifs recommencent à revendiquer une patrie indépendante, distincte de l'Empire de Rome. L'idée que des milliers de pèlerins réunis à Jérusalem pour la Pâque entendent un des leurs prêcher l'avènement du royaume de Dieu ne l'enchante guère.

Les prêtres du Temple aussi sont extrêmement préoccupés par les événements qui s'annoncent. La paix et la tranquillité nécessaires au maintien de leur statut sont compromises. Ils pressentent que leur situation peut totalement basculer si cet agitateur galiléen parvient à monter les foules de pèlerins contre eux.

Dans sa résidence de Jérusalem, le gouverneur romain Ponce Pilate préside une réunion extraordinaire. Il a convoqué les plus hautes autorités juives de la ville afin de coordonner leurs efforts pour écarter Jésus.

— On m'informe qu'un rabbin ayant perdu la raison, accompagné d'une poignée d'adeptes fanatiques en provenance de Galilée, parcourt les chemins du nord de la Judée en prêchant ses hallucinations perverses. D'après ce que je sais, il a l'intention de venir jusqu'à Jérusalem. Antipas a déjà été confronté à une situation de ce genre et il en a triomphé, heureusement. Je vous ai convoqués pour entendre vos avis et essayer d'éliminer cet obstacle, car je suppose que, s'il est gênant pour Rome, il l'est aussi pour vous.

— Gouverneur, dit un vieux prêtre à l'air naïf, comme tu le sais, dans mon pays certains profiteraient de n'importe quel prétexte pour faire du tort aux Romains. Mais je ne crois pas que ce soit le cas de ce rabbin dénommé Jésus. À mon avis, rien ne sert de s'inquiéter. De nombreuses personnes disent qu'il n'a pas d'autre but que de purifier la religion de nos pères.

— Tu te trompes, intervient Néthania, le saducéen le plus influent du Sanhédrin. Nous avons déjà parlé de ce problème il y a quelque temps, quand tu étais malade. La plupart d'entre nous pensent, comme le grand prêtre Caïphe, que la prédication de ce Jésus n'est pas anodine, contrairement à ce que croient les plus crédules des pharisiens. – Le visage de Néthania rougit sous l'effet de la colère. – Ce rabbin promet la rédemption aux plus pauvres et aux déshérités, ce qui implique un renversement de l'ordre social. Et cela concerne aussi les prêtres.

— Je ne tolérerai pas le bouleversement de l'ordre établi, déclare Pilate.

— Ceux qui se considèrent comme les meilleurs défenseurs de la Loi, les zélotes les plus fanatiques, vont être ravis de voir le Galiléen prêcher sous notre nez et tirer parti de ses sermons, soyez-en sûrs, continue Néthania. Ils vont provoquer des troubles dans les rues, remettre en question notre autorité et critiquer notre position. Nous pensons à l'unanimité qu'il vaut mieux voir périr un homme, comme le propose Caïphe, ou quelques membres du peuple, plutôt que d'assister à une véritable émeute qui déclenchera encore plus de morts qu'au début du gouvernement d'Archélaos.

— Dans ce cas, mes hommes vont devoir agir avec la plus grande fermeté pour ramener le calme, affirme Pilate.

Néthania a trouvé les mots justes pour s'opposer à l'arrivée de Jésus. De plus, tout le monde se rappelle que Pilate a récemment fait égorger un groupe de Galiléens pour avoir caché des armes sous leurs capes alors qu'ils allaient sacrifier des animaux sur l'autel du Temple.

S'il détourne un peu d'argent, Ponce Pilate est un bon administrateur. Cependant, il a peu de scrupules, une sensibilité défaillante, et il est obstiné, cruel et cupide. Mieux vaut ne pas entrer en conflit avec lui. Procurateur de Rome dans la province de Judée depuis plusieurs années, il connaît bien les particularités nationales des Juifs. Il a reçu, avant de quitter Rome, un avertissement d'un des secrétaires de Tibère sur une question fondamentale : « Si tu veux garder ton poste et gagner la confiance de l'empereur, évite les actes provocateurs et reste en dehors des querelles, des conflits et des sentiments religieux des Juifs. Tu dois avant tout garantir l'ordre public et la paix, même s'il s'agit de la paix des cimetières. »

Dans son palais de Jérusalem, Pilate se souvient de ce conseil tandis qu'il lit le tout dernier rapport de ses agents, qui confirme l'intention du Nazaréen de venir prêcher sa doctrine dans la capitale lors de la Pâque.

Voyant venir les difficultés, il se rappelle celles qu'il a dû affronter lors de ses premiers mois en Judée comme procurateur, et la conversation qu'il a eue peu après avec un de ses plus illustres officiers, tout juste arrivé de la frontière parthe et très intéressé par les événements.

— J'ai été affecté dans une province marquée par la révolte et l'insurrection. Les Juifs saisissent n'importe quel prétexte pour se soulever contre Rome, que ce soit en raison du recensement, comme c'est arrivé au préfet Coponius, ou parce qu'ils rejettent globalement nos lois.

— Apparemment, ces gens n'entendent que la manière forte, seigneur.

— Au début, j'ai essayé d'être bienveillant et j'ai accepté presque tous leurs caprices et toutes leurs superstitions, dignes d'un peuple attardé et barbare, mais j'ai vite compris qu'il fallait agir avec fermeté.

» Je me souviens encore de l'incident auquel j'ai dû faire face la première fois que je me suis rendu à Jérusalem. Comme le veulent nos lois, mon escorte portait un étendard avec l'image votive de l'empereur. Dès que j'ai débarqué à Césarée, on m'a fait savoir que la religion juive interdisait l'exhibition de tout type d'image. Mais en tant que procurateur impérial, je ne pouvais pas entrer dans la ville comme un vulgaire délinquant. Nous sommes arrivés à Jérusalem à la tombée du jour, avec les premières ombres du crépuscule, et les Jérusalémites n'ont pas pu voir les étendards. Mais le lendemain, lorsqu'ils se sont réveillés, ils les ont vus suspendus aux murs de la forteresse d'Hérode et ont pris cela pour une provocation.

» Si tu les avais vus, mon ami ! Ces dévots s'arrachaient les cheveux et tordaient leurs vêtements en criant d'effroi, en hurlant comme des possédés parce que sur leur ville sacrée miroitaient les insignes impériaux. Ils voyaient cela comme une atteinte à la Loi et à leurs coutumes.

» Quand on m'a fait part du malaise qui régnait à Jérusalem, j'ai fait demi-tour et je suis retourné à Césarée. Mais j'ai laissé sur les murs de la forteresse les étendards impériaux. Et je n'ai plus jamais voulu entendre parler de ces fanatiques.

— Que s'est-il passé ensuite ?

— Plusieurs citoyens de Jérusalem sont venus me voir à Césarée, installant un campement à l'extérieur de la ville. Ils étaient fous de rage, d'indignation et d'ardeur religieuse. Ils affirmaient que j'enfreignais la Loi et demandaient à être reçus. Un de mes hommes m'a dit qu'ils voulaient que je sorte les étendards et les images impériales de Jérusalem. J'ai refusé de les recevoir, mais je leur ai fait parvenir ma réponse : je ne pouvais accéder à leur demande, car c'était une offense au César.

— Je suppose qu'ils se sont résignés.

— Ils étaient trop têtus. Ils sont restés six jours dans leur campement. Chaque jour, ils venaient aux portes de Césarée et manifestaient en réclamant à grands cris le retrait des insignes. Finalement, j'en ai eu assez : j'ai ordonné qu'on les conduise à l'amphithéâtre de la ville, où un tribunal examinerait leur demande. Et j'ai aussi donné l'ordre à une cohorte de soldats de se déployer et de se cacher dans les recoins de l'amphithéâtre.

» J'ai écouté patiemment les arguments religieux des Juifs de Jérusalem, mais je suis resté inflexible. Je leur ai répété que les étendards resteraient à leur place en tant que symbole du pouvoir de l'empereur et que ce n'était pas négociable.

— Si tu n'as pas cédé et que les Juifs ont campé sur leur position, alors comment cela s'est-il résolu ?

— Après plusieurs heures de discussion, c'était effectivement l'impasse, et ma patience a atteint ses limites. J'ai donné un ordre au chef du détachement, les soldats se sont déployés dans l'arène et sur les gradins, leurs épées dégainées, et ils ont cerné ces geignards juifs. Alors j'ai prononcé un discours bref mais ferme : « Ma patience a des limites. Votre position est intolérable et irrationnelle. Aucun peuple de l'Empire ne formule de telles demandes, qui sont un grave affront au César. Si vous ne voulez pas mourir, renoncez à cette requête absurde et rentrez chez vous. Restons-en là, et j'oublierai cet incident. »

— Et ils sont partis.

— Pas du tout. Ce qui s'est passé ensuite était totalement inattendu. Loin d'être impressionnés par l'acier des épées, ces fous se sont jetés à terre, exposant leurs nuques et leurs gorges nues pour que les soldats les égorgent sur-le-champ. Et ils criaient : « Nous préférons mourir que de voir les Lois de notre patrie transgressées avec tant d'insolence ! »

» Je t'avoue que j'ai été stupéfié par cette réaction, aussi stupide qu'irrationnelle. Je n'étais en Judée que depuis quelques mois, je ne savais pas quoi faire. Les Juifs portent leurs Lois gravées dans leur âme depuis qu'ils ont l'âge de raison, et ils sont prêts à mourir plutôt que de renoncer à leurs traditions. Ainsi, soit j'ordonnais un massacre, soit je retirais les étendards.

— J'imagine la décision que tu as prise : il n'y a pas eu d'exécution massive, donc…

— Bien sûr que non. J'ai cédé face à ces superstitieux obstinés. J'ai ordonné aux soldats de quitter l'amphithéâtre et j'ai fait retirer les insignes impériaux de Jérusalem. J'ai essayé de les convaincre d'accepter que soient au moins déployés des étendards avec les initiales du nom de l'empereur, mais ils ont continué à tendre le cou en signe de sacrifice, si bien que je leur ai accordé tout ce qu'ils me demandaient.

Pilate se souvient de cet épisode avec rancœur. Dans ses yeux brille une colère contenue, qu'il rumine depuis sa défaite. À la grande satisfaction des nationalistes juifs, toute la Judée est au courant de la victoire d'une poignée d'hommes désarmés sur les puissants soldats romains, et de l'échec du gouverneur dans le conflit des étendards. Depuis, Pilate est très mal disposé envers les Juifs de Judée et de Samarie.

Avec le temps et l'expérience acquise lors de ces premiers mois de gouvernement, il est devenu plus prudent. Pour lui, le peuple juif est intraitable, perpétuellement dans la provocation, cherchant le conflit, ourdissant sans cesse conspirations et intrigues.

Mais le mauvais caractère du gouverneur a empiré. Vitellius, le légat de Syrie, qui est son supérieur hiérarchique, l'a rappelé plusieurs fois à l'ordre. Après le premier incident, il lui avait écrit dans une missive : « Ton manque de tact dans l'affaire des étendards et des images est tout à fait condamnable. Je rendrai compte à Tibère de ta maladresse si cela se reproduit. »

Depuis, il s'efforce d'avoir une certaine considération pour les coutumes nationales des Juifs, mais il agira avec fermeté s'il se trouve de nouveau dans une situation où il risque d'être ridiculisé.

Et il est probable que l'occasion se présente très bientôt. Jésus de Nazareth agite les foules dans le nord de la Judée et se dirige vers Jérusalem. Si le soi-disant prophète entre dans la capitale, Pilate sera confronté à un grave problème, car il y aura probablement des émeutes. Il doit se tenir prêt. Ce qui s'est passé à Césarée il y a quelques années ne se reproduira pas.

Comme l'a fait remarquer Thomas, ce n'est pas le meilleur moment pour aller prêcher à Jérusalem, mais Jésus y tient absolument. Il veut profiter de la Pâque pour s'adresser à l'immense foule rassemblée à la capitale pour l'occasion.

Outre l'aversion qu'il inspire aux autorités religieuses juives, Jésus retient toute l'attention de Pilate, dont il connaît le caractère difficile. Le procurateur a fait savoir qu'il ne tolérerait aucune altercation sur les territoires placés sous son autorité.

Jésus décide de ralentir la progression du cortège vers Jérusalem pour passer quelques jours à Jéricho. Il prend comme prétexte la fatigue de ses disciples, après qu'ils ont marché sur les sentiers caillouteux de Judée, pour s'accorder quelques jours dans cette oasis splendide, irriguée par des sources abondantes, fraîches et cristallines.

En réalité, il a besoin de temps pour réfléchir. Ce qu'on lui a raconté sur Pilate l'a impressionné : le procurateur est un homme pervers et obtus, capable d'ordonner son exécution et celle de ses disciples sans broncher. Il préfère donc rester prudent, bien que tout le pousse à poursuivre sa mission : prêcher le royaume de Dieu partout et y mettre toute son énergie. Il a peur de la mort, mais il est prêt à perdre la vie au profit de sa cause, convaincu que, s'il est exécuté, c'est que telle est la volonté de Dieu. De plus, il est sûr que le Très-Haut saura le venger, en favorisant l'avènement du Royaume.

Lors d'une promenade dans la palmeraie de Jéricho, Jésus et plusieurs de ses disciples discutent de l'importance de choisir le bon moment pour entrer dans Jérusalem.

— Nous courons un grand danger si nous y allons maintenant, dit Thomas, le plus réticent des disciples. Les membres du Sanhédrin sont contre nous, mais aussi le procurateur romain, ce monstre de Pilate, qui hait les Juifs par-dessus tout. Il pourrait te faire exécuter, Maître.

— Ma mort multipliera peut-être le nombre de croyants dans le message de Dieu et hâtera l'avènement de son royaume, songe Jésus à voix haute.

— Nous ne pouvons pas prendre un tel risque, Maître.

— Thomas, chers disciples, profitez de cette délicieuse palmeraie, imprégnez-vous du doux parfum des fleurs et des dattes arrivées à maturité, sentez la légère amertume de la résine de l'opobalsamum et du henné, régalez vos yeux des couleurs rouges et jaunes du myrobolan. Délectons-nous de tous ces plaisirs que Dieu nous offre avant de poursuivre notre route vers Jérusalem.

— Un autre chemin rocailleux et aride nous attend, déclare avec résignation le plus jeune des disciples, anéanti et plein d'incertitudes quant à l'avenir.

— N'ayez crainte. Nos adversaires sont nombreux, mais Dieu est notre refuge. Prions, mes frères.

Jésus s'agenouille et ses disciples font de même, rassemblés autour de lui. Dans la prière, récitée sur un ton monocorde et rythmé, ils trouvent la force nécessaire pour se remettre de la difficulté du chemin et le courage de vaincre la peur qui les étreint face aux défis qui les attendent à Jérusalem.

Une fois la prière terminée, ils croisent quelques groupes de pèlerins qui s'approvisionnent en eau et en nourriture dans l'oasis de Jéricho avant d'entreprendre la dernière étape du chemin vers Jérusalem. La Pâque approche et le nombre de voyageurs se dirigeant vers la capitale augmente de plus en plus.

Ceux qui viennent de villages galiléens reconnaissent Jésus dont ils ont entendu les prêches. Pour certains, il est le dernier espoir d'Israël. Ses discours enflammés et l'annonce de l'instauration d'une justice universelle ont attiré les plus humbles d'entre eux, venus le voir expulser les démons des corps des possédés ou accomplir des guérisons merveilleuses, dignes d'un être surnaturel.

— Nous partons aujourd'hui même, annonce Jésus à ses disciples, qui comptent plusieurs femmes.

— Nous devons préparer ton entrée solennelle dans Jérusalem, Maître, intervient Thomas, qui lorsqu'il se soumet à la décision de Jésus devient dès lors le plus actif des disciples. Que tout le monde sache ce que tu répètes toi-même si souvent : qui fait entendre sa voix à Jérusalem la fait entendre dans le monde entier !

Les autres disciples acquiescent, partageant l'avis de Thomas.

— Ton entrée à Jérusalem doit être triomphale ! lance un membre du groupe, à la grande joie de tous.

Jésus lève la main pour leur ordonner de se taire.

— Vous savez que je ne suis pas favorable aux manifestations en grande pompe, mais vous avez peut-être raison, reconnaît-il. Une entrée retentissante favorisera nos objectifs et mettra notre prédication en valeur.

— C'est ainsi que doit se manifester l'envoyé de Dieu ! s'écrie un disciple. C'est l'accomplissement de ses promesses qui s'annonce !

— Un prophète aussi important que toi ne peut pas se permettre de passer inaperçu, dit un autre.

— Nous ferons comme vous voudrez, accepte Jésus.

— Il faut impressionner les habitants de Jérusalem et les pèlerins qui se rendent à la Ville sainte pendant la Pâque.

— Nous irons d'abord à Béthanie, déclare Jésus. Là, nous nous préparerons pour le moment glorieux où nous franchirons les portes de Jérusalem.

Depuis un certain temps déjà, encouragé par l'enthousiasme de ses plus fervents adeptes, il montre clairement son aspiration à diriger les pas du peuple juif.

— Ce sera une entrée digne du roi des Juifs, et le meilleur moyen d'annoncer que celui qui arrive à Jérusalem est le véritable roi d'Israël, l'ultime émissaire de Dieu dans le monde qui s'achève.

Cette phrase prononcée par un des disciples impose le silence aux autres. Tous connaissent les rumeurs qui circulent sur leur maître : il n'a pas été engendré par Joseph, l'époux de sa mère, mais par un inconnu qui, lorsqu'il a découvert sa future paternité, illégitime car en dehors du mariage, s'est volatilisé.

— Roi des Juifs ? demande un des disciples à voix basse à son voisin. Alors… Jésus pourrait être le fils d'Hérode le Grand et du sang royal pourrait couler dans ses veines.

— Qui sait ? Ce vieil étalon lubrique se faisait envoyer des jeunes femmes de tous les recoins du pays, comme l'ancien roi David, qui a couché avec la jeune Sunamite pour qu'elle réchauffe son lit en hiver.

— Marie a-t-elle pu faire partie de ces femmes ? Hérode a mis enceintes de nombreuses filles de Galilée lorsqu'il a habité dans cette région, il y a des lustres.

— Oublie ces rumeurs. Quoi qu'il en soit, que la mère de Jésus descende ou non de la Maison de David, son père légitime est Joseph. Il est donc bien de lignée royale. Mais ce qui compte vraiment, c'est que Jésus est le fils de Dieu.

— Nous sommes tous les fils de Dieu.

Arrivé à Béthanie, Jésus fait une halte pour préparer son entrée à Jérusalem.

— Je franchirai les portes de la Ville sainte à dos d'âne, annonce-t-il à ses disciples tandis qu'ils reprennent des forces autour d'un repas frugal.

— Sur un bourriquet ! s'exclame un des adeptes. Mais, Maître, les Romains trouveront cela ridicule. Eux, ils célèbrent leurs entrées triomphales dans Rome avec des défilés grandioses, à bord de chars chargés des fruits de leurs victoires.

— Mais je ne suis pas un Romain. Je suis un Juif pieux. Rappelez-vous ce qu'a écrit le prophète Zacharie : l'envoyé de Dieu se présentera dans la ville de David monté sur un humble ânon et arrivera du mont des

Oliviers. Je ne vais pas à Jérusalem pour jouer le rôle de Dieu, mais pour annoncer l'avènement de son royaume. J'apporte la paix et la parole et, si les hommes ne les acceptent pas, Dieu libérera toute sa colère et la force de ses armées.

Certains adeptes de Jésus, en particulier les Galiléens, ne sont pas d'accord avec lui. L'idée qu'il entre dans la capitale monté sur un simple ânon ne leur plaît guère. Mais d'autres se souviennent que David lui-même a fait son entrée à dos de mule. Le cœur gonflé de ferveur religieuse et patriotique, ils sont submergés par une frénésie irrépressible.

Du versant de la colline parsemée d'oliviers où ils ont installé leur campement, ils discernent les formidables murailles de Jérusalem et la silhouette imposante du Temple érigé sur le mont Moriah, nivelé artificiellement. Cette vue les transporte. Ils éprouvent une joie débordante, s'agitent et affirment que Jésus est le vrai Messie tant attendu. Ils crient que le moment de le proclamer roi d'Israël est venu, convaincus que les Romains et les membres du Sanhédrin trembleront de peur lorsqu'il apparaîtra, auréolé de la puissance divine.

Jésus ordonne de préparer un banquet. Le royaume est proche : comment mieux célébrer son avènement qu'avec un repas de communion avec ses disciples ?

Une fois les agapes terminées, sur ordre de Jésus, l'étrange cortège se met en route pour la capitale au milieu de cris de joie et de chants de louanges. Certains disciples coupent des branches d'olivier et en distribuent aux autres, avant de les agiter devant Jésus en guise d'étendards triomphaux, comme s'il s'agissait de ses insignes. Les plus fervents se dépouillent de leurs capes et les posent sur la poussière du chemin, déroulant sous les pieds du prophète galiléen un tapis royal, afin qu'il ne tache pas ses sandales ni les sabots de sa monture.

« *Salve !* », « Loué soit le roi d'Israël ! », « Béni soit celui qui vient au nom du Seigneur ! », « Gloire dans les cieux ! » sont autant de cris que répètent en chœur les pèlerins galiléens qui escortent Jésus sur le chemin de Jérusalem.

Certains, la poitrine gonflée de sentiments patriotiques incontrôlables, s'exclament : « Délivre-nous, Jésus ! », « Tu es le roi d'Israël ! », « Nous ne voulons pas être les sujets des Romains ni les laquais de son empereur ! », « Libère-nous de ceux qui nous gouvernent de façon si impie ! »

Au fur et à mesure que le cortège exalté approche des murailles de Jérusalem, les disciples de Jésus sont si excités qu'ils sont convaincus que le royaume de Dieu va se manifester d'un instant à l'autre, peut-être même au moment précis où ils vont franchir la porte de la ville, ou lorsqu'ils vont pénétrer dans l'enceinte du Temple en se réclamant de l'hérédité divine.

Environ deux milles séparent Béthanie de Jérusalem. Le chemin descend de façon abrupte depuis le versant escarpé d'une colline, traverse un ravin et remonte par une côte jusqu'aux imposants remparts.

C'est un jour sec et ensoleillé. Lorsqu'ils commencent l'ascension, les disciples soulèvent sur leur passage un nuage de poussière, qu'ils dispersent dans l'air en agitant leurs palmes d'olivier. Avec leurs cris et leurs vivats, ils attirent l'attention de ceux qui sont déjà rassemblés près des murailles.

Face au spectacle inattendu des Galiléens qui avancent vers Jérusalem avec des branches d'olivier, une foule de curieux se presse de part et d'autre du chemin et le long des murs de la porte Vieille.

La ville de David regorge de pèlerins venus des quatre coins de la Judée, mais aussi de la diaspora d'Égypte, de Libye ou de Chypre pour célébrer la fête solennelle de la Pâque. Ils sont surpris par ce cortège qui arrive bruyamment dans un tel débordement de joie, car personne ne s'attend à voir tant d'animation autour d'un homme monté sur un humble ânon.

« Qui sont ces individus enfiévrés qui accompagnent de façon si enthousiaste ce personnage à dos d'âne ? » se demandent-ils. « Que cherchent ces exaltés qui agitent des branches d'olivier et crient comme des possédés des louanges au cavalier qui avance à leur tête ? » Bien que Jérusalem accueille depuis quelques jours les personnages les plus hétéroclites, le cortège compact et euphorique qui entoure Jésus de Nazareth ne passe pas inaperçu.

Plus Jésus approche de la ville, plus il est intimidé, mais il ne veut pas montrer son émotion, s'efforçant de contrôler ses sentiments et de feindre une certaine sérénité.

Lorsque le cortège arrive à la porte Vieille, les curieux rassemblés devant lui s'écartent pour le laisser passer. Le Maître et ses disciples franchissent la porte comme une marée irrépressible, entrent dans la ville et s'engouffrent dans les ruelles étroites à la stupéfaction des Jérusalémites. Pourtant habitués à recevoir toutes sortes de pèlerins, ils avouent n'avoir jamais assisté à un tel spectacle.

— Qui est cet individu acclamé avec tant d'euphorie et d'enthousiasme ? demande le propriétaire d'une boutique d'épices.

Ceux qui regardent passer le défilé à la porte de la boutique haussent les épaules. Ils ignorent ce qui se passe. Mais un des disciples, qui a entendu la question du commerçant, se retourne et répond fièrement :

— C'est Jésus de Nazareth, le Maître, le Messie !

Et il poursuit son chemin en agitant la branche d'olivier qu'il brandit à bout de bras.

— C'est sans doute ce prédicateur de Galilée qui a réussi à attirer un grand nombre d'adeptes, dit le commerçant. Que vient-il faire ici ?

Le tumulte provoqué dans les rues par l'entrée de Jésus dans la ville augmente au fur et à mesure qu'il avance vers le Temple. Les disciples se mêlent aux autres pèlerins et aux centaines de curieux venus voir ce spectacle inhabituel. Des pharisiens, alertés par le bruit, arrivent à la hâte et adressent à grands cris des reproches à Jésus :

— Rabbin, maîtrise cette foule ! Ordonne aux gens de se calmer et de retourner d'où ils viennent. À moins que tu ne veuilles provoquer une révolte…

— Laissez-nous tranquilles ! répliquent les disciples.

— Si tu troubles l'ordre, les soldats romains vont intervenir ! continuent à crier les pharisiens. Tu vas provoquer de graves émeutes ! Fais taire cette cohue ou tu vas attirer le malheur sur nous.

Jésus ne tient aucun compte de leurs avertissements. Fermement décidé à se présenter devant les citoyens incrédules de Jérusalem, il est conscient que son audace va provoquer une réaction extrême. Face aux exigences constantes de ses opposants, il s'arrête un instant, se met debout sur l'âne et dit :

— Permettez que ces braves gens expriment ce qu'ils éprouvent dans leur cœur. En vérité je vous le dis, si vous faites taire leurs voix, les pierres crieront à leur place.

— Laisse-nous parler avec toi, dialoguons ! crie un prêtre de la classe inférieure, de loin, car la foule qui entoure Jésus et le cordon de sécurité formé par une cinquantaine de disciples l'obligent à rester éloigné d'une dizaine de pas.

— Je suis l'envoyé chargé de rassembler les brebis du troupeau d'Israël, se contente de répondre Jésus, refusant de s'entretenir avec les prêtres affolés.

Pendant un bon moment, en ce premier jour de la semaine de Pâque, le cortège qui suit le Nazaréen parcourt les rues de Jérusalem et les environs du Temple dans une procession improvisée, parmi les chants et les louanges à Dieu et à son royaume, évitant soigneusement de s'approcher de la tour Antonia et de l'ancien palais d'Hérode. Quand le soir tombe, la fatigue commence à se faire sentir et l'enthousiasme décroît. Les premiers à se retirer sont les Jérusalémites, qui en ont assez vu et rentrent chez eux préparer le dîner. Puis les pèlerins, pour qui le défilé des Galiléens a été une attraction inespérée, s'éloignent aussi.

Épuisés par toute cette agitation, la gorge endolorie à force de crier et les yeux rougis par l'émotion, les disciples de Jésus, à sa demande, se retirent également. Ils quittent Jérusalem avant la tombée de la nuit et repartent pour Béthanie, où ils ont installé leur campement. Jésus est hébergé par un homme connu sous le nom de Simon le lépreux, où il peut se remettre tranquillement de sa journée tumultueuse à Jérusalem.

Béthanie est un village singulier, érigé sur une colline couverte d'oliviers. Depuis le sommet, la mer de Sel et la vallée du Jourdain sont visibles par temps clair, lorsque souffle le vent du nord.

Ce soir-là, tandis que Jésus retourne à Béthanie avec les siens, Ponce Pilate songe qu'il est trop tôt pour agir. Mais il reçoit à la forteresse Antonia, sa résidence à Jérusalem, un de ses agents, qui l'informe de l'arrivée très remarquée du Nazaréen dans les rues de la ville.

— Ces Juifs insensés vont finir par me retourner l'estomac, dit Pilate à son espion.

— Bien qu'ils aient poussé des cris, les adeptes de Jésus de Nazareth se sont montrés relativement pacifiques et se sont retirés sans avoir pénétré dans le Temple. D'après ce que nous savons, ils ont installé leur campement dans une oliveraie du village de Béthanie, à une heure de marche de Jérusalem.

— Et ce Jésus qui dirige cette bande de rebelles surexcités, c'est le prophète galiléen ?

— En effet, seigneur.

— Tous les Juifs sont des séditieux ! Cela fait à peine trois mois qu'un de mes soldats a été assassiné par des agitateurs près du Temple, et voilà qu'ils troublent encore l'ordre public et la paix. N'apprendront-ils jamais ?

Le procurateur romain craint que des émeutes n'éclatent dans la ville, déclenchant les reproches de l'empereur sur sa gestion du territoire. Il pense qu'il doit agir. Il renvoie son informateur et convoque le tribun militaire qui commande la garnison romaine.

— Que me conseilles-tu de faire avec ce Galiléen impertinent qui a agité toute la ville aujourd'hui ? demande Pilate, préoccupé malgré sa longue expérience dans l'administration des affaires publiques.

— Je ne m'inquiéterais pas trop de l'action de ce rabbin galiléen, répond avec sérénité le tribun, habitué à exercer le commandement militaire.

— Tu crois que c'est un prêcheur insignifiant ?

— Un parmi tant d'autres sur cette terre d'aliénés. Tous les jours, ils sont au moins une dizaine à prêcher autour du Temple, sur le perron, sous les portiques ou perchés sur une caisse en bois à n'importe quel coin de rue. Durant la période où les Juifs célèbrent la Pâque, ils sont encore plus nombreux, car ils ont beaucoup plus d'audience.

— Et tu crois que nous n'avons pas de raison de nous inquiéter ? insiste Pilate en se levant pour prendre un fruit et une poignée de noix sur un plateau.

— Cette procession de brailleurs imbéciles s'est dissoute d'elle-même dès que le soleil a commencé à décliner sur l'horizon. Nous n'avons même pas eu à intervenir pour les disperser. Le crétin qui avançait en tête à dos d'âne s'est contenté de parcourir les rues de la ville, de faire plusieurs fois le tour du Temple à une distance prudente, sans même entrer dans la cour des Gentils, et il est reparti comme il est venu.

— Sais-tu où il loge ?

— Oui, nous nous sommes renseignés. Il se trouve avec la plupart de ses adeptes chez un villageois de Béthanie.

— Pour le moment, nous n'allons rien entreprendre contre cet idiot, mais veille personnellement à ce qu'il reste sous étroite surveillance.

— Ne t'inquiète pas, procurateur, ce sera fait. Ce type ne fera pas un seul pas sans que nous le sachions.

— Ne tente rien contre lui, du moins pour le moment, à moins que cela ne soit absolument nécessaire, pas même en cas de provocation des Galiléens. Essaie avant tout d'éviter une émeute.

— Sois tranquille, mes hommes savent être fermes tout en maintenant le calme. Ils sont venus à bout de situations bien plus complexes que celle que pourrait provoquer un prêcheur en haillons.

La sérénité du tribun rassure Ponce Pilate. Néanmoins, il ajoute :

— Cela dit, si ce Galiléen se met à soulever les foules avec des proclamations incendiaires, tu es autorisé à agir avec la fermeté nécessaire pour mettre un terme à toute échauffourée.

— Très bien, acquiesce le tribun.

Pilate mord dans le fruit. La conversation l'a apaisé, mais quelque chose lui dit que ce Jésus peut devenir rapidement une source de problèmes beaucoup plus importante que ne le croit le tribun. Son flair de vieux renard lui souffle que Jésus n'est pas comme les autres. Quelque chose chez lui le préoccupe et il ne sait même pas quoi. Il ne peut l'expliquer, mais il se sent profondément menacé chaque fois qu'il entend parler de cet homme. De plus, l'inquiétant rapport d'Antipas l'a mis en garde.

En même temps que Jésus arrivent à Jérusalem, également pour les célébrations de la Pâque, Antipas, son épouse Hérodiade et une petite suite de courtisans de Tibériade, dont Hippodame et son épouse Ruth.

Ils apprennent l'entrée du Nazaréen dans la Ville sainte lorsqu'ils demandent d'où vient le tumulte qu'ils entendent tandis que les serviteurs s'affairent pour préparer leur séjour dans le palais qu'Antipas possède dans la capitale. Auparavant, ils séjournaient à la forteresse

Antonia, près du Temple, mais cet imposant édifice étant désormais la résidence du procurateur romain, ils s'installent dans les anciennes propriétés de la famille.

— Jésus de Nazareth est ici, annonce Antipas à Hippodame, qu'il a fait appeler pour discuter de cette affaire avec lui.

— En effet, seigneur. Je viens de l'apprendre à la forteresse Antonia, en m'entretenant avec le tribun romain qui commande les troupes casernées dans cette ville.

— C'est un contretemps auquel nous ne nous attendions pas. Jésus et la plupart de ses disciples sont d'origine galiléenne. Ils sont donc sous ma juridiction. Cela me met dans une situation délicate vis-à-vis du procurateur romain. Si ces imbéciles déclenchent une émeute à Jérusalem, mes relations avec Pilate vont encore se détériorer.

— Dans ce cas, nous devrons probablement intervenir, dit Hippodame.

— Probablement. Après ce qui s'est passé avec le Baptiste, nous ne pouvons pas baisser la garde.

— D'après le tribun, Ponce Pilate est assez serein et n'a pas l'intention de prendre des mesures pour mettre un terme à la prédication de Jésus, du moins pour l'instant. Les Romains prennent cet homme pour un fou inoffensif.

— Pilate est un idiot, déclare Antipas, qui ne dissimule pas sa colère face à l'inaction du procurateur romain. Il ne verra pas qu'une révolte se prépare tant qu'elle ne lui aura pas éclaté sous le nez. Mais nous, nous devons rester vigilants. Occupe-toi de faire surveiller Jésus à chaque instant.

— Nous ne pouvons pas laisser les Romains de côté dans une affaire aussi déterminante, remarque le chef de la police galiléenne.

— Bien sûr que non, nous allons devoir composer avec eux. Reste en contact permanent avec ce tribun. D'après ce que tu dis, c'est un homme sensé et un militaire compétent. Et parle à Pilate s'il le faut. Les esprits s'échauffent parmi les pèlerins, la moindre étincelle peut déclencher un véritable incendie.

— Je vais surveiller moi-même Jésus et ses acolytes avec mes meilleurs hommes. Nous aurions dû nous débarrasser de lui il y a longtemps et sur notre terrain, avant qu'il ne parvienne à attirer autant d'adeptes.

— Peut-être, mais sois prudent et discret. Je ne veux pas que Pilate découvre que nous agissons sur le territoire de sa juridiction sans son consentement. Cela pourrait l'offenser.

24

Un Temple pur

De retour à Béthanie, Jésus passe une nuit très agitée après les émotions que lui a procurées son entrée dans Jérusalem. L'excitation liée aux événements de la veille trouble son esprit, et il parvient à peine à trouver le sommeil. Mille pensées l'assaillent, certaines fugaces et éthérées, aussitôt reléguées à l'oubli, et d'autres plus persistantes et inquiétantes, qui perturbent son repos. Dans le demi-sommeil de l'aube, il réfléchit à ce que signifie pour les foules sa démonstration de meneur devant les murailles puis dans les rues de Jérusalem, et à l'effet produit par sa glorieuse entrée sous l'arc de la porte de l'Angle, également appelée porte Vieille.

La présence de tant de personnes sur le passage de son enthousiaste cortège est la preuve qu'il a obtenu l'effet recherché. De plus, la volonté de certains prêtres et d'un bon nombre de pharisiens de s'entretenir avec lui reflète bien l'impact qu'il a eu.

Mais il sait que la surprise dont a bénéficié sa première entrée ne se reproduira pas. Les Romains et les prêtres de rang supérieur du Sanhédrin ne seront pas pris au dépourvu la prochaine fois. Ce ne sera donc pas aussi facile.

Épuisé, Jésus récite quelques prières et psalmodies puis, bien qu'encore inquiet, tente de trouver le sommeil au petit jour. Il se réveille de temps à autre en sursaut, comme si les foules fascinées quelques heures plus tôt par son imposante présence étaient toujours à ses côtés.

Avec les premiers rayons du soleil, il se lève de son lit et regarde ses disciples. Ils sont tous allongés autour de lui, le protégeant comme un rempart humain. Ils dorment à peine, s'efforçant de rester vigilants face à tout danger qui pourrait survenir avec l'aube.

Peu à peu, les ténèbres sont vaincues par le soleil, qui fait apparaître nettement les contours des rochers et des arbres sur les collines qui entourent Béthanie. Lorsqu'ils se réveillent, tous les disciples veulent parler de ce qui s'est passé la veille et de ce qu'il faut faire à partir de maintenant. Ceux qui appellent à la prudence sont rares ; la plupart veulent retourner le plus tôt possible à Jérusalem et annoncer l'avènement du royaume de Dieu durant les jours qui précèdent la Pâque.

Le petit déjeuner frugal, un peu de pain, d'huile et de fruits secs, réunit les plus intimes autour du Maître.

— Retournons à Jérusalem dès à présent, propose Simon, toujours aux côtés de Jésus et prêt à le défendre contre toute menace. Nous devons prolonger l'effet que ton entrée dans la ville a produit hier.

— C'est ce que nous allons faire, déclare Jésus, mais dans un silence absolu et avec le plus grand calme, sans tumulte inutile. Nous avancerons plongés dans la réflexion intérieure, sûrs de marcher vers la victoire, mais également conscients de prendre le risque de nous tromper et de nous diriger vers un horrible précipice.

Ils se mettent en route, descendent la colline de Béthanie, traversent la vallée et entreprennent l'ascension de la côte escarpée et rocailleuse qui mène à la Ville sainte.

Si hier elle était à leurs yeux un don magnifique, aujourd'hui Jérusalem leur semble une forteresse menaçante et hostile, en particulier le Temple, dont les murs se dressent telles les défenses du plus redoutable ennemi. Des échafaudages en bois sont visibles par endroits, car des travaux sont encore en cours dans le sanctuaire, conçu à l'époque d'Hérode le Grand, et il reste à effacer les dernières traces des batailles livrées en son sein.

— Regardez, compagnons, quels magnifiques bâtiments ! s'exclame un des disciples, admiratif, en montrant du doigt l'imposante structure du Temple.

— C'est vrai qu'ils sont grandioses, confirme un autre.

— Ces constructions vous impressionnent ? demande Jésus sur un ton sec et cassant. Eh bien sachez qu'il n'en restera pas une seule pierre ; tout sera détruit. Dieu n'habite pas les lieux que les hommes ont rendus impurs. Lorsqu'Il viendra, ce sanctuaire sera remplacé par un autre, un nouveau Temple qu'Il édifiera Lui-même et qui sera totalement pur.

Les disciples se taisent, un peu troublés. Au bout d'un moment, le premier à avoir fait l'éloge de l'œuvre architecturale se risque à intervenir.

— Mais, Maître, ces constructions sont réellement admirables. N'importe quel homme ne peut être que saisi par la beauté d'un édifice si grandiose.

— Cet édifice est une œuvre humaine, affirme Jésus. Il ne peut être comparé à la grandeur de l'œuvre de Dieu.

Pourtant, le pèlerin qui découvre le Temple pour la première fois ne peut être que submergé par la beauté. Il est dans le même temps subjugué et accablé, car il se sent minuscule face à cette masse qui semble faite d'or et de neige. De nombreuses personnes viennent jusqu'à Jérusalem uniquement pour contempler cette merveille, qui paraît davantage l'œuvre de géants que d'humains.

— Accélérons le pas, dit le Nazaréen à ses disciples.

Ils se remettent en route en suivant les indications du Maître. Puis ils entrent de nouveau dans Jérusalem par la porte Vieille et se dirigent aussitôt vers le Temple.

Des centaines de pèlerins sont rassemblés autour du sanctuaire. Avec détermination, les Galiléens se fraient un passage au milieu de la foule qui bloque l'accès au perron blanc et arrivent aux premiers portiques, puis dans la cour extérieure, où, dès les premières heures de la matinée, se sont rejoints des pèlerins de tous les recoins d'Israël et de toutes les villes de la diaspora.

— Tous ces gens attendent leur tour pour accomplir les sacrifices et échanger à propos des célébrations de la fête de la Pâque, commente un des disciples.

— Pas tous, rectifie un autre. Il y en a qui passent leur temps à recevoir les enseignements des rabbins pharisiens, des scribes et des docteurs de la Loi. Regardez-les, ce sont ceux qui se réunissent en petits groupes autour d'un maître pour écouter son interprétation de la Loi.

Les Galiléens se trouvent dans la cour des Gentils, à laquelle tout le monde peut accéder, y compris les soldats romains. C'est là que règne le plus d'agitation et de vacarme.

Durant les jours qui précèdent la Pâque, les changeurs profitent des attroupements dans les cours du Temple et aux alentours pour faire des affaires, car ils tiennent un marché tous les jours. Sur les tables installées, ils échangent les monnaies des dévots contre des sicles tyriens, les seules pièces acceptées pour le paiement de la contribution destinée à l'entretien du Temple. Cette monnaie, qui arbore sur une de ses faces le symbole de Melkart, le dieu des Phéniciens que les Romains assimilent à Hercule, est en soi totalement inappropriée. Cependant, la coutume l'emportant sur la pureté, elle est également utilisée pour acheter les animaux voués aux sacrifices, les colombes, les agneaux, les brebis, les chèvres ou même les bœufs confiés aux prêtres afin qu'ils les immolent devant l'autel au nom de Dieu.

— Maudits marchands ! s'exclame un des disciples. Regarde-les, Maître, ils déploient leurs étals, vendent des animaux, de la farine et du vin, profanant avec leur commerce cette enceinte sacro-sainte. Va savoir combien d'argent ils gagnent avec ces marchandises ! Et pendant ce temps, que fait la police chargée de préserver la pureté du Temple ? Rien.

— C'est la faute des prêtres, intervient un autre. Ce sont eux qui louent des emplacements aux commerçants. Et ils touchent un pourcentage sur tout ce qui se vend ici. Leur soif de richesse altère le véritable rôle du sanctuaire, qui devrait être un lieu exclusivement voué à la prière et au sacrifice, un espace destiné à l'enseignement des Saintes Écritures. Ils en ont fait un simple marché.

— C'est le territoire des plus éhontés et des plus indécents trafiquants d'argent ; de vils usuriers qui vivent de tromperie et de mensonge, ajoute un troisième.

— Les sacrifices sont prescrits par la Loi et sont nécessaires, déclare Jésus. L'obole pour l'entretien du Temple aussi, même si, théoriquement, elle devrait être payée par les étrangers et non par les fils de cette Maison. Sans les sacrifices, Dieu aurait déjà annihilé les Gentils. Mais le marché peut se tenir ailleurs, en dehors du Temple, peut-être dans les alentours pour les animaux les plus petits et sur le mont des Oliviers pour les plus grands. Il ne devrait en aucun cas se trouver à l'intérieur du sanctuaire. Et les changeurs non plus. Il y a d'autres endroits plus appropriés dans la ville. Cette enceinte est sacrée.

Jésus s'arrête au milieu de la cour des Gentils et observe avec attention ce qui se passe autour de lui. Pour un spécialiste de la Loi comme lui, c'est un spectacle indigne et honteux. Les mots ne suffisent pas. Il doit passer immédiatement à l'action, car tous ces usuriers sans scrupules ont besoin d'une bonne leçon en public.

Voyant leur maître figé comme une statue au milieu de la cour, les disciples s'inquiètent. Sur le visage de Jésus se lit une colère contenue, qui semble sur le point d'éclater. Ses traits sont crispés, ses yeux brillent comme des lanternes au milieu de la nuit noire, ses mains se tendent et sa respiration s'accélère.

— Blasphémateurs ! se met-il à crier, élevant la voix au-dessus du brouhaha des commerçants et des clients qui se pressent devant les étals. Vous offensez Dieu ! Ces bâtiments seront rasés par sa colère et réduits en poussière sur laquelle Il élèvera un nouveau sanctuaire baigné de pureté. Malheur à toi, Jérusalem ! Pauvre peuple et pauvre Temple ! Voix de l'Orient, voix de l'Occident, voix des quatre vents, voix contre Jérusalem et contre le Temple, voix contre tout le peuple impie !

— Qui est ce fou ? demande un des marchands qui se trouve près de Jésus.

En proie à la colère, le Nazaréen, flanqué de ses disciples, se dirige vers une petite esplanade longeant la colonnade d'un des portiques, lève le bras et, d'un doigt accusateur, désigne un à un tous les marchands aux curieux qui commencent à s'approcher de lui.

— Ce lieu est sacré pour Dieu, mais vous, changeurs, marchands et prêtres qui consentez à cela, vous le profanez ! lance-t-il. Vous avez même donné le nom d'un Romain à une de ses portes.

En effet, une des entrées du Temple porte le nom de Coponius, en hommage au préfet qui a étouffé une révolte des Juifs vingt ans auparavant.

— Ferme-la, imbécile ! s'écrie un des changeurs qui s'est approché avec curiosité en entendant Jésus crier, tandis que les autres, indifférents, continuent leur commerce.

— Oracle d'Adonaï ! Au nom du Très-Haut j'exige que vous cessiez immédiatement vos activités sacrilèges et que vous quittiez cette enceinte sacrée avec votre argent immonde. Vous souillez le lieu le plus saint, la maison de Dieu, le sanctuaire d'Israël !

À ces mots, certaines personnes acquiescent et regardent avec méfiance les commerçants, tandis que, encouragés par leur maître, les disciples se dirigent vers les changeurs, les sommant de plier boutique et de vider les lieux sans délai. Mais d'autres s'énervent, se mettent à insulter Jésus en lui demandant de se taire et de laisser les gens commercer en paix.

— Ferme ta grande gueule, abruti ! crie un pèlerin très agressif. Ces marchands offrent un service appréciable à ceux d'entre nous qui viennent ici, et ils ne font rien d'autre que de gagner honnêtement leur vie. Tu ne vois pas que, s'ils n'étaient pas là, nous devrions aller loin pour acheter des animaux à sacrifier ? Cela représenterait une démarche et un coût supplémentaires pour tous ceux qui viennent prier au Temple.

Mais Jésus ne se laisse pas impressionner par les insultes qu'on lui lance. Il poursuit son discours :

— Ces marchands sont corrompus et profitent de la bonne volonté des pèlerins pour gagner de l'argent avec ce que nous avons de plus sacré.

Ses paroles sont étouffées par l'immense brouhaha qui s'est formé en quelques instants. Ses défenseurs et ses détracteurs se jettent dans d'âpres discussions, tandis qu'il continue à parler depuis l'esplanade, sans que pratiquement personne ne puisse l'entendre.

Soudain, il s'interrompt, un rictus de rage sur les lèvres, et saute de l'esplanade de pierre pour courir vers les étals installés à sa droite. Sans prévenir ni dire un seul mot, il pousse tous les marchands et les changeurs qui se trouvent sur son passage puis renverse les étals en donnant des coups de pied tout en poussant des hurlements d'animal blessé plus que d'être humain.

En quelques instants, les caisses remplies de sicles et d'autres monnaies tombent par terre, déversant leur contenu métallique sur les dalles. De nombreuses personnes se précipitent vers elles pour ramasser tout ce qu'elles peuvent, cachant leur butin sous leurs vêtements avant de s'enfuir.

Désespérés par la perte de leur argent, les changeurs se prennent la tête dans les mains, maudissent le prophète qui provoque tout ce tumulte et appellent à l'aide à pleins poumons.

— Police ! Police !

Au moment où les forces chargées de la sécurité du Temple arrivent, certains changeurs se jettent sur Jésus pour essayer de l'arrêter, de l'empêcher de renverser les tables et les bancs. Mais le prophète est protégé par ses disciples et par quelques hommes qui, après l'avoir entendu, ont décidé de prendre son parti et de s'opposer aux marchands.

Acclamé par ses inconditionnels partisans, il prend une poignée de cordes, les utilisant comme une sorte de fouet pour s'attaquer aux vendeurs de colombes et de tourterelles, à la façon d'un dieu justicier. Il donne des coups de pied dans les cages à oiseaux, flagelle sans pitié les commerçants et fouette aux bras, au dos, à la poitrine ou au visage tous ceux qui tentent de se mettre sur son chemin.

À l'instar de leur maître, les disciples se dirigent vers les enclos des brebis et des vaches, poussent les commerçants et traînent les animaux jusqu'aux portes du Temple.

L'agitation des premiers instants se transforme en une gigantesque bagarre, tout le monde finissant par en arriver aux mains. Aux coups de poing s'ajoutent les coups de pied et de bâton au beau milieu des insultes et des menaces. Ceux qui tombent à terre sont piétinés s'ils ne parviennent pas à se retirer en roulant sur eux-mêmes ; les blessés hurlent de douleur lorsqu'ils reçoivent des coups ; toute la cour se transforme en champ de bataille.

Jésus est hors de lui. La bagarre déclenchée par sa véhémence s'étend aux autres cours et aux portiques, provoquant un chaos généralisé. Entre les coups, les cris et les bousculades, des marchands élèvent la voix pour injurier le Nazaréen.

— Maudit énergumène ! crie l'un d'entre eux. Tu cherches à bouleverser les coutumes du Temple et à transgresser la Loi de Moïse en empêchant les sacrifices, mais tu n'y arriveras pas ! Nous avons la bénédiction des prêtres !

— Le Maître veut seulement rendre à ce sanctuaire son vrai rôle et sa pureté, celle que vous, vils usuriers, lui avez volée ! répond un des disciples de Jésus.

— Nos activités dans le Temple doivent se poursuivre !

— Mais elles doivent se conformer à la volonté de Dieu et non à vos intérêts impurs, réplique le disciple tout en poussant et en piétinant tous ceux qui se trouvent sur son chemin.

— Sortez d'ici ! Dehors, maudits Galiléens !

— Le châtiment est proche ! Si vous ne vous préparez pas pour l'avènement du Royaume, Dieu lui-même détruira cet endroit jadis sacré, dont vous avez fait un lieu de perdition, d'immondices et de péché, et vous tous avec lui !

— Imposteur ! crie le marchand dans une grimace de douleur et de rage.

— Dieu instaurera sur cette même colline, consacrée depuis des siècles à Sa divine présence, un nouveau sanctuaire entièrement pur. En vue de cette réalité, lumineuse et terrifiante à la fois, toute marchandise impure et inappropriée doit être éliminée.

Alors que les Juifs s'épuisent à se battre entre eux dans les cours du Temple, les soldats romains observent la bagarre, à la fois amusés et surpris, du haut des murs et des tours de la forteresse Antonia.

Le chef de la garde prévient le tribun, mais celui-ci, conformément aux instructions du procurateur, décide de ne pas intervenir afin d'éviter que la présence de troupes romaines n'aggrave la situation. Observant la rixe, il considère qu'il s'agit d'un conflit interne entre deux camps juifs : d'un côté, les marchands cupides de Jérusalem, vexés que l'on mette en cause leur commerce ; et de l'autre, un groupe d'observateurs de la Loi fanatiques et extrémistes. Il se contente donc d'envoyer un message à Ponce Pilate.

En revanche, les policiers chargés de la sécurité du Temple, alertés par plusieurs changeurs, surgissent au milieu de la bagarre. Un contingent de gardes bien armés pénètre dans la cour des Gentils, suivi d'un des prêtres et d'un membre du Sanhédrin.

L'oscillation des triques, le tranchant des épées ainsi que l'éclat des casques et des cuirasses des policiers calment les esprits et interrompent la bagarre, tandis que plusieurs changeurs à genoux continuent à ramasser les pièces éparpillées sur les dalles et que des marchands poursuivent les animaux libérés de leurs cages.

Voyant les gardes approcher, les disciples de Jésus se regroupent autour de lui, formant un cercle pour le protéger. Tout s'arrête, et le silence, épais et tendu, se fait.

— Es-tu devenu fou ? lance à Jésus le prêtre qui accompagne les gardes. Pour qui te prends-tu pour te comporter de cette façon ? Ce marché est régi par des règles traditionnelles. Il est autorisé par le Sanhédrin et il a la bénédiction de Caïphe, notre grand prêtre. Tu n'as pas la moindre autorité pour perpétrer de tels agissements.

Le prêtre montre du doigt les dégâts occasionnés : tables et bancs renversés, dont certains en miettes, animaux libérés gambadant à droite et à gauche, vêtements jetés par terre, hommes blessés couverts d'hématomes et même de plaies ouvertes, nourriture et boissons répandues sur le sol…

— Toi qui te dis prêtre, tu ignores ce qui est écrit : « L'amour de ta maison fera mon tourment », réplique Jésus. Ce Temple devrait être un lieu exclusivement voué à la prière et au sacrifice, mais vous le laissez se transformer en un repaire de brigands et d'usuriers.

En entendant ces insultes, les marchands se remettent à vociférer contre Jésus.

— Il nous a traités de brigands ! s'écrie un des changeurs. Allons-nous tolérer que de telles injures restent impunies ?

Aussitôt, ses collègues, restés silencieux pendant l'échange entre Jésus et le prêtre, réagissent et lancent à l'encontre du Nazaréen une bordée d'insultes qui résonnent contre les murs de pierre et les caissons en bois de cèdre.

— Dehors ! Dehors ! Chassez ces loqueteux galiléens d'ici ! réclament les marchands à la police. Mais avant, qu'ils nous rendent les pièces perdues et qu'ils paient les dégâts qu'ils ont faits !

Outre les disciples, de nombreux pèlerins apportent leur soutien à Jésus. La tension, qui s'était momentanément relâchée à l'arrivée de la garde, redouble d'intensité. Les partisans et les détracteurs de Jésus s'apostrophent de nouveau. Les Galiléens ne cèdent pas et ne semblent pas disposés à quitter la cour. Lorsque les insultes entre les deux camps se multiplient démesurément, les échanges de coups reprennent, déclenchant une nouvelle bagarre générale. De nombreux Galiléens s'enhardissent jusqu'à crier en chœur, pour encourager Jésus et ses partisans :

— Vive le roi d'Israël !

Alors les gardes utilisent leurs triques, fouettant d'aussi loin que leur longueur le permet les plus exaltés, qui battent en retraite prudemment, endoloris par les coups cinglants. Ils parviennent ainsi à maîtriser les deux camps. Mais les hommes, tant les partisans de Jésus que ses détracteurs, sont trop nombreux pour se soumettre sans résister.

Le prêtre qui dirige la garde se rend compte de la difficulté de la situation. Il sait qu'il est de son devoir de faire arrêter Jésus, à l'origine de tout ce tapage et de la bagarre, mais il n'ose pas en donner l'ordre, car il devine dans les yeux de ses disciples que ceux-ci se battront jusqu'au bout pour leur maître, qu'ils le protégeront au prix de leur propre vie s'il le faut et que beaucoup de sang sera versé.

Dubitatif, il demande conseil au membre du Sanhédrin qui l'accompagne et, après l'avoir entendu, décide de ne pas arrêter Jésus.

— Ça suffit ! crie-t-il. Sortez tous d'ici ! Tous ! Et cela vaut aussi pour toi et les tiens, Galiléen ! Je ne veux pas vous revoir ici, ni toi ni tes hommes. Hors de ma vue, tout de suite !

— Mais… tu vas le laisser partir sans payer pour les dégâts qu'il a causés ? demande un des commerçants, indigné.

— Le moment viendra où il paiera pour ce qu'il a fait, se contente de marmonner le membre du Sanhédrin.

— Personne ne nous fera partir d'ici, déclare Jésus d'une voix sereine et ferme.

Les gardes posent leurs triques par terre et dégainent leurs épées. Lorsqu'ils voient briller l'acier devant eux, la plupart des pèlerins qui soutiennent Jésus reculent, effrayés. La confrontation à mort paraît inévitable, car certains disciples dégainent aussi les épées qu'ils cachaient sous leurs tuniques.

Prévenu des événements qui se déroulent au Temple, le tétrarque a décidé avec Pilate d'envoyer un détachement de sa garde. En cet instant où la tension est à son comble, Hippodame surgit à la tête de la police d'Antipas.

Les gardes du sanctuaire se réjouissent de voir arriver des renforts. Face à la détermination des disciples de Jésus, ils doutaient de pouvoir venir à bout de la situation. Maintenant, ils sont supérieurs en nombre.

Ensemble, les gardes du Temple et les soldats d'Hippodame avancent jusqu'aux partisans de Jésus, que l'éclat des lames ne semble pas intimider.

Mais le Maître, conscient de n'avoir aucune chance de sortir vainqueur de cette confrontation, ordonne la retraite. Avec une extrême prudence, marchant à reculons pour ne tourner le dos à leurs adversaires à aucun moment, les partisans de Jésus se retirent en rangs serrés jusqu'à la porte de la cour, entourant le Maître tels des boucliers humains et tendant vers l'ennemi la pointe de leurs épées.

Dans une atmosphère irrespirable, où des combats sanglants peuvent éclater à tout instant, les deux camps se toisent, méfiants, mais aucun ne donne l'assaut. Petit à petit, les Galiléens finissent par arriver à la porte, quittent l'enceinte du Temple et reprennent le chemin de Béthanie sous le regard menaçant des gardes et des soldats.

En voyant Jésus et ses disciples s'éloigner, Hippodame respire avec soulagement. Il sait que le massacre de pieux Galiléens au sein du Temple aurait posé problème en pleines fêtes de la Pâque. Mais il se jure que, si l'occasion se présente, il mettra un terme à cette situation de façon radicale, comme il aurait dû le faire depuis déjà longtemps.

25

Les craintes du Sanhédrin

Les membres du Sanhédrin sont rapidement prévenus du conflit provoqué par Jésus dans le Temple. Préoccupés par ce qui se passe, plusieurs se rendent au sanctuaire, mais, lorsqu'ils arrivent au milieu de l'immense foule, la bagarre est terminée. Ils ne voient que les agitateurs galiléens retourner avec satisfaction et fierté à Béthanie.

Le grand prêtre Caïphe, alerté par ses informateurs, décide de convoquer l'après-midi même une assemblée extraordinaire du Grand Sanhédrin, le conseil religieux suprême des Juifs.

La séance se tient chez lui, et non sous le portique de la Pierre-Taillée où siège habituellement l'assemblée. Sa demeure est un palais luxueux et raffiné. Il est chef d'une des familles de commerçants les plus riches de Jérusalem. Le salon principal est suffisamment vaste pour accueillir les soixante-dix membres du conseil permanent du Sanhédrin.

— Si ce qui s'est passé au Temple aujourd'hui se reproduit, et que nous ne mettons pas un frein à de tels excès, nous allons perdre tout contrôle. Qui sait dans quel abîme notre peuple sera précipité ? dit Caïphe à voix basse au vieux Hanne, son beau-père, tandis que des membres du Sanhédrin prennent place sur les rares sièges de la pièce.

— La façon de protester de ces fanatiques galiléens menés par cet enragé de Jésus est intolérable, répond Hanne, qui a lui-même été grand prêtre avant d'être destitué de ses fonctions à la tête du Sanhédrin par le préfet Valerius Gratus. Cet homme porte atteinte aux intérêts du peuple et remet en cause les fondements de notre foi.

— Les temples des Romains sont des lieux vides où ils honorent le nom de faux dieux, de simples monuments élevés à la gloire de la puissante Rome. Mais pour nous, le Temple a un sens très profond. Par conséquent, la sécurité et la confiance doivent être garanties.

— De toute évidence, ce Jésus a réussi à faire naître un sentiment d'insécurité et même de peur. Son aspiration à purifier le sanctuaire est un défi insolent, une intention blasphématoire, sacrilège… et tout à fait déplacée !

Le grand prêtre s'assure que tous les membres du Sanhédrin se trouvent dans la salle, puis se lève pour parler haut et fort :

— Membres du Sanhédrin, nous sommes les gardiens de l'ordre au sein du Temple et les garants de l'observance de la Loi. Nous ne laisserons personne nous remettre en question.

Caïphe se rassoit parmi les murmures de l'assistance. Depuis des mois, les membres du Sanhédrin sont au courant des allées et venues de Jésus en Galilée, le territoire gouverné par Antipas. Jusqu'à présent, la Judée a été épargnée par les diatribes du Nazaréen.

Lors d'autres fêtes dans le Temple, auxquelles Jésus a assisté en tant que pèlerin, il n'y a eu aucune émeute. Mais celle qui a eu lieu aujourd'hui est très grave. Il faut donc mettre un terme à cette situation sans tarder.

Pour les docteurs de la Loi, Jésus était un prédicateur parmi d'autres, dont la formation laissait à désirer, un ignorant présomptueux, un impertinent écervelé persuadé que la volonté et l'illumination peuvent l'emporter sur la sagesse des maîtres et des docteurs les plus prestigieux. Or, après les événements d'aujourd'hui, Jésus pose réellement un problème. Ce n'est pas un simple visionnaire. Son talent rhétorique extraordinaire le rend capable de se mesurer aux docteurs en ayant recours à des arguments doctrinaux solides. En outre, il peut par ses idées semer le trouble dans l'esprit de sages formés dans les meilleures écoles rabbiniques de Jérusalem. Et le voilà ici, dans la Ville sainte, appelant les Jérusalémites à un retour à une vie simple, les invitant à suivre le véritable chemin de Dieu.

— Ce Jésus ne sait pas où il a mis les pieds, dit un des membres du Sanhédrin à son collègue le plus proche. Ses discours valent peut-être pour les frustes bergers, paysans et pêcheurs de Galilée, mais ici, à Jérusalem, la plupart des habitants vivent du Temple et ne le laisseront pas menacer leur mode de vie.

En effet, toute la ville profite des revenus générés par le Temple. Les prêtres perçoivent un pourcentage conséquent des sacrifices, contrôlent le Trésor sacré et bénéficient des cadeaux et des dons offerts par les pèlerins. Les artisans de la construction gagnent leur vie grâce aux constantes réparations que nécessitent les bâtiments. Les éleveurs vendent leurs animaux pour les sacrifices, dont les tanneurs travaillent ensuite les peaux. Les aubergistes vivent de l'accueil de milliers de pèlerins, auxquels les commerçants vendent toutes sortes de provisions. Tous les corps de métier prospèrent grâce au Temple.

En s'opposant à l'activité que le sanctuaire génère, Jésus va à l'encontre de nombreux intérêts et met tout le système en péril. Que serait Jérusalem sans le Temple ? Tout le monde le sait : un pauvre village miséreux juché sur une colline escarpée, pierreuse et aride.

— Cet individu a poussé ma patience à bout, dit Caïphe en essayant de faire taire les murmures d'un geste énergique du bras. Y a-t-il encore quelqu'un parmi vous qui ne voie pas le danger qu'il représente pour nos intérêts ? N'avions-nous pas déjà décidé de mettre un terme à ses agissements ? Indécis ! Mieux vaut que ce soit lui qui disparaisse plutôt que toute une partie du peuple !

— Nous n'avons plus le moindre doute, répond une voix dans l'assemblée, mais que pensent les Romains de ce qui est arrivé aujourd'hui ? Le sais-tu ?

— Les Romains ne sont pas encore intervenus, mais leur apparente tranquillité est trompeuse. Ils sont à l'affût de nouveaux événements. Si rien d'autre n'arrive, ils ne bougeront pas. En revanche, s'ils voient que les gens suivent Jésus et qu'une insurrection risque d'éclater, ils laisseront libre cours à leur colère, anéantissant de nouveau tout espoir pour notre peuple de retrouver un jour son indépendance et sa liberté. Jésus n'est donc pas seulement une menace pour nous qui veillons à l'observance de la Loi. Il l'est pour tous les Juifs.

Caïphe a beaucoup d'ascendant sur le Sanhédrin. Bien que, depuis le règne d'Hérode le Grand, les grands prêtres n'exercent plus à vie, il est parvenu à se maintenir à la tête du conseil pendant près de quinze ans. Il a su tirer les ficelles du pouvoir, consolider sa position grâce à un réseau complexe de relations politiques et économiques avec les membres du Sanhédrin. Vu son importante expérience en matière de gouvernement et d'interprétation de la Loi, il est toujours écouté avec respect. Grand et massif, le visage étoffé d'une barbe fournie, le regard pénétrant, il est doté d'une force de conviction qui lui confère une autorité et une crédibilité très appréciées des sages et des docteurs de la Loi.

Il bénéficie en outre du soutien de son beau-père, l'influent Hanne, qui a conservé, malgré son âge avancé, une grande influence au sein du Sanhédrin. En réalité, c'est lui qui est derrière tout ce qui se passe dans le Temple.

— Ce maudit Galiléen a fait ce qu'il ne devait pas faire, au pire endroit et au pire moment, intervient Hanne pour appuyer les propos de son gendre. Tant de fautes conjuguées doivent être punies.

— Que dis-tu ? demande un vieil expert en droit, sourd et lent en raison de son grand âge.

— Je vais répéter pour que tu comprennes ! crie Hanne, de mauvaise humeur et martelant chaque syllabe. Ce Jésus a eu un discours et un comportement répréhensibles, dans un lieu inapproprié et à un moment inopportun. Comment a-t-il eu l'audace de provoquer une telle émeute au sein du Temple, juste avant la Pâque, alors que de nombreux fanatiques attendent qu'arrive enfin le sauveur d'Israël si souvent annoncé ? Il ne vous aura pas échappé que les conséquences de cet acte stupide peuvent être plus graves que celles d'une simple querelle sur des questions d'interprétation de la

Loi. D'autant que les Romains nous observent et ne pensent qu'à nous donner une bonne leçon !

Si Caïphe est très respecté, son beau-père Hanne l'est encore davantage. Grand prêtre pendant de très nombreuses années, jusqu'à sa déposition par le malheureux Valerius Gratus en raison d'une querelle politique futile au début du règne de Tibère, il continue à avoir une grande influence au sein du Sanhédrin, car la majorité de ses membres lui sont redevables d'importantes faveurs et prébendes. Et s'il n'occupe plus ce poste, le peuple le considère toujours comme le chef indiscutable du Sanhédrin, même s'il a d'abord été remplacé par un de ses fils, nommé Éléazar, puis par son gendre Caïphe.

Tous les membres du Sanhédrin approuvent Hanne dans un silence respectueux mêlé de crainte. Seul l'un d'eux, Nicodème, d'ordinaire silencieux, discret et réfléchi, ose demander la parole :

— Pardonne mon désaccord, noble Hanne, mais je suis sûr que ce rabbin galiléen n'a aucune des intentions que tu lui prêtes. Jésus est un homme de paix. Je le sais et je peux en témoigner, car j'ai entendu un de ses sermons. Il m'est apparu comme un simple rêveur naïf et inoffensif. La seule aspiration de son cœur pur est l'observance de la Loi sans aucune hypocrisie. Qu'y a-t-il de mal à cela ? N'est-ce pas notre but à tous ?

— Et que penses-tu de son entrée arrogante par la porte Vieille ? demande Caïphe.

— Une mise en scène maladroite, répond Nicodème, montée par ses partisans qui…

— Tu as peut-être raison, l'interrompt Caïphe, mais que dis-tu des violences qu'il a provoquées dans la cour des Gentils ? Ton innocent et pacifique Galiléen s'est jeté sur toutes les personnes et tous les objets qui se trouvaient en travers de son chemin. Ne vois-tu pas que Jésus s'en prend sans pitié à tous ceux qui s'opposent à lui, et pousse les autres à faire de même ? L'homme posé et serein que tu nous décris se comporterait-il de cette façon ?

— C'est un acte isolé, un moment d'égarement, il a perdu son sang-froid…

— Et que penses-tu de sa façon de s'exprimer ? L'as-tu entendu crier et insulter de-ci de-là, tout en donnant des coups de pied aux marchands sans défense ? Même un camelot ivre mort aurait rougi en l'entendant. Et ses disciples ? Il y a parmi eux des zélotes prêts à prendre les armes pour imposer leurs idées. Ils ont dégainé leurs épées lorsqu'ils ont été confrontés à notre police dans le Temple. Jésus voudra-t-il maîtriser ces sauvages lorsqu'une prochaine occasion se présentera ?

— Il faut être complètement fou ! intervient un des Sanhédrites. Comment ces va-nu-pieds ont-ils pu provoquer la police du Temple, les soldats d'Antipas et les légionnaires romains ? S'ils avaient décidé d'intervenir, ceux-ci auraient fait un massacre.

— Les disciples de Jésus étaient convaincus que les anges de Dieu allaient intervenir en leur faveur pendant les combats, explique un autre membre du Sanhédrin. Et ils pensaient qu'être prêts à prendre le risque de livrer bataille montrait à Dieu leur volonté de collaborer à l'instauration du Royaume, y compris au prix de leurs propres vies.

— Je vous assure que les sermons de Jésus ne parlent que de paix et de bonté, insiste Nicodème.

— Comment peux-tu affirmer une telle chose ? s'indigne Caïphe. Ignores-tu qu'il menace du châtiment éternel ceux qui n'adhèrent pas à son message ? N'est-il pas vrai que Jésus et ses disciples ont attaqué des innocents dans le Temple ? Que ferons-nous si ce Jésus entre de nouveau dans la ville pour déverser sa colère sur nous en criant comme un possédé, en proclamant que la destruction de toute œuvre humaine est imminente et que Dieu va tous nous foudroyer pour nous punir de nos péchés ? Ceux qui croient en ses boniments vivent dans l'illusion qu'il va bientôt se passer quelque chose d'extraordinaire, que Dieu va intervenir en leur faveur. Et ceux qui comprennent que ce sont de purs mensonges redoutent qu'il ne déclenche une révolte et que les Romains n'interviennent pour la réprimer avec force. Combien de sang juif sera encore versé ?

Embarrassé par les arguments de Caïphe, Nicodème préfère garder le silence.

— Tu as tout à fait raison, Caïphe, déclare Hanne. Laissons l'hypocrisie de côté et parlons en toute franchise. Nous vivons tous grâce au Temple. Je le répète : tous. Notre fortune dépend du sanctuaire. Et que veulent ces loqueteux galiléens : en finir avec les Romains, avec les Juifs, avec tout le monde ? Avec nous en tout cas, c'est certain. C'est une bande d'insensés.

— La présence romaine en Judée est, pour le moment, inévitable, affirme Caïphe. Ce serait pure folie de s'y opposer, et totalement stupide de notre part. En tant que grand prêtre, je vous exhorte à ne pas laisser un visionnaire stupide, acclamé par une bande d'illuminés hystériques, bouleverser l'ordre établi et nous arracher ce qui nous appartient de droit.

Toutes les personnes présentes approuvent les paroles d'Hanne et de Caïphe. Seul Nicodème reste plongé dans ses pensées, silencieux et immobile.

— Le moment est venu d'agir avec fermeté, déclare Hanne.

Conforté par l'approbation générale, Caïphe renchérit :

— Il faut l'arrêter et le mettre hors d'état de nuire, au moins pendant les célébrations de la Pâque. Et le mieux serait qu'il ne revienne plus jamais créer le trouble.

Les paroles de Caïphe sont ambiguës, à dessein. Cependant, chacun devine ce que signifient les mots « mettre hors d'état de nuire » et « ne plus jamais créer le trouble ». Un des anciens du conseil, Mardochée ben Saül, lève la main pour demander la parole à son tour :

— Je suis un des plus vieux membres de ce Sanhédrin, murmure-t-il d'une voix posée. J'ai vu chaque année, tout au long de ma vie, apparaître de nombreux aspirants messies affirmant avoir été élus par Dieu pour devenir les sauveurs de notre peuple. C'est une plaie de notre temps, qui annonce un avenir ténébreux si nous ne mettons pas un terme à ces mouvements. Ce Jésus de Galilée me semble particulièrement dérangeant et virulent, car il est différent des autres. Il faut tuer dans l'œuf toute tentative de scandale et de rébellion. L'ordre doit être maintenu à tout prix ! J'approuve la proposition du grand prêtre. Il faut procéder immédiatement à l'arrestation de ce meneur galiléen, mais pas à Jérusalem. Il est déjà très populaire parmi certains groupes de citoyens. Si nous l'arrêtons entre ces murs, ou dans l'enceinte du Temple s'il revient ici, je crains que ses partisans ne se soulèvent et qu'il ne soit difficile d'éviter une émeute. Il faut l'arrêter de nuit et dans la plus grande discrétion.

— Absolument ! lancent plusieurs membres du conseil, de véritables aristocrates, gardiens de la tradition, dont beaucoup appartiennent à la couche la plus aisée du clergé.

Encouragé par ces marques de soutien, le vieux Mardochée poursuit.

— Il n'est pas contraire à nos lois d'exécuter lors d'une grande fête des individus rebelles à notre autorité. De telles actions inculquent au peuple le respect de la Loi et témoignent de l'exemplarité qui doit régir nos vies.

Le vieillard se tait. Un silence lourd s'impose dans la pièce. C'est la première fois que le mot « exécuter » est prononcé sans détour à propos de Jésus.

— D'accord, dit Caïphe d'une voix solennelle, comme si le silence accablant était la preuve d'une approbation à l'unanimité. Vous savez que je réfléchis depuis plusieurs semaines à l'opportunité de faire périr Jésus. Je préfère sa mort à celle d'une bonne partie de la nation juive.

— Mais nous n'avons pas le droit d'exécuter qui que ce soit, rappelle un scribe. La condamnation à la peine capitale est une attribution exclusive des représentants romains.

— Crois-tu que nous l'ignorons ? réplique Caïphe. Il va sans dire que nous ferons part de cette affaire à Ponce Pilate : il tranchera pour le bien de tous. Ainsi, nous nous déchargerons de la responsabilité de son exécution. Ce seront les Romains qui le mettront hors d'état de nuire, pour des raisons qui leur appartiennent.

Alors que le grand prêtre est sur le point de lever la séance du Sanhédrin, Barouch ben Azarias, un saducéen d'apparence sévère, demande l'autorisation d'intervenir.

— Écoutez-moi un instant, dit-il. Ce rebelle est galiléen. Comme vous le savez sans doute, Antipas, le tétrarque de cette région, est ici en ce moment, à Jérusalem. Ne pensez-vous pas qu'entreprendre une action aussi radicale contre un de ses sujets sans l'en informer serait non seulement une maladresse mais une véritable erreur politique ? Je suis un ami personnel d'Antipas, et j'ai souvent l'occasion de discuter avec lui, avec des membres de sa famille ou avec Hippodame, son puissant chef de police. Je sais qu'il n'a pas la moindre sympathie pour ce rabbin dénommé Jésus, ancien disciple de Jean le Baptiste, qu'il a lui-même fait décapiter. En Galilée, Hippodame a fait placer ce nouveau prédicateur sous étroite surveillance : ses agents le suivaient partout où il allait. Il a même des informateurs infiltrés parmi ses disciples pour connaître tous ses faits et gestes. Ces espions ont peut-être la possibilité de déclencher un conflit interne, qui diviserait et affaiblirait les disciples de Jésus. Il serait ainsi beaucoup plus facile pour nous d'atteindre notre objectif. Par ailleurs, Antipas a le pouvoir de faire connaître au Nazaréen le même sort qu'au Baptiste. N'oublions pas que Jésus est sous sa juridiction.

Les membres du Sanhédrin trouvent tout à fait avisé le double conseil de Barouch ben Azarias, et décident de faire intervenir Antipas dans l'épineuse affaire du Galiléen. N'ayant pas d'autres sujets à aborder, ils en délèguent la responsabilité à Caïphe. Il se mettra en relation avec le tétrarque. Les détails précis de l'arrestation seront fixés en fonction de la décision d'Antipas. Tout devra être extrêmement bien préparé pour éviter une insurrection populaire.

26

La cour des Gentils

Dans les jours qui suivent, Jésus retourne chaque matin au Temple. Il ne se doute pas de ce qui se trame contre lui au Sanhédrin, même s'il est conscient de mettre sa vie en péril. Il quitte Béthanie aux premières lueurs de l'aube, parcourt le chemin tortueux jusqu'à Jérusalem, se dirige vers le sanctuaire et se place dans un coin de la cour des Gentils, où il passe des heures à enseigner sa doctrine à tous ceux qui viennent l'écouter.

Les milliers de pèlerins qui se rendent au Temple le voient chaque jour parler en permanence, sans signe de fatigue apparent. Certains le regardent avec méfiance et même avec mépris, mais d'autres assistent à ses sermons dans la plus grande ferveur, admirant la détermination de son discours. Des infirmes et des malades viennent à lui et le supplient de les libérer de leurs maux.

Parfois, les gardes s'approchent pour l'observer, mais ils n'osent pas intervenir, car il est toujours entouré de ses disciples. Pendant qu'il prêche, il se nourrit à peine. Il boit juste un peu d'eau de temps à autre pour humidifier ses lèvres et sa gorge puis continue à parler, encore et encore.

Le soir, après avoir passé des heures à annoncer l'avènement du royaume de Dieu, exhortant à la repentance et priant pour le salut des âmes de tous les hommes de bonne volonté, il se retire pour aller se reposer. Afin d'éviter le trajet épuisant jusqu'à Béthanie, il se rend sur une colline proche de Jérusalem, le mont des Oliviers. Là, au-delà de la vallée du Cédron, se trouve un agréable jardin qui s'étend dans un coin tranquille, au fond du domaine d'un riche propriétaire qui a des affinités avec lui et lui offre l'hospitalité. Au milieu du jardin se dresse une petite maison, près d'un moulin, que les locaux appellent dans leur dialecte *Gethsémani*, ce qui signifie « moulin à huile ».

Depuis la maison, on peut voir Jérusalem, située à l'ouest, et tous les environs. C'est un bon endroit pour se reposer chaque nuit, près de la ville mais à l'écart de l'agitation continuelle.

Le seul problème, c'est qu'il y a toujours beaucoup de monde, essentiellement des amis et des clients du propriétaire, qui les héberge. C'est pourquoi Jésus préfère passer la nuit seul dans le jardin, loin de la maison, à l'air libre malgré la fraîcheur de l'aube, à peine abrité par quelques cèdres, entre les branches desquels il contemple la lumière des étoiles qui scintillent dans le ciel obscur de la Judée.

Cependant, ses nuits sont agitées. Un pressentiment l'angoisse et ne lui laisse guère de repos. Il sent qu'un grave danger le guette. Il est convaincu, comme tant d'autres prophètes avant lui, que Dieu l'a choisi pour lui confier une mission extrêmement importante. Et cette responsabilité pèse tant sur ses épaules qu'il ne sait pas s'il pourra en supporter le poids. L'histoire d'Israël a démontré que la plupart des prophètes meurent aux mains de leurs adversaires, surtout à Jérusalem.

Pendant que ses disciples dorment, il veille toute la nuit. Rien ne le rassure, ni l'obscurité dense, ni le faible éclat des étoiles, ni les éclairs qui traversent parfois le ciel, ni le bruissement des branches des cèdres, bercées par la brise, ni le lointain murmure de voix étouffées que le vent apporte d'on ne sait où… L'angoisse l'étreint, il a peur de la vie et de la mort ; des sueurs froides perlent à son front, des tremblements et des spasmes agitent ses membres ; une douleur lancinante surgit dans ses tempes, dans sa nuque. Sa tête est sur le point d'exploser, il est pris d'une panique qui le pousse à la limite de l'évanouissement, le plonge et le perd dans un vide sans fin…

Il se demande si ses efforts et ses renoncements en valaient la peine, s'il n'a pas parcouru tout ce chemin en vain. Il se juge incapable de trouver les mots qui convaincront les citoyens de Jérusalem que ses paroles portent un message de vérité et de justice.

Par moments, il est sur le point d'abandonner sa mission, de renoncer, de renier l'idéal qui l'a amené jusqu'ici. Il hésite et se repent d'avoir quitté son confortable travail d'artisan. Si seulement il n'était jamais allé prêcher et se trouvait en ce moment dans son atelier, simplement occupé à satisfaire les commandes de ses clients ! Il regrette d'avoir choisi cette vie de privations et de souffrances. Tant d'efforts, tant de sacrifices, peut-être pour rien ! Il déplore même d'avoir renoncé à avoir une femme, une épouse qui partage son lit pendant ses nuits froides et solitaires.

Dans la fraîcheur du petit matin s'impose dans son esprit l'image de Marie de Magdala, son doux visage, son regard chaleureux et sensuel, sa beauté éblouissante. Parmi toutes les femmes qui, depuis des mois et des mois, les servent avec tant de sollicitude, lui et ses disciples, elle pourrait être sa compagne, son épouse, la mère de ses enfants peut-être. Marie, Marie, Marie… Il répète son nom, le prononce encore et encore, caressant chaque syllabe de ses lèvres. Marie… Il revoit son corps et ses courbes voluptueuses, ses yeux, sa bouche, entend son rire, le son de sa voix…

Marie, Marie, Marie… la femme qu'il aurait pu aimer, à laquelle il aurait pu s'unir en réponse au commandement divin. Son total dévouement à la proclamation du royaume de Dieu est-il compatible avec son amour pour Marie, la femme en qui, il en est certain, il trouverait le repos, la paix nécessaire de l'âme et le bonheur du corps ?

Cependant, à chaque moment d'hésitation et de faiblesse, après chaque instant d'abattement qui semble le pousser à tout abandonner, Jésus se reprend. Il n'a pas le droit de douter de sa mission, il le sait. Il est l'élu de Dieu, qu'il considère comme son véritable Père, qu'il prie si souvent et qui lui répond toujours dans l'intimité de son cœur. Il ne peut pas échouer ! Alors surgissent de nouveau son inflexible volonté d'accomplir la tâche que Dieu lui a confiée et l'obligation de poursuivre l'enseignement de son mentor Jean le Baptiste. Il oublie ses faiblesses et ses failles, reprend ses esprits, redouble d'énergie, ravive sa détermination.

Depuis la hauteur où il passe la nuit sous un arbre, il contemple la Ville sainte, où brillent torches et lanternes. De loin, Jérusalem a l'air d'un songe émergeant de l'ombre épaisse dans des étincelles de lumière. Il a envie de retourner prêcher dans ses rues, dans chaque recoin, de transmettre à ses compatriotes juifs la vraie parole de Dieu, bien qu'il risque pour cela la condamnation à la peine capitale.

Il pense à la mort, à la fin de tout. Peu importe la mort ! Désormais, tout ce qui compte, c'est que triomphe la volonté de Dieu. Et lui, le charpentier de Nazareth, il est l'élu chargé d'accomplir la mission la plus essentielle qui puisse être confiée à un homme.

À l'aube, l'aurore aux doigts de rose, comme dit le poète, Jésus se sent bien. Réveillés depuis le premier chant du coq, ses disciples l'attendent, prêts à retourner aujourd'hui comme hier à Jérusalem. Alors il reprend la route, remontant la côte poussiéreuse de la vallée du Cédron, qui serpente entre de modestes tombes et d'imposants cénotaphes.

Cette fois, Jésus se place sous le portique de Salomon, composé de deux vastes galeries couvertes d'un plafond en bois de cèdre soutenu par deux rangées de grosses colonnes. C'est un endroit parfait pour s'adresser aux pèlerins qui entrent dans le Temple par la porte de Houlda ou par la porte Dorée.

Debout sur une estrade fabriquée par ses disciples avec deux fagots de bois, une planche et quelques cordes, il harangue tous ceux qui passent à côté de lui et semblent prêts à l'écouter. Après chaque sermon, quelques personnes dans l'assistance prennent la parole pour intervenir. La plupart sont des pharisiens et des scribes qui tentent de contester certaines de ses idées, car ils considèrent que leur mission est de discuter de l'adaptation de la Loi à chaque instant. Parfois, le débat devient vif, surtout lorsqu'il aborde les sujets qui éveillent le plus l'intérêt du peuple, comme la valeur du baptême enseigné par Jean ou l'avènement imminent du royaume de Dieu.

Mais tout le monde ne s'oppose pas à Jésus pour le contredire. Un homme, convaincu par ses paroles, s'exclame :

— C'est le prophète annoncé par les Écritures, cela ne fait aucun doute !

Encouragé par cette affirmation, un autre déclare d'une voix puissante :

— Il est plus grand qu'Élie ! C'est le Christ, l'oint de Dieu !

— Mais ce prédicateur est originaire de Nazareth ! réplique un des pharisiens présents dans l'assemblée. Croyez-vous que notre Messie viendrait de Galilée ? Les Écritures disent très clairement que l'envoyé de Dieu au peuple d'Israël sera issu de la Maison de David.

— Le Maître appartient à la Maison de David ! lance un des disciples.

— La Maison de David se trouve à Bethléem ! rugit un autre pharisien.

Les discussions, les cris, les interpellations et les polémiques s'enchaînent. Chaque phrase de Jésus est acclamée par les uns et raillée par les autres. Personne ne reste indifférent à ses paroles, pas même les gardes chargés de faire respecter l'ordre dans le Temple. Certains d'entre eux, mêlés à la foule, s'approchent pour l'écouter et sont touchés par ses paroles au point d'oublier qu'ils sont censés patrouiller en permanence.

Captivés par la présence de Jésus, deux des gardes l'écoutent depuis un bon moment. Un prêtre les observe avec attention et les rejoint d'un bon pas.

— Que faites-vous plantés là comme des imbéciles ? les réprimande-t-il. Allons ! Faites votre devoir et patrouillez dans tout le Temple. N'écoutez pas les mensonges de ce faux prophète.

Mais un des gardes se tourne vers lui et le regarde bien en face.

— As-tu au moins écouté ce que dit ce prédicateur ? lui demande-t-il. Je ne connais aucun homme qui parle avec autant de clarté.

Un des pharisiens qui écoutait la conversation intervient.

— Vous qui êtes les garants de la sécurité de cette enceinte sacrée, vous vous laissez aussi duper par ce bonimenteur ! s'écrie-t-il. Ne soyez pas naïfs ! Que Dieu ait pitié de ce peuple ignorant qui ne connaît pas la Loi ! Ne savez-vous pas que les Écritures n'annoncent aucun prophète venu de Galilée, et encore moins le Messie ?

— Mais ce que dit ce prédicateur est tout à fait remarquable et digne d'intérêt, répond le garde.

— Maudit vaurien ! maugrée le pharisien en serrant les poings, avant de s'éloigner, exaspéré, de la foule qui entoure Jésus.

Trois jours s'écoulent ainsi. Jésus parle sous les portiques, au milieu des discussions enflammées des prêtres, des scribes et des pharisiens. Les gardes le surveillent, mais personne n'ose le toucher.

Un jour, alors que Jésus prêche et argumente contre ses adversaires, il est approché par des saducéens alliés à des partisans d'Antipas et accompagnés de quelques pharisiens – un étrange mélange d'intérêts. Informé de la décision du Grand Sanhédrin, deux d'entre eux tendent un piège à Jésus pour lui faire tenir des propos dangereux. Leur objectif est que le gouverneur Ponce Pilate sorte de sa passivité apparente et s'implique pleinement dans l'arrestation de l'agitateur galiléen.

— Maître, disent-ils sur un ton humble et mielleux, nous savons que tu es sincère et que tu dis la vérité sans te préoccuper de ce que pensent les autres. Tu n'as pas peur de tes détracteurs et tu ne veux que dévoiler au peuple la volonté de Dieu. Il y a une question que nous aimerions te poser, car nous ne sommes pas d'accord entre nous : nous est-il permis, ou non, de payer le tribut au César ? Devons-nous accepter ou refuser de le payer ?

Jésus réfléchit un instant. La question est épineuse et il comprend qu'il s'agit d'un piège. S'il répond que tous doivent effectivement payer le tribut, il trahira ses principes fondamentaux, notamment celui qui lui tient le plus à cœur : la terre d'Israël n'appartient qu'à Dieu. Payer un impôt forcé au César, c'est lui donner ce qui revient uniquement au Dieu d'Israël. Les fils du Très-Haut, les membres du peuple élu, sont dispensés de tout impôt prélevé par les Gentils. Mais s'il répond non, il sera immédiatement inculpé pour crime de lèse-majesté contre l'empereur, car il niera une des règles fondamentales de l'Empire : le paiement des impôts dans les territoires soumis à Rome est un principe intouchable, sacré, et s'y opposer revient à saper les fondements de l'Empire, ce qui constitue un délit puni de mort.

Après quelques secondes de silence, Jésus prend la parole.

— Montrez-moi la monnaie du tribut, dit-il.

Ils lui montrent un denier romain portant l'effigie de Tibère sur l'avers.

— De qui cette pièce porte-t-elle l'effigie ? demande Jésus.

— Du César, répondent-ils à l'unisson.

— Alors rendez à César ce qui est à César, et à Dieu ce qui est à Dieu.

Les hommes sont contrariés par la rapidité et l'apparente clarté de la réplique. Le maître galiléen vient d'échapper à leur piège avec une réponse ambiguë. Ceux qui connaissent bien Jésus savent qu'il est tout à fait opposé au paiement du tribut et au principe même de l'impôt. Ses disciples comprennent qu'en réalité le Maître, conscient d'avoir été entendu par ses fidèles, veut dire : « Donnez au César ce denier-là, mais à Dieu tout ce qui est à Dieu. » Autrement dit, toute la dîme du produit de la terre d'Israël doit aller à Dieu et non à l'Empire. Le Maître suppose que les autres Juifs pieux ont également compris son message : payer l'impôt est une injure à l'autorité de Dieu ! Avec cette réplique très astucieuse, il donne une réponse négative concernant le paiement du tribut sans que l'on puisse l'accuser directement de trahison contre l'Empire.

Les plus intelligents de ses adversaires, en particulier les hérodiens, lisent entre les lignes mais se mordent la langue, car il est trop compliqué de répliquer en public en jouant sur les mots. En outre, de nombreux Galiléens riposteraient, avec violence le cas échéant. Ils préfèrent donc garder le silence et rongent leur frein, car ils ont compris la ruse de Jésus. Cependant, ils se frottent les mains. Le moment venu, ils iront trouver Pilate et lui feront part des paroles énigmatiques du Nazaréen, qu'ils accuseront de corrompre le peuple en lui interdisant de payer le tribut au César et en se présentant comme le Messie-roi. L'occasion ne manquera pas de se présenter.

Pendant ce temps, Hippodame reste très attentif aux activités du rabbin de Nazareth. Antipas, que les questions religieuses laissent indifférent, redoute seulement que Jésus ne prenne la tête d'une nouvelle révolte susceptible de compromettre son gouvernement en Galilée et, surtout, son rêve de devenir un jour le maître de toute la terre d'Israël.

Après avoir appris ce que Jésus a fait au cours d'une de ces journées précédant la Pâque, le tétrarque a parfois envie de l'inviter à discuter avec lui dans son palais de Jérusalem. Il aimerait le convaincre de la nécessité d'avoir les pieds sur terre. D'un autre côté, il serait tenté de lui demander de faire un de ces miracles que les gens lui attribuent, même s'il n'en dit rien à ses proches, car il veut se montrer extrêmement ferme avec lui. Il pourrait même lui proposer d'être son conseiller ou lui offrir une retraite spirituelle dans un coin perdu de ses terres, pour qu'il cesse d'agiter les foules, oublie ces inepties et se consacre à la méditation et à l'étude, comme le font les véritables sages.

Hippodame n'est guère occupé pendant la fête de la Pâque. Il n'est pas juif et ne célèbre pas les cérémonies de ce peuple. Il peut donc passer tout son temps à protéger Antipas, à espionner les faits et gestes de Jésus, à discuter avec Caïphe et les siens de la grave menace qu'implique la présence du prédicateur à Jérusalem.

Ce soir, il reçoit la visite de Barouch ben Azarias, homme de confiance du grand prêtre et représentant du conseil du Sanhédrin, devant lequel il a conseillé d'informer Antipas des mesures pouvant être prises à l'encontre de Jésus.

— Je viens te confier les profondes préoccupations du Sanhédrin concernant la présence de Jésus de Nazareth dans le Temple, dit Barouch ben Azarias à Hippodame. Cet homme dangereux est galiléen. Ton seigneur, Antipas, devrait intervenir pour mettre fin à cette situation compliquée.

— Et que proposes-tu ?

— Il faut le mettre hors d'état de nuire.

— Comment ?

En le supprimant, définitivement.

— C'est la décision du Sanhédrin ?

— Tous les membres du conseil du Sanhédrin, présidé par Caïphe, sont d'accord. C'est une décision unanime.

— Quand ?...

— Le plus tôt possible. Nous ne pouvons pas laisser cet individu continuer à corrompre les gens. Certains crient déjà sur tous les toits que c'est un prophète, qu'il rend la vue aux aveugles et guérit les infirmes. On dit que même ici, à Jérusalem, il a guéri un paralytique dans les eaux rouges de la citerne de Bethzatha et qu'il a permis à un aveugle de recouvrer la vue dans le bassin de Siloé. Nous devons l'arrêter et nous souhaitons obtenir l'assentiment de ton seigneur Antipas, ainsi que ton soutien en tant que chef de la police galiléenne. Après tout, cet homme est votre sujet.

— Je suis d'accord, Jésus doit être éliminé. Mais je regrette que vous ayez tant tardé à prendre cette résolution, qui aurait dû être prononcée depuis longtemps, réplique Hippodame, un peu agacé.

— Cela fait des mois que nous en débattons à la demande de Caïphe. Il s'est prononcé clairement pour l'arrestation, mais nous ne parvenions pas à atteindre l'unanimité. Ce qui compte, c'est que la décision soit prise désormais.

— J'ai également recommandé au tétrarque d'ordonner l'exécution de Jésus, mais il se montre quelque peu réticent à se débarrasser de ce maudit rabbin.

Une fois de plus, Hippodame se garde bien de dire qu'il a des raisons personnelles de souhaiter la rapide disparition de Jésus. Il enrage encore d'avoir été trompé par son épouse.

— Dans ce cas, nous sommes d'accord. Il ne te reste qu'à convaincre Antipas et l'affaire sera réglée.

— Mon seigneur est convaincu dans le fond, mais il craint que la mort de ce prophète ne déclenche une vague de protestations, qui serait vraiment malvenue en ces temps troublés où la Galilée souffre déjà de menaces extérieures.

— Mais vous n'êtes pas en Galilée en ce moment. En Judée, nous pouvons agir conformément à nos intérêts communs.

— Il y a beaucoup de Galiléens ici et je dispose de maigres effectifs. Mais tout bien réfléchi, mieux vaut agir maintenant. Compte sur ma collaboration et celle de mes hommes pour tout ce dont vous aurez besoin.

Barouch est contrarié qu'Hippodame ait qualifié de prophète celui qui, pour lui, n'est qu'un ignorant, mais il s'abstient de tout commentaire sur ce point.

Pour sa part, Hippodame n'a qu'un objectif : éliminer Jésus au plus vite. Ruth pense toujours à lui et elle peut aller à tout moment au Temple. Elle est juive, et même son époux grec ne peut pas l'empêcher de se rendre au sanctuaire et d'y retrouver le Nazaréen dans la cour des Gentils. Les femmes ont leur propre cour, mais elles aiment passer du temps sur cette grande esplanade, car l'enceinte qui leur est réservée est assez petite et l'accès à l'enceinte sacrée leur est interdit.

— Nous devons échafauder un plan ensemble pour contrer les pouvoirs de Jésus.

— Les pouvoirs ? demande Hippodame avec étonnement. De quoi parles-tu ?

— On dit que c'est un mage capable de réaliser de grands prodiges et miracles.

Hippodame éclate de rire.

— Des miracles ? Des prodiges ? Ce sont de simples trucs qu'il exécute pour impressionner les gens crédules et ignorants. Tu verras qu'aucun de ses stratagèmes ne fonctionnera quand nous mettrons la main sur lui.

— Bien, élaborons un plan et mettons-le en œuvre.

— Il faut agir vite. Mettez-le sur pied et mes soldats viendront vous prêter main-forte. Moi, je me charge de convaincre Antipas.

Les deux hommes se quittent dans la camaraderie qui unit les complices. Hippodame continue à penser à Jésus et à Ruth. Il est convaincu que son épouse admire encore ce fou, qu'elle est attirée par lui ou même amoureuse de lui. Par conséquent, il ne faut pas qu'elle apprenne ce qu'il est en train de manigancer. Elle ne doit pas savoir que Jésus va être fait prisonnier et exécuté, car cela les séparerait pour toujours. Or, il aime son épouse, malgré ce qui s'est passé.

Une fois qu'Hippodame a accepté de participer à l'arrestation de Jésus, tout se précipite. Barouch ben Azarias retourne au Sanhédrin et fait part de l'excellente disposition du chef de la police galiléenne.

Caïphe se réjouit de cette nouvelle, car il est rare que les autorités de Galilée soient disposées à collaborer avec celles de Jérusalem. Il ordonne qu'un plan soit immédiatement échafaudé en vue de l'arrestation de Jésus.

Les agents du Sanhédrin agissent avec une extrême diligence. De son côté, Hippodame ordonne à Meïr, un de ses meilleurs agents, qui connaît bien les disciples de Jésus pour les avoir beaucoup fréquentés en Galilée, de se mettre en contact avec eux, afin d'en trouver un qui soit prêt à collaborer, c'est-à-dire à trahir ouvertement le Maître en échange d'une bonne récompense.

Mais Meïr a déjà l'homme qu'il lui faut.

— Parmi les disciples de Jésus, affirme-t-il, il y a un homme originaire de Kerioth, un village situé au sud de la ville d'Hébron, dans le désert du Néguev. Il a été à ses côtés dès le début. Il s'appelle Judas. Pour le distinguer des disciples qui portent le même nom, tout le monde l'appelle Judas de Kerioth. Il nous aidera.

— En es-tu sûr ? demande Hippodame.

— Oui, bien que Jésus ait totalement confiance en lui, au point de lui confier la bourse dans laquelle est gardé l'argent de l'ensemble du groupe.

— Mais si cet homme est d'une telle loyauté, pourquoi trahirait-il son maître ?

— Parce que en réalité il aime beaucoup l'argent… un peu trop. Et puis, Judas a son propre point de vue sur la meilleure façon d'instaurer le royaume de Dieu. Cela fait déjà plusieurs mois qu'il ne se sent plus à sa place au sein du groupe. Il a même montré son désaccord avec certaines des actions de Jésus. Il y a quelques jours, il a affirmé à un de nos informateurs infiltrés que le Maître avait un comportement trop passif, qu'il piétinait dans ses discours et ses propositions. Judas est un homme d'action, qui souhaite hâter ce qu'ils appellent « l'avènement du Royaume » en l'imposant par le recours aux armes et à la violence.

— D'après ce que tu dis, ce Judas est encore plus dangereux que Jésus lui-même.

— Beaucoup plus en effet. Pour lui, Jésus est un rêveur qui croit aveuglément que Dieu va bientôt intervenir avec ses anges. Lui, en revanche, il pense que Dieu n'agit jamais de manière directe, mais qu'il permet aux hommes d'agir par eux-mêmes.

— Je ne sais pas, hésite Hippodame. Au bout du compte, ce Judas se retournera contre nous. Ce n'est peut-être pas notre homme.

— Bien sûr que si, insiste Meïr. Depuis des mois, il se démarque des postulats de Jésus. Il entretient même des relations secrètes avec des gens qui pensent comme lui. Il a des liens très étroits avec un certain Arieh, un immense forgeron qui est à la tête d'un groupe appelé Les Vengeurs d'Israël, composé d'ardents défenseurs de la Loi. Ce groupe, installé dans la ville de Jéricho, a organisé deux attaques contre des troupes romaines et se montre très actif. Ses membres se déploient partout pour armer d'autres factions, y compris certains disciples de Jésus.

— D'accord. Ce Judas est un fou, mais il peut nous être utile. Va lui parler. J'espère qu'il collaborera, sinon il sera décapité.

Meïr contacte Judas sans perdre une minute. Les deux hommes se donnent rendez-vous dans un petit jardin discret de la vallée du Cédron. De taille moyenne, Judas est un peu râblé, légèrement dégarni sur les tempes, et porte une abondante barbe noire.

D'un naturel impulsif et irréfléchi, il a répondu sur-le-champ à la requête de Meïr et semble assez nerveux.

— Je te remercie d'être venu si vite, dit Meïr.

— Je t'écoute.

— Comme tu le sais, ton maître est devenu un problème.

Judas regarde fixement Meïr et garde le silence. Très lentement, comme le ver qui dévore le noyau d'un fruit mûr et sans qu'aucun signe extérieur ne permette de le déceler, son admiration pour Jésus a faibli. Désormais, il a des idées différentes, éloignées sur des aspects fondamentaux, presque contraires à celles du Maître. Il n'a plus confiance en celui qu'il a longtemps suivi aveuglément. Il le considère maintenant comme un homme pusillanime, qui fait fausse route et dont il n'y a plus rien à attendre. Ayant perdu l'enthousiasme des premiers temps, il pense que ce n'est pas Jésus qui restaurera la gloire passée d'Israël.

— En réalité, il ne veut pas être roi, dit Judas de but en blanc.

— De quoi parles-tu ? demande Meïr.

— Certains d'entre nous lui disent qu'il doit se proclamer résolument roi des Juifs, qu'il doit le faire une fois pour toutes et de façon claire pour revendiquer son autorité en tant que véritable Messie, libérateur d'Israël, mais il ne veut pas, il n'ose pas, il a peur… Il n'est pas celui que je croyais.

Judas semble profondément déçu et Meïr pressent que c'est là que réside son point faible.

— Pour quelle raison ne veut-il pas être roi ?

— Je ne sais pas, mais aucune des excuses qu'il donne ne me paraît convaincante. Il aurait dû se proclamer roi d'Israël le jour où nous sommes entrés à

Jérusalem avec nos palmes et nos rameaux d'olivier. Là, il était encore le Jésus que j'ai connu, fier et triomphant ! Mais au fil des jours qu'il passe dans le Temple, il montre un autre visage. Pourquoi ne réalise-t-il pas ce que le peuple attend de lui ? Pourquoi ne fait-il pas ce qu'il faut pour obtenir la liberté d'Israël et son indépendance de Rome ? Il ne fait rien, il n'agit pas. Il ne fait que parler, prêcher, argumenter…

— Nous souhaitons te venir en aide, intervint Meïr.

— Il nous a dit qu'il venait pour fonder un nouvel ordre, poursuit Judas, perdu dans ses pensées, comme si Meïr n'était pas là. Nous avons tout abandonné pour le suivre. Nous avons cru que nous allions avoir la récompense promise. Il nous a assurés que nous recevrions le centuple de ce que nous avions, que reviendraient les temps glorieux des douze tribus d'Israël… Mais rien, absolument rien…

Judas cache son visage dans ses mains.

— Crois-tu qu'il doive… disparaître ? demande Meïr.

Judas relève la tête. Il a les yeux rouges, comme s'il était sur le point de pleurer.

— Oui, dit-il. Il est un frein au véritable avènement du royaume de Dieu. Oui, il faut le supprimer, même si cela est une souffrance pour nous qui l'avons tant aimé.

— Dans ce cas, nous aiderais-tu à… le faire prisonnier ?

Face à cette proposition, Judas se rembrunit. Il n'aime pas l'idée de devenir le traître qui le dénoncera. Il hésite. Beaucoup d'autres personnes pensent aussi que Jésus devrait disparaître pour céder la place à des dirigeants bien plus déterminés que lui. Il n'est pas le seul.

— Moi, un délateur ?

— Nous te paierons pour cela…

Judas garde le silence. Il tourne et retourne dans sa tête l'idée de la mort de Jésus. « Il faut le supprimer, oui, mais… » Il a des doutes. « C'est en vain que le sang sacré de la lignée de David coule dans ses veines ! »

Au bout d'un long moment, il finit par donner sa réponse.

— J'ai le cœur lourd de chagrin, mais je n'ai pas d'autre choix que d'accepter ta proposition. Je vous aiderai à emprisonner Jésus.

— Parfait. Voici d'ores et déjà trente deniers d'argent pour ta collaboration. J'interviendrai en ta faveur auprès de mes seigneurs Antipas et Hippodame pour qu'ils t'en donnent encore une bonne poignée, au moins le double.

— Ce n'est pas l'argent qui compte, murmure Judas.

— Mais cela aide. Bien, marché conclu. Voyons maintenant comment nous allons procéder. Tu nous indiqueras le lieu et le moment favorables à l'arrestation de Jésus, qui devra se dérouler sans heurts, de préférence de nuit, loin des foules de disciples qui l'entourent pendant la journée. Et si tout le monde dort et qu'il fait noir, tu veilleras à ce que nous ne nous trompions pas de personne.

Les deux hommes se séparent. Le piège est en place. Judas a reçu ses trente deniers. Meïr en informe son chef et celui-ci éprouve l'agitation du chasseur face à une proie prisée. Antipas se réjouit de la disparition imminente de ce gêneur, bien qu'il n'ait pas encore eu la possibilité de parler avec lui. Les membres du Sanhédrin, quant à eux, se félicitent d'être bientôt débarrassés de ce qui représente pour eux un véritable fléau. Les jours de Jésus sont comptés. Les Romains participeront également à la traque, car la proie est aussi importante pour eux.

Ce soir-là, tandis qu'il prêche à Jérusalem entouré de ses disciples, Jésus a un terrible pressentiment. Avec sa permission, les femmes ont organisé un dîner avant celui de la Pâque et il se dit que c'est le moment de réunir ses disciples les plus proches pour leur donner de nouvelles missions face aux graves menaces qui pèsent sur eux.

Il est en conflit avec les autorités depuis le début de son périple en Galilée et de sa marche vers Jérusalem. Aujourd'hui, la situation s'est fortement exacerbée, surtout après ce qui s'est passé au Temple. Il craint, en outre, que les saducéens n'aient parfaitement compris son message énigmatique contre le paiement du tribut. Tout le groupe se trouve en grave danger, il en est conscient. Il n'est qu'un prophète qui ne fait pas le poids face à la machine de pouvoir que représentent à eux tous Antipas, le Sanhédrin et les Romains.

— Nos ennemis sont très forts, dit-il à ses disciples un peu avant de commencer le repas. À côté d'eux, nous ne sommes qu'un jouet fragile entre les mains d'un enfant mal luné.

— Cela nous est égal, déclare un des disciples. Tant que nous sommes à tes côtés, nous n'avons peur de rien.

— Vous savez que me suivre est risqué. Marcher à mes côtés implique de renoncer à beaucoup de choses et de subir les persécutions et le châtiment d'autrui. Mais désormais, il est possible que vous mettiez en péril votre propre vie. Vous devez être vigilants et prévoyants.

Le silence se fait. Dans la salle à manger de la maison d'un des défenseurs secrets de Jésus à Jérusalem, où tous sont réunis pour dîner, une tension nouvelle est palpable, mais une certaine excitation et une atmosphère de triomphe s'y ajoutent, comme si chacune de leurs vies allait prendre un tournant définitif.

— Nous pouvons nous défendre si nous sommes attaqués, Maître, dit un des disciples les plus proches et les plus déterminés de Jésus. Nous disposons de deux épées, mais tu n'as qu'un mot à dire pour que nous en ayons beaucoup d'autres, si tel est ton souhait.

Jésus sourit face à l'ingénuité de son disciple.

— Je crains que ces deux épées dont tu parles, et même dix, vingt ou cinquante de plus, ne suffisent pas à écarter le danger qui nous guette.

Il se sent découragé. Ses disciples, pauvres naïfs, n'entendent pas le sarcasme dans ses paroles. Cela fait presque une semaine qu'il prêche dans le Temple, plusieurs heures par jour, sans relâche, dans l'espoir de convaincre ceux qui l'écoutent de la véracité de son message. Mais la plupart des gens de Jérusalem rejettent ses paroles. Il ne parvient pas à les convaincre. Les habitants de la capitale ne sont pas comme les simples paysans et pêcheurs de Galilée, si faciles à toucher par des discours émouvants.

Les efforts titanesques qu'il a déployés pendant ces dernières années, presque trois maintenant, n'ont pas servi à grand-chose. Il n'a pu persuader qu'un petit groupe d'inconditionnels, qui le suivent aveuglément comme des brebis leur berger.

Tout cela l'attriste beaucoup. Arrivé au bout du chemin, après tant de privations, il sent qu'il est en train d'échouer. Son message ne passe pas. Il n'est pas capable de transmettre la parole de Dieu avec la force nécessaire pour l'imposer à tous ceux qui l'entendent. Il est même l'objet de nombreuses moqueries et d'un certain mépris de la part des docteurs de la Loi et des scribes du Temple. Comment, dans ces circonstances, pourrait-il se proclamer expressément roi de tous les Juifs ?

Malgré tout, la lumière de Dieu éclaire encore son cœur et il ne doute pas que les promesses d'avènement du Royaume s'accompliront. Il ne sait pas comment, ni quand exactement, mais elles seront accomplies. Dieu et ses anges y veilleront !

Les disciples sont assis autour de la table, dans la salle parfumée d'encens et de myrrhe. Jésus prend le pain, comme à son habitude, et le rompt en plusieurs morceaux qu'il répartit entre tous les commensaux. Les disciples se mettent à manger, conscients que ce dîner n'est pas comme les autres ; il pourrait s'agir de la dernière cène. À la fin du repas, Jésus prend une coupe de vin, la lève devant lui et boit une gorgée avant de la faire passer. Les uns après les autres, tous les disciples boivent au même calice. Après avoir bu la dernière gorgée, le Maître reprend la parole.

— Je vous le dis : désormais je ne boirai plus de ce fruit de la vigne, jusqu'au jour où je le boirai, nouveau, dans le royaume de Dieu ! Mais n'ayez crainte, je vous promets que bientôt, très bientôt, aura lieu le festin du Royaume, alors nous nous assoirons tous de nouveau autour de la même table.

À ces paroles de leur maître, les disciples sont émus. Ce banquet ressemble à un adieu. Ils en sont tous conscients, mais aucun d'eux ne veut en tirer les conséquences ni y faire la moindre allusion.

Une fois le dîner achevé, les commensaux se retirent pour aller se reposer. Jésus quitte la table accompagné de ses plus proches disciples et va trouver refuge sur le mont des Oliviers. La nuit est fraîche et la lune, presque pleine, éclaire le chemin.

Dans l'oliveraie, le calme, les ombres que projette le rayonnement de la lune et la paix de la nuit invitent à prolonger la soirée. Jésus n'a pas sommeil, mais ses disciples s'endorment les uns après les autres, vaincus par la fatigue. Lui reste éveillé ; il veille et prie pour les autres.

Dans le silence nocturne, au moment où l'obscurité est la plus dense, il croit entendre des pas. Il tend l'oreille ; il s'agit peut-être d'un animal en quête de nourriture ou d'un disciple qui s'est levé pour aller se soulager. Non, il en est sûr maintenant, ce qu'il entend, de plus en plus fort, ce sont des pas qui approchent furtivement. De toute évidence, de nombreuses personnes avancent en faisant très légèrement trembler le sol. « Cela n'augure rien de bon », se dit-il. Et il songe que le moment est peut-être venu pour lui de faire face au danger qu'il pressent depuis si longtemps.

Quelques instants plus tard, des silhouettes se découpent clairement dans l'ombre, à la lueur de la lune. Cela ne fait plus aucun doute : il s'agit d'un important groupe d'hommes, certainement armés, car il entend des sons métalliques ; ils avancent en formation serrée dans sa direction.

Lorsqu'ils sont plus près, Jésus parvient à les identifier. En tête marchent les prêtres chargés de la sécurité du Temple. Il les reconnaît pour les avoir vus tous les jours lorsqu'il enseignait sous le portique de Salomon. Ils portent la tenue propre à leur statut.

Derrière eux, le visage éclairé par la lumière directe de la lune, se trouve Meïr, accompagné de deux hommes de confiance d'Hippodame. Viennent ensuite des gardes de l'escorte d'Antipas, qu'il identifie grâce à la forme ovale de leurs boucliers. Enfin, deux manipules de soldats romains, dont les armes sont également reconnaissables entre toutes, ferment la marche.

Avec rapidité et agilité, les hommes armés encerclent Jésus et ses quelques fidèles, qui se réveillent en sursaut en entendant le frôlement des épées sur les boucliers, et se redressent d'un bond en laissant leurs couvertures sur le sol.

Là, au milieu des attaquants, se trouve Judas de Kerioth. Le délateur lève le bras et montre le Maître. Aussitôt, quatre hommes armés d'épées et de bâtons se jettent sur Jésus et l'immobilisent. Les disciples, encore ensommeillés et surpris, tentent de se défendre courageusement en dégainant leurs épées. Un combat inégal commence. Les lames s'entrechoquent, les coups résonnent contre les boucliers, on crie, on se bouscule... Pendant un moment, la confusion règne. Un des attaquants est blessé à l'oreille, mais les forces sont très déséquilibrées et les disciples, cernés et malmenés, ne tardent pas à être réduits par leurs agresseurs.

Jésus sait que la réaction de ses fidèles est inutile, malgré leur bravoure, et qu'il ne peut pas repousser l'ennemi. Une résistance sans espoir de vaincre ne ferait que verser davantage de sang et augmenter le nombre de blessés, peut-être même de morts.

— Halte, arrêtez ! ordonne-t-il à ses disciples. N'opposez aucune résistance et déposez vos armes.

Les disciples voient bien qu'ils ne peuvent rien faire et baissent les bras. Des civils des provinces d'Israël, inexpérimentés dans le maniement des armes, ne sont pas de taille à se battre contre des vétérans comme les gardes du tétrarque Antipas, les légionnaires romains et les membres de la police du Temple, formés sous le commandement du Grand Sanhédrin de Jérusalem.

— Que personne ne bouge ! crie Meïr.

— C'est moi que vous cherchez, déclare Jésus d'une voix calme, s'efforçant de transmettre une certaine sérénité à ses disciples. Alors emmenez-moi avec vous, mais laissez ces innocents en paix.

Le prêtre qui dirige le groupe armé a l'ordre exprès de causer le moins de tapage possible. Le mandat d'arrêt, délivré par le Grand Sanhédrin lui-même, concerne exclusivement le meneur des agitateurs galiléens, et non ses disciples. Après quelques secondes d'hésitation, le prêtre donne ses instructions.

— Laissez partir cette racaille, seul celui-là nous intéresse, dit-il en montrant Jésus du doigt.

Désarmés et terrorisés comme des chevreuils face à une meute de chiens enragés, tous les disciples s'enfuient. Ils dévalent la côte, se dispersent parmi les oliviers et se cachent dans l'obscurité. Jésus reste seul, absolument seul à la merci de ses ennemis.

Tout s'est passé très vite : l'entrée triomphale dans Jérusalem, le violent affrontement avec les changeurs et les marchands du Temple, les sermons sous le portique de Salomon, la discussion sur le tribut avec les saducéens et les hérodiens, la dernière cène, et maintenant l'arrestation…

« C'est la fin », se dit Jésus tandis qu'on s'empare brutalement de lui. Il a tout de même le temps, dans la pénombre de la nuit, de croiser le regard de Judas de Kerioth, qui baisse les yeux, honteux.

27

Le procès de Jésus

Dans la précipitation provoquée par la nervosité et l'excitation, les ennemis de Jésus le conduisent du mont des Oliviers à la maison de Hanne, à Jérusalem, où l'influent membre du Sanhédrin et son gendre Caïphe attendent impatiemment, depuis des heures.

— Nous le tenons ! s'exclame sur un ton euphorique un des gardes du Temple, qui court pour annoncer le succès de l'arrestation. Peu après, dans la bousculade générale, parmi les cris et les insultes, les hommes arrivent chez Hanne avec leur précieux prisonnier.

— Le voilà ! lance fièrement le prêtre qui a dirigé l'arrestation. Cela a été beaucoup plus facile que nous ne le supposions. Nous avons surpris ce bonimenteur et toute sa clique pendant qu'ils dormaient dans l'oliveraie. Ils ne s'attendaient pas à nous voir ! Il n'y en avait même pas un qui montait la garde.

— Avez-vous subi des contretemps ? demande Caïphe.

— Aucun, grand prêtre. Ils ont essayé de résister en dégainant leurs épées, mais nous les avons facilement maîtrisés. Nous avons agi avec une telle discrétion que même les chouettes ne se sont rendu compte de rien.

Au milieu de la cour de la maison, éclairée par deux lanternes, Jésus a les mains attachées devant lui par une ficelle rugueuse. Une demi-douzaine d'hommes armés le surveille, sous le regard de Caïphe et Hanne.

Le grand prêtre, qui connaît bien l'autorité qu'exerce encore son beau-père Hanne, a fait amener Jésus chez lui avant de l'exhiber comme un trophée devant les membres du Sanhédrin.

— Enfin, te voilà entre nos mains, maudit Galiléen ! s'exclame le vieux Hanne.

Il observe Jésus et tourne autour de lui comme un prédateur qui voit une proie à sa portée et profite de l'instant avant d'attaquer.

— Que me conseilles-tu ? lui demande Caïphe, connaissant très bien sa réponse. Qu'allons-nous faire de lui ?

— Le temps passe vite, dit Hanne avec la froideur subtile qui accompagne chacune de ses interventions. Les Romains ne se sont pas encore immiscés dans cette affaire, mais ils ne vont pas tarder à le faire. Nous devrions nous débarrasser de cet idiot le plus tôt possible.

— Le procurateur Pilate voudra sans doute tenir une audience avant qu'il soit exécuté, fait remarquer Caïphe. Et ce sera probablement lui qui choisira le mode d'exécution.

— Que sont devenus ses disciples ? demande Hanne au prêtre qui a mené l'opération d'arrestation de Jésus.

— Ils n'étaient pas très nombreux. Sans doute même pas une centaine. Après une brève échauffourée pour défendre leur chef, ils ont été vite maîtrisés. Un des nôtres a été légèrement blessé. Aucun d'eux ne faisait l'objet d'un mandat d'arrêt, nous les avons donc laissés s'enfuir. Ils sont partis en courant comme des lapins apeurés. Ce n'est qu'une bande de lâches. Il y en a bien un ou deux qui ont essayé de protéger leur maître, mais ils l'ont vite abandonné, trop effrayés. Ils se sont peut-être dit que Dieu n'allait pas les aider cette nuit. À l'heure qu'il est, ils doivent encore être en train de courir dans la pénombre en direction de la Galilée.

— Je me méfie d'eux, rétorque Hanne. Il est probable qu'ils se rassemblent et réfléchissent à un plan pour libérer ce misérable. C'est pourquoi nous devons l'exécuter immédiatement.

— Tu as raison. Il vaut mieux nous débarrasser de lui sur-le-champ, mais nous sommes tenus d'ouvrir un procès et de rendre un jugement, comme le prescrit la Loi. La condamnation à mort sera prononcée par notre tribunal et Pilate sera ravi de l'exécuter. Les membres du Sanhédrin ont déjà été prévenus… Cela dit, ce n'est pas une heure pour aller sous le portique de la Pierre-Taillée. Certes, la coutume interdit les audiences pendant la nuit et la condamnation à la peine capitale en une seule journée, mais aucun individu sain d'esprit ne nous reprochera d'aller à l'encontre de la tradition, car nous allons bientôt célébrer la Pâque… que ces Galiléens ont beaucoup perturbée. Il est urgent d'en finir avec lui !

Caïphe désigne Jésus avec mépris.

— Personne ne pourra nous dire que cet homme n'a pas eu la possibilité de se défendre, reprend-il. Nous avons des témoins. Il y en a ici autant que nous voulons. Ceux qui veulent parler pour sa défense pourront le faire… jusqu'à l'aube.

Le grand prêtre regarde le Nazaréen qui reste debout, immobile, les yeux rivés au sol, au milieu de la cour et dans la fraîcheur de la nuit. Caïphe semble satisfait, son plan a fonctionné et l'homme qui a causé toutes ces émeutes est désormais entre ses mains. Il ne le laissera pas s'échapper.

Hanne sourit, lui aussi. Pour l'instant, tout se déroule selon le plan prévu, même si le vieux renard pense que le Sanhédrin a trop tardé à réagir. Il est convaincu qu'il aurait fallu arrêter Jésus dès son apparition dans les alentours de Jérusalem, sans tolérer son entrée triomphale dans la ville, ni qu'il prêche impunément pendant plusieurs jours dans la cour des Gentils et sous le portique de Salomon. Si on avait agi plus tôt et avec fermeté, il n'y aurait pas eu tant de problèmes, qu'il faut maintenant résoudre, notamment toutes ces plaintes et réclamations des commerçants et des changeurs après les événements du Temple.

— La semaine des célébrations de la Pâque commence samedi prochain, c'est-à-dire dans deux jours, dit Hanne sur un ton impatient. À ce moment-là, il y aura trop de gens à Jérusalem. Finissons-en une fois pour toutes !

— Allons-y, allons chez moi, propose Caïphe. Nous tiendrons la séance du tribunal là-bas.

Dans la plus grande discrétion mais à la hâte, le cortège mené par Caïphe et Hanne rase les murs des rues désertes de Jérusalem, sous une lune aux reflets métalliques, et arrive à la maison du grand prêtre, où l'attendent déjà la plupart des soixante-dix membres du Sanhédrin. Il ne manque presque personne parmi les anciens influents, les prêtres puissants, les représentants pharisiens et les sévères scribes.

D'après le règlement, vingt-trois juges auraient suffi pour rendre un verdict dans un jugement de ce type, mais presque tout le monde veut assister au procès de Jésus. Tous savent qu'il risque de provoquer de graves conflits et sont aussi impatients qu'Hanne de se débarrasser pour toujours de la cause de leurs soucis.

Dûment surveillée par les gardes, qui se sont déployés et postés tout autour, la maison de Caïphe devient le siège provisoire du Sanhédrin. Les membres du conseil se réunissent dans la grande salle, située dans une des ailes du bâtiment. La nuit, déjà bien avancée, est paisible. Un vent froid du nord rend la lune plus brillante et plus belle, mais accentue encore la sensation de fraîcheur.

Les juges s'entassent dans la salle. Les plus jeunes restent debout, car il n'y a pas assez de sièges pour tout le monde. Deux gardes conduisent Jésus au centre de la pièce, en face de Caïphe, qui s'assoit sur un fauteuil de cérémonie pour présider le tribunal du Sanhédrin en sa qualité de grand prêtre du Temple. À sa droite, sur un fauteuil un peu plus bas, le vieux Hanne, aussi vénéré que craint, regarde avec sévérité le détenu sans défense, condamné d'avance.

— La résolution de l'affaire qui nous occupe aujourd'hui, à la fois urgente et incontestable, est très claire pour moi, commence Caïphe, dont le discours très attendu trahit la hâte d'en finir et une certaine nervosité. Je vous ai convoqués à cette heure si inopportune parce que la Pâque approche et que nous ne pouvons pas laisser en liberté ce dangereux Galiléen, ce bonimenteur qui trompe le peuple et nous défie. Cela fait plusieurs jours qu'il provoque des conflits, déstabilise les esprits, perturbe l'ordre de notre ville et déclenche des échauffourées qui nuisent à la paix nécessaire en cette période de fête. Les Romains n'attendent que ça. Au moindre incident, ils interviendront pour montrer que ce sont eux qui commandent. Plus il y aura de sang versé, plus grande sera leur démonstration de pouvoir !

— Le problème ne se limite pas à Jérusalem, commente à voix haute un des anciens, dont l'âge avancé l'empêche de se rendre compte qu'il interrompt avec une certaine irrévérence le discours du grand prêtre. Ce misérable a semé le trouble dans l'ensemble d'Israël.

— Peut-être avons-nous trop tardé à convoquer cette réunion solennelle du conseil, poursuit Caïphe après avoir foudroyé du regard le vieillard qui l'a interrompu. Mais nous avons dû agir avec une grande prudence, en veillant à chaque instant à respecter les dispositions de nos lois, car l'affaire qui nous occupe est très grave. Espérons que les docteurs de la Loi tiendront compte de ces circonstances au moment de juger ce tribunal réuni au milieu de la nuit. Trouver des témoins a également pris du temps. Tout cela explique…

— Ce n'est pas le moment de faire de brillants discours, intervient brusquement Hanne en lui coupant la parole sans scrupules, avant de désigner Jésus d'un doigt accusateur. La culpabilité de cet individu ne fait aucun doute. À mon avis, si toutefois vous avez besoin de mon conseil, il faut l'exécuter immédiatement. Selon la Loi, nous devrions le lapider sur-le-champ. Mais hélas, ce n'est pas à nous que revient cette décision, même si elle est juste. Aussi, lors de cette séance extraordinaire, nous devons apporter la confirmation de la culpabilité de ce Galiléen impertinent, en fournir toutes les preuves et porter immédiatement cette affaire devant le procurateur Ponce Pilate. Il sait qu'en cas de délit contre le Temple, le système juridique prévoit une totale collaboration entre notre tribunal et l'autorité de Rome.

— Comme vous le savez, dit Caïphe en reprenant la parole pour éviter que son beau-père ne se mette en avant pendant toute la réunion, Rome se réserve le droit de superviser toutes les affaires qui concernent le Temple et la sécurité de la nation et de l'Empire. Nous nous voyons donc contraints de nous soumettre au bon vouloir du procurateur romain, mais je suis certain que Pilate rendra justice et donnera une réponse affirmative à notre requête. Cela ne fait aucun doute.

— Je suis d'accord sur ce point, déclare Hanne.

— Le membre désigné pour présenter les chefs d'inculpation portés contre Jésus devant le Sanhédrin est l'illustre Esdras, fils d'Azarias, annonce Caïphe. Tu as la parole.

Esdras est un des plus éminents docteurs de la Loi. Fils de cordonnier, il a commencé à exercer ce métier avant d'être rapidement promu au rang de magistrat grâce à ses grands mérites et ses vastes connaissances.

— Merci, grand prêtre, dit Esdras. Jésus de Nazareth est accusé d'avoir séduit et trompé le peuple, d'avoir blasphémé en public à plusieurs reprises, perturbant grandement l'ordre et la paix dans le Temple, la ville de Jérusalem et l'ensemble d'Israël. Il est écrit : « Fais sortir du camp le blasphémateur ; tous ceux qui l'ont entendu poseront leurs mains sur sa tête, et toute la communauté le lapidera. » Il est aussi écrit : « Ce prophète ou faiseur de songes qui t'aurait égaré loin de la voie du Très-Haut sera mis à mort. Ainsi, tu feras disparaître le mal du milieu de toi. » Cet homme qu'on appelle Jésus est un pécheur blasphémateur et un séducteur irrévérencieux. C'est un faux prophète qui mérite la mort. – Esdras s'interrompt pendant quelques instants, comme pour obtenir le consentement implicite de son auditoire. – Qu'on fasse entrer les premiers témoins !

Debout au centre du cercle que forment les membres du Sanhédrin, Jésus garde le silence. Il ne daigne même pas regarder le président du tribunal. Les yeux rivés sur le dallage de la pièce, il ne bouge pas, comme si tout cela ne le concernait pas. Un des prêtres de rang inférieur, qui assume les fonctions d'auxiliaire du tribunal, sort dans la cour et appelle différents témoins, qu'il fait entrer les uns après les autres.

Leurs déclarations viennent confirmer que Jésus est à l'origine de doctrines dissidentes et dangereuses, qu'il est le principal responsable des émeutes provoquées lors de son entrée à Jérusalem et dans le Temple. Rien ne vient s'ajouter à ce que tout le monde connaît déjà. En réalité, ces témoignages n'ont pas grande valeur et ne permettent de porter aucune autre accusation devant Pilate. Ils ne donnent guère d'informations nouvelles par rapport à ce qui a déjà été communiqué au procurateur à propos des événements survenus lors de l'arrivée de Jésus à la capitale et de ses agissements dans le sanctuaire.

Après que le tribunal a entendu ces témoins, Esdras en fait entrer deux autres, qu'il invite à avancer jusqu'au centre de la salle, dans un petit espace dégagé par les membres du Sanhédrin.

Les nouveaux venus sont impressionnés et tendus devant tous ces juges et ces personnalités éminentes, mais on leur a bien fait la leçon et ils savent ce qu'ils ont à dire. Aussi, lorsqu'on lui donne la parole, le premier d'entre eux porte ses accusations sans hésiter.

— Nous sommes plusieurs à avoir entendu cet homme, déclare-t-il en montrant Jésus, dire : « Je détruirai ce temple fait de main d'homme et, en trois jours, j'en bâtirai un autre fait de la main de Dieu. »

Il récite cette phrase d'un trait et il est évident qu'on l'a obligé à l'apprendre par cœur. Le second témoin lève la main pour demander l'autorisation d'apporter une précision :

— Il n'a pas dit « je détruirai », mais il est vrai qu'il a dit « sera détruit ».

S'ensuit une discussion entre les deux témoins, qui ne sont pas tout à fait d'accord sur la teneur exacte des propos tenus par Jésus. En tant que magistrat instructeur de l'affaire, Esdras se voit contraint d'intervenir.

— Cette nuance aura peut-être son importance plus tard, mais pas pour le moment, tranche-t-il. Ce qui est véritablement essentiel, c'est la confirmation de son blasphème contre le plus saint de nos lieux. La loi de Moïse n'est pas comme celle des Romains, qui laisse à leurs dieux le châtiment du blasphème. Elle prévoit la condamnation à mort pour cette offense extrêmement grave. « Qui blasphème sera mis à mort », « Seigneur, souviens-toi de ses blasphèmes, et ne permets pas qu'il demeure ! » disent les Écritures. Quiconque s'attaque au Temple insulte gravement la présence divine qui s'y trouve ! Le comportement du détenu a été un blasphème permanent ! (Esdras parcourt toute l'assemblée du regard.) Que ces deux témoins se retirent. Faites entrer les suivants.

Il s'agit de deux hommes d'âge mûr, vêtus chacun d'une tunique soignée, ouvragée et d'élégante facture. Ils portent sur leurs épaules une cape d'un excellent drap. De toute évidence, il s'agit de personnes aisées, d'un rang social plus élevé que les précédentes. Leur témoignage attire donc davantage l'attention des juges. Interrogé par Esdras, l'un d'eux déclare :

— Ce dénommé Jésus incite le peuple à la rébellion. Il affirme que nous ne devons pas payer la contribution requise pour l'entretien du Temple, ce qui est pure folie. Et il justifie ses propos en prétendant que les impôts ne doivent pas être prélevés auprès des fils d'Israël mais auprès des étrangers.

— Les déclarations de mon collègue sont tout à fait conformes à ce qui s'est passé, ajoute le second témoin. Si tous les Juifs suivaient les instructions de l'homme ici présent, nous ne pourrions plus entretenir la maison de Dieu. Il passe son temps à pardonner les péchés de ceux qui viennent le voir. Il proclame que Dieu est indulgent avec les publicains, les pécheurs et les prostituées. Ces affirmations constituent une offense inacceptable à la sainteté de Dieu, et sa conduite est scandaleuse aux yeux du Seigneur, béni soit son nom ! Sa façon de se comporter est un pur blasphème.

Visiblement nerveux et impatient, Caïphe souhaite terminer au plus vite les interrogatoires. Il trouve que le procès se prolonge à l'excès. Lorsque Esdras fait mine de reprendre la parole, il l'interrompt et s'adresse directement à Jésus sur un ton réprobateur.

— Le silence que tu gardes est inconvenant, déclare-t-il. N'as-tu rien à répondre à ce que ces témoins disent de toi et de tes actes ?

Jésus continue à se taire, les yeux baissés vers le sol. Il ne prononce pas un seul mot. Exaspéré par le silence et l'attitude du détenu, Caïphe se met en colère. Esdras essaie à son tour d'obtenir une réaction.

— Allons, parle ! s'écrie-t-il. Pourquoi ne dis-tu rien ? Avec cette attitude, tu te condamnes toi-même !

— Ceux qui interprètent tes paroles sont nombreux, reprend Caïphe. Tu affirmes, par exemple, que les Juifs ne devraient pas payer d'impôts aux Romains. S'ils ne le faisaient pas, ils rompraient le pacte conclu entre Rome et Israël, accepté en son temps par les deux parties. Cette phrase que certains disent t'avoir entendu prononcer, « Rendez à César ce qui est à César », était un moyen astucieux de te justifier en public, mais on raconte qu'en privé tu avoues avoir recours à des énigmes et à des paraboles pour ne pas te compromettre. Ce que tu as réellement voulu dire par là, c'est que la terre d'Israël appartient à Dieu et que, par conséquent, nous ne pouvons donner au César ce qui provient d'elle, n'est-ce pas ? Ne vois-tu pas que, par ce refus, tu vas déclencher un soulèvement populaire contre les Romains et que beaucoup des nôtres vont mourir ?

Après un silence tendu, Jésus semble réagir. Il redresse la tête et lève les yeux. Puis il inspire légèrement par le nez et parle enfin.

— Mes prêches sont toujours publics. Demande à ceux qui m'écoutent.

Contrarié, Caïphe serre les poings et remue sur son fauteuil face à l'impertinence du Galiléen. En tant que procureur, Esdras est également agacé par ce qu'il considère comme une marque intolérable d'insolence de la part de l'accusé. Il essaie de s'interposer dans le dialogue et s'apprête à intervenir, mais Caïphe lui jette un regard courroucé puis, d'un geste énergique, lui signifie son refus de lui accorder la parole.

— Il y a quelques jours, tu es entré dans notre ville, continue le grand prêtre, acclamé en tant que roi et Messie par cette bande de vagabonds galiléens en guenilles qui t'ont suivi jusqu'à cette nuit, avant de t'abandonner. Ignores-tu qu'une telle prétention indiffère les Romains ? Avec ce genre de comportement, tu ne feras que mener notre peuple à la ruine. Réponds sans détour : te considères-tu comme le roi d'Israël ? Es-tu le Messie ?

Jésus tarde à répondre. Tous les membres du Sanhédrin sont suspendus à ses lèvres, car il ne fait aucun doute que sa vie dépendra de sa réponse.

— Croirez-vous à ce que je vous dirai, de toute façon ? murmure Jésus d'une voix posée et avec une grande sérénité. Soyez attentifs à la voix du peuple et aux signes des temps. Je vous le dis, vous verrez le Fils de l'homme venir parmi les nuées du ciel et siéger à la droite de Dieu.

Les membres de l'assemblée sont stupéfiés par cette réponse de Jésus. Aucun d'eux n'a suivi la prédication du Nazaréen et ils cherchent juste à savoir dans quelle mesure celle-ci représente une menace pour leurs privilèges et leurs prérogatives. Ils ne s'attendaient pas à une déclaration si insolite et solennelle.

— Cela signifie que, en vérité, tu te considères comme le Messie, le fils de Dieu.

— C'est toi qui le dis, affirme Jésus, catégorique, avant de baisser les yeux vers le sol et de se replonger dans un profond silence, comme si son âme venait de quitter la pièce.

Les membres du conseil sont indignés et alarmés par ce qui leur semble être une affirmation effroyable.

— Pour nous, ces témoignages sont plus que suffisants, déclare Hanne en élevant la voix. Après tout ce qui a été déclaré ici, il est largement prouvé que toi, Jésus de Nazareth, tu es coupable de tromperie et de séduction du peuple, d'état de faux prophète, de trouble à l'ordre public, d'attaque contre le Temple et de blasphème permanent contre la présence divine qu'il abrite, d'impiété manifeste et réitérée… La peine encourue pour tout cela, conformément aux dispositions de notre Loi, est la mort. Pour nous, les Juifs, la vraie sagesse consiste à s'abstenir de toute action et de tout commentaire qui soit contraire à la Loi et aux coutumes. Si cela ne tenait qu'à moi, tu serais lapidé sur-le-champ, mais nous devons respecter les accords passés avec l'Empire.

— Agissons, par conséquent, conformément à la procédure, et délibérons sur cette affaire, propose Caïphe. Que l'accusé et les témoins quittent la salle. L'audience est levée.

Sur un signe du grand prêtre, les gardes font évacuer tous ceux qui ne font pas partie du Sanhédrin.

— Le moment est venu de te prononcer, dit Hanne à son gendre devant les juges, une fois qu'ils sont seuls.

— Si nous nous en tenions à notre Loi, déclare Caïphe, ce que nous savons sur ce Galiléen suffirait à le faire lapider à mort publiquement, mais tu sais très bien que nous ne pouvons pas faire cela. Pour éviter d'avoir des problèmes avec Pilate, nous mènerons Jésus devant le tribunal du procurateur romain dès que le jour se lèvera, en déclarant que nous l'avons reconnu coupable de délit contre le Temple et contre la sécurité de l'État.

Je présenterai moi-même les chefs d'inculpation de façon à influencer Pilate le plus possible. Une fois Jésus éliminé, nous devrons nous charger d'identifier ses disciples, de les localiser et de les disperser s'ils sont encore regroupés, afin d'éviter qu'un nouveau messie ne surgisse parmi eux. Les festivités de la Pâque doivent se dérouler dans la paix et la tranquillité.

Il n'y a pratiquement aucune délibération, car tous sont d'accord sur la culpabilité de Jésus. Le temps presse. Depuis déjà plusieurs heures, précisément depuis que la nuit est tombée, les Juifs sont à la veille de la Pâque. C'est une journée très fatigante qui s'annonce, avec les allées et venues des fidèles qui vont apporter des agneaux pour le sacrifice pascal. Il faut donc se dépêcher. Dès le lever du jour, Jésus devra être jugé par le tribunal de Pilate, mais, en attendant, il doit être mis en lieu sûr. Il est donc transféré dans un des cachots du palais d'Hérode le Grand, où réside le procurateur romain pendant toute la durée des festivités. C'est l'endroit le plus sûr de Jérusalem.

Les séances du tribunal des gouverneurs romains commencent très tôt, dès les premières lueurs de l'aube. Ponce Pilate tient à la main le parchemin que l'on vient de lui remettre et où sont détaillées les graves accusations portées par le Sanhédrin contre le Nazaréen, ainsi que les conclusions de ce haut tribunal juif.

Ce jour-là, il a une affaire similaire à traiter. Elle concerne deux individus arrêtés pour avoir provoqué plusieurs altercations avec des soldats de l'Empire. Pour les Juifs, ce sont des patriotes, et, pour les Romains, de simples voyous. Ils sont accusés de fanatisme dans l'observance de la Loi et, en outre, de vol sur trois patriciens de Jéricho, leur butin ayant ensuite été réparti parmi différents groupes de zélotes. Pendant la rixe déclenchée au moment de leur arrestation, un des soldats romains a été blessé à mort. Parmi le peuple, certains pensent qu'il s'agit de disciples du Nazaréen, mais d'autres estiment que ce sont de dangereux fanatiques qui agissent pour leur propre compte.

Pour Pilate, cette affaire est déjà résolue. Il a l'habitude d'envoyer à l'échafaud sans la moindre hésitation quiconque compromet gravement la paix dans la province de Judée, sans trembler au moment de prononcer une condamnation à mort.

— Cette première affaire est très simple, dit-il au commandant de sa garde personnelle. Un de nos soldats étant mort, il n'y a pas d'autre condamnation possible que la peine capitale.

À cet instant, le secrétaire du tribunal s'approche de Pilate et murmure quelque chose à son oreille.

— Un des principaux prêtres du Temple, ici présent, sollicite la modification de l'ordre des jugements pour que le procès du rabbin galiléen se tienne au plus vite, dit-il. Les délits sont décrits dans le parchemin.

Pilate déroule le document et le lit.

— Eh bien ! s'exclame-t-il. On ne m'a jamais autant facilité la tâche ! Cette accusation paraît bien argumentée. (Il tapote le rouleau du bout des doigts tout en songeant aux rapports d'Hippodame, qui soulignaient également la gravité de l'affaire.) Cet individu doit être très important pour que les prêtres du Temple paraissent devant mon tribunal.

— Les autorités juives sont les premières à vouloir que l'affaire du Galiléen soit résolue rapidement, indique le secrétaire, qui continue à parler à l'oreille du procurateur. Le Sanhédrin dit toujours que ses juges sont mieux placés que n'importe lequel des magistrats romains pour gouverner ce maudit pays, sous prétexte que le maintien de l'ordre est la principale fonction de son tribunal.

— Ce n'est qu'une excuse. Tout ce que veulent les prêtres, c'est éviter que l'empereur ne finisse par dissoudre cette vieille institution dépassée et par supprimer les privilèges de cette caste de parasites qui vivent comme des princes grâce aux dons faits au Temple. J'aimerais beaucoup supprimer ce Sanhédrin, mais, pour le moment, je dois écouter son réquisitoire. Puisqu'on me le demande, qu'il en soit ainsi, modifions l'ordre et jugeons cette affaire en premier. (Pilate tend le parchemin à son secrétaire.) Faites entrer Jésus de Nazareth !

Les gardes exécutent son ordre. Il reste assis dans son luxueux fauteuil de bois noble, finement sculpté, placé à une extrémité couverte de la grande cour de la forteresse qui était autrefois le palais d'Hérode le Grand à Jérusalem. Situé en face de la grande porte, le principal accès aux bâtiments du palais, il voit depuis sa position élevée toute l'enceinte dallée de rangées rectilignes d'énormes pierres parfaitement polies.

L'endroit est imposant : la vaste cour, les immenses dalles, les hauts portiques, la forteresse massive… C'est là que se tenaient jadis les parades militaires de la redoutable garde personnelle du roi Hérode, là qu'ont résonné les clous des sandales des légionnaires romains passés en revue par leurs fiers tribuns, là qu'ont été condamnés à mort des dizaines et des dizaines de Juifs qui se sont rebellés contre l'Empire ou contre le Sanhédrin…

Les gardes reviennent aussitôt dans la cour avec Jésus, qu'ils placent debout en face de la tribune de

Pilate, telle une figurine minuscule dans cet environnement cyclopéen. Le Nazaréen est sans défense. Il est désormais confronté à un pouvoir beaucoup plus puissant que le Sanhédrin lui-même, un pouvoir démesuré et féroce, face auquel il n'a pas plus de poids qu'un grain de sable sur une immense plage.

Toutes les personnes présentes sont respectueusement debout, sauf Pilate, ce qui lui donne une majesté saisissante. Sur un geste du secrétaire du procurateur, le prêtre qui se trouve en tête du cortège du Sanhédrin par délégation de Caïphe avance de quelques pas, prend le parchemin des mains du secrétaire et lit l'accusation à voix haute, tandis que ses compagnons, avec des signes évidents de fatigue en raison de la nuit blanche qu'ils ont passée, acquiescent en hochant la tête pour laisser entendre la gravité de chacun des délits égrenés dans le texte. Les charges de blasphème contre la présence divine dans le sanctuaire, qui n'intéressent en rien les Romains, ont été éliminées du procès-verbal d'accusation pour mettre l'accent sur le refus de Jésus de payer le tribut au César. Dans sa dernière diatribe, le prêtre déclare avec insistance que les actions du détenu, en tant que meneur d'un groupe armé, mettent gravement en péril la sécurité et la stabilité de la province de Judée et, par conséquent, de l'Empire.

Une fois sa lecture terminée, le prêtre se retire et rejoint ses collègues. Pilate, qui a écouté sans remuer un seul muscle du visage le réquisitoire du Sanhédrin contre Jésus, prend alors la parole et parle solennellement, car les hommes rassemblés devant lui pour porter ces accusations occupent les rangs les plus importants de la hiérarchie du peuple juif.

— Je vais établir les bases de mon jugement dans cette *cognitio extra ordinem*, ce qui nécessite une brève explication. En tant que procurateur de Judée, j'ai le pouvoir de statuer sur les affaires financières et politiques de cette province. Cependant, la loi consuétudinaire fait également de moi l'exécuteur de la justice impériale. Aussi, en ma qualité de juge délégué de l'empereur, j'ai toute autorité pour condamner à mort les détenus qui ne sont pas des citoyens romains. Par conséquent, dans cette affaire, l'approbation de l'empereur n'est pas requise, ni même celle du légat de Syrie. Il apparaît que le dénommé Jésus a commis un délit manifeste de sédition. Quiconque agit de cette manière doit être immédiatement exécuté pour avoir mis en péril la paix sur le territoire romain.

Pour la première fois, Pilate se tourne vers Jésus pour s'adresser directement à lui.

— Je pourrais me débarrasser de toi sans avoir besoin de t'entendre, dit-il, mais je veux faire preuve de bienveillance et te donner l'opportunité de te justifier face à des accusations d'une telle gravité. As-tu quelque chose à dire pour ta défense ?

Jésus garde le silence. Même dans une situation aussi dramatique que celle-ci, il ne semble pas disposé à justifier ses actes. Le procurateur s'impatiente ; il a hâte de conclure les deux affaires sur lesquelles il doit statuer ce matin. Il se lève de son fauteuil et s'approche de Jésus.

— N'as-tu rien à dire, aucune réponse à apporter aux accusations qui sont portées contre toi ? Le Sanhédrin t'accuse d'avoir commis un grave délit contre la sécurité de l'Empire et de t'être érigé en prétendant au trône d'Israël, non seulement en paroles mais aussi par les armes. Il affirme, en outre, que tu proclames qu'il ne faut pas payer le tribut dû au trésor impérial. Ces accusations constituent un délit manifeste de sédition, passible de la peine de mort. Alors je le répète : n'as-tu rien à dire ?

Jésus persévère dans son silence obstiné. Agacé par cette situation insolite et par l'impertinence du détenu, Pilate retourne s'asseoir. En général, les prisonniers nient, même maladroitement, les accusations portées contre eux ou se prosternent à genoux, les yeux inondés de larmes, implorant la clémence et le pardon dans de grandes lamentations. Mais Jésus ne fait ni l'un ni l'autre. Il semble absent, comme étranger à son propre procès.

Pilate appuie le coude sur le bras du fauteuil et pose le menton sur sa main fermée. Il regarde fixement l'individu qui se tient devant lui. Bien qu'il soit de bonne taille, il ne lui semble pas bien dangereux et il doute que cet être sans défense puisse représenter quelque péril que ce soit pour la toute-puissante Rome. Pour lui, le prisonnier n'est qu'un malheureux provincial, chef d'un misérable groupe de fanatiques, devenu fou à cause du soleil du désert et qui ne fait que prêcher d'étranges idées sur l'avènement d'un royaume imaginaire. C'est le Sanhédrin qui l'a amené jusqu'ici. Par conséquent, le problème doit sans doute trouver son origine dans le Sanhédrin lui-même. Oui, c'est cela. Les membres du tribunal juif redoutent de voir leur pouvoir et leurs privilèges remis en question et s'en prennent à tous ceux qui ont l'audace de les défier.

« C'est une querelle interne entre ces fanatiques de Juifs ; dans ce coin du monde, la politique, la religion et le pouvoir sont toujours intrinsèquement liés », songe Pilate tandis qu'il observe Jésus, debout sur le pavement de la cour, sous le soleil de Jérusalem qui commence à réchauffer la matinée. En tant que gouverneur romain, il n'a que faire des croyances religieuses des Juifs, des blasphèmes contre leur dieu unique, ni de l'outrage à un tribunal aussi absurde que le Sanhédrin. Il y a longtemps qu'il est las de leur stupide galimatias et tout ce qui l'intéresse, c'est de collecter encore un peu d'argent avant de se retirer en Campanie. Mais il doit maintenir l'ordre et la paix, car il craint la colère de Tibère, terrible et implacable. L'empereur n'a pas hésité à envoyer son fidèle Macron déposer et exécuter Séjan, l'ancien chef de la garde prétorienne, dès qu'il l'a soupçonné d'ourdir un complot contre lui.

Pilate sait qu'il ne peut pas s'opposer ouvertement aux Juifs, capables d'envoyer une délégation à son supérieur en Syrie et de demander sa destitution, ce qui lui attirerait de très gros ennuis. Il en conclut donc qu'il doit faire exécuter Jésus, comme l'exigent les prêtres du Temple. Le Galiléen faisant l'objet d'accusations graves, il décide de rompre le silence et d'insister sur le point qui concerne Rome.

— Alors comme ça, tu dis partout, en secret, qu'il ne faut pas payer les impôts au fisc impérial…

Jésus persiste dans son mutisme.

— Admets-tu que tes disciples t'ont proclamé roi d'Israël ? Est-il vrai que tu affirmes qu'un nouveau royaume va être instauré et que Tibère lui-même en sera expulsé ou mourra s'il ne devient pas juif ?

L'accusé se tait toujours et Pilate commence à être exaspéré par son entêtement. Homme pieux, Jésus considère qu'il serait indigne et irréligieux de parler de la cause de Dieu avec un Gentil. Il est certain que la divinité viendra à son secours au moment opportun. Si un païen impie veut le condamner, cet acte sera l'œuvre du diable, une victoire temporaire et ponctuelle du Malin, mais les anges du Seigneur se chargeront d'exécuter aussitôt la vengeance divine.

Alors que Pilate est sur le point de perdre patience face au silence horripilant de Jésus, un de ses assistants vient lui murmurer quelque chose à l'oreille. L'expression du procurateur change petit à petit et il semble se réjouir du conseil qu'il vient de recevoir.

— C'est peut-être une bonne idée de solliciter l'aide d'une personne susceptible de faire parler ce misérable, répond Pilate à son assistant, avant de se tourner vers l'accusé. Es-tu galiléen ?

Jésus répond enfin.

— C'est toi qui le dis.

— Sais-tu que le tétrarque de ta région se trouve à Jérusalem pour célébrer votre grande fête ? Dans ce cas, il convient de lui témoigner tout le respect dû à son autorité. Ce sera lui qui t'interrogera ! Peut-être parleras-tu devant ton seigneur juif.

Soulagé par cette trouvaille et ravi qu'un autre que lui puisse porter, aux yeux du peuple, la responsabilité d'exécuter un homme considéré par beaucoup comme un patriote, Pilate donne l'ordre de conduire Jésus au palais d'Antipas, situé à environ un demi-mille à l'ouest de la ville. Les accusateurs juifs sont contrariés au plus haut point, car ce nouvel interrogatoire et les déplacements inévitablement liés vont retarder l'exécution du détenu et, par conséquent, les préparatifs pour la Pâque. Mais comment aller à l'encontre des désirs du procurateur de Rome ?

Tandis que Jésus est conduit devant Antipas, Pilate expédie l'affaire des deux larrons. En quelques minutes, ils sont tous deux condamnés à périr sur la croix, le châtiment exemplaire réservé aux esclaves rebelles et aux coupables de crimes de lèse-majesté contre l'empereur. Pilate utilise le mot péjoratif de *bandit*, sous lequel sont désignés dans sa chancellerie les zélotes et toute cette engeance. Il considère que les troubles à l'ordre public provoqués par le Nazaréen et les actes isolés des deux malfaiteurs sont d'une certaine façon liés. Pour lui, Jésus est le plus grand des bandits, et de loin, en raison de l'impact qu'il a sur la plèbe. Aussi, à moins qu'Antipas ne s'y oppose, il prend d'ores et déjà la décision de placer la croix du Nazaréen au milieu et de la faire un peu plus haute que celles des deux autres bandits. Le peuple rebelle verra comment finissent ceux qui s'en prennent à l'Empire.

La crucifixion est une forme de châtiment très rare à Rome, mais courante dans certaines de ses provinces. Très impressionnant, ce mode de condamnation à mort a des vertus d'exemplarité.

28

Un supplice d'esclave

— Enfin, je vais me trouver face à face avec cet imposteur ! s'exclame Antipas quand on lui indique que Ponce Pilate lui a envoyé Jésus.

Hippodame est à ses côtés et il lui demande de l'accompagner lorsqu'on lui amènera le Nazaréen. Le chef de la police de Galilée ne cache pas non plus sa satisfaction. Jésus ayant été son seul vrai motif de dispute avec Ruth pendant toutes ses années de mariage avec elle, il se dit que tout redeviendra comme avant lorsque disparaîtra ce faux prophète nimbé d'une réputation de guérisseur, d'exorciste et de faiseur de miracles pour les uns, et de mage pour les autres.

— Ce prêcheur a dépassé les limites, dit Hippodame.

— Mais je suis curieux de voir son visage et de l'entendre, avoue Antipas. De plus, le geste du procurateur romain me flatte. Je suppose qu'il cherche à améliorer ses relations avec moi, mais nouer des liens d'amitié avec lui est impossible.

— À mon avis, cette délicate attention de Ponce Pilate vise à te remercier pour le rapport que nous lui avons envoyé sur les activités de Jésus, suppose Hippodame.

Un garde arrive et annonce que le Nazaréen se trouve au palais. Antipas ordonne qu'on lui amène immédiatement le prisonnier, qui entre dans la salle escorté par une demi-douzaine de soldats ainsi que quelques prêtres, scribes et anciens.

Décorée avec beaucoup de raffinement, la pièce est agrémentée de magnifiques bustes, de fines tapisseries de soie pourpre et de splendides rideaux qu'Hérode le Grand a fait venir de Grèce, de Phénicie et d'Orient. La lumière qui s'infiltre par les fenêtres se reflète dans les soieries et produit un merveilleux effet moiré. Sur un des murs se trouve un panneau décoratif orné de superbes filigranes végétaux, moulés sur des bas-reliefs recouverts d'or. Et au centre, sur une estrade, trône un grand fauteuil en bois de cèdre sculpté de motifs géométriques et végétaux ayant appartenu à Hérode et qu'Antipas utilise lorsqu'il se rend à Jérusalem.

Le prêtre qui dirige le cortège salue le tétrarque et lui demande l'autorisation de parler. Lorsque Antipas lui donne la parole, il lit avec précipitation et une certaine maladresse due à la fatigue la liste des accusations portées contre Jésus, d'abord devant le Sanhédrin puis devant Pilate. Une fois le réquisitoire terminé, les scribes, prêtres et anciens présents dans la salle émettent un murmure d'approbation. Antipas se tourne alors vers Jésus, le salue avec déférence et lui parle avec une amabilité inattendue.

— Les accusations portées contre toi sont extrêmement graves : blasphème permanent, atteinte au Temple, sédition en raison de ton refus de payer les impôts et du port d'armes des gens de ton groupe, perturbation de l'ordre social, tentative d'usurpation du trône d'Israël, volonté d'instaurer un ordre politique nouveau… Tout cela est-il vrai ? Souhaites-tu faire une déclaration pour ta défense ? Tu as déjà été interrogé à deux reprises. Tu as une troisième occasion de te justifier.

Jésus garde le silence. Une fois de plus, il refuse de se défendre ; il ne réfute pas les charges. Il se contente de se taire, le regard perdu. Rien de ce que disent de lui ces hommes chargés de le juger ne semble lui importer.

Antipas fait comme si la destinée du Nazaréen était entre ses mains, comme si sa décision pouvait alourdir ou alléger une peine déjà fixée, mais tout le monde sait qu'il n'est qu'un simple figurant dans ce procès, car il n'a aucune autorité en dehors de son territoire, et encore moins sur une résolution prise en amont.

De plus, le tétrarque sent que Jésus le méprise, qu'il le considère comme un misérable collaborateur des Romains qui occupent la Terre promise par Dieu et qu'il le hait pour avoir ordonné la mort de son maître Jean le Baptiste. Un renard plein de duplicité, flatteur avec les puissants, cruel avec les faibles, un obscène adorateur de dieux païens comme Astarté et Mammon ne mérite même pas qu'on réponde à ses questions.

Et Antipas sait bien qu'il pense la même chose d'Hippodame, un Gentil grec incroyant et faux qui ne lui inspire que le dédain. Ce sont les hommes du chef de la police qui ont arrêté Jean. Il est donc directement responsable de sa décapitation. Bien qu'il soit marié avec Ruth, une Juive, fille d'un prêtre prestigieux et pieux, il passe sa vie à poursuivre, à contrôler et à punir le peuple de Dieu. Il n'est qu'un immonde ver de terre, un insecte méprisable qu'il n'a aucune intention de regarder dans les yeux, un véritable ennemi de Dieu.

Face au mutisme de Jésus, Antipas s'agite.

— Tu gardes le silence ? Tu n'as rien à dire ?

Jésus se tait. Ses yeux ne se lèvent pas plus vers le tétrarque que vers Pilate un peu plus tôt. Il observe la mosaïque du sol avec un air méditatif et absent, comme s'il cherchait refuge dans son impénétrable monde intérieur.

— Ignores-tu qu'un seul mot de moi peut changer ton destin ? demande Antipas avec impatience en élevant la voix et en lançant un regard agressif à Jésus.

Mais l'accusé s'entête à garder le silence. Le tétrarque prend cette attitude à la fois hautaine et inexplicable comme une offense explicite qu'il ne peut tolérer. Espérant toujours être reconnu par Rome comme roi d'Israël, il doit maintenir sa dignité et son autorité à chaque instant s'il veut être respecté.

Pendant ce temps, Hippodame se tient un peu en retrait, observant avec une curiosité malsaine l'homme responsable de ses déboires conjugaux. Il se demande comment tant de femmes ont pu éprouver une telle attirance pour cet individu. Bien qu'il soit assez grand, Jésus lui semble fragile, incapable de se défendre et de prononcer un discours expliquant ses actes selon les règles les plus élémentaires de la rhétorique. Hippodame ne voit en lui qu'un barbare dénué de culture et de connaissances. Qu'est-ce que sa femme a pu trouver à cet homme ? Comment est-il possible qu'un individu si insignifiant et grotesque puisse soulever les foules et réunir autour de lui tant de disciples ?

Antipas s'impatiente, mais insiste de nouveau dans l'espoir de rompre le silence du détenu.

— Depuis qu'on m'a dit que tu faisais des prodiges, je suis curieux de te voir en réaliser un. Tu as la réputation d'être un thaumaturge. C'est l'occasion pour toi de démontrer que ce qu'on raconte à ton propos n'est pas mensonger. Regarde, voici mon sceptre. Fais la même chose que Moïse devant le pharaon : jette-le par terre et voyons si tu es capable de le transformer en serpent. Ou si tu préfères, je peux faire venir un malade pour que tu le guérisses. Ou si tu veux vraiment m'impressionner, j'égorge un prisonnier et tu le ressuscites. Si tu fais ces prodiges, tu contribueras à ta défense, nous te croirons et nous nous mettrons à tes ordres.

En entendant les paroles de son seigneur, Hippodame sourit. Aux charges contre Jésus s'ajouteront bientôt le mensonge et l'imposture : avec tout cela, rien ni personne ne lui fera échapper à la mort. Il est pris au piège, sans issue possible ; Jésus est un homme mort.

Le Nazaréen garde le silence. Le visage impassible, les yeux baissés, les bras ballants et le regard absent, il ne bouge pas un seul muscle de son corps. Il affiche une allure lamentable : dépourvu de sa cape, il ne porte qu'une tunique légère, dont la simplicité contraste avec le luxe déployé dans la salle. Debout au milieu d'un groupe d'hommes hostiles, il est l'image même de la faiblesse et de la défaite.

Antipas, sur le point d'exploser de colère devant l'attitude offensante de Jésus, parvient cependant à garder son calme et l'interroge de nouveau.

— Que cherchais-tu à obtenir avec cette entrée dans Jérusalem à dos d'âne ? Comment as-tu pu permettre à tes disciples de t'acclamer de cette façon ? Ignores-tu qu'en te présentant comme roi et Messie tu as signé ton arrêt de mort ? Qui sont tes partisans à Jérusalem, et combien sont-ils ? Pourquoi sont-ils armés ? Pourquoi compromets-tu le bon fonctionnement du Temple ?

Pourquoi profères-tu des blasphèmes contre notre institution la plus sacrée ?

Comme le tétrarque, Hippodame attend une réponse. Il aimerait bien savoir qui sont les disciples fanatiques de Jésus réfugiés dans l'anonymat de la Ville sainte, et leur nombre. Mais Jésus n'ouvre toujours pas la bouche. Il continue à se taire et ne lève même pas les yeux. Chaque seconde de silence semble durer une éternité. À bout de patience, Antipas perd son sang-froid.

— Ce Galiléen est fou ! s'exclame-t-il. Qu'on le ramène devant Pilate, et que le procurateur se débrouille avec cet abruti qui ne sait même pas parler ! (Puis il se tourne vers l'assemblée.) À mon avis, cet homme n'est pas dangereux. Ce n'est qu'un pauvre idiot. Et puisque qu'il ne daigne pas parler, nous allons au moins rire un peu à ses dépens.

Antipas fait un geste et un de ses serviteurs approche aussitôt. Il lui murmure quelque chose à l'oreille, à voix très basse, et le serviteur se retire avant de revenir quelques instants plus tard avec une cape pourpre.

— Tu dis que tu es le vrai roi d'Israël, commence le tétrarque. Eh bien, voici une de mes capes. Je suis si bon que je vais t'en faire cadeau. Un roi ne peut paraître devant ses sujets dans cette tenue. Alors couvre-toi, et tu auras vraiment l'allure d'un roi.

Au milieu des éclats de rire, il se lève de son fauteuil, prend la cape et la met sur les épaules de Jésus. Même ce geste ne provoque aucune réaction chez le Nazaréen, qui a désormais l'air d'une statue. Inerte, il semble sculpté dans la pierre.

— Voilà, c'est très bien, ironise Antipas en observant Jésus avec un intérêt feint. Te voilà maintenant vêtu comme un vrai roi.

Toutes les personnes présentes s'esclaffent à nouveau et leurs rires résonnent contre les murs de la salle, qui renvoient un écho sarcastique. Puis Jésus est ramené à Pilate.

Les gardes, les prêtres, les scribes, les anciens et plusieurs curieux venus s'ajouter au cortège qui escorte Jésus se présentent de nouveau au palais du procurateur romain. L'affaire des deux larrons étant résolue, Pilate ressort de son palais à contrecœur lorsqu'on lui annonce le retour du rabbin galiléen. Il se rassoit avec lassitude sur le siège du tribunal, dans la grande cour de la forteresse.

— Finissons-en, ordonne-t-il, visiblement contrarié que le recours à Antipas ait été inutile. On m'informe que tu n'as pas non plus dit un seul mot pour ta défense devant le tétrarque de Galilée, ton seigneur juif. Bien, c'est ta dernière chance de te défendre. Si tu ne parles pas, j'interpréterai ton silence comme un aveu manifeste de culpabilité.

Le temps semble s'écouler interminablement, tant l'attente d'une parole de la part du prisonnier s'appesantit à chaque instant. L'atmosphère est tendue, mais il ne se passe rien : pas un regard de défi, pas une plainte, pas un geste ; aucun son ne sort des lèvres du détenu.

— Tu ne me réponds toujours pas ? demande Pilate, agacé. Ignores-tu que j'ai le pouvoir de te libérer ou de te crucifier et de te laisser mourir dans la plus terrible agonie ?

À cet instant, Jésus lève les yeux et, d'une voix faible mais sereine, il répond enfin :

— Tu n'aurais aucun pouvoir sur moi si tu ne l'avais reçu d'en haut.

Pilate reste songeur et perplexe. Le prêtre à la tête de la garde du Temple demande l'autorisation d'intervenir.

— Honorable procurateur, dit-il, il est évident que ce prisonnier abuse de ta patience et de ta compréhension. La grande fête approche et nous perdons un temps précieux. Les charges lues devant toi sont si claires qu'elles parlent d'elles-mêmes. Il est inutile d'enquêter plus avant sur ce que nous savons déjà. Cet individu est devenu extrêmement dangereux pour notre peuple. À la mort d'Hérode le Grand, toute cette terre s'est remplie de bandes de brigands. Dès qu'il y avait un groupe d'agitateurs, ils nommaient aussitôt un roi qui menait notre société à la perdition. Si à vous, les Romains, ils ne causaient que des ennuis mineurs, ils faisaient le plus grand tort à notre propre peuple. Jésus fait partie de cette racaille qui prolifère comme la vermine dans le désert. Il se prend pour l'élu de Dieu parce qu'il traîne derrière lui toute une bande de déments qui poussent des cris épouvantés contre les autorités légitimes, contre les Romains et contre notre sacerdoce. Débarrasse-toi de lui une fois pour toutes. Il n'y a ici d'autre souverain que le César Tibère. Quiconque se proclame roi est hostile à l'empereur.

Surpris, Pilate écoute avec plaisir ce discours enjôleur et inouï de la part d'un Juif. Bien qu'il n'ait pas réussi à arracher des aveux à l'accusé, tout le monde, y compris les chefs des Juifs, est d'accord pour se débarrasser de lui. Il en sera donc ainsi !

— Le silence dans lequel se complaît le détenu revient à un aveu tacite de culpabilité, dit le procurateur.

Cet individu est un dangereux agitateur. (Il élève solennellement la voix.) Nos lois reconnaissent Jésus ben Joseph, conformément à l'accusation portée par le Sanhédrin, coupable de délit de *perduellio*, la plus grave atteinte à la dignité du peuple romain. L'hostilité de l'accusé à l'encontre des instances suprêmes de cette nation et de son Temple est également une insulte à la majesté du César. Son ambition de se hisser sur le trône est passible de la peine de mort.

Pilate marque un temps d'arrêt, avale sa salive et prononce la sentence fatidique en posant les yeux sur Jésus :

— Tu mourras sur la croix.

Un murmure de soulagement parcourt l'assemblée, mais le procurateur fait aussitôt taire les bavardages pour préciser sa décision.

— La condamnation sera exécutée sur-le-champ, déclare-t-il sur un ton grave.

Puis il se lève de son fauteuil, fait demi-tour sans saluer personne, quitte la cour, estimant avoir assez exercé son rôle de juge pour aujourd'hui, et regagne ses appartements à l'intérieur du palais. Avec un mépris prémédité, il n'adresse pas un seul regard aux accusateurs juifs du Nazaréen.

Environ deux heures s'écoulent entre la condamnation à mort et son exécution. C'est le temps qu'il faut aux soldats pour préparer le supplice de la crucifixion. Il faut disposer le patibule, sélectionner un poteau vertical pour former la croix, et s'occuper de certains détails, comme peindre l'écriteau qui, dans certains cas, explique la raison de la mise à mort.

Tandis que le matériel pour la crucifixion est rassemblé, Jésus et les deux autres condamnés sont la cible des moqueries des soldats, qui trompent leur ennui en les torturant et en s'acharnant sur eux.

Traditionnellement, ces soldats ne sont pas des légionnaires romains, mais des auxiliaires recrutés parmi les peuples voisins, essentiellement des Phéniciens, des Libyens ou des Syriens. La plupart d'entre eux détestent les Juifs et déversent leur haine sur les condamnés. Ces mercenaires brutaux et sans scrupules n'ont pas oublié qu'Hérode le Grand a tenté de conquérir leurs pays : pour eux, les Juifs incarnent l'idée du gouvernement oppresseur. Ainsi, dès qu'ils en ont l'occasion, ils expriment leur soif de vengeance par leur cruauté.

Les trois condamnés sont, en outre, des ennemis de Rome, l'autorité qui paie leur solde. C'est donc une bonne excuse pour s'amuser un peu aux dépens de la vermine juive, qui ne mérite pas d'être traitée avec miséricorde. Celui qu'on appelle Jésus de Nazareth, le plus dangereux et le plus connu des trois, celui qui ose se proclamer roi et Messie, rien que ça, est sans aucun doute la meilleure cible.

— Alors comme ça tu es le roi, hein ? dit un des soldats avec une ironie évidente et un rictus sadique sur les lèvres. Cela ne m'étonnerait pas que tu sois un des bâtards de votre maudit roi, Hérode l'Ancien. On raconte qu'en Galilée pas une seule fille n'a échappé à ce vieux lubrique… Enfin, maintenant, tu vas voir ce que c'est que d'être un vrai roi, même si ça ne va pas durer.

Et il s'éloigne en riant aux éclats pour aller ramasser des ronces qui poussent à proximité.

Les soldats tournent les prisonniers en dérision et plusieurs se comportent comme de stupides histrions, surtout après avoir bu du vin en abondance. Ils rient, crient, insultent les trois malheureux, leur donnent des coups, hurlent comme des possédés… Les moments de distraction sont rares dans l'armée et, quand ils se présentent, il faut en profiter. Un des soldats met la cape pourpre d'Antipas sur les épaules de Jésus, tandis que deux autres se postent aux côtés du condamné, tels les gardes de son escorte royale ou de hauts dignitaires de sa cour imaginaire.

Le soldat qui a coupé des ronces les tresse en une couronne d'épines improvisée, qu'il enfonce sans égards sur la tête de Jésus. Celui-ci sent les épines rentrer dans son crâne, sous ses cheveux. Un liquide chaud et poisseux coule le long de ses tempes, sur sa nuque. Il saigne.

— Salut à toi, roi des Juifs ! s'exclament les mercenaires dans des rires stridents, en s'agenouillant avec la plus grande incorrection devant les prisonniers, leur crachant au visage et les frappant à coups de trique et de bâton.

Des trois condamnés, c'est Jésus qui subit les plus grands affronts et le pire des châtiments. La tête ensanglantée, les bras engourdis par les liens et l'esprit embrumé par tant d'heures d'interrogatoire, tant de temps sans pouvoir dormir et tant de mauvais traitements, il sent sa volonté l'abandonner. Après les moqueries, suivent les gifles sonores, sans oublier les coups de fouet.

Depuis une terrasse qui donne sur la cour, un officier regarde les soldats qu'il commande lancer des crachats, frapper au visage les trois prisonniers avec le poing ou la main ouverte, les pincer douloureusement en couvrant leur peau d'hématomes, leur donner de violents coups de pied dans les jambes et dans les genoux. Plus les condamnés se couvrent de blessures et de sang, plus les soldats s'excitent comme des chiens enragés, infligeant d'autres châtiments, frappant, lacérant… Impassible, l'officier autorise cette boucherie, car il considère que ces moments permettent à ses hommes de libérer toute la colère qu'ils ont en eux.

Un autre officier, un jeune récemment arrivé de Rome, a un geste de répulsion face à la scène humiliante dont il est témoin, mais son supérieur le lui reproche et lui ordonne de garder le sang-froid digne d'un soldat romain. Après tout, d'autres profitent de ce spectacle macabre et abject, bien qu'ils ne participent pas à la boucherie. Ils éprouvent la même aversion pour le peuple d'Israël. Certains ont perdu des compagnons d'armes lors des échauffourées avec les patriotes juifs et considèrent que quelqu'un doit payer pour le sang romain versé. Ils savent que le procurateur Pilate ne supporte pas non plus les fils d'Israël et qu'il ne prendra aucune mesure contre leurs hommes s'ils dépassent les limites avant l'exécution des condamnés.

— Allez, sortez-moi de là ces pantins loqueteux ! crie un des officiers pour ordonner aux soldats de se préparer à conduire les prisonniers jusqu'au lieu de leur exécution. En route pour la crucifixion !

Ils sortent du siège du prétoire, où sont gardés les trois prisonniers, et avancent dans les ruelles du quartier nord de Jérusalem, parmi les curieux qui regardent le sinistre cortège. Jésus marche en silence, couronné d'épines, le visage ensanglanté, avec les deux autres condamnés ruminant leur disgrâce. Chacun des trois prisonniers porte sur ses épaules son lourd patibule.

— Écartez-vous, laissez passer, laissez passer ! crie le soldat qui ouvre la marche.

Une demi-douzaine d'autres gardes l'assistent, rappelant à tous les passants que les soldats sont là pour garantir l'ordre et éviter les émeutes avant la Pâque. D'autres ferment le cortège et surveillent les alentours pour se prémunir contre toute attaque surprise. Il ne faudrait pas que les disciples du Nazaréen décident au dernier moment d'entreprendre une action désespérée pour libérer leur maître.

Chez les Juifs, comme à Rome, les exécutions ont lieu en dehors des murs des villes. Les légistes affirment que c'est beaucoup mieux ainsi, car le trajet à parcourir jusqu'à l'extérieur fait durer le supplice plus longtemps.

Ils sortent de l'enceinte de Jérusalem et montent péniblement la colline du Golgotha, au milieu des gens qui les observent et voient ce qu'ils ne doivent pas faire s'ils veulent s'éviter un tel châtiment en cas de conspiration ou d'atteinte à l'autorité de Rome.

Le lieu destiné à la crucifixion est appelé *Golgotha*, ce qui signifie « lieu du crâne » dans le dialecte araméen local. Il s'agit d'un petit promontoire rocheux situé au nord-ouest de la ville. Il a une forme de dôme, bien qu'il présente de nombreuses cavités pour avoir été exploité en d'autres temps comme carrière pour l'extraction de blocs de pierre destinés à la construction des remparts de la ville.

Arrivés au sommet, les soldats montent les trois croix en fixant les patibules, épaisses planches horizontales, aux grands poteaux verticaux solidement enfoncés dans le sol. Les hauts montants sont munis d'une petite traverse, que les Romains appellent *sedile*, destinée à supporter le corps de la victime, afin de prolonger le supplice et d'éviter une mort prématurée par asphyxie. Les poteaux choisis pour le Nazaréen et les deux larrons font partie de ceux où le patibule ne se fixe pas à l'extrémité supérieure mais un peu plus bas.

Les bourreaux clouent les mains et les pieds des condamnés après leur avoir offert en guise d'acte de charité un peu de vin parfumé à l'essence d'aloès, supposé soulager la douleur. Les deux larrons ont bu, mais Jésus a refusé. Une fois crucifiés, les hommes sont exposés au public moqueur jusqu'à ce que mort s'ensuive.

Un des soldats fixe au-dessus de la croix de Jésus un écriteau portant une légende écrite en latin, en grec et en araméen, les trois langues parlées dans le pays : « Roi des Juifs ».

Malgré les craintes que les disciples de Jésus tentent une action pour libérer leur maître, aucun d'eux n'a donné signe de vie depuis leur déroute aussi lâche que précipitée, sur le mont des Oliviers, la nuit de l'arrestation. Les autorités sont donc convaincues que tous les disciples ont détalé comme des animaux apeurés pour aller se cacher dans leurs terres du nord.

Les légions d'anges promises, censées venir en aide au supplicié, ne sont visibles nulle part. Le soi-disant Messie, autoproclamé roi des Juifs, est abandonné à son sort, ce qui soulève des doutes sur l'authenticité de sa mission et plonge ses partisans, perplexes, dans le désespoir.

Seules quelques femmes, les plus fidèles et les plus enthousiastes, sont présentes lors de la crucifixion.

De loin, au-delà du cercle de sécurité formé par les soldats, elles observent, les yeux inondés de larmes, le supplice de l'homme en qui elles avaient placé toute leur confiance.

Après avoir passé un long moment à regarder, impuissante, l'agonie de Jésus, l'une d'elles, Marie de Magdala, prend brusquement une décision. Elle se lève d'un bond, se fraie un chemin à coups de coude jusqu'à la première rangée de spectateurs, traverse à toute allure la zone interdite et se prosterne à genoux devant la croix du Maître. Elle lève les bras au ciel, les tend en forme de croix et crie de sorte que tous les spectateurs puissent l'entendre :

— Je vous maudis tous ! Vous mourrez les uns après les autres !

Sa voix, rauque après de nombreuses heures passées à pleurer, fait une terrible impression sur le promontoire du Golgotha.

— Vous serez anéantis ! reprend-elle. La colère du Très-Haut, son feu dévastateur et son épée vengeresse vous ouvriront de haut en bas, vos entrailles se déverseront sur la terre et serviront de nourriture aux oiseaux charognards. Tous ceux d'entre vous qui ont posé leurs mains cruelles sur le Juste périront. Une fin terrible vous attend !

Les personnes présentes, terrifiées par l'insolence de cette femme et par ses malédictions, cessent leurs murmures et gardent le silence un instant. Surpris par cet acte inattendu, les soldats finissent par réagir et font reculer Marie en la traînant sans ménagements sur le sol caillouteux pour la ramener parmi le groupe de pleureuses qui sanglotent, inconsolables.

La plupart des spectateurs affichent une indifférence manifeste à l'égard des trois crucifiés à l'agonie. Même Jésus, que certains ont entendu prêcher il y a peu dans le Temple, n'éveille aucune compassion, aucun élan de charité. Personne n'intervient pour s'opposer à cette exécution, pas même les pèlerins venus de Galilée, qui gardent un calme craintif face à la crucifixion de leur compatriote. Ils ne veulent pas déclencher une émeute qui risquerait de provoquer une véritable boucherie en pleines festivités de la Pâque. Au bout du compte, ils sont nombreux à douter et à considérer que l'homme qui se vide de son sang sur la croix portant l'écriteau « Roi des Juifs » est l'exemple vivant de l'échec, un imposteur, un faux prophète parmi d'autres, abandonnés par la divinité qu'ils prétendent servir. En vérité, Jésus n'est pas des leurs.

Il fait gris, c'est une journée triste. La lune étincelante et claire de la nuit précédente s'est éclipsée derrière un ciel sombre annonciateur d'orage. La faible lumière qui filtre à travers les gros nuages opaques rend encore plus moroses les environs arides de la capitale. Le ciel semble sur le point de déverser toute sa colère sur cet affront qui lui est fait.

L'atrocité du supplice de la croix réside dans l'assurance d'une mort inexorablement lente et cruelle. Les Romains savent très bien que ce ne sont pas les blessures des mains et des pieds qui entraînent le décès des crucifiés, mais la lente asphyxie provoquée par la rigidité de la posture et la contraction extrêmement douloureuse des muscles. La crucifixion est une forme d'exécution conçue pour que la mort soit pénible, afin que l'agonie des brigands et des esclaves dure des heures et serve d'exemple. Mais Jésus est de faible constitution et le supplice de la croix l'épuise. Son agonie est plus rapide que celle des autres suppliciés.

Après trois longues heures de torture, le Nazaréen rassemble ses dernières forces, pousse un cri déchirant et s'exclame :

— Mon Dieu, mon Dieu, pourquoi m'as-tu abandonné ?

Parmi les témoins, certains entendent cette lamentation bouleversante comme un douloureux constat d'échec, que Jésus fait retentir quelques instants avant de rendre son dernier souffle. Mais d'autres y voient la preuve qu'il n'a pas perdu confiance dans le Dieu d'Israël, que celui-ci vengera sa mort et terminera ce qu'il a commencé.

Quoi qu'il en soit, le prophète meurt convaincu qu'il n'a pas été sacrifié en vain et que cet acte va accélérer l'avènement du Royaume.

Lorsqu'ils apprennent la mort de Jésus, Antipas et Hippodame se réjouissent et trinquent allègrement à leur propre santé, à celle de l'empereur et à la tranquillité à venir.

— Un problème de moins à régler ! s'exclame le tétrarque, euphorique.

— De plus, nous ne portons pas la responsabilité de la mort du Nazaréen, fait remarquer Hippodame. Ainsi, ses disciples de Galilée, si toutefois il en reste, n'auront aucune raison de critiquer ton gouvernement.

— Tu dis vrai. Tout s'est déroulé à merveille : Jésus est mort, ses disciples ont détalé comme des lapins et personne ne nous reprochera son exécution. Parfait !

— Dans toute la Galilée, nul ne pourra t'accuser d'avoir éliminé celui que quelques-uns ont considéré comme un de leurs prophètes.

— En effet. Il était temps que s'ouvre enfin devant nous un horizon apaisé. L'apparition de Jean le Baptiste et Jésus de Nazareth, ces deux idiots contestataires, nous a compliqué la vie, mais l'extirpation de ces furoncles gênants a résolu le problème.

— Je pense qu'après une telle leçon, nous ne reverrons pas de sitôt un illuminé annoncer l'avènement de je ne sais quel royaume, ni un fanatique insensé s'autoproclamer Messie ou roi d'Israël, dit Hippodame en levant sa coupe de vin, avant d'en boire une bonne gorgée.

Mais Antipas, qui était lui aussi sur le point de boire, semble soudain préoccupé et éloigne la coupe de ses lèvres.

— Il reste tout de même un furoncle, bien qu'il soit plus petit : les tribulations à Rome de mon beau-frère Jules Agrippa, qui m'importunent et me font indirectement du tort. C'est un intrigant ; je m'attends à tout de sa part.

— Pour l'instant, il se tient tranquille et son attitude reste dans les limites du supportable.

— Tu as raison, mon fidèle chef de police ! Oublions Jules Agrippa pour l'instant et savourons notre triomphe en célébrant dans la joie la fête de la Pâque.

Hippodame est très heureux. Un sentiment de satisfaction l'envahit : il a résolu l'affaire compliquée du Nazaréen, dont l'exécution représente pour lui un succès, tout comme la manière dont elle s'est produite.

— C'était une très bonne idée d'infiltrer des agents parmi les disciples de Jésus, reconnaît le tétrarque. Je te félicite, Hippodame.

— Merci, seigneur. Je serai toujours à ton service.

Hippodame ne dit pas que, s'il se réjouit de la mort du prophète galiléen, c'est essentiellement parce qu'il a éliminé à tout jamais de la vie de Ruth cet individu dont la seule présence a mis son mariage en péril. Il a honte que sa propre épouse n'ait pas été épargnée par la folie. C'est un véritable déshonneur pour un chef de police. Il espère que Ruth finira par retrouver la raison et qu'elle oubliera les idées malsaines que Jésus lui a mises dans la tête.

À Jérusalem, tout le monde semble satisfait. Dès le lendemain, le procurateur Pilate ne se souvient déjà plus de cette affaire complètement insignifiante à ses yeux. Il se dit juste que les trois hommes crucifiés sur le Golgotha serviront de leçon à la foule agglutinée à Jérusalem pour fêter la Pâque, et qu'elle restera tranquille. Concluant que sa présence n'est plus nécessaire dans la Ville sainte, il ordonne donc à sa garde de se préparer à rentrer à Césarée, où il se sent bien mieux, loin de tous ces Juifs exaltés venus en masse accomplir de stupides sacrifices dans le Temple. Il crache sur le sol et décide de partir samedi dans la matinée, en signe de défi au repos canonique prescrit par la loi de Moïse.

Les membres du Sanhédrin, quant à eux, sont soulagés. Ils ont atteint tous leurs objectifs sans trop d'inconvénients. L'arrestation et la mort de Jésus n'ont provoqué aucune émeute. Maintenant, en tant que fidèles observateurs de la Loi, ils peuvent commémorer la Pâque en paix et célébrer pieusement les sept jours de la fête solennelle.

Seuls les partisans de Jésus regrettent sa mort. Pour eux, la mission du Maître est un échec. Ils se sentent vaincus et humiliés. Certains ont des doutes, finissant même par voir en cet homme qu'ils ont tant aimé un imposteur, un menteur, un faux Messie et un faux roi, puisque Dieu l'a abandonné à une mort cruelle et atroce, loin des siens.

29

Le sort des ennemis

La Galilée retrouve lentement la paix après le deuil. Antipas, malgré son conflit avec le roi nabatéen Arétas, continue à démontrer qu'il a les qualités nécessaires pour être un bon dirigeant. Puis Rome lui apporte son soutien. Tibère, avec l'aval du Sénat romain, donne à son légat de Syrie l'ordre de préparer immédiatement une expédition punitive contre les Nabatéens.

Au palais de la capitale de Galilée, où ils se trouvent en compagnie du messager, Antipas et Hippodame respirent avec soulagement.

— Tibère ne peut tolérer qu'un roi soumis à Rome se fasse justice lui-même, précise le messager, *a fortiori* en Orient, cette région de l'Empire où plane toujours la menace des Parthes, qui n'hésiteront pas à nous attaquer s'ils sentent le moindre signe de faiblesse et de division.

— Tu peux te retirer, dit Antipas au courrier, tu as fait du bon travail. (Il se tourne vers Hippodame.) Alors, qu'en penses-tu ?

— Les ordres de Tibère sont clairs et précis, mais nous risquons d'avoir des problèmes avec celui qui est chargé de les exécuter, répond le chef de la police galiléenne, jetant un froid inattendu.

— Tu veux parler du légat de Syrie ? Il n'osera pas désobéir à un ordre aussi catégorique de l'empereur.

— Non, il n'osera pas, seigneur, mais tu sais très bien qu'il ne te porte pas dans son cœur. Il s'est montré très passif lorsqu'il a reçu la missive par laquelle tu sollicitais son aide. Il ne t'a pas pardonné de lui avoir coupé l'herbe sous le pied en envoyant un messager à l'empereur lorsqu'il a signé l'accord de paix avec Artaban sur le pont de l'Euphrate.

— Il faudra bien qu'il exécute cet ordre, quoi qu'il lui en coûte, et qu'il nous débarrasse d'Arétas.

— Mais il peut ralentir la préparation de l'attaque par ses légions sous n'importe quel prétexte. S'il le fait, les conséquences seront mortelles pour nous.

Pendant ce temps, la province voisine de Judée et Samarie est de nouveau en proie à des troubles, en particulier les villes de Jérusalem et Césarée. Une période de calme a suivi la mort sur la croix de Jésus de Nazareth, mais un événement inattendu vient compliquer la situation pour le procurateur Pilate et le grand prêtre Caïphe.

Les Samaritains, habituellement pacifiques et attachés à Rome, sont agités par un prophète qui vient d'arriver sur leur territoire. Ce visionnaire prêche aux alentours de la ville de Néapolis, sur les versants du mont Garizim, et annonce l'imminence d'un prodige divin. Parmi les Samaritains, une vieille tradition raconte que, des centaines d'années auparavant, les soldats babyloniens du roi Nabuchodonosor ont incendié le temple de Jérusalem bâti par le roi Salomon ; démoli tous les bâtiments sacrés y compris les deux colonnes vénérées, appelées Jakim et Boaz ; volé l'Arche d'alliance et le pectoral du jugement du grand prêtre, orné des pierres Ourim et Thoummim que Moïse y avait placées pour apporter la lumière et la perfection à ses révélations ; et éteint le feu divin qui brûlait en permanence dans le Saint des Saints. Mais des prêtres ont réussi à sauver les vases sacrés et les ont cachés dans une grotte du mont Garizim, lui-même sacré depuis l'époque de Moïse. Tout a été perdu, sauf ces vases.

Dans son palais de Césarée, Ponce Pilate apprend qu'une foule immense s'est rassemblée sur le mont Garizim pour écouter le nouveau prophète.

— Encore ! explose-t-il en entendant les rapports de ses agents. Maudite race d'écervelés !

— Avec ses sermons, cet homme réveille le sentiment religieux des Samaritains en faisant appel à leur orgueil national, analyse le commandant de la garde de Pilate, qui a été témoin des événements survenus au pied du mont Garizim.

— Que se passe-t-il sur cette montagne poussiéreuse ? demande Pilate.

— Dans ce pays de fous, il existe un conflit ancestral entre les Juifs à propos de l'endroit le plus approprié pour adorer leur dieu, répond le commandant. La plupart pensent que c'est le temple bâti par Hérode à Jérusalem pour remplacer l'humble sanctuaire construit par les exilés au retour de la captivité de Babylone, lui-même érigé à la place du grand temple du roi Salomon. Mais les Samaritains affirment que ce privilège revient au mont Garizim, car, selon eux, y sont enterrés des vases sacrés qu'ils considèrent comme leur plus précieux talisman, les uniques reliques sauvées de la mise à sac du temple de Salomon par les Babyloniens.

» Le prêcheur annonce que ces vases sont sur le point de réapparaître très prochainement, faisant du sanctuaire construit au sommet de ce mont le plus important de toute la Palestine. Il prédit que cette apparition prodigieuse se produira lorsqu'une foule y sera rassemblée pour supplier son Dieu de la réaliser.

— Et il y a beaucoup de gens réunis sur ce mont ? demande Pilate, visiblement préoccupé par la concentration de tous ces fous exaltés.

— Depuis hier, à l'appel du prophète, des milliers de Samaritains convergent vers la montagne. Beaucoup d'entre eux s'y dirigent les yeux écarquillés, prient en marchant et proclament que leur Dieu va faire de grands prodiges, qu'il fera apparaître ces maudits vases entre nuages et éclairs, tandis que sonneront des trompettes célestes. Certains affirment que les Jérusalémites vont devoir enfin admettre que le lieu saint abritant leur Dieu est la Samarie et non la Judée. Apparemment, cette querelle les oppose depuis des temps très reculés.

À cet instant se présente devant Pilate et le commandant un officier porteur de nouvelles concernant les événements du mont Garizim.

— Seigneur, dit-il, de nombreux Samaritains sont rassemblés au pied de la montagne où se dresse leur sanctuaire, et se préparent à la gravir jusqu'au sommet. D'après ce que j'ai compris, ils célèbrent par des danses et des cantiques l'apparition prochaine de leur Dieu, ou quelque chose comme ça.

— Sont-ils armés ? s'inquiète Pilate.

— Selon mes hommes, quelques pèlerins cachent des épées et des couteaux. Nous en avons arrêté et fouillé plusieurs, et, lorsque nous les avons interrogés à propos des armes saisies, ils ont répondu qu'ils les portaient pour se défendre contre les brigands susceptibles de se trouver sur leur chemin et pour accomplir des sacrifices.

— Je ne peux pas tolérer cela, déclare Pilate. Ils sont trop nombreux. Si nous les laissons s'organiser, une révolte aux conséquences imprévisibles risque d'éclater. Il faut étouffer toute tentative de rébellion le plus tôt possible. – Il se tourne vers le commandant, un chiliarque nommé Sedulius qui a toute sa confiance. – Prépare un détachement de soldats et partez immédiatement pour le mont Garizim.

Deux cohortes d'infanterie et un escadron de cavalerie quittent aussitôt Césarée en direction du mont Garizim. Les soldats avancent au pas de course, comme aucune autre armée n'en est capable : les légionnaires romains bien entraînés peuvent parcourir une distance de plus de vingt milles par jour.

Sedulius sait que Pilate a placé toute sa confiance en lui. Il ne peut pas échouer dans la mission qu'il lui a confiée. En accélérant le pas, presque sans prendre de repos, il parvient avec ses troupes au pied du mont Garizim avant que les milliers de pèlerins ne commencent l'ascension en masse jusqu'au sanctuaire.

Selon le prophète, l'apparition des vases sacrés aura lieu le jour même. Il y a donc beaucoup de mouvement et d'excitation parmi les fidèles, qui chantent des psaumes de louanges à Dieu en attendant la manifestation du miracle annoncé.

Le déploiement des soldats romains s'effectue rapidement et efficacement. Absorbés par leur désir d'assister à un acte si prodigieux, les Samaritains ne s'aperçoivent pas qu'ils sont en train d'être cernés par les troupes impériales.

Le chiliarque Sedulius est inquiet. Les nouvelles que lui rapportent les patrouilles n'ont rien de rassurant. Les sentiers du mont Garizim continuent à se remplir de masses impatientes de rencontrer leur Dieu, dont de nombreux hommes armés de dagues, de poignards et d'épées à lame courte.

— Ce n'est pas une manifestation religieuse ! lance Sedulius à ses officiers. C'est une rébellion en règle contre l'Empire. S'ils arrivent au sommet de ce mont, ils proclameront leur indépendance et il sera très difficile de les arrêter.

— Quels sont tes ordres ? demande l'officier de haut rang qui commande la cavalerie.

— Ils sont nombreux, mais nous pouvons prendre l'avantage en jouant sur l'effet de surprise.

Les officiers se regardent, un peu désorientés. Ils ne comprennent pas ce que trame leur commandant en chef.

— Allons-nous attaquer ces gens ? demande un des officiers. Il est vrai que certains portent des armes, mais la plupart des Samaritains ont entrepris l'ascension vers le sommet désarmés.

— Les armes présentes parmi la foule justifient notre intervention. Nous frapperons les premiers. Déployez les troupes et préparez-vous à charger.

Sedulius, qui connaît bien les craintes de Pilate, se dit que, s'il ne réprime pas dès à présent ce qui semble être le début d'une rébellion, il ne pourra plus rien maîtriser.

Dès que les chefs de toutes les unités envoient le signal indiquant qu'ils sont prêts, Sedulius donne l'ordre d'attaquer. À la plus grande surprise des pèlerins, les soldats romains chargent violemment à l'improviste.

L'assaut provoque rapidement un bain de sang. Ne comprenant pas ce qui leur arrive, les pèlerins ont à peine le temps de réagir. L'infanterie, déployée en formations compactes, écrase tous les Samaritains qui se trouvent sur son passage. Dans le même temps, la cavalerie déferlant sur les flancs élimine sans pitié ceux qui fuient, épouvantés. L'attaque soudaine se transforme en un véritable carnage.

L'éclat des épées des légionnaires est rapidement terni par le rouge du sang. Le chaos est total. Dans leur tentative de fuir, les pèlerins piétinent eux-mêmes leurs compagnons, plongés dans un tourbillon de mort et de peur. Traversés de part en part par les épées, les lances et les flèches des soldats romains, écrasés par leurs propres compatriotes, ils tombent les uns après les autres, parsemant le versant du mont de dizaines de cadavres et de corps blessés se tordant de douleur. Par endroits, le sang coule vers l'aval. De rares Samaritains opposent une résistance, mais ils sont balayés sans difficulté ni miséricorde par les soldats.

— Frappez, blessez, tuez ! crie Sedulius, qui se comporte davantage comme un loup assoiffé de sang que comme le commandant d'une unité des aigles impériales.

Le mont Garizim n'est plus que gémissements, mort et sang après la terrible attaque. Lorsque cessent les combats et que revient le calme, le champ de cette bataille inégale est digne d'une scène de la fin du monde.

— Que faisons-nous des blessés ? demande un officier.

— Regroupez ceux qui sont encore en bon état, répond Sedulius. Nous les vendrons comme esclaves. Quant aux autres, achevez-les.

Quelques jours après le massacre, à Césarée, Pilate juge de façon extrêmement sommaire les meneurs des Samaritains qui ont survécu à la bataille, parmi lesquels se trouve le faux prophète. Ils sont tous condamnés à mort et immédiatement exécutés en public pour servir d'exemple. Ils comptent certains des membres les plus illustres et les plus respectés de la société samaritaine.

La nouvelle du massacre aveugle de tant d'innocents sur le mont Garizim déclenche la colère et l'indignation dans toute la Samarie. « Les Romains sont une race d'assassins sanguinaires ! » proclament les uns. « Ils se nourrissent de sang et de chair humaine, ce sont des charognards ! » « Leur cruauté dépasse tout ce que nous aurions pu imaginer ! » s'exclament les autres. Dans toute la région, on raconte que les Romains se sont acharnés avec une cruauté indicible sur un groupe de pèlerins pacifiques et sans défense, qui ne voulaient rien d'autre que de rendre un culte au Dieu de leurs pères.

La colère qui gronde parmi les Samaritains est telle que leur sénat convoque une assemblée extraordinaire, au cours de laquelle il est décidé d'envoyer immédiatement une délégation auprès du légat romain de Syrie. Devant le plus grand représentant de l'empereur en Orient, les délégués exposeront leurs plaintes et protesteront amèrement contre les agissements des soldats de Pilate. La cible de leur colère n'est pas le subalterne

Sedulius, mais directement le procurateur de Judée. En effet, Ponce Pilate, considéré comme le vrai responsable, reçoit le plus grand nombre de critiques.

Vitellius, le légat de Syrie, reçoit solennellement les Samaritains dans son palais d'Antioche.

— Notre ambassade, illustre et juste gouverneur, souhaite te faire connaître la vérité sur les événements de cette funeste journée sur le mont Garizim, commence un vieux et prestigieux membre du sénat de Néapolis au milieu de la salle d'audience, entre deux sanglots d'angoisse et de chagrin. Les pèlerins rassemblés en ce lieu n'avaient pas l'intention de se livrer à une sédition, contrairement à ce que veut faire croire le procurateur Pilate pour justifier son agression criminelle.

— Dans ce cas, pourquoi comptaient-ils tant d'hommes armés parmi eux ? demande le légat de Syrie. On n'est pas censé être armé lors d'un rassemblement religieux tel que celui que vous prétendez avoir organisé.

— C'est une histoire montée de toutes pièces. Les armes les plus dangereuses étaient quelques dagues et couteaux que certains voulaient utiliser pour sacrifier des agneaux et des colombes à notre Dieu. Comment un peuple pacifique et sans défense, qui a toujours fait preuve de loyauté envers l'empereur, aurait-il pu se rebeller contre Rome ? Tu nous connais depuis longtemps, tu sais que les Samaritains ont été et sont encore fidèles à l'Empire. Même lorsqu'il y a eu des protestations et des révoltes chez nos voisins, nous sommes toujours restés du côté de Rome. C'est ainsi depuis toujours : les divins Jules César et Octave Auguste nous ont même exemptés d'une partie de nos impôts pour nous récompenser de tant de loyauté.

— C'est vrai…

— Et qu'est-ce que cela nous a valu ? s'indigne le vieillard, qui s'exprime avec éloquence et détermination, sans vraiment s'adresser au légat impérial. Vous avez versé le sang de notre peuple innocent, profané notre montagne sacrée et exécuté des pèlerins démunis qui ne faisaient rien d'autre que de manifester leur foi et leur ferveur religieuse.

— Que demandez-vous ? s'enquiert Vitellius, qui a reçu de certains de ses informateurs des rapports secrets selon lesquels l'intervention des troupes envoyées en Samarie par Pilate aurait été un déshonneur pour les aigles impériales.

— Nous comparaissons devant toi, honorable légat, pour réclamer justice. Nous te demandons, nous te prions, de nous libérer de la violence et de la haine de Ponce Pilate, un être assoiffé de sang et dépourvu du sens de la justice dont doit faire preuve tout bon dirigeant.

Le gouverneur de Syrie n'a pas la moindre sympathie pour Pilate, qu'il supporte parce que, jusqu'à présent, il a réussi à maîtriser les habitants de la Judée. Mais il comprend que, cette fois, il a dépassé les limites au-delà du concevable. Convaincu que le sénat des Samaritains a parfaitement raison, il considère que l'honneur de Rome et le prestige de l'Empire doivent être restaurés au plus tôt.

— Je vous promets solennellement, proclame-t-il d'une voix qui exprime d'authentiques regrets, que je vais m'employer dès aujourd'hui à résoudre cette affaire. Je vais ouvrir sur-le-champ une enquête approfondie sur ces événements et, dès qu'elle sera terminée, je prendrai une décision en conséquence.

— Ne nous déçois pas, nous déposons entre tes justes mains toute notre confiance.

Dès que les ambassadeurs samaritains, réconfortés par la promesse de Vitellius, prennent congé et commencent à sortir de la salle, le légat de Syrie fronce les sourcils et s'adresse à voix basse à son secrétaire.

— Écris une missive pour demander des comptes à cet idiot de Ponce Pilate sur son intervention disproportionnée en Samarie, ordonne-t-il. Quelle brute insensée ! Depuis le temps qu'il est à la tête de cette région, il ne semble toujours pas connaître ses habitants. Imbécile ! Sa bêtise nous met dans une situation impossible. Au lieu de maintenir l'ordre, il provoque une insurrection ! Et demande à nos agents en Samarie de rédiger un autre rapport complet sur ce qui s'est passé là-bas.

Dans son palais de Césarée, Ponce Pilate rompt le cachet de cire du légat de Syrie et lit la lettre que celui-ci lui a envoyée depuis Antioche :

De Lucius Vitellius, légat impérial de Syrie, à Ponce Pilate, procurateur de Judée, salut. D'amères plaintes me sont parvenues concernant les agissements de tes soldats en Samarie. Je ne trouve aucune excuse à un tel comportement, qui remet en question la réputation de l'Empire dans cette province. En vertu de l'autorité dont je suis investi, je te relève de tes fonctions et t'envoie à Rome te présenter devant le César Tibère. Embarque pour Rome sur-le-champ. Il est inutile de paraître devant moi, à Antioche. Tu rendras compte de tes actes directement à l'empereur. Marcellus, issu d'une lignée consulaire, se charge du gouvernement de la Judée et de la Samarie dès à présent.

Pilate serre les poings. Il sait que le légat est un bon diplomate, qui s'efforce de maintenir la paix dans une région stratégique pour l'Empire. C'est pourquoi il ne comprend pas les causes de sa destitution. Il est convaincu que son intervention en Samarie a précisément servi à cela : maintenir la paix. Posant la lettre sur la table, il se tourne vers son serviteur.

— Fais venir immédiatement mon premier secrétaire, ordonne-t-il.

Le fonctionnaire se présente peu après.

— Qu'y a-t-il, seigneur ?

— Lis ce parchemin posé sur la table.

Le secrétaire obéit.

— Je suis navré…

— Dix ans ! J'ai passé tout ce temps ici, dans le plus infâme recoin de l'Empire, à servir Rome de toutes mes forces et voilà ma récompense !

— Tu as fait ce que tu devais faire, affirme le fonctionnaire.

— La vie de ces misérables Samaritains, des barbares qui ourdissent une révolte contre Rome, ne vaut rien. Je parviens à nous sortir d'une situation périlleuse et, pour me remercier, on me démet de mes fonctions… Prends une plume et un rouleau, et écris.

— À tes ordres, seigneur.

— « De Ponce Pilate, procurateur de Judée, au légat impérial de Syrie, salut. J'ai reçu ta missive par laquelle tu me relèves de mes fonctions pour avoir réprimé une révolte ourdie en Samarie contre l'Empire. Je sollicite une audience auprès de toi afin que tu m'expliques les raisons de cette décision. *Salve.* » Qu'un courrier porte cette lettre au plus vite à Antioche.

Mais le légat de Syrie ne daigne même pas répondre. Pilate reçoit son remplaçant, qui se présente à Césarée avec sa nomination pour prendre en charge le gouvernement de la Judée. Il n'a pas d'autre choix que d'obéir, et, avec une grande amertume, il lui remet le pouvoir.

Un navire quitte le port pour Rome. À son bord, Pilate est escorté par plusieurs soldats. Là-bas, il devra affronter le jugement sévère de Tibère, et il est probable qu'il n'en sortira rien de bon.

Pendant ce temps, le légat de Syrie décide de se rendre en Samarie pour calmer les esprits, après l'agitation provoquée par Pilate. Lorsqu'il arrive, les autorités samaritaines se sentent entendues, d'autant plus qu'il leur présente ses condoléances et leur annonce la destitution de Pilate, tenu pour unique responsable du massacre sur le mont Garizim, et son départ pour Rome afin d'affronter la justice impériale. Malgré les signes de deuil, le calme semble régner de nouveau parmi les Samaritains.

Encouragé par le succès de sa visite, après avoir garanti la paix en Samarie, et heureux des nouvelles qui lui parviennent de Judée, où les gens célèbrent la destitution de Pilate par des danses et des festivités dans les rues, il se rend ensuite à Jérusalem.

Accompagné de Marcellus, le nouveau procurateur, et escorté par une cohorte de légionnaires qui, à cette occasion, ressemble à une troupe de libération, il entre dans la Ville sainte, de nouveau en pleins préparatifs pour la fête de la Pâque.

Il se dirige vers le Temple en traversant des rues remplies de Jérusalémites impatients de voir l'homme qui a remplacé l'abhorré Pilate.

— Sois le bienvenu dans la ville de Dieu, le salue le grand prêtre Caïphe aux portes du Temple.

— Je te remercie, dit le légat. Par ma visite, Rome souhaite témoigner son respect à l'égard des sentiments religieux de ton peuple. Je te présente Marcellus, le nouveau procurateur de Judée et de Samarie. C'est un homme respectueux, sensé et prudent. J'espère que l'ensemble de la classe sacerdotale collaborera avec lui pour le bien et la prospérité de cette province.

— N'en doute pas, légat, affirme le grand prêtre.

Acclamé par les Jérusalémites, Lucius Vitellius parcourt les zones du Temple dont l'accès est autorisé aux Gentils. Après cet émouvant bain de foule, il s'arrête sous le portique de Salomon, juste à l'endroit où Jésus de Nazareth aimait prêcher. Levant la main pour demander l'attention des personnes présentes, il s'adresse à elles d'une voix ferme et puissante.

— Citoyens de Jérusalem, commence-t-il, je souhaite que vous gardiez tous de ma visite dans votre ville un agréable souvenir. C'est pourquoi, en l'honneur de cette journée où vous m'avez accueilli dans votre sanctuaire, je déclare que Rome vous exempte de la moitié des impôts dus sur la vente des récoltes de cette année.

Toute l'assemblée, poussant des cris de joie, lance des vivats au légat et à l'empereur. Les Jérusalémites s'embrassent, se félicitent, rient, jubilent… Leur joie est extraordinaire.

— C'est pour nous une excellente surprise, dit le grand prêtre Caïphe.

— Rome est juste et agit avec justice, déclare le légat.

Tout le monde applaudit et pousse des acclamations dont l'écho résonne sous les majestueux portiques.

— Nous te remercions pour ton geste.

— Ce n'est pas fini, annonce le légat, qui demande de nouveau le calme, bien décidé à gagner la confiance des Juifs et à effacer le mauvais souvenir du gouvernement de Ponce Pilate. Depuis de nombreuses années, l'habit sacré que le grand prêtre revêt lors des quatre grandes fêtes religieuses est conservé à la forteresse Antonia, sous la garde des soldats de l'Empire. Je sais que votre Loi vous interdit de célébrer les cérémonies religieuses de la Pâque, de la Pentecôte, des Tabernacles et de l'Expiation si le grand prêtre ne revêt pas cet habit. Bien, vous voyez cette clé ? – Il la montre à la foule. – Elle ouvre le coffre où est rangé cet habit. – À son signal, des soldats arrivent en portant le coffre de bois. – Jusqu'à aujourd'hui, elle est restée entre les mains du procurateur romain de Jérusalem. À partir de maintenant, elle sera en la possession des prêtres. Et le coffre contenant l'habit sera de nouveau conservé au Temple.

Certains pleurent de joie à cette annonce. Depuis très longtemps, en effet, les Juifs subissent l'humiliation de devoir aller jusqu'à la forteresse Antonia, sept jours avant chacune des grandes fêtes, pour solliciter auprès du gouverneur romain l'autorisation de porter l'habit, faire ouvrir le coffre, rompre les cachets de cire, purifier l'habit et, au terme de chaque cérémonie, le rapporter à la forteresse jusqu'à la fête suivante.

Mais désormais, cela n'arrivera plus. Les Juifs tiennent entre leurs mains le coffre et la clé. Ils sont de nouveau les gardiens de l'habit sacré. Ils n'auront plus à passer quatre fois par an par ce protocole indigne.

Ils sautent de joie, lancent des vivats au gouverneur de Syrie, et on entend même encore quelques acclamations en faveur de l'empereur. Les plus extrémistes, s'ils se réjouissent d'avoir récupéré l'habit sacré, sont néanmoins préoccupés par la ferveur que la plupart de leurs compatriotes témoignent à l'endroit des Romains.

— Et encore une chose, déclare le légat en regardant le peuple avec un sourire ravi.

Ses annonces lui ont attiré la sympathie des Jérusalémites, qui l'acclament. Il décide donc de faire encore un pas. Ce sera le coup de maître. Il y pense depuis plusieurs semaines.

— Loué soit le Seigneur notre Dieu ! s'exclame Caïphe.

Le grand prêtre est heureux, mais sa joie va s'éteindre dès qu'il aura entendu ce que le légat s'apprête à décréter.

— Par ailleurs, poursuit Vitellius, j'ai décidé de destituer le grand prêtre Caïphe.

Cette déclaration, à laquelle personne ne s'attendait, provoque le silence général.

— Il était temps ! crie tout à coup une voix anonyme dans la foule.

— Je reçois depuis longtemps à Antioche des plaintes à propos des procédés arbitraires du grand prêtre de ce sanctuaire.

— Il est temps que cette fonction sorte de cette famille ! lance une autre voix.

— Rome est juste. Caïphe a été un étroit collaborateur de Ponce Pilate et, en tant que tel, il a participé à beaucoup de ses décisions. Il convient donc qu'il soit écarté de ce poste.

— Cette famille n'a pas cessé de s'en prendre au peuple et de l'escroquer ! reprend la voix.

D'autres exclamations jaillissent :

— Ils ont rempli leurs bourses avec notre argent ! Qu'ils rendent tout ce qu'ils nous ont volé !

— Faites disparaître cette bande de parasites !

— Silence ! ordonne le légat romain. Il n'y aura plus de manœuvres obscures, d'affaires louches ni de scandales. Pilate et Caïphe ne causeront plus de problèmes.

Les gens n'en croient pas leurs oreilles et se remettent à acclamer Rome. De son côté, Caïphe baisse la tête. Il ne comprend pas ce qui vient de se passer. Il n'est plus le grand prêtre. Tout son pouvoir s'effondre en quelques instants. Pris d'une profonde affliction, il est incapable de réagir, paralysé, et ne peut pas faire un seul pas. Plusieurs prêtres doivent l'aider à sortir, au milieu des insultes que lui lance la foule galvanisée.

C'est un triomphe total pour Rome. Non seulement la visite du gouverneur de Syrie en Samarie et en Judée a calmé les esprits toujours prêts à s'échauffer, mais elle a vu l'empereur romain acclamé par les habitants de Jérusalem, dans l'enceinte même du Temple.

Quand la nouvelle arrive à Tibériade, Antipas est contrarié : le légat de Syrie, un ennemi latent qui ne veut pas l'aider à résoudre le conflit avec le Nabatéen Arétas ! Tout à coup, il s'aperçoit également que ce qui s'est passé à Jérusalem éloigne ses chances de diriger la Judée et la Samarie. Maintenant que ces deux provinces sont en paix et en bons termes avec Rome, son espoir d'être nommé enfin roi d'Israël par Tibère semble s'évanouir. Son ambition reposait sur une aggravation de la situation dans les deux territoires, amenant l'empereur à avoir recours à lui pour régler le problème. Plus la situation s'aggravait, mieux c'était pour lui… Le trône de Judée, toujours vacant, lui semble inaccessible, maudit. Avec les années, l'attente jamais satisfaite commence à lui être insupportable.

À Jérusalem, ceux qui se réjouissent le plus de la disgrâce de Caïphe sont les partisans de Jésus de Nazareth, qui en ont gardé un souvenir vivace. Beaucoup d'entre eux considèrent le grand prêtre déposé comme le principal responsable de l'exécution du Maître, car il a été l'instigateur de l'intrigue qui a incité les Romains à le crucifier.

Depuis leur honteuse dispersion la nuit de l'arrestation, les disciples les plus proches de Jésus continuent à se réunir et, lors de chacune de leurs cérémonies secrètes, se remémorent ses enseignements. Ils affirment même que Jésus est encore vivant. Une des femmes qui l'a accompagné pendant sa prédication en Israël dit l'avoir vu après sa mort et soutient lui avoir touché les mains. Une fois remis du coup que leur a porté son exécution, les principaux disciples sont revenus prêcher à Jérusalem et dans les environs. Ils disent à tous ceux qui sont prêts à les écouter que Jésus, après la crucifixion, leur est apparu à plusieurs reprises pour leur transmettre ses derniers enseignements, avant de monter au Ciel en annonçant qu'il reviendrait bientôt pour proclamer l'instauration triomphale du royaume de Dieu sur la terre d'Israël.

Les partisans de Jésus, jusque-là découragés, reprennent espoir avec la destitution de Pilate et de Caïphe. Pour eux, l'évincement des deux principaux responsables de la mort du Maître prouve de manière tangible que la justice divine commence à entrer en action. Ils n'ont pas non plus oublié les paroles de Marie de Magdala au pied de la croix…

Peu après sa destitution fulgurante, Caïphe, bouleversé et abattu, s'enferme dans son palais. Victime d'une pénible maladie, il meurt dans de terribles convulsions, incapable de prononcer un mot. On raconte même qu'au moment de sa mort des vers sont sortis de sa bouche.

30

Les mésaventures de Jules Agrippa

À Rome, Jules Agrippa, le beau-frère d'Antipas, un des frères d'Hérodiade avec qui le tétrarque souhaite garder ses distances, se sent libre de faire tout ce dont il a envie.

Après ses années de formation dans l'*Urbs*, il n'a personne à ses côtés pour lui faire des reproches ou lui rappeler le comportement qu'exige son rang. Il vit dans la ville la plus grande et la plus fascinante du monde où il a des amis issus de familles riches et puissantes. Malgré ses origines juives, il jouit de l'estime de ses pairs. C'est un jeune homme charmant, dont la chevelure blonde et bouclée lui donne un air juvénile et insouciant. Les femmes admirent son port élancé, son corps robuste et viril, son sourire enjôleur.

Oisif, prodigue, Agrippa aime le luxe et croque la vie à pleines dents, car sa mère, Bérénice, riche veuve d'Aristobule, le fils malheureux d'Hérode le Grand, lui a légué une bonne partie de la fortune familiale. Il fréquente les soirées huppées, dilapide son argent et passe de lit en lit… Que demander de plus à la vie ? Son charme éblouit beaucoup de jeunes patriciennes, qui n'hésiteraient pas à lui proposer le mariage sans cette aura mystérieuse que lui confère son appartenance à un peuple régi par une religion pleine de rites complexes, de normes strictes et de règles de conduite exigeantes. De toute évidence, aucune ne se voit vivre avec lui dans la lointaine terre d'Israël, si tristement célèbre, loin des plaisirs de la vie à Rome.

Voyant qu'il est impossible pour lui d'épouser une Romaine, Agrippa jette son dévolu sur une jeune Juive, qui vit également dans l'*Urbs*. Elle s'appelle Cypros et c'est une amie de sa sœur Hérodiade, l'épouse du tétrarque de Galilée. Ils se marient sans tarder.

Agrippa est de plus en plus prodigue. Il offre de grandes quantités d'argent à certains sénateurs et à des affranchis de l'empereur, convaincu d'ainsi gagner leur soutien à l'avenir. Tout lui sourit et il dépense sans compter. Sa fortune diminue très rapidement. Au bout du compte, il dilapide l'argent hérité de sa mère jusqu'à ce que, après tant de gaspillage, ses rentes s'épuisent. Trois ans après la mort de Bérénice, tout est parti en fumée et Agrippa est confronté au dénuement.

N'ayant plus un denier dans ses coffres, le jeune Juif se voit contraint de recourir aux prêteurs et aux usuriers de la capitale de l'Empire, et va de guichet en guichet. Tout le monde sait qu'il n'a pas de biens et qu'il ne reste plus rien de son héritage, mais les banquiers lui prêtent de l'argent, car son amitié avec la famille impériale, à qui il rend souvent visite au palais, ainsi que ses liens étroits avec Drusus et Caius, les fils de Tibère, sont des garanties plus que suffisantes.

Jusqu'à ce qu'un jour…

— Nous ne pouvons pas rembourser les emprunts, avoue Agrippa, accablé, à son épouse Cypros, qui ne connaît pas l'état des finances du ménage.

— Sommes-nous ruinés ? demande Cypros.

— Complètement. Nous ne pouvons même pas payer ne serait-ce qu'une partie des intérêts du capital que nous devons.

— Mais… comment est-ce possible ? s'étonne Cypros, consternée par cette révélation à laquelle elle ne s'attendait pas. L'argent n'a jamais manqué dans cette maison…

— As-tu jamais cherché à savoir d'où il venait ?

— Je pensais que c'était le fruit des rentes de tes propriétés en Palestine, de l'héritage que tu as reçu de ton riche et puissant grand-père, dont tu parles si souvent et qui a amassé une véritable fortune.

— Eh bien, ces rentes sont épuisées, déclare Agrippa.

— Dans ce cas, peut-être devrions-nous retourner sur notre terre, suggère Cypros. Là-bas, nous trouverons de l'aide. Je suis sûre que ta sœur Hérodiade viendra à notre secours. Son époux, ton oncle Antipas, gouverne la Galilée. Il n'aura aucun mal à te trouver un poste à la cour et à t'attribuer les rentes correspondantes.

— Je ne veux pas quitter Rome les mains vides. Je suis ruiné, mais je suis un ami, un bon ami de la famille impériale. Si je le lui demande, Tibère m'offrira sans doute un poste important ouvrant des privilèges qui nous permettront de vivre sans nous soucier de rien.

— Très bien, accepte Cypros, espérons que ce sera le cas.

Les mois s'écoulent et Agrippa n'a aucune nouvelle de Tibère. Il finit par penser qu'un Juif n'occupera jamais un poste de haut rang à Rome. Sa seule chance reste que l'empereur lui offre un poste au sein de l'administration palestinienne, comme son prédécesseur Auguste l'a fait avec Antipas et Philippe.

Les créanciers commencent à exiger le remboursement de leurs prêts, soupçonnant, avec raison, qu'Agrippa n'est pas en mesure de s'en acquitter. Ils découvrent qu'en faisant la somme de tout ce qu'il leur doit, ses dettes avoisinent trois millions de sesterces, une somme qu'il ne pourra jamais rembourser.

Les créanciers sont nombreux et, à eux tous, ils surveillent de près Agrippa. Redoutant que le noble étranger ne disparaisse un jour pour de bon sans leur avoir rendu leur argent, ils deviennent donc de plus en plus pressants.

Pour Agrippa, la situation devient insupportable. Elle s'aggrave encore davantage à la mort du fils de Tibère, son ami Drusus, qui était à la fois son ancien camarade d'études, son grand mentor, sa caution et celui qui lui ouvrait les portes du palais impérial. Une fois Drusus disparu, Tibère ordonne aux gardes de ne plus laisser passer ses amis, car ils lui rappellent trop son fils défunt. Il reste à Agrippa l'amitié de Caius Caligula, le fils de Germanicus adopté par Tibère, mais il n'est pas à Rome, car il sert au sein de l'armée et participe à une campagne militaire avec son père.

Sans argent, sans amis, exclu du palais et réduit à une indigence humiliante pour un petit-fils d'Hérode le Grand, Agrippa n'est plus en mesure de vivre à Rome. Accablé par cette situation financière qui lui cause une angoisse insurmontable, il finit par se résoudre au conseil de Cypros de retourner en Judée. Mais il doit agir en secret et déjouer la vigilance de ses prêteurs.

Une nuit, Agrippa et son épouse s'enfuient en se cachant comme des voleurs dans les ténèbres, et embarquent secrètement à Ostie, à bord d'un navire marchand à destination de Césarée, après avoir payé la traversée avec leurs dernières pièces. Ils n'ont salué personne, laissant derrière eux leurs connaissances et leurs créanciers.

— Je crois qu'il vaut mieux ne pas déranger mon oncle Antipas pour l'instant, dit Agrippa à son épouse.

— Mais, proteste Cypros, nous avions résolu de demander pour toi un poste…

— Je dois d'abord me faire une idée de ma situation en Israël. Je suis parti de ma terre depuis longtemps et je ne sais pas comment j'y serai reçu.

— Tu as encore quelques propriétés là-bas ; tu peux au moins les réclamer.

— Pour le moment, mieux vaut agir avec prudence.

— Cherchons refuge chez Hérodiade, insiste Cypros. C'est ta sœur et, d'après ce que nous savons, elle a énormément d'ascendant sur Antipas. Elle, elle nous accueillera.

— Mon oncle n'est guère généreux et je crois savoir qu'il n'est pas très affectueux avec ses parents. Il le sera d'autant moins avec un beau-frère criblé de dettes, qui vient de s'enfuir de Rome et qu'il n'a pas vu depuis des années.

— Où irons-nous alors ?

— Je connais le commandant romain qui dirige la forteresse de Malatha, dans la région de l'Idumée. Nous étions des amis intimes il y a quelques années. Il nous accueillera et nous serons sous sa protection.

Le couple s'installe donc à Malatha, loin du monde, à l'abri des hauts murs de la forteresse, sans rien à faire que de laisser s'écouler le temps dans l'oisiveté et la langueur.

Les jours et les mois passent. Cypros met au monde les deux premiers enfants de Jules Agrippa, qui supporte difficilement l'ennui et l'absence de perspective. Le mode de vie agité de Rome lui manque.

Son esprit tourmenté est la proie des pensées les plus noires. Sa situation semble sans issue. Le suicide est-il une porte de sortie ? À Rome, il a connu de brillants penseurs stoïciens affirmant que l'ultime recours d'un homme sensé, dans la plus désespérée des situations, est toujours entre ses mains. « La porte est ouverte », disent ces philosophes lorsqu'ils envisagent de mettre un terme à une vie indigne et misérable. Tout à fait comme celle d'Agrippa. Aussi songe-t-il que son heure est peut-être venue et qu'il lui faut franchir avec dignité la dernière étape. Sa situation sera réglée. Quant à Cypros et leurs enfants, ils trouveront certainement refuge chez Hérodiade.

Cypros se rend compte de la tristesse de son époux. Un jour, elle l'entend parler de mettre fin à sa lente agonie. Bien qu'il n'emploie pas devant elle le mot *décès* et encore moins *suicide*, il ne fait aucun doute qu'il y pense. Ses insinuations sont plus qu'évidentes, parfois trop directes, comme lorsqu'il lui dit :

« J'aimerais que tu m'accompagnes dans mon dernier voyage. »

Désespérée et redoutant une décision à la fois radicale et effroyable, Cypros n'y tenant plus décide d'écrire secrètement à Hérodiade. Dans sa missive, elle déplore amèrement les conditions dans lesquelles elle vit, aggravées par le souvenir des moments heureux qu'elle a vécus à Rome. La fin de sa lettre est des plus touchantes : « Aide-moi, Hérodiade, je t'en supplie en invoquant le Très-Haut et la mémoire de vos parents, ou je crains que tu te retrouves très bientôt sans frère, moi sans époux et mes enfants sans père. »

Lorsqu'elle reçoit ce terrible appel à l'aide, Hérodiade sent son cœur se gonfler d'un chagrin inattendu. Les lamentations déchirantes de Cypros ont réussi à émouvoir sa belle-sœur, en particulier sa description si dramatique de l'état d'esprit d'Agrippa. Bouleversée, Hérodiade décide d'aller parler à son époux. Elle est certaine qu'elle parviendra à le convaincre de la nécessité de venir immédiatement en aide à son frère et à sa famille.

Une fois les fêtes de la Pâque terminées, le tétrarque et Hippodame rentrent en Galilée. Antipas jouit de nouveau du luxe de son palais de Tibériade et d'une certaine tranquillité après la menace du Nabatéen Arétas, les problèmes causés par Jean le Baptiste et le procès de Jésus de Nazareth. Mais le destin ne semble pas disposé à laisser la sérénité s'installer dans sa vie.

Quelques jours après avoir retrouvé le calme, alors qu'il lit des documents sur sa table de travail, Antipas voit Hérodiade faire irruption dans son bureau. Éplorée, elle l'interrompt au beau milieu de sa lecture.

— Je viens de recevoir un message alarmant de ma belle-sœur Cypros, qui me demande de l'aide, explique Hérodiade. Je suis dans une terrible angoisse depuis que je l'ai lu. Sa lettre m'a brisé le cœur ; elle me décrit avec une grande tristesse les conditions pénibles dans lesquelles sa famille est obligée de vivre, au point que mon frère Jules Agrippa envisage par moments de se suicider. Nous devons leur apporter notre soutien d'urgence.

Bouleversée, Hérodiade tente de convaincre son mari d'aider son neveu et beau-frère mais, dès qu'il entend le nom de Jules Agrippa, Antipas se crispe.

— Que lui arrive-t-il encore ?

— Tu pourrais facilement lui trouver un poste. Je suis sûre qu'il y en a à pourvoir au sein de l'armée ou dans les bureaux de l'administration.

Antipas hésite. Il connaît bien la mauvaise réputation d'Agrippa. Il ne serait pas très avantageux pour lui d'avoir à ses côtés un tel individu, qui a dégradé l'image de la famille et serait un mauvais exemple pour le peuple de Galilée. Et puis, que penserait Tibère, désormais informé de la fuite de cet individu détestable vers sa terre natale, s'il nommait celui-ci à un poste important ? Ce n'est pas le moment de se retrouver de nouveau au cœur d'un scandale dont l'empereur pourrait avoir bruit. Sans parler de leur relation personnelle : tout le monde sait que les beaux-frères, également oncle et neveu, se détestent et se méprisent depuis très longtemps.

— Je dois y réfléchir à tête reposée, dit Antipas. Je te ferai part de ma décision dès que je l'aurai prise. Pour l'heure, je dois expédier ces documents.

Hérodiade garde le silence, légèrement contrariée.

— Jules Agrippa est prêt à tirer toutes les ficelles possibles pour mener la belle vie aux frais des autres, insiste-t-il.

Son épouse se rembrunit encore davantage.

— Notre mère, Bérénice, a mis le plus grand soin à lui apporter la meilleure éducation, réplique-t-elle. Elle l'a envoyé à Rome, après ses trois années d'études à Jérusalem, pour qu'il complète sa formation auprès des meilleurs précepteurs de l'Empire. Comme tu le sais, Bérénice était une amie d'Antonia et de son époux Drusus l'Ancien, les parents de Claude et de Germanicus. Elle a obtenu que cette noble famille accueille son fils chez elle.

— Je dois admettre que Jules Agrippa a été un enfant vif et éveillé, qui a fait de remarquables progrès à l'école des jeunes fils de patriciens. Là, il s'est fait de bons amis et, s'il l'avait voulu, il aurait appris de grandes choses. Je sais aussi qu'il a fréquenté Drusus le Jeune, le fils de l'empereur Tibère, et qu'il avait tissé avec lui de solides liens d'amitiés. Il a également connu Caius Caligula, « petite sandale », le fils du très admiré Germanicus. Pourquoi ne l'a-t-il pas accompagné dans une des campagnes de son père pour devenir un homme respectable ?

Hérodiade n'a pas d'autre choix que de reconnaître la véracité des propos de son époux, parfaitement au courant de la vie de son frère.

— Le défunt Drusus et Caius étaient intelligents, et même brillants, mais capricieux et versatiles… surtout Caius, poursuit Antipas. Tu ne le connais pas ? Moi si, depuis son enfance, et je sais très bien que son regard plein d'une innocence feinte recèle en réalité une grande perfidie, une luxure indécente et une profonde malveillance. Ils tiraient tous deux beaucoup d'orgueil de leur ascendance impériale. Mais Drusus est mort, et ton frère s'est retrouvé livré à lui-même.

» Caligula se croit intouchable, comme s'il descendait d'un héros divin. Il méprise les gens du peuple et aime le luxe et la prodigalité. On lui passe presque tout en raison de son affabilité et de sa vivacité. Et il est particulièrement libertin. Cela dit, à mon avis, il a une intelligence supérieure à celle de ses deux camarades.

Hérodiade perçoit la haine de son époux à l'égard de Rome, cet Empire incarné par Tibère et ses proches qui ne lui permet pas d'obtenir ce qu'il désire plus que tout au monde : le trône d'Israël.

— Ce sont tout de même ses amis, fait remarquer Hérodiade.

— D'après ce que je sais, Agrippa s'entendait à merveille avec ce dépravé de Caligula, car ils ont partagé beaucoup d'aventures et de secrets pendant qu'il était à Rome. Ça ne m'étonnerait pas qu'il soit devenu aussi malveillant que lui.

Hérodiade se rend compte que son mari s'intéresse davantage à la vie de son frère qu'à ce qu'elle lui a dit quelques instants auparavant. Soudain, le doute s'installe dans son esprit.

— Aurais-tu peur de lui ? demande-t-elle.

Vexé par cette question, Antipas garde le silence. Hérodiade ignore tout de la vie passée de son frère. Agrippa a très bien su créer des liens à Rome, comprenant rapidement que, s'il voulait que sa vie prenne le chemin du succès et des honneurs, il devait s'attirer la sympathie des plus puissants de l'*Urbs*. Dont Caius Caligula faisait partie, par son lignage et son aptitude à séduire.

— Pourquoi ton frère n'est-t-il pas rentré en Israël après ses études ? poursuit Antipas. Il a décidé de continuer à vivre à Rome, bien qu'il ne soit plus sous la tutelle d'Antonia et de son mari Drusus l'Ancien, chez qui il n'avait pas la liberté de mouvement et l'indépendance dont il rêvait.

Hérodiade ne sait pas non plus ce que veut son frère en réalité, mais elle sent chez son mari une très grande méfiance. La fortune dont Agrippa a hérité n'était peut-être pas immense, mais, pour un jeune de vingt ans, elle aurait été suffisante s'il avait su la dépenser avec modération.

— C'est mon frère. Je ne peux pas le laisser s'enfoncer dans la misère et mourir dans la pauvreté. Fais quelque chose pour lui, je te le demande, je t'en prie... Je te supplierai s'il le faut.

Devant l'insistance obstinée d'Hérodiade, Antipas finit par céder, bien malgré lui.

— Très bien. Agathocle, l'agoranome qui supervise le marché des halles de Tibériade, vient de mourir. Le poste est vacant. Il intéressera peut-être ton petit frère.

— Parfait.

— Je l'aurai ainsi près de moi et, si je ne me fie pas à son travail, je pourrai au moins le garder sous contrôle. À moins que ce métier ne plaise pas à mon beau-frère. Peut-être considère-t-il qu'être inspecteur d'un marché malodorant n'est pas une fonction appropriée pour un petit-fils du glorieux Hérode.

Antipas rit de sa trouvaille.

— C'est tout de même un poste rémunéré. Ce sera suffisant, pour l'instant.

Hérodiade est satisfaite. Une fois de plus, elle a réussi à arracher à son mari une décision qui serve ses intérêts.

Dès qu'Antipas approuve la nomination d'Agrippa, elle envoie d'urgence un courrier à Cypros pour lui faire part de la nouvelle.

Habitué à vivre de ses rentes sans autre préoccupation que de dépenser plus d'argent qu'il n'en a, Agrippa est contrarié par cette offre. Il envisage même de la refuser. Mais il n'a pas d'autre choix que de l'accepter, bien que de mauvaise grâce, d'autant que son épouse l'implore de ne pas traiter avec mépris son puissant parent. Le salaire d'inspecteur des halles est modeste, mais il n'est pas en position de réclamer davantage. C'est toujours mieux qu'affronter ses créanciers à Rome ou rester enfermé dans la forteresse de Malatha, à vivre de la charité d'un Romain. Aussi, à contrecœur, il accepte le poste.

Pendant un certain temps, Antipas oublie son neveu, auquel Hérodiade fait parvenir quelques sommes d'argent prélevées sur son propre pécule pour compléter le maigre salaire d'inspecteur du marché.

Les semaines passent paisiblement, sans contretemps particulier, au gré d'une routine lénifiante. Un jour, les dignitaires de la ville de Tyr invitent Antipas, comme chaque année, à participer aux fêtes célébrées en l'honneur du dieu Melkart, durant lesquelles ont lieu de somptueux banquets, des représentations théâtrales, des compétitions et des jeux d'athlétisme.

Bien qu'il s'agisse d'une divinité païenne, abominable aux yeux des Juifs, le tétrarque accepte l'invitation. Il est heureux à l'idée de s'éloigner quelques jours de la Galilée et de profiter de cette semaine de repos aux côtés d'Hérodiade, sans autre préoccupation que d'assister aux comédies, aux jeux et aux banquets.

Mais juste avant leur départ, Hérodiade lui fait une proposition inattendue.

— Cher époux, dit-elle, Agrippa et Cypros mènent à Tibériade une vie simple et retirée. Je suppose que l'animation de la capitale de l'Empire leur manque. Que dirais-tu de les inviter à nous accompagner à Tyr afin de leur donner quelques jours de distraction ?

Antipas fronce les sourcils et serre les dents. Il réfléchit un instant avant de répondre. Cette idée ne lui plaît pas du tout, mais il est incapable de s'opposer au moindre des désirs de son épouse.

— D'accord, finit-il par accepter.

— Merci. Nous allons passer de bons moments. Cypros est une femme très sympathique

— Elle, peut-être, mais mon neveu Agrippa est un prétentieux arrogant. Il se donne des airs de grandeur qui n'ont rien à voir avec sa véritable situation.

— Il faut que tu comprennes qu'il a eu une passe difficile. Il a tout de même dû abandonner du jour au lendemain une vie agréable à Rome, où il ne manquait de rien, pour vivre quasiment dans l'indigence.

— Ce type m'est antipathique. Malgré notre double parenté, ou peut-être à cause d'elle, je ne l'apprécie pas du tout.

— Le même sang que le tien coule dans ses veines, déclare Hérodiade. De plus, c'est mon frère.

Mais elle n'a pas besoin de le lui rappeler, car elle a veillé elle-même à ce qu'il ne l'oublie jamais.

Le cortège du tétrarque arrive à Tyr juste à temps pour la cérémonie inaugurale des jeux dédiés à Melkart. Puis, les magistrats de la ville donnent un banquet en l'honneur de leur hôte très illustre. Agrippa et Cypros, qui ont accepté l'invitation avec plaisir, y participent également.

Les mets servis pendant les agapes sont excellents : soupes et poissons agrémentés de la plus fine variété de garum, cette sauce forte élaborée dans les fabriques d'Hispanie ; savoureuses longes de gazelle rôties avec des herbes aromatiques et des épices orientales ; tourtes à la viande ; tartes aux amandes et aux pistaches, sorbets de fruits… le tout arrosé de délicieux vins rouges de Syrie et de doux malvoisie de Rhodes.

Le vin coule en abondance et les langues se délient. « Dans le vin, la vérité », dit le poète. C'est pourquoi, dans un moment d'ivresse, Antipas regarde son neveu, qui mange et boit près de lui, et dit à voix haute, pour qu'il l'entende clairement :

— De nos jours, les hommes entretenus perdent jusqu'à leur dignité. Autrefois, ils étaient reconnaissants pour les cadeaux de leurs bienfaiteurs, mais, maintenant, ils ne prennent même pas la peine de dire merci.

Agrippa, qui boit de l'ambroisie dans une coupe d'argent, se tourne vers son oncle avec une expression évidente de gêne et de suspicion. Un silence épais s'installe. Tous les commensaux connaissent la situation et savent que les deux parents ne s'entendent pas.

Hérodiade et Cypros échangent un regard inquiet. Leurs yeux trahissent leur angoisse. Peut-être savent-elles toutes deux que la tension entre leurs époux va devoir s'exprimer à un moment ou à un autre.

— La gratitude est le propre des humains, pas des dieux, intervient maladroitement un des magistrats de Tyr pour tenter de détendre l'atmosphère glacée qui règne dans la salle des banquets.

— Mais ce n'est pas l'avis de tous les humains, dit Antipas sans cesser de regarder son neveu avec un air de défi.

— Tu parles de quelqu'un en particulier, mon cher oncle ? demande Agrippa sur un ton désagréable en détachant chaque mot avec une ironie insolente.

— Je parle de tous ceux qui ne sont pas capables de gagner leur vie par eux-mêmes et s'accrochent à d'autres comme des parasites pour leur sucer le sang.

— J'insiste, cher oncle, de quelqu'un en particulier ?

— De celui qui a laissé à Rome des dettes qu'il ne peut pas payer et pour lesquelles il est actuellement recherché.

Le tétrarque a parlé avec cruauté. Les effluves du vin et l'attitude crâne de son neveu l'ont mis en colère.

À ces mots, Agrippa sent se rouvrir en lui de vieilles blessures qu'il croyait refermées. Son esprit est assailli par les souvenirs : les prêteurs et les usuriers romains réclamant l'argent qu'il leur doit, les mois passés incognito dans une forteresse au milieu de nulle part, l'échec de sa vie… Il ne peut pas en supporter davantage. Dans sa position d'extrême faiblesse, il n'a aucun moyen de se défendre.

Les autres convives gardent le silence. Le banquet est interrompu. Les rires joyeux cessent, les voix se taisent, la musique s'arrête. Cypros regarde Hérodiade. Les deux femmes ne peuvent dissimuler l'angoisse qui les étreint.

— Partons d'ici, dit Agrippa à son épouse.

Il l'aide à se lever et ils quittent tous deux la salle des banquets d'un pas vif. Peu après, un attelage regagne Tibériade avec seulement deux passagers.

Après ce qui s'est passé au banquet de Tyr, Jules Agrippa ne conçoit pas de garder les fonctions que son oncle lui a assignées, ni de rester en Galilée une minute de plus. Aussi démissionne-t-il et décide-t-il, en accord avec Cypros, de quitter Tibériade pour se rendre à Antioche, où il espère être accueilli par le nouveau légat impérial Pomponius Flaccus, dont il se targue d'être l'ami.

Lorsqu'ils arrivent à Antioche, le légat se montre aimable et les reçoit à bras ouverts. Agrippa lui raconte ses péripéties, exagérant sa dispute avec son oncle à Tyr.

Cypros et lui sont de nouveau des parasites. Ils n'ont rien. Ils s'installent donc dans des appartements du palais du gouverneur, avec l'espoir de regagner l'estime des Romains et de pouvoir retourner un jour à Rome couverts d'honneurs. C'est cependant loin d'être simple. Dans ce même palais vit également Aristobule, le frère d'Agrippa, avec qui il n'est plus en contact depuis longtemps. Plus contrariant encore, Aristobule est un des neveux préférés d'Antipas. Il a été son messager auprès de Tibère quand Arétas a menacé pour la première fois d'envahir la Galilée.

Lorsqu'ils se retrouvent, les deux frères se regardent avec méfiance. Tous deux petits-fils d'Hérode, ils sont ambitieux, mais poursuivent des objectifs différents. Si Agrippa rêve de retourner un jour à Rome pour regagner la faveur de Tibère et rembourser ses dettes, Aristobule espère tirer un profit politique de sa bonne relation avec son oncle, soit en obtenant un poste extrêmement bien rémunéré, soit, pourquoi pas ?, en lui succédant sur le trône de la tétrarchie.

— Nous devons rentrer à Rome, affirme Agrippa.

Son épouse lui prend la main et s'efforce de le faire sourire en lui caressant le visage.

— L'empereur Tibère n'y consentira pas, prévient-elle. La vieillesse aigrit son caractère et, depuis la mort de son fils Drusus, il a de graves sautes d'humeur.

— Le temps guérit toutes les blessures. Il verra sans doute en moi l'ami du fils que la mort lui a pris, et cela le consolera de sa souffrance. Tu sais que je fréquentais le palais impérial et que le défunt Drusus m'avait fait l'honneur de son amitié. À cette époque, l'empereur me traitait avec beaucoup de bienveillance, presque comme un fils. Alors il aura peut-être de nouveau confiance en moi, et pourra m'accorder le gouvernement d'une province… Chalcis, par exemple.

— Ce serait la solution à nos problèmes financiers, cher époux.

— Nous ne risquons rien à essayer. On ne veut pas de nous sur cette terre d'Orient, nous n'avons rien à y faire. Nous ne pouvons pas retourner en Galilée, et je ne veux pas vivre aux crochets des autres tout le reste de ma vie.

— Et si l'empereur a déjà eu vent de l'incident du banquet de Tyr ? Notre oncle Antipas et lui sont très proches.

— Cet épisode est trop insignifiant pour susciter l'intérêt de Tibère.

— Et comment envisages-tu de retourner à Rome ? Nous n'avons même pas d'argent pour payer la traversée.

— Ne t'inquiète pas, je vais en trouver, affirme Agrippa.

Le petit-fils d'Hérode passe de longs jours à Antioche à ressasser de chimériques rêves de grandeur. Il s'imagine devant Tibère, qui l'accueille chaleureusement et le nomme gouverneur d'une importante province impériale.

Pendant ce temps, Aristobule est de plus en plus contrarié par la présence de son frère, avec qui il est contraint de partager l'hospitalité du légat Pomponius Flaccus. Il ne se passe pas une journée sans qu'il ne réfléchisse à un plan pour se débarrasser de lui. Et un jour, l'occasion se présente…

Depuis longtemps, les villes de Damas et de Sidon luttent farouchement pour le contrôle de la zone frontalière de l'Iturée. Il s'agit d'une région prospère, parsemée de collines aux pentes douces où pousse le blé et fleurissent de nombreux arbres fruitiers, grâce aux eaux fertiles du fleuve Leontes. Elle est célèbre pour ses fruits parfumés et ses délicieux produits maraîchers. Tout semble indiquer que la querelle entre Damas et Sidon pour obtenir son contrôle va se prolonger, à moins que le gouverneur Flaccus ne trouve une solution pour y mettre définitivement un terme. En effet, les autorités des deux puissantes villes sont soumises à son arbitrage.

Les magistrats de Damas, qui savent qu'Agrippa, le petit-fils d'Hérode le Grand, réside au palais du légat à Antioche, décident de lui rendre visite et de lui proposer un arrangement.

— Qu'attendez-vous de moi, honorables magistrats de Damas ? leur demande Agrippa lorsqu'il les reçoit à Antioche.

— Nous savons que tu as des liens d'amitié avec Pomponius Flaccus, et nous sommes prêts à te faire une bonne offre pour que tu intercèdes en notre faveur.

— Où voulez-vous en venir ?

— Le gouverneur doit décider de confier le contrôle d'une région frontalière de l'Iturée aux autorités de Sidon ou aux nôtres. Nous pensons qu'il va bientôt prendre sa décision, et nous serions très généreux avec toi si tu parvenais à le convaincre d'accorder cette concession à Damas.

— Eh bien ! Je suppose que cette région est riche.

— Assez riche, surtout en fruits, en légumes et en blé.

— Et mon rôle consisterait à convaincre le gouverneur de vous la céder…

— C'est cela.

— Et combien… ?

— Vingt mille sesterces

— Elle n'est pas si riche que cela, alors !

— Trente mille.

— Disons quarante mille, et vous pourrez faire main basse sur le blé de cette région.

— D'accord, acceptent les Damascènes à contrecœur. Voici une petite avance. Tu recevras le reste quand tu auras convaincu le gouverneur.

Tout sourire, Agrippa prend la bourse remplie de pièces que lui tend le chef de la délégation de Damas. Si tout se passe bien, il gagnera une belle somme d'argent, uniquement en donnant un conseil au gouverneur Flaccus.

Dans les jours qui suivent, il fait tout son possible pour persuader Flaccus de trancher en faveur de la demande des magistrats de Damas. À chaque fois qu'il en a l'opportunité, il parle devant lui des atouts de cette ville, du bon gouvernement de ses magistrats et de sa fidélité à Rome.

Face à un éloge si manifeste, Aristobule qui ne perd rien de ces conversations se doute qu'il se trame quelque chose. Comme son frère ne fait jamais rien gratuitement, un tel engouement pour Damas le surprend. Il décide donc de mener sa propre enquête.

Après plusieurs jours d'investigations, il découvre la visite des délégués damascènes à Agrippa et recueille des informations sur les motifs de cette mission. Avec de l'argent, on arrive presque toujours à ses fins : il lui suffit de quelques pièces pour apprendre ce qu'il a besoin de savoir. Puis il sollicite une audience auprès du gouverneur, qui le reçoit aussitôt, pour lui révéler les raisons de l'intérêt de son frère Agrippa envers la ville de Damas.

— Mon frère a été soudoyé par les Damascènes pour influer sur ta décision dans la cession de ces terres d'Iturée qu'ils disputent aux Sidoniens.

— En es-tu sûr ? s'étonne Flaccus.

— Il n'y a pas le moindre doute.

Le légat romain s'empourpre de colère. Il se lève de son siège, serre les poings et, indigné, s'efforce de retrouver son calme.

— Tu en es absolument certain ? insiste-t-il.

— J'ai vérifié ; je suis tout à fait sûr de ce que je dis.

— Serais-tu prêt à le répéter devant ton frère ?

— Bien entendu.

Flaccus ordonne à un de ses gardes d'aller chercher Agrippa et de le faire venir sur-le-champ. Peu de temps après, Agrippa se présente avec un air solennel dans la salle d'audience du palais du gouverneur de Syrie. Son expression change brusquement à la vue de son frère Aristobule. Cela ne présage rien de bon…

— Qu'as-tu à dire pour ta défense ? lui demande Flaccus de but en blanc.

Déconcerté, Agrippa hésite.

— Pour ma défense ? À quel propos ?

— Par ton comportement, tu nuis à la réputation de l'Empire et tu joues avec mon honneur ! s'exclame Flaccus, hors de lui.

— Je ne vois pas de quoi tu parles.

— De ton pot-de-vin.

— Je ne…

— Ne mens pas ! Je sais que tu as accepté de l'argent de la part des Damascènes pour influencer ma décision à propos des terres d'Iturée. C'est très grave.

— Non, je… je…, balbutie Agrippa sans parvenir à s'expliquer.

Percé à jour, il sait qu'il n'a aucun moyen de se défendre.

— Si les Sidoniens apprennent que tu as accepté un pot-de-vin de la part des Damascènes, ils penseront que je suis, moi aussi, impliqué dans cette affaire et en déduiront que mon arbitrage n'est ni honnête ni neutre. Et si cela arrive aux oreilles de l'empereur, sais-tu quel sera mon sort ?

— Je… je suis désolé. J'ai besoin d'argent. Je n'ai pas pensé que cela pourrait te porter préjudice. J'ai…

— Tais-toi ! ordonne Flaccus, qui a déjà pris une décision sans appel. Rassemble immédiatement tes affaires et disparais d'Antioche. Je ne veux plus jamais vous revoir, ni toi, ni ta femme, ni tes enfants.

— Je suis désolé, je suis désolé…, balbutie Agrippa, qui baisse les yeux, humilié et honteux.

— En souvenir du temps où nous étions amis à Rome, je ne mettrai pas cette affaire entre les mains de l'empereur, car tu serais à coup sûr exécuté pour haute trahison, déclare Flaccus. (Il s'approche d'Agrippa et l'attrape par sa toge.) Maudit imbécile ! Je devrais t'envoyer moi-même sur la croix pour que tu meures lentement et que tu pourrisses ensuite pendant des semaines au bord de n'importe quel chemin qui mène à Antioche. Sors d'ici et reste à jamais hors de ma vue, car si nos destinées se croisent de nouveau je te jure par tous les dieux que je t'écorcherai comme un porc et que je laisserai la vermine dévorer ta charogne.

Jules Agrippa n'a pas d'autre choix que d'abandonner Antioche, pour le plus grand plaisir de son frère Aristobule. Il a à peine le temps de se demander où aller. Il ne peut pas retourner en Galilée et n'a pas d'argent pour rentrer à Rome. Peut-être, songe-t-il une fois encore, le plus digne serait-il d'agir comme les stoïciens et de quitter la vie avec bravoure. Une mort noble purifie toute souillure antérieure.

Oui, c'est la meilleure chose à faire, en finir une fois pour toutes, quitter ce monde et sombrer dans les ténèbres, parmi les ombres où errent les morts. Mais que deviendront Cypros et les enfants ? Ils seront livrés à eux-mêmes, à la merci de n'importe lequel de ses ennemis. Humilié, penaud et désespéré, il fait alors un pari risqué.

— Il ne me reste plus qu'à aller voir Tibère, dit-il à son épouse. Je me jetterai à ses pieds, je m'humilierai devant lui autant qu'il le faudra.

— Ne fais pas ça, ce serait une véritable folie ! s'écrie Cypros.

— Il n'y a pas d'autre issue…

— Si tu retournes à Rome, je t'abandonne ! déclare Cypros avec une profonde détermination. Je ne subirai pas la honte de me retrouver face aux créanciers que nous avons laissés à l'*Urbs*. Et je ne veux pas voir mon époux mendier le gîte et le couvert auprès de ce vieillard lascif et capricieux qui est assis sur le trône impérial.

— Je dois y aller. Tibère est désormais notre seul espoir.

— Si tu y vas, je retourne en Palestine avec nos deux enfants. Je demanderai à ta sœur Hérodiade de bien vouloir nous accueillir de nouveau. Je sais qu'elle le fera. Elle ne laissera pas ses neveux et sa belle-sœur vivre dans l'indigence.

— Fais-le si cela te semble opportun, mais moi, je vais à Rome. Tiens, cet argent est tout ce qui me reste de l'avance que j'ai reçue des Damascènes.

— Alors tu pars, malgré ce que je t'ai dit ?

— Oui, c'est décidé.

Cypros crie, s'arrache les cheveux et se met à pleurer, inconsolable. Agrippa s'approche d'elle et tente de la prendre dans ses bras, mais elle le repousse... Au bout d'un moment, elle finit par se calmer.

— D'accord, dit-elle, va voir Tibère si c'est ce que tu veux. Mes enfants et moi, nous restons ici.

— Accompagne-moi au moins à Ptolémaïs et reste avec moi jusqu'à ce que je trouve un navire qui m'emmène à Rome.

— Tu m'as donné tout l'argent. Comment paieras-tu la traversée ?

— Je connais un affranchi du nom de Pierre. Il faisait partie des esclaves de mes parents il y a longtemps, à Jérusalem. Mon père lui a accordé la liberté et je sais que, depuis, il a beaucoup prospéré grâce à son talent pour le commerce. Il me prêtera de l'argent.

La famille de Cypros et Agrippa quitte Antioche pour se diriger vers Ptolémaïs. Pierre l'affranchi, devenu un homme riche et avare, reçoit le fils de ses anciens maîtres.

— J'ai besoin que tu me prêtes de l'argent pour financer mon voyage à Rome, lui dit Antipas après de brèves salutations.

— Combien ? demande Pierre.

— Cinq mille drachmes d'Athènes.

— Cinq mille ! s'exclame l'affranchi avec ironie. Voudrais-tu acheter Rome tout entière ?

— J'en ai besoin. Je vais rendre visite à l'empereur et j'espère m'attirer sa faveur.

— C'est beaucoup d'argent et, d'après ce que j'ai entendu dire, tu n'as ni aval ni garantie de remboursement à m'offrir.

— Bien sûr que si : l'amitié de l'empereur. N'est-ce pas suffisant ?

Pierre réfléchit. Cet homme malin n'aime pas prendre des risques.

— Je suis bien informé… Tu as une réputation de mauvais payeur.

— Je t'en prie, prête-moi cet argent. Je te jure par ce qu'il y a de plus sacré que je te le rendrai.

— Je me méfie…

— En souvenir de mon père. C'est lui qui t'a libéré.

— Deux mille cinq cents. Je ne peux pas faire mieux.

— D'accord, je me débrouillerai avec ça, accepte Agrippa.

— Mais tu devras me rendre vingt mille.

— Vingt mille pour deux mille cinq cents ! Tu es un usurier !

— Les affaires sont les affaires, mon ami. Tu as besoin d'argent, et dans tout l'Empire personne ne veut t'en prêter. Si je le fais, moi, je prends le risque plus que probable de ne jamais le revoir, alors…

— D'accord, d'accord. Tu as gagné.

— Je vais préparer l'argent et le reçu. Quand embarques-tu ?

— Dans trois jours. J'ai déjà convenu de faire la traversée à bord d'un navire qui transporte des rouleaux de soie et des parfums. Il ne me manque plus que l'argent.

— Dans ce cas, nous irons demain au bureau du gouverneur de Ptolémaïs pour signer le document de prêt.

Tout semble en règle. Agrippa obtient son argent et Pierre son document de prêt. Mais un événement inattendu vient tout bouleverser au dernier moment.

Au port, le navire ne va pas tarder à lever l'ancre et à partir. Les marins chargent les dernières provisions. Agrippa fait ses adieux à son épouse et à ses enfants. Plus rien ne s'interpose entre Rome et lui. Mais soudain, des voix résonnent sur le port. Les curieux qui regardent ce soir-là le départ des bateaux s'écartent en entendant un bruit de pas martial. Un peloton de soldats avance en formation serrée vers le navire où Agrippa s'entretient avec son épouse. Celui-ci s'inquiète, pris de l'intuition que cette irruption des soldats le concerne.

— Qui commande ce bateau ? demande l'officier à la tête de la troupe.

— C'est moi, répond le capitaine du navire marchand, qui remarque immédiatement les insignes du commandant de peloton. Qu'y a-t-il, centurion ?

— Je suis envoyé par Hérennius Capitus, gouverneur impérial de la très noble ville de Yabneh, proclame le centurion. (Un titre si pompeux le gonfle d'orgueil. Il déplie un petit rouleau de parchemin et lit avec une certaine difficulté.) « Le citoyen Jules Agrippa ne pourra abandonner la province de Syrie avant d'avoir restitué les trois cent mille pièces d'argent qu'il doit au Trésor impérial depuis son séjour à Rome. Moi, Hérennius Capitus, légat impérial, nommé exécuteur de cette dette. » Voici le document. Tu peux vérifier.

Le centurion montre le parchemin au capitaine du navire. Agrippa regarde les soldats, appuyé contre l'amure tribord et entouré de sa famille, montée à bord pour les derniers adieux. Stupéfié par ce qu'il vient d'entendre, il maudit sa malchance. Si le bateau avait levé l'ancre seulement une heure plus tôt, cet ordre ne serait pas arrivé à temps. Réfléchissant à toute vitesse, il prend une décision.

— Je suis Jules Agrippa ! lance-t-il depuis le bateau. Je paierai ce que je dois, centurion, n'en doute pas une seconde. Mais je n'ai pas cette somme sur moi. J'étais justement sur le point d'aller à Rome pour y solder ma dette. Si tu nous laisses partir…

— J'ai l'ordre de te retenir ici. De plus, ce bateau est confisqué sur ordre du gouverneur Hérennius Capitus.

Le soir tombe sur Ptolémaïs. Le soleil décline sur l'horizon et commence à s'abîmer dans la mer. Bientôt, les ténèbres s'empareront de la lumière. Agrippa s'agite et cherche une réponse qui lui permette de gagner du temps.

— Très bien, dit-il, je vais me plier à tes ordres, centurion, mais il est tard pour chercher une auberge et, comme tu peux le voir, ma femme et mes enfants m'accompagnent. Laisse-nous au moins passer la nuit à bord de ce navire.

— Je ne sais pas…

— Permets-moi de rester ici cette nuit avec ma femme. Nous n'avons nulle part où aller.

— D'accord, d'accord. Vous pouvez rester à bord, juste pour cette nuit. Mais je vais mettre le bateau sous étroite surveillance. N'essaie pas de me jouer un mauvais tour.

— Je te remercie, centurion.

— Vous ! dit l'officier en désignant trois de ses hommes. Vous resterez ici toute la nuit. Et ne perdez pas de vue ce navire.

Dès le départ du peloton, Agrippa respire avec soulagement. Il a un plan, très risqué, mais il n'a pas d'autre solution. De nuit, il s'entretient en secret avec plusieurs marins, leur promettant cent drachmes attiques par tête s'ils l'aident à se débarrasser des soldats. Six d'entre eux acceptent.

À minuit passé, quand ils commencent à tomber de sommeil, Agrippa ligote les soldats avec l'aide des marins. Le plus discrètement possible, ils larguent les amarres et rament avec précaution en évitant de faire trop de remous jusqu'à l'entrée du port. Lentement, le navire s'éloigne dans le noir, prend le large et, suivant la route des étoiles, met le cap vers l'ouest.

Désormais, Agrippa est non seulement un mauvais payeur, mais un fugitif.

31

Agrippa face à Tibère

Cypros est très en colère. Elle qui ne voulait pas aller à Rome se voit contrainte de fuir avec son époux. Une fois en haute mer, elle se montre extrêmement ferme.

— Va où tu veux, à Rome ou au bout du monde, mais je ne t'accompagnerai pas.

— Je vais à Rome, déclare Agrippa.

— Dans ce cas, ordonne au capitaine de mettre le cap vers Alexandrie. Là-bas, mes enfants et moi descendrons de ce navire, et toi, tu pourras continuer ta route.

— Nous sommes ensemble, maintenant.

— Nous serions une charge pour toi. De plus, je ne veux pas retourner à Rome pour finir en prison. Et tu ne devrais pas y aller non plus, sachant que tu as fui la justice impériale.

— Ce détour va retarder mon voyage de quelques jours, quelques semaines, peut-être.

— Qu'importent quelques jours de plus ou de moins alors que c'est notre destin qui est en jeu ! Ordonne à ce navire de faire escale à Alexandrie. Je trouverai là-bas un moyen de retourner en Israël et j'attendrai ton retour.

— Très bien, nous ferons comme tu voudras, finit par accepter Agrippa.

Il connaît son épouse et sait qu'elle change facilement d'avis et d'état d'esprit. Elle agit souvent de façon imprévisible, passant du tout au tout. Parfois trop préoccupée par les problèmes de la famille, il lui arrive de prendre des décisions hâtives, mais elle peut aussi devenir songeuse et hésitante.

— Cap sur Alexandrie ! ordonne Agrippa.

— Comment ? s'étonne le capitaine en entendant cet ordre catégorique.

— Tu m'as bien entendu. Nous allons à Alexandrie. Là, nous déposerons mon épouse et mes enfants, puis nous reprendrons notre route en direction de Rome.

Par chance, le ciel est dégagé et, pour un marin expérimenté, il est aisé de mettre le cap vers le sud.

— Voilà, cap sur Alexandrie ! annonce Agrippa en observant la courbe que décrit le navire pour prendre sa nouvelle direction. Et puis, s'il prend à ce centurion l'idée de se lancer à notre poursuite, il prendra un bateau pour Rome. Il ne pensera jamais à aller nous chercher à Alexandrie.

Quatre jours plus tard, poussés par un vent favorable, ils aperçoivent le feu qui brûle au sommet de la tour de l'île de Pharos, lueur qui sert de point de repère à tous les navires naviguant le long de la côte égyptienne.

— Voilà Pharos ! s'écrie le capitaine, fier d'avoir su conduire le navire jusqu'à Alexandrie sans avoir eu à rectifier le cap une seule fois depuis qu'Agrippa lui a indiqué le changement de destination.

Tandis qu'ils approchent de l'immense torche, la lumière du jour gagne peu à peu sur les ténèbres. Enfin, ils discernent le littoral et l'imposante tour de trois cents coudées de haut, au sommet de laquelle luit le feu qui oriente les navires.

— C'est magnifique ! s'exclame Agrippa. Et bien plus grand que je ne l'avais imaginé.

— C'est une œuvre digne des dieux, déclare le capitaine. Plusieurs dizaines d'esclaves entretiennent le feu tout la nuit.

— Comment montent-ils le bois jusqu'en haut ?

— L'ingénieur grec a prévu un système complexe de palans et de monte-charge qui permet de le hisser sans trop d'efforts.

Ils entrent dans le port en laissant à tribord la tour de Pharos, majestueuse et colossale, et accostent à un quai rempli de marchandises chargées ou déchargées à un rythme frénétique.

— Nous allons devoir payer les droits de port, annonce le capitaine du navire.

Agrippa réfléchit à un moyen d'obtenir davantage d'argent en Égypte. Il se souvient d'avoir rencontré à Rome, il y a longtemps, un certain Alexandre, désormais premier magistrat d'Alexandrie.

— Ne t'inquiète pas, répond-il au capitaine. Tu auras tout l'argent dont tu as besoin.

Une fois sur la terre ferme, tandis que les marins sont occupés à faire une révision du navire, Agrippa se dirige vers les bureaux de la préfecture impériale d'Alexandrie. Il a bon espoir que son ami Alexandre soit toujours en fonction, et demande à le voir en se présentant aux gardes comme un ami personnel de l'empereur Tibère. Les gardes postés à la porte hésitent, mais n'osent pas renvoyer quelqu'un qui s'annonce avec de telles garanties de respectabilité.

Quelques instants plus tard, Alexandre arrive dans la cour et, lorsqu'il le reconnaît, salue affectueusement Agrippa.

— Mon vieil ami ! s'exclame-t-il. Quelle surprise ! Que fais-tu à Alexandrie ?

— Je vais à Rome, où l'empereur m'attend, répond Agrippa. Mais j'ai décidé de faire escale dans cette ville pour y déposer mon épouse et mes deux enfants.

— Sois tranquille, je veillerai personnellement à ce qu'ils soient en sécurité en ton absence.

— J'aurais aussi besoin d'un grand service.

— De quoi s'agit-il ? Si c'est en mon pouvoir, c'est comme si c'était fait.

— J'ai besoin d'argent pour poursuivre mon voyage. J'ai laissé tout ce que j'avais en Galilée.

Agrippa se fie à son pouvoir de persuasion. Il a l'habitude de demander de l'argent et d'escroquer autant de monde qu'il le faut pour en obtenir. Rompu à cette pratique, il sait attendrir le cœur de ses victimes et parvient toujours à leur soutirer une bourse remplie de pièces.

— Pourrais-tu m'en prêter un peu ? demande-t-il. Je te signerai un reçu, bien sûr, et je te le rendrai avec intérêts dès que je serai arrivé à Rome.

Alexandre est rusé. En dehors de ses fonctions de magistrat, c'est aussi un homme d'affaires qui s'est enrichi en faisant du commerce en tant qu'intermédiaire avec des marchands de Rome et d'Égypte. En outre, il connaît bien le boniment qu'emploie Agrippa pour embobiner les naïfs et obtenir de l'argent qu'il ne rendra jamais.

— Combien te faut-il ?

— Cinq cent mille drachmes, répond Agrippa, annonçant cette somme considérable sans sourciller, comme s'il demandait une cape pour se protéger de la pluie.

— Je suis navré, mon vieil ami, mais je ne dispose pas d'une telle somme en liquide en ce moment. Je ne peux pas t'aider.

— Ma femme et mes deux enfants sont avec moi, ajoute Agrippa avec un air abattu. Je te demande d'avoir pitié d'eux. Ils resteront avec toi et constitueront ma garantie de remboursement de cette dette.

— Hmm… (Alexandre réfléchit un instant. Il se souvient de Cypros, une femme qui l'attirait beaucoup lorsqu'il l'a connue à Rome, et il aime l'idée de l'avoir à ses côtés en attendant le retour d'Agrippa.) Peux-tu m'offrir quelque chose en gage ?

— Mon épouse porte ses bijoux sur elle. Ils ne couvriraient pas la totalité de ma dette, mais… Je t'en prie, aie pitié de notre situation.

Agrippa se met à pleurnicher. Alexandre sait qu'il simule, mais pense de nouveau à Cypros. Elle va rester à Alexandrie et il passera plusieurs mois, peut-être plusieurs années, avec elle. Il est même probable qu'Agrippa ne reviendra jamais, et alors…

— D'accord, je vais te prêter cet argent, à condition que ton épouse et tes enfants restent ici, à Alexandrie, sous ma protection. Ils serviront de gage pour le prêt.

— Je te remercie, Alexandre, mais… tu as dit que tu ne disposais pas de cette somme…

— Je peux t'en donner une partie maintenant et signer un reçu à ton nom pour que mes agents à Rome te fournissent le reste.

— Soit !

— J'espère que tes projets à Rome seront assez fructueux pour que tu puisses me rembourser cette dette.

— Sois-en sûr, affirme Agrippa.

Alexandre ment. Il a plus d'argent qu'il n'en faut pour prêter cinq cent mille drachmes à Agrippa, mais il ne lui fait pas confiance. Ce qu'il veut, c'est vérifier qu'il dit la vérité et qu'il va bien rendre visite à l'empereur à Rome, comme il le prétend.

— Dans ce cas, va chercher ta femme et tes enfants, et amène-les chez moi dès aujourd'hui. Mes esclaves vous prépareront des appartements. Ce soir, nous dînerons ensemble. Entre-temps, j'ordonnerai à mon scribe de rédiger les documents du prêt et le reçu que tu emporteras avec toi en Italie.

Le dîner se déroule agréablement, même si les regards concupiscents qu'Alexandre pose sur Cypros n'échappent pas à Agrippa. Le premier magistrat d'Alexandrie, sous le charme de cette femme, se réjouit à l'idée de la savoir entre ses mains dès le départ de son mari.

De toute façon, Agrippa ne se préoccupe que de sa situation. Il ne pense pas que ce qui s'est passé au port de Ptolémaïs, suite au mandat d'arrêt émis par Hérennius Capitus, puisse se reproduire, mais il préfère tout de même quitter l'Égypte au plus vite, d'autant plus qu'il a obtenu un prêt considérable et qu'il a garanti la sécurité de sa famille.

La nuit venue, dans l'intimité de leur chambre, Agrippa discute avec Cypros pour la prévenir des intentions que trahissent les regards d'Alexandre. Ensemble, ils échafaudent un plan : après le départ d'Agrippa, Cypros ne retournera pas chez le premier magistrat. Elle prendra ses deux enfants avec elle et longera la côte du delta du Nil en bateau. Arrivée au bout du dernier bras du fleuve, elle se rendra en Galilée par voie terrestre en suivant la route côtière. Elle se dirigera vers Tibériade, pour solliciter la protection de sa belle-sœur Hérodiade. Et là, elle attendra le retour d'Agrippa.

Seulement deux jours après le dîner, dès que le capitaine du navire a reçu l'argent pour payer les droits de port et l'approvisionnement en eau et en vivres, Agrippa donne l'ordre d'appareiller pour Rome. Depuis le quai, Cypros et ses enfants lui font leurs adieux, des larmes dans les yeux. Tandis qu'il s'éloigne et que les silhouettes de ses proches s'estompent au loin, il frissonne. Il est convaincu que Tibère va l'accueillir de nouveau et le promouvoir à un poste important au sein de l'Empire. Il pourra ainsi s'acquitter de toutes ses dettes, régler ses problèmes une fois pour toutes. Appuyé contre le bastingage du pont de poupe, il sent un large sourire se dessiner sur ses lèvres.

La traversée se passe sans encombre. Le dieu Éole souffle constamment un vent de poupe favorable et, après une brève escale à Malte, le navire d'Agrippa accoste à Puteoli sous d'heureux auspices.

Le petit-fils d'Hérode est impatient de se rendre à Rome pour rencontrer Tibère. Cependant, dès son arrivée au port, il apprend que l'empereur n'est pas à la capitale, mais sur l'île de Capri, où il possède une villa extrêmement luxueuse.

Sans attendre, il saisit un calame pour lui écrire une missive :

De Jules Agrippa à Tibère, grand pontife, consul et empereur, salut. Si tu vas bien, comme je l'espère, je m'en réjouis. Ma famille et moi allons bien. Je sollicite l'autorisation de me rendre à Capri pour te voir, te saluer et te présenter mes hommages. Vale.

Tibère lui répond plus vite qu'il ne s'y attendait, confiant sa lettre au même courrier :

De Tibère, auguste, à Jules Agrippa. Je serai ravi de te voir. Je t'attends les bras ouverts à Capri.

Agrippa est à la fois très satisfait et un peu surpris de l'amabilité de l'empereur. À bord du bateau qui l'a conduit de Ptolémaïs à Alexandrie, puis à Rome, il traverse le golfe de Naples et débarque à Capri. Dans le petit port, les soldats de la garde vérifient son identité et l'escortent, le long de la colline, jusqu'au palais impérial. Au fur et à mesure qu'il gravit le versant escarpé, il admire le paysage splendide qu'offre le littoral italien, où il distingue la silhouette arrondie du mont Vésuve surplombant les villes de Naples, Pompéi et Herculanum bâties au milieu de la campagne fertile.

Une fois arrivé au sommet de l'île, où est juchée tel un nid d'aigle la grande villa impériale, Agrippa attend d'être reçu en audience. Cela ne dure pas très longtemps.

— Bienvenue à Capri ! lance Tibère en saluant son ami avec un grand sourire.

— C'est un honneur…, balbutie Agrippa, de nouveau surpris par l'affabilité de l'empereur.

— Viens, allons dehors, loin des oreilles indiscrètes.

Tibère prend son visiteur par le bras et l'entraîne vers une vaste terrasse depuis laquelle on discerne la côte italienne toute proche. Deux esclaves apportent des plateaux chargés de fruits, de gâteaux et de coupes de vin doux épicé.

— Comment te portes-tu depuis tout ce temps ? demande Tibère. D'après ce que je sais, tu as eu quelques problèmes.

— Le destin ne m'a pas été propice, répond Agrippa. J'ai dû retourner en Palestine, où mon oncle et beau-frère Antipas m'a offert un poste dans son administration.

— Antipas est un bon ami et il est fidèle à l'Empire. Comment va-t-il ?

— Très bien, déclare Agrippa avec une voix exagérément mielleuse. Comme tu le sais, César, son gouvernement en Galilée ne se heurte pour l'instant à aucun obstacle, si l'on fait exception de la proximité du royaume de l'odieux Arétas. Mais le roi de Nabatée est sous le contrôle sans faille de tes légions.

— As-tu de bonnes relations avec Antipas ?

— Excellentes ! ment Agrippa. Mon oncle et beau-frère me témoigne beaucoup d'affection et de sympathie.

— Alors pourquoi as-tu quitté le poste qu'il t'a confié ? demande Tibère.

— Ah ! J'en étais navré, mais ton efficace légat de Syrie, avec qui je me suis lié d'amitié pendant les années que nous avons passées ensemble à Rome, m'a réclamé pour régler une affaire particulière, ment de nouveau Agrippa. – Il ne dit rien des insultes qu'Antipas a proférées à son endroit pendant le banquet à Tyr. Il ne commente pas non plus ses relations tumultueuses avec Flaccus, et encore moins sa fuite précipitée depuis Ptolémaïs. – Enfin, je suis heureux de pouvoir te dire que la Galilée et la Pérée traversent une période de calme et de paix.

— Mon cœur se réjouit de tant de bonnes nouvelles et, puisque c'est toi qui en es le porteur, je te demande d'accepter mon hospitalité et de passer quelques jours chez moi, propose Tibère, toujours aussi courtois. De plus, cher Agrippa, tu connais certains des amis qui résident avec moi sur cette île. Leur compagnie te sera sans nul doute agréable et te rappellera le bon vieux temps.

Agrippa se mord les lèvres. Il ne peut pas oublier qu'en ce moment même Cypros et leurs deux enfants doivent être à Tibériade. Malgré la protection qu'Hérodiade leur a très certainement offerte, l'idée qu'ils dépendent de la charité du tétrarque lui remue les entrailles. La rancœur et la haine lui empoisonnent l'âme.

— J'accepte ton invitation avec grand plaisir, César. Ce sera merveilleux pour moi de me remémorer le temps de ma jeunesse.

Agrippa ne fait aucune allusion à Drusus, avec qui il a partagé tant de bons moments à Rome. Il sait que l'empereur se met de très mauvaise humeur dès que quelqu'un lui fait penser à feu son fils.

Installé dans des appartements proches de ceux de l'empereur, il passe trois jours à converser avec d'anciens amis pendant d'interminables soirées, à se régaler lors de somptueux banquets, à profiter des plaisirs de la villa de Capri et à faire de longues promenades paisibles dans les pinèdes de l'île.

Enfin, tout semble lui sourire. Peut-être le moment où Tibère lui offrira un poste important au sein de l'Empire est-il proche. L'empereur pourrait même lui confier le gouvernement d'une province, et tous ses problèmes seraient terminés.

Le quatrième jour, après le petit déjeuner, Agrippa sort faire une promenade matinale en suivant un sentier qui longe des éperons rocheux de l'île. Il découvre un endroit isolé sous le ciel bleu et limpide. Lorsqu'il rentre à la villa, deux gardes viennent à sa rencontre.

— Jules Agrippa ! lance l'un d'entre eux. Rassemble tes affaires. Tu as une heure pour quitter l'île.

— Quoi ? s'écrie Agrippa, stupéfait.

— Ordre de l'empereur. Le courrier impérial de ce matin a apporté une lettre du légat Hérennius Capitus, gouverneur de Yabneh. Je suppose que tu sais de quoi il retourne.

Agrippa serre les poings et les dents.

— De quoi s'agit-il ? balbutie-t-il nerveusement.

— Tu ne vois vraiment pas ? demande le soldat en mettant la lettre sous ses yeux.

— Je…

— L'empereur vient de la lire. Hérennius Capitus l'informe que tu dois une somme considérable au fisc impérial et que tu t'es sournoisement échappé de Syrie.

— C'est une erreur ! s'exclame Agrippa. C'est une erreur !

— Erreur ou non, l'empereur ne veut plus te revoir. Lorsqu'il a entendu de la bouche de son secrétaire le contenu de cette lettre, il est devenu rouge de colère. Et tu sais, Juif mauvais payeur, que rien ne fâche plus les amis et la garde de l'empereur que de le voir furieux.

— Je peux tout expliquer. Laissez-moi le voir, je vous en prie.

— N'y compte pas. Tu as souillé l'hospitalité qu'il t'a offerte. Nous avons l'ordre exprès de ne pas te laisser te présenter ici de nouveau avant d'avoir soldé tes dettes.

— Je les rembourserai dès que je serai arrivé à Rome. Croyez-moi ! J'ai de l'argent pour m'en acquitter. J'ai dans mes appartements un reçu signé par le premier magistrat d'Alexandrie. J'ai son aval, je peux payer, je peux payer… Il faut juste que j'aille à Rome pour le liquider, c'est tout…

— Alors fais-le, mais en attendant ne t'avise pas de reparaître devant l'empereur ou tu tomberas malencontreusement de ces falaises et tu iras nourrir les poissons. Allez !

De nouveau humilié, Agrippa rassemble ses affaires et, escorté par les deux gardes, descend jusqu'au port de Capri, où accostent chaque jour des navires chargés de provisions pour toute la cour impériale. Sous la surveillance des gardes, il embarque à bord d'un de ces navires et retourne vers le continent.

Pendant le trajet, il essaie de trouver un moyen de sortir de cette situation inextricable. Après avoir réfléchi à plusieurs solutions, il choisit de se rendre chez Antonia, la mère de Claude et Germanicus. Oui, cette femme, la plus honorable matrone de Rome, se souvient forcément des bons moments qu'ils ont passés ensemble. Elle sera sans doute attendrie par sa disgrâce.

Antonia est une femme admirable, toujours réservée et discrète, très affectueuse avec sa famille et ses amis. Elle dirige sa maison avec bonté et fermeté à la fois. Cela fait déjà longtemps, depuis la mort de son époux Drusus, qu'elle vit volontairement loin de l'agitation de Rome et de la vie sociale des potentats, fuyant les mondanités. Elle s'est retirée dans la tranquillité de son luxueux palais, dont elle sort à peine. Et comme elle a été jadis l'amie la plus intime de sa défunte mère Bérénice, elle aime Agrippa presque comme un fils.

La vieille matrone se réjouit lorsqu'un de ses esclaves lui annonce que, dans le péristyle de sa maison, le fils de sa grande amie attend d'être reçu. Elle va à sa rencontre et le salue avec un large sourire.

— Mon cher Jules Agrippa…, soupire-t-elle. Quelle joie de te revoir ! Tu as les mêmes yeux que ton illustre mère…

— Je suis très heureux de te retrouver, chère Antonia, dit Agrippa en s'inclinant révérencieusement devant la matrone, qu'il embrasse avec délicatesse sur la joue.

— Ta présence fait ressurgir en moi de merveilleux souvenirs. Tu me rappelles ces jours où tu accompagnais à l'école mon fils Claude, que tout le monde méprisait parce qu'il était boiteux, bègue et naïf. Tu t'es très bien comporté avec lui. Je me souviens que vous aviez le même âge. Mais si tu es ici, après tout ce temps, c'est sans doute pour une raison importante.

— J'ai besoin d'argent, d'un prêt…

— J'aurais été étonnée que tu viennes jusque chez moi uniquement pour voir une vieille femme. Combien ?

— Trois cent mille drachmes attiques, annonce Agrippa sans hésiter, malgré l'importance de la somme.

— C'est beaucoup d'argent.

— Je te le rendrai.

— Je ne suis pas sûre que tu me le rendes. La réputation qui te précède semble indiquer le contraire, mais…

— Je te le rendrai, je le jure.

— J'ai beaucoup aimé ta mère, Bérénice, alors je vais le faire pour elle. Je te prêterai cet argent.

— Merci, répond Agrippa en respirant avec soulagement.

— À ta manière de réclamer cette somme sans détour et sans te justifier, j'en déduis que tu es dans une situation désespérée.

— En effet. J'ai besoin de ce prêt pour rembourser ce que je dois au fisc de l'Empire. C'est mon seul recours pour pouvoir paraître de nouveau devant Tibère.

— Mon banquier te fournira cette somme dans deux jours, mais il veillera en personne à ce que tu l'utilises pour payer ta dette envers l'État. Je ne veux pas avoir de mauvaise surprise, même de la part du fils de celle qui a été ma meilleure amie. Mon beau-frère l'empereur saura ainsi que tu ne dois plus d'argent à Rome.

— Ma gratitude envers toi, chère Antonia, sera éternelle, déclare Agrippa avec toute la flagornerie dont il est capable lorsqu'il veut plaire à quelqu'un.

— N'oublie jamais que je le fais en souvenir de ta mère.

Comme convenu, le banquier d'Antonia liquide la dette d'Agrippa auprès du fisc. Le petit-fils d'Hérode décide de retourner voir Tibère aussitôt. Le vieux César a une certaine tendresse pour lui, malgré sa vie condamnable et toutes les histoires qu'il raconte. Aussi, dès qu'il apprend que sa dette auprès du fisc est soldée, il accepte de le recevoir de nouveau. Sa versatilité est bien connue. Un jour il rit et tout lui paraît extraordinaire ; et le lendemain, il se lève de mauvaise humeur et se montre irascible pendant toute la journée. Il est aussi imprévisible que les nuages noirs au-dessus d'une montagne.

— Viens me rendre visite plus souvent, dit-il à Agrippa en l'accueillant avec le sourire le plus avenant, comme si rien ne s'était passé entre eux.

— C'est bien mon intention, assure Agrippa, plus flatteur que jamais.

— Je me souviens bien de toi. Tu étais toujours avec mon petit-fils Tiberius Gemellus. Vous passiez votre temps à poursuivre les jeunes esclaves du palais de vos assiduités et à converser comme deux frères.

— Nous sommes de grands amis ; une telle amitié ne s'oublie jamais.

— J'aimerais te proposer quelque chose.

À ces mots de l'empereur, Agrippa sent monter en lui une grande excitation. Peut-être le moment tant attendu est-il enfin arrivé.

— Le moindre de tes désirs est pour moi le plus solennel des ordres.

— J'aimerais beaucoup que tu aides mon petit-fils Tiberius Gemellus. D'après ce qu'on m'a dit, depuis quelques années, il n'a aucun ami à qui se fier. Il manque de maturité et il a besoin de quelqu'un d'expérimenté, comme toi, en qui il ait confiance et dont il apprécie la loyauté et les conseils.

Ce n'est pas la proposition qu'Agrippa attendait. En réalité, les tribulations du petit-fils de l'empereur lui importent peu, à moins qu'elles n'aient des répercussions directes sur sa vie, mais il doit continuer à faire semblant pour garder la confiance de Tibère.

— J'agirai selon ton désir, César. De plus, retrouver l'amitié de ton petit-fils sera pour moi un immense plaisir.

— Dans ce cas, retourne à Rome, rends-lui visite et renoue avec lui ces liens d'amitié.

Le nom de l'empereur ouvre toutes les portes de Rome. Agrippa est bien reçu partout où il va dès qu'on apprend qu'il a remboursé sa dette au fisc et qu'il bénéficie de la protection et de l'amitié de Tibère.

Il se met à fréquenter Tiberius Gemellus, mais la compagnie qu'il recherche le plus est celle de Caius Caligula, le jeune et fringant fils du défunt Germanicus, de retour à Rome pour quelques jours après avoir participé à diverses campagnes militaires sur les frontières nord.

C'est le retour du bon vieux temps. Caligula, Gemellus et Agrippa vont de fête en fête presque tous les soirs, devenant la grande attraction de la noblesse de la capitale. Encore jeunes, ils incarnent la volonté, la force et l'ambition de l'Empire.

Jouissant de la protection de l'empereur, ils ont l'impression d'être les maîtres du monde, surtout dans cette ville terrifiée par les purges constantes que Tibère ordonne depuis Capri. N'importe quel Romain soupçonné de conspirer contre Rome est exécuté sur-le-champ par la puissante garde prétorienne, qui obéit sans sourciller aux ordres de son chef, le froid et efficace Macron.

Caligula et Agrippa s'entendent à merveille. Ils ont tous deux les mêmes goûts, surtout pour le vin et les femmes. Presque toutes les nuits, après un généreux banquet et tandis que Gemellus se retire dans ses appartements pour se reposer, ils organisent des bacchanales orgiaques où ils boivent les meilleurs vins et forniquent avec les prostituées les plus belles et les plus chères des bordels les plus renommés de Rome. Une nuit, ivre de vin et repu de sexe, Caligula se confie à Agrippa.

— Tu parles au futur empereur de Rome, déclare-t-il. Tôt ou tard, Tibère m'adoptera officiellement pour faire de moi son fils et son successeur.

— Oh ! Caius, ce serait formidable ! s'exclame Agrippa en repoussant une belle jeune fille qui sommeille nue et ivre sur son torse.

— Le peuple de Rome adorait mon père. Personne n'a su tenir les rênes de l'État romain comme le prestigieux Germanicus. Ses glorieux triomphes militaires ont fait de lui le plus illustre général des légions. Je le sais bien, moi qui l'ai accompagné dès mon enfance dans certaines de ses plus retentissantes victoires. C'est lui qui est allé jusque dans la forêt de Teutobourg, dans la Germanie humide et boisée, pour enterrer les cadavres des trente mille soldats des XVIIe, XVIIIe et XIXe légions, morts au combat à l'époque d'Auguste. Mais mon père n'est plus là. Il mène une autre vie dans le monde des morts, et ma mère s'est laissée mourir de faim il y a peu pour rejoindre son époux. Alors qui est mieux placé que moi, leur bien-aimé fils Caius Caligula, pour occuper le trône de l'Empire ? Tibère n'a pas d'autre choix que de me désigner comme son successeur.

— Confidence pour confidence, avoue Agrippa, moi aussi, j'espère un geste important de la part de l'empereur.

— C'est-à-dire ? s'étonne Caligula. Tu n'as quand même pas l'intention de me disputer le trône de Rome ?

— Bien sûr que non ! Ce que j'espère, c'est une affectation, peut-être le gouvernement d'une province.

— Sois tranquille. Si tu ne l'obtiens pas avant, je te nommerai moi-même gouverneur dès que je prendrai possession de l'habit pourpre – ce qui ne devrait pas tarder.

— Tu en es sûr ?

— Oui, mes agents à Capri m'ont indiqué hier que la santé de Tibère se détériorait de jour en jour. La maladie le consume et l'entraîne vers une démence sénile qui ne lui permet pas de prendre les décisions les plus appropriées au bon gouvernement de l'Empire.

De plus, l'effondrement de l'amphithéâtre de Fidènes, où environ vingt mille personnes ont trouvé la mort, l'a plongé dans un profond chagrin, une faiblesse due à la sensiblerie de la vieillesse. Ah ! mon cher Agrippa ! Des jours heureux nous attendent : moi, empereur, et toi, gouverneur d'une riche province…

— A-t-il rédigé son testament ?

— Non, ce vieux fou ne veut pas admettre que sa vie ne tient plus qu'à un fil, dit Caligula en parlant de l'empereur avec mépris. Il se croit peut-être immortel. Ce n'est pas sans raison que, dans certaines villes de l'Empire, on lui érige déjà des statues et des autels, comme on l'a fait avec le divin Auguste. De plus, il n'a confiance qu'en ses astrologues. Il y a d'abord eu ce Thrasylle, un disciple vaniteux de Platon qui croyait voir la destinée dans la trajectoire des astres et se trouve désormais au royaume d'Hadès. Et maintenant, Tibère se fie à Balbillus, le fils du premier, qu'il consulte souvent avant de prendre une décision, mais qui ne lui dira sans doute rien s'il voit sa mort prochaine. Mais peu importe qu'il n'ait pas encore désigné de successeur. Rome tout entière m'acclamera comme le digne héritier du trône : je suis le fils de Germanicus, le général le plus brillant de Rome, et d'Agrippine, la glorieuse petite-fille du divin Auguste.

— Ne crie pas victoire trop tôt. L'empereur peut encore se rétablir et vivre de nombreuses années. À Capri, il est entouré des meilleurs médecins grecs.

— J'espère que les Parques l'emporteront bientôt. Voilà maintenant plus de vingt ans qu'il occupe le trône. Il est temps de changer de souverain.

— D'après ce qu'on raconte, les gens commencent à se lasser de l'inconstance et des caprices de ce vieux gâteux. Inutile de te dire qui me semble être le plus digne, parmi les Romains, d'occuper ce poste.

— Sais-tu comment certains surnomment l'empereur ? demande Caligula avec un sourire moqueur.

— Biberius, oui, j'ai déjà entendu ce sobriquet : le buveur, l'ivrogne ! répond Agrippa en riant.

Ce qu'ignorent les deux amis, un peu étourdis par l'excès de vin et de sexe, c'est que près d'eux, l'oreille tendue, écoute Eutique, un affranchi d'Agrippa que celui-ci emploie comme cocher lors de ses déplacements à Rome. Eutique grave cette conversation dans sa mémoire, sachant qu'un jour elle pourra lui être très utile.

Quelques semaines plus tard, les funestes présages de Caligula à propos de Tibère ne se sont pas encore accomplis. Les nouvelles qui arrivent de Capri presque tous les jours indiquent que l'empereur est bien vivant, toujours sujet à ses traditionnelles sautes d'humeur.

Un jour, Agrippa reçoit une invitation pour assister à une fête au théâtre de Marcellus, construit par Auguste en l'honneur de son neveu. Caligula lui annonce qu'il s'agit d'un événement très spécial, car les hommes les plus illustres de Rome seront présents. Agrippa décide donc de revêtir ses vêtements les plus somptueux et demande à une de ses esclaves de lui apporter son beau manteau taillé dans la meilleure soie d'Orient.

— Ce manteau t'a été volé ! avoue l'esclave en éclatant en sanglots. J'ai moi-même vu Eutique l'emporter.

Furieux, Agrippa fait appeler l'affranchi.

— Qu'as-tu fait de mon plus beau manteau de soie ?

— Je ne vois pas de quoi tu parles, seigneur, répond-il.

— On t'a vu l'emporter en cachette.

— Ce n'est pas moi !

— Je vais te dénoncer, t'accuser de vol. Tu as accès à mes appartements. Tu paieras pour ta déloyauté !

La police arrête Eutique, qui est soumis à un interrogatoire intense en prison. Étant donné le rang du plaignant et son amitié avec la famille impériale, le préfet de la ville en personne, Piso, nommé à ce poste par Tibère au terme d'une bacchanale tumultueuse, se rend sur les lieux de l'interrogatoire.

— A-t-il avoué ? demande-t-il au chef des gardes qui interrogent Eutique.

— Non, répond le chef. Il continue à affirmer qu'il n'est pas un voleur et qu'il ne sait rien de ce manteau.

— Dans ce cas, utilisez les instruments de torture. Nous verrons si cela le rend plus loquace.

Eutique est placé sur la poutre de torture, devant une collection d'ustensiles dont la seule vue remplit les prisonniers d'une peur viscérale. Quand il comprend que les choses deviennent sérieuses, il se met à faire des gestes désespérés. Un bâillon de tissu sur sa bouche l'empêche de parler, mais il montre par ses gestes qu'il veut dire quelque chose. Piso ordonne au bourreau de lui retirer le bâillon.

— La sécurité de l'empereur est en jeu ! crie l'affranchi, au désespoir.

— Sois plus clair, dit Piso.

— Je te l'ai dit, j'en appelle à la justice impériale !

— Parle, maudit condamné, ou je te fais écorcher vif !

— L'empereur court un grave danger ! Je dois révéler un complot contre lui !

— De quel complot parles-tu ?

— De celui qu'ourdit mon ancien maître, Agrippa. C'est pour cette raison qu'il m'a dénoncé.

Le préfet Piso est perplexe. Se passant la main sur le menton, il réfléchit. Et si cet homme avait raison ? Si Agrippa était un conspirateur au service de ces Juifs toujours prompts à s'opposer à Rome ?

— Explique-toi.

— Je ne m'expliquerai que devant l'empereur. Et si tu m'en empêches, tu seras inculpé de haute trahison.

La fermeté des paroles d'Eutique déconcerte Piso, qui ne peut pas les ignorer.

— D'accord, tu paraîtras devant le César. Mais si c'est une ruse pour essayer de gagner du temps, je te jure par tous les dieux que je t'arracherai les tripes, que je les éparpillerai sur les chemins et que je pendrai ta dépouille à l'arbre le plus haut que je trouverai pour que tu sois dévoré par les charognards.

— Ta décision sera récompensée, dit Eutique, qui respire avec soulagement en voyant qu'on le détache de la poutre de torture.

— Emmenez immédiatement cet homme à Capri. L'empereur saura quoi faire de lui.

À Capri, l'empereur s'ennuie. Même l'arrivée du prisonnier qu'on lui envoie de Rome ne parvient pas à rompre la monotonie de sa vie sur l'île. Il le fait enfermer sans prendre la peine de l'interroger, bien qu'on lui remette également une lettre du préfet de Rome lui indiquant respectueusement que l'homme a de graves accusations à porter contre des personnes bénéficiant de toute sa confiance.

Tibère n'entend rien d'autre que la force du pouvoir et estime que, si un homme finit en prison, c'est parce que la justice a plus de raisons qu'il n'en faut pour l'y envoyer.

Les jours passent et Eutique se désespère. L'empereur ne le reçoit pas. Il pourrit dans son cachot, jusqu'au jour où il entend de l'autre côté des barreaux une conversation entre deux geôliers :

— J'ai entendu dire que l'empereur allait quitter Capri. Il ne retournerait pas s'installer à Rome mais plutôt à Tusculum, une petite ville au sud-est de la capitale.

Pendant ce temps, Agrippa ignore qu'Eutique est prisonnier à Capri. Il le croit encore à la prison de Rome. De plus, il est loin de se douter que son affranchi a entendu sa conversation avec Caligula. Mais un jour, sans doute pour récupérer son luxueux manteau de soie, il décide de s'intéresser à cette affaire et s'informe auprès de Piso.

Le préfet de police se contente de lui indiquer qu'il n'a aucun élément nouveau, se gardant bien de lui dire qu'Eutique l'accuse à grands cris d'ourdir un complot contre l'empereur.

Agrippa perd patience. L'affranchi n'a pas avoué son larcin, alors qu'il a déjà passé plusieurs semaines en prison, ce qui le compromet très sérieusement. Soupçonnant que quelque chose de grave est en train de se tramer, il décide de s'en remettre de nouveau à Antonia et de lui demander d'intercéder auprès de l'empereur. Une fois de plus, la matrone lui témoigne beaucoup d'affection. Elle est, en outre, très appréciée de Tibère.

Finalement, l'empereur fixe la date du jugement de l'affaire d'Eutique et convoque le tribunal dans son palais de Tusculum, où il s'est installé après avoir quitté Capri.

— Le procès de l'affranchi Eutique pour le vol d'un manteau de soie dans les appartements de Jules Agrippa est ouvert, annonce le secrétaire du tribunal.

Le vieux Tibère, de plus en plus marqué par le passage des années, préside l'audience dans la grande salle du palais. Il apparaît fatigué, comme absent, et semble s'ennuyer. Dans la salle se trouve également Agrippa, qui comparaît au procès en tant que plaignant. Il souhaite résoudre l'affaire au plus vite pour continuer à faire avancer ses projets.

Tout en écoutant le secrétaire lire les accusations portées contre Eutique, Agrippa observe la décoration du palais. Elle lui paraît indigne de la demeure du maître du monde. Il n'y a ni ornements, ni meubles, ni statues, mais uniquement le trône et une grande tapisserie qui recouvre le mur du fond. Rien qui semble à la hauteur du palais de l'empereur de Rome.

— Qu'as-tu à dire pour ta défense ? demande Tibère à l'affranchi.

— Je n'ai volé aucun vêtement dans la garde-robe de mon ancien maître, ô César ! répond Eutique. Les dieux m'en sont témoins. La police a fouillé ma maison et n'a pas trouvé le manteau en question.

— Alors pourquoi t'accuse-t-on de ce vol ?

— Par jalousie, bien sûr. Parmi les esclaves, ce genre d'accusation est très fréquent et, dans cette affaire, on ne cherche qu'à m'attirer l'inimitié de mon ancien maître, à faire en sorte qu'il perde confiance en moi.

Eutique parle avec fermeté et sérénité. Il a l'air sûr de ce qu'il dit et ses paroles semblent convaincantes.

— En ce qui concerne les esclaves, c'est peut-être vrai, mais pourquoi Jules Agrippa lui-même t'aurait-il accusé s'il avait vraiment confiance en toi ? Tu insinues que ton ancien maître te traite de voleur sans aucun motif, sans la moindre preuve ? Pourquoi ferait-il une chose pareille ? C'est lui qui t'a accordé la liberté.

Tibère se penche en avant. Il sait qu'Eutique est au courant d'un possible complot contre lui et souhaite faire rapidement toute la lumière sur cette affaire. Il a déjà fait l'objet d'une conspiration par le passé. C'est sa belle-sœur Antonia elle-même qui lui a fait savoir que le chef de la garde prétorienne, le puissant Séjan, intriguait pour provoquer sa destitution. Cette révélation lui a sauvé la vie.

— Parce que je suis au courant d'un terrible secret, répond Eutique.

— De quel secret ?

— Une nuit, il y a quelques semaines, j'ai entendu une conversation entre Agrippa et ton neveu Caius. Ils avaient participé à une fête et bu trop de vin. J'attendais qu'ils aient fini de discuter pour ramener mon maître chez lui dans ma charrette. Et à ce moment-là…

— Continue, ordonne l'empereur.

— Ils croyaient que personne ne les écoutait, mais j'étais là et j'ai entendu ce qu'ils ont dit.

— Mais qu'ont-ils dit ? Allons, parle, à la fin !

— Agrippa a dit à Caius : « Pourvu qu'arrive bientôt le jour de la mort de ce vieux débris. Mais avant, j'espère qu'il te désignera comme successeur au trône de Rome. Son petit-fils, cet idiot de Gemellus, ne sera pas un obstacle pour toi, loin de là. J'attends avec impatience le moment où la Terre sera débarrassée de ce tyran, afin que l'Empire connaisse de nouveau des jours heureux. »

Eutique parle avec la conviction de celui qui dit une vérité irréfutable. Levant la tête, il regarde son ancien maître, qui a le visage livide et les yeux exorbités. Il jubile. Lui, un ancien esclave, il tient entre ses mains le destin de celui qui a été son maître.

Un silence glacial s'impose dans la salle. Dépassé par les événements, Agrippa ne dit mot. Toute l'assistance mesure l'importance du moment. Dans ses yeux usés et glacés, Tibère semble ruminer une sentence que tous devinent foudroyante. L'empereur se tourne vers Agrippa.

— Tu as entendu la gravité des accusations portées contre toi, dit-il, hiératique, comme taillé dans le marbre. Qu'as-tu à dire pour ta défense ?

Avant de répondre, Jules Agrippa prend le temps de réfléchir. Il voudrait se jeter sur Eutique pour l'étrangler de ses propres mains. Il se sent irrémissiblement perdu, car Tibère ne pardonnera pas une conspiration. Depuis qu'il a découvert la trahison de Séjan, l'empereur se méfie de tous ceux qui l'entourent et n'hésite pas à condamner à mort toute personne qu'il soupçonne, à tort ou à raison, d'ourdir un complot contre lui.

— César, tout cela n'est qu'un grossier mensonge, déclare Agrippa en s'efforçant de dissimuler les tremblements et la panique qui se sont emparés de lui. Cet homme, qui me doit la liberté, m'accuse pour occulter son délit : le vol d'un manteau de soie d'une très grande valeur qu'il m'a dérobé en trompant ma confiance en lui. Tout ce qu'il affirme est pure calomnie. Il s'agit de sa parole, celle d'un voleur et d'un ingrat, contre la mienne, celle d'un fidèle serviteur de Rome. Qui des deux croiras-tu, ô César ?

Tibère est perplexe. Les témoignages qu'il vient d'entendre sont contradictoires et aucun des deux n'est étayé par des preuves concluantes. S'agit-il de la vengeance d'un affranchi aigri ou l'apparente loyauté d'Agrippa recèle-t-elle une conspiration destinée à le destituer ?

L'empereur n'hésite pas longtemps. Malgré son âge, il réfléchit rapidement. Il sait que Caligula convoite le trône, car il l'a déjà entendu faire des commentaires à ce sujet, et il connaît l'étroite amitié qui l'unit à Agrippa.

— Macron, enchaîne cet homme ! ordonne-t-il.

Le chef de la garde prétorienne reste interdit. Il ne sait pas auquel des deux hommes l'empereur fait référence, car celui-ci ne regarde ni ne désigne personne en particulier.

— Seigneur…

— Obéis à mes ordres ! s'exclame Tibère, hors de lui. Enchaîne cet homme !

— Lequel veux-tu voir enchaîné, César ?

Le doigt impérial désigne alors clairement le Juif.

— Jules Agrippa ? demande Macron, surpris.

— Oui, ce traître ! Allons, qu'attends-tu ?

— Et que dois-je faire de l'affranchi ?

— Libère-le, mais je ne veux plus le voir ici.

Devant la décision de l'empereur, Agrippa s'effondre. Il pleure, supplie, parle du passé, rappelle son étroite amitié avec Drusus, le fils défunt de Tibère. Entendant le nom de son fils dans la bouche d'un traître, celui-ci entre dans une colère noire. Il se lève de son trône et, malgré ses douleurs, quitte la salle à grandes enjambées avec le peu d'énergie qui lui reste dans son corps de vieillard.

Sur ordre de Macron, Agrippa est conduit par une escouade de prétoriens à la prison Mamertine, à Rome, où il est enchaîné sans égards avec d'autres délinquants. Le temps s'arrête : ses projets s'effondrent brutalement.

Les nouvelles, surtout les mauvaises, vont presque aussi vite que les idées. Il ne se passe donc pas beaucoup de temps avant que l'on apprenne en Galilée que Jules Agrippa est tombé en disgrâce aux yeux de l'empereur et qu'il se trouve en prison à Rome.

Antipas s'en réjouit : bien qu'il se soit toujours trouvé en position de faiblesse, son neveu est depuis le début un rival gênant pour lui, un souci permanent. Or, il va sans doute en être débarrassé, car l'accusation qui pèse sur lui, rien moins que la fomentation d'un complot contre Tibère, est passible de la peine de mort.

Le tétrarque est le seul membre de la lignée d'Hérode qui ait gardé de bonnes relations avec l'empereur. Son éternelle aspiration à être couronné roi d'Israël renaît avec force dans son esprit. Et Hérodiade nourrit les mêmes espoirs.

— Un courrier vient d'arriver avec des nouvelles de Rome, annonce Antipas à son épouse.

Le ton triste qu'il s'efforce de donner à sa voix sonne faux. Son épouse est accompagnée de Cypros. Les deux femmes sont devenues d'inséparables amies depuis qu'Agrippa a quitté Alexandrie pour Rome et que Cypros est revenue à Tibériade.

— Des nouvelles importantes ? demande Hérodiade.

— Et peu encourageantes.

— S'agit-il de mon époux ? s'enquiert anxieusement Cypros, qui a l'intuition que quelque chose de grave est arrivé.

— Ma chère nièce, ton époux a des problèmes à Rome, commence Antipas.

Bien que Cypros soit effectivement sa nièce par son mariage avec Agrippa, c'est la première fois qu'il l'appelle ainsi.

— Que lui arrive-t-il ? demande-t-elle avec un air affligé et une profonde angoisse.

— Il semblerait qu'il soit impliqué dans un complot contre l'empereur, répond Antipas. Il est actuellement en prison.

Malgré tous ses efforts pour paraître ému, il est évident qu'il est envahi par une joie bien difficile à dissimuler.

— Un complot… mon époux ? Non, c'est impossible. Il ne se mêle jamais de politique, jamais.

— Eh bien, apparemment, il l'a fait, au moment le plus inopportun et de la pire façon possible : en orchestrant la destitution de Tibère, un crime de lèse-majesté passible de la peine maximale, précise Antipas avec une euphorie à peine contenue.

— Va-t-il être exécuté ? demande Hérodiade tout en essayant de consoler Cypros.

— S'il est déclaré coupable, sans aucun doute, car c'est le châtiment infligé à tous ceux qui portent atteinte à l'empereur.

Cypros éclate en sanglots, bouleversée. Loin de son mari, sans rentes propres pour vivre, elle dépend entièrement, ainsi que ses deux enfants, de la charité de sa belle-sœur Hérodiade. Tous ses espoirs dans le poste que son époux devait essayer d'obtenir à Rome s'effondrent. Elle ne voit plus aucune issue à la situation qu'elle subit depuis si longtemps.

— Dieu est cruel avec nous, murmure-t-elle.

— Il s'agit peut-être d'un malentendu, dit Antipas en s'efforçant, lui aussi, d'apaiser le chagrin de Cypros, même s'il est ravi à la perspective de voir disparaître celui qui est pour lui un concurrent plutôt qu'un parent. Il se peut que l'affaire ait déjà été réglée et qu'il ait été libéré. Je sais que Tibère apprécie ton époux et toute notre famille...

— Je l'espère.

Le tétrarque se retire, tandis qu'Hérodiade tente de rassurer la malheureuse Cypros. Malgré sa tristesse, celle-ci s'est rendu compte de la satisfaction d'Antipas à propos de l'emprisonnement de son mari. Elle décide alors d'arrêter de pleurer en public, de ne pas lui faire ce plaisir. Elle ne veut pas qu'il la voie souffrir. Au contraire, elle va être forte dans son malheur, solide face à ce coup du sort et espérer des jours meilleurs. Mais elle n'oubliera jamais que le tétrarque s'est réjoui de sa disgrâce. Des vers d'Homère qu'elle a appris plus jeune lui reviennent en mémoire : « Modère-toi, mon cœur. Tu supportas des choses plus terribles encore. » « Mon heure viendra, songe-t-elle, j'attendrai et je me vengerai. Je le jure. »

À ce moment-là, la Palestine vit en dehors des événements qui surviennent à Rome. Elle suit son propre chemin, qui prend un tour inattendu. Les personnes impliquées dans l'arrestation et la mort de Jésus de Nazareth commencent à subir de graves revers, comme si la malédiction prononcée par Marie de Magdala continuait à s'accomplir.

32

La décision de Caligula

À Rome, Agrippa rumine sa disgrâce. Jeté en prison, il attend, fébrile et bouleversé, que le chef des gardiens l'enregistre comme nouveau détenu.

Sous le ciel peu clément de la capitale, il guette le moment où son tour viendra d'être assigné à une cellule qu'il partagera avec d'autres prisonniers. Le temps passe lentement. Enchaîné, attaché à un poteau en bois au milieu de la cour, il est entouré de criminels de la pire espèce. Son manteau pourpre le distingue de cette engeance immonde, mais même les atours de son rang ne le soustraient pas aux humiliations.

Pendant cette pénible attente, quelque chose d'étrange attire l'attention des détenus. Un oiseau ayant un drôle d'aspect vole au-dessus de la cour de la prison, passe plusieurs fois au ras des têtes et se pose sur le poteau auquel Agrippa est enchaîné.

Parmi les prisonniers, un robuste Germain aux cheveux roux, mercenaire au sein de la garde prétorienne et condamné à trois mois d'emprisonnement pour avoir participé à une rixe sanglante, fait signe à un des gardiens d'approcher dès qu'il voit se poser l'oiseau, qu'il n'a pas perdu de vue une seconde. Le gardien, reconnaissant son uniforme de prétorien, décide de le rejoindre.

— Qui est cet homme vêtu de pourpre ? lui demande le Germain dans un horrible latin.

— Je crois que c'est un prince juif, ou quelque chose de ce genre.

— Et que fait parmi nous un type vêtu de pourpre ?

— Il descend d'une lignée royale d'Orient, mais il est tombé en disgrâce pour avoir participé à un complot contre notre César.

— Puis-je te demander une faveur ?

— Tu n'es pas en position de le faire.

— Bien que je sois en ce moment dans cette prison, et pour seulement un temps, je n'en reste pas moins un prétorien. Je retournerai à mon poste dans quelques mois, dit le Germain avec un regard franc et déterminé. Fais-le pour un collègue.

— Que veux-tu ? demande le gardien.

— Autorise-moi à m'approcher de cet homme au manteau pourpre.

Le gardien hésite quelques instants, mais il ne voit pas d'inconvénient à accéder à cette requête.

— D'accord, mais tu gardes tes chaînes. Et ne fais rien de stupide.

Le Germain est aussitôt enchaîné au même poteau qu'Agrippa, juste à côté de lui.

— Écoute-moi, lui souffle-t-il à l'oreille, et ne sois pas surpris par ce que je vais te dire. Je suis né en Germanie, mais là-bas aussi nous savons déchiffrer les augures. J'ai vu un oiseau étrange survoler la cour puis se poser sur ce poteau. Je crois que c'est une espèce de hibou. Or, les hiboux ne volent pas dans la lumière du jour. C'est si inhabituel qu'il ne peut s'agir que d'un signe divin. Les vieux sages de ma tribu disent que les faits aussi extraordinaires que celui-ci doivent être vus comme des messages des dieux. Je crois que le père des miens, Odin, que les Romains appellent Jupiter, est derrière ce présage. Et sais-tu ce qu'il annonce ? Que tu seras bientôt libéré de ces chaînes et que ta bonne fortune reviendra.

Jusqu'à cette dernière phrase, Agrippa a ignoré le bavardage du Germain, mais il semble tout à coup intéressé par ses paroles et le regarde avec attention.

— Que veux-tu dire ? lui demande-t-il sans vraiment croire à ce qu'il vient d'entendre.

— Que tu vas acquérir pouvoir et dignité, et que tous ceux qui ont pitié de toi en ce moment t'aduleront sans retenue.

— Tu déduis tout cela du vol d'un oiseau ?

— Ce hibou est un envoyé des dieux, sois-en sûr, affirme le Germain en regardant Agrippa droit dans les yeux avec l'espoir de susciter une réaction.

Mais le Juif, bien qu'impressionné, garde le silence. Ses yeux trahissent sa méfiance.

— Pourquoi te croirais-je ?

— Parce que je sais interpréter les signes des dieux. Tu le constateras bientôt par toi-même. Et quand cela arrivera, rappelle-toi que c'est moi qui ai interprété ce signe.

Le prétorien se tait. Agrippa, à la fois étonné par cette révélation et sceptique, lui murmure quelques mots de remerciement en lui promettant qu'il se souviendra de lui si son présage s'accomplit un jour.

Antonia ne tarde pas à apprendre l'incarcération d'Agrippa. Une fois de plus, l'honorable matrone s'inquiète pour lui et envisage de rendre visite à son beau-frère l'empereur pour le prier de le libérer, même si cette fois, la situation est très délicate.

Le meilleur moyen d'éviter l'exécution du détenu est d'essayer de retarder le plus possible cette funeste issue. Pour y parvenir, Antonia projette d'user de toute son influence sur Macron, le chef de la garde prétorienne. C'est lui qui prend les décisions dans les prisons de Rome et contrôle tout ce qui s'y passe. Elle n'hésite donc pas à sortir de chez elle pour aller rencontrer le puissant officier.

À la caserne des prétoriens, où Macron organise la sécurité de l'*Urbs*, Antonia parle en toute franchise.

— Crois-moi, Macron, ce qui arrive à Agrippa est injuste, affirme-t-elle. Je le connais depuis très longtemps et je suis sûre qu'il est incapable de lever le petit doigt contre l'empereur. Je sais que tu trouves ce Juif désagréable, que tu méprises sa façon de se comporter et son mode de vie, mais je te demande, je te prie d'alléger son calvaire en prison. Je te donnerai ce que tu veux si tu fais ce que je te dis… et que tu gardes le secret.

— Si j'accède à ta requête et que l'empereur vienne à s'en rendre compte, ma vie ne vaudra pas plus cher qu'une misérable pièce de bronze, dit Macron, qui sait jusqu'où Tibère est capable d'aller avec quelqu'un qui l'a trahi. Quand il a découvert les intrigues de Séjan, il n'a pas hésité à se débarrasser de toute sa famille.

— Il n'y a aucune raison qu'il l'apprenne. Le César est un homme vieux et malade qui passe la majeure partie de son temps plongé dans de constantes divagations.

Combien de temps crois-tu qu'il lui reste à vivre ? Un an, quelques mois, quelques semaines peut-être ? Et qu'arrivera-t-il à sa mort ? Agrippa est un des meilleurs amis de Caligula, qui sera probablement le prochain empereur. Si c'est le cas, que fera-t-il, à ton avis, de ceux qui auront laissé mourir son meilleur ami ?

— Noble Antonia, ce Juif ne m'inspire guère confiance, mais ne t'inquiète pas. Le respect que je vous dois, à toi et à ta famille, m'oblige à accéder à ta demande. Je veillerai personnellement à ce qu'Agrippa bénéficie des meilleures conditions en prison, mais je n'accepte aucun cadeau de ta part. En revanche, tu me devras une faveur.

— Je te suis redevable.

— Je vais me rendre à la prison Mamertine et ordonner à l'officier chargé de garder Agrippa de veiller sur lui comme sur son propre fils.

— Je n'oublierai pas ton geste, Macron.

Dès lors, Agrippa bénéficie d'un traitement préférentiel. Il a le droit de prendre des bains, de recevoir la visite de serviteurs ou d'amis, de changer régulièrement de vêtements et même de manger certains plats.

Sous la protection de l'officier en chef de la prison, il est servi par son affranchi Marsyas et mène en prison une vie presque digne de celle d'un prince. Il a tout de même hâte de recouvrer la liberté, mais cela lui paraît difficile, sauf si… Tibère meurt.

L'empereur s'ennuie aussi à Tusculum. Il préfère donc retourner dans son palais de Capri. Mais quelques jours sur l'île suffisent à le lasser de nouveau et il décide finalement de rentrer à Rome. Il a mal partout, les douleurs empirent de jour en jour. Éprouvant un mélange de souffrance et d'angoisse, il pressent qu'il ne recouvrera jamais la santé. Il a souvent des nausées et des vertiges, vomit à chaque fois qu'il s'alimente et n'a plus la force de se déplacer par ses propres moyens.

Le voyage de Capri à Rome lui semble ennuyeux et extrêmement long. Une fois sur la terre ferme, le cortège de l'empereur s'arrête tous les deux ou trois milles pour qu'il ne souffre pas trop. À l'occasion d'un arrêt à sa villa de Misène, près de Pompéi et Naples, il décide d'affronter son destin.

— Thrasylle, mon voyant favori que les dieux ont accueilli en leur sein, avait raison dans ses présages : la fin de mes jours est proche. Je ne me souviens même plus de ce que j'ai été…, avoue le César, grave et peiné, à un de ses conseillers, le fidèle Mécène.

— Ô César ! tes jours sont encore nombreux, dit Mécène pour se dérober.

— Ne te défile pas, maudit hypocrite, et sois sincère pour une fois. Tu sais que Thrasylle avait toute ma confiance.

Mécène pâlit. Tout indique que les jours de Tibère sont comptés et qu'il avance à grands pas vers sa fin. Il est inutile d'être devin pour le voir.

— Dans ce cas, César, tu dois désigner un héritier, balbutie Mécène.

— Élégante manière de me dire que, toi aussi, tu vois que ma mort est proche.

Le conseiller garde le silence. Il connaît bien les accès de colère de Tibère et pense qu'il est capable de le condamner à mort pour avoir prédit la sienne.

Plus tard, adossé à des coussins moelleux dans la maison de campagne où il loge à Misène, las et n'ayant presque plus la force de bouger, l'empereur fait venir Évode, son affranchi favori.

— Tu es la seule personne en qui j'ai pleinement confiance, dit-il. Nous nous sommes arrêtés ici parce que je peux à peine continuer. J'aimerais garder les dernières forces qui me restent pour entrer dans Rome debout sur mes deux jambes, entouré, en outre, de mes fils, Tiberius Gemellus et Caius Caligula. Va leur porter un message afin qu'ils viennent me voir immédiatement. Dis-leur que ce qu'ils vont entendre de ma bouche marquera à jamais le reste de leur vie.

L'empereur appelle toujours Gemellus et Caligula ses fils, bien que le premier soit son petit-fils et le second son fils adoptif. Claude, le frère de Germanicus, n'est pas considéré comme un prétendant au trône impérial. Tout le monde le prend pour un être fou à lier.

Les deux fils de Tibère, qui se trouvent à Misène pour l'accompagner jusqu'à Rome, ne tardent pas à paraître devant lui.

— Mes fils, dit-il avec toute la solennité dont il est capable dans son état, j'ai demandé aux dieux de m'indiquer par un signe précis lequel de vous deux devra me succéder à la tête de l'Empire. J'espère qu'ils me révéleront leur dessein cette nuit. Par conséquent, je vous annoncerai demain ma décision, qui sera aussi celle de nos dieux.

Son cœur penche pour Gemellus, car c'est son petit-fils et il est de son sang. Mais sa raison lui dit que Caligula est plus intelligent, qu'il a une meilleure capacité de décision et qu'il s'est formé aux côtés de son père, le regretté Germanicus, dont le souvenir est encore vivace parmi le peuple et les légions.

Cela fait déjà des années que Germanicus est mort en Égypte dans des conditions étranges. Les Romains n'ont pas oublié la rumeur selon laquelle Cnaeus Calpurnius Piso, ancien légat de Syrie, et son épouse Plancina, qui détestait Agrippine, l'épouse de Germanicus, auraient été les instigateurs d'un possible empoisonnement. Certains racontent même que Germanicus aurait été assassiné sur ordre de l'empereur Tibère lui-même, qui se méfiait de la popularité et des succès de son neveu et le faisait surveiller en permanence.

Piso était un grand ami de Tibère, avec qui il a été co-consul à l'époque d'Auguste. La rumeur sur son rôle dans la mort de Germanicus reste tenace, mais toutes les charges contre lui ont été abandonnées grâce à l'intervention de Livie. Et même si un jour Tibère a vu les mots « Rends-nous Germanicus » peints sur la façade du palais impérial de Rome, le peuple a toujours su que le fils de Germanicus, lui, avait sa faveur.

Macron, le puissant chef de la garde prétorienne, a aussi une préférence pour Caligula et le fait savoir à l'empereur dès qu'il en a l'opportunité.

Cette nuit, Tibère ne dort presque pas. Les douleurs, mais aussi le profond dilemme auquel il est confronté, l'en empêchent. L'avenir de l'Empire dépend du choix qu'il fera le lendemain matin. Il attend en vain l'intervention des dieux, qui préfèrent le laisser trancher seul. Il ne reçoit aucun message divin et n'observe aucun signe indiquant leur préférence pour l'un ou l'autre des candidats. Aussi décide-t-il de désigner comme successeur le premier de ses fils qui paraîtra devant lui.

Au matin, Évode lui annonce que les candidats au trône attendent devant la porte de sa chambre.

— Fais-les entrer, lui dit Tibère, mais l'un après l'autre.

— Dans quel ordre ? demande l'affranchi.

— Dans l'ordre de leur arrivée.

L'affranchi, qui ne connaît pas la décision du César, fait savoir au premier arrivé qu'il est attendu.

— Ton père te réclame, dit-il, va le voir.

Lorsqu'il voit son successeur, Tibère est contrarié. Il s'agit de Caligula, et c'est seulement à ce moment-là qu'il se rend compte qu'il aurait préféré Gemellus.

— Approche, mon fils, murmure-t-il, adossé à plusieurs oreillers.

Caligula le rejoint en quelques pas.

— Qu'attends-tu de moi, père ? demande-t-il.

Sans un mot, Tibère prend la main du jeune homme et lui passe l'anneau frappé du sceau impérial.

— Les dieux ont décidé ; tu me succéderas sur le trône de Rome.

— Père ! oh, père ! Je serai un digne successeur. Je te le jure par tous les dieux…

Caligula ne cache pas sa joie et admire l'anneau à son doigt en souriant.

— Prends soin de ton frère, lui demande Tibère, qui craint pour son petit-fils.

En effet, une fois devenu César, Caligula pourrait considérer Gemellus comme un obstacle, une menace pour son trône, et décider de l'éliminer. Maintenant, tout est clair dans son esprit et il lui semble avoir fait une erreur, mais il ne peut plus revenir en arrière.

— Je le ferai, père, je le ferai.

— Mon fils, bien que Gemellus soit mon parent le plus proche, les dieux et moi avons souhaité te remettre l'anneau impérial qui fait de toi mon successeur. Quand je mourrai et que tu seras à la tête de tout ce que Rome a créé, je veux que tu te souviennes de ma bonté qui t'a élevé au plus haut rang. N'oublie jamais ta parenté avec Gemellus. Jure-moi par nos dieux que tu le protégeras à tout instant et que tu veilleras sur sa vie comme sur la tienne.

— Je te le jure, père, je le jure devant les dieux et devant Rome, déclare Caligula, avant de prendre la main de l'empereur pour y déposer un baiser.

Mais il ne met aucune conviction dans ses paroles. Il ne pense qu'au pouvoir qui sera déposé entre ses mains. Il rêve de ce moment depuis si longtemps…

— Gemellus sera ton plus grand soutien, affirme Tibère, aie confiance en lui. C'est un bon garçon et il te sera fidèle jusqu'à la mort. L'expérience m'a appris qu'un empereur doit s'entourer d'amis loyaux. Gemellus en fera partie. (Il s'essouffle et se met à tousser ; même parler l'épuise.) Et respecte nos lois. Les dieux se vengent de ceux qui agissent en les traitant avec mépris.

À ces mots, Caligula ne peut réprimer un certain sarcasme, car il connaît les injustices et les actes arbitraires que Tibère a commis en tant qu'empereur. Il sait aussi qu'il a perpétré sans scrupules toutes sortes d'atrocités pour sauver sa position ou s'emparer des biens d'autrui.

— Père, n'aie aucune crainte concernant la vie de Gemellus, répète Caligula. Je te jure par Jupiter que je serai son plus grand défenseur. Je t'en donne ma parole, celle du futur César.

Malgré ces serments, Tibère se méfie encore. Quelque chose dans les yeux de son fils adoptif lui déplaît, et il soupçonne que Gemellus sera en danger dès que Caligula s'assoira sur le trône.

Un peu plus tard, en présence de tous les membres de la cour qui composent le cortège impérial à Misène, Tibère annonce avec solennité que, conformément à la volonté des dieux, son successeur sera Caius Caligula, le fils de Germanicus.

La nouvelle ne tarde pas à arriver à Rome. Dès qu'il l'apprend, Macron se rend à Misène, où il s'entretient avec Caligula. Le chef des prétoriens est soulagé : le traitement de faveur qu'il a accordé à Agrippa, le grand ami de l'héritier du trône, ne lui a pas attiré de problèmes et, désormais, il espère bien en être récompensé.

Marsyas, l'affranchi d'Agrippa, arrive à la prison Mamertine en haletant comme un chien après une longue course.

— Le lion qui voulait te dévorer est mort ! annonce-t-il avec un grand sourire et en parlant en araméen pour ne pas être compris des oreilles indiscrètes.

— Que veux-tu dire ? lui demande Jules Agrippa.

Marsyas approche et lui dit tout bas :

— Tibère est mort. La cour garde le secret jusqu'à ce que le cortège arrive à Rome. Ton ami Caligula est le nouvel empereur.

— Que s'est-il passé ? demande Agrippa, également en araméen, tout en sortant du bain qu'il était en train de prendre non loin de l'officier chargé de le surveiller dans sa prison.

— De nombreuses rumeurs circulent. On dit qu'après que Caligula a été désigné comme successeur, Macron est allé au galop jusqu'à la villa de Misène, où se trouvait l'empereur, et qu'il l'a étouffé de ses propres mains avec un oreiller. Certains racontent qu'il l'a fait sur ordre de Caligula lui-même, qui n'a pas voulu attendre la mort naturelle de Tibère.

— L'empereur assassiné par son successeur ?

— Certains justifient cet acte en affirmant que Caligula n'a fait qu'abréger les souffrances de Tibère, mais la vérité, c'est que l'empereur est mort de vieillesse et de tous les excès des dernières années de sa vie.

— Eh bien j'espère que mes souffrances vont être abrégées également ! Cela fait six mois que je croupis dans cette prison.

L'officier prétorien se rend compte qu'Agrippa et Marsyas font des messes basses. Il approche et intervient dans la conversation.

— De quoi parlez-vous ? Cela doit être intéressant pour que vous le fassiez dans votre langue, que je ne comprends pas. Qu'essayez-vous de me cacher ?

— Rien d'important, élude Agrippa.

Mais l'officier insiste.

— Je suis très conciliant avec toi, Agrippa, dit-il sur un ton réprobateur. Je crois que je mérite une réponse.

— Tibère est mort, finit par révéler Agrippa. C'est arrivé à Misène. Son successeur est Caius Caligula, le fils de Germanicus. Sa dépouille est en route pour Rome, où auront lieu les funérailles.

— Si seulement ils pouvaient le brûler dans la campagne ! s'écrie le centurion avec une sincérité brutale. Je ne voudrais pas que la ville soit contaminée par cette charogne.

— Tu ne l'appréciais pas, semble-t-il.

— Non, c'est certain, mais ce démon est enfin mort et nous allons fêter ça ! Je vais faire apporter des tourtes à la viande, des pigeonneaux en ragoût aux petits oignons, des feuilletés de volaille et une amphore du meilleur vin d'Apulie. Nous allons trinquer à un avenir prospère.

Pendant ce festin, qui a lieu dans l'office du prétorien, se présente un courrier porteur d'un message urgent de la part du commandant du prétoire. À la lecture du message, l'officier devient livide, comme s'il s'était brusquement vidé de tout son sang.

— Qu'y a-t-il ? demande Agrippa en voyant la soudaine pâleur du centurion.

— Par tous les dieux ! balbutie celui-ci, dont les mains tremblent au point qu'il laisse tomber le message à ses pieds.

Agrippa ramasse la missive et la lit à voix haute :

— « Des rumeurs circulent à propos de la mort du César Tibère, mais elles sont fausses. L'empereur est toujours en vie et, dans quelques jours, il entrera dans Rome. »

— Je suis stupide de vous avoir crus ! se lamente l'officier prétorien. Je me suis réjoui de la mort de l'empereur, je l'ai célébrée en mangeant et en buvant. Je suis un homme mort. Nous sommes tous des hommes morts.

Agrippa est également blême et muet de stupéfaction. Il regarde Marsyas pour lui signifier qu'il exige une explication, mais l'affranchi ne sait pas quoi dire.

— Que s'est-il passé ? demande-t-il. Comment as-tu pu commettre une telle imprudence ? Pourquoi m'as-tu trompé ?

— Je ne t'ai pas trompé, se justifie l'affranchi, suant comme s'il était sous un soleil de plomb. On m'a assuré que l'empereur était mort, qu'il habitait désormais le monde des ombres.

— Sors d'ici immédiatement, idiot ! crie le prétorien. Et remercie les dieux que je ne te fasse pas écorcher vif. Et toi, maudit Juif, tu peux oublier le traitement de faveur dont tu bénéficies. Malédiction !

Le lendemain, malgré les nombreux démentis, la nouvelle de la mort de Tibère se répand dans toute la ville. Persuadés de la véracité de l'information, certains vont aux temples offrir des sacrifices aux dieux en l'honneur du nouvel empereur. Puis, sur le perron du Sénat, plusieurs sénateurs confirment à la foule, rassemblée au Forum dans l'espoir d'en savoir plus, que le vieux tyran est mort.

Marsyas retourne à la prison Mamertine, où Agrippa n'a pas fermé l'œil de la nuit, à l'affût du moment où la porte de sa cellule allait s'ouvrir afin qu'on l'emmène à l'échafaud.

— Que fais-tu ici, maudit crétin ! explose l'officier de la prison en voyant revenir l'affranchi. Tu veux servir de nourriture aux vautours ?

— Ce que j'ai dit hier était vrai ! Tibère est mort ! Plusieurs sénateurs viennent de le confirmer devant les portes du Sénat. Le peuple de Rome parcourt les rues en poussant des cris de joie.

L'officier est rassuré, mais menace Marsyas.

— Si tu essaies encore de me tromper, je te jure que je t'arracherai les tripes de mes propres mains.

— Le préfet de Rome a reçu un message de Caligula, qui lui a fait part de la mort de son père adoptif et ordonné de préparer les funérailles. Caligula porte désormais l'anneau impérial. Il est notre nouvel empereur.

L'officier inspire profondément. Pendant quelques heures, il s'est vu condamné, mais la confirmation de la mort de Tibère le ramène à sa joie.

— Je vais faire sortir Agrippa de sa cellule et lui rendre son statut de privilégié, annonce-t-il.

— Tu as intérêt, c'est un ami personnel de Caligula. Notre nouvel empereur ne va sans doute pas tarder à lui rendre sa liberté. Et j'espère que tu seras récompensé pour ton attitude, malgré ce que tu as fait hier…

Le prétorien se mord les lèvres, espérant qu'Agrippa ne tiendra pas compte de sa dernière décision et se souviendra plutôt du bon traitement qu'il a reçu.

Caius Caligula arrive à Rome deux jours après la mort de Tibère. Il accompagne en feignant le chagrin le luxueux attelage qui transporte la dépouille de l'empereur défunt. De somptueuses funérailles sont célébrées sans perdre un instant, dans le respect de la coutume romaine. Aussitôt après, Caligula prend officiellement possession de ses fonctions au Sénat. Il n'a que vingt-cinq ans.

Antonia, qui suit de très près toutes les décisions du nouvel empereur, s'inquiète pour Agrippa. Elle décide donc d'aller rendre visite à son petit-fils Caligula.

— Je te félicite de tout cœur, très cher, pour ton accession au trône, dit-elle. Que vas-tu faire d'Agrippa, qui est toujours détenu à la prison Mamertine ? Je te rappelle qu'il a été emprisonné précisément parce qu'il a proclamé que c'était à toi de succéder à Tibère sur le trône impérial.

— J'ai l'intention de le faire libérer le plus tôt possible, répond Caligula.

— Ne t'avise surtout pas de le libérer maintenant, lui dit Antonia sur un ton que plus personne n'oserait employer avec lui.

— Pourquoi ? demande-t-il, surpris par la réaction de la noble matrone. Je croyais que tu appréciais Agrippa.

— Et tu ne t'es pas trompé, mon cher petit-fils. J'ai beaucoup d'affection pour ce Juif, que j'aime presque comme un fils, mais tout le monde à Rome sait pourquoi Tibère l'a fait emprisonner. Si tu le libères trop tôt, les gens penseront que tu te réjouis de la mort de ton prédécesseur. Ou, pire encore, que cette prétendue conspiration qui a mené Agrippa en prison était bien réelle et que tu en étais l'instigateur ou, en tout cas, que tu en étais informé.

— Alors que veux-tu que je fasse ? Que je laisse mon ami croupir dans ce trou infect ?

— Attends que s'estompent les sentiments que suscite généralement la mort d'un homme de renom. Et quand tout sera revenu à la normale, d'ici quelques jours, proclame la libération d'Agrippa en la présentant comme un acte de générosité.

— Tu es brillante, Antonia, vraiment brillante. Je vais suivre ton conseil. Il faut toujours écouter son aïeule.

Mais Caligula, malgré ces mises en garde, n'attend même pas trois jours avant de libérer Agrippa. Désormais maître du monde, il ne laissera personne lui dire ce qu'il doit faire ou non, encore moins une femme, aussi illustre soit-elle.

L'ordre de libération d'Agrippa arrive à la prison Mamertine accompagné d'un autre, qui requiert la présence de l'ancien détenu au palais impérial, dans les règles du décorum. Sans perdre une minute, Agrippa se lave, se coupe les cheveux et revêt une luxueuse tunique de soie, comme s'il menait une vie opulente.

Lorsqu'il le voit entrer dans la salle d'audience, l'empereur le reçoit solennellement, entouré de tous les nouveaux courtisans.

— Dans mes bras, mon vieil ami ! s'exclame-t-il.

— Je te remercie de m'avoir sorti de prison, César, dit Agrippa. Je ferai tout ce que tu voudras.

Les deux hommes se réunissent dans une étreinte prolongée, parmi les applaudissements et les rires de leurs nombreux amis communs.

— L'empereur est un homme charitable et juste, dit Caligula à propos de lui-même.

— Longue vie au César ! proclame un des courtisans dans l'allégresse générale.

— Mes amis, annonce Caligula pour réclamer l'attention, j'ai deux surprises pour mon cher Jules Agrippa.

Toutes les voix se taisent. Il frappe dans ses mains et, par une porte latérale, entrent deux robustes esclaves. Ils portent une sorte de trépied recouvert d'une étoffe pourpre sous laquelle se cache un mystérieux objet, apparemment lourd et volumineux, puisqu'ils doivent faire de gros efforts pour venir le déposer au centre de la salle. En touchant le sol de marbre, l'objet fait entendre un son métallique.

— Dévoilez mon cadeau ! ordonne Caligula.

Les deux esclaves retirent l'étoffe sous le regard attentif et curieux de toutes les personnes présentes. Sur le trépied apparaissent deux grosses chaînes en or massif, semblables à celles utilisées dans les prisons pour attacher les prisonniers les plus dangereux.

— Oh ! s'exclament des voix où se mêlent la surprise et l'admiration, face à l'éclat de l'or pur.

— C'est ma première surprise. Dès que j'ai appris ton emprisonnement, je me suis promis de faire tout mon possible pour te rendre la liberté, et de t'offrir des chaînes telles qu'on en utilise dans les prisons de Rome, mais en or. – Caligula parle sur un ton solennel en parcourant du regard les visages stupéfaits de ses courtisans, avant de s'arrêter sur Agrippa. – J'ai rempli ma promesse : voici tes nouvelles chaînes, qui ne t'attacheront à aucune prison humide mais à mon éternelle amitié.

Toute l'assemblée est prise d'une grande émotion. Les courtisans applaudissent et acclament leur empereur, Agrippa sanglote comme un enfant sans cesser de remercier son ami pour sa générosité, et l'empereur lève les bras, fier de son geste.

— Je porterai ces chaînes comme le plus beau gage d'amitié qui ait jamais été donné, dit Agrippa, qui en prend une, vraiment lourde, et tourne sur lui-même pour la montrer à toute l'assemblée réunie en cercle dans la salle d'audience.

Puis il dépose la chaîne sur le trépied et se prosterne, dans une attitude de soumission, les yeux encore rougis par ses sanglots émus, devant l'empereur souriant.

— Allons, allons, lève-toi et viens m'embrasser encore une fois, mon cher ami ! dit Caligula au milieu des vivats.

— Vive le César Caius Caligula ! crie une voix.

Le jeune empereur s'approche du trépied, prend les deux chaînes et, exhibant sa force, les brandit devant toute la cour émerveillée.

— Ta générosité est digne du meilleur des hommes, dit Agrippa, reconnaissant.

— Digne d'un dieu, tu veux dire ! rectifie Caligula en riant. N'oublie pas, cher Agrippa, que je suis désormais un être divin.

— Le plus généreux des dieux !

— Mais ce n'est pas tout, précise l'empereur en réclamant de nouveau l'attention de sa cour de flatteurs. J'ai une deuxième surprise.

— Surprends-nous encore, ô César ! s'exclame une voix.

— Silence ! Chers amis, ce matin même, j'ai écrit une lettre au Sénat pour lui proposer de confier à l'illustre et noble Jules Agrippa ici présent la tétrarchie des régions orientales de la Batanée et de la Gaulanitide, afin qu'il les gouverne avec le titre de roi. Jules Agrippa, roi des Juifs !

— Je suis confus, César…, balbutie Agrippa, qui parvient à peine à prononcer un mot et commence à sentir ses genoux trembler.

— Ces régions, qui ont autrefois appartenu à notre province de Syrie, ont été gouvernées pendant des années, avec diligence et efficacité, par ton oncle Philippe, à qui Auguste les avait gracieusement octroyées. Mais Philippe est mort il y a quelques mois et je crois que tu es, mon bien-aimé Agrippa, l'homme le plus apte à lui succéder au gouvernement. Je ne connais personne qui soit mieux placé que toi.

— Je gouvernerai ces régions comme l'allié le plus fidèle du peuple romain et de son empereur magnifique.

— Tu devras le faire en tenant compte non seulement de notre amitié, mais aussi du bonheur de ton peuple. De plus, je souhaite également te confier la tétrarchie qui était dirigée par Lysanias, afin d'agrandir les territoires placés sous ton autorité.

Agrippa, qui il y a trois jours encore maudissait son sort dans la prison où il était entouré de voleurs et de criminels, vient de devenir le roi d'un territoire d'Orient. Soudain, il a l'impression de vivre un rêve. Mais tout est trop réel, trop concret pour ne pas être vrai.

— Fortuna est la plus changeante des déesses du destin ! lance Caligula.

— Mon cœur se gonfle de joie, César, et c'est uniquement à toi que je dois tout ce bonheur, dit Agrippa.

Des gouttes de sueur perlent à son front, un tremblement agite ses jambes et ses bras, ses genoux faiblissent et ses dents se mettent à claquer de nervosité.

Et à cet instant, au milieu des embrassades et des félicitations de ses amis, il se souvient du présage du mercenaire germain dans la cour de la prison. Était-ce le hasard ? le destin ? la volonté d'un dieu capricieux ? Cet homme était-il un prophète barbare parmi les Gentils ? Cet étrange hibou voletant au-dessus de leurs têtes représentait-il vraiment un signe divin ?

Dans l'euphorie du moment, tous ses mauvais souvenirs disparaissent. Le maudit Eutique, son dénonciateur, et le visage sombre de Tibère se dissipent dans les ombres du passé. La lugubre prison n'est plus qu'un cauchemar que sa mémoire ne retient pas. Les mauvais moments, les problèmes financiers, les dettes et les pressions subies ne sont plus que de vagues bribes de vie diluées dans la brume du souvenir…

— Bon, assez de cajoleries ! lance Caligula en se libérant de l'étreinte de son ami. Nous ressemblons à des prostituées de Subure plutôt qu'à de nobles patriciens. Le roi Jules Agrippa doit préparer son retour en Orient. Il a un royaume à gouverner de l'autre côté de la *Mare Nostrum*.

La nuit venue, Agrippa ne parvient pas à trouver le sommeil. Il a même peur, s'il s'endort, de se réveiller de nouveau en prison et de constater que tout cela n'a été qu'un beau mais impossible rêve. Pendant les longues heures de l'aube, tant de choses traversent son esprit… Si seulement Cypros, sa chère épouse, était là avec lui, en ce moment. Comme elle sera heureuse lorsqu'elle apprendra le triomphe de son mari à Rome ! Il se voit déjà à la tête du gouvernement de la double tétrarchie, dans son palais, roi et souverain. Lui, Jules Agrippa, le débiteur poursuivi, harcelé, est désormais un homme puissant, ami de l'empereur, allié de l'Empire, un roi ! La gloire l'attend, le triomphe, la grandeur d'un avenir qu'il imagine prodigieux. C'est la fin de la pénurie financière, des créanciers qui réclament leur argent, de toutes les humiliations qu'il a subies… La prophétie commence à s'accomplir. Il ira trouver le Germain qui lui a prédit son triomphe et lui fera une place au sein de sa cour, et même dans sa garde personnelle.

Agrippa ne peut plus attendre. Il brûle d'envie de retourner en Israël et demande à Caligula l'autorisation de partir le plus tôt possible. Plusieurs lettres partent de Rome pour l'Orient : une de l'empereur au légat de Syrie faisant part de la nomination royale d'Agrippa, une deuxième d'Agrippa à Cypros annonçant toutes ces bonnes nouvelles, ainsi qu'une autre encore de la chancellerie impériale aux gouverneurs et aux autorités locales informant des résolutions prises par Caligula.

Quelques jours plus tard, Agrippa quitte l'Italie à bord d'un navire à destination de Ptolémaïs. Le parent pauvre, le parasite de la famille, celui qui vivait d'aumônes revient sur sa terre en tant que roi. Enfin, le destin lui sourit !

33

La fin de Pilate

Les chemins de Pilate et d'Agrippa se croisent en mer. Le procurateur de Judée et de Samarie, déposé, rentre à Rome comme un pestiféré ; le Juif poursuivi retourne en Orient avec le titre de roi.

Pilate, qui a appris la mort de Tibère pendant la traversée, à l'occasion d'une escale, espère que le nouveau César lui accordera son pardon. Mais il se trompe. Les premiers mois de son règne, le jeune Caius Caligula prend des décisions qu'il veut exemplaires. Très enthousiaste, il souhaite par-dessus tout rendre justice et prend très au sérieux ses obligations d'empereur.

Il reçoit Pilate brièvement et avec froideur. Il tient entre les mains la lettre adressée à Tibère par le légat de Syrie, lui faisant part du comportement honteux et des erreurs lamentables du procurateur, notamment la répression d'un pèlerinage religieux au mont Garizim comme s'il s'agissait de la plus dangereuse des révoltes contre l'Empire.

— Tu as été irresponsable ! lance Caligula à Pilate, tremblant et décontenancé.

— J'ai essayé de maintenir l'ordre, César, tente de se justifier Pilate. Au nom de Rome…

— Eh bien, tu n'as réussi qu'à provoquer l'indignation des Samaritains et à mettre la paix romaine en danger. Cela a failli déclencher une révolte générale, justement parmi les gens les plus fidèles de cette région.

— J'ai été, pendant de nombreuses années, le plus loyal serviteur de Rome…

— Je reconnais les services que tu as rendus, mais tes erreurs sont impardonnables. Je ne peux laisser impunie une telle accumulation de fautes, uniquement imputables à ton comportement imprudent, cruel et inefficace. Le massacre des Samaritains est la pire de toutes, mais pas la seule. Ton mandat dans cette province a laissé derrière toi un sillage de sang.

— Ces Juifs sont indomptables. Ils ne comprennent que l'épée et le feu. C'est le seul moyen de les soumettre.

— Silence ! Écoute les paroles du légat de Syrie et tires-en la leçon.

— Caligula lit un extrait de la lettre envoyée à Tibère :

— « Si tu veux maintenir la paix, fais éclater la justice. Les citoyens de Samarie doivent savoir que le César est un juge juste et avisé. »

— Laisse-moi t'expliquer, supplie Pilate.

— Il n'y a plus rien à dire que je ne sache déjà. En tant qu'empereur de Rome, j'entends résoudre avec diligence les affaires portées à ma connaissance. J'agirai donc en conséquence. Ta condamnation donnera satisfaction au peuple samaritain, qui a toujours été fidèle à l'Empire. Et ton châtiment contribuera à ramener le calme, que tu as troublé, dans cette région.

— Pardon, César, j'implore ton pardon…

— Je devrais t'exécuter, comme tu l'as fait avec tant d'innocents, mais eu égard à tes années de service je te condamne à l'exil, déclare Caligula avec froideur, totalement indifférent aux supplications de Pilate. Conformément à la loi, tes biens sont confisqués. Ils seront répartis suivant les pourcentages habituels. Cependant, tu pourras garder un peu d'argent pour que ta famille ne meure pas de faim.

Exilé dans la ville de Vienne, dans la région orientale des Gaules, où Auguste avait déjà envoyé en exil Archélaos, Pilate se consume à petit feu. Plus les jours passent, plus la vie lui devient insupportable. Après des années de luxe et d'abondance, il souffre de se retrouver dans un tel dénuement.

Tous les matins, il se remémore ses jours de gloire à Césarée, le temps heureux où un seul de ses regards avait pour ses sujets autant de poids que celui d'un dieu, toutes ces années où, sous le soleil d'Orient, il commandait en maître et seigneur tout un peuple qui tremblait de peur à la seule évocation de son nom.

Dans la fraîcheur de l'aube viennoise, au bord du Rhône, il rumine sa disgrâce, observant la hutte délabrée dans laquelle il vit, son maigre repas et sa famille plongée dans le malheur.

Comment lui, Ponce Pilate, ancien procurateur impérial en Judée et en Samarie, peut-il mener une vie si grossière et surmonter une telle chute ? Le destin lui semble injuste, il se répète qu'une existence misérable, dépourvue de sens et sans espoir ne vaut pas la peine d'être vécue.

Ce soir-là, tandis que le soleil descend sur les vertes collines de la rive droite du Rhône, il saisit un grand couteau et va derrière sa hutte, où personne ne peut le voir. Aiguisant la lame sur une pierre lisse, il en vérifie le tranchant puis, d'un geste sûr et rapide, s'ouvre les veines du poignet.

Comme il se vide de son sang, alors que le soleil se couche et que les ombres avancent lentement, il pense à la noble fin d'autres militaires, à la façon dont les plus braves et les plus honnêtes s'ôtent la vie quand ils perdent l'honneur et l'espérance. Bientôt, ses yeux se ferment et sa vie disparaît comme la lumière du soleil derrière l'horizon.

C'est son épouse, Procla, qui le découvre presque mort, assis derrière la hutte en face du couchant, dans une flaque de boue et de sang. Elle crie, relève la tête de son mari et sent encore un faible battement avant qu'il ne rende son dernier souffle.

La famille demande aux magistrats de la ville de Vienne d'enterrer Pilate avec les honneurs dus aux fonctions qu'il a occupées de son vivant. Mais ils refusent : un homme condamné par l'empereur en personne ne peut bénéficier d'un enterrement digne. La veuve et les enfants du défunt sortent donc de la ville et creusent un trou dans le sol pour y déposer la dépouille du défunt. La clairière qu'ils ont choisie au milieu d'une forêt dense est déjà occupée par d'autres tombes, et ils craignent d'avoir réveillé les esprits des morts.

Effrayés par ce qui leur semble un terrible signe, les enfants décident de mettre le cadavre de leur père dans un sac et de se diriger vers une zone profonde du Rhône pour le jeter à l'eau, lesté d'une lourde pierre. Lorsqu'ils sont sur le point de lancer le sac, le courant s'agite et de grandes vagues créent un tourbillon. Ils renoncent donc à leur projet, de peur que ces remous soudains ne soient un signe des dieux des eaux et des fleuves exprimant leur refus d'accueillir cette dépouille.

Tout se passe comme si les dieux de Rome ne voulaient pas recevoir en leur sein le principal responsable de la mort de Jésus de Nazareth sur la croix et l'exécuteur de centaines de Juifs.

Finalement, des villageois acceptent, en échange de quelques pièces d'argent, de se charger du mort. Ils enveloppent le corps dans une grossière toile d'étamine, le déposent dans une charrette et s'éloignent de Vienne en direction de l'Helvétie. Au milieu de nulle part, dans un puits caché parmi les rochers et les arbres, ils jettent le cadavre dans un état avancé de putréfaction et qui dégage une puanteur insupportable, puis ils le recouvrent d'une grande quantité de pierres, de terre et de branches.

En Israël, les Juifs se réjouissent de la déposition et de la mort du tyran qui leur a empoisonné la vie. Ils espèrent que l'arrivée du roi Jules Agrippa dans les régions voisines inaugurera une époque de prospérité et de félicité sur tout le territoire. Hélas, ils ne vont pas tarder à constater à quel point ils se trompent.

34

L'ambition d'Hérodiade

— Roi ! Mon époux Agrippa est roi ! s'exclame Cypros lorsqu'elle apprend la nouvelle au palais de Tibériade.

À la cour d'Antipas, la surprise est immense. Agrippa, celui qui jette l'argent par les fenêtres, l'escroc, le mauvais payeur, le fugitif, a été nommé roi par le nouvel empereur. Personne ne s'y attendait.

Hérodiade, qui offrait jusqu'à présent sa protection à Cypros et à ses enfants, se sent désorientée. Un sentiment d'envie né au fond de son cœur la ronge de l'intérieur. Depuis déjà longtemps, son époux, le loyal Antipas, a l'ambition de devenir le grand monarque d'un Israël restauré, sans rien obtenir d'Auguste ni de Tibère. Et voilà que son frère est nommé roi, de régions pauvres de l'Est, certes, mais seulement quelques jours après l'accession de Caligula au trône de l'Empire. Comme la fortune est injuste ! Cypros prend congé de sa belle-sœur en la remerciant pour son hospitalité à Tibériade, et décide d'aller jusqu'au port de Ptolémaïs pour y accueillir son époux. Elle est heureuse, euphorique, elle est reine !

Le départ de Cypros bouleverse Hérodiade, moins affligée par l'absence de l'amie avec laquelle elle a eu tant de conversations que dévorée par l'envie. Son humeur change radicalement. Elle déambule, perdue dans ses pensées, dans les couloirs du palais. Le visage sombre, les sourcils froncés en permanence et les yeux dans le vide, elle ne cesse de tourner et de retourner dans son esprit la même idée : sa belle-sœur, qu'elle a tant protégée, est reine alors qu'elle n'est que l'épouse du tétrarque d'une petite région.

Sa colère augmente encore davantage lorsqu'elle apprend qu'Agrippa et Cypros ont pris possession de leurs terres, acclamés par leurs sujets criant sur leur passage : « Vive le roi ! » et « Vive la reine ! »

Elle ne peut pas le supporter. Petite-fille d'Hérode le Grand et épouse d'Antipas, elle est la mieux placée pour être reine. Elle doit l'être, et, pour cela, son mari doit être proclamé roi. Ce n'est que justice ! Un soir, dans le silence de l'alcôve, elle a une conversation avec lui.

— Le roi Hérode, ton père et mon grand-père, a fait exécuter Aristobule, son propre fils, peu avant sa mort. Et aujourd'hui le fils d'Aristobule est roi. Quelle ironie, ne trouves-tu pas ?

— Tu devrais te réjouir que ton frère ait été nommé roi, dit Antipas.

— Tu aurais dû l'être avant lui. Tu l'as largement mérité.

— C'est une décision personnelle du César, approuvée par le Sénat. Je ne peux rien faire.

Antipas se sent vieux. S'il nourrit encore l'espoir d'être proclamé roi de Judée, depuis un certain temps la résignation s'est installée dans son esprit. Il ne convoite plus davantage de pouvoir. Il aspire avant tout à vivre sa vieillesse imminente dans la félicité et sans obstacles majeurs.

— Il fut un temps où ton seul désir était d'atteindre la couronne, insiste Hérodiade.

— Oui, mais le passage des années m'épuise. J'ai consacré une bonne partie de ma vie à essayer de maintenir la paix en Galilée et en Pérée, et j'y suis parvenu. Pour cela, il m'a fallu travailler très dur : j'ai dû faire face aux Arabes nabatéens ; consolider les frontières en construisant et en réparant des forteresses, en les dotant d'arsenaux bien fournis pour éloigner de possibles envahisseurs de mes terres et de l'Empire ; maîtriser des illuminés qui voulaient renverser ce monde en prêchant l'avènement de je ne sais quel royaume de Dieu ; décourager les conspirations et les séditions ; exécuter des hommes aimés du peuple, comme cet idiot de Baptiste ou cet autre fou, Jésus de Nazareth ; sans oublier d'entretenir les meilleures relations possibles avec le légat de Syrie et le procurateur de Judée, qui représentent l'autorité de l'empereur dans cette région. Il est vrai que Rome devrait être très satisfaite de moi… mais je ne veux pas me compliquer la vie maintenant qu'elle tire à sa fin.

— Tu l'as dit toi-même : tu as plus servi l'Empire que n'importe qui, dit Hérodiade d'une voix rageuse. Tu mérites d'être roi, bien plus que mon frère. Tu es l'héritier de ton père, le premier à avoir été désigné pour lui succéder sur le trône d'Israël. Tu ne peux pas tolérer que l'on se souvienne de toi, si toutefois tu restes dans les mémoires, comme d'un misérable tétrarque. Lutte pour ce qui t'appartient et ne laisse pas ton neveu occuper un rang plus élevé que le tien.

— Que veux-tu que je fasse ? Ni Auguste ni Tibère ne m'ont nommé roi, et, si Caligula avait voulu le faire, il m'aurait déjà accordé ce titre, comme il l'a fait avec Agrippa. Je ne peux pas faire l'impossible.

— Bien sûr que si, tu peux. Revendique l'honneur qui te revient devant le nouveau César.

— Chère épouse, tu devrais être heureuse : ton frère est le roi des Juifs. Quant à moi, tout ce qui m'intéresse désormais, c'est de tenir Arétas et ses guerriers nabatéens à distance, et de mener une vie tranquille à tes côtés.

Mais Hérodiade, plus tenace et insistante que jamais, refuse de céder.

— Non ! s'écrie-t-elle. Je ne tolérerai pas que mon époux s'avoue vaincu et renonce à la royauté. Allons à Rome, demande à être reçu par l'empereur. Tu lui démontreras que personne n'est mieux placé que toi pour être roi. Nous avons suffisamment d'argent pour payer ce qu'il faudra pour atteindre cet objectif. Fais des cadeaux somptueux à Caligula et aux membres du Sénat, soudoie-les si nécessaire, envoie des agents à Rome pour qu'ils préparent ton arrivée, amadoue l'empereur avec des flatteries et des compliments…

— D'après ton regard, je suppose que tu as un plan, l'interrompt Antipas.

— Fais frapper une nouvelle monnaie à l'effigie de Caius Caligula couronné des lauriers de la victoire, avec l'inscription « À la Rome éternelle ».

— Cela provoquera un tollé parmi mes sujets juifs, voire peut-être un soulèvement général.

— Qu'importe ce que pensent ces fanatiques ! Fais circuler ces monnaies en Galilée et en Pérée, envoies-en une bonne quantité à Rome pour que l'empereur les voie.

— Est-ce tout ?

— Non, il manque le plus important : fais ériger à Césarée un autel et un temple en l'honneur de Caligula. Qu'ils soient aussi splendides que ceux que ton père a élevés dans cette même ville en l'honneur d'Auguste et de la déesse Rome.

Hérodiade parle très sérieusement. Antipas hésite. Il ne veut pas perdre davantage de temps à poursuivre un but qu'il n'a jamais atteint. N'ayant plus l'ambition de devenir roi, il est accablé par tout ce qu'implique le plan de son épouse : beaucoup de temps, beaucoup d'argent, un long et périlleux voyage, aller et retour, des événements inattendus, des dizaines d'entretiens avec des sénateurs et des courtisans…

— Je préfère vivre en paix comme je l'ai fait jusqu'à présent que de me lancer dans une telle aventure, d'autant que rien ne nous garantit qu'elle aboutira.

Mais Hérodiade n'est pas disposée à renoncer à la royauté. Dure comme le fer, obstinée comme les vagues sur la plage, elle continue à faire pression sur son époux.

— Tu dois être roi et je veux être reine.

Antipas prend une profonde respiration. Il sait que, lorsque Hérodiade est fermement déterminée, aucune force humaine ne peut la faire renoncer.

— D'accord, finit-il par accepter. Nous allons aller à Rome. Et tu seras reine.

Sans perdre un instant, Hérodiade se met à organiser le voyage. Elle sélectionne elle-même les plus beaux cadeaux que l'on puisse trouver et les met en lieu sûr en attendant de les envoyer à leurs destinataires, à la capitale de l'Empire.

Les premières pièces d'or frappées à l'effigie de Caligula couronné de laurier arrivent entre les mains de l'empereur en très grande quantité. Puis se succèdent des livraisons de coffres remplis de splendides trésors, répartis parmi tous les sénateurs, gouverneurs et magistrats ayant une certaine capacité d'influence au sein de l'Empire.

Naturellement, toute cette activité parvient aux oreilles d'Agrippa, occupé à préparer une visite au Temple de Jérusalem, où il a l'intention de faire une entrée triomphale comme s'il était le roi de tous les Juifs.

— Où veut en venir Antipas ? demande Agrippa à un de ses agents à Césarée.

— Il prépare un voyage à Rome.

— Pour quel motif ?

C'est une question purement rhétorique, car Agrippa connaît très bien les intentions de son oncle.

— Depuis des semaines, il envoie des coffres regorgeant de cadeaux destinés à l'empereur et à différents sénateurs. Je suis sûr qu'il prépare le terrain pour atteindre un but très important.

— Parle une fois pour toutes !

— Je crois qu'il veut que Caligula le nomme roi de Galilée et de Pérée… et peut-être plus que ça !

Agrippa n'a pas l'intention de se satisfaire du titre, pour l'instant presque honorifique, de roi des anciennes tétrarchies de son oncle Philippe et de Lysanias. Ce qu'il veut, en réalité, c'est que Caligula le nomme à la tête de toutes les terres qui ont un jour appartenu à son grand-père Hérode le Grand et fasse de lui le roi de tous les Juifs.

L'oncle et le neveu visent exactement le même trophée !

— Ce vieil Antipas ! lance Agrippa. Jusqu'à présent il ne m'inquiétait pas trop. Je pensais qu'avec le temps il avait renoncé au trône d'Israël, mais il semblerait qu'il reprenne des forces et poursuive de nouveau ce vieux rêve.

— Si je peux me permettre, seigneur, d'après mes informations, je dirais que c'est Hérodiade qui est derrière tout cela.

— Ma sœur, ma propre sœur…

Agrippa oublie qu'Hérodiade l'a accueilli, ainsi que son épouse et leurs enfants, quand tout le monde les rejetait comme des lépreux, que c'est également elle qui a offert sa protection à Cypros pendant qu'il était emprisonné à Rome et qu'elle a tenu tête à son époux Antipas pour prendre leur défense. Il a la mémoire courte, propre à ceux qui préfèrent ignorer certains souvenirs.

— Qu'allons-nous faire, seigneur ?

— Si Antipas atteint son but, mes projets échoueront et je serai ridicule aux yeux des nombreux habitants de Judée qui m'estiment. Il faut l'en empêcher d'une façon ou d'une autre.

Agrippa fait appeler Fortunatus, un de ses affranchis en qui il a le plus confiance depuis qu'il gouverne ses nouvelles terres.

— Mon oncle Antipas et ma sœur Hérodiade sont sur le point d'embarquer pour Rome, lui dit-il. Ils veulent convaincre l'empereur de leur accorder le titre de roi et de reine. Je ne peux pas l'accepter.

— Quels sont tes ordres ? demande laconiquement Fortunatus.

— Tu es intelligent et discret, sans parler de tes très grandes qualités de diplomate. Je veux que tu ailles de toute urgence à Rome. Tu connais bien cette ville et ce qui se passe dans les hautes sphères du pouvoir. Tu n'auras donc aucune difficulté à t'y introduire afin de faire échouer les projets d'Antipas.

— Compte sur moi.

L'affranchi est connu à la cour et aime Rome. Il accepte donc cette mission avec plaisir.

— Tu porteras des lettres de ma part à l'empereur et aux membres les plus influents du Sénat, ainsi qu'un rapport que je suis en train de préparer. Quand mon ami le César Caligula lira ce rapport, il changera d'avis sur Antipas.

— Quand dois-je partir pour Rome ?

— Dès maintenant. Prends notre meilleur navire. Il est important que tu arrives avant Antipas.

— Juste une question… Que suis-je censé faire si, malgré tes lettres et ton rapport, Antipas parvient à être proclamé roi ou, pour le moins, à se faire entendre de l'empereur ?

— Dans ce cas, préviens-moi de toute urgence. Je me rendrai à Rome personnellement, j'irai trouver le César et je lui révélerai à propos d'Antipas une autre information qui ne lui plaira pas du tout.

La traversée à bord des deux bateaux, celui d'Antipas et celui de Fortunatus, partis de Césarée presque en même temps, est lente et pénible. Le furieux Borée souffle continuellement du nord-ouest, entraînant une navigation difficile et hasardeuse. Les deux navires mettent environ trois mois à gagner le port de Dicéarchie, mais celui d'Antipas a plus de chance : il arrive une semaine avant celui de l'affranchi.

Dès son arrivée à Rome, Antipas ne perd pas de temps. Il envoie ses meilleurs souhaits et ses hommages à Caligula puis rend visite aux sénateurs et aux personnages importants de la cour impériale, qu'il couvre de cadeaux.

À ce moment-là, l'empereur n'est pas à Rome. Il passe quelques jours à Baïes, dans la région de Campanie, où Auguste et Tibère ont fait construire une villa d'agrément, près de sources thermales très efficaces contre les douleurs articulaires.

Après l'avoir fait attendre plusieurs jours, Caligula décide d'accorder une audience à Antipas dans son palais de Dicéarchie. Bien que le tétrarque ne présente pas un grand intérêt pour lui, il sait que c'est un bon allié de Rome dont Tibère ne disait que du bien, et qu'il est marié à la sœur de son grand ami Agrippa.

— L'empereur nous reçoit rapidement, dit Hérodiade à Antipas, tandis qu'ils patientent à côté de la salle d'audience. C'est bon signe.

Mais tandis que les deux époux attendent d'être reçus, Fortunatus se présente avec le rapport sur Antipas adressé personnellement par Agrippa à l'empereur. Celui-ci en prend aussitôt connaissance…

— Je devrais faire exécuter ce Juif sur-le-champ ! s'exclame-t-il après l'avoir lu. Mais puisqu'il est ici, je vais écouter ses mensonges.

Quand Caligula arrive dans la salle d'audience déjà occupée par plusieurs sénateurs, Antipas, qu'on a fait entrer avec son épouse Hérodiade, pressent que quelque chose va mal. Le visage de l'empereur laisse transparaître une sévérité et une rigidité qui ne présagent rien de bon.

— Je t'écoute, fils d'Hérode, dit Caligula d'un ton sec sans même daigner regarder le tétrarque.

— César, reçois ma loyauté et mes meilleurs souhaits pour ta santé et la gloire de Rome, commence Antipas. Je te remercie de me recevoir. Comme tu le sais, tout au long de ma vie, j'ai été un loyal serviteur de l'Empire. Je l'ai été sous le gouvernement du regretté Auguste, sous celui de mon ami Tibère et je veux continuer à l'être sous le tien, illustre Caius Caligula.

— Quel est l'objet de ta visite ? demande l'empereur avec froideur tout en feignant l'intérêt.

Expert dans l'art de la simulation, il écoute avec attention, bien que sa décision soit déjà prise.

— La Palestine vit dans le calme. Aussi, la présence de procurateurs romains ne me semble pas nécessaire. Pour être bref, illustre Caius, afin de ne pas te distraire trop longtemps de tes multiples occupations, je dirai simplement qu'il serait tout à fait opportun que l'ensemble de la Palestine soit gouverné par les Juifs eux-mêmes. Nous ne sommes pas comme les habitants de la Syrie. Ce qui s'est passé avec Ponce Pilate en est une preuve suffisante. Mon neveu Agrippa est roi de l'ancienne tétrarchie qu'a gouvernée jusqu'à sa mort mon frère Philippe, ajoutée aux territoires autrefois confiés à Lysanias. Depuis très longtemps, je gouverne comme tétrarque la Galilée et la Pérée. En tant que tel, je défends les frontières de l'Empire face aux belliqueux Arabes et à la menace permanente des Parthes. Tiens compte de tout cela, bien-aimé César, et accorde-moi les régions de Judée, Samarie et Idumée, qui constituent actuellement une province sous administration directe de l'Empire. Mes longues années de bon gouvernement et l'héritage de mon père, le grand Hérode, sont une garantie suffisante. Je me permets de te demander le titre de roi, car je crois avoir le droit de le détenir, étant donné ma fidélité et mon lignage.

Une fois le discours d'Antipas terminé, Caligula cesse de dissimuler sa colère. Il se lève de son fauteuil et marche furieusement d'un bout à l'autre de la pièce. Les conseillers et sénateurs doivent s'écarter sur son passage. Antipas ne peut imaginer la tempête sur le point de s'abattre sur lui. Sans dire un mot, l'empereur tend énergiquement le bras et un secrétaire, près duquel se tient l'affranchi Fortunatus, s'empresse de lui remettre un parchemin.

— Écoute cela, loyal Antipas, dit Caligula sur un ton menaçant, en insistant ironiquement sur le mot *loyal :* « Il est temps que tu saches, illustre Caius, que mon oncle Antipas a largement participé à la conspiration de Séjan contre ton prédécesseur Tibère. Et cela parce que Tibère n'a jamais voulu lui accorder le titre de roi de Judée. Séjan, en revanche, lui avait promis, en échange d'une grosse somme d'argent, d'être attentif à sa demande lorsque Tibère aurait quitté ce monde. Que peut-on espérer d'un homme qui trahit ainsi celui dont il dit être l'ami intime ? Trouves-tu prudent de donner davantage de pouvoir à un traître en le nommant roi ? Ne serait-il pas préférable de lui reprendre ce qu'il a, plutôt que de lui accorder de nouvelles concessions ? »

Antipas et Hérodiade sont stupéfaits. Ils n'arrivent pas à croire à ce qu'ils entendent de la bouche même de l'empereur.

— Rien de tout cela n'est vrai, dit Antipas, tremblant d'indignation. Je n'ai participé à aucun complot contre Tibère, ni contre Rome. Seul un esprit aigri et scélérat peut imaginer une telle chose.

Malgré la détermination avec laquelle il parle, Antipas se rend compte que Caligula accorde tout crédit à son ami Agrippa, avec qui il a partagé sa folle jeunesse. De son côté, Hérodiade pense que son frère en a toujours voulu à Antipas de ne lui avoir accordé que le poste d'inspecteur du marché de Tibériade, de l'avoir méprisé lors du banquet de Tyr, de l'avoir humilié à de si nombreuses occasions : il tient maintenant sa vengeance. Mais elle n'en croit pas ses oreilles. Elle a protégé, choyé Cypros et les enfants sans défense du dénonciateur ! C'est trop cruel ! Son époux risque l'emprisonnement et même la condamnation à mort. Défigurée par l'angoisse, désespérée par la trahison de son frère, elle regarde Antipas, dont les yeux commencent à se remplir de larmes.

— Et ce n'est pas tout, annonce Caligula en reprenant la lecture du parchemin : « La preuve irréfutable des mauvaises intentions d'Antipas à l'égard de l'empereur et des projets d'autonomie qu'il nourrit depuis longtemps réside dans les nouveaux arsenaux dont il dote ses nombreuses forteresses ainsi que dans les travaux coûteux de consolidation des fortifications réalisés ces dernières années. N'importe qui peut constater de ses propres yeux la réserve d'armes considérable qu'Antipas est en train de constituer. Après l'échec de la conspiration de Séjan, le tétrarque n'a pas renoncé à ses funestes desseins. Il compte conclure un pacte avec Artaban, le roi des Parthes, et obtenir l'autonomie sous sa protection, en s'affranchissant de la tutelle du légat de Syrie et de l'autorité de l'empereur. »

— Quel tissu de mensonges ! s'écrie Antipas. Ce rapport n'est que pure calomnie ! Qui serait assez fou pour penser que j'envisage de conclure un pacte avec le souverain des Parthes ? Qui peut douter de mon amitié avec Tibère ? Qui peut affirmer que j'ai trahi Rome ?

— Je ne te crois pas. La parole de mon ami Agrippa pèse bien plus lourd que la tienne. Ta visite le prouve. Tu es venu jusqu'ici uniquement pour réclamer un royaume. Existe-t-il une meilleure preuve de ton ambition démesurée ?

— Je suis fidèle à Rome. Je l'ai toujours été.

Caligula fait signe au secrétaire de lui apporter un second parchemin.

— Ah bon ? Alors écoute cet autre rapport, déjà ancien et éprouvé par le temps. Il provient de notre légat de Syrie. Veux-tu que je lise ce qu'il écrit à propos de ta rencontre avec le Parthe Artaban au-dessus de l'Euphrate, il y a fort longtemps ?

Cette fois, Antipas se sent perdu. Le légat Vitellius jouit d'un immense prestige à Rome, où sa parole n'est jamais remise en question.

— Tibère m'avait nommé ambassadeur face aux Parthes, rappelle Antipas, les yeux pleins de larmes. À cette occasion, je n'ai fait que suivre les instructions du César et agir dans l'intérêt de Rome.

Il omet de préciser que le légat de Syrie a été très jaloux que Tibère lui ait demandé d'être le porte-parole de la délégation romaine chargée de rencontrer les Parthes, mais aussi extrêmement contrarié quand Antipas a envoyé le premier son propre rapport à l'empereur, le privant ainsi d'une grande occasion de triompher sur le plan diplomatique. Ce sont ces vieux comptes qui sont en train de se régler en ce moment.

Trahi par tous, acculé, incapable de se défendre contre de si graves accusations et abandonné par l'empereur,

Antipas est submergé par l'angoisse. Transpirant abondamment, secoué de frissons, les tempes serrées dans un étau, la vue brouillée, il est sur le point de s'évanouir. Il est anéanti. Se rappelant la terrible malédiction qui pèse sur le trône d'Hérode le Grand, il voit clairement qu'il ne s'y assoira jamais. Quelques années plus tôt, son conflit avec son frère Archélaos l'en a empêché ; à présent, c'est sa querelle avec son neveu, comme un cycle infernal. Le trône d'Israël est maudit, maudit, maudit…

— Laissons de côté la conspiration de Séjan, propose Caligula, car tous ceux qui y ont participé sont morts, et intéressons-nous plutôt à ta gestion actuelle. (Il sourit avec des yeux semblables à ceux d'un chien prêt à se jeter sur sa proie.) Est-il vrai que tu as doté les forteresses de ta tétrarchie d'arsenaux pouvant équiper soixante-dix mille soldats ?

— C'est vrai, César, mais…

— N'en dis pas plus ! l'interrompt Caligula. Cet aveu suffit à t'inculper de complot contre Rome.

— Non, ce n'est ça, ce n'est pas ça du tout… Ces armes sont destinées à la défense des frontières de l'Empire face à la menace que représentent les Parthes du Perse Artaban et les Nabatéens de l'Arabe Arétas.

— Silence ! crie Caligula. Je vais rendre ma sentence. (Il regarde Hérodiade, qui attend avec appréhension, et Antipas, visiblement décomposé.) Voici mon irrévocable verdict : tous tes biens sont confisqués et tu es relevé de tes fonctions de tétrarque de Galilée et de Pérée. Je te condamne à l'exil, ainsi que ta famille.

Antipas ne réagit pas. Il garde le silence, paralysé. Mais Hérodiade éclate en sanglots, se couvre le visage de ses mains et se laisse tomber sur le sol. Lorsqu'elle se relève, elle continue à pleurer, inconsolable.

L'empereur sourit. Il est heureux d'avoir à la fois démasqué un traître, éliminé un possible conspirateur, fait main basse sur une fortune considérable par la confiscation de ses biens et fait preuve d'une indiscutable autorité.

— Un procurateur extraordinaire se rendra en Galilée et en Pérée, poursuit Caligula, pour inventorier et évaluer les biens du condamné. La moitié de ces biens ira au Trésor impérial à titre de dédommagement pour les torts causés, et l'autre moitié sera remise à Jules Agrippa. En signe de bonne volonté et d'amitié, je confie la tétrarchie de Galilée et de Pérée au roi Jules Agrippa, qui saura la gouverner dans l'intérêt de ses sujets et pour le plus grand bénéfice du peuple romain. L'audience est levée.

À ces mots, Fortunatus, l'affranchi qui a porté les lettres de Jules Agrippa à Rome, respire avec satisfaction. Le plan du roi a fonctionné à merveille et même au-delà de ses espérances. Face à un tel succès, l'affranchi ne pense qu'à retourner en Israël pour lui raconter personnellement cette audience si favorable.

Alors que Caligula s'apprête à quitter la salle, des idées confuses se bousculent dans la tête d'Antipas : il se sent profondément malheureux et trahi. Il ne comprend pas comment autant de fléaux peuvent s'abattre sur lui. Il subit l'injustice d'une décision prise de façon trop précipitée par l'empereur. Lui aussi, il a peut-être agi précipitamment. Il pense aux malédictions que certaines personnes du peuple continuent à proférer contre lui pour avoir exécuté de pauvres fous comme Jean le Baptiste ou Jésus de Nazareth. Il regrette d'avoir été faible et d'avoir cédé à la pression d'Hérodiade qui tenait à entreprendre ce voyage à Rome. Tout ce qu'il voulait, c'était vivre ses dernières années en paix et le voilà désormais dans une situation désespérée.

Lorsqu'il passe à côté d'elle, l'empereur remarque que l'épouse d'Antipas est toujours en pleurs. À cet instant, il se rappelle qu'il s'agit de la sœur de son ami Agrippa.

— Une minute, dit-il en s'arrêtant devant Hérodiade. Tu es la sœur du roi Agrippa. Il nous est arrivé de parler de toi et, en son honneur, j'ordonne que la condamnation à l'exil de ton époux ne s'applique pas à toi. À partir de maintenant, ton frère sera ton protecteur. Tu pourras garder une partie de tes biens et vivre où il te plaira.

— Non !

Le refus catégorique d'Hérodiade le surprend.

— Non ?

— Non.

L'espace d'un instant, elle semble sur le point de se jeter sur lui et de lui griffer le visage, mais elle réprime sa colère et son indignation.

— Non ? insiste Caligula, étonné. Qu'entends-tu par « non » ?

— Je suis la seule coupable de la disgrâce qui s'abat sur mon époux, répond Hérodiade. C'est moi qui ai insisté pour faire ce voyage, que lui ne voulait pas entreprendre. Si seulement je pouvais revenir en arrière ! Tu es le César et tu peux faire ce que tu veux. (Elle regarde Caligula dans les yeux avec une férocité sauvage.) Tu peux interpréter les faits comme cela t'arrange, croire en la parole de ceux à qui tu accordes du crédit, mais moi, la petite-fille d'Hérode et de Mariamne, roi et reine d'Israël, je déclare que tout ce qui figure dans ces rapports est un mensonge grossier, une calomnie inventée pour ruiner la vie de mon époux. Tu es l'empereur, mais tu te trompes, Caligula. Tu agis injustement en condamnant mon époux sur la foi de soupçons insensés, forgés par mon propre frère avec la complicité coupable du légat de Syrie.

— Tu rejettes ma magnanimité ? demande Caligula avec ironie.

— Oui, je la rejette. Je veux connaître le même sort que mon époux. J'ai été sa compagne quand les vents de la prospérité ont soufflé et je continuerai à l'être dans l'adversité. Je ne veux pas de ta grâce. Je partirai en exil avec lui.

— Ton frère en sera très triste.

— Ce menteur ingrat, ce traître n'est plus mon frère. Je le hais. Si je pouvais, je l'étranglerais de mes propres mains.

Un feu ardent consume Hérodiade de l'intérieur ; elle tremble de tous ses membres.

— Comme tu voudras, femme orgueilleuse, mais je te confirme que tu es libre d'aller où bon te semble.

L'empereur ne se laisse pas impressionner par la diatribe d'Hérodiade, à qui il lance un dernier regard méprisant. Haussant les épaules, il esquisse un demi-sourire et quitte la salle non sans avoir ordonné au chef de la garde d'exécuter immédiatement sa sentence.

Lorsque la nouvelle de la déposition d'Antipas arrive en Israël, ceux qui se réjouissent le plus sont les disciples de Jésus de Nazareth. Ils considèrent que c'est un juste châtiment pour le plus grand coupable de la mort du Maître, une fin méritée pour celui qui leur a fait tant de mal. Ils voient la main de Dieu et sa justice dans ce revers du destin, auquel personne ne s'attendait.

Le responsable de la mort de Jésus et de Jean le Baptiste a été condamné à l'exil dans un village perdu des environs de Lugdunum Convenarum, ancienne ville gauloise située au bord du Rhône, en Gaule orientale. Sa disgrâce ne console pas les disciples de Jésus, mais ils ne peuvent que s'en réjouir.

Très vite, Agrippa prend la tête de tous les territoires d'Israël, qu'il commence à gouverner en tant que roi tout en restant sous la tutelle de l'Empire. Il continue, cependant, à se méfier de son oncle, craignant qu'il ne revienne en secret de son exil pour lui disputer le trône. Antipas compte encore en Israël beaucoup d'amis, qui n'hésiteront pas à le soutenir s'il parvient à revenir de la lointaine Gaule.

Obsédé par cette idée, le roi Agrippa se réveille souvent en sursaut pendant la nuit. Au cœur de ses cauchemars incessants, Antipas lui apparaît dans de grands éclats de rire, les mains tachées de sang. Avec le temps, ces rêves oppressants qui l'empêchent de trouver le repos deviennent de plus en plus fréquents. Le souvenir écrasant de son oncle prend la forme d'une menace constante qui le mine.

Un matin, il se réveille d'un de ces cauchemars si angoissé qu'il n'en peut plus. Saisissant un calame, il écrit de sa main un mot fiévreux à Caligula : « Soulage mon esprit, libère-moi de mes préoccupations. Parfois, j'en perds le sommeil. »

Aucune explication n'est nécessaire. Dès qu'il lit ce mot, l'empereur donne des ordres précis au gouverneur de la Gaule orientale et, quelques nuits plus tard, deux ombres se glissent dans l'obscurité qui entoure la hutte où Antipas et Hérodiade vivent pauvrement. Dans un silence absolu, avec l'habileté de l'assassin insensible habitué à commettre des meurtres sur commande, une main munie d'un poignard tranche la gorge d'Antipas. Une mort rapide emporte le dernier souffle du fils d'Hérode.

Lorsqu'elle se réveille, au point du jour, Hérodiade sent que le corps de son époux est froid et rigide. Craignant le pire, elle palpe son visage, le secoue en le tenant par les épaules dans l'espoir de le réveiller, en vain… Tout près, un chien lèche le sang séché sur la main qui pend du grabat où gît le cadavre du tétrarque de Galilée.

Hérodiade est saisie d'horreur, mais elle ne gémit pas et aucune larme ne vient troubler son regard. Son âme est suffisamment endurcie pour l'empêcher de crier comme une possédée. Elle a toujours redouté le moment où cet événement tragique et cruel finirait par arriver.

L'enterrement d'Antipas, inhumé en terre étrangère, achève de la plonger dans les plus noires ténèbres. La vie n'a aucun sens, le destin est capricieux, cruel et effroyable. Elle perd l'appétit, son regard s'évade, sa gorge se dessèche, sa voix s'éteint, sa vitalité s'étiole ; elle ne mange plus, s'affaiblit, la tristesse et la solitude la submergent. Les premières herbes n'ont pas encore poussé sur la tombe d'Antipas lorsqu'elle est enterrée à ses côtés par des mains miséricordieuses, dans une sépulture anonyme dont personne ne se souviendra jamais de l'emplacement.

35

Le monde de Ruth

Tandis que la fatalité s'abat sur Antipas et Hérodiade, Hippodame, le chef de la police galiléenne, tient les rênes de la tétrarchie. Sa loyauté et son efficacité ont renforcé la confiance placée en lui. Mais il ne s'attend pas à ce qu'un simple voyage diplomatique se transforme en une véritable tragédie.

Lorsque la terrible nouvelle de l'exil d'Antipas arrive de Rome, il se met à déambuler comme une ombre dans les couloirs du palais de Tibériade. Son avenir devient incertain. Dans les semaines à venir, Agrippa prendra possession de ces terres et régnera sur l'ensemble d'Israël. Hippodame revoit son père Eurymédon se lamenter à la mort du grand Hérode ; il se trouve aujourd'hui dans la même situation que lui.

Préoccupé, il réfléchit à voix haute : « Je suis un obstacle qu'Agrippa n'hésitera pas à éliminer. Mais que puis-je faire ? Attendre que le nouveau roi me fasse égorger comme un agneau ? Fuir en Grèce et chercher refuge à Éphèse ou dans une autre ville prospère d'Asie Mineure ? Ses sicaires finiront par me retrouver et… »

Une pensée effrayante lui traverse l'esprit : il ne lui reste qu'à quitter la vie avec dignité. Oui, c'est le meilleur moyen de mettre un terme à l'angoisse qui l'envahit, la meilleure solution à tous les problèmes que l'adversité ne manquera pas de mettre sur son chemin. Mais il y a Ruth, sa bien-aimée Ruth, et leurs trois enfants. Que deviendront-ils quand il ne sera plus là ?

Il réfléchit à toute vitesse : « Le mieux est de s'enfuir. Pour une des îles d'Ionie, peut-être, ou la Cyrénaïque, ou bien Alexandrie… Oui, Alexandrie, où personne ne se sent étranger et où l'on peut passer inaperçu parmi une foule immense venant du monde entier. Pourquoi ne pas commencer une nouvelle vie dans un heureux anonymat ? »

Fuir, s'échapper, partir… « Non, je ne peux pas faire cela. Je suis un homme courageux qui ne recule jamais devant une situation difficile, qui affronte les problèmes avec force et détermination. Je suis Hippodame, le chef de la police de Galilée. Je ne vais pas détaler comme un lapin apeuré. Personne ne pourra dire que le fils d'Eurymédon n'a pas su faire face à la mort. Je vais rester ici et affronter mon destin. Mais je ne me laisserai pas non plus liquider comme un chien. »

Cette fois, Hippodame voit clairement son avenir, comme un sentier dans la montagne par un ciel dégagé de printemps : « Je vais me donner la mort moi-même, oui, je vais le faire de mes propres mains. Ce sera une mort noble et digne, la plus honorable qui soit dans ma situation. »

Une fois sa décision prise, un frisson remonte le long de son dos. Dans sa tête, l'instinct de survie et le sens de l'honneur luttent. Honneur ou opprobre éternel : il n'y a pas d'autre choix.

Cette fin lui semble le seul moyen de s'assurer qu'Agrippa laissera sa famille en paix. Et puis, Ruth et leurs enfants ne seront pas livrés à eux-mêmes. Il dispose d'une petite fortune épargnée année après année, de quelques biens en Phénicie et d'une propriété à Antioche. Ruth pourra s'y installer, avec les enfants, sans se sentir démunie.

C'est décidé. Il n'aura pas peur de la fin. Mais il doit se préparer pour son dernier voyage. Il se souvient alors des philosophes épicuriens, qu'il admire tant : « La mort n'est rien, rien. Une peur stupide et inconsciente propre aux enfants. La mort nous prive de tous les sens, donc nous ne la sentons pas. Alors pourquoi la craindre ? Si je suis vivant, la mort n'existe pas, et, quand je mourrai, ce sera moi qui n'existerai plus. Par conséquent, il n'y a aucune raison d'avoir peur. La mort n'est que l'aboutissement de la vie ; elle doit être un acte digne et glorieux. »

Naître, vivre, mourir… Son esprit s'agite. Qu'est-ce que la vie et qu'est-ce que la mort ? D'où venons-nous et où allons-nous ? Hippodame est en proie à des sentiments contradictoires, à des questionnements insolubles. Il s'efforce de garder son calme et de réfléchir posément en suivant le raisonnement de ses maîtres philosophes : « La vie n'est qu'agitation. Nous naissons, créatures sans défense jetées dans une mer déchaînée, nous vivons submergés par une angoisse perpétuelle, avides d'atteindre l'impossible, et nous mourons sans rien laisser d'autre qu'une volute de fumée dans l'air que le vent dispersera, un sillon sur la terre que la pluie effacera ou une onde dans l'eau que les vagues absorberont. Notre destin est peut-être soit de disparaître pour toujours, soit de retourner à l'origine de tout, à un nouveau commencement, à la raison universelle. »

L'heure est venue. Hippodame fait appeler un de ses hommes et lui ordonne de le suivre. Il descend avec lui dans les sous-sols du palais, dans une grande pièce souterraine où il conserve ses archives. Il se retourne vers le soldat, dégaine son épée et la lui donne.

— Tiens-la bien, ordonne-t-il.

Le garde hésite. Devinant ce que va faire son chef, il ne veut pas être celui qui tiendra l'épée mortelle, car il l'apprécie vraiment. Mais il a vu beaucoup de morts, tué beaucoup d'hommes, et il voit dans les yeux d'Hippodame qu'il a pris la bonne décision. Alors il empoigne fermement l'épée, s'adosse contre le mur et attend sans sourciller.

Hippodame ferme les yeux, aspire une grande bouffée d'air et s'élance sur la lame acérée. Un froid mortel traverse son ventre. Il gémit. Ses jambes flageolent. Il ouvre les yeux, mais sa vision se trouble. Il s'effondre lentement, tandis qu'un liquide chaud et visqueux se déverse sur son ventre et coule le long de ses jambes.

Ruth est inconsolable. Elle le savait, elle s'y attendait, mais elle ne veut pas l'entendre. Ce n'est que devant le cadavre de son époux qu'elle fait l'expérience du désarroi le plus profond, du chagrin absolu, de l'angoisse la plus brutale.

Le corps sans vie d'Hippodame brûle sur un bûcher au bord de la mer de Galilée, puis le vent emporte ses cendres et les dépose sur l'eau jusqu'à ce que toute trace de lui disparaisse comme le sillage d'un navire quelques instants après son passage.

Son suicide est célébré par les disciples de Jésus comme un triomphe, une preuve de plus de la justice divine à l'œuvre pour venger la mort du Maître et faire payer chacun des responsables de son exécution : d'abord Caïphe, puis Ponce Pilate, Antipas et maintenant Hippodame. Dieu est juste. Chacun reçoit, à la fin, ce qu'il mérite selon la façon dont il a agi. La malédiction de Marie de Magdala au pied du calvaire s'accomplit scrupuleusement.

Ruth et ses enfants arrivent dans la populeuse Antioche, qui les accueille dans le brouhaha permanent de ses rues et de ses marchés bondés. C'est la troisième ville de l'Empire. Seules Rome et Alexandrie la surpassent en taille, population et richesse. Sa rue principale, large de douze pas et flanquée d'une colonnade ornée de statues de dieux et de personnages éminents de la ville, la traverse de part en part.

Enfermée entre de puissantes murailles et encerclée par le cours du fleuve Oronte, elle domine la plaine fertile d'Amik et contrôle les chemins qui relient la riche province de Syrie aux terres d'Asie Mineure et au cours supérieur de l'Euphrate. Ses habitants viennent de tout l'Empire : Crétois, Chypriotes, Argiens, Athéniens, Juifs, Syriens, Slaves, Arabes… C'est l'endroit idéal pour passer inaperçue, se dit Ruth, qui, après le suicide de son époux Hippodame, est condamnée à vivre dans l'anonymat.

Mais la capitale de Syrie n'est pas que richesse. Dans les quartiers pauvres d'Antioche, les plus humbles s'entassent dans des maisons de bois et de pisé extrêmement modestes qui peuvent avoir jusqu'à cinq étages. Beaucoup vivent de la mendicité, se nourrissent de pain de seigle noir, d'un peu de lait aigre ou de fromage séché, d'olives, de raisins secs et de figues. Ils souffrent souvent des aléas de la grande pauvreté, entourés de punaises, de puces et de poux qui les dévorent sans pitié. Les incendies, les effondrements dus aux tremblements de terre, fréquents dans cette région, ou à la mauvaise qualité des constructions, ainsi que les épidémies qui se propagent à la vitesse du vent sont les compagnons de vie habituels des Antiochiens. L'Antioche des riches marchés et des luxueuses boutiques est aussi un lieu de misère et de désespoir.

Parmi ces gens abandonnés de la fortune, certains connaissent le message de Jésus de Nazareth, transmis oralement par ses disciples, et l'ont adopté. Plongés dans la pauvreté et la marginalité, ils espèrent que les promesses de Jésus à ses adeptes s'accompliront, et que la fin des temps arrivera bientôt pour instaurer la justice dans un monde nouveau. Ils mettent tout leur espoir dans le salut promis par le Messie.

Ruth possède de l'argent et des propriétés. Elle s'installe dans une maison du plus riche quartier de la ville. Mais même cet endroit privilégié n'est pas épargné par les permanentes disputes qui éclatent de toutes parts entre les différents groupes d'Antiochiens. La vie est dangereuse. La nuit, il est impossible de sortir de chez soi. Il devient indispensable de bloquer les portes et même de payer des hommes pour surveiller les accès.

Le seul quartier sûr est celui où habitent les Juifs, très refermé sur lui-même mais bien protégé de l'intérieur. Ruth décide donc d'y emménager avec le seul de ses trois enfants encore à sa charge, les deux aînés étant partis vers d'autres horizons. Elle sait que, là, elle sera protégée par les siens.

Une fois installée dans sa nouvelle demeure, elle commence à fréquenter chaque samedi la synagogue la plus proche. Elle aime prier dans l'espace réservé aux femmes, la tribune supérieure discrètement isolée par des jalousies de bois. Elle converse avec des dames de son rang et rencontre les épouses de Juifs émigrés de Jérusalem, qui s'expriment en langue grecque.

Un jour, l'une d'elles, qui est à la tête d'un vaste groupe, se confie à elle.

— Nous sommes toutes convaincues que le Messie annoncé par les Écritures est déjà venu sur terre.

— De qui s'agit-il ? demande Ruth, un peu surprise.

— Il s'appelle Jésus. Il est venu à Jérusalem depuis la Galilée pour transmettre la vraie parole de Dieu au Temple. Il est mort sur la croix par la faute de Satan et des princes de ce monde.

— Jésus ! s'écrie Ruth, stupéfaite. Tu veux dire Jésus de Nazareth ?

— Lui-même. L'as-tu connu ?

— Oui, oui. J'ai assisté à plusieurs de ses sermons. J'ai entendu sa parole et reçu ses enseignements à Tibériade. Jésus ! Jésus ! Le plus aimé, l'élu de Dieu !

— Dans ce cas, tu seras heureuse de savoir que certains de ses disciples, après s'être enfuis honteusement, se sont de nouveau réunis. Ils ont formé des groupes à Jérusalem et dans des villages de Galilée. D'autres, de langue grecque, ont fui Jérusalem, de peur d'être persécutés, et se sont réfugiés dans cette ville. Au cours de leurs réunions, ils expliquent et commentent les paroles de Jésus et vénèrent sa mémoire.

— Faites-vous partie de ses adeptes ?

— Oui, nous sommes convaincues que Jésus est l'élu de Dieu, l'Oint, le Christ. Et nous croyons aussi qu'il a ressuscité, qu'il a vécu quelques jours parmi ses disciples après sa mort, et qu'il est désormais au

Ciel, assis à la droite du Père. Et qu'il reviendra bientôt pour instaurer le Royaume et devenir le Seigneur du monde.

— Ce serait merveilleux…

— Aimerais-tu venir à nos réunions ? Nous les tenons une fois par semaine, le lendemain du sabbat, que nous appelons « le jour du Seigneur », car c'est ce jour-là que Jésus a ressuscité. Ceux qui parmi nous parlent latin l'appellent « *dies Dominica* ».

— Oui, bien sûr, j'en serais ravie, répond Ruth. Depuis le premier jour où je l'ai écouté, je n'ai jamais pu oublier Jésus. Que faites-vous lors de ces rencontres ?

— Nous entonnons les psaumes et les cantiques spirituels qui, dans les Écritures, parlent de Jésus comme du Messie. Nous lisons les extraits des textes des prophètes, surtout Isaïe, qui proclament l'avènement de l'Emmanuel. Nous expliquons aux Grecs que ce mot signifie *Dieu avec nous* dans la langue sacrée de la révélation. Et nous examinons l'étonnante concordance, par œuvre divine, entre certains textes prophétiques et les étapes de la vie de Jésus, y compris sa fin tragique : ses souffrances expiatoires pour tout le peuple, sa mort et son retour à la vie aux côtés du Père céleste. Mais surtout, nous nous remémorons les enseignements de Jésus, ses préceptes, ses proverbes, ses paraboles, son interprétation de la Loi…

Peu de temps après, Ruth décide de concrétiser son adhésion au groupe de croyants par le baptême. Pendant trois semaines, deux femmes l'instruisent afin de la préparer au rite transcendantal qui marquera sa vie pour toujours.

Le rabbin parle avec conviction. Le groupe qu'il dirige se rassemble au bord du fleuve Oronte pour le baptême de Ruth.

— La mort de Jésus sur la croix a eu l'effet souhaité par le Seigneur, dit le rabbin. Les Juifs de bonne volonté ont ouvert les yeux et vu en lui le véritable Messie. De même que certains Gentils, qui découvrent la parole de Dieu à travers les enseignements de Jésus et rejoignent l'Israël rénové.

Ruth est rassurée par ces paroles.

— Je crois en Jésus, déclare-t-elle. Je crois qu'il est le Seigneur, le vrai Messie.

— Veux-tu entrer dans la communauté des disciples ? lui demande le rabbin.

— Je le souhaite de toute mon âme.

L'eau de l'Oronte coule paisiblement. Ruth, vêtue d'une double tunique blanche, s'immerge dans le fleuve jusqu'à la taille. Après avoir prononcé une brève prière, le vieux rabbin pose la main sur sa tête et la pousse doucement pour la maintenir sous l'eau pendant quelques instants.

Lorsque Ruth émerge de l'eau, le vieillard proclame :

— Le baptême que tu viens de recevoir est le symbole de ta mort au monde mauvais que nous connaissons et de ta résurrection future dans le monde nouveau à venir. Par cette eau et par ta repentance, tous tes péchés te sont pardonnés. L'Esprit se déverse en toi et te bénit. À partir de maintenant, tu n'appartiens plus à toi-même, mais à Jésus le Messie.

Ruth acquiesce. Toutes les personnes présentes concluent par le baiser de paix et s'exclament d'une seule voix : « Viens, Seigneur Jésus, nous t'attendons ! »

Après la cérémonie baptismale, Ruth a l'impression d'être une nouvelle femme. Membre du groupe des adeptes de Jésus à Antioche, elle consacre tout son temps à aider les plus faibles, à financer des œuvres de bienfaisance, à assister les indigents et à atténuer la souffrance des malades. Riche veuve, elle peut donc utiliser sa fortune pour protéger les déshérités.

Bien qu'elle ne soit plus de première jeunesse, son corps séduit encore. Toutefois, elle décide de ne plus connaître aucun homme, car elle veut mettre toute son énergie au service de la mission du Messie. Elle trouve un grand réconfort spirituel dans tout ce qu'elle fait. Elle aime s'occuper des pauvres, lire les Écritures en hébreu, comme son père le lui a enseigné autrefois à Jérusalem. Elle chante les psaumes et récite les livres des prophètes avec émotion. Elle sent son cœur s'emballer lorsqu'elle se remémore les paroles de Jésus et éprouve un grand bonheur à parler de lui avec ses compagnons de foi.

Le jour consacré au Seigneur est celui qu'elle attend avec le plus d'impatience. Les frères en Jésus se réunissent pour prier et commenter les Écritures. Ils commémorent la cérémonie solennelle du partage du pain, ce moment émouvant où ils répartissent entre eux le pain et le vin comme le leur a enseigné le Messie, et se sentent en parfaite communion avec son esprit.

Ruth est heureuse. Seule la fin des temps, annoncée par Jésus, l'inquiète, ainsi que les débats et les querelles de ses amis, qui ne savent pas vraiment comment et quand elle arrivera. Certains affirment qu'elle est imminente, comme l'a affirmé le Maître sans laisser place au moindre doute. Mais d'autres, rappelant que le Messie a également dit que nul ne connaît le jour ni l'heure, font remarquer que l'on ne perçoit pas encore les signes qui précéderont l'avènement du Royaume.

Lors d'une des cérémonies du jour du Seigneur, un vieillard portant une longue barbe se lève pour parler.

— Les fidèles de Jésus vont vivre les premiers temps du royaume de Dieu sur terre, dit-il, dans un nouveau paradis qui sera terrestre. Béhémoth et Léviathan, les bêtes immondes, se manifesteront et sortiront tous deux de la mer. Ces monstres immenses, créés au cinquième jour, seront servis en nourriture à tous les fidèles de Jésus qui vivront dans le Royaume. (Voyant l'intérêt de ses coreligionnaires, dont certains expriment une certaine méfiance, il continue à parler.) Et la terre donnera ses fruits, un pour une myriade ; chaque cep de vigne produira mille pampres, et chaque pampre mille grappes, et chaque grappe mille raisins, et chaque raisin un cor de vin. On verra des prodiges chaque jour. Des vents exhalés par Dieu répandront chaque matin des parfums de fruits délicieux, et au crépuscule des nuages distilleront une rosée rafraîchissante. Des coteaux jailliront des rivières de lait et de miel ; le trésor de la manne descendra de nouveau du ciel et les fidèles en mangeront durant ces années, car seuls les cœurs purs seront sauvés à la fin des temps. Et nous, disciples de Jésus, nous en ferons partie. Ce nouveau paradis durera mille ans, car la fin du monde sera comme son début. La nouvelle vie se prolongera pendant un millénaire, comme celle des anciens patriarches, et durant toutes ces années personne ne mourra. Puis adviendra la fin définitive et, après elle, le royaume du Dieu céleste et éternel.

— Cette phase terrestre du royaume de Dieu n'existera pas, conteste un autre croyant passionné, prenant la parole pour s'opposer à cette vision. Selon la révélation divine faite à un de nos prophètes, les fidèles du Maître accéderont directement au paradis céleste. Le Messie Jésus, retourné à la terre, livrera un dernier combat contre tous ses ennemis. Tous, Satan en tête et les faux prophètes après lui, seront vaincus et condamnés à rester prisonniers d'une mer de soufre et de feu qui brûlera éternellement au centre des profondeurs de la terre.

Un troisième, exalté par les paroles de ses prédécesseurs, se décide également à intervenir dans le débat que Ruth suit avec beaucoup d'intérêt.

— Ensuite, déclare-t-il, Notre-Seigneur le Messie remettra le Royaume à Dieu le Père, et alors commencera la béatitude perpétuelle de ceux qui seront restés fidèles à son mandat. Des mains de Dieu surgira un nouvel univers, une nouvelle terre et un nouveau ciel, dont le centre sera la Jérusalem céleste promise aux prophètes. La ville céleste et définitive sera lumineuse, d'un éclat pareil à celui des pierres les plus précieuses. Ses remparts seront hauts et tout aussi étincelants mais d'une brillance différente. Chacune de ses douze portes d'or gardées par douze anges arborera sur son linteau le nom d'une des douze tribus d'Israël. Un fleuve apportant l'eau de la vie et de la connaissance sillonnera la ville, et des arbres fruitiers chargés de fruits sucrés longeront les rues. Les habitants seront heureux et il n'y aura plus ni lamentations ni chagrin, car Dieu sèchera à jamais les larmes de leurs yeux. La mort n'existera pas, il n'y aura pas de deuil, ni de cris, ni de peines, car tous les fléaux seront passés.

Ruth vit désormais dans une exaltation croissante. Tous parlent du royaume attendu, merveilleux et proche. Elle continue à faire l'aumône aux pauvres, prie pour la libération d'Israël et pour la fin de ce monde injuste, trouve du réconfort dans le souvenir de la parole de Jésus, qu'elle a écoutée il y a maintenant très longtemps en Galilée, et songe que Dieu, dans son infinie bonté, a sans doute accordé son pardon à son époux Hippodame, qu'elle retrouvera dans l'autre vie.

Elle éprouve même de la miséricorde lorsqu'elle apprend la mort inopinée de Jules Agrippa, et déplore que les soldats romains de Césarée l'aient célébrée en traînant les statues de ses filles jusqu'à un bordel. Elle se dit que, décidément, le trône d'Israël est maudit.

Son âme est en paix, sans rancœur contre Rome, où, après l'assassinat de Caligula, règne désormais Claude, le frère du glorieux Germanicus, l'infirme bègue dont tout le monde se moquait en le prenant pour un idiot sans pouvoir imaginer qu'il deviendrait un jour le maître du monde.

Un matin, peu après son réveil, Ruth, qui est déjà âgée, se sent extrêmement faible. Elle sait que sa vie est en train de s'éteindre. Elle demande donc à son plus jeune fils, qui vit près d'elle à Antioche, d'envoyer un message aux aînés, partis à Tibériade et à Damas, pour leur demander de la rejoindre immédiatement, car elle veut les revoir tous ensemble avant de mourir.

Le soir, il fait doux. Une odeur de rose et de nard parfume la pièce où Ruth est en train de mourir, sans souffrir. Au pied de son lit, impuissants face à l'inexorable départ de leur mère, ses trois fils prient, accompagnés d'un grand groupe de ses frères dans la foi de Jésus de Nazareth.

Un bref instant, elle ouvre les yeux, contemple ses enfants, adresse un regard aimant à ses coreligionnaires, serre la main de son plus jeune fils, qui serre la sienne à son tour, et mobilise ses dernières forces pour esquisser un sourire ténu avant de rendre, avec une étrange placidité, son dernier souffle.

— Notre mère est morte, déclare le fils aîné après avoir vérifié, à l'aide d'un petit miroir de bronze et d'un mouchoir, qu'elle ne respirait plus.

Le plus jeune, qui caresse la main blême de sa mère, rectifie :

— Non, elle n'est pas morte. Elle est partie vivre éternellement aux côtés du Seigneur.

Note des auteurs

Ce roman retrace une des périodes les plus controversées et contradictoires de l'histoire de l'humanité. Elle commence en l'an 4 avant Jésus-Christ, avec la mort d'Hérode Ier le Grand, roi d'Israël, et s'achève peu après la mort de l'empereur Caligula, pendant le règne de son successeur, Claude, au milieu du Ier siècle, alors que commence à s'établir le christianisme, la nouvelle religion fondée par les disciples de Jésus de Nazareth.

Au cours de ce demi-siècle, l'Empire romain atteint ses « frontières naturelles », délimitées par le Rhin, le Danube, l'Euphrate et le désert du Sahara, après avoir conquis et pacifié divers territoires. Une des principales zones de conflit est Israël, la Terre promise du peuple juif, dont les relations avec Rome sont, au cours de la première moitié du Ier siècle, très chaotiques.

Rome s'efforce de maintenir la paix à l'extrémité orientale de l'Empire, condition nécessaire à la stabilisation de ses frontières avec le puissant Empire perse, son grand ennemi d'Asie occidentale. Elle déploie à cette fin de grands efforts diplomatiques dans cette région, où les Juifs se débattent entre la soumission et l'opposition à son autorité en vue de retrouver leur indépendance.

Tout au long de la première moitié du Ier siècle, les Juifs mènent de constantes actions de guérilla contre l'Empire et organisent divers soulèvements contre lui. Dans le laps de temps où se déroule l'intrigue de ce roman, entre les années –4 et 45, s'ajoutent aux mouvements politiques indépendantistes des Juifs des putschs religieux qui annoncent l'avènement du royaume de Dieu. Divers prophètes, dont certains sont considérés comme le Messie, prêchent dans les terres de Palestine la fin de ce monde et son remplacement immédiat par un monde meilleur.

Parmi ces prédicateurs figurent Jean le Baptiste, exécuté par Antipas, puis son plus prestigieux disciple, Jésus. Juif originaire du village de Nazareth, celui-ci affirme appartenir à la maison du roi David et est identifié par un groupe d'adeptes comme le véritable Messie, le futur roi d'Israël. La figure de Jésus acquiert un tel relief qu'il ne tarde pas à être considéré comme un être surnaturel, le fils de Dieu, jusqu'à ce que beaucoup de ses fidèles finissent par voir en lui Dieu lui-même incarné dans un homme.

Exécuté à Jérusalem, probablement pendant la Pâque de l'an 33, il laisse une trace indélébile dans l'Histoire. Ses disciples fondent autour de sa mémoire et en souvenir de sa parole l'Église chrétienne.

La vie de Jésus se déroule pendant le règne des empereurs romains Auguste et Tibère. Ils entretiennent tous deux une relation complexe avec les Juifs et leurs dirigeants, en particulier avec Hérode le Grand et ses descendants, les Hérodiens, une lignée de princes qui luttent entre eux pour s'emparer du pouvoir et régner sur l'ensemble d'Israël.

Pour écrire ce roman, nous avons consulté à plusieurs reprises divers textes historiques et religieux, souvent pleins de contradictions, de confusions, d'imprécisions et de différences si extrêmes qu'il nous a fallu mener une longue et profonde réflexion commune pour les surmonter.

Nous avons relu avec attention le Nouveau Testament, en particulier les Évangiles, ainsi que les *Antiquités judaïques* et la *Guerre des Juifs* de Flavius Josèphe. Nous avons égalcment compulsé l'*Histoire romaine* de Dion Cassius, l'*Apologie des Juifs* de Philon d'Alexandrie, les *Lettres* de Pline le Jeune, les *Vies parallèles* de Plutarque, les *Vies des douze Césars* (Auguste, Tibère, Caligula) de Suétone, les *Annales* de Tacite, l'*Histoire de Rome depuis sa fondation* de Tite-Live et une vaste bibliographie contemporaine.

L'EMPIRE ROMAIN
À LA MORT D'AUGUSTE
(an 14)
0
500
1000
1500 km
OCÉAN ATLANTIQUE
HIBERNIE
BRITANNIE
GAULE
Lugdunum
HISPANIE
Tarraco
Rhin
GERMANIE
Danube
PANNONIE
ITALIE
Rome
Capri
DACIE
SARMATIE
MER NOIRE
MER CASPIENNE
MER D'ARAL
GRÈCE
MER IONIENNE
ASIE MINEURE
LYDIE
CILICIE
CAPPADOCE
ARMÉNIE
Tigre
Antioche
SYRIE
EMPIRE PARTHE
Euphrate
GOLFE PERSIQUE
Crète
Rhodes
MER MÉDITERRANÉE
Damas
Jérusalem
Pétra
Sinaï
Alexandrie
CYRÉNAÏQUE
ÉGYPTE
Nil
ARABIE NABATÉENNE
AFRIQUE
NUMIDIE
MAURÉTANIE

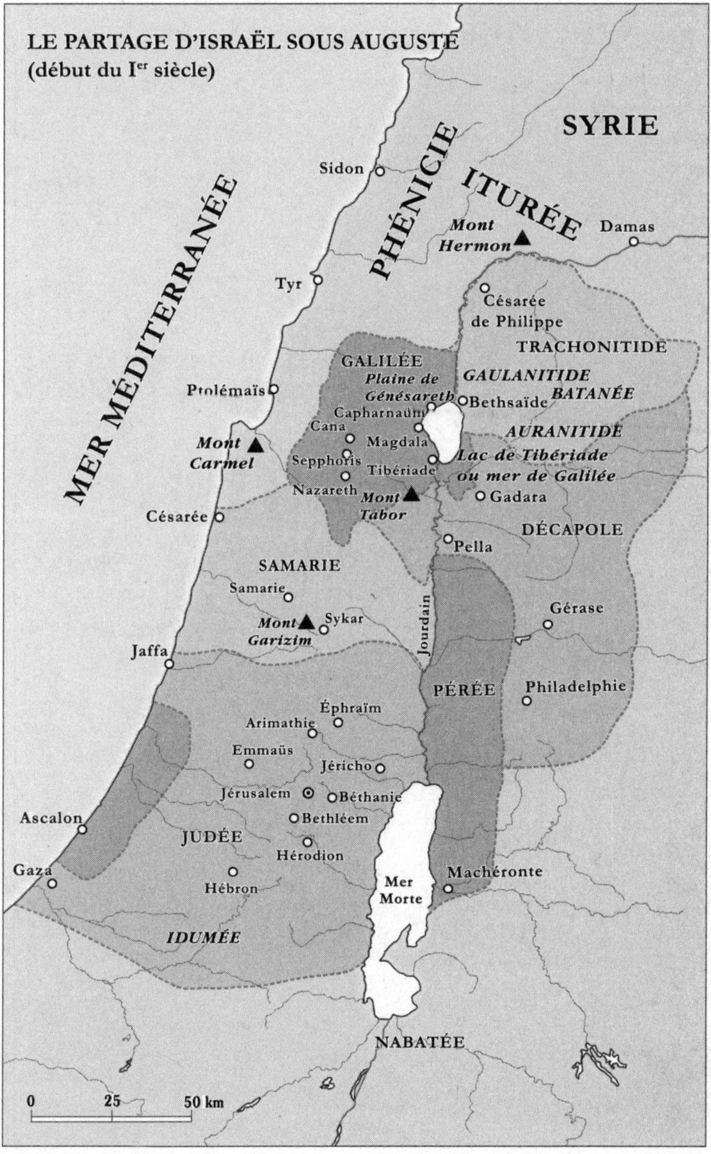

LE PARTAGE D'ISRAËL SOUS AUGUSTE
(début du Ier siècle)
SYRIE
PHÉNICIE
ITURÉE
MER MÉDITERRANÉE
Sidon
Mont Hermon
Damas
Tyr
Césarée de Philippe
TRACHONITIDE
GALILÉE
Plaine de Génésareth
GAULANITIDE
BATANÉE
Ptolémaïs
Bethsaïde
Capharnaüm
Cana
AURANITIDE
Mont Carmel
Magdala
Sepphoris
Lac de Tibériade ou mer de Galilée
Tibériade
Nazareth
Mont Tabor
Gadara
Césarée
DÉCAPOLE
Pella
SAMARIE
Samarie
Gérase
Mont Garizim
Sykar
Jourdain
Jaffa
PÉRÉE
Philadelphie
Éphraïm
Arimathie
Emmaüs
Jéricho
Jérusalem
Béthanie
Ascalon
Bethléem
JUDÉE
Hérodion
Gaza
Hébron
Machéronte
Mer Morte
IDUMÉE
NABATÉE
0
25
50 km

JÉRUSALEM AU TEMPS DE JÉSUS-CHRIST

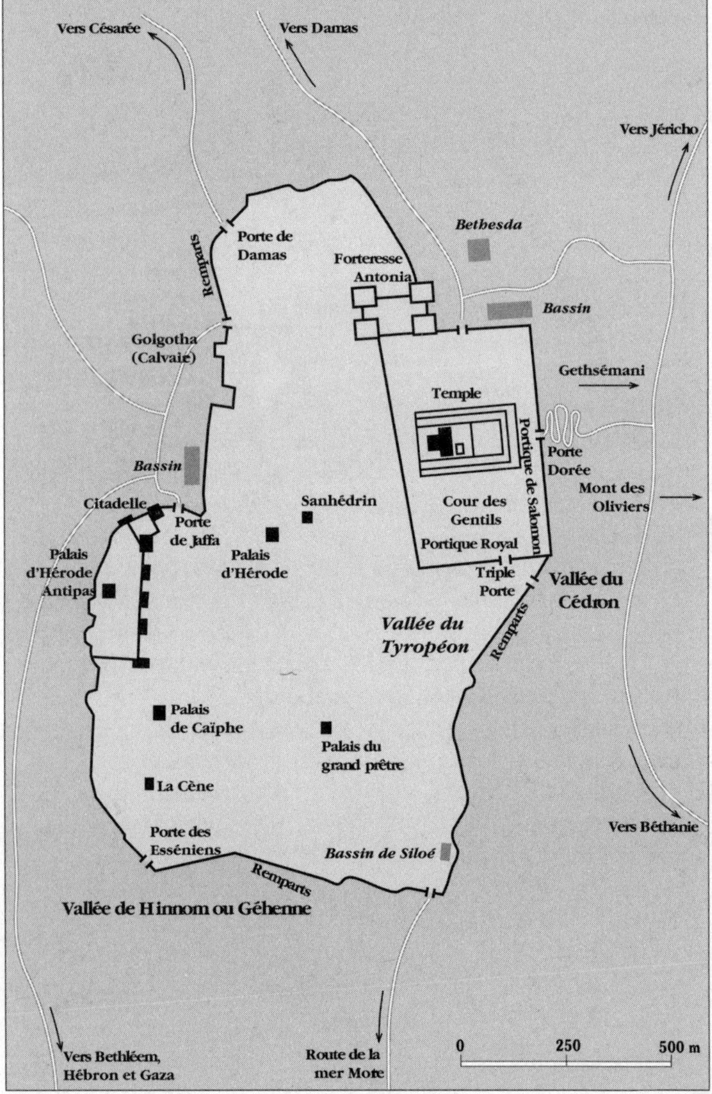

CHRONOLOGIE

7 av. J.-C. : Naissance de Jésus de Nazareth à la fin de l'année ou au début de l'an 6 av. J.-C.

4 av. J.-C. : Mort d'Hérode le Grand.

3 av. J.-C. : Division de la Palestine : Archélaos, ethnarque de Judée et de Samarie ; Antipas, tétrarque de Galilée et de Pérée ; Philippe, tétrarque de Batanée, de Gaulanitide, de Trachonitide et d'Auranitide.

6 ap. J.-C. : Déposition d'Archélaos par Auguste ; premier recensement romain en Galilée ; révolte des zélotes de Judas en Galilée et violente répression par les Romains ; destructions de Sepphoris par les Romains ; transfert du procurateur romain en Galilée ; administration directe de la Judée par le légat romain de Syrie.

9 ap. J.-C. : Les Germains terrassent dans la forêt de Teutobourg les XVIIe, XVIIIe et XIXe légions envoyées par Publius Quinctilius Varus, ancien légat de Syrie.

14 ap. J.-C. : Mort de l'empereur Auguste le 19 août ; Tibère lui succède.

18 ap. J.-C. : Caïphe est nommé grand prêtre.

20 ap. J.-C. : Antipas fonde la ville de Tibériade et y établit la capitale de la Galilée.

26 ap. J.-C. : Ponce Pilate est nommé procurateur romain de Judée.

27 ap. J.-C. : Pendant l'automne, prédication de Jean le Baptiste.

28-29 ap. J.-C. : Apparition publique de Jésus de Nazareth après qu'il a reçu le baptême de Jean le Baptiste.

31 ap. J.-C. : Exécution de Jean le Baptiste à Machéronte.

28/29-33 ap. J.-C. : Vie et ministère publics de Jésus de Nazareth.

33 ap. J.-C. : Le 7 avril, la veille de la Pâque, Jésus est crucifié à Jérusalem, à l'âge de trente-neuf ou quarante ans (d'autres chercheurs pensent que Jésus est mort le 8 avril de l'an 30, à trente-six ou trente-sept ans).

34 ap. J.-C. : Mort de Philippe, fils d'Hérode le Grand.

35 ap. J.-C. : Exécution d'Étienne ; Paul de Tarse appelle à prêcher le message de Jésus aux Gentils ; destitution de Ponce Pilate ; déposition et mort de Caïphe.

37 ap. J.-C. : Mort de Tibère le 15 mars ; Caligula lui succède. Marcellus devient procurateur de Judée ; Ponce Pilate se suicide ; Jules Agrippa est nommé tétrarque de Batanée et de Gaulanitide.

39 ap. J.-C. : Jules Agrippa est nommé roi de Palestine ; destitution et déportation d'Antipas.

41 ap. J.-C. : Assassinat de Caligula le 24 janvier ; Claude lui succède.

44 ap. J.-C. : Exécution de Jacques le Majeur par Agrippa à Jérusalem.

49 ap. J.-C. : Premier concile judéo-chrétien à Jérusalem.

TABLE DES MATIÈRES

DEUXIÈME PARTIE

La photocomposition de cet ouvrage
a été réalisée par
Graphic Hainaut
30, rue Pierre Mathieu
59410 Anzin

Imprimé en Espagne par
Liberdúplex
à Sant Llorenç d'Hortons (Barcelone)
en mars 2020

S30981/01